DAS
NÖRDLICHE
PLATEAU
Pravont
ROSS
Rossarb
Dornan
Goldminster
Cheamster
CHES
PITORIA
Westmouth
Gorgant
Charron
CHAR
Tornia
ILLAST
SAVAANT

Sally Green

Kingdoms of Smoke

Die Verschwörung von Brigant

Sally Green

KINGDOMS OF SMOKE

DIE VERSCHWÖRUNG VON BRIGANT

Roman

Aus dem Englischen
von Alexandra Ernst

dtv

Ausführliche Informationen über
unsere Autoren und Bücher
www.dtv.de

MIX
Papier aus verantwortungsvollen Quellen
FSC® C083411

Deutsche Erstausgabe
2019 dtv Verlagsgesellschaft mbH & Co. KG, München

Titel der englischen Originalausgabe: ›The Smoke Thieves‹,
2018 erschienen bei Penguin Books, einem Imprint von
Penguin Random House Children's, London

This translation published by arrangement with Penguin Books,
an imprint of Penguin Random House Children's, London.

Umschlaggestaltung: Carolin Liepins

Gesetzt aus der Minion 10,7/14·
Satz: C.H.Beck.Media.Solutions, Nördlingen
Druck und Bindung: CPI books GmbH, Leck
Gedruckt auf säurefreiem, chlorfrei gebleichtem Papier
Printed in Germany · ISBN 978-3-423-76263-2

Für Indy

Es ist unter Strafe verboten, den Rauch von Dämonen zu verkaufen und zu kaufen oder ihn sich auf andere Weise zu beschaffen, ihn zu inhalieren und zu schlucken und in irgendeiner Form oder zu irgendeinem Zweck zu nutzen.

Gesetz von Pitoria, V. I, K. 43.1

Catherine

BRIGANE,
BRIGANT

Es gibt auf dieser Welt kein größeres Übel als einen Verräter. Alle Verräter müssen ausfindig gemacht, bloßgestellt und bestraft werden.

Die Gesetze und Verordnungen von Brigant

»Prinz Boris hat einen Soldaten geschickt, der uns begleiten soll, Euer Hoheit.« Jane, die neue Zofe, wirkte verschreckt.

»Keine Angst. Du musst nicht hinsehen.« Prinzessin Catherine glättete ihren Rock und atmete tief durch. Sie war bereit.

Sie brachen auf: der Leibgardist voraus, Catherine in der Mitte und Jane am Schluss. Die Korridore im Flügel der Königin waren still und leer, selbst die schweren Schritte des Soldaten wurden durch die dicken Teppiche gedämpft. Doch den großen Saal des Schlosses zu betreten, war, wie in eine andere Welt zu wechseln: eine Welt voller Männer, Farben und Lärm. Catherine kam so selten hierher, dass sie alles auf einmal aufnehmen wollte. Die Lords trugen Brustpanzer, hatten Schwerter und Dolche im Gürtel stecken, als ob sie sich nur bis an die Zähne bewaffnet an den Hof wagten.

Zahlreiche Dienstboten standen herum, und alle Anwesenden schienen zu reden, sich umzuschauen, zu bewegen. Frauen waren nicht zugegen. Catherine erkannte niemanden, doch die Männer erkannten sie und machten ihr den Weg frei. Sie verbeugten sich, als sie vorbeiging, und der Lärm verebbte für einen Augenblick. Hinter ihr schwoll er wieder an.

Und dann stand sie vor einer weiteren Tür, welche der Soldat für sie öffnete. »Prinz Boris bittet Euch, hier auf ihn zu warten, Euer Hoheit.«

Catherine betrat das Vorzimmer und bedeutete Jane mit einer Handbewegung, an der Tür stehen zu bleiben, die sich schon wieder schloss.

Alles war still, aber Catherine konnte ihren eigenen schnellen Herzschlag hören. Wieder atmete sie tief ein und aus.

Bleib ruhig, sagte sie sich. *Sei würdevoll. Benimm dich wie eine Prinzessin.*

Sie straffte die Schultern und holte noch einmal tief Luft. Dann ging sie langsam zum anderen Ende des Raums.

Es wird hässlich werden. Und blutig. Aber ich werde es ertragen. Ich werde nicht in Ohnmacht fallen. Und ich werde ganz sicher nicht schreien.

Und wieder zurück.

Ich werde Selbstbeherrschung zeigen. Keinerlei Gefühl. Wenn es wirklich schlimm wird, werde ich an etwas anderes denken. Aber an was? An etwas Schönes? Das kommt mir irgendwie falsch vor.

Und wieder zurück.

Woran soll man denken, wenn man zuschaut, wie jemandem der Kopf abgeschlagen wird? Und nicht nur irgendjemandem, sondern Amb…

Catherine drehte sich um und da stand Noyes. Wie aus dem Nichts war er in der Ecke des Raums aufgetaucht und lehnte an der Wand.

Catherine begegnete Noyes nur selten und jedes Mal musste sie einen Schauer unterdrücken. Er war schlank und athletisch, etwa so alt wie ihr Vater. Heute war er elegant gekleidet, in Leder und Schnallen, das schulterlange, fast völlig weiße Haar aus dem kantigen Gesicht nach hinten gebunden, zu feinen Zöpfen geflochten und in einem einfachen Knoten zusammengefasst. Aber trotz seiner gepflegten Erscheinung hatte er etwas unaussprechlich Unangenehmes an sich. Vielleicht lag es nur an seinem Ruf. Es war seine Pflicht als oberster Inquisitor, Verräter aufzuspüren und dingfest zu machen. Er brachte seine Gefangenen nicht selbst um, oder jedenfalls nur äußerst selten, das war die Aufgabe seiner Folterknechte und Henker. In den sieben Jahren, die seit dem Krieg mit Calidor vergangen waren, waren Noyes und seine Schergen wohlhabend geworden, anders als die meisten anderen Geschäftsleute in Brigant. Alle erzitterten unter seinem scharfen Blick, ob Stallknecht oder Lord, Zofe oder Herrin. Sogar die Prinzessin.

Noyes stieß sich mit der Schulter von der Wand ab, trat gemächlich einen Schritt auf sie zu und verbeugte sich langsam. »Guten Morgen, Euer Hoheit«, sagte er. »Ist das nicht ein wunderschöner Tag?«

»Für Euch ganz gewiss.«

Er lächelte sein halbes Lächeln und beobachtete sie schweigend.

Catherine fragte: »Wartet Ihr auf Boris?«

»Ich warte nur, Euer Hoheit.«

Stumm standen sie da. Catherine schaute zu den hohen Fenstern und dem blauen Himmel dahinter. Noyes Augen ruhten auf ihr, und sie fühlte sich wie ein Schaf auf dem Markt … nein, eher wie ein hässlicher Käfer, der seinen Weg kreuzte. Sie verspürte das Verlangen ihn anzuschreien, er solle ihr Respekt erweisen.

Abrupt wandte sie sich von ihm ab. *Bleib ruhig. Bleib ruhig.* Sie konnte ihre Gefühle gut verbergen, immerhin hatte sie sechzehn Jahre lang Erfahrung darin sammeln können. Aber in jüngster Zeit fiel es ihr zunehmend schwerer. In jüngster Zeit drohten ihre Gefühle, ihre Selbstbeherrschung zu sprengen.

»Ah, da bist du ja, Schwester«, tönte Boris, als er mit Prinz Harold im Schlepptau durch die Tür stolziert kam. Ausnahmsweise war Catherine erleichtert, ihre Brüder zu sehen. Sie knickste. Boris ging mit großen Schritten durch den Raum, ignorierte Noyes und verbeugte sich nicht einmal vor Catherine. Ohne anzuhalten sagte er: »Deine Zofe bleibt hier. Du kommst mit mir.« Er stieß die doppelflügelige Tür zum Innenhof des Schlosses auf und sagte: »Mach schon, Prinzessin. Nicht trödeln.«

Catherine eilte hinter Boris her. Die Flügel der Tür begannen bereits sich vor ihr wieder zu schließen. Sie stieß sie auf und sah erleichtert, dass Boris stehen geblieben war; das Schafott versperrte ihnen fast den Weg. Es war so hoch wie die Mauer um den Rosengarten.

Boris stieß ein schnaubendes Lachen aus. »Vater hat verlangt, dass alle das Spektakel ungehindert beobachten können, aber man könnte fast glauben, dass sie einen ganzen Hektar Wald für dieses Ding abgeholzt haben.«

»Also, ich weiß wirklich nicht, warum sie das sehen soll. So was ist nichts für Mädchen«, sagte Harold, die Hände in die Hüften gestemmt, die Beine leicht gespreizt. So starrte er Catherine an.

»Und doch erlaubt man Kindern daran teilzunehmen«, erwiderte Catherine und imitierte seine Haltung.

»Ich bin vierzehn, Schwester.«

Catherine ging an ihm vorbei und flüsterte: »In zwei Monaten, kleiner Bruder. Aber ich werde es niemandem verraten.«

Harold grummelte: »Nicht mehr lange, dann bin ich größer als du.« Dann schob er sich an ihr vorbei und stapfte hinter Boris her. Verglichen mit Boris' muskulösem und breitem Körper sah er klein und schmal aus. Sie waren eindeutig Brüder, ihre Haare hatten genau denselben rotblonden Ton. Allerdings waren Harolds kunstvoller geflochten, sogar kunstvoller als ihre eigenen, und Catherine vermutete, dass er seinen Kammerdiener beauftragt hatte, besonders viel Sorgfalt auf seine Frisur zu verwenden.

Harolds Ansicht über die Schicklichkeit von Catherines Anwesenheit spielte genauso wenig eine Rolle wie Catherines Meinung zu dieser Sache. Ihr Vater hatte ihr befohlen, bei der Hinrichtung zugegen zu sein, auf Anraten von Noyes. Catherine musste sich ihnen beweisen. Sie musste ihre Stärke und ihre Loyalität beweisen und – wichtiger noch – sie musste deutlich machen, dass sie keine Verräterin war, weder im Herzen noch im Geiste und schon gar nicht in ihrem Tun.

Boris umrundete bereits das Schafott. Catherine beeilte sich zu ihm aufzuschließen und hob ihren langen Rock, um nicht über den Saum zu stolpern. Obwohl sie die Zuschauer nicht sehen konnte, vernahm sie das dumpfe Dröhnen der Stimmen. Es war merkwürdig, wie man eine Menschenmenge und ihre Stimmung spüren konnte. Die Männer im großen Saal waren oberflächlich betrachtet höflich gewesen, doch wohnte ihnen eine kaum verhohlene Lust inne. Eine Lust nach Macht, nach … allem. Hier hatten sich viele Leute versammelt und alle waren überraschend gut gelaunt. Ein paar riefen »Boris!«, doch die Schreie verstummten schnell wieder. Dieser Tag gehörte nicht Boris.

Boris drehte sich um und starrte Catherine an, die zu ihm trat. »Willst du dem Pöbel deine Beine zeigen, Schwester?«

Catherine ließ den Rock fallen und strich ihn glatt. In empörtem Tonfall sagte sie: »Das Pflaster ist schmutzig. Wenn ich nicht aufpasse, wird die Seide ruiniert.«

»Besser die Seide als dein Ruf.« Boris hielt Catherines Blick fest. »Mir liegt nur dein Wohl am Herzen, Schwester.« Er machte eine Handbewegung nach links, wo die erhöhte Plattform mit dem roten Teppich stand und sagte: »Wir sitzen dort.«

Als ob Catherine nicht selbst darauf gekommen wäre.

Boris ging ihr voraus die drei Stufen nach oben. Die königliche Loge war einfach gehalten, mit einer einzelnen Reihe aus breiten, geschnitzten Holzstühlen, die Catherine aus dem Versammlungssaal kannte. Ein dickes rotes Seil war locker zwischen kurzen rot-schwarzen Pfosten gespannt, welche die Plattform einfassten. Die Menge befand sich dahinter, und auch sie wurde von Seilen zurückgehalten, diesmal von kräftigen, groben Tauen, und einer Reihe Soldaten – vermutlich ebenfalls kräftig und grob, in der rot-schwarz-goldenen Uniform der königlichen Wache.

Boris deutete auf den Sitz ganz am Rand der Plattform. »Für dich, Schwester.« Er selbst setzte sich auf den breiten Stuhl neben ihr und spreizte die Beine, sodass ein muskulöser Schenkel über Catherines Sitz lag. Sie setzte sich und richtete ihren Rock, damit er nicht verknittert wurde. Die blassrosa Seide fiel über Boris' Knie. Er nahm sein Bein weg.

Harold blieb auf der anderen Seite seines großen Bruders stehen. »Aber Catherine hat den besten Blick.«

»Das ist genau der Punkt, Knirps«, erwiderte Boris.

»Aber ich bin höhergestellt als Catherine, und ich will da sitzen, wo sie sitzt.«

»Tja, ich habe aber Catherine diesen Platz zugewiesen. Also setzt du dich gefälligst da hin und hörst jetzt auf zu jammern.«

Harold zögerte noch einen Moment. Er machte den Mund auf, um sich weiter zu beklagen, doch in dem Moment fiel sein Blick auf Catherines Gesicht. Sie lächelte und machte eine elegante Bewegung vor ihrem Mund, als ob sie ihn zunähen würde. Harold schaute Boris an und musste gewaltsam die Lippen zusammenpressen, aber er sagte nichts mehr.

Catherine blickte über den Platz. Ihr gegenüber, auf der anderen Seite des Schafotts, befand sich eine zweite Plattform, auf der einige Edelmänner standen. Sie erkannte Ambroses langes, blondes Haar und wandte aus Angst, rot zu werden, schnell den Blick ab. Warum sorgte allein schon sein Anblick dafür, dass ihr die Hitze in die Wangen schoss? Und ausgerechnet heute! Sie musste an etwas anderes denken. Manchmal schien ihr ganzes Leben nur daraus zu bestehen, an etwas anderes zu denken.

Auf dem Platz vor dem Schafott drängte sich das Volk. Catherine zwang sich, die Menge genauer ins Visier zu nehmen. Sie sah Arbeiter in grobem Tuch, etwas besser gekleidete Händler, Gruppen von jungen Männern, einige Knaben, ein paar Frauen. Die meisten trugen graue oder braune Kleidung, abgewetzt und fadenscheinig, kaum besser als Lumpen. Die Haare fielen offen über Schultern oder waren schlicht nach hinten gebunden. Die Leute in ihrer Nähe unterhielten sich über das Wetter. Es war sehr warm, der bislang heißeste Tag des Jahres. Die Sonne schien von einem strahlend hellblauen Himmel. Dies war ein Tag, den man eigentlich genießen sollte, und doch waren Hunderte gekommen, um jemanden sterben zu sehen.

»Was, glaubst du, veranlasst diese Menschen dazu, sich das hier anzusehen, Bruder?«, fragte Catherine und setzte ein scheinbar ehrlich interessiertes Gesicht auf.

»Das weißt du nicht?«

»Belehre mich, du hast in diesen Dingen so viel mehr Erfahrung.«

Boris entgegnete in einer schulmeisterlich ernsten Stimme: »Nun, Schwester, die Menge wird von einer heiligen Dreifaltigkeit angetrieben: Langeweile, Neugier, Blutdurst. Und Blutdurst ist von allen dreien das stärkste Gefühl.«

»Und glaubst du, dass dieser Blutdurst noch größer wird, wenn es ein adeliger Kopf ist, der von seinem Hals getrennt werden soll?«

»Sie wollen nur Blut sehen«, sagte Boris. »Egal, wem es gehört.«

»Und doch scheinen diese Leute mehr am Wetter interessiert zu sein als an den Einzelheiten, wie man einen Menschen in Stücke haut.«

»Sie wollen nicht darüber reden. Sie wollen es sehen. Nicht mehr lange, und sie werden sich nicht mehr über das Wetter unterhalten. Du wirst gleich sehen, was ich meine. Der Mob will Blut, und heute bekommt er es. Und du erhältst eine Lektion darin, was jemandem widerfährt, der den König verrät. Eine Lektion, die du nicht aus Büchern lernen kannst.«

Catherine wandte sich von der Verachtung in Boris' Stimme ab. Bücher waren ihre Lehrmeister, die ihr alles über das Leben beibrachten. Obwohl es nicht ihre Schuld war, dass man ihr nicht gestattete, Menschen zu treffen, zu reisen und von der *Welt* über die Welt zu lernen. Aber Catherine mochte Bücher, und in den vergangenen Tagen hatte sie die Bibliothek nach allem durchforstet, was sie über Hinrichtungen finden konnte: Sie hatte Gesetzestexte studiert, Hinrichtungsmethoden, die Geschichte und die unterschiedlichsten Fallbeispiele. Die Illustrationen – zumeist Darstellungen, bei denen die Henker die abgeschlagenen Köpfe in die Höhe hielten – waren schlimm genug, aber *freiwillig* Zeuge zu sein, *freiwillig* an so etwas teilzunehmen, ein Teil der Menge zu sein, die nach Blut lechzte, war etwas, das Catherine einfach nicht begreifen konnte.

»Ich verstehe immer noch nicht, warum Catherine überhaupt dabei sein muss«, meckerte Harold.

»Habe ich dir nicht gesagt, du sollst still sein?« Boris drehte sich beim Sprechen nicht einmal zu Harold um.

»Aber Damen schauen normalerweise bei einer Hinrichtung nicht zu.«

Boris konnte nicht widerstehen. »Nein, normalerweise nicht«, sagte er, »aber Catherine muss eine Lektion in Sachen Loyalität lernen. Sie muss verstehen, welche Konsequenzen es nach sich zieht, wenn sie sich den Plänen, die wir für sie haben, widersetzt.« Er drehte sich zu Catherine um und ergänzte: »Wenn sie diesen Plänen nicht in jeder Beziehung und bis ins kleinste Detail Folge leistet.«

Harold runzelte die Stirn. »Was für Pläne?«

Boris ignorierte ihn.

Harold verdrehte die Augen und beugte sich zu Catherine. »Geht es um deine Vermählung?«

Catherine lächelte schmallippig. »Dies ist eine Hinrichtung; warum das deiner Meinung nach irgendetwas mit meiner Vermählung zu tun haben soll, kann ich beim besten Willen nicht verstehen.« Boris funkelte sie böse an, und sie setzte hinzu: »Was ich damit sagen will: Es ist eine Ehre für mich, Prinz Tzsayn von Pitoria zu heiraten, und ich werde alles in meiner Macht Stehende tun, damit die Hochzeit ganz nach Plan verläuft, egal, ob ich mitansehen muss, wie jemandem der Kopf abgeschlagen wird oder nicht.«

Harold schwieg einige Sekunden und fragte dann: »Aber warum sollte nicht alles nach Plan verlaufen?«

»Das wird es«, sagte Boris. »Vater wird nicht zulassen, dass irgendetwas dazwischenkommt.«

Das stimmte, und dazu war Catherines absoluter Gehorsam nötig, und zwar bis ins kleinste Detail. Und genau darum war sie hier. Catherine hatte in der Woche zuvor den Fehler begangen, ihre Zofe Diana um die Möglichkeit zu beneiden, aus Liebe zu heiraten. Diana hatte Catherine gefragt, wen sie zum Mann nehmen würde, wenn sie die Wahl hätte, und Catherine hatte gescherzt: »Jemanden, mit dem ich wenigstens ein Mal gesprochen habe.« Und dann: »Jemanden, der intelligent ist, rücksichtsvoll und mitfühlend.« Und während sie das sagte, hatte sie an ihr letztes Gespräch mit Ambrose gedacht, als er sie auf einem Ausritt begleitet hatte. Er hatte einen Scherz über die Qualität des Essens in den Baracken gemacht und war dann ernst geworden, als er die Armut in den Hinterhöfen von Brigane beschrieb. Diana hatte wohl ihre Gedanken gelesen, denn sie sagte: »Ihr habt Euch heute Morgen lange mit Sir Ambrose unterhalten.«

Am Tag nach diesem Gespräch mit Diana war Catherine zu Boris zitiert worden, und da hatte sie erkannt, dass ihre Zofe weniger ihre Zofe als vielmehr Noyes' Spionin war. Catherine musste eine Befragung und Belehrung von Boris ertragen, aber es war Noyes, der ihren Antworten die größte Aufmerksamkeit schenkte, obwohl er scheinbar desinteressiert an der Wand lehnte und von Zeit zu Zeit gähnte. Noyes war nicht einmal ein Lord, kaum ein Gentleman, aber die Art, wie sich seine Lippen zu diesem Halblächeln kräuselten, jagte eine Gänsehaut über Catherines Körper. Sie fürchtete ihn um ein Vielfaches mehr als ihren Bruder. Noyes war der verlängerte Arm ihres Vaters, sein Spion, seine Augen und Ohren. Das war Boris zwar auch, aber Boris war sehr viel leichter zu durchschauen.

Bei der Befragung hatte Boris die üblichen Phrasen über uneingeschränkte Loyalität und absoluten Gehorsam wiederholt, und Catherine war zufrieden mit sich gewesen, wie gelassen sie geblieben war.

»Ich bin lediglich nervös, wie es einer zukünftigen Braut vor ihrer Vermählung zusteht. Ich kenne Prinz Tzsayn nicht. Genauso, wie ich mich bemühe, unserem Vater die beste Tochter zu sein, hoffe ich, Tzsayn eine gute Frau zu sein, und um das zu gewährleisten, sehe ich unseren Gesprächen voller Vorfreude entgegen. Ich möchte ihn kennenlernen, möchte erfahren, welche Interessen er hat.«

»Seine Interessen haben dich nicht zu interessieren. Du musst lediglich dafür Sorge tragen, dass du keine Ansichten äußerst, die denen des Königs entgegentreten.«

»Ich habe noch nie etwas geäußert, das nicht im Einklang mit Vaters Meinung war.«

»Du hast deiner Zofe gegenüber den Anschein vermittelt, dass du dir einen anderen Mann erwählt hättest und es nicht dein Wunsch ist, Prinz Tzsayn zu heiraten.«

»Nein, ich habe lediglich ausgedrückt, dass Dianas Vermählung auf eine andere Art und Weise als meiner Erfolg beschieden sein könnte.«

»Den Plänen des Königs zu widersprechen, ist inakzeptabel.«

»Ich widerspreche nicht den Plänen des Königs, sondern dir.«

»Ich frage mich oft«, mischte Noyes sich ein, »in welchem Augenblick ein Verräter geboren wird. Wo genau ist die Grenze zwischen Loyalität und Verrat? Wann wird sie überschritten?«

Catherine straffte die Schultern. »Ich habe keine Grenze überschritten.«

Und das stimmte. Sie hatte nichts getan, außer an Ambrose zu denken.

»Meiner Erfahrung nach – und Ihr dürft mir glauben, Prinzessin Catherine, dass meine Erfahrungen auf diesem Gebiet beträchtlich sind …«, murmelte Noyes, »meiner Erfahrung nach ist derjenige, der Verrat im Herzen und im Geiste begeht, nicht weit von der eigentlichen Tat entfernt.«

Und so, wie er sie ansah, konnte man glauben, dass er tatsächlich in Catherines Gedanken lesen konnte. Sie starrte zurück und sagte: »Ich bin keine Verräterin. Ich werde Prinz Tzsayn heiraten.« Catherine wusste, dass dies eine Tatsache war. Sie würde schon bald mit einem Mann verheiratet sein, den sie noch nie getroffen hatte, aber sie konnte nichts dafür, dass ihre Gedanken und ihr Herz woanders hingehörten. Sie konnte nichts dafür, dass sie ständig an Ambrose denken musste, dass sie die Gespräche mit ihm genoss, dass sie ihm nahe sein wollte, und ja, dass sie einmal seinen Arm berührt hatte. Hätte er sie berührt, wäre er hingerichtet worden, aber sie sah nicht ein, warum sie nicht ihn berühren sollte. Lag in diesen Gedanken und in der einen Berührung tatsächlich schon Verrat?

»Es ist gut, Klarheit darüber zu haben, wo die Grenze ist, Prinzessin Catherine«, sagte Noyes leise.

»Es ist mir klar, danke, Noyes.«

»Und auch, welche Konsequenzen zu erwarten sind.« Er wedelte lässig, fast wegwerfend, mit der Hand. »Und zu diesem Zweck hat man Euch befohlen, der Hinrichtung des Norwend-Abschaums beizuwohnen und mit eigenen Augen zu sehen, was mit jenen geschieht, die den König betrügen.«

»Eine Strafe, eine Warnung und eine Lektion, ein hübsch geschnürtes Paket.« Catherine ahmte die Handbewegung nach.

Noyes' Gesicht verriet nichts, als er erwiderte: »Es ist der Befehl des Königs, Euer Hoheit.«

Unglücklicherweise hatte Diana am Tag nach Catherines Befragung einen schlimmen Unfall erlitten. Sie fiel eine Steintreppe hinunter und war nicht in der Lage, ihren Dienst als Catherines Zofe fortzusetzen, da sie sich den Arm gebrochen hatte. Catherines andere Zofen, Sarah und Tanya, waren bei Diana gewesen, hatten aber das Unglück nicht verhindern können. »Noyes sagt doch immer, dass Verräter bestraft werden sollen«, hatte Tanya gesagt. »Wir sind ganz seiner Meinung, Euer Hoheit.«

Catherine wurde von Rufen aus der Zuschauermenge wieder in die Gegenwart geholt. »Bradwell! Bradwell!«

Zwei Männer waren die Stufen des Schafotts nach oben gestiegen, beide in Schwarz gekleidet. Der ältere Mann wandte sich den Zuschauern zu und hob grüßend die Hand. Sein junger und pausbäckiger Gehilfe trug die Instrumente seines Handwerks: ein Schwert und eine einfache schwarze Haube.

»Das ist Bradwell«, sagte Harold überflüssigerweise und beugte sich zu Boris und Catherine. »Er hat schon über hundert Hinrichtungen ausgeführt. Hunderteinundvierzig, wenn ich mich recht entsinne. Und er benötigt immer nur einen einzigen Hieb.«

»Hunderteinundvierzig«, wiederholte Catherine. Sie fragte sich, bei wie vielen Harold dabei gewesen war.

Bradwell ging quer über die Plattform des Schafotts und ließ seinen Schwertarm kreisen, als ob er seine Schultermuskeln aufwärmen wollte. Dabei neigte er den Kopf von einer Seite zur anderen. Harold verdrehte die Augen. »Fliegenschiss, er sieht lächerlich aus. Man hätte Gateacre holen sollen.«

»Ich glaube, der Marquis von Norwend hat Bradwell angefordert, und der König tat ihm den Gefallen«, sagte Boris. »Norwend will die

Sache sauber erledigt haben; er scheint zu glauben, dass Bradwell dafür am besten geeignet ist. Aber eine Garantie dafür gibt es nie.«

»Gateacre hat ebenfalls einen sauberen Hieb«, argumentierte Harold.

»Ich stimme dir zu. Er wäre auch meine Wahl gewesen. Bradwell sieht aus, als sei er seiner Aufgabe allmählich nicht mehr gewachsen. Aber es könnte der Sache zusätzliche Würze verleihen, wenn er es vermasselt.«

Bei der Erwähnung des Marquis von Norwend war Catherines Blick über das Schafott hinweg zu der Plattform auf der anderen Seite gewandert. Sie hatte nicht gewagt, die Personen dort selbst zur Sprache zu bringen, aber da Boris von sich aus den Namen genannt hatte, konnte sie gefahrlos nachfragen: »Ist das dort drüben der Marquis von Norwend? Der in der grünen Jacke?«

»Das ist er. Und neben ihm der ganze Norwend-Clan«, antwortete Boris. Obwohl es nur die männlichen Mitglieder der Familie waren, wie Catherine bemerkte. »Die Verwandten von verurteilten Verrätern müssen immer deren Hinrichtung bezeugen; mehr noch: Sie müssen den Tod der Verräter verlangen oder sie verlieren all ihre Titel und Ländereien.«

Catherine kannte das Gesetz. »Und was ist mit ihrer Ehre?«

Boris schnaubte. »Daran klammern sie sich zwar, aber wenn sie nicht einmal ein Mitglied der eigenen Familie kontrollieren können, dann wird es ihnen schwerfallen, ihre Stellung bei Hofe zu bewahren.«

»Und Ehre und Stellung bei Hofe sind ein und dasselbe«, bemerkte Catherine.

Boris schaute seine Schwester an. »Wie ich schon sagte, sie versuchen, sich daran zu klammern.« Er wandte sich wieder der gegenüberliegenden Plattform zu und ergänzte: »Wie ich sehe, ist dein Leibgardist unter ihnen, obwohl glücklicherweise nicht in seiner Uniform.«

Darauf wagte Catherine nichts zu sagen. Hatte Ambrose die Uniform der Leibgarde aus Respekt dem König gegenüber nicht angelegt oder um dem Herrscherhaus seine Verachtung zu zeigen? Sie wusste, dass er eigene Ansichten über Ehre hatte. Er redete davon, das Richtige zu tun, Brigant zu verteidigen und dem Land wieder zu seiner alten Größe zu verhelfen, aber nicht aus Eigennutz, sondern um all jene im Reich zu unterstützen, die in Armut lebten.

Sie hatte Ambrose schon gesehen, als sie Platz nahm, und sich gezwungen, die Augen abzuwenden, aber jetzt, da Boris seinen Namen genannt hatte, durfte sie sich einen etwas längeren Blick gestatten. Sein Haar, weißgolden im Sonnenlicht, hing offen und in weichen Wellen um sein Gesicht und auf seine Schultern. Er trug eine schwarze Jacke mit Lederriemen und silbernen Schnallen, eine schwarze Hose und Stiefel. Sein Gesicht war ernst und blass. Er starrte den Henker an und hatte seit Catherines Ankunft nicht ein einziges Mal zu ihr hingeschaut.

Catherine ließ ihre Augen gerade so lange auf Ambrose ruhen wie auf jedem x-beliebigen Mann, dann wandte sie sich ab, doch noch immer war sein Bild in ihrem Kopf: seine Haare, seine Schultern, seine Lippen …

Ein Schwarm Höflinge tauchte hinter dem Schafott auf. An der Art, wie sie zurückwichen und sich verbeugten, erkannte Catherine, dass ihr Vater eingetroffen war. Catherines Herz setzte einen Schlag aus. Sie lebte ein abgeschiedenes Leben im Flügel der Königin, zusammen mit ihrer Mutter und ihren Zofen, und es konnten Wochen oder Monate vergehen, ohne dass sie ihren Vater sah. Für seine einzige Tochter war die Gegenwart des Königs immer noch ein Ereignis.

Der König erschien mit raschen Schritten. Die rot-schwarze Jacke betonte seine breiten Schultern und der hohe Hut ließ ihn noch größer erscheinen als er war. Catherine erhob sich schnell und neigte demütig den Kopf, während sie in einem tiefen Knicks versank. Sie befand sich auf einer Plattform oberhalb des Königs, aber ihr Kopf sollte seinen nicht überragen. So groß ihr Vater auch war, sie musste sich trotzdem anstrengen. Catherine spannte die Muskeln in ihrem Bauch und ihren Oberschenkeln an, während sie sich niederkauerte. Ihr Korsett drückte in ihre Taille. Sie konzentrierte sich auf das Unbehagen, von dem sie wusste, dass es vorbeigehen würde. Aus dem Augenwinkel konnte sie den König sehen. Er erklomm die königliche Plattform, trat an den Rand und ließ sich von den Zuschauern bejubeln. Ein rhythmischer Ruf erklang aus der Menge: »Aloysius! Aloysius!«

Boris erhob sich aus seiner Verbeugung, während Catherine bis zwei zählte und erst dann den Kopf hob. Der König sah reglos über seine Untertanen und würdigte Catherine keines Blickes. Dann setzte er sich auf den Stuhl neben Harold. Wie aus dem Nichts waren nur Augenblicke zuvor rote Kissen aufgetaucht, auf die er nun seinen königlichen Rumpf platzierte. Catherine stand auf und spürte erleichtert, wie der Druck in ihrem Magen verschwand. Harold hatte sich ebenfalls aufgerichtet und stand steif einen Moment lang da, ehe er sich setzte, obwohl Catherine wusste, wie sehr er sich freute, dass er neben dem König Platz nehmen durfte. Sie wartete, bis Boris wieder auf seinem Stuhl saß, dann strich sie ihren Rock glatt und setzte sich ebenfalls wieder hin.

Jetzt ging alles ganz schnell. Der König war nicht gerade für seine Geduld bekannt. Weitere Männer betraten das Schafott, vier Männer in Schwarz und vier in den Uniformen der Königsgarde. Dazwischen, kaum zu sehen – geschrumpft, klein und schmal –, die Gefangene.

Die Menge johlte und schrie: »Verräterin!« Dann: »Hure!« und »Miststück!« und noch viel Schlimmeres.

Es waren Worte, die Catherine kannte, die ihr gelegentlich in dem einen oder anderen Buch begegneten, doch noch nie hatte sie gehört, wie sie laut ausgesprochen wurden, auch nicht von Boris. Jetzt aber flogen sie aus allen Richtungen durch die Luft. Sie waren mächtiger, als sie es je bei Worten für möglich gehalten hätte, und sie waren weder schön noch poetisch oder klug, sondern niederträchtig und gemein, wie ein Schlag ins Gesicht.

Catherine erhaschte einen Blick auf Ambrose, der still und steif dastand, mit verzerrtem Gesicht, während der grölende Mob seine Schwester beleidigte. Catherine schloss die Augen.

Boris zischte ihr ins Ohr: »Du siehst nicht hin, Prinzessin. Du bist hier, um zu sehen, was mit Verrätern geschieht. Das ist zu deinem eigenen Besten. Wenn du also nicht sofort deinen Blick zum Schafott wendest, reiße ich dir höchstpersönlich die Augen auf.«

Catherine zweifelte nicht, dass Boris es ernst meinte. Sie schlug die Augen auf und sah wieder zum Schafott.

Lady Anne Norwend trug ein Kleid aus blauer Seide und silberner Spitze. Ihre Juwelen funkelten in der Sonne und ihre blonden, hochgesteckten Haare schimmerten golden. Normalerweise war Lady Anne eine Schönheit, doch der heutige Tag war fern jeder Normalität. Heute war sie abgemagert und dünn, die Haut totenbleich, und zwei Wachen mussten sie stützen. Aber das Auffälligste an ihr war ihr Mund: mit dickem, schwarzem Zwirn waren ihre Lippen zusammengenäht worden, die senkrechten Stiche waren braun von getrocknetem Blut, das auch ihr Kinn und ihren Hals befleckte. Ihre Zunge war herausgeschnitten worden. Catherine wollte zu Ambrose schauen, aber sie wagte nicht, sich zur Seite zu wenden; sie ertrug es nicht, ihn zu sehen. Wie unerträglich musste dieser Anblick für ihn sein?

Catherine starrte vage dorthin, wo Lady Anne stand. Es gelang ihr, indem sie sich auf einen der Soldaten konzentrierte, der sie festhielt, darauf, wie fett seine Finger waren und wie eisern er sie umklammert hatte.

Der Herold des Königs trat vor und richtete das Wort an die Menge. Er forderte Stille, und als sich der Lärm gelegt hatte, las er eine Schriftrolle vor, auf der Lady Annes Verbrechen aufgelistet waren. »Hat einen verheirateten Mann verführt«, was sich auf ihre Beziehung zu Sir Oswald Pence bezog. »Erschien nicht wie befohlen vor dem König«, was die Flucht mit Sir Oswald beschrieb, als Noyes und seine Schergen sich ihnen in den Weg stellten. »Mord an den Männern des Königs« war die Folge dieser Konfrontation, und so schwer es auch zu glauben war, wenn man Lady Anne heute betrachtete, so hatte sie doch selbst einen der Soldaten im Kampf erstochen, der insgesamt drei Menschen das Leben gekostet hatte, einschließlich Sir Oswald. Dieser Mord war der Hauptgrund für ihre Hinrichtung, ein Mord an einem königlichen Leibgardisten war genau so, als hätte man es auf das Leben des Königs selbst abgesehen. Es war Hochverrat, und so endete denn auch die Rede des Herolds mit den Worten: »Verrat an Brigant und an unserem glorreichen König.«

Die Menge raste.

»Die Verräterin, Mörderin und Hure verliert all ihre Besitztümer, die dem König zufallen.«

Einer der schwarz gekleideten Männer näherte sich Lady Anne und fing an, ihr die Juwelen abzunehmen. Jedes Mal, wenn er ein Schmuckstück entfernte – eine Brosche, einen Ring, einen Armreif –, erhoben sich Jubelrufe und Schreie aus der Menge. Die Kostbarkeiten wurden in einen Korb gelegt, der von einem anderen Mann gehalten wurde. Als dies erledigt war, nahm der Mann ein Messer und schnitt das Rückenteil ihres Kleides auf, und neuerlicher Jubel brandete auf, als ihr das Kleidungsstück von den Schultern gerissen wurde. Der Ruck holte Lady Anne fast von den Füßen, doch der Soldat zog sie wieder nach oben und hielt sie fest. Der Mob heulte wie ein Rudel Hunde und fiel in einen Sprechchor: »Ausziehen! Ausziehen! Ausziehen!«

Lady Anne stand in ihrem Unterkleid da und hielt den dünnen Stoff vor ihrer Brust zusammen. Ihre Hände zitterten, und Catherine erkannte, dass ihre Finger verdreht und gebrochen waren. Anfangs begriff Catherine nicht, was der Grund dafür war, doch dann wurde ihr klar, dass dies Teil des Rituals war, das zur Hinrichtung eines Verräters gehörte. Jene, die des Verrats für schuldig befunden wurden, durften nicht mit den loyalen Untertanen des Königs kommunizieren, und so schnitt man ihnen die Zunge heraus und nähte ihre Lippen zusammen. Doch da alle Damen des Hofes in Brigant sich mit Handzeichen verständigten, wenn es ihnen nicht erlaubt war, ihre Stimme zu erheben, hatte man Lady Anne auch die Hände gebrochen.

Einer der Männer hatte Lady Anne das Haar herabgelassen, das ihr lang, seidig und hellblond über den Rücken fiel. Er packte eine Handvoll Strähnen und schnitt sie an ihrem Nackenansatz ab. Er hob die Haarsträhnen in die Höhe und legte auch sie in den Korb. Am Ende war sie fast nackt und zitterte trotz der warmen Sommersonne. Das dünne Unterhemd war durchsichtig und klebte an ihren Beinen, wo sie sich eingenässt hatte. Es schien, dass der König nicht nur Lady Annes weltliche Besitztümer für sich beanspruchte, sondern auch ihre Würde.

Der Herold wandte sich von Lady Anne ab und richtete das Wort an die Männer auf der gegenüberliegenden Plattform: »Was sagt ihr zu dieser Verräterin?«

Lady Annes Vater, der Marquis, ein groß gewachsener, grauhaariger Mann, trat vor. Er straffte die Schultern und räusperte sich.

»Ihr habt Euer Land verraten und unseren glorreichen König. Ihr habt meine Familie und mich selbst betrogen, ebenso wie alle loyalen Untertanen, die Euch aufgezogen und vertraut haben. Ihr habt mein Vertrauen verraten und den Namen meiner Familie befleckt. Es wäre besser gewesen, wenn Ihr niemals geboren worden wärt. Ich sage mich von Euch los und verlange Eure Hinrichtung als Verräterin.«

Catherine schaute zu Lady Anne, wie sie reagieren würde. Sie starrte ihren Vater an und schien sich dabei aufzurichten. Danach traten noch fünf weitere männliche Verwandte vor – ihre beiden Onkel, zwei Cousins und ihr älterer Bruder Tarquin, der Ambrose ähnlich sah und das gleiche blonde Haar hatte –, die dieselben Anschuldigungen aussprachen und ebenfalls ihren Tod verlangten. Nach jeder Ansprache jubelte die Menge und schwieg dann wieder, wenn der Nächste an der Reihe war. Und jedes Mal schien Lady Anne an Stärke und Größe zu gewinnen. Das überraschte Catherine anfangs, doch sie merkte, dass auch sie den Rücken straffte. Je mehr Lady Anne erniedrigt wurde, desto mehr wollte sie demonstrieren, wie aufrecht und stark sie war.

Der Letzte, der vortreten musste, war Ambrose. Er machte den Mund auf, aber keine Worte drangen heraus. Sein Bruder beugte sich zu ihm und sagte ihm etwas ins Ohr. Catherine las von Tarquins Lippen ab: »Bitte, Ambrose, du musst es tun.«

Ambrose holte tief Atem und sagte dann mit einer Stimme, die klar und deutlich war, ohne sie zu erheben: »Du hast Brigant und den König verraten. Ich verlange deine Hinrichtung.« Sein Bruder legte ihm die Hand auf die Schulter. Ambrose starrte weiterhin Lady Anne an, während ihm die Tränen über die Wangen rollten. Diesmal jubelte die Menge nicht.

Boris sagte: »Ich glaube fast, er weint. Er ist so schwach wie ein Weib.«

Lady Anne dagegen weinte nicht. Stattdessen machte sie eine Bewegung: Sie legte ihre Hand auf ihr Herz, das einfache Zeichen ihrer Liebe für Ambrose. Dann drehte sie sich um, und ihre Augen fingen Catherines Blick ein. Lady Anne hob ihre rechte Hand, als wollte sie sich eine Träne abwischen, während ihre linke Hand zu ihrer Brust wanderte. Die Bewegung war so fließend, so natürlich, dass sie kaum wahrnehmbar war. Aber Catherine war seit frühester Kindheit in der Zeichensprache unterwiesen worden, und dies war eine der ersten Gebärden, die sie gelernt hatte. Sie bedeutete: »Schau mich an.« Dann machte Lady Anne mit der rechten Hand das Zeichen für Kuss, während ihre linke nach unten wanderte und sich scheinbar zur Faust ballen wollte. Catherine runzelte die Stirn. Eine Faust, vor den Unterleib gehalten, war das Zeichen für Wut und Hass, eine Drohung. Dies in Verbindung mit einem Kuss war seltsam. Dann ein weiteres Zeichen: »Junge.« Lady Anne drehte sich zum König um und vollführte eine weitere Gebärde, doch der Mann, der ihren Arm hielt, versperrte die Sicht.

Catherine kannte Lady Anne nicht; sie hatte nie mit ihr gesprochen, hatte sie nur ein einziges Mal bei Hofe gesehen. Catherines Leben in der Abgeschiedenheit ihrer Gemächer verhinderte nicht nur ihre Begegnung mit Männern, sondern auch mit den meisten Frauen. Hatte sie sich die Gebärden nur eingebildet?

Lady Anne wurde ein paar Schritte nach vorne gezogen und dann auf einem leicht erhöhten hölzernen Podest niedergedrückt. Sie senkte den Blick und schaute dann noch einmal zu Catherine, und diesmal gab es keinen Zweifel: Sie versuchte, ihr etwas zu sagen, im Augenblick ihres Todes. Aber was?

Bradwell, der Henker, hatte sich die Haube übergezogen, doch sein Mund war noch sichtbar, und er sagte: »Schaut geradeaus, andernfalls kann ich nicht für einen sauberen Schnitt garantieren.«

Lady Anne drehte das Gesicht zu den Zuschauern.

Bradwell hob das Schwert hoch über seinen Kopf, und das Sonnenlicht, das sich auf der Klinge spiegelte, blendete Catherine. Die Menge wurde totenstill. Bradwell machte einen Schritt nach vorn und dann einen zur Seite, vielleicht um den Winkel seines Schlags zu überprüfen. Dann trat er hinter Lady Anne, ließ das Schwert einmal über seinem Kopf in der Luft kreisen, beugte sich leicht nach vorn, schwang noch einmal das Schwert und ließ es in einer fließenden Bewegung zur Seite sausen, so schnell, dass es einen Augenblick lang aussah, als wäre nichts passiert.

Lady Annes Kopf fiel mit einem dumpfen Aufprall auf den Holzboden und rollte dann zum Rand des Schafotts. Dahinter quoll Blut aus dem Hals des langsam in sich zusammensinkenden Körpers. Die Jubelschreie der Menge schlugen wie eine Faust auf Catherine ein, und unwillkürlich zuckte sie zurück.

Bradwell trat vor, hob den Kopf auf und hielt ihn an den kurzen Haaren in die Höhe. Der rasende Pöbel verlangte brüllend: »Aufspießen!«, und Bradwells Gehilfe holte eine Lanze hervor, woraufhin die Raserei der Menge einen neuen Höhepunkt erreichte.

Über das Schafott und die brüllenden Zuschauer hinweg trafen sich Catherines und Ambroses Augen. Sie hielt seinen Blick fest, wollte ihn trösten, ihm sagen, wie leid es ihr tat. Sie wollte ihn wissen lassen, dass sie nicht wie ihr Vater oder ihr Bruder war, dass sie nicht aus freien Stücken hier war, dass sie trotz ihrer hohen Stellung Mitgefühl hatte.

Boris zischte ihr ins Ohr: »Du schaust nicht hin, Schwester.«

Catherine drehte sich um. Lady Annes Kopf wurde auf die Lanze gespießt, und dort, am Fuß des Schafotts, stand Noyes mit diesem Halblächeln auf den Lippen. Und noch während sie ihn anblickte, drehte er sich leicht zur Seite und schaute zu Ambrose. Da erkannte Catherine, wie dumm sie gewesen war: Dies hier war keine Strafe, keine Warnung und auch keine Lektion.

Es war eine Falle.

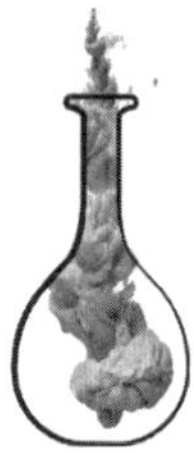

Tash

NÖRDLICHES PLATEAU, PITORIA

»Bist du so weit?«

»Nein, wie kommst du bloß darauf? Was du hier siehst, ist nur deine Einbildung. In Wirklichkeit habe ich den lieben langen Tag gemütlich auf meinem Hintern gesessen und Honig gegessen.« Tash ließ das Seil hinunter, sodass das geknotete Ende noch eine Handbreit über dem Boden der Grube hing.

»Noch ein bisschen tiefer«, sagte Gravell.

»Ich bin nicht blind!«

»Du musst aufpassen.«

Tash drehte sich zu Gravell um. »Ich weiß, was ich tun muss!«

Bei diesem Teil der Vorbereitung wurde Gravell immer todernst und pingelig, und erst jetzt dämmerte es Tash, dass er Angst hatte. Tash hatte selbst Angst, aber die Gewissheit, dass auch Gravell kurz davorstand, sich in die Hose zu machen, half ihr herzlich wenig.

»Du bist doch nicht etwa nervös, oder?«, fragte sie.

Gravell murmelte: »Warum sollte ich nervös sein? Du bist doch diejenige, die er zuerst erwischt. Wenn er mit dir fertig ist, bin ich schon lange weg.«

Das stimmte. Tash war der Köder. Sie lockte den Dämon in die Falle, und Gravell machte ihm den Garaus.

Tash war dreizehn und ein Dämonenköder, seit Gravell sie vor vier Jahren von ihrer Familie gekauft hatte. Eines sonnigen Tages war er aufgetaucht, der größte und haarigste Mann, den sie je gesehen hatte, und meinte, er hätte gehört, dass es hier ein Mädchen gäbe, das schnell laufen könne. Er versprach ihr fünf Kopeken, wenn sie vor der Harpune, die er schleudern würde, an den Bäumen war. Tash hielt es für einen Trick – niemand würde etwas bezahlen, nur um sie laufen zu sehen, und fünf Kopeken war eine Menge Geld –, aber sie tat es trotzdem, hauptsächlich, um zu beweisen, dass sie es konnte. Sie wusste nicht, was sie mit dem Geld machen würde, mehr als eine Kopeke hatte sie noch nie zuvor besessen, und sie würde es verstecken müssen, bevor ihre Brüder es ihr wegnahmen. Aber sie hätte sich keine Sorgen machen müssen; am selben Nachmittag kehrte sie ihrer Familie den Rücken. Gravell erzählte ihr später, dass er ihrem Vater zehn Kroner gegeben hatte. »Ziemlich teuer«, neckte er. Kein Wunder, dass ihr Vater gelächelt hatte, als sie mit Gravell abzog.

Gravell war jetzt ihre Familie, und in Tashs Augen eine viel bessere als die vorige. Gravell schlug sie nicht, sie litt kaum Hunger, und dass sie manchmal fror, machte ihr nicht viel aus; das war Teil der Arbeit. Und gleich am ersten Tag hatte sie Stiefel bekommen. Ja, verglichen mit ihrem alten war dieses neue Leben mit Gravell ein Dasein voller Luxus und Überfluss. Sie verdienten gutes Geld mit dem Verkauf von Dämonenrauch, obgleich Dämonen selten und gefährlich waren. Einen Dämon zu töten und seinen Rauch zu verkaufen, war verboten, aber die Männer des Sheriffs ließen sie in Ruhe, solange sie diskret vorgingen. Gravell und Tash erlegten gewöhnlich vier oder fünf Dämonen pro Saison, und das Geld reichte für den Rest des Jahres. In den Städten schliefen sie in Gasthäusern mit weichen Betten und Badewannen, aber das Allerbeste für Tash waren die Stiefel. Sie hatte jetzt schon zwei Paar!

Tash liebte ihre Stiefel. Diejenigen, die sie jeden Tag trug, waren aus kräftigem Leder mit dicken Sohlen. Sie lief gut darin, auch über unebenes Gelände. Sie rieben und zwickten nicht, Tash bekam keine Blasen, und ihren Geruch fand sie angenehm, nach Leder und nicht nach altem Schweiß wie Gravells Stiefel. Tashs zweites Paar, das sie im Augenblick trug, hatte sie vor ein paar Monaten in Dornan bekommen. Das waren ihre Rennstiefel, und sie passten wie angegossen. Sie hatten spitze Metallspikes an den Sohlen, damit sie beim Laufen nicht den Halt verlor und schnell lossprinten konnte. Gravell hatte sie entworfen und sie sogar bezahlt – zwei Kroner, ein kleines Vermögen. Als Tash die Stiefel zum ersten Mal anzog, sagte er: »Pass auf sie auf, und sie werden auf dich aufpassen.«

Tash passte auf sie auf, und sie war ganz bestimmt nicht undankbar – im Gegenteil –, aber was sie wirklich wollte, mehr als alles andere auf der Welt, waren die Ankle Boots, auf die sie insgeheim gehofft hatte, als Gravell ihr das Päckchen mit den Rennstiefeln überreicht hatte. Diese Ankle Boots hatte sie im Fenster des Schusters in Dornan gesehen und sie Gravell gegenüber ein paarmal erwähnt. Sie waren herrlich, aus weichem hellgrauem Wildleder, so zart und fein, dass sie aussahen, als seien sie aus Kaninchenohren gefertigt.

Als Gravell ihr die Stiefel mit den Spikes zeigte und ihr sagte, dass er ganz allein auf die Idee gekommen war, da hatte sie ein freudiges Gesicht auflegen müssen. Tash hatte sich ermahnt, nicht enttäuscht zu sein. Alles würde gut werden. Die Spike-Stiefel würden ihr bei der Jagd nach dem Dämonenrauch helfen, und mit dem Geld konnte sie sich die grauen Wildlederstiefel selbst kaufen.

Jetzt würde es nicht mehr lange dauern, bis sie ihren ersten Fang der Saison machten.

Gravell hatte den Schlupfwinkel des Dämons bereits nach einer Woche gefunden. Er hatte die Grube ausgehoben, aber mittlerweile war es Tash, die den Fluchtapparat anbrachte und begutachtete und Gravell nicht einmal mehr in seine Nähe ließ.

Gravell hatte Tash beigebracht, vorsichtig zu sein und alles doppelt und dreifach zu überprüfen. Sie vollführte jetzt einen Testlauf, entfernte sich hundert Schritte von der Grube, joggte durch die Bäume und nahm dort Geschwindigkeit auf, wo der Boden nur leicht verschneit war. Als sie auf die Lichtung kam, wo sie den höher liegenden Schnee vorher zu einer harten, knackenden Fläche festgetrampelt hatte, war sie in vollem Lauf; den Oberkörper vorgebeugt pumpten ihre Beine, und die Spikes gaben ihr Halt, ohne sie aufzuhalten. Dann sprang sie über den Rand der Grube, kam mit einem Knirschen auf dem eisigen Boden auf, fing die Wucht des Aufpralls mit den Knien ab, war sofort wieder aufrecht und rannte zum Ende der Grube, wo sie … wartete.

Das Warten war immer der schwierigste Teil, der Teil, bei dem man sich wirklich fast in die Hose machte: wenn alle Sinne einem zuschrien, das Seil zu packen und zu fliehen. Aber das durfte man nicht, denn man musste warten, bis der Dämon unten in der Grube war, und erst dann, erst wenn er den Boden erreicht hatte und schrie und kreischte und auf einen zugeschlittert kam, erst dann durfte man das Seil nehmen und den Zugmechanismus auslösen.

Tash zog am Seil, hängte sich mit ihrem ganzen Gewicht daran, während ihr rechter Fuß auf dem untersten, dicksten Knoten stand. Der hölzerne Hebel gab nach, und Tash flog nach oben, so elegant und träge wie ein Gähnen, so ausbalanciert, dass ihre Finger kaum das Seil berührten, und auf dem höchsten Punkt des Flugs verharrte sie, hing mitten in der Luft, völlig frei. Dann ließ sie das Seil los, beugte sich vor und griff nach der Kiefer. Ihre ausgestreckten Arme schlangen sich um einen Ast. Einen Moment lang blieb sie dort hängen, bis sie lässig nach unten glitt. Ein Zapfen kratzte ihr über das Gesicht, und sie landete bis zu den Knien in dem Schneehaufen, den sie dort aufgeschüttet hatte.

Tash ging zurück und richtete die Falle neu ein. Dunkle Erde und Fußabdrücke im Schnee umgaben den Rand der Grube. Sie musste ihre Stiefel säubern, damit sich keine Erdklumpen dort festsetzten.

»Du blutest.«

Tash betastete ihre Wange und betrachtete dann das Blut an ihren Fingerspitzen. Dämonen wurden noch wilder, wenn sie Blut rochen. Sie leckte ihre Finger ab und sagte: »Machen wir weiter.«

Sie packte die Seile und setzte den Schleudermechanismus wieder in Gang; sie war zufrieden, denn alles funktionierte einwandfrei. Der Flaschenzug arbeitete so, wie er sollte, und es war eine gute Grube. Gravell hatte mehr als drei Tage dafür gebraucht, und sie war lang, schmal und tief. Am Vorabend hatten er und Tash Wasser an den steilen Seitenwänden entlang nach unten gegossen, bis es ein paar Zentimeter hoch in der Grube stand, und über Nacht war es zu hartem, spiegelglattem Eis gefroren. Der Dämon konnte immer noch aus der Grube klettern – Dämonen waren Meister im Klettern – und Gravell hatte in der Vergangenheit verschiedene Möglichkeiten ausprobiert, um auch die Wände zu vereisen, aber immer mit mäßigem Erfolg. Sie mussten also tun, was Gravell immer getan hatte, nämlich die Seitenwände der Grube mit einem Geschmier aus Tierblut und Eingeweiden bestreichen. Es roch entsetzlich, widerlich, und es würde den Dämon lange genug ablenken und verwirren, damit Gravell seine Harpunen schleudern konnte. Gravell hatte fünf davon, obwohl er normalerweise nicht mehr als drei benötigte, um einen Dämon zu erlegen. Sie waren speziell für diesen Zweck hergestellt, mit Metallspitzen und Widerhaken, damit sie nicht herausgezogen werden konnten. Der Dämon schrie und kreischte jedes Mal. Der Lärm war schrecklich, und Tash musste sich dann immer vor Augen halten, dass der Dämon mit ihr noch viel Schlimmeres anstellen würde, wenn er sie erwischte.

Tash schaute nach oben. Die Sonne stand noch hoch am Himmel. Eine Dämonenjagd fand immer am Ende eines Tages statt. Sie merkte, wie sich ihr Magen nervös verkrampfte; sie wollte es einfach nur hinter sich bringen. Gravell musste noch die Wände der Grube bestreichen, dann würde er sich in den nahe gelegenen Büschen verstecken und warten. Erst wenn der Dämon in die Grube sprang, würde er mit seinen Harpunen herauskommen. Das Timing musste stimmen, und sie hatten den Ablauf mittlerweile perfektioniert, aber es war Tash, die ihr Leben riskierte, Tash, die den Dämon anlockte, Tash, die den genauen Zeitpunkt abpassen musste, in dem sie loslief, sodass der Dämon ihr folgte, Tash, die dem Dämon davonrennen, in die Grube springen und – erst im allerletzten Moment – das Seil packen und wieder aus der Grube fliegen musste.

Natürlich bestand die Möglichkeit, dass der Dämon an der Grube vorbeilief und Gravell angriff. Das war bisher in den vier Jahren ihrer gemeinsamen Dämonenjagd nur ein einziges Mal vorgekommen. Tash wusste nicht genau, was an diesem Tag passiert war, und Gravell redete nicht darüber. Sie war in die Grube gesprungen und hatte gewartet, aber der Dämon war ihr nicht gefolgt. Sie hatte Gravell rufen hören, dann einen schrillen Dämonenschrei. Und anschließend Stille. Sie hatte nicht gewusst, was sie tun sollte. Wenn der Dämon tot war, warum rief Gravell sie dann nicht aus der Grube? Hatte der Schrei zu bedeuten, dass der Dämon verwundet war? Oder hatte er geschrien, als er Gravell angegriffen und getötet hatte? War der Dämon jetzt still, weil er sich an Gravells Leichnam labte? Sollte sie weglaufen, solange der Dämon Gravells Blut trank? Sie hatte gewartet und gewartet, in den Himmel über der Grube gestarrt und dabei gemerkt, dass sie pinkeln musste. Pinkeln und weinen.

Sie hatte gewartet, mit dem Seil in der Hand, aber sie hatte zu viel Angst gehabt, um sich zu rühren. Schließlich hatte sie etwas gehört, ein Schlurfen im Schnee, und dann Gravells Stimme: »Kommst du heute noch raus da?« Und Tash hatte versucht, den Zugmechanismus auszulösen, aber ihre Hand war so kalt und sie zitterte so sehr, dass es eine Weile dauerte. Während der ganzen Zeit bedachte Gravell sie mit Schimpfwörtern. Als sie herauskam, erkannte sie überrascht, dass Gravell völlig unversehrt war. Er lachte, als sie sagte: »Du bist nicht tot.« Dann wurde er still und sagte: »Scheiß-Dämonen.«

»Warum ist er nicht in die Grube gesprungen?«

»Weiß ich nicht. Vielleicht hat er mich gesehen. Oder gerochen. Oder irgendetwas gefühlt, wie auch immer sie das machen.«

Der Dämon lag fünfzig Schritte von der Grube entfernt, mit einer einzigen Harpune im Körper. War Gravell gerannt oder der Dämon? Sie hatte ihn gefragt, und Gravell sagte bloß: »Wir sind beide gerannt, verdammt noch eins.«

Die anderen Harpunen steckten kreuz und quer auf der Lichtung im Boden, als ob Gravell sie geworfen, sein Ziel aber verfehlt hätte. Gravell schüttelte den Kopf und sagte: »Als ob man versucht, eine wütende Wespe zu harpunieren.«

Der Dämon war nicht viel größer als Tash. Er war sehr dünn, bestand nur aus Sehnen und Haut, ohne ein Gramm Fett. Er erinnerte Tash an ihren älteren Bruder. Die Haut war eher violett statt des üblichen Rot- oder dunklen Orangetons, die Sonnenuntergangsfarben der größeren Dämonen. Nach einem Tag würde der Leichnam verfaulen und schmelzen, bis dahin war der Geruch intensiv und erdig; und dann würde er verschwunden sein, ohne auch nur eine Spur auf dem Boden zu hinterlassen. Kein Fleck, kein Blut; Dämonen hatten kein Blut.

»Hast du den Rauch bekommen?«, hatte Tash gefragt.

»Nein, ich war anderweitig beschäftigt.«

Der Rauch kam direkt nach dem Tod des Dämons heraus. Tash wunderte sich, womit Gravell »anderweitig beschäftigt« gewesen war, aber sie wusste, dass er dem Tod ins Angesicht geblickt hatte, denn seine Hände waren immer noch fahrig. Sie stellte sich vor, wie er den Dämon getötet und dann versucht hatte, die Flasche zu halten, um den Rauch einzufangen, seine Hände aber zu sehr gezittert hatten.

»War er schön?«

»Sehr schön. Violett. Mit Rot und ein bisschen Orange am Anfang, aber dann ganz Violett, bis zum Ende.«

»Violett!« Tash wünschte, sie hätte es gesehen. Die ganze Arbeit war umsonst gewesen, all die Wochen des Aufspürens, dann die mühevollen Tage, in denen sie die Grube ausgehoben und präpariert hatten. Sie hatten nichts vorzuweisen, außer ihrem Leben und der Geschichte von der Schönheit des Dämonenrauchs.

»Erzähl mir mehr über den Rauch, Gravell«, hatte Tash verlangt.

Und Gravell hatte ihr geschildert, wie er aus dem Mund des Dämons gequollen war, nachdem der Dämon aufgehört hatte zu schreien.

»Es war nicht viel Rauch«, setzte Gravell hinzu. »Ein kleiner Dämon. Wahrscheinlich noch jung.« Tash hatte genickt. Sie hatten ein Feuer angezündet, um sich zu wärmen, und am nächsten Morgen hatten sie zugesehen, wie der Körper des Dämons schrumpfte und schließlich verschwand. Dann hatten sie sich auf die Suche nach einem neuen gemacht.

Der heutige Dämon war der erste in dieser Saison. Sie jagten nicht im Winter, es war zu schwierig, der Schnee zu tief, die Kälte zu beißend. Sie waren auf das Nördliche Plateau gekommen, sobald der Tiefschnee zu schmelzen begonnen hatte, obwohl in diesem Jahr der Winter nach Einsetzen des Frühlings noch einmal für ein paar Wochen zurückgekehrt war. In den Senken und dort, wo Schatten herrschte, lag der Schnee immer noch hoch. Gravell hatte das Lager des Dämons gefunden und dann den besten Platz für die Grube bestimmt. Jetzt ließ er den Topf mit dem Blut-Eingeweide-Gemisch an einem Seil nach unten und stieg dann über die Strickleiter in die Grube, um die Wände damit zu beschmieren. Tash blieb diese Arbeit erspart; Gravell hatte nie von ihr verlangt, dass sie diesen Teil übernahm. Es war sein Job, und er erledigte ihn gründlich. Er würde nicht die Arbeit von mehreren Wochen gefährden, weil dieser letzte Schliff nicht anständig durchgeführt wurde.

Tash saß auf ihrem Rucksack und wartete. Sie schlang ein Fell um ihre Schultern und starrte die Baumlinie an, während sie versuchte, nicht an Dämonen und Gruben zu denken. Stattdessen dachte sie an das, was danach geschehen würde. Sie würden nach Dornan gehen und den Dämonenrauch verkaufen. Der Handel mit Rauch war illegal, alles, was mit Dämonen zu tun hatte, war illegal, selbst den Fuß auf Dämonenterritorium zu setzen – aber das hieß nicht, dass es nicht mehr von ihrer und Gravells Sorte gab, die es trotzdem wagten, und es hielt die Leute auch garantiert nicht davon ab, Dämonenrauch zu kaufen.

Und wenn sie ihren Anteil hatte, konnte sie sich die ersehnten Stiefel kaufen. Dornan war einen Wochenmarsch von hier entfernt, aber die Reise war leicht und sie würden sich in der Wärme der Stadt ausruhen und das gute Essen genießen, bevor sie auf das Plateau zurückkehrten. Tash hatte Gravell einmal gefragt, warum er nicht mehr Dämonen töten und mehr Rauch sammeln würde. »Southgate sagt, dass Banyon und Yoden zweimal so viel im Jahr einfangen wie wir«, hatte sie angemerkt. Aber Gravell hatte erwidert: »Dämonen sind das Böse, genauso wie die Gier. Wir haben genug.« Und das Leben war gut, solange Tash schnell genug rannte.

Schließlich kam Gravell wieder aus der Grube, zog die Strickleiter hoch und verstaute alles außer Sichtweite. Tash versteckte ihren Rucksack bei den Bäumen. Danach war alles erledigt. Gravell umrundete die Grube ein letztes Mal, wobei er vor sich hin murmelte: »Jap. Jap. Jap.«

Dann kam er zu Tash und sagte: »Also los.«

»Also los.«

»Vermassel es nicht, Fräulein.«

»Das gilt auch für dich.«

Sie klatschten sich mit den geballten Fäusten ab.

Die Worte und das Abklatschen waren ein Ritual, das ihnen Glück bringen sollte, obwohl Tash nicht wirklich an Glück glaubte –

und das traf wohl auch auf Gravell zu, vermutete sie –, aber sie war nicht bereit, einen Dämon aufzuscheuchen, ohne sich vorher jeglicher Hilfe zu versichern, die sie kriegen konnte, wie unwahrscheinlich sie auch sein mochte.

Die Sonne stand jetzt tiefer und würde schon bald hinter die Baumlinie sinken. Das war die beste Zeit, um einen Dämon aus seinem Schlupfwinkel zu locken. Tash joggte durch ein lichtes Wäldchen in Richtung Norden bis zu der Stelle, die sie und Gravell vor zehn Tagen gefunden hatten. Na ja, eigentlich hatte Gravell sie gefunden. Das war sein wahres Talent: Gruben ausheben und die Wände mit Blut einreiben konnte jeder, und seine Fähigkeit, einen Dämon mit einer Harpune zu töten, entsprach seiner Körpergröße und seiner Stärke, aber was Gravell auszeichnete, waren seine Geduld und sein Instinkt, der ihn befähigte, die Orte aufzuspüren, wo Dämonen lebten. Dämonen mochten flache Senken auf ebenen Flächen, nicht zu nah an Bäumen, dort, wo sich Nebel bilden konnte. Sie mochten es kalt. Sie mochten den Schnee. Menschen mochten sie nicht.

Früher hatte Tash Gravell Löcher in den Bauch gefragt, aber mittlerweile wusste sie so viel über Dämonen, wie man nur über eine Sache wissen konnte, die aus einer fremden Gegend stammt. Und was für eine Gegend das war! Nicht von dieser Welt, dachte sie, oder vielleicht zu sehr von dieser Welt – von einer uralten Welt. Tash hatte es gesehen, das Dämonenland. Das war ihre Aufgabe. Um den Dämon herauszulocken, musste sie zuerst hinein – dorthin, wo sie nicht sein durfte, wo Menschen gewöhnlich nicht hingingen. Und die Dämonen würden sie töten, weil sie es gewagt hatte, in ihre Welt zu blicken, eine Welt, die brütend und blutig war. Nicht dunkel, aber von einer anderen Art Helligkeit. Das Licht war rot und die Schatten noch röter. Es gab keine Bäume oder Pflanzen, nur roten Stein. Die Luft war wärmer, dicker, und dann die Geräusche …

Tash wartete, bis die Sonne halb hinter dem Hügel stand, bis der

Himmel dort rot und orange geworden war. Nebel sammelte sich in den sanften Senken. Auch in der des Dämons. Diese Senke war etwas tiefer als die anderen und der Rand leicht wellig, und nur in dieser lag kein Schnee. Der Nebel, der darüber hing, hatte einen leicht rötlichen Schimmer, was man auf den Sonnenuntergang hätte zurückführen können. Aber Tash wusste es besser.

Tash näherte sich langsam und leise, bis sie den Rand der Senke erreicht hatte. Dort kniete sie sich hin. Sie säuberte die Sohlen ihrer Stiefel, pflückte kleine Erdklumpen von den Spikes. Dann legte sie die Hände auf den Boden und spreizte die Finger, fühlte die Erde, die nicht warm war, aber auch nicht gefroren. Dies war der Rand des Dämonenlandes.

Sie grub ihre Zehen ein und holte tief Luft, als ob sie eintauchen wollte – was in gewisser Weise auch zutraf. Tash senkte den Kopf und schob mit weit geöffneten Augen den Oberkörper nach vorn. Mit der Brust streifte sie die Erde, gerade so, als ob sie unter einem Vorhang hindurch in die Senke lugen würde, in die Welt des Dämons.

Manchmal brauchte sie zwei oder drei Versuche, aber heute klappte es gleich beim ersten Mal.

Vor ihr lag das Dämonenland; die Senke fiel steil in einen Tunnel ab, aber das war nicht der einzige Unterschied zur Welt der Menschen. Hier im Reich der Dämonen herrschten andere Farben, andere Geräusche und Temperaturen, als ob sie durch ein buntes Glas in einen Ofen blicken würde. Es war schwierig, die Farben zu beschreiben; die Geräusche beschreiben zu wollen, war ganz und gar unmöglich.

Tash schaute durch die rote Senke zum Eingang des Tunnels, und dort, am tiefsten Punkt, sah sie etwas Violettes. Ein Bein?

Dann wurden die Einzelheiten deutlicher und sie erkannte, dass er – der Dämon, das Wesen – auf dem Bauch lag, ein Bein ausgestreckt. Tash maß den Körper mit den Augen ab, sah einen Arm, den Kopf. Eine menschliche Gestalt, doch vollkommen unmenschlich. Glatte Haut, muskulös, violett und rot, mit Schlieren aus Orange, schmal und lang. Der Dämon wirkte jung. Wie ein schlaksiger Teenager. Der Bauch hob und senkte sich langsam mit jedem Atemzug. Er schlief.

Tash hatte ihren Atem angehalten, und jetzt ließ sie die Luft aus ihren Lungen entweichen. Manchmal reichte das schon aus, manchmal musste sie nur atmen, und ihr Geruch würde den Dämon aufscheuchen.

Dieser Dämon rührte sich nicht.

Tash holte wieder Atem. Trocken und warm lag die Luft in ihrem Mund. Dann schrie sie: »Ich bin hier, Dämon! Ich kann dich sehen!« Doch ihre Stimme klang nicht wie ihre eigene. In dieser Welt waren Worte keine Worte, sondern ein Läuten aus Zimbeln und Glocken.

Der Dämon hob den Kopf und wandte sich langsam zu Tash um. Ein Bein bewegte sich, beugte sich am Kniegelenk, den Fuß entspannt in der Luft, trotz ihres Eindringens in sein Reich. Die Augen des Dämons waren dunkelrot. Er starrte Tash an und blinzelte. Das Bein ragte immer noch in die Höhe und war völlig still. Dann legte er den Kopf in den Nacken, senkte das Bein, öffnete den Mund und stieß ein Heulen aus.

Ein klirrendes Geräusch drang in Tashs Ohren, als der Dämon aufsprang und vorwärtsstürmte, das violette Maul weit aufgerissen, aber mit einem Satz war Tash auf den Beinen und bohrte ihre Spikes in den Boden. Dann wirbelte sie herum und sprang aus der Dämonenwelt in ihre eigene.

Und rannte los.

Ambrose

BRIGANE,
BRIGANT

»Konntest du nicht *einmal* meinem Befehl gehorchen?«

Es war wie in alten Zeiten. Als Ambrose noch zu Hause lebte, musste er sich regelmäßig von seinem Vater wegen seines Ungehorsams tadeln lassen. Heute, zwei Jahre, nachdem er sein Zuhause verlassen hatte, stand Ambrose wieder im Arbeitszimmer seines Vaters vor dem Schreibtisch. Aber heute lagen die Dinge anders. Sie befanden sich nicht in dem eleganten Herrenhaus, das sein Vater für den Besuch in der Hauptstadt normalerweise mietete, sondern in irgendeiner heruntergekommenen Villa. Sein Vater selbst kam ihm ebenfalls irgendwie verschlissen vor. Sein Gesicht war eingefallen, und um die Augen hatten sich neue Falten gebildet. Und trotz seiner großspurigen Art schien er kleiner zu sein als sonst. Und dann natürlich der bedeutendste Unterschied zu früher: Seine Schwester war tot, und ihr Kopf steckte auf einer Lanze oben auf der Stadtbrücke.

»Besitzt Ihr nicht einmal den Anstand, mir Antwort zu geben, Sir!«

»Von welchem Befehl sprecht Ihr, Vater?«

»Du weißt genau, wovon ich rede. Ich habe dir gesagt, was in der

Anklage zur Sprache kommen muss, und dass du es so klingen lassen musst, als ob du es glauben würdest.«

»Tja, es hat sich erwiesen, dass ich in diesem Fall nicht in der Lage war, Eurem Befehl Folge zu leisten, Vater.«

»Was ist los mit dir, Ambrose?« Sein Vater stieß sich vom Schreibtisch ab und schüttelte den Kopf.

»Was mit mir ist, weil ich meine Schwester nicht denunzieren konnte? Meint Ihr das, Sir? Ich weiß nicht. Vielleicht liegt es daran, dass ich sie für einen guten Menschen halte. Für eine gute Schwester und eine gute Tochter. Für mich stellt sich die Frage, wie *Ihr* es tun konntet, und noch dazu so überzeugend.«

Ambroses Vater erstarrte. »Du bist nicht nur impertinent, sondern auch naiv, Ambrose. Du bist mein Sohn, und ich hätte mehr von dir erwartet.«

»Und Anne war Eure Tochter. *Ich* hätte mehr von *Euch* erwartet. Ihr hättet sie mit Eurem Leben beschützen müssen.«

»Du, mein Junge, sagst mir nicht, was ich tun soll.« Ambroses Vater senkte die Stimme. »Sie hat einen Soldaten des Königs getötet. Wir hatten Glück, dass nicht jeder Einzelne von uns auf dem Richtblock gelandet ist. Der König nimmt jede Gelegenheit wahr, sein Einkommen zu vergrößern. Wir hätten alles verlieren können.«

»Nun, ich bin froh, dass Ihr wisst, wo Eure Prioritäten liegen«, höhnte Ambrose. »Es muss eine große Erleichterung für Euch sein, immer noch im Besitz Eurer Ländereien zu sein, obgleich Ihr keine Tochter mehr habt.«

»Treib es nicht zu weit, Ambrose. Ich warne dich, hör jetzt auf.«

Aber Ambrose konnte nicht aufhören. »Und ich würde mir an Eurer Stelle keine Sorgen darüber machen, dass Ihr die Gunst des Königs verlieren könntet. Ihr habt Anne ganz wunderbar denunziert. Ich habe keinen Zweifel daran, dass der König, Noyes und der ganze Hof von Euren Worten, Eurer Haltung und Eurer Loyalität beeindruckt waren. Und was bedeuten schon Wahrheit, Tugend und Ehre?«

Ambroses Vater sprang auf die Füße. »Raus! Raus mit dir, sonst lasse ich dich auspeitschen.«

Ambrose war schon herumgewirbelt, schlug die Tür hinter sich zu und stapfte durch den Gang. Tarquin rannte auf ihn zu.

»Ich habe alles vom Hof aus gehört.«

Ambrose marschierte an seinem Bruder vorbei. Draußen im Hof blieb er stehen, brüllte seinen Zorn hinaus und hämmerte mit Fäusten auf die Mauer ein.

Tarquin trat zu ihm. Er schaute seinem Bruder zu und zuckte zusammen. Dann wartete er, bis Ambrose sich beruhigt hatte.

Schließlich hörte Ambrose auf zu toben und rieb sich die blutigen und aufgeplatzten Fingerknöchel. »Es ist nicht zu fassen. Ein kurzes Gespräch mit diesem Mann, und ich trete gegen Wände und breche mir die Finger.«

»Er vermisst dich, und er macht sich Sorgen um dich. Ich gebe zu, er hat eine merkwürdige Art, das zu zeigen. Ich vermute, du vermisst ihn ebenfalls – und deine Art, es zu zeigen, ist nicht weniger merkwürdig.«

Ambrose stieß ein kurzes Lachen aus.

»Es ist schön, dich lächeln zu sehen.«

Ambrose lehnte den Kopf gegen einen Stein in der Mauer. »Es gab in jüngster Zeit kaum einen Grund zu lächeln.«

»Das geht uns allen so.« Tarquin legte Ambrose die Hand auf die Schulter. »Du weißt, dass Vater Anne geliebt hat. Dass er sie immer noch liebt. Die ganze Sache hat ihn tief getroffen.«

»Und trotzdem hat er sie denunziert.«

»Was hätte er sonst tun sollen, Ambrose? Sie war schuldig gesprochen worden. Wenn er sie nicht denunziert hätte, hätte der König unseren Besitz an sich gerissen. Was wäre dann aus all den Menschen in Norwend geworden, die von uns abhängig sind? Wir hätten verloren, der König hätte noch mehr gewonnen. Vater musste überzeugend sein.«

Ambrose konnte nichts darauf sagen. Er zerkratzte sich die Stirn an dem rauen Stein.

»Anne hat es verstanden, Ambrose. Sie kannte das Gesetz genauso gut wie jeder andere. Sie wusste, dass Vater sie liebt. Was passiert ist, ist nicht richtig, aber gib nicht unserem Vater die Schuld.«

»Aber was sie mit ihr gemacht haben ...«

Ambrose hatte in seiner Fantasie so oft durchlebt, wie Noyes' Männer seine Schwester folterten, hatte den Schmerz und die Kränkungen gefühlt, die sie erlitten haben musste, und doch hatte sie zum Schluss mit erhobenem Kopf dagestanden. Er war so stolz auf sie. Ihre Klugheit und ihre Unabhängigkeit inspirierten ihn, obwohl die meisten Lords diese Eigenschaften nicht schätzten. Anne war eine außergewöhnliche Frau gewesen; selbst als Mann wäre sie in Brigant aufgefallen. Sie war weit gereist, bis nach Pitoria und darüber hinaus. Sie sprach mehrere Sprachen und hatte Ambrose und Tarquin geholfen, Pitorianisch zu lernen. Ambrose erinnerte sich liebevoll daran, wie sie stets zu ihm sagte: »Nein, es muss kehliger klingen.« Und Tarquin hatte sie immer ermahnen müssen: »Steh nicht so steif da. Du musst mit deinen Händen und deinem ganzen Körper sprechen.«

Ihre eigenen Hände, die so flink und so geschickt die Gebärden ausführen konnten, waren gebrochen worden, die gewandte Zunge herausgeschnitten, die lächelnden Lippen für immer zusammengenäht. Was hatte sie gedacht, als sie ihr das antaten? Wollte sie einfach nur so schnell wie möglich sterben? Vermutlich. Bevor man sie hinrichtete, hatte sie drei Wochen im Verlies verbracht. Sie war jeden Tag gefoltert worden. Sie war so dünn gewesen auf dem Schafott. Und er hatte nichts weiter tun können als zuzuschauen – und sie ebenfalls zu denunzieren.

Ambrose fühlte, wie Tarquin ihn umarmte, und erst da merkte er, dass er wieder weinte. Leise sagte er, das Gesicht der Mauer zugewandt: »Ich glaube nicht, dass sie schuldig war. Ich meine, ich kann mir gut vorstellen, dass sie den Soldaten getötet hat, aber nur, um sich selbst zu verteidigen. Aber ich glaube einfach nicht, dass sie und Sir Oswald ein Verhältnis hatten. Sie waren seit ihrer Kindheit befreundet; er hat ihren Wissensdurst stets unterstützt. Sie hat ihn bewundert und ihn als Freund geschätzt. Und außerdem, seit wann kümmert sich der König um die Liebschaften seiner Untertanen? Dann wäre der halbe Hofstaat längst im Kerker. Obwohl ich wirklich keine Ahnung habe, was sie so weit im Westen gesucht haben. Dafür wurde nie eine Erklärung geliefert. Da geht irgendetwas anderes vor, da bin ich mir ganz sicher.«

Tarquin sagte im Flüsterton: »Ich glaube auch nicht, dass wir die Wahrheit kennen, Ambrose. Aber ich bin nicht so dumm, mit irgendjemand sonst darüber zu reden, außer mit dir.«

»Hältst du mich für dumm?«

»Du bist ehrlich und treu. Ich bewundere deine Tugend.«

Ambrose lächelte durch seine Tränen. »Das heißt wohl, ja.«

Tarquins Miene blieb ernst. »Keiner von uns weiß, was wirklich mit Anne und Sir Oswald passiert ist, aber was immer es war, es missfiel dem König. Ich habe gerade meine Schwester verloren, ich will nicht auch noch meinen Bruder verlieren. Ich weiß, dass es dir sehr schwergefallen ist, Anne zu denunzieren, und es war offensichtlich, dass du nicht meintest, was du sagtest. Selbst solche kleinen Details können einen Mann ins Verderben stürzen, wenn sich der König dadurch bedroht fühlt. Er verlangt nicht mehr und nicht weniger als absolute Loyalität.«

»Und was ist mit Loyalität meiner Schwester gegenüber? Hat das gar keine Bedeutung?«

»Aloysius ist der Meinung, dass er in allen Dingen zuerst kommt. Das weißt du genau.«

»Du glaubst also, ich bin verloren?«

Tarquin schüttelte den Kopf. »Nein, aber ich glaube, dass es im Augenblick hier in Brigane zu gefährlich für dich ist.«

»Heutzutage ist es überall gefährlich.«

»Das stimmt nicht. Aber hier in der Hauptstadt sind wir ganz gewiss nicht willkommen. Bei Hofe hat fast niemand Vater in die Augen gesehen, und noch weniger haben mit ihm geredet. Er hat seit unserer Ankunft hier keine einzige Einladung bekommen, und niemand hat unsere Einladungen angenommen; ganz plötzlich sind alle unglaublich beschäftigt.«

»Vater sollte sich glücklich schätzen. Das sind doch alles nur heuchlerische Ratten. Ich würde keinem Einzigen von ihnen trauen.«

»Geächtet zu werden, bedeutet nichts Gutes, Ambrose. Ohne Verbündete bei Hof sind wir schwach. Zu Hause im Norden, unter unseren eigenen Leuten, werden wir sicherer sein.« Tarquin atmete tief durch. »Vater und ich kehren morgen nach Norwend zurück. Warum kommst du nicht mit uns? Warum kehrst du nicht der königlichen Leibgarde, dem Hof und dem König den Rücken und begleitet uns?«

»Mein Platz ist bei der Leibgarde. Ich habe einen Eid geschworen, die Prinzessin zu schützen. Ich werde nicht weglaufen.«

Tarquin seufzte. »Dein Pflichtgefühl ist noch so etwas, das dich in Gefahr bringt, Bruder. Ich habe den Blick gesehen, den du bei der Hinrichtung mit der Prinzessin gewechselt hast. Es ist kinderleicht, dir deine Gefühle vom Gesicht abzulesen, Ambrose. Noyes und Prinz Boris haben es gewiss ebenfalls bemerkt. Noyes entgeht nichts.«

»Jetzt kann ich also nicht einmal mehr jemanden anschauen, ohne ein Verbrechen zu begehen?«

Mehr hatte er doch nicht getan. Er hatte Prinzessin Catherine nur angesehen. Er hatte es tun müssen. Ihr Vater und Boris hatten triumphiert, aber Catherine war anders. Sie wirkte so traurig, und gleichzeitig so ruhig. Sie anzuschauen, hatte ihm geholfen, die Verzweiflung und den Schmerz zu ertragen.

Ambrose sah Catherine fast jeden Tag, während er vor ihren Gemächern Wache stand oder sie bei ihren Ausritten begleitete. Gelegentlich sprach er auch mit ihr. Ambrose liebte die Art, wie sie lächelte und lachte. Er liebte es, wenn sie Boris widersprach, mit Witz, Schlagfertigkeit und Klugheit. Er liebte es, dass sie unterschiedliche Persönlichkeiten annehmen konnte, dass sie Boris mit ihrer Aufsässigkeit provozierte, während sie nur bei ihm, Ambrose, lieb und sanft und freundlich war. Wenigstens glaubte er, dass sie sich nur in seiner Gegenwart so benahm – und was war dabei, dass ihn der Gedanke, sie könnte auch zu anderen Männern lieb und freundlich sein, wie ein Stachel im Fleisch piesackte? Er liebte es, wie sie ihren schlanken Fuß in den Steigbügel schob, dass sie stolz und aufrecht im Sattel saß – und wie sie an jenem heißen Tag gegen Ende des letzten Sommers ihr Pferd mit einem Ausdruck von Wildheit und Ungestüm auf dem Antlitz ins Meer geritten hatte. Dann war sie abgesprungen, hatte lauthals gelacht und war im Kreis um sein eigenes Pferd geschwommen. Er war ganz unglücklich gewesen, als Boris davon erfuhr und sie zwei Wochen lang nicht ausreiten durfte. Danach war sie nie wieder schwimmen gegangen. Es machte ihn traurig, dass sie Catherine zerstören würden, genauso wie sie Anne zerstört hatten. Aber noch hatten sie es nicht geschafft, noch war sie sie selbst. Sie war genauso stark wie ihre Gegner.

Tarquin stupste ihn an. »Wie ich schon sagte, man kann dir deine Gedanken und Gefühle vom Gesicht ablesen, und diesen Ausdruck nenne ich Liebe.«

»Bewunderung, Respekt und – ich gebe es zu – ein gewisses Maß an Zuneigung, das ist es, was du in meinem Gesicht siehst.« Ambrose stupste Tarquin ebenfalls an, obwohl er unwillkürlich lächeln musste.

»Sieh zu, dass es nicht mehr zu sehen gibt. Und du solltest dieses Maß an Zuneigung deutlich reduzieren.«

»Sei beruhigt, Bruder. Dieser Ausdruck von Zuneigung wird in Kürze einem Ausdruck von Langeweile weichen: Prinzessin Catherine reist nächste Woche nach Pitoria, um sich mit einem Prinzen zu vermählen, und ich werde hierbleiben, ein gemeiner Soldat und Mitglied der Königsgarde.«

»Trotzdem, du musst vorsichtig sein, Ambrose. Noyes hat dich genau beobachtet.«

»Hör auf, dir Sorgen zu machen! Selbst Noyes kann mich nicht wegen eines Blickes verhaften!«

March

CALIA,
CALIDOR

March stand still und stumm neben dem Tisch mit den Getränken. Eigentlich sollte er stur geradeaus schauen, zur Wand gegenüber, aber wenn er seinen Kopf ganz leicht nach rechts neigte, konnte er alles sehen, was nötig war.

Lord Regan saß mit Prinz Thelonius vor dem Erkerfenster am anderen Ende des Zimmers. Der Prinz beugte sich zu Regan vor, schaute fast zu ihm auf, so als wollte er ihn bitten, statt ihm zu befehlen. Regan rieb sich mit einer Hand über das Gesicht und nickte knapp. Der Prinz lehnte sich nach hinten und sagte laut: »Gut. Meinen Dank.« March hatte den Kopf wieder aufgerichtet und blickte zur Wand, als der Prinz rief: »Erfrischungen!«

March nahm die Weinkaraffe und den silbernen Teller mit Trauben und trat auf die beiden Männer zu. Er fühlte, dass sich ihre Stimmung verändert hatte. Der Prinz sah immer noch müde aus; er war in den letzten Wochen, seit seine Frau und seine kleinen Söhne gestorben waren, um zehn Jahre gealtert. Aber jetzt war der leere Ausdruck in seinen Augen verschwunden. Er lächelte fast. Prinz Thelonius hatte kaum Besucher empfangen, und selbst Regan war seit ihrer heftigen Auseinandersetzung nach der Beerdigung nicht vorgelassen worden. Doch in den vergangenen Tagen hatten sich die Dinge geändert. Der Prinz war früher aufgewacht, hatte gebadet, sich angekleidet, hatte vernünftig gesprochen, und gestern Abend hatte er nach Regan geschickt.

March goss den Wein ein. Seit dem Tod seiner Frau hatte sich der Prinz angewöhnt, schon am Tag zu trinken. Nicht viel, aber dennoch jeden Tag, und das schien sich nicht zu ändern.

»Wasser für mich«, sagte Regan.

March stellte die Trauben ab und ging schnell zum Tisch mit den Getränken zurück. Er nahm den Wasserkrug und entschied sich für die Holzschale mit den Haselnüssen statt für den Teller mit den getrockneten Apfelscheiben, die irgendwie unappetitlich aussahen. Langsam näherte er sich wieder den beiden Männern und beobachtete sie dabei.

Während sich die Stimmung des Prinzen deutlich verbessert hatte, traf dies offenbar nicht auf Lord Regan zu. Regan, der älteste, vertrauteste und engste Freund des Prinzen, war ein typischer Lord von Calidor: attraktiv, auf die stolze Art der Reichen und Mächtigen, gesund und kraftstrotzend. Jetzt aber lag seine Stirn in Falten, was ihm allerdings genauso gut stand wie ein Lächeln. Im Grunde genommen stand ihm alles. Heute trug er eine goldfarbene Samtjacke, die im Licht der Sonne schimmerte und seine breiten Schultern betonte, genau wie die sorgfältig geflochtenen Lederriemen, die kreuzförmig seine Brust bis zu seinen Hüften überspannten. In den Riemen steckten seine Messer. Regan war der einzige Mann, der in der Gegenwart des Prinzen seine Waffen tragen durfte, der einzige Mann, der die Stirn runzeln durfte, wenn der Prinz lächelte.

March stellte die Schale behutsam ab, schob den Teller mit den Trauben ein Stück zur Seite und rückte die Nussschale ein paar Mal zurecht.

»Dein Barbarenjunge scheint heute besonders langsam zu sein«, knurrte Regan.

»Lasst Euren Zorn an mir aus, mein Freund, nicht an ihm«, ermahnte ihn der Prinz sanft.

March schenkte langsam das Wasser ein. Er hätte es mit Wonne in Regans Gesicht geschüttet, aber er konzentrierte sich auf den langsamen und stetigen Fluss, während er Regans Worte an sich abperlen ließ.

March war Herabsetzungen gewohnt, obwohl es selten geschah, dass sich ein Lord zu einem Kommentar über einen Dienstboten herabließ. Die meisten Beleidigungen, die March zu hören bekam, waren eher harmlos: »Scherze« darüber, dass der Prinz ihn zivilisiert hatte, oder als »Letzter der Abask« bezeichnet zu werden. Manchmal begegnete man ihm mit ehrlichem Interesse, obwohl er das hauptsächlich seinen Augen zu verdanken hatte. Die Leute starrten sie an und verkündeten ihre Meinung, die in der Regel entweder »faszinierend« oder »abartig« lautete. Erst vorigen Monat hatte ein junger Lord verlangt, dass sich March ins Licht stellen solle, damit er sie besser sehen könne. Dann hatte er gesagt: »Ich hatte schon gehört, dass Abask Eisaugen haben, aber ich dachte, sie seien bloß weiß. Ich wusste nicht, dass sie auch Blau und Silber enthalten.« Und dann setzte er hinzu: »Sehr unangenehm.« Einige Leute bemerkten, sie hätten gedacht, die Abask seien ausgerottet worden. Auch March war dieser Meinung gewesen, bis er Holywell begegnet war.

»Ich bin nicht wütend«, sagte Lord Regan jetzt. »Aber darf ich nicht eine andere Ansicht vertreten?« Es war wohl der Ärger, der ihn veranlasste, die Stimme zu erheben, dachte March, während er im Schneckentempo zu seinem Platz neben dem Tisch zurückging.

»Ihr seid mein Freund. Ich brauche Eure Hilfe. Ich habe Euch als Freund darum gebeten.« Auch die Worte des Prinzen waren so laut gesprochen, dass March sie hören konnte.

»Und danach? Was glaubt Ihr, wird geschehen? Man respektiert Euch, aber hier geht es nicht darum, irgendein Abask-Balg in den Palast zu bringen, damit es Euch bei Tisch aufwartet.«

March hörte nicht, was der Prinz erwiderte, weil er inbrünstig dachte: *Verdammt sollst du sein! Verdammt sollst du sein!*

Natürlich hatte Regan recht; Prinz Thelonius wurde respektiert, und March war nichts weiter als ein Dienstbote, kaum mehr als ein Sklave. Der Prinz verkörperte alles, was zivilisiert und kultiviert war; March dagegen war primitiv und barbarisch. Der Prinz war für seine Klugheit bekannt, für sein Ehrgefühl und seinen Gerechtigkeitssinn. Die Abask dagegen standen in dem Ruf, nichts weiter als Bergtrolle zu sein.

March arbeitete seit acht Jahren für den Prinzen, sein halbes Leben lang, und er wusste nur von den Calidorianern über sein Volk und seine Heimat Bescheid. Sonst gab es niemanden mehr, der ihm etwas hätte erzählen können, denn die Abask waren alle in dem Krieg zwischen Calidor und Brigant ums Leben gekommen. Prinz Thelonius hatte das Fürstentum Calidor von seinem Vater zugesprochen bekommen und sich nach dessen Tod geweigert, es seinem Bruder, König Aloysius von Brigant, zu überlassen. Dann hatten sie sich bekämpft, wie nur Brüder kämpfen konnten, mit einer hasserfüllten Leidenschaft, weil das gleiche Blut durch ihre Adern floss, und so, wie es nur Herrscher vermochten: mit ihren Armeen.

Es war ein ungleicher Kampf. Brigant war größer und stärker und Aloysius der erfahrenere Anführer, aber Prinz Thelonius besaß etwas, das Aloysius niemals bekommen würde: die Liebe seines Volkes. Er behandelte die Einwohner von Calidor gut, die Steuern waren gerecht und die Gesetze galten für alle gleichermaßen. Aloysius regierte Brigant durch Angst und Schrecken. Die Calidorianer fürchteten Aloysius und liebten Thelonius.

Abask, die wunderschöne kleine Bergregion, in der March geboren worden war, lag an der Grenze zwischen den Königreichen, war allerdings schon immer ein Teil von Calidor gewesen. Als Aloysius in Calidor einmarschierte, brandschatzten sich seine Armeen den

Weg durch Abask. Ihr Ziel war Calia, die Hauptstadt von Calidor. Thelonius' Armee wurde beinahe überrannt. Er zog seine Streitkräfte in die Stadt zurück, und es gelang ihm, Calia mehr als ein Jahr zu halten. Dann wagte er einen Gegenangriff und drängte Aloysius' Armee wieder über die Grenze nach Brigant, woraufhin ein Waffenstillstand verkündet wurde.

Die Lage in Brigant war verzweifelt; die Schatzkammern waren leer und die Armee war entmutigt. Calidors Kräfte waren aufgezehrt, doch die Menschen jubelten, weil sie die überlegenen Eindringlinge entgegen aller Erwartungen in einer glorreichen und ehrenvollen Verteidigungsschlacht zurückgeschlagen hatten. In den Jahren danach entwickelte sich Savaant im Süden zu einem wertvollen Verbündeten; der Handel blühte, Bauernhöfe und Weinberge gediehen und die Städte wurden wieder aufgebaut. Die wenigsten Calidorianer kümmerte es, was mit dem Bergvolk der Abask geschehen war. Außerdem waren nur noch wenige Abask übrig geblieben. Die Krieger waren gleich zu Beginn der Kämpfe niedergemäht und das Land überrannt worden. Die wenigen Überlebenden verhungerten oder wurden von den Brigantern versklavt.

March, der bei Kriegsbeginn erst sieben Jahre alt gewesen war, hatte nur noch wenige Erinnerungen an seine Kindheit. Er wusste, dass man ihm erzählt hatte, sein Vater sei getötet worden, und irgendwann waren auch seine Mutter und seine Schwestern gestorben, aber wann genau, das wusste er nicht mehr. Am meisten in Erinnerung geblieben war ihm sein älterer Bruder Julien, der seine Hand gehalten hatte, während sie auf Nahrungssuche gingen. An das Gefühl, Hunger zu leiden, konnte er sich nicht mehr richtig erinnern, aber er musste gehungert haben, denn er wusste noch genau, dass er Gras gegessen hatte. Aber hauptsächlich erinnerte er sich an Juliens Hand und dass sie gelaufen waren, Tag für Tag, bis Julien irgendwann zusammengebrochen war. Calidorianische Soldaten auf dem Weg von der Grenze in die Hauptstadt hatten ihn vom Leichnam seines Bruders weggezerrt und in die Sicherheit und Wärme des Lagers von Prinz Thelonius gebracht.

March hielt sich für vom Glück gesegnet. Er hatte Glück gehabt, dass er nicht verhungert war, Glück, dass ihn nicht die Briganter, sondern die Calidorianer gefunden hatten, Glück, dass der Prinz ihn aufgenommen und zu seinem persönlichen Diener ausgebildet hatte, Glück, dass er jeden Tag genug zu essen hatte.

Das dachte er zumindest, bis er Holywell begegnete.

March war ins Land der Abask zurückgekehrt, als er einmal mit dem Prinzen in der Nähe unterwegs war. Er hatte sich von der königlichen Gesellschaft weggeschlichen und war in die zerklüfteten Berge geklettert. Er hatte gehofft, sich an Orte zu erinnern oder die Landschaft wiederzuerkennen, doch er musste sich eingestehen, dass ihm alles fremd war. Die Gegend war rauer und unwirtlicher, als er gedacht hatte. Nach drei Tagen kehrte er zu dem Prinzen zurück und erzählte ihm die Wahrheit, zumindest teilweise.

»Ich musste es sehen, Sire.«

»Und was hast du vorgefunden?«

»Die Berge sind noch da und auch ein paar Ruinen, doch Farne und Bäume haben die Grundstücke und Ländereien überwuchert. Dort lebt niemand mehr.«

Der Prinz hatte traurig gelächelt. »Das Leben in den Bergen war schon immer hart. Dein Volk war stark und erfindungsreich.«

Und du hast sie verhungern lassen. Und nichts getan, als man sie versklavte. Am liebsten hätte March dem Prinzen ins Gesicht geschrien.

»Nun, ich bin froh, dass du zu mir zurückgekehrt bist, March. Ohne dich war ich verloren.«

March hatte tief Luft geholt und sich zu einer Erwiderung gezwungen. »Es ist nur recht und billig, dass ich zu Euch zurückkehre, Sire. Nach allem, was Ihr für mich getan habt.«

Natürlich hatte March die Begegnung mit Holywell nicht erwähnt. Sie hatten einander von gegenüberliegenden Seiten des Tals aus entdeckt, ganz in der Nähe der Ruinen des Dorfs. Holywell hatte gewinkt und sich genähert, und Marchs Herz hatte einen Satz gemacht, als er sah, dass Holywells Augen genauso bleich und eisig waren wie seine eigenen.

Auch die Tatsache, dass er zwei ganze Tage mit Holywell verbracht hatte, der ihm eine ganz andere Geschichte über den Krieg erzählte, erwähnte March nicht.

Holywell hatte Marchs Vater gekannt und ihm berichtet, dass er gleich beim ersten Angriff auf der Brücke von Riel getötet worden war und dass seine Onkel in der nächsten Schlacht bei Teem fielen, wo die Truppen aus Abask massakriert wurden, weil die Calidorianer keine Verstärkung schickten. Nach dieser Schlacht besetzte Aloysius Abask und machte die Region dem Erdboden gleich. Die Anführer der Abask schickten eine Nachricht an Thelonius und flehten um Hilfe, doch der Prinz, der entschlossen war, seine Hauptstadt zu halten, weigerte sich. Die Abask kämpften zwei lange Jahre ums nackte Überleben und versteckten sich nach Möglichkeit in den Bergen, während Aloysius' Truppen ihr Zuhause niedermachten, die Ernte vernichteten, die Tiere töteten und ihr wunderschönes Land in eine Ödnis aus verbrannten Dörfern und Gräbern mit den sterblichen Überresten von verhungerten Abask-Kindern verwandelten.

March erinnerte sich vage an seinen Vater und seine Onkel, und Holywell sprach Abask, genau wie sie, er fluchte wie sie und er lachte auch so, wie March glaubte, dass sein Vater gelacht hatte. Holywell wäre selbst fast im Krieg gestorben – er zeigte March die Narben auf seinem Körper und sagte: »Die Briganter haben mich in Stücke geschnitten, aber ich bin nicht gestorben. Ich flehte sie an, mich zu töten, aber sie haben nur gelacht. Trotz allem sind meine Wunden geheilt. Ich habe für sie gearbeitet, anfangs als Sklave, der die übelsten und niedersten Arbeiten verrichten musste, doch nach einer

Weile erkannte ich, dass ich nicht länger sterben wollte. Ich wollte Rache.« Er lächelte. »Und ich werde meine Rache bekommen. Die Briganter haben meine Familie und deine Familie umgebracht. Aber sie waren ehrenvolle Feinde und ich arbeite heute noch für sie. Mein wahrer Feind ist Prinz Thelonius. Er hatte geschworen, unser Land zu beschützen. Er hat behauptet, er sei unser Bruder. Aber er hat uns betrogen. Dafür kann es keine Entschuldigung geben. Dafür gibt es nur Vergeltung.«

Das alles hatte Holywell in Abask gesagt, und March fand, es sei die beste Rede, die er je gehört hatte. Ihm war, als hätte er plötzlich wieder eine Familie.

Und er kam sich wie ein Narr vor, weil er die Lügen geglaubt hatte, die man ihm erzählte. Der Prinz war nicht der heldenhafte Verteidiger seines Landes, sondern ein Monster, das ein ganzes Volk geopfert hatte, nur damit die fetten Kaufleute von Calia weiterhin in Sicherheit und Bequemlichkeit leben konnten und er seinen Thron behielt.

Holywell hatte ihm die Wahrheit gezeigt: dass sich niemand in Calidor auch nur einen Deut um die Abask scherte. Holywell spuckte auf die Calidorianer und ihre Kultiviertheit, und March tat es ihm gleich. Holywell war ein Abask, genau wie March.

March fragte: »Aber wie können wir Abask sein, wenn es die Abask nicht mehr gibt?«

Holywell hatte March seinen Finger in die Brust gebohrt. »Abask ist da drin. In dir. In deiner Seele, in deinem Geist. Thelonius wird dir auch das nehmen, wenn du es zulässt. Er wird versuchen, dich zu zivilisieren und zu einem von ihnen zu machen. Das darf nicht geschehen. Denk an deinen Vater, an deine Onkel, deine Brüder. Sie waren stolze Abask, und das solltest du auch sein.«

Holywell ermutigte March, in seine Stellung bei dem Prinzen zurückzukehren. Er wies ihn an, Geduld zu haben, zu warten und zu lauschen – und Holywell über alles zu informieren, was helfen könnte, das Volk der Abask zu rächen.

Aus dem Augenwinkel beobachtete March jetzt, wie der Prinz einen goldenen Ring vom Finger zog. Sein Wappen befand sich darauf: ein Adler mit einem Auge aus einem grünen Smaragd. Regan nahm den Ring aus Thelonius' Hand entgegen und steckte ihn in die Innentasche seiner Jacke. March war sich sicher, dass die Tage, in denen er Geduld bewiesen und abgewartet hatte, gezählt waren.

Tash

NÖRDLICHES PLATEAU, PITORIA

Tash rannte, was das Zeug hielt. Sie rannte, so schnell sie konnte. Und immer noch konnte sie den Atem des Dämons hinter sich hören. Das war ganz falsch. Der Dämon war zu nah. Irgendwie musste sie noch schneller laufen.

Rechts von ihr war ein Abhang. Dort konnte sie Geschwindigkeit aufnehmen.

Aber die Grube lag links von ihr.

Der Atem des Dämons wurde lauter.

Scheiße! Tash schwenkte nach rechts, den Hang hinab, unter niedrig hängenden Zweigen hindurch. Sie hörte, wie sie hinter ihr knackend brachen, aber den Atem des Dämons hörte sie nicht mehr.

Sie hatte die Entfernung zu ihrem Verfolger vergrößert, aber dieses Tempo konnte sie nicht durchhalten. Und sie war vom direkten Weg zur Grube abgewichen, war an einem Baum rechts abgebogen und dann von einem zweiten noch weiter abgedrängt worden. Sie musste nach links, aber dort ging es bergauf. Trotzdem, sie musste zurück zur Grube.

Vor ihr tauchte ein hoher Baum auf, und links davon ein großer Fels. Das konnte sie ausnutzen. Etwas anderes blieb ihr nicht übrig.

Mit aller Kraft, die sie aufbringen konnte, rannte Tash auf den

Baum zu, und im allerletzten Moment streckte sie die Arme aus und stieß sich vom Baumstamm ab. Sie benutzte ihren Schwung, um die Richtung zu ändern, schoss hinter den Felsen und dann den Hang hinauf. Auch hier hingen die Zweige niedrig, sie huschte darunter durch und kraxelte mit Händen und Füßen die Schräge hinauf, so schnell sie konnte. Hinter sich hörte sie den Dämon zischen und dann vor Wut schreien.

Oben angekommen blickte sie zurück, konnte aber nur Äste und Zweige sehen, nicht den Dämon. Sie nahm sich nicht die Zeit, um genau hinzuschauen. Sie musste weiter. Jetzt ging es bergab und der Boden war fester. Tashs Schritte wurden länger. Gleich würde sie die Grube erreichen. Keuchend rannte sie weiter, gleich, gleich war sie da … Und dann brach sie durch die Baumlinie auf die Lichtung.

Vor ihr lag die Grube, aber sie kam aus der falschen Richtung und konnte nicht wie vorgesehen am schmalen Ende hineinspringen. Und wo war der Dämon? Sie hörte ihn nicht mehr. Sie schaute hinter sich und bremste leicht ab. Kein Dämon.

Sie verlangsamte ihre Schritte noch mehr. Ihr Atem ging schnell und rasselnd. Sie spitzte die Ohren und drehte sich wieder um.

Nichts.

Jetzt blieb sie ganz stehen und spähte in den Wald hinein, auf der Suche nach einem roten oder violetten Schimmer, nach irgendeiner Bewegung.

Nichts.

Scheiße. Wo war er?

Sie blickte hinüber zu Gravell, dessen Gesicht hinter einem Baum kaum zu sehen war. Er rührte sich nicht.

Wieder schaute sie sich um, dorthin, wo sie hergekommen war.

Nichts regte oder rührte sich.

Nirgends eine Spur des Dämons.

Scheiße!

Er hatte doch nicht etwa aufgegeben, oder?

Das war noch nie vorgekommen. Was sollte sie tun? Sie wollte nicht wieder zurückgehen. Das wäre Wahnsinn.

Wieder blickte sie zu Gravell und breitete die Arme aus, als ob sie fragen wollte: Und was jetzt?

Gravell trat einen Schritt zur Seite und machte die gleiche Armbewegung.

Einen Augenblick lang schauten sie sich an, dann warf Gravell einen Blick links hinter Tash und brüllte: »Lauf!«

Tash wirbelte herum. Der Dämon kam mit rasender Geschwindigkeit auf sie zu. Die Baumlinie hatte er bereits hinter sich gelassen. Seine groß gewachsene, schlanke, menschenähnliche Gestalt schoss ihr entgegen. Auf offenem Gelände hatte er alle Vorteile. Jetzt konnte sie ihm nicht mehr davonlaufen.

Gravell schrie: »Die Grube! Rein in die Grube!«

Der Dämon blickte zu Gravell hin, und das verschaffte Tash den Moment, den sie brauchte. Sie grub die Sohlen ihrer Stiefel fest in den Schnee, hastete vorwärts und sprang in die Grube. Der Dämon sprang ebenfalls. Er landete an einem Ende der Grube und schlitterte auf Tash zu, die hart auf dem Eis aufgeschlagen war, allerdings in der Mitte der Grube. Ihre Hände glitten an der blutigen Wand entlang. Dann fanden die Spikes ihrer Stiefel auf dem eisigen Boden Halt, sie drehte sich um, stürmte vorwärts, packte das Seil und riss daran. Ihre Hände hielten das Seil fest umklammert, während sie allmählich aufstieg. Doch dann schlang sich etwas um ihren Knöchel, und Tashs Hände rutschten an dem Seil nach unten, bis sie das geknotete Ende zu fassen bekamen.

Der Dämon hielt sie am Fuß fest!

Tash kreischte auf und klammerte sich an das Seil. Gleichzeitig trat sie panisch unter sich, spürte, wie sie etwas traf, und trat wieder und wieder, und dann war sie frei und flog durch die Luft, mit wedelnden Armen und Beinen, nicht elegant und gemächlich, sondern wild kreiselnd, und sie packte den ersten Ast, der in ihre Reichweite kam, immer noch in das Seil eingewickelt. Und da hing sie. Und hing. Und hing.

Der Dämon hatte sie berührt. Sie war noch nie von einem Dämon angefasst worden.

Der Dämon schrie auf, und Tash klammerte sich fester an den Baum.

Wieder ein Schrei, Tash schaute sich um. Gravell schleuderte seine zweite Harpune. Tash sah, wie sie über den Rand der Grube verschwand. Die erste Harpune hatte den Dämon in die Seite getroffen, die zweite fuhr ihm in den Bauch. Gravell hatte die dritte Harpune erhoben. Er wartete. Der Dämon fiel gegen die Wand der Grube und rutschte nach unten. Tash konnte ihn nicht mehr sehen.

Gravell schaute zu ihr und sprang dann in die Grube.

Tash wollte den Ast nicht loslassen, aber sie zwang sich, ihre Arme von dem rauen Holz zu lösen. Sie glitt ab und fiel nach unten. Hart traf sie auf und verstauchte sich den Knöchel, und erst als der kalte Schnee in ihren Fuß biss, merkte sie, dass sie einen Stiefel verloren hatte.

Sie humpelte zur Grube.

Der Dämon lag lang gestreckt am Boden. Er hatte ihren Stiefel umklammert.

Gravell beugte sich über ihn und hielt dem Dämon eine Glasflasche an den Mund.

Tash sprang in die Grube und keuchte auf, als ihr der Schmerz in den Knöchel schoss. Gravell achtete nicht auf sie, er konzentrierte sich auf den Rauch. Der Dämon war dunkelviolett, mit ungleichmäßigen roten Flecken und dünnen Schlieren aus Orange. Er war nackt. Er hatte ein gut aussehendes Gesicht, schmale Schultern, schmale Hüften und lange Arme. Kein Wunder, dass er sie beinahe erwischt hatte; seine Beine waren doppelt so lang wie die von Tash. Sie schaute ihm zwischen die Beine. Sie fand, dass seine Weichteile merkwürdig aussahen, aber soweit sie wusste, unterschieden sie sich nicht von denen anderer Männer. Sie hatte schon Gravells Gehänge gesehen, wenn er in Seen oder Flüssen badete, aber sie war ihm nie besonders nah gewesen, und viel mehr als Haare hatte sie nicht erkennen können.

Dämonen hatten keine Haare, und dieser hier war keine Ausnahme. Seine Haut war glatt. Seine Augen waren halb geschlossen, und Tash kniete sich hin, um ihre Farbe erkennen zu können. In der Welt der Dämonen waren sie dunkelrot gewesen, aber jetzt, hier im Mondlicht, hatten sie einen sanften Fliederton angenommen. Sie waren wunderschön. Sein Gesicht war wunderschön. Er sah jung aus, wie ein Junge, der nur etwas älter war als sie. Tash musste gegen diesen Gedanken ankämpfen. Das war kein Junge, das war ein Dämon.

Ein kleiner Wirbel aus Rauch stieg aus dem Mund des Dämons auf und Gravell hielt die Flasche verkehrt herum an die Spitze der Rauchfahne. Der Rauch war das Blut der Dämonen, aber Tash dachte, dass es auch wie ein letzter Atemzug war, eine Art Geist. Der Rauch stieg aus dem Leichnam des Dämons auf und sammelte sich in der Flasche. Nichts ging daneben. Wenn es gelang, ein Ende des Rauchwirbels zu erhaschen, folgte der Rest von selbst, fast so, als ob der Rauch beisammenbleiben wollte. Anfangs war er dunkel und pflaumenrot, doch dann wurde er violett, wie der Rauch von jenem anderen Dämon, der sich nicht hatte einfangen lassen wollen.

Die Farbe in der Flasche war intensiv und verdunkelte sich stetig, während immer mehr Rauch eindrang. Irgendwie passte alles hinein. Dann wurde der Rauchfaden dünner, verblasste zu einem zarten Fliederton und versiegte schließlich ganz. In der Flasche befand sich nun eine langsam wirbelnde violette Masse. Gravell nahm den Korken, den er zwischen den Zähnen festgehalten hatte, und steckte ihn in den Hals der Flasche, die er immer noch kopfüber hielt. Dann küsste er die Flasche und sagte: »Perfekt«, wie er es immer tat. Schließlich drehte er sich zu Tash um. »Was zum beschissenen Donnerscheiß war das denn?«

»Ähm …«

»Er hätte dich fast gehabt. Er *hatte* dich.«

»Er war schnell. Schau dir doch mal an, wie lang seine Beine sind.«

»Du bist aus der falschen Richtung gekommen!«

»Er hat mir den Weg abgeschnitten. Ich musste umkehren. Ich habe dir doch gesagt, er war schnell.«

»Und das erklärt, warum du stehen geblieben bist?«

»Ich dachte, er hätte aufgegeben.«

Gravell schüttelte den Kopf. »Hast du den Verstand verloren? Sie geben niemals auf. Nie im Leben.«

»Hör zu, ich habe den Dämon hergelockt, richtig? Ich bin in die Grube gesprungen. Der Dämon ist hinterhergesprungen. Du hast den Dämon getötet. Das hört sich für mich so an, als wäre alles nach Plan gelaufen.«

Gravell fluchte in seinen Bart. Er stand auf. »Wenn das nach Plan war …«

»Und du hast den Rauch.« Tash schaute erst die Flasche an und dann den toten Dämon. »Er erscheint mir jünger als gewöhnlich. Vielleicht ist das der Grund, warum er sich anders verhalten hat. Nur gut, dass du mir die Stiefel mit den Spikes gekauft hast. Nur einen Schritt näher, und …«

»Einen *halben* Schritt, und du hättest dich nicht mehr befreien können.«

»Machst du dir Sorgen um mich?«

»Pah! Ich mache mir höchstens Sorgen, dass ich das Geld für die Stiefel umsonst ausgegeben habe.«

Tash lächelte und tippte mit dem Finger gegen die Flasche. »Das ist guter Rauch. Damit kann man jede Menge Stiefel kaufen.« Sie riss dem Dämon ihren Stiefel aus der Hand.

»Du mit deinen Stiefeln. Du solltest dich eher auf deine Aufgabe konzentrieren, als immer nur an Stiefel zu denken. Und du hast die Strickleiter vergessen. Jetzt musst du rausklettern.«

Während sie ihren Stiefel anzog, betrachtete Tash die Wände der Grube, die mit Blut und Eingeweiden beschmiert waren, und seufzte.

»Mach eine Räuberleiter.«

Gravell bückte sich, verschränkte die Hände, und sie trat hinein, wobei sie aufpasste, dass sie ihm mit den Spikes nicht die Handflächen durchbohrte. Sie musste sich ausbalancieren. Die Grubenwand war blutig, aber wenigstens war sie nicht lebendig; sie hatte keine Ahnung, was alles in Gravells Haaren krabbelte! Also legte sie eine Hand an die Wand.

Gravell sagte: »Hoch mit dir«, und schleuderte Tash nach oben, wo sie über den Rand der Grube flog, sich seitlich abrollte und aufstand. Sie humpelte zu den Büschen und holte die Strickleiter, die sie dann über den Rand der Grube nach unten ließ. Danach setzte sie sich zu ihrem Rucksack und kühlte ihren geschwollenen Knöchel mit Schnee. Gravell stieg an der Strickleiter nach oben, trat zu ihr und hielt ihr die Flasche mit Dämonenrauch hin. »Das nächste Mal rennst du einfach weiter.«

Sie nahm die Flasche, die oben warm und unten heiß war. Sie würde sich damit wärmen, bis Gravell ein Feuer angezündet hatte.

Gravell stapfte durchs Gebüsch und suchte Feuerholz, und die ganze Zeit schüttelte er den Kopf und murmelte: »Man hört doch nicht einfach auf zu rennen, wenn ein Dämon hinter einem her ist. So was macht man nicht. Wer macht so was? Wer?«

Aber Tash wusste, dass Gravell sich beruhigen würde, sobald sie in ihre übliche Routine verfielen, die jeder Dämonenjagd folgte. Normalerweise war es Tashs Aufgabe, für das Feuer zu sorgen, heute musste Gravell das erledigen. Dann würde Gravell den Eintopf kochen, was Tash nie tat, denn Gravell machte ihn so, wie er ihn mochte, und er behauptete, dass Tash ihn ruinierte, sobald sie den Kochlöffel in die Hand nahm. Sie hatten ein paar Kaninchen geschossen und etwas Gemüse dabei. Das würde eine gute Mahlzeit werden.

Es war eine trübe Nacht. Der Mond stand voll am Himmel, war aber von Wolken verschleiert. Alles war grau, nirgends ein Fleckchen Farbe, außer dem strahlenden violetten Rauch, der sich träge in der Flasche bewegte. Das Leuchten, das davon ausging, kam ihr viel kräftiger vor, als von jedem anderen Rauch, den sie zuvor gesehen hatte.

Tash betrachtete ihren Knöchel. Es würde ein paar Tage dauern, bis er wieder geheilt war, aber sie würde es überleben. Sie betastete die Schwellung und schloss die Augen, während sie versuchte, sich an die Berührung des Dämons zu erinnern. Sie war warm gewesen, nicht heiß; keine eiserne Umklammerung, sondern nur ein fester Griff. Die Schwellung hatte sie sich erst bei ihrem Sturz aus dem Baum zugezogen. Der Dämon hatte nichts damit zu tun.

Gravell hatte Tash eingeschärft, sich niemals von einem Dämon erwischen zu lassen, obwohl er ihr nicht gesagt hatte, was passieren würde, falls es doch einmal vorkam. Er sagte nur: »Na ja, nichts Gutes nehme ich an.«

Sie erschauerte. Die Nachtluft war kalt und sie drückte die Flasche an ihren Bauch. Die Wärme breitete sich in ihrem Körper aus. Sie mochte die Wärme von Dämonenrauch. Natürlich würde sie ihn niemals inhalieren. Davor hatte Gravell sie eindringlich gewarnt. »Das Zeug ist dein Untergang, es raubt dir deinen Willen und macht einen Narren aus dir. Einen glücklichen Narren für eine Nacht, und dafür bezahlen die Leute, was sie zu *kompletten* Narren macht.«

Tash stellte die Flasche zwischen ihre Füße, um auch sie zu wärmen, und erinnerte sich wieder an die Berührung des Dämons, erinnerte sich, wie er auf sie zugelaufen war. Sie hatte noch nie einen Dämon rennen sehen, jedenfalls nicht richtig. Sie hatte Dämonen beim Schlafen gesehen, hatte gesehen, wie sie aufwachten, wie sie ihr nachsetzten, und sie hatte gesehen, wie sie getötet wurden. Aber von der eigentlichen Jagd, von dem rennenden Dämon, hatte sie immer nur einen kurzen Blick zwischen den Bäumen hindurch errascht; sie war immer viel zu beschäftigt damit gewesen zu entkommen. Aber heute, als der Dämon auf sie zugerannt kam, das war … besonders gewesen. Nein, das war nicht das richtige Wort. Aber das richtige Wort dafür fiel ihr nicht ein.

Eine Melodie summend trat Gravell zwischen den Bäumen hervor. Er ließ das Feuerholz fallen. »Der Kanincheneintopf ist gleich fertig«, sagte er. »Na ja, vielleicht eher so gegen Mitternacht.« Er lachte und vollführte ein paar Tanzschritte auf der Stelle. »Wir bleiben heute Nacht hier und machen uns morgen auf den Weg nach Dornan.«

»In Dornan gibt es meine Stiefel.«

»Du hast erst neue Stiefel bekommen. Mehr brauchst du nicht.«

»Ich sage auch nicht, dass ich sie brauche, aber ich will sie. Es sind die schönsten Stiefel, die ich je gesehen habe. Und sie werden mir gehören.«

Mit dieser Menge Rauch konnte sie sich die besten Stiefel auf der Welt leisten.

Erst nachdem sie gegessen hatte, erinnerte sich Tash wieder an ihren verstauchten Knöchel und wollte noch etwas Schnee auflegen. Aber als sie den Stiefel abstreifte, sah sie, dass die Schwellung verschwunden war. Sie ließ ihren Fuß kreisen. Es tat überhaupt nicht weh. Sie stand auf und ging ein paar Schritte. Ihr Gelenk fühlte sich kräftig an. Offensichtlich hatte sie sich nicht so schlimm verletzt, wie sie gedacht hatte.

Catherine

BRIGANE,
BRIGANT

Der Waffengang ist eine moderne Form der Hastiludia, die sich seit dem Krieg mit Calidor wachsender Beliebtheit erfreut und als Zeugnis männlicher Ehre gilt. Eine Weggabelung oder eine Passage, wie etwa eine Brücke, wird von einem Ritter oder einer Gruppe von Rittern besetzt, die daraufhin andere Männer von Rang herausfordern, die jene Brücke überqueren wollen. Wenn die Herausforderung angenommen wird, folgt ein Turnier oder ein Duell, um den stärksten Mann zu bestimmen, obwohl alle Wettstreiter Ehre erlangen. Wird die Herausforderung abgelehnt, muss der solcherart unterlegene Edelmann seine Sporen ablegen – und auch seine Ehre –, um passieren zu dürfen. Waffengänge sind in der Regel dann beendet, wenn die ersten Wunden geschlagen wurden, doch kann es auch hier zu ernsten Verletzungen kommen, und selbst zum Tod.

Crispin Hayrood: *Das moderne Rittertum*

Catherine hatte Ambrose seit der Hinrichtung von Lady Anne am gestrigen Tage nicht mehr gesehen. Die Angst um ihn hatte sie die ganze Nacht lang wach gehalten. Sie hatten sich nur angeschaut, aber sie wusste genau, dass weder Boris noch Noyes zögern würden, etwas gegen sie zu unternehmen, oder noch wahrscheinlicher: gegen Ambrose. In ihre Angst mischte sich immer noch der Schock über die Hinrichtung. Zu gerne hätte Catherine den Anblick vergessen, aber das war unmöglich. Auch die Zeichen, die Lady Anne gemacht hatte, gingen ihr nicht mehr aus dem Sinn, und je mehr Catherine darüber nachdachte, desto überzeugter war sie, dass sie sich nicht geirrt hatte. Lady Anne hatte tatsächlich versucht, Catherine in den letzten Minuten ihres Lebens etwas mitzuteilen. Ein Kuss mit ihrer rechten Hand und eine Faust mit der linken, dann »Junge«, dann noch etwas anderes, das sie nicht hatte sehen können, begleitet von einem Blick zu ihrem Vater. Hatte diese ganze Sache etwas mit dem König zu tun?

Während sich Catherine ankleidete, fragte sie Sarah nach der Bedeutung des Kuss-und-Faust-Zeichens. Sarah, die vernünftigste und bodenständigste ihrer Zofen, antwortete: »Wenn man einen Kuss mit einem anderen Zeichen verbindet, wird die Bedeutung verändert, obwohl ein Kuss normalerweise nicht mit einer Faust gepaart wird. Aber vielleicht konnte sie das Zeichen nicht richtig ausführen, weil ihre Hände gebrochen waren.«

»Aber trotzdem, eigentlich kann es doch nur bedeuten, dass sie ›Atem‹ oder ›Luft‹ sagen wollte.«

»Vielleicht waren es zwei Botschaften«, mutmaßte Sarah.

»Ja«, mischte sich Tanya ein. »Ein Kuss für Ambrose und Tarquin, und für den Rest eine Faust. Klingt logisch, wenn ihr mich fragt.«

Für Catherine klang das gar nicht logisch. Aber ihr blieb keine Zeit mehr, um weiter darüber nachzudenken. Sie musste Ambrose sehen. Sie hatte nicht gewagt, ihm eine Nachricht zu schicken, aus Angst, dass sie abgefangen werden würde, aber sie musste ihn vor

Noyes und Boris warnen. Gleichzeitig musste sie sich so normal benehmen wie möglich und ihrer üblichen täglichen Routine folgen. Sie ging zum Frühstück, aß schnell eine Kleinigkeit und machte sich dann auf den Weg zu den Ställen. Als sie um die Ecke bog und vom Schloss aus nicht mehr zu sehen war, beschleunigte sie ihre Schritte. Sarah und Tanya begleiteten sie, aber wenn sie die Ställe vor ihnen erreichte, hatte sie Gelegenheit, einen Augenblick allein mit Ambrose zu sprechen.

Catherine warf einen Blick zurück. Ihre Zofen waren noch nicht um die Ecke gekommen, und sie ahnte, dass sie absichtlich trödelten. Sie wussten, dass sie Ambrose bewunderte, obwohl sie vermutlich nicht ahnten, wie weit diese Sucht ging. Denn so sah sie ihre Gefühle für ihn: als Sucht. Es konnte keine Liebe sein. Sie kannte ihn ja kaum, obwohl er seit zwei Jahren ihrer Leibgarde angehörte. Aber die wenigen Male, die sie zusammen gewesen waren, hatten ihr klargemacht, dass sie mehr wollte. So war das doch bei einer Sucht, nicht wahr? Sie hatte von solchen Dingen gelesen – manche Leute waren süchtig nach Wein. Aber wie immer man das nennen wollte – Liebe, Sucht, Besessenheit –, sie konnte nicht aufhören an Ambrose zu denken. Und als sie letzte Nacht in ihren Gedanken sein Gesicht vor sich gesehen hatte, die Tränen auf seinen Wangen, da hatte sie sich gewünscht, diese Tränen sanft wegzuküssen. Von diesen Gedanken ahnten ihre Zofen ganz gewiss nichts.

Catherine betrat den gepflasterten Hof. Ambrose stand allein neben ihrem Pferd Saffron und drehte sich zu ihr um, als sie sich näherte. Er starrte sie an, mit einem fast unwilligen Blick, und verbeugte sich dann. Warum tat er das? Hatte es etwas mit ihr zu tun? Mit der Hinrichtung? Mit allem?

»Hoheit«, murmelte er.

Ambrose nahm die Zügel, tätschelte Saffrons Hals und bückte sich, um Catherine den Steigbügel zu halten. Seine Hand auf dem Eisen war gebräunt, sauber und glatt, wiewohl seine Fingerknöchel aufgeschrammt und wund waren. Sie hatte absichtlich keine Reithandschuhe angezogen, und jetzt legte sie die Fingerspitzen ihrer linken Hand sanft auf seine geschundenen Knöchel. Dann ließ sie ihre Finger zu seinem Handrücken wandern, wo sie den Druck verstärkte. Catherine stockte der Atem. Ihre Haut auf Ambroses Haut. Das war nicht erlaubt. Es war nicht ziemlich. Das dürfte nicht passieren.

Ambrose war wie zu Stein erstarrt, obwohl seine Haut zu brennen schien.

Catherine beugte sich zu seinem gesenkten Kopf hinunter und sagte: »Ich kann kaum ausdrücken, was ich empfinde, Sir Ambrose, nur so viel: Lady Annes Qualen schmerzen mich unendlich, und Eure ebenso. Aber ich fürchte, Noyes hat es als Nächstes auf Euch abgesehen. Und ich könnte es nicht ertragen, wenn Ihr das gleiche Schicksal erleiden würdet wie Eure Schwester.«

Ambrose blickte Catherine in die Augen.

»Ich danke Euch, Hoheit«, antwortete er mit gedämpfter Stimme. »Ich weiß Eure Freundlichkeit und Eure Sorge zu schätzen. Allerdings gilt meine Sorge im Augenblick eher Eurem Bruder als Noyes. Bitte stellt Euren Fuß in den Steigbügel und gebt vor, den Ausritt gar nicht erwarten zu können. Prinz Boris ist hier.«

Mit einem raschen Blick zur Seite sah Catherine Boris aus dem Stall kommen, die Augen fest auf sie geheftet.

»Du bist mit diesem Mann allein, Schwester.« Catherine zwang sich zu einem Lächeln. »Nein, natürlich nicht. Meine Zofen begleiten mich; siehst du, dort sind sie.«

Zu Catherines großer Erleichterung bogen in diesem Augenblick Sarah und Tanya um die Ecke.

»Man müsste sie auspeitschen, damit sie in Zukunft nicht mehr so trödeln.« Die beiden kamen jetzt im Laufschritt auf Catherine zu.

Catherine stieg in den Sattel und sagte: »Sie sind einfach nicht so begierig darauf wie ich, auf einem Pferd zu sitzen.«

»Nun denn, ich werde dich heute Morgen begleiten. Natürlich nur, wenn du nichts dagegen hast.« Boris befahl, ihm sein Pferd zu bringen.

Catherine hatte eine ganze Menge dagegen, aber sie sagte: »Es ist mir eine Ehre, meinen Bruder bei mir zu haben. Deine Gesellschaft ist mir lieb und teuer, umso mehr, da ich sie – wenn ich erst verheiratet bin – missen muss.«

Boris lachte. »Soso, lieb und teuer.« Und damit stieg er auf sein Pferd.

Peter, ein weiterer Leibgardist, führte Pferde für Sarah und Tanya aus dem Stall.

»Deine Zofen müssen nicht mitkommen«, sagte Boris.

»Aber sie reiten immer mit mir.«

»Heute nicht. Heute reite ich mit dir. Ich und diese beiden aufrechten Ritter.« Er deutete auf Ambrose und Peter.

Es war unerhört, dass sie ohne ihre Zofen ausreiten sollte, obwohl sie sich in Anwesenheit ihres Bruders nicht auf Sitte und Anstand berufen konnte. Aber sie hatte keinen Zweifel, dass Boris etwas im Schilde führte. Sie sagte: »Meine Zofen können mich unterhalten, wenn du meiner Gesellschaft müde geworden bist.«

»Ich deiner Gesellschaft müde werden, Schwester? Das wird niemals geschehen. Du bist über alle Maßen faszinierend. Und ich bin nicht bereit, auf sie zu warten; wie du schon sagtest, sie trödeln. Deine Männer werden die Nachhut bilden.« Und damit ritt Boris ihr voraus aus dem Innenhof.

Catherine folgte ihm. Boris' Auftauchen hatte sie unvorbereitet getroffen, obwohl sie heilfroh war, dass er allein war. Noyes war nirgends zu sehen. Es gab nicht viel, was sie tun konnte, aber als sie aus dem Innenhof ritt, drehte sie sich um und signalisierte Sarah und Tanya, sie sollten ihr folgen.

Als Antwort machten beide das Zeichen für *sogleich*. Catherine lächelte. Ihre Zofen schenkten ihr Mut, und doch war ihr gerade in Gegenwart ihres Bruders ein weiterer Fehler unterlaufen. Davon hatte es in jüngster Zeit etliche gegeben: ihre unbedachte Äußerung über die Ehe ihrer Zofe Diana gegenüber, der Blick zu Ambrose während der Hinrichtung, und nun die Tatsache, dass man sie mit Ambrose allein ertappt hatte, ohne ihre Zofen. Aber Angriff war die beste Verteidigung. Sie trieb Saffron mit den Fersen an und schloss zu Boris auf.

»Ich freue mich sehr, dass du heute Morgen mit mir ausreitest, Bruder. Noch nie in meinem Leben habe ich dich so oft zu Gesicht bekommen wie seit meiner Verlobung. Ich frage mich, ob du selbst über eine Eheschließung nachdenkst.«

Boris lachte und spuckte auf den Boden.

»Aber du magst doch gewiss Kinder?«

»Ich mag einen Ausritt ohne viel Geplapper.«

Catherine seufzte. »Ich wusste ja, dass du meiner schnell müde werden würdest, und dabei haben wir gerade eben erst das Schloss verlassen. Aber da ich meine Zofen nicht bei mir habe, ist es deine Aufgabe, mich während des Ausritts zu unterhalten.«

»Oh, das habe ich vor, Schwester.«

Catherine schaute zu Boris hinüber. »Was meinst du damit?«

Boris gab keine Antwort und trieb sein Pferd an.

Catherine schloss wieder zu ihm auf und sagte: »Nun? Beantwortest du meine Frage?«

»Alles, was ich in den vergangenen sechs Monaten unternommen habe, einschließlich des heutigen Tages, ist darauf ausgerichtet, dich mit Prinz Tzsayn zu vermählen, Schwester. Das ist die Aufgabe, die Vater mir übertragen hat, und ich werde dafür sorgen, dass nichts diese Hochzeit verhindert. Schon bald wirst du einen Ehemann haben.« Boris drehte sich zu ihr um und lächelte. »Oder besser gesagt, *er* wird *dich* haben. Und meine Pflicht ist es, dafür zu sorgen, dass niemand dich vor ihm hat.«

Catherine starrte ihn an. Hatte ihr Bruder eben tatsächlich etwas so Grobes von sich gegeben?

Doch er fuhr fort, als wenn nichts gewesen wäre. »Sieh zu, dass du dich vor und während der Hochzeit anständig benimmst. Was danach kommt, ist Sache deines Gemahls. Dann bist du sein Problem.«

Catherine war immer noch sprachlos über die vorangegangene Bemerkung ihres Bruders und empörte sich: »Ich habe nicht die Absicht, irgendjemandes Problem zu sein.«

Boris stieß ein schnaubendes Lachen aus und schüttelte den Kopf. »Du bist eine Frau. Frauen sind immer ein Problem. Es liegt in eurer Natur, euch zu widersetzen, es liegt in eurer Natur, die Ehre hintenanzustellen, es liegt in eurer Natur, die Unwahrheit zu sagen.«

»Ich bin in allen Dingen gehorsam.« Obwohl Catherine durch Ambrose in Versuchung war, wusste sie genau, dass sie dieser Versuchung niemals nachgeben würde.

»Und es liegt in eurer Natur zu widersprechen.«

»Liegt es nicht in der Natur eines jeden intelligenten Menschen zu widersprechen, wenn sich jemand irrt?«

»Ich irre mich nicht.« Boris trat seinem Pferd in die Seiten und polterte: »Jetzt hör auf mit dem Gerede!«

Catherine schaute zurück. Ihre Zofen waren nirgends zu sehen, und sie hatte keine andere Wahl, als neben Boris her zu reiten. In leichtem Galopp ritten sie den Weg entlang zum Strand und über den Sand ins seichte Wasser, Boris immer ein Stück voraus. Der Strand war lang und schmal, und sie gaben ihren Pferden die Sporen, bis sie das andere Ende erreicht hatten. Wasser und nasser Sand spritzten hoch. Es war Jahre her, seit sie und Boris zusammen ausgeritten waren. Er war schon immer ein besserer Reiter gewesen als sie, aber heute war er ein Mann, und sie konnte sich kaum mehr an den Jungen von früher erinnern.

Boris schlug den Weg durch die Dünen ein, der zu einem Wald mit dürren Bäumen und hohem Gras und dann zurück zum Schloss führte. Catherine, Ambrose und Peter folgten ihm bis zu einem kleinen Fluss und einer wackeligen Holzbrücke, auf deren anderer Seite zu Catherines Überraschung Reiter warteten. Sie trugen die Uniform der königlichen Leibgarde, weswegen Catherine nicht um ihre Sicherheit besorgt war. Aber irgendetwas kam ihr komisch vor. Dieses Empfangskomitee war nicht zufällig hier.

»Wer sind diese Männer?«, fragte Catherine Boris mit ruhiger Stimme, während sie die Brücke überquerten.

Boris zügelte vor den Männern sein Pferd und sagte: »Dies ist der Viscount Lang, und dies ist Dirk Hodgson, zweiter Sohn des Herzogs von Vergen. Dieser junge Mann dort ist Sir Evan Walcott.«

Catherine erkannte die Namen, aber nicht die Gesichter. Sie hatten etwas Merkwürdiges an sich, eine überwältigend maskuline Aggressivität.

Boris sagte: »Ihr fordert ihn als Erster heraus, Lang. Die Brücke gehört uns. Seht zu, dass das so bleibt.«

»Mit Vergnügen, Euer Hoheit.« Viscount Lang lenkte sein Pferd auf die Brücke und verstellte Ambrose und Peter den Weg.

»Was passiert hier?«, wollte Catherine wissen.

»Du hast vorhin gefragt, worum es hier eigentlich geht.« Boris wandte sich zu ihr. »Es geht um Respekt für den König, wenn du es genau wissen willst. Dieser Norwend-Abschaum starrt dich an, als ob du ihm gehörst. Bei der Hinrichtung konntest du kaum deine Augen von ihm abwenden. Und heute hast du deine Zofen zurückgelassen und eine Situation provoziert, in der du mit ihm allein sein konntest. Du wurdest gewarnt. Du wirst nicht als Verräterin hingerichtet werden – was immer geschieht, du wirst Prinz Tzsayn heiraten –, aber dieses verräterische Stück Scheiße wird dafür bezahlen, und du wirst zusehen.«

Zehn Schritte vor der Brücke blieben Ambrose und Peter stehen.

Lang deutete auf Peter. »Wenn Ihr die Brücke überqueren wollt, Sir, so dürft Ihr das tun.« Dann deutete er auf Ambrose und sagte: »Ihr, Sir, müsst vorher Eure Ehre beweisen.«

»Nein!«, sagte Catherine. »Ambrose gehört zu meiner Leibgarde.«

»Ambrose ist ungeeignet, in deiner Leibgarde zu dienen«, knurrte Boris. »Er hat die Anklage gegen seine Schwester kaum über die Lippen gebracht. Er hat angesichts ihres Todes wie ein Weib gegreint. Noyes würde ihn zu gerne in die Finger bekommen, aber ich erspare ihm die Mühe. Ich kümmere mich selbst um Feiglinge und Verräter unter den königlichen Soldaten. Loyalität ist nicht nur eine Sache von Worten und Taten, sondern auch eine Sache der Gesinnung. Und in ihm sehe ich keinerlei Loyalität für den König.«

»Wollt Ihr da herumstehen und schniefen wie ein Feigling, Norwend?«, rief Lang.

Ambrose straffte die Schultern. »Ich bin der Hüter Ihrer Hoheit, meine Pflicht ist es, sie zu beschützen, und Ihr solltet mich nicht daran hindern.«

»Dann müsst Ihr die Brücke überqueren, um Eurer Pflicht nachzukommen.«

»Ihr solltet ihm auch die Alternative anbieten, Lang«, rief Boris. »Er kann seine Sporen abgeben.«

»Es würde mich mit Abscheu erfüllen, sie zu berühren, aber ich würde sie als Unterwerfung akzeptieren, Euer Hoheit.« Dann rief Lang Ambrose zu: »Gebt Eure Sporen heraus, dann dürft Ihr über meine Brücke reiten und nach Hause zurückkehren, um Euch ans Feuer zu setzen und zu weinen. Ich habe gehört, dass Ihr weint wie eine Frau.«

»Ich werde Euch gar nichts übergeben.«

»Dann kämpfen wir.« Und Lang zog sein Schwert.

Catherine sagte: »Boris, bitte lass das nicht zu. Da ist nichts zwischen Sir Ambrose und mir.« Sie hatte keinen Zweifel, dass Noyes Ambrose in irgendein Verlies werfen würde, wenn er sich der Herausforderung nicht stellte, aber sie wusste genauso gut, dass Boris nur seine besten Kämpfer gegen Ambrose einsetzen würde, und Catherine hatte keine Ahnung, wie gut Ambrose mit einem Schwert umgehen konnte.

Boris ließ Ambrose nicht aus den Augen und gab keine Antwort.

Schließlich zog auch Ambrose sein Schwert und sagte zu Peter: »Dein Platz ist bei Ihrer Hoheit, nicht bei mir. Tu deine Pflicht.«

»Ambrose, ich …«

»Geh.«

Widerstrebend trieb Peter sein Pferd an und überquerte die Brücke, während Lang auf Ambrose zuritt.

Ambrose lenkte sein Pferd zur Seite und schaute sich nervös um.

Lang griff an.

Mit einem Schrei kickte Ambrose seine Fersen in die Flanken seines Pferdes und trieb es nach vorn. Die beiden Ritter begegneten einander mit klirrenden Schwertern, wendeten und stürmten dann wieder aufeinander los, aber diesmal stieg Ambroses Pferd hoch und wirbelte mit den Hufen durch die Luft. Langs Pferd wich zurück, und sogleich griff Ambrose an. Kraftvoll hieb er sein Schwert nach unten. Die Klingen prallten nicht aufeinander, aber Langs Pferd wieherte entsetzt und bäumte sich auf. Die Zügel an einer Seite waren durchtrennt, und im Hals des Pferdes klaffte ein Schnitt.

Lang stieg rasch aus dem Sattel und benutzte sein Pferd als Deckung vor Ambroses Schwert, bis er das panikerfüllte Tier losließ, das letztendlich eher eine Gefahr darstellte, als dass es ihn schützte. Das Pferd stürmte davon und Ambrose griff Lang an. Schwerter schepperten, und Lang taumelte rückwärts.

»Steigt ab und kämpft ehrenvoll«, forderte Lang.

»Es ist nicht meine Schuld, wenn Ihr weder Euch noch Euer Pferd schützen könnt«, erwiderte Ambrose und ließ sein Schwert im Vorbeireiten auf Lang niedersausen. Wieder klirrten die Klingen, aber Lang taumelte und seine Bewegungen waren zu langsam, während Ambrose herumwirbelte und ihm ins Handgelenk schnitt, wobei er beinahe die Hand vom Arm trennte. Lang schrie auf und fiel auf die Knie, Blut spritzte ihm ins Gesicht, die Hand hing lose herab und berührte mit den Fingerspitzen den Sand. Lang starrte sie an.

Ambrose stieg vom Pferd und ging zu Lang.

»Nun, Sir, habe ich meine Ehre bewiesen?«

Lang murmelte etwas, das Catherine nicht hören konnte.

Ambrose schüttelte den Kopf. »Ich habe Euch überwunden. Gebt zu, dass ich gewonnen habe, dann lasse ich Euch am Leben. Ihr könnt lernen, mit Eurer anderen Hand zu kämpfen.«

Lang hob den Kopf und sagte: »Verflucht sollt Ihr sein. Ihr und diese Hure, Eure Schwester.«

Ambroses Hände zitterten, als er hinter Lang trat und das Schwert hob.

»Nein!«

Catherine wusste nicht, warum sie aufgeschrien hatte. Aber beim Klang ihrer Stimme zögerte Ambrose. Dann ließ er das Heft seines Schwertes auf Langs Hinterkopf niedersausen. Lang brach bewusstlos zusammen.

Boris sagte: »Ich finde nicht, dass er irgendetwas bewiesen hat, außer dass er wie ein Schurke kämpft. Macht ihn nieder, Hodgson.«

»*Was?* Nein, Boris! Ambrose hat gewonnen.«

»Hodgson! Tut es!«

»Du bist hier der Schurke, Boris«, zischte Catherine. »Ambrose hat Lang besiegt. Es ist unehrenhaft, ihm einen weiteren Gegner in den Weg zu stellen, ohne ihm Zeit zu geben, sich zu erholen.«

Aber niemand hörte auf sie. Hodgson ritt los und zog langsam sein Schwert.

»Reitet ihn über den Haufen!«, brüllte Boris.

Hodgson gab seinem Pferd die Sporen und lenkte es mit erhobenem Schwert auf Ambrose zu, doch der duckte sich und rollte sich nach vorne ab, bevor Hodgson zuschlagen konnte. Das verunsicherte Pferd sprang über Ambrose, der sich wieder aufrappelte, während Hodgson versuchte, sein Reittier wieder unter Kontrolle zu bringen. Ambrose platzierte einen Hieb auf Hodgsons Rücken. Der Ritter schrie auf, doch dann wendete er sein Pferd und trieb es erneut an.

Wieder duckte sich Ambrose und stach dann auf Hodgsons Bein ein. Hodgson grunzte und schlug nach Ambrose, der sich flach auf den Boden fallen ließ und unter das Pferd rollte.

Hodgson wollte Ambrose von seinem Ross zertrampeln lassen, doch es scheute. Ambrose kämpfte sich auf die Füße, bevor Hodgson wieder angriff, doch diesmal erwischte das Pferd Ambrose und schleuderte ihn zu Boden.

Wieder stand Ambrose auf. »Euer Pferd kämpft besser als Ihr«, knurrte er, aber er wirkte müde und stand unsicher auf den Beinen.

»Ach, tatsächlich?«, erwiderte Hodgson. Er stieg ab und kam auf Ambrose zu, das Schwert hoch über dem Kopf schwingend, und jetzt erst wurde Catherine der Unterschied zwischen den beiden Männern bewusst. Hodgson war größer, breiter und muskulöser als Ambrose. Er blutete, aber er schien die Wunden an seinem Bein und auf dem Rücken nicht zu bemerken.

»Hodgson hat letztes Jahr mein Turnier gewonnen«, sagte Boris. »Er ist der beste Schwertkämpfer in meiner Truppe und der verdienteste Soldat, den ich kenne.«

Ambrose wich zurück. Hodgson rückte vor. Sie umkreisten sich. Hodgson attackierte mit harten, kraftvollen Hieben, die alle abgewehrt wurden. Doch Ambrose wich immer weiter zurück.

Catherine wusste, dass es keine Hoffnung für Ambrose gab. »Mach dem ein Ende, Boris. Sie sollen aufhören.«

»Er muss lediglich aufgeben und seine Sporen ablegen.«

»Ambrose hat Lang besiegt und Hodgson zwei Wunden geschlagen; nicht Ambrose, sondern Hodgson sollte seine Sporen ablegen.«

»Aber es sieht ganz so aus, als ob mein Mann weiterkämpfen will.«

Und Hodgson drängte immer weiter vor und schwang dabei sein Schwert. Ambrose parierte seine Angriffe, doch sein ganzer Körper erzitterte unter der Wucht von Hodgsons Hieben. Wieder machte Hodgson einen Ausfall, und wieder wich Ambrose zurück. Doch diesmal stolperte er über ein Grasbüschel, taumelte rückwärts und verlor das Gleichgewicht. Hodgson preschte vor und schlug mit aller Kraft auf Ambrose ein, der den Angriff gerade noch abfangen konnte, ehe er seitlich zu Boden fiel. Hodgson machte einen weiteren Schritt vorwärts und hob das Schwert, um Ambrose den Todesstoß zu versetzen.

»Nein!« Catherine wusste, dass Ambrose verloren war.

Doch dann bohrte sich mit einem Mal Ambroses Schwert in Hodgsons Brust.

Hodgson schaute genauso schockiert drein wie Catherine. Dann dämmerte ihr, dass alles nur eine Finte gewesen war. Ambrose war absichtlich gefallen, er hatte nur so getan, als hätte er das Gleichgewicht verloren, um unter Hodgsons Deckung zu kommen, sodass die Brust seines Gegners ungeschützt war und Ambrose zustoßen konnte. Tief bohrte sich die Klinge durch Stoff, Haut und Knochen.

Hodgson versuchte immer noch, einen Treffer zu landen, doch auch damit hatte Ambrose gerechnet. Er rollte sich zur Seite weg und ließ sein Schwert in Hodgsons Brust stecken. Der große Ritter sackte wie ein gefällter Baum mit dem Gesicht nach unten in den Schlamm. Ambrose hob Hodgsons Schwert auf, schaute zu Lang und wandte sich dann schließlich zu Boris um.

Sein Brustkorb hob und senkte sich, und er schrie: »Die Brücke gehört mir. Jeder kann sie überqueren.« Dann deutete er mit dem Schwert auf Boris und sagte mit einer Stimme, die Catherine vollkommen fremd war, so voller Wut und Abscheu: »Selbst Ihr, Hoheit, dürft diesen Weg nehmen, wenn Ihr den Mut dazu habt.«

Boris' Gesicht war vor Zorn verzerrt, und einen Augenblick lang glaubte Catherine, er würde Ambrose angreifen. Doch in diesem Moment tauchten Sarah und Tanya auf und ritten auf die Brücke zu.

»Nimm deine Zofen und kehr ins Schloss zurück«, knurrte Boris.

Catherine hatte keinen Zweifel, dass Boris Ambrose herausfordern würde, wenn sie jetzt davonritt. Ein solcher Angriff wäre zutiefst unehrenhaft, und selbst er konnte sich so etwas nicht leisten, wenn Catherine und ihre Zofen dabei waren.

»Ich gehe nicht ohne meine Männer.«

»Tu, was ich dir sage!«

»Nicht ohne meine Männer!«

»Du widersetzt dich meinen Befehlen?«

»Meine Befehle lauten, stets bei meinen Wachen zu bleiben. Und deine Männer, Bruder, haben meine herausgefordert und verloren. Akzeptiere diese Niederlage mit Würde. Oder du wirst all deine Ehre verlieren.«

»Hier geht es nicht um meine Ehre. Ich weiß genau, dass du dir Tricks ausgedacht hast, um mit diesem Mann allein zu sein.«

»*Du* hast dir das ausgedacht, nicht ich. Ich reite jeden Tag unbescholten mit meinen Zofen und meinen Wachen aus. Nun ist wegen dir ein Mann tot und ein weiterer verletzt.«

Boris deutete auf Catherine. »Nein, wegen *dir*. Nun gut, bleib bei deinen Zofen und bei deinem Liebhaber. Aber Noyes wird nicht so gnädig mit ihm umspringen wie ich.«

Und damit gab Boris seinem Pferd die Sporen und galoppierte zum Schloss zurück. Catherine hörte ihn rufen: »Evan, kümmere dich um Lang.«

Sarah und Tanya zügelten ihre Pferde und starrten entsetzt auf die Männer am Boden.

Catherine schaute sich um. Peter saß auf seinem Pferd. Sir Evan eilte zu Lang. Ambrose ließ sich erschöpft auf die Knie sinken. Und inmitten all dessen lag der Leichnam von Hodgson. Doch Catherine durfte sich davon nicht beeindrucken lassen: Boris hatte Ambrose ihren Liebhaber genannt. Ob es dafür einen Beweis gab oder nicht, spielte keine Rolle; Noyes würde ihn verhaften. Und wenn Ambrose gefangen genommen wurde, würde man ihn hinrichten.

Catherine ließ sich aus dem Sattel gleiten und rannte zu Ambrose. Er schaute zu ihr auf. Seine Wangen und seine Stirn waren mit Blutspritzern befleckt. Er wirkte verloren. »Ich konnte ihnen meine Sporen nicht geben.«

»Ich weiß, Ambrose. Ihr habt Eure Ehre bewiesen, und mein Bruder hat bewiesen, dass er keine besitzt, aber Boris wird nach Noyes und seinen Männern schicken.« Sie streckte Ambrose die Hand entgegen, um ihm aufzuhelfen, doch stattdessen nahm er sie, beugte sich vor und küsste sie.

Haut auf Haut. Seine weichen Lippen, sein warmer Atem auf ihrer Haut. So sanft, so stark und doch so verletzlich. Catherine schwankte, sie wollte sich neben ihn knien, ihn festhalten, doch sie wusste, dass Sir Peter sie beobachtete. Widerstrebend richtete sie sich auf und sagte: »Ambrose, das schickt sich nicht.«

Ambrose schloss die Augen. »Ja, Euer Hoheit.«

Doch wie er sprach, mit so viel Gefühl in diesen drei kleinen Worten, da ließ er Catherine keine Wahl. Sie beugte sich wieder vor und sagte: »Bitte, Ambrose. Noyes wird bald hier sein. Ihr müsst fort von hier.«

»Ich bin Soldat Eurer Leibgarde, Hoheit. Ich kann nicht weglaufen.«

»Aber ich befehle es Euch. Nicht ich bin in Gefahr. Ihr seid es, und ich befehle Euch zu fliehen. Ich befehle Euch, Euch niemals fangen zu lassen. Dies ist mein Wunsch. Und jetzt geht!«

Ambrose blickte zu ihr auf, und Catherine sah, dass seine Augen haselnussbraun waren, mit grünen und goldenen Flecken darin. Sie wollte sie sich einprägen, aber Ambrose rührte sich immer noch nicht.

»Bitte, Ambrose. Wenn Ihr bleibt, dann landet Ihr in Noyes' Kerker. Das könnte ich nicht ertragen. Ihr handelt nicht gegen Eure Ehre, wenn Ihr jetzt geht. Ich will es so. Ich will nicht, dass Ihr Noyes in die Hände fallt. Straft ihn und Boris, indem Ihr frei bleibt. Lasst Euch nicht gefangen nehmen so wie Eure Schwester.«

Diese letzte Bemerkung schien Ambrose aufzurütteln. Er erhob sich. »Ich werde gehen, aber Ihr sollt wissen, dass ich genauso bereitwillig geblieben wäre, wenn Ihr mich darum gebeten hättet.«

In Catherines Augen standen jetzt Tränen, und eine davon lief ihr über die Wange. Zart wischte Ambrose sie mit der Fingerspitze weg.

»Ihr werdet eines Tages eine große Königin sein, und ich werde mein Bestes geben, diesen Tag zu erleben, Euer Hoheit.«

Wieder nahm er ihre Hand und küsste sie. Noch eine Berührung, aber dies war das letzte Mal, dass sie seinen Atem spüren würde, die Wärme seiner Haut …

Sie schloss die Augen, um das Gefühl auszukosten. Dann war seine Hand fort, und nur die kalte Luft blieb zurück. Er saß schon wieder im Sattel, warf ihr noch einen Blick zu und ritt dann davon. Sie beobachtete, wie er zwischen den Bäumen verschwand.

Sarah kam zu Catherine und fragte, ob sie ihr Wasser bringen solle. Catherine winkte ab. Sie brauchte kein Wasser, sie brauchte nur die Gewissheit, dass Ambrose in Sicherheit war, aber es gab herzlich wenig, womit sie ihm helfen konnte. Sie ging zu Lang, der immer noch bewusstlos auf dem Boden lag, und fragte Sir Evan: »Wird er überleben?«

Sir Evan stand auf und verbeugte sich förmlich: »Ja, Euer Hoheit. Ich habe die Blutung gestillt. Der Prinz wird sicher einen Heiler schicken. Ich werde so lange hierbleiben.«

Und Catherine hörte sich sagen: »Wir werden ins Schloss zurückkehren und dafür sorgen, dass der Heiler so schnell wie möglich herkommt.«

Und vielleicht auch irgendwie die Verfolger von Ambrose aufhalten …

Als Catherine zu ihrem Pferd ging, war ihr, als würde sie durch einen Traum wandeln. Alles kam ihr unwirklich vor. Sie wusste, dass sie niemals mit Ambrose zusammen sein konnte, dass sie an der Seite von Prinz Tzsayn leben musste. Aber die Tatsache, dass all das – der Kampf, das Blut, der tote Mann – so unnötig gewesen war, machte sie wütend. Wenn ihr Vater oder ihr Bruder sie kennen würden, wenn sie verstehen würden, wie sie dachte und fühlte, dann würden sie wissen, dass sie Tzsayn heiraten würde. Machten sie sich tatsächlich Sorgen, dass Prinz Tzsayn sie abwies, weil ein anderer Mann sie angesehen hatte? Oder war dies eine weitere Entschuldigung dafür, die Norwend-Familie zu ruinieren?

Es war Peter, nicht Ambrose, der ihr den Steigbügel hielt, und als Catherine im Sattel saß, war ihr, als hätte ihr Geist ihren Körper noch nicht eingeholt. Sarah und Tanya ritten nah bei ihr, aber sie sagten nur wenig. Angstvoll hielt Catherine nach Noyes und seinen Männern Ausschau. Sie würden Ambrose gnadenlos jagen. Doch je größer sein Vorsprung, desto größer war auch seine Chance zu überleben.

Als Catherine in den Schlosshof ritt, wurde ihr Herz schwer. Noyes und fünf seiner Soldaten waren gerade im Begriff auszureiten. Catherine winkte ihnen zu, um sie anzuhalten, um ihren Aufbruch zu verzögern, und sei es auch nur für wenige Minuten. Noyes kam auf sie zu und neigte zur Begrüßung kaum merklich den Kopf.

Catherine wusste nicht, was sie sagen sollte. Dann fragte sie: »Wohin wollt Ihr, Noyes?«

»Ich darf über die Pläne des Königs keine Auskunft geben, Euer Hoheit. Aber ich bin sicher, dass ich den Verräter, den ich verfolge, schon bald erwischen werde. Ich erwische sie alle. Und ich darf Euch versichern, dass ich ihn auf das Allerstrengste bestrafen werde.«

Das tut Ihr doch immer, dachte Catherine.

March

AUSSERHALB VON CALIA, CALIDOR

March stand im Gras und schaute in den vorbeifließenden Fluss. Wieder wartete er. Aber diesmal nicht auf den Prinzen, sondern auf Holywell.

Seit die Gemahlin und die Söhne des Prinzen gestorben waren, bestand Holywell darauf, sich einmal in der Woche mit March zu treffen, und jedes Mal fragte er nach dem Prinzen, wen er empfing und wann er wieder heiraten würde. Das erwarteten alle: eine neue Braut für den Prinzen und neun Monate später ein neuer Erbe. Nur wenige Wochen nach der Beerdigung hatte March gehört, wie der oberste Ratgeber des Prinzen gesagt hatte: »Wir alle bedauern zutiefst Euren schrecklichen Verlust, Sire, aber die Angelegenheit einer neuen Vermählung darf nicht auf die lange Bank geschoben werden. Ohne einen Erben könnte Calidor an Aloysius fallen. Das will niemand. Die Lords fragen sich bereits, wann Eure Trauerzeit enden wird.«

March hatte das Zögern in der Stimme des Prinzen gehört, der erwiderte: »Wie sollte ich nicht trauern? Meine Frau ist tot. Meine Söhne sind tot. Auch ich will einen Erben, aber niemand kann eine Garantie dafür geben, dass nicht noch mehr meiner Kinder sterben werden.«

Der Prinz hatte einen Krieg mit seinem Bruder durchgestanden, aber der Tod seiner Familie hatte ihn zutiefst erschüttert. Vor seinen Söhnen hatte er bereits drei Töchter verloren, alle in frühester Kindheit durch unterschiedliche Krankheiten. Die beiden Jungen waren wie kostbare Juwelen beschützt und umsorgt worden, und trotzdem waren sie nicht vom Fieber verschont geblieben, und diesmal war ihm auch seine Gemahlin genommen worden.

In einem Gespräch mit Lord Regan vor ein paar Tagen hatte der Prinz sogar sich selbst die Schuld gegeben.

»Bin ich dafür verantwortlich? Werde ich bestraft?«

»Das ist keine Strafe. Es ist eine Krankheit. Die Ärzte können nichts ausrichten.«

»Aber meine *ganze* Familie? Alle tot, bis auf mich. Es muss an meinem Blut liegen, Regan.«

»Möglicherweise greift die Krankheit das Blut an, aber Ihr seid stark und Ihr müsst stark bleiben, Sire.«

»Ich rede nicht über Krankheiten oder Ärzte. Ich meine mein *Blut.*«

»Ihr seid müde. Die Ärzte haben …«

»Hört ihr nicht, was ich sage? Ich rede nicht *darüber*. Ich rede über mein *wahres* Blut. Meinen S…«

»Raus!«, hatte Regan March angefahren. »Lass uns allein!«

March hatte gezögert und den Prinzen angeschaut.

»Ich sagte: Raus! Sofort!«

Regan hatte March zur Tür gezerrt und ihn hinaus auf den Flur gestoßen. Dann hatte er die Tür zugeschlagen.

March war vor der Tür stehen geblieben. Seine Gedanken überschlugen sich.

»Mein Blut« bedeutete Familie, die direkte Linie, nicht die Verwandtschaft durch Heirat. Also war mit »mein wahres Blut« ein weiterer Blutsverwandter gemeint. Und »wahr« deswegen, weil … Ja, wegen was? Wahrheit? Rang? Und bevor Lord Regan ihm ins Wort gefallen war, hatte der Prinz wohl »meinen Sohn« sagen wollen. Was nichts anderes hieß, als dass Prinz Thelonius, der edle Anführer des zivilisierten Calidor, der Mann, der tagelang den Tod seiner Frau beweint hat, einen weiteren Sohn hatte. Einen Bastard!

March hatte breit gelächelt. Kein Wunder, dass Regan ihn aus dem Zimmer geworfen hatte. Und noch bevor er Holywell von seinem Verdacht berichten konnte, hatte dieser sich bestätigt. Der Prinz hatte Lord Regan seinen Ring gegeben, zusammen mit Anweisungen, die Regan ganz offensichtlich missfielen. March hatte eine ziemlich genaue Vorstellung davon, was für Anweisungen das waren: den Sohn des Prinzen finden und ihn nach Hause bringen. Die Rechtsgelehrten würden den Rest übernehmen und den Bastard legitimieren. Dann musste der Prinz nicht wieder heiraten und auch keine Kinder mehr zeugen, die seiner Meinung nach doch nur wieder sterben würden. Der Bastard würde ihm auf den Thron folgen. Der Ring, das Siegel des Prinzen, war der Beweis dafür, dass die Botschaft, die Regan überbrachte, der Wahrheit entsprach.

War das zu weit hergeholt? Konnte es stimmen?

»Bruder, wie schön, dich zu sehen. Obwohl du etwas wachsamer sein musst.« Holywell war neben ihm aufgetaucht, während March in seine Gedanken versunken gewesen war. »Hast du Neuigkeiten für mich?«

March versuchte, eine würdevolle Miene aufzusetzen und nicht übereifrig zu wirken. »Jawohl«, sagte er. »Und was für Neuigkeiten.«

In Windeseile hatte er von den jüngsten Ereignissen berichtet, und nachdem er geendet hatte, setzte sich Holywell ins Gras und dachte eine Weile nach. Dann sagte er: »Das hast du gut gemacht, March. Sehr gut. Deine Theorie klingt schlüssig. Selbst wenn es keinen Sohn gibt, führt Regan etwas Bedeutsames im Schilde, etwas, von dem mein Herr in Brigant erfahren muss. Aber wo ist Regan jetzt?«

March lächelte innerlich über die Gelegenheit, wieder einmal seinen Wert zu beweisen. »Ich bin Regan gefolgt, als er das Schloss heute Morgen verlassen hat. Es war noch sehr früh, noch vor der Morgendämmerung. Er ging hinunter zu den Docks. Allein. Und bestieg ein Schiff nach Pitoria.«

»Pitoria? Du glaubst, dass sich der Bastard des Prinzen dort aufhält?«

»Prinz Thelonius war als junger Mann in Pitoria. Er hat mir einmal davon erzählt.«

Holywell lachte vor Überraschung leise auf. »Du weißt viel, mein Freund. Hat er auch zufällig erwähnt, dass er dort ein Kind gezeugt hat?«, setzte er mit einem listigen Lächeln hinzu.

»Nein. Er hat über Politik geredet. Er schätzt das Land. Den Wohlstand und den Frieden dort. Er war enttäuscht, als Pitoria sich nicht offen an seine Seite gestellt hat im Kampf gegen Aloysius, aber er sagte, die Pitorianer hätten Calidor unterstützt, indem sie Schiffe mit Vorräten schickten. Und er sagte, dass die Soldaten ihre Haare bunt färben, um zu zeigen, zu welchem Lord sie gehören.«

»Richtig, diese gefärbten Haare habe ich schon gesehen.«

»Du warst schon in Pitoria?«

»Und wie es aussieht, muss ich wieder hin.«

Holywell war bereits aufgestanden, als ob er sofort aufbrechen wollte.

»Was wirst du tun?«

»Den Sohn des Prinzen finden, wenn ich kann. König Aloysius wird eine hübsche Summe für ihn bezahlen. Ich werde ihn aufspüren und« – Holywell lächelte – »mein Talent dafür einsetzen, dass Regan ihn nicht hierher bringt, sondern dass er den Weg nach Brigant beschreitet.«

March war nicht überrascht. Tatsache war, dass er genau darauf gehofft hatte.

»Ich will mitkommen.«

Holywell lächelte und schüttelte den Kopf. »Das geht nicht.«

»Ich will helfen.«

»Aber du hilfst doch, mein Freund. Deine Nähe zum Prinzen ist von unschätzbarer Bedeutung. Du hast mir Informationen gegeben, die ich ansonsten um keinen Preis erhalten hätte.«

»Sie haben einen Preis: Ich komme mit.«

Wieder schüttelte Holywell den Kopf.

March ballte die Hände zu Fäusten. »Ich kann hier nicht länger bleiben. Ich werde noch verrückt. Du weißt doch, wie es ist, ein Sklave zu sein. Im Grunde genommen bin ich kaum mehr als das, und noch dazu der Sklave eines Mannes, den ich verabscheue, der Sklave meines Feindes, des Mannes, der für den Tod meiner Familie und meines ganzen Volkes verantwortlich ist.«

March hätte erwartet, dass Holywell ihn auslachte, aber das tat er nicht. Stattdessen legte er die Hand auf Marchs Schulter. »March. Du dienst unserer Sache am besten, wenn du hierbleibst, direkt bei unserem Feind. Niemand sonst könnte tun, was du getan hast.«

March schob Holywells Hand weg. »Und jetzt habe ich es getan. Aber ich will es nicht mehr tun. Entweder gehe ich mit dir oder ich gehe irgendwo anders hin. Ich gehe jedenfalls nicht mehr zurück, um weiterhin von morgens bis abends diesen verdammten Wein einzuschenken.«

»Du bist ein wahrer Abask, wenn du wütend wirst.«

»Scheiß auf dich.«

Holywell kicherte. »Ich könnte mir vorstellen, dass du ganz fantastisch Wein einschenken kannst.«

»Ich schenke diesen Scheißwein absolut perfekt ein, verdammt noch mal, aber ich werde es nicht mehr tun!«

»Mit mir zu arbeiten, ist nicht ganz so einfach, wie Wein einzuschenken und Teller mit Früchten aufzutragen.«

March wusste nicht, was er sonst noch sagen konnte. »Ich gehe nicht mehr zurück. Wenn es sein muss, folge ich dir eben auf eigene Faust.«

»March, Bruder. Beruhige dich. Ich merke, dass es dir ernst ist, also können wir vielleicht zu einer Übereinkunft kommen. Ich bin es nicht gewohnt, mit jemandem zu arbeiten, aber ich muss zugeben, dass es mir schon hin und wieder durch den Kopf gegangen ist, ob ich nicht einen Partner anlernen sollte. Jemanden verfolgen und beschatten kann mühsam sein. Im Team ist es sicherlich leichter. Aber nur, wenn die zweite Person leise und flink ist und nicht zu viel redet.«

March wagte nicht zu sprechen. Er wusste, wie man schwieg.

Holywell lachte.

»Ich werde dir nicht im Weg sein. Ich werde dir helfen.«

Holywell wurde ernst.

»Ich werde alles tun, was getan werden muss. Alles, was ihnen schaden könnte.«

»Dieser Ausdruck in deinen Augen wirkt ziemlich gefährlich, March. Und ich muss sagen, ich bin beeindruckt. Ich würde mit keinem hochnäsigen Calidorianer und auch mit keinem verrückten Briganter arbeiten, aber du bist ein Abask. Du bist ein Abask durch und durch. Wir sind Brüder.«

»Ich darf also mitkommen?«

»Du darfst mitkommen. Obwohl ich dich warnen muss, March – du magst ein Abask sein, aber das bin ich auch. Ich bin nicht dein Herr, und ich erwarte nicht von dir, dass du mir Wein einschenkst, aber ich sage dir ganz offen, dass die Arbeit mit mir hart sein wird. Ganz bestimmt nicht zivilisiert. Ich erwarte von dir, alles für mich zu riskieren, und ich werde dasselbe für dich tun. Wie ich schon sagte, wir sind Brüder. Du könntest verletzt oder sogar getötet werden, aber wenn du die Sache vermasselst, dann bringe ich dich höchstpersönlich um.«

Tash

NÖRDLICHES PLATEAU, PITORIA

»Wenn wir weiter so gut vorankommen, sind wir noch rechtzeitig zum Markt in Dornan.«

Gravell stapfte voraus und benutzte zwei Harpunen als Gehstöcke, die anderen drei hatte er zusammen mit dem großen Bündel aus Seilen und Häuten auf seinen Rücken geschnallt. Tash folgte ihm.

Sie waren früh am Morgen nach der Dämonenjagd aufgebrochen. Tashs Knöchel war kräftig, und sie fühlte sich gut, sehr gut sogar. Aber sie dachte ständig an den Dämon. Er war schön gewesen, wie ein Tier manchmal schön ist. Er war auch schnell gewesen, aber sie war ihm davongelaufen. Sie, Tash, war schneller gewesen als er, nicht nur bei einem kurzen Sprint, sondern bei dem ganzen langen Lauf durch den Wald. So schnell und so weit war sie noch nie mit einem Dämon auf den Fersen gerannt. Sie war jetzt eine erfahrene Dämonenjägerin, und sie fühlte sich flinker und stärker als je zuvor. Vielleicht wuchs sie endlich. Sie war dreizehn – das glaubte sie wenigstens –, also so gut wie erwachsen, aber jeder betrachtete sie als Kind. Ein paar Leute in den Städten behandelten sie sogar wie ein Kind. Nur weil sie klein war. Kürzlich hatte ein Mann in Dornan ihr sogar den Kopf getätschelt! Sie hatte ihn gegen die Schienbeine getreten und zwischen die Beine geboxt, und als sie jetzt daran dachte, murmelte sie: »Das macht er nicht noch mal.«

»Wie war das?«, fragte Gravell.

»Nichts … Ich habe nur nachgedacht.«

»Davor habe ich dich doch ausdrücklich gewarnt«, sagte Gravell mit todernster Miene und setzte dann hinzu: »Nicht schon wieder über die verdammten Stiefel, hoffe ich.«

Tash wollte eigentlich nicht fragen, aber sie konnte nicht anders. »Denkst du, ich bin gewachsen?«

»Gewachsen?«

»Ja. Gewachsen.«

»Größer geworden, meinst du?«

»Ja, größer. Wie soll man denn sonst wachsen?«

Gravells Bündel hüpfte auf und ab, als er die Schultern zuckte.

»Ich glaube, ich bin gewachsen«, sagte Tash.

Gravell drehte den Kopf zu ihr um und ging rückwärts. »Weißt du, was merkwürdig ist? Heute Morgen, als ich dich ansah, ist mir deine Größe aufgefallen. Ja, wirklich. Etwas hat sich verändert, und …« – er hob den Daumen und kniff ein Auge zusammen, als würde er sie abmessen – »ja, ich bin mir ganz sicher. Wirklich erstaunlich. Unfassbar. Ich würde sagen, du bist eine ganze Handbreit geschrumpft.«

»Das ist nicht lustig.«

»Dein Sinn für Humor ist auch geschrumpft«, erwiderte Gravell und drehte sich wieder nach vorne um.

»Ach, geh scheißen.«

»Und deine Sprache lässt auch zu wünschen übrig.«

»Seit wann bist du so gut gelaunt? Das passt nicht zu dir.«

»Du weißt doch, große Leute sind immer gut gelaunt.«

»Hmm, mir kommt's so vor, als sei das eher die Vorfreude auf den Schnaps und die Weiber.«

»Wir großen Leute sind begehrt bei den Damen, das muss einmal gesagt werden.«

»Pah! Ich habe dich noch nie mit einer *Dame* gesehen.«

»Kleiner Wuchs, kleiner Geist.«

»Und du bist vermutlich deshalb so eine Nervbacke, weil du so groß bist. Das ist mir schon öfter bei großen Leuten aufgefallen. Die denken immer, sie stünden über allen anderen.«

»Ich stehe ja auch über dir.«

»Und sie denken auch immer nur an sich selbst.«

Gravell blieb stehen und wandte sich wieder zu Tash um.

»Also schön, du Winzling. Stell dich da hin. Ich werde dich messen.«

Er steckte die Harpune in den Boden. Tash stellte sich daneben. Gravell legte die Hand auf ihren Kopf, immer noch ein gutes Stück unterhalb seiner Achselhöhle. »Du reichst bis da hin. Also ja, du bist gewachsen.« Tash lächelte. »So groß warst du, als ich dich gekauft habe.« Gravell deutete auf die Mitte der Harpune.

»Natürlich weiß ich, dass ich seitdem gewachsen bin! Ich meine, bin ich in den letzten paar Wochen gewachsen?«

Gravell zog sie zu sich hin. Sie war wirklich noch ein ganzes Stück unterhalb seiner Achselhöhle. »Die ehrliche Wahrheit? Nein. Und versteh mich nicht falsch, aber deine Eltern waren nicht gerade Riesen. Ich glaube, viel größer wirst du nicht mehr.«

Innerlich sackte Tash in sich zusammen. »Aber ich fühle mich größer.«

»Wie kannst du dich größer fühlen? Siehst du die Dinge plötzlich aus großer Höhe?«

Tash dachte darüber nach. »Vielleicht fühle ich mich einfach stärker. Sehr viel stärker. Ich fühle mich heute fantastisch.«

Gravell lächelte. »Stärker ist gut. Das liegt an meinem guten Essen. Der Eintopf gestern Abend war ausgezeichnet, wenn ich das so sagen darf. Du musst auch stark und schnell sein. Ich will nicht, dass dich noch einmal ein Dämon erwischt.«

»Aber ich möchte so gerne ein bisschen wachsen.«

»Nee, mir ist es lieber, wenn die Stiefel mit den Spikes ein paar Jahre lang halten.«

»Das ist ein gutes Argument. Die Wildlederstiefel in Dornan waren klein. Sie dürfen bloß nicht zu klein werden.«

Gravell schüttelte den Kopf und marschierte weiter. »Du denkst an nichts anderes mehr als an diese Stiefel.«

»Na und? Es sind die schönsten Stiefel auf der ganzen Welt. Und sie werden mir gehören. Wahrscheinlich wurden sie extra für eine zierliche Person gemacht.«

»Zierlich? Was ist das?«

»Na, zierlich eben. Schmal, klein.«

»Kurz geraten, meinst du wohl.«

»Ich wünschte, ich hätte gar nicht davon angefangen.«

»Dann hör auf zu reden und geh weiter. Du musst Schritt halten, damit wir nach Dornan kommen, bevor deine Stiefel an jemand anderen verkauft sind. Der Markt wird viele Kunden anziehen. Kleine Leute werden die Stadt überschwemmen. Dornan ist bekannt dafür, dass es so Steppkes wie dich anzieht wie ein Magnet.«

Catherine

BRIGANE, BRIGANT

Es ist allgemein bekannt, dass man Frauen nicht trauen kann. Sie sind von Natur aus durchtrieben, heimlichtuerisch und verdrießlich.
Während Männer zu starken, ehrlichen Bindungen miteinander fähig sind, ist die Beziehung zwischen Frauen und Männern schwach und von kurzer Dauer. Aus diesem Grund sind Männer, die eine starke Beziehung zu einer Frau pflegen, schwach. Wenn Eure Frau Euch zu irgendeiner Zeit den Gehorsam verweigert, sind sofortige disziplinarische Maßnahmen erforderlich. Drei bis fünf Schläge mit einem kurzen Stock auf die Handfläche reichen für gewöhnlich aus. Den Kopf in ein kleines Fass mit kaltem Wasser zu tauchen, hat sich ebenfalls als hilfreich erwiesen. Bei wiederholtem Ungehorsam ist ein Verbleib in einem beengten Raum ratsam. Bei einigen Frauen sind Verbesserungen festzustellen, wenn man sie einen Tag lang einmauert, und die Anschaffung einer etwa sarggroßen Kiste allein kann schon eine derart abschreckende Wirkung entfalten, dass es gar nicht nötig sein wird, sie einzusetzen. (Wenn doch,

sollte dafür Sorge getragen werden, dass ausreichend Luftlöcher vorhanden sind.)

James Daly: *Die Ehe: ein Handbuch für den brigantischen Gentleman*

Catherine saß in der Schlossbibliothek, starrte aus dem Fenster und dachte an Ambrose. Es war drei Tage her, seit er geflohen war, und sie hatte nichts von ihm gehört. Sie sagte sich, dass es ein gutes Zeichen dafür war, dass er nicht gefangen genommen worden war, denn Boris hätte ihr gewiss davon erzählt. Boris hätte es *genossen*, ihr davon zu erzählen. Catherine erschauerte.

»Geht es dir gut, Catherine? Hol dir nur keine Erkältung dort am Fenster.«

Catherine blickte zu ihrer Mutter. »Mir ist nicht kalt. Ich habe nur nachgedacht, über … Prinz Tzsayn.«

Catherine war Tzsayn nie begegnet, hatte ihn noch nie gesehen, geschweige denn, mit ihm gesprochen, doch in zwei Wochen würde sie mit ihm verheiratet sein.

»Kannst du mir etwas über ihn erzählen?«

Ihre Mutter lächelte. »Er ist der einzige Sohn von König Arell von Pitoria. Die Königin starb bei der Geburt seines jüngeren Bruders, der ebenfalls nicht lange danach verschied.«

»Ja, das weiß ich.«

»Pitoria ist wohlhabend und friedlich. Es ist ein großes Land und nicht leicht zu führen, obwohl die Lords dort, so hört man, dem Herrscherhaus treu ergeben sind. Und durch deine Vermählung werden sich die schwierigen Beziehungen zwischen unseren Ländern verbessern. Während des Kriegs brachten pitorianische Schiffe Vorräte nach Calia zu Thelonius. Viele Jahre und deine bevorstehende Vermählung waren nötig, bis dein Vater ihnen das vergeben hat.«

All das war Catherine wohlbekannt. Sie wusste, dass ihr Vater bis letztes Jahr einen pitorianischen Bewerber nicht einmal in Erwägung gezogen hätte. Dass er seine Meinung geändert hatte (das Wort »nachgeben« war in Bezug auf den König fehl am Platz) und fortan den pitorianischen Prinzen auf die Liste ihrer Bewerber setzte, war überraschend gekommen, wusste doch jeder um die schlechte Gesundheit des zukünftigen Bräutigams. Prinz Tzsayn war missgestaltet, auf einem Ohr taub und von Narben schrecklich entstellt. Ihr Vater hatte noch nie Verständnis für irgendeine Form von Krankheit oder Beeinträchtigung gehabt, aber ganz plötzlich war Prinz Tzsayn trotz zahlreicher weiterer standesgemäßer Kandidaten ganz nach oben auf die Liste gewandert. Und kurz nachdem sein Name zum ersten Mal erwähnt worden war, setzte man Catherine davon in Kenntnis, dass sie miteinander verlobt waren.

»Ja, ich habe viel über das Land gelesen und ich weiß über seine Familie Bescheid, aber ich möchte gerne mehr über Prinz Tzsayn erfahren.«

»Du meinst über den Menschen?«

»Ja, das meine ich.«

»Ein Mann von Rang ist untrennbar mit seiner Stellung verbunden. Tzsayn ist von höchstem Rang. Er ist der direkte Thronfolger von Pitoria.«

»Ja, das weiß ich, aber was ist mit *ihm*?«

»Ich weiß wirklich nicht, was ich dir noch erzählen soll.«

Catherine war sich sicher, dass ihre Mutter sie neckte und dass sie entgegen ihrer Behauptung viel mehr wusste. Aber offensichtlich wollte sie es ihr nicht zu einfach machen. Es war fast wie ein Spiel. Catherine fing mit der wichtigsten Frage an.

»Wie alt ist er?«

»Ist das von Bedeutung?«

»Im Hinblick auf Nachkommen und bei der Frage, ob er seiner Rolle als Thronfolger gerecht wird, ganz sicher.«

Die Königin musste ein Lächeln unterdrücken. »Ich bin mir *ganz sicher*, dass dies der wahre Grund für deine Frage ist. Er ist dreiundzwanzig.«

Das war nicht zu alt. Er hätte ein Greis sein können, wie einige ihrer anderen Bewerber.

Die Königin fuhr fort: »Tzsayn ist im Dezember geboren, glaube ich. Bei Neumond. Einige behaupten, dass dies zu einer kalten und abweisenden Persönlichkeit führt.«

»Kam er dir kalt vor, als du ihm begegnet bist?«

»Er hatte einen gewissen Charme und ist ganz offensichtlich ein kluger Mann.«

»Das klingt wie ein ›Ja‹.«

»Eher kühl als kalt. Ich hatte den Eindruck, dass es mehr an ihm gibt, als seine frostige Haltung vermuten lässt, doch wenn es so ist, dann verbarg er diesen Wesenszug gut vor mir.«

»Also stolz.«

Die Königin zuckte mit den Schultern. »Er ist ein Mann.«

»Ich habe gehört, dass er auf einem Ohr taub ist.«

»Ich glaube, da hat man dich falsch informiert. Meiner Meinung nach kann er genauso gut hören wie du oder ich, obwohl er manchmal so tut, als wäre das nicht der Fall.«

»Er ist also unehrlich.«

»Ich denke eher, dass er sich schnell langweilt.«

Das klang beunruhigend. Würde er Catherine langweilig finden?

»Und seine Einstellung zur Ehe? Zu mir?«

»Einstellung?«

»Glaubst du, dass er freundlich und rücksichtsvoll sein wird? Dass ihm meine Bedürfnisse wichtig sind?«

»Ist es das, was du willst?«

»Das ist besser, als wenn er grausam wäre.«

»Freundlichkeit und Rücksicht sind im Allgemeinen nicht die Eigenschaften großer Anführer.«

»Ich will einen Ehemann für mich und einen König für das Reich.«

»Beides zu bekommen, ist schwierig. Aber ich glaube, er wird dir gefallen, meine Liebe. Die Pitorianer sind anders als die Briganter. In ihrer Kultur zeigt sich der Einfluss aus dem Osten. So haben sie beispielsweise, was Frauen betrifft, viel liberalere Ansichten.«

»Liberal?«

»Tzsayn hat mir erzählt, dass er einmal in Illast war, und er zeigte sich beeindruckt davon, dass die Frauen dort Geschäfte führen und ihren Häusern vorstehen, dass sie Eigentum besitzen.«

Interessant, dachte Catherine, *aber für mich ohne Bedeutung*. Die Chance, dass sie einmal ein Geschäft führen würde, war gleich null. Sie würde im Schloss des Prinzen leben, als sein Besitz, kaum mehr als ein Möbelstück.

Sie reichte ihrer Mutter das Flugblatt, in dem die Züchtigung von ungehorsamen Frauen empfohlen wurde. »Ich habe gerade das hier gelesen. Ich frage mich, ob die Männer in Pitoria derselben Meinung sind.«

Die Königin überflog den Text. »Du solltest deine Zeit nicht mit so etwas verschwenden. Niemand sollte das.« Sie ließ das Blatt auf den Tisch fallen, als ob es schmutzig wäre. »Du brauchst etwas Neues für ein neues Land. Etwas, das dich inspiriert. Da wäre zum Beispiel die Biografie von Königin Valeria von Illast. Sie war eine ungewöhnliche Frau und hatte ein interessantes Leben – und eine interessante Ehe. Das ist genau das, was dir fehlt, meine Liebe.«

»Das Buch oder die Ehe?«

Die Königin lächelte und ging zu den hohen Regalen. »Ich suche dir das Buch. Aber für deine Ehe bist du selbst zuständig.«

Catherine sprach nicht aus, dass sie sich eine andere Art von Ehe wünschte als die ihrer Mutter: nicht so kalt, lieblos und zweckmäßig. Und vorzugsweise auch keine Ehe mit Tzsayn. Aber genau das würde sie bekommen. Eine andere Möglichkeit gab es nicht. Sie musste einfach das Beste daraus machen.

Doch konnte es Liebe in ihrer Ehe geben? Würde sie ihren Gemahl lieben? Und er sie? Spielte das eine Rolle? Sie hatte Gefühle für Ambrose, starke Gefühle, die sie sich vorher nicht eingestanden hatte. Aber jetzt, da sie wusste, dass sie ihn nie wiedersehen würde, konnte sie zugeben, dass es Liebe war. Und dadurch hatte sie etwas gelernt, obwohl sie nicht genau wusste, was es war – hauptsächlich wohl, dass nicht alle Männer wie ihr Vater und ihr Bruder waren. Und sie war entschlossen, Ambrose nie zu vergessen: seine Verletzlichkeit und seine Stärke, sein vom Wind zerzaustes Haar, seine Haltung, seinen Gang, die Neigung seines Kopfes, seine Schultern, seine Schenkel, wenn er im Sattel saß. Sie hatte ihn einmal beobachtet, wie er mit dem Schwert trainierte – der Schweiß auf seinem Nacken, das Hemd offen und lose, wie es an seinem starken Rücken klebte … Waren dies Gedanken der Liebe oder der Leidenschaft? Und konnte sie lernen, Tzsayn zu lieben?

Ihre Mutter kehrte zurück und reichte Catherine ein schlankes, ledergebundenes Buch: die Biografie von Königin Valeria. »Gibt es noch etwas, das du wissen möchtest?«

»Ähm. Ja. Was ist mit … Liebe?« Catherine errötete, als sie das Wort aussprach.

»Liebe?«

»Ich habe gelesen, dass sie zwischen zwei Menschen erwachsen kann.«

»Tzsayn kann dich lieben, und du kannst ihn lieben. Beweise ihm, dass du freundlich und sanft bist, und halte mit deiner Klugheit nicht hinterm Berg. Sei charmant, und du wirst in Pitoria ein erfülltes Leben haben.«

»Das kann ich mir nicht vorstellen. Nicht dort, und auch nirgendwo sonst. Wo könnte eine Frau ein erfülltes Leben führen?«

»Pitoria ist nicht Brigant, und Tzsayn ist nicht Aloysius.« Ihre Mutter trat zu Catherine und strich ihr über die Wange. »Und du bist nicht ich. Du musst deinen eigenen Weg finden, dein Leben zu gestalten, Catherine. Es wird völlig anders sein als hier. Ich weiß, du denkst, dass ich ein Dasein führe, das von Unterdrückung geprägt ist, aber ich habe mir mein Leben so eingerichtet, dass es für mich erträglich ist. Ich würde dir empfehlen, es ebenso zu tun. In Pitoria wirst du viele Freiheiten haben, anders als hier. Freiheiten, die mir versagt bleiben werden. Du wirst reisen, es wird dir erlaubt sein, das Schloss zu verlassen, andere Menschen kennenzulernen.«

»Bist du sicher?«

»So ist das Leben in Pitoria.«

»Werde ich dich wiedersehen, wenn ich verheiratet bin?«

»Du weißt, dein Vater würde mir niemals gestatten, das Schloss zu verlassen. Es hat mich alle Kraft und Überredungskunst gekostet, dass er dich ausreiten lässt. Mein Platz ist hier, das akzeptiere ich, und dein Platz wird in Pitoria sein. Ich werde dich vermissen, Catherine.«

Catherine hörte die Stimme ihrer Mutter beben. Nur selten ließ sich die Königin anmerken, wie es in ihrem Inneren aussah. Normalerweise hatte sie ihre Gefühle so rigoros in ihrer Gewalt, wie Aloysius ihr Leben in seiner. Catherine sehnte sich nach Freiheit und sie wünschte sich diese Freiheit auch für ihre Mutter. Doch Wünschen und Sehnen waren eine Sache, die Wirklichkeit eine ganz andere.

»Aber wie kann ich mir mein Leben nach meinen Vorstellungen einrichten? Ich habe doch nichts weiter als meine Zofen und ein paar Kleider. Weder Macht noch Einfluss.«

»Du bist eine Prinzessin, die Tochter von Aloysius von Brigant, und du wirst den zukünftigen König von Pitoria heiraten. Das ist eine ganze Menge. Ich gebe zu, du hast weder Geld noch Land, aber auch Königin Valeria hat mit wenig angefangen. Sie hat die eine Sache eingesetzt, auf die sie Einfluss hatte. Die wichtigste Sache überhaupt.«

»Oh? Und sagst du mir, was diese Sache ist?«

»Das Volk.«

Catherine empfand eine leise Enttäuschung. Sie erinnerte sich an das Entsetzen, das der Mob bei Lady Annes Hinrichtung in ihr hervorgerufen hatte: das Brüllen nach Blut und der Jubel, als Aloysius erschien.

»Valeria hat das Herz des Volkes gewonnen. Die Menschen liebten sie, machten ihr Geschenke und schworen ihr Treue. Sie wollten sie sehen, sich in ihrer Gegenwart sonnen. Sie haben sie vergöttert.«

Das klang deutlich besser als ein schreiender Mob bei einer Hinrichtung.

»Und du denkst, das kann ich auch schaffen?«

»Du kannst viel erreichen, Catherine. Es hängt davon ab, wie sehr du es willst. Ob du bereit bist, hart dafür zu arbeiten.«

»Es ist mir jedenfalls tausendmal lieber, als für den Rest meines Lebens in einem Schloss eingesperrt zu sein.« Sobald sie die Worte ausgesprochen hatte, empfand Catherine Reue für ihre Offenheit, aber ihre Mutter lächelte.

»Dann solltest du so bald wie möglich damit anfangen, Pläne zu schmieden. Und setze sie in die Tat um, sobald du in Pitoria eintriffst. Ich werde dir bei den Vorbereitungen helfen, so gut ich kann.«

Es klopfte leise an der Tür, dann trat ein Diener ein und brachte eine Schriftrolle für die Königin.

»Von Prinz Boris, Euer Majestät.«

Catherine wurde übel. Waren das Nachrichten über Ambrose? Hatte man ihn gefangen? Sie konnte sich nicht beherrschen und fragte: »Betrifft das mich?«

»Ja.« Die Königin schaute sie an. »Das ist dein Marschbefehl.«

»Marschbefehl?«

»Boris plant deine Vermählung, als wäre sie ein militärisches Manöver. Dies sind die Einzelheiten bezüglich der Reiseordnung.«

Catherine war erleichtert, dass es sich um etwas relativ Unwichtiges handelte, obwohl Boris in dieser Beziehung ganz anderer Meinung war; er organisierte ihre Heirat mit einem geradezu akribischen Eifer.

»Darf ich erfahren, was darin steht?«

Die Königin nickte. »Du wirst in sechs Tagen aufbrechen und mit dem Schiff nach Pitoria segeln, in Begleitung deines Bruders. In Pitoria angekommen, wirst du dich in das königliche Schloss von Tornia begeben, wo man dich den wichtigsten Familien vorstellt. Während der ganzen Zeit wirst du unter der Aufsicht deines Bruders stehen. Und am dreiundzwanzigsten Mai, am Tag vor deinem siebzehnten Geburtstag, wirst du die Gemahlin von Prinz Tzsayn.«

Die Königin hielt ihr die Schriftrolle hin und sagte: »Boris hat sehr genaue Vorstellungen über den Ablauf der Hochzeit; er hat namentlich all jene aufgeführt, die an den Festlichkeiten teilnehmen sollen und die du kennenlernen sollst. Er hat sich ziemlich viel Mühe gegeben.«

Catherine überflog den Brief. Neben zahlreichen weiteren Anweisungen las sie die Worte: *»Der Tradition entsprechend, verlangt der König, dass alle Edelleute von Pitoria Catherine am Tag ihrer Hochzeit vorgestellt werden und dass man ihr den gebührenden Respekt bezeugt, als Tochter von König Aloysius und zukünftige Königin von Pitoria.«*

Catherine war überrascht. Ihr ganzes Leben hatte sie abgeschieden im Schloss verbringen müssen, es war ihr kaum gestattet gewesen, anderen Menschen zu begegnen, abgesehen von bestimmten Mitgliedern des Hofstaats und ihren Wachen. Sie hatte nicht einmal die Bewerber um ihre Hand persönlich in Augenschein nehmen dürfen.

Ihr Vater war ein praktisch denkender Mensch. Catherine wegzusperren und sie bis zu ihrer Hochzeit zu »behüten« hatte seinem Zweck gedient; und jetzt brauchte er sie für eine neue Rolle: als Brücke zwischen Brigant und Pitoria.

Ihre Mutter hatte ihr schon früh erklärt, welches Ziel der König verfolgte: Er wollte Calidor. Er wollte Rache für seine Niederlage, wollte das Königreich seines Bruders einnehmen, das er für sich beanspruchte. Und alles, was er tat, war auf dieses Ziel ausgerichtet, einschließlich der Ehe seiner Tochter. Catherine war für ihn von Nutzen, indem sie Prinz Tzsayn heiratete, um Pitoria an Brigant zu binden – und, noch wichtiger: wegen der Handelsbeziehungen. Dann würden sich die leeren Schatzkammern des Königs wieder füllen, und er konnte einen neuen Anlauf nehmen, Calidor seinem Reich einzuverleiben.

Catherine lächelte ihre Mutter an. »Jedenfalls klingt das nicht so, als sollte ich weiterhin in Abgeschiedenheit leben.«

»Nutze diese Zeit, so gut es geht, Catherine, und mach das Beste aus deiner Ehe.«

Catherine konnte etwas erreichen, sie konnte sich für die Handelsbeziehungen einsetzen, konnte andere Dinge fördern – obwohl sie nicht genau wusste, was das sein würde. Aber sie konnte ein anderes Leben als ihre Mutter führen, eins, in dem sie nicht von allem abgeschottet war. Sie konnte ihrem Vater helfen, seinem Königreich, sich selbst. Sie wusste, dass sie niemals mit Ambrose zusammen sein konnte, das hatte sie immer gewusst, aber vielleicht gelang es ihm ja, Noyes zu entkommen. Dann konnte sie in Pitoria Frieden finden.

March

PITORIANISCHES MEER

Am Horizont vor ihnen lag die flache hellgrüne Küste von Pitoria. March stand neben Holywell am Bug des Schiffes, genoss das Auf und Ab und sah zu, wie das Land vor ihm sichtbar wurde. Er fuhr seiner Zukunft entgegen, und diese Zukunft würde er selbst gestalten. Sein Leben als Abask war ihm genommen worden und stattdessen hatte er das Leben eines Dieners bekommen, aber nun würde er sein Schicksal in die eigene Hand nehmen und Vergeltung üben an Prinz Thelonius. Holywells Plan war denkbar einfach: Sie würden Regan folgen, Thelonius' Sohn aufspüren, den Jungen entführen und zu König Aloysius nach Brigant bringen.

»Bist du Aloysius schon begegnet?«, fragte March Holywell.

»Ein paar Mal. Du bist nicht der Einzige, der mit gekrönten Häuptern verkehrt.«

»Ist er so grausam, wie man behauptet?«

»Bosheit ist sein zweiter Vorname und der passt ausgezeichnet.«

»Was wird er mit Thelonius' Sohn anfangen?«

»Das weiß ich nicht, und es ist mir auch egal. Abgesehen von der Tatsache natürlich, dass er uns gut bezahlen wird, wenn wir ihm den Burschen bringen.«

»Ich mache das nicht für Geld.«

»Nun, mein junger Bruder, ich könnte mir denken, dass Aloysius großes Vergnügen daran finden wird, den Prinzen wissen zu lassen, dass sein Sohn nicht im Luxus badet, sondern in einem brigantischen Kerker verrottet.« Holywell schaute March an. »Vielleicht bringt er ihn um, obwohl ich das bezweifle; lebend ist er mehr wert. Reicht dir die Gewissheit, dass Thelonius' Sohn gefoltert werden wird?«

March dachte darüber nach, im Grunde wünschte er sich nur, das Gesicht des Prinzen zu sehen, wenn er erfuhr, dass er seinen Sohn verloren hatte, sein Blut, sein einziges noch lebendes Kind, und das alles wegen March, weil er die Abask im Stich gelassen hatte.

»Ich will, dass er weiß, dass wir dafür verantwortlich sind, weil er unser Volk betrogen hat.«

»Nun, mein Freund, das wirst du ihm schon sagen müssen.«

March war sich nicht sicher, wie er das anstellen sollte, aber der Gedanke gefiel ihm.

»Vielleicht werde ich das auch eines Tages.«

»Sei zuversichtlich«, sagte Holywell. »Du wärst überrascht, was wir, die Schatten der Abask, alles bewerkstelligen können.« Er gab March einen Klaps auf den Arm.

March empfand Zuversicht, weil Holywell zuversichtlich war. Holywell wusste so viel, viel mehr, als March erwartet hatte. Er beherrschte vier Sprachen, konnte Segel setzen und ein Schiff steuern, und er erklärte March all das mit Ruhe und Geduld. Holywell verständigte sich auf Pitorianisch mit March, er lehrte ihn die Sprache und er ließ ihn regelmäßig üben. Holywell brachte ihm auch Kartentricks und das Würfeln bei und spielte manchmal mit den Matrosen, aber nur, um neue Freunde zu gewinnen. Und um sie auch zu behalten, verlor er hin und wieder ein bisschen. Wenn March bei Holywell war, dann hatte er das Gefühl, dass alles möglich war.

March drehte sich um, in Richtung Calidor. Das Land war am Nachmittag des ersten Tages hinter dem Horizont verschwunden, doch March ergötzte sich an der Vorstellung, dass der Prinz, seine Obstteller und die Getränketische immer noch dort waren, klein und unbedeutend, weit hinter ihm.

March sagte zu Holywell: »Ich war noch einmal im Schloss, bevor wir aufgebrochen sind.«

Holywell hob die Augenbrauen. »Wann?«

»Früh am Morgen, bevor das Schiff die Segel setzte. Ich wollte dem Prinzen sagen, dass ich fortgehe.« Er hatte die ganze Nacht wach gelegen und sich überlegt, was er sagen würde, all die Flüche und Schimpfwörter, die er benutzen würde, um dem Prinzen klarzumachen, wie sehr er ihn hasste, wie sehr er seine vorgeblich zivilisierte Art verabscheute. Dass Thelonius' gute Manieren und seine kostbare Kleidung nicht verbergen konnten, was er wirklich war: ein Mann, der sich nicht an seine Versprechen hielt, der seinen Eid gebrochen hatte; ein Mann, dem man nicht vertrauen konnte; und er, March, wusste jetzt, was für ein Verräter der Prinz in Wirklichkeit war.

»Und hast du es ihm gesagt?«

»Er ist bei Sonnenaufgang ausgeritten. Das hat er früher regelmäßig getan, doch seit dem Tod seiner Frau nicht mehr.«

»Offensichtlich kommt er über seinen Verlust hinweg. Und was hast du gemacht?«

»Ich habe mir ein Glas Wein eingeschenkt – und zwar perfekt und ohne einen Tropfen zu verschütten, das darf ich dir versichern –, habe mich in den Sessel des Prinzen am Erkerfenster gesetzt und hinausgeschaut, über die Schlossmauer, die Stadt und das Meer.«

»Ein gemütliches Frühstück.«

March schüttelte den Kopf. »Ich dachte an meinen Bruder. Daran, dass wir manchmal so hungrig waren, dass wir Gras und Würmer aßen. Ich habe den Wein ausgespuckt.«

»Bald schon kannst du deine Rache genießen, Bruder.« Holywell legte March die Hand auf die Schulter. »Und danach wirst du feststellen, wie viel süßer der Wein schmeckt.«

Ambrose

FIELDING,
BRIGANT

Ambrose lag am Rand einer Lichtung und schlief, als der Angriff erfolgte. Der Soldat kam mit erhobenem Schwert zwischen den Bäumen hervorgestürmt, und die donnernden Schritte auf dem harten Waldboden schreckten Ambrose auf. Er schlief mittlerweile stets mit dem Schwert in der Hand; flink rollte er sich zur Seite und sprang hoch, gerade als sein Angreifer über ihm war, und mit einer einzigen, fließenden Bewegung bohrte sich sein Schwert in die Brust des Soldaten, genauso mühelos wie bei Hodgson. Dann erkannte Ambrose, dass es Hodgson *war*. Der sterbende Mann verfluchte ihn, Blut quoll aus seiner Brust und er schwang sein Schwert in einem weiten Bogen – und Ambrose wusste, dass ihm die Klinge den Kopf abschlagen würde. Er musste reagieren, musste den Schlag abwehren, aber er konnte nicht. Er war zu Stein erstarrt. In dem Moment wachte er auf.

Mit weit aufgerissenen Augen fuhr Ambrose auf. Sein Rücken war schweißnass. Er atmete schwer und fühlte mit seiner Hand seinen Nacken, wo das Schwert ihn getroffen hätte. Der Wald ringsum war still. Niemand griff ihn an. Außer ihm war niemand hier. Das einzige Geräusch war sein angstvolles Keuchen.

Er fluchte und zwang sich, ruhiger zu atmen. Dann lauschte er. Er hatte den Angriff zwar nur geträumt, aber es war dennoch gut möglich, dass Noyes' Männer ganz in der Nähe waren.

Nichts rührte sich.

Ambrose stand auf und suchte die Lichtung ab. *Man kann nicht vorsichtig genug sein*, sagte er sich, aber er wusste genau, dass es nur Angst war, die ihn umtrieb.

Jede Nacht, seit Ambrose aus Brigane geflohen war, hatte Hodgson ihn heimgesucht, und jedes Mal war Ambrose von der gleichen lähmenden Furcht ergriffen worden.

Von frühester Jugend an hatte sich Ambrose vorgestellt, in Schlachten zu kämpfen und Feinde zu töten; alle Jungen in Brigant wurden dazu erzogen. Viele Male hatte Ambrose vor seinem geistigen Auge gesehen, wie er sein Schwert in den Leib eines calidorianischen Soldaten stieß, vielleicht sogar eines Lords. Aber Hodgson war ein Briganter gewesen. Ein Mitglied der königlichen Garde. Ein Waffenbruder. Ambrose versuchte sich davon zu überzeugen, dass er nichts Falsches getan hatte. Er war herausgefordert worden und hatte sich lediglich verteidigt. Hodgson war zu sehr von sich selbst überzeugt gewesen und auf seine Finte hereingefallen. Ambrose hatte Glück gehabt, denn sonst wäre es seine Brust gewesen, in die sich das Schwert gebohrt hätte.

Ambrose trank einen Schluck aus seiner Wasserflasche und legte sich wieder hin. Er brauchte Schlaf. Er war drei Tage lang scharf geritten, ohne viel zu essen und mit noch weniger Rast. Er schloss die Augen, versuchte seinen Geist zu leeren und schlief schließlich wieder ein. Er träumte, er würde mit Catherine im Bett liegen, hinter blutroten Vorhängen, würde ihr das Gewand von den Schultern streifen und ihren Hals küssen. Sie nahm seine Hand und fuhr zart mit ihren Fingerspitzen über den Handrücken, mit dieser Berührung, die er so sehr liebte. Doch noch während sie ihn anschaute, verwandelte sie sich in seinen Vater und sagte: »Diese Hand hat einen brigantischen Soldaten getötet. Dies ist die Hand eines Verräters.«

Mit einem Ruck erwachte Ambrose. Es wurde allmählich hell. Wieder war er schweißgebadet, und er ging zum Fluss, um sich zu waschen. Auf dem Weg dorthin hieb er mit seinem Schwert auf das Unterholz ein und dachte grimmig: *Ich bin kein Verräter. Catherine weiß das. Mein Vater auch. Es hieß: Hodgson oder ich. Er oder ich.*

Er wollte stets ehrenvoll handeln. Das war alles, was er sich sein Leben lang gewünscht hatte. Gut zu kämpfen, anständig zu handeln, den Namen seiner Familie in Ehren zu halten – und obwohl er sich daran gehalten hatte, war alles fürchterlich schiefgelaufen. Nur wegen Boris und Noyes … Und wegen des Königs. Weil es in Brigant keine Ehre mehr gab. Sie hatten Anne getötet, und jetzt wollten sie auch ihn töten.

Hatte Boris ihn tatsächlich herausgefordert, nur weil er Catherine angeschaut hatte?

Er wusste es nicht.

Aber verhielt er sich ihr gegenüber ehrenvoll?

Eigentlich durfte er gar nicht an Catherine denken, aber er konnte nicht damit aufhören. Er *wollte* an nichts anderes denken. Sie war mit einem anderen Mann verlobt, und doch träumte er, sie läge in seinem Bett, würde mit ihm schlafen, ihn lieben. Aber das war nicht seine Zukunft; sie war es nie gewesen und würde es niemals sein. Seine Zukunft hätte die Armee sein sollen, doch das war jetzt unmöglich geworden. Er musste sich eine neue Zukunft erschaffen, aber das konnte er erst, wenn er die Vergangenheit durchschaute. Er wollte verstehen, was mit seiner Schwester geschehen war.

Er war in Richtung Nordwesten unterwegs, wollte sich vor Noyes und seinen Männern in diesem abgelegenen Teil von Brigant verstecken, doch sein wahres Ziel war Fielding, jener Ort an der Westküste, wo man Anne gefangen genommen und Sir Oswald getötet hatte. Ambrose wusste nicht, was seine Schwester in Fielding gewollt hatte, aber er vermutete, dass er dort einen Hinweis finden würde, warum sie hingerichtet worden war. Man hatte seine Schwester beschuldigt, eine Affäre mit Sir Oswald gehabt zu haben, aber daran glaubte Ambrose nicht. Er wusste, dass vor vielen Jahren eine kleine Liebelei zwischen ihnen gewesen war, die allerdings zu nichts geführt hatte. Sie waren gute Freunde geblieben und hatten einander oft auf Reisen begleitet. Gemeinsam waren sie an vielen Orten gewesen, waren oft lange Zeit fortgeblieben und jedes Mal mit Geschichten von exotischen fremden Ländern zurückgekehrt. Was also hatten sie in einem kleinen Dorf an der Westküste Brigants zu suchen gehabt? Was war dort für seine Schwester von Interesse gewesen? Ambrose wollte nach Fielding und Antworten auf diese Fragen finden. Und selbst wenn ihm das nicht gelang, wollte er sagen können, dass er es wenigstens versucht hatte, dass er die Lügen über seine Schwester nicht einfach akzeptiert hatte.

Er ging wieder zurück zu seinem armseligen Lager und holte den letzten Rest Käse und Schinken heraus, die er am Vortag auf einem Bauernhof gekauft hatte. Er zählte nach, wie viel Geld er noch besaß. Acht Schillinge. Das war nicht viel. Trotzdem war er nicht mittellos. Er hatte seine wertvollsten Besitztümer bei sich: sein Pferd, seinen Sattel, das Schwert und die Messer. In einem der Dörfer, durch die er geritten war, hatte er einem Mann eine alte Jacke abgekauft. Das Leder war abgewetzt und rissig, aber sie war besser als nichts. Die Uniform der königlichen Leibgarde – ein Umhang und ein Wams – trug er nur in der Nacht, um sich zu wärmen. Er mied Gasthöfe, zum einen, weil dort das Risiko größer war, von Noyes erwischt zu werden, zum anderen, weil er auf diese Weise mehr Geld für Essen übrig hatte.

Er aß den Käse, sattelte sein Pferd und brach auf.

Um die Mittagszeit hatte er den Wald hinter sich gelassen und ritt über hügeliges Grasland, auf dem Schafe weideten. Er kam durch einen kleinen Weiler, wo er Milch, Schinken und Käse kaufte und sich den Weg nach Fielding erklären ließ. Die Straßen waren schmal, steinig und voller Schlaglöcher, aber irgendwann am Nachmittag erreichte er die Küste. Von einer Stadt oder einem Dorf war nichts zu sehen, und nur die vereinzelten, dünnen und verwahrlosten Schafe wiesen darauf hin, dass sich in der Nähe ein Hof befinden musste. Aber die Landschaft war wunderschön. Hinter einem breiten, feinsandigen Strand spannte sich das weite blaugraue Meer. Am anderen Ende des Strandes machte Ambrose eine Gestalt aus. Er ritt über den Sand, und der alte Mann, der nach Schnecken gegraben hatte, richtete sich auf und schaute ihm entgegen.

»Einen guten Tag wünsche ich Euch«, sagte Ambrose.

Der Mann starrte ihn an und nickte nur knapp.

»Ich suche nach einem Dorf namens Fielding.«

Der alte Mann lachte keuchend. »Seid Ihr nicht ein bisschen zu alt?«

»Alt? Wofür?«

Der Mann schüttelte den Kopf und deutete dann nach links. »Da entlang. Nach Norden. Das Lager liegt in den Dünen. Im Dorf gibt es nichts mehr; das wurde schon vor Jahren verlassen.«

Ambrose wusste nicht, was er darauf sagen sollte, aber das spielte auch keine Rolle, denn der Mann hatte den Eimer mit den Schnecken aufgehoben und ging bereits davon.

Ambrose ritt nach Norden, immer an der Küste entlang. Sein Magen verkrampfte sich vor Anspannung. Es war unwahrscheinlich, dass Noyes oder seine Männer ihn hier suchen würden. Aber irgendetwas war hier. Irgendetwas, das mit Anne zu tun hatte. Etwas, das sie das Leben gekostet hatte.

Der Tag war schon fast zu Ende, als er die Dünen vor sich aufragen sah. Sie waren hoch und breit, wie kleine Hügel, und in weiter Ferne konnte er Menschen am Strand erkennen. Er bog landeinwärts ab, um nicht von ihnen gesehen zu werden. Dann wandte er sich wieder nach Norden und ritt durch sandige Felder, wo ein paar

Schafe an dem spärlichen, harten Gras knabberten. Es wurde schon dunkel, als er durch das lichte Wäldchen kam, in dessen Nähe er die Menschen am Strand gesehen hatte. Er lenkte sein Pferd auf einen Pfad, der durch die Dünen führte. Voraus hörte er Rufe und Lachen. Ambrose erkannte die vertrauten und heimeligen Geräusche eines Heerlagers.

Auf einer weiten Fläche zwischen den Dünen, wo vereinzelt niedriges Gestrüpp wuchs, standen zahlreiche Zelte mit kleinen Lagerfeuern dazwischen. Es sah aus wie ein ganz gewöhnliches Heerlager, bis auf die Tatsache, dass alle Soldaten Jungen waren. Ein paar von ihnen waren etwa fünfzehn oder sechzehn, aber die meisten waren jünger, kaum älter als zwölf oder dreizehn.

Ambrose wusste, dass viele junge Männer Soldaten wurden, um einem Leben in Armut zu entkommen, aber sie durften sich erst dann einem Lord verpflichten, wenn sie volljährig waren. Genauso war es auch bei Ambrose gewesen. Schon als Kind hatte er für Brigant kämpfen wollen. Er hatte mit Tarquin Krieg gespielt, Spuren gesucht und Hinterhalte gelegt, tagelang draußen im Freien kampiert und sich im Nahkampf und im Reiten geübt. Seine militärische Ausbildung und die Kameradschaft mit den anderen Soldaten der königlichen Garde waren Dinge, die ihn mit Freude und Stolz erfüllt hatten. Aber um Soldat zu werden, musste man von älteren und erfahrenen Soldaten lernen. Hier dagegen schien es nur Kinder zu geben.

Das musste es sein, was seine Schwester gesehen hatte, und obwohl es zwar ungewöhnlich war, schien es doch nicht von großer Bedeutung zu sein: Jungen, die zu Soldaten ausgebildet wurden, waren immerhin nichts Neues in Brigant. Warum sollte der König Anne deswegen hinrichten lassen?

Im Schutz der Dunkelheit schlich Ambrose sich näher. Um das Feuer, das ihm am Nächsten war, hatte sich eine Gruppe von Jungen versammelt, die alle Lederwämser trugen; das schien eine Art Uniform zu sein. Zwei Jungen in der Mitte kämpften mit hölzernen Übungsschwertern, und die anderen schauten zu und riefen gelegentlich Anfeuerungen und Worte der Anerkennung. Die beiden Kämpfenden gingen erstaunlich kraftvoll und geschickt mit den Waffen um, gemessen an der Tatsache, wie klein sie waren. Sie bewegten sich äußerst flink, und ihre Klingen prallten wuchtig aufeinander. Sie schienen nicht müde zu werden. Ambrose wusste sehr gut, wie kräftezehrend der Schwertkampf war.

»Genug gesehen?« Ambrose spürte einen unangenehmen Stich in seinem Rücken.

Sie waren zu zweit, etwa dreizehn oder vierzehn Jahre alt, drahtig und muskulös. Sie trugen ebenfalls Wämser, obwohl an der Stelle, wo normalerweise das Wappen ihres Lords prangte, sich lediglich ein viereckiges Stück roten Stoffs befand. Beide trugen Holzspeere.

Ambrose schaute sich um. Mit zwei Jungen würde er mühelos fertigwerden, aber er wollte wissen, was hier vor sich ging. Er würde es zuerst mit Reden versuchen.

»Wer ist dein kommandierender Offizier, Junge?«

»Wer ist Eurer?«

Ambrose lächelte. »Prinz Boris. Ich bin Soldat der königlichen Garde. Zu wem gehört ihr?«

Der Junge schwang seine Faust zu dem roten Stoffplacken auf seinem Wams. »Zu den Roten. Den Stärksten und Besten.« Aber er wirkte verunsichert. »Ihr seid nicht in Uniform, Sir. Wollt Ihr den Hauptmann sprechen?«

»Selbstverständlich.« Ambrose wollte ganz sicher *nicht* mit dem Hauptmann sprechen, denn der Hauptmann würde wissen, dass er nicht in Boris' Auftrag hier war.

»He, Rashford. Wir haben einen Besucher.«

Die beiden Jungen in der Mitte des Kreises ließen die Holzschwerter sinken, und als sie sich näherten, ahnte Ambrose, dass er diese beiden nicht so leicht würde überwältigen können. Und die

Keckheit in ihrem Gang war ein Indiz dafür, dass sie das ebenfalls wussten. Einer von ihnen rief: »Was haben wir denn da, Frank? Wieder mal Spione?«

»Er sagt, er sei von der königlichen Leibgarde. Er will mit dem Hauptmann sprechen.«

Ambrose stand auf, fegte sich den Sand von den Beinen und sagte so gleichmütig und kameradschaftlich, wie er konnte: »Ich bin kein Spion, obwohl ich zugeben muss, dass ich euch zuschauen wollte, ohne bemerkt zu werden. Ich wollte sehen, wie gut ihr seid. Ich habe euch beide beobachtet, wie ihr mit dem Schwert geübt habt. Sehr beeindruckend. Du bist Rashford, nicht wahr?«

»Ja, der Anführer der Roten.«

Ambrose hatte keine Ahnung, wie er hier wieder herauskommen sollte. »Kannst du auch mit dem Speer umgehen, Rashford?«

Der Junge lächelte. »Das will ich meinen.«

»Der Speer ist mein Schwachpunkt«, sagte Ambrose mit einem reumütigen Grinsen. »Mir will einfach kein guter Wurf gelingen. Wie wär's? Zeigst du mir deine Technik?«

»Gib mir deinen Speer, Frank. Und du, Luke, gibst deinen unserem Gast.« Frank ließ den Speer in einer Hand kreiseln und warf ihn dann Rashford zu, der ihn spielerisch von einer Hand zur anderen gleiten ließ und ihn dann mit der Spitze in die Erde steckte. Luke warf Ambrose seinen Speer zu. Die Waffe war gut ausbalanciert, und die Spitze war scharf. Es war zwar nur ein Trainingsspeer, aber er konnte dennoch einen Menschen ernsthaft verletzen.

Rashford sagte: »Ihr zuerst, Sir. Ich werde mich bemühen, mit Euch mitzuhalten.«

Ambrose wog den Speer in der Hand und spannte seine Schultermuskeln an. Dann machte er ein paar Schritte vorwärts und schleuderte den Speer.

»Gar nicht schlecht, Sir. Gute Technik.«

»Du bist sehr freundlich.«

»Nun, ich habe ja auch nichts über die Weite gesagt, die, wenn ich ehrlich sein soll, ziemlich erbärmlich ist.«

Ambrose musste ein Lachen unterdrücken. »Dann lass mal sehen, wie weit du kommst.«

Rashford hob den Speer an seine Schulter. Er war klein und sehnig und hatte schmale Schultern, ganz und gar nicht der passende Körperbau für einen Speerwerfer. Er machte ein paar Schritte vorwärts, warf den Speer – und Ambrose drehte sich um und rannte los.

Mit ein paar langen Schritten hatte er sein Pferd erreicht und schwang sich in den Sattel. Er riss das Tier herum und sah, dass Rashfords Speer beinah doppelt so weit geflogen war wie seiner. Es war eine unglaubliche Distanz für so einen schlanken Jungen, und einen Moment lang war er starr vor Überraschung. Doch dann sammelte er sich und gab seinem Pferd die Sporen.

Die Jungen rannten ihm nach und riefen, er solle anhalten. Sie konnten auch ziemlich schnell laufen und hielten mit ihm Schritt; sie griffen nach seinen Beinen, doch er trieb sein Pferd zur Eile an und galoppierte davon.

Ein wuchtiger Schlag auf den Hinterkopf schleuderte Ambrose schräg nach vorn, über die Schulter seines Pferdes. Er verlor einen Steigbügel, und bevor er wusste, wie ihm geschah, hing er halb unter dem Leib des Pferdes und wurde über den Boden mitgeschleift. Ein Huf traf ihn am Rücken, und er war frei. Er rollte durch den Sand, versuchte aufzustehen, aber die Welt drehte sich, und dann wurde ihm schwarz vor Augen.

Catherine

BRIGANE,
BRIGANT

Die Leute belächeln oder ignorieren uns Frauen; sie messen uns keine Bedeutung bei. Aber wenn ich mein Land repräsentiere, bin ich keine Frau: Ich bin ein Land und ein Volk und eine Königin.

Königin Valeria von Illast

Weniger als eine Woche vor Catherines Aufbruch nach Pitoria war sie von morgens bis abends mit Reisevorbereitungen beschäftigt. Sie dachte immer noch jeden Tag an Ambrose, aber sie musste auch an Tzsayn denken, an die Hochzeit, die Fahrt und ihre Kleidung. Ihre Mutter hatte etliche Kleider im pitorianischen Stil für sie bestellt, die nun endlich angekommen waren. Die Kleider für den Tag waren jedes in den Nationalfarben von Pitoria gehalten: Sie waren rot, grün und schwarz. Ihre Mutter hatte gesagt: »Du musst den Pitorianern zeigen, dass du eine von ihnen bist. Sie sollen wissen, dass du stolz bist, zu Pitoria zu gehören, und dann werden sie es auch sein. Und sie werden dir danken, dass du sie daran erinnert hast.«

Trotzdem hatte Catherine vor Empörung geschnaubt, als sie die

Kleider gesehen hatte, die nebeneinander in ihrem Ankleidezimmer lagen. Sie waren unerhört freizügig. Selbst die schwarzen hatten glänzende Bänder und Federn am Mieder, an den Ärmeln und am Saum.

»Sie sehen irgendwie … kompliziert aus.« Catherine zupfte mit den Fingern an einem Ärmel. »Auch wenn im Grunde nicht viel an ihnen dran ist.«

»Pitorianische Frauen finden nichts dabei, Haut zu zeigen«, sagte ihre Mutter. »Ob du es glaubst oder nicht, diese Kleider sind vergleichsweise züchtig.«

Catherine probierte eins der roten Kleider an, aber es schien nicht richtig zu sitzen und sie fühlte sich bloßgestellt. Die linke Seite des Gewandes war von der Achselhöhle bis zur Hüfte offen.

»Das sieht aus, als würde das Kleid in Fetzen hängen – in blutigen Fetzen.«

»Hmm … Kannst du irgendwas mit deinen Armen machen?«

»Was zum Beispiel?« Catherine stemmte die Arme in die Hüften, woraufhin ihre Ellbogen durch die Schlitze in den Ärmeln ragten.

»Nein, nicht das! Nicht die Arme heben. Lass sie hängen.« Ihre Mutter verzog das Gesicht. »Oje, das sieht auch nicht richtig aus. Vielleicht solltest du etwas in die Hand nehmen, eine Art Accessoire. Ja, das wäre gut. Etwas, das dir hilft, deine Geschichte zu erzählen.«

»Ein Akt der Verzweiflung?«

Ihre Mutter runzelte die Stirn. »Verzweiflung ist etwas, das man niemals öffentlich zeigen darf. Denk an Königin Valeria. Sie hat ihr Volk für sich eingenommen. Aber um das zu schaffen, muss man als Siegerin auftreten. Du willst nicht mit Verzweiflung in Verbindung gebracht werden, sondern mit Hoffnung. Hoffnung auf eine bessere Zukunft. Hoffnung auf Erfolg.«

Catherine konnte sich nicht vorstellen, wie jemand an Erfolg denken konnte, wenn er sie sah. Sie hatte weder jemals das Gefühl noch die Gelegenheit gehabt, erfolgreich zu sein. Und was die Hoffnung anging: In diesen Kleidern konnte sie nur hoffen, dass man sie nicht auslachte.

In diesem Augenblick klopfte es an der Tür zu ihren Gemächern, dann kam Sarah eilig ins Ankleidezimmer gelaufen, knickste hastig vor der Königin und wandte sich zu Catherine.

»Euer Hoheit«, sagte sie atemlos. »Gerade kam ein Bote: Der König verlangt nach Euch.«

Catherines Herz fing an zu rasen. Sie war noch nie vor den König zitiert worden. Ging es um ihre Hochzeit? Möglich. Wahrscheinlich. Aber vielleicht hatte es auch etwas mit Ambrose zu tun.

Die Königin erhob sich, ein Bild der Gelassenheit.

»Sag dem Boten, die Prinzessin kleidet sich gerade an. Sie wird vor dem König erscheinen, sobald sie fertig ist.«

Als Sarah gegangen war, sagte die Königin: »Du bist blass geworden, Catherine. Weißt du, was der König von dir will?«

»Vermutlich geht es um die Hochzeit«, antwortete Catherine.

»Könnte es noch etwas anderes sein?«

Catherine war klar, dass ihre Mutter von dem Kampf zwischen Ambrose und Boris' Männern gehört hatte, obwohl sie selbst die Sache nicht erwähnt hatte. Jetzt aber hatte sie keine andere Wahl.

»Vor ein paar Tagen, als ich ausritt, kam es zu einem … Vorfall.«

»Ein Ehrenturnier, soviel ich weiß. Ich habe gehört, dass Boris einen Mann verloren hat. Und dass der Verräter geflohen ist.«

»Er ist kein Verräter. Und er ist nicht geflohen.«

»Du zeigst deine Gefühle allzu deutlich, Catherine.«

»Aber es stimmt. Sir Ambrose ist kein Verräter; er ist ein treuer Soldat.«

»Sir Ambrose Norwend? Der mit den Haaren?«

»Sie haben alle Haare.«

»Du weißt, was ich meine. Der mit den blonden Haaren. Der Hübsche.«

»Er ist intelligent und freundlich. Er ist …«

»Eine Ablenkung. Und eine Ablenkung kannst du jetzt nicht gebrauchen. Ich verstehe, warum Boris sich Sorgen macht.«

»Du verstehst das? Ein Mann ist tot. Ambrose hat nichts weiter getan, als sich zu verteidigen.«

»Du sprichst von diesem Mann, als ob er dir etwas bedeutet. Als ob er dir wichtig ist. Erwartest du, dass dein zukünftiger Gemahl das akzeptiert?«

»Du hast doch gesagt, dass er toleranter ist als wir.«

»Ich vermute, seine Toleranz wird Grenzen haben, wenn er von Sir Ambrose erfährt und davon, wie intelligent und freundlich er ist. Du musst noch viel über Männer lernen, Catherine. Prinz Tzsayn erwartet eine Jungfrau und sollte keinen Anlass haben, daran zu zweifeln.«

Catherine wurde puterrot. Sie hatte noch nie gehört, dass ihre Mutter dieses Wort aussprach.

»Tzsayn mag anders sein als dein Vater, aber kein Mann steht gern als Narr da.«

Während Frauen sich offensichtlich nur zu gerne selbst zum Narren machen, dachte Catherine, während sie sich in diesem lächerlichen roten Kleid im Spiegel betrachtete. Sie sagte: »Ich werde dafür sorgen, dass niemand auch nur den geringsten Zweifel an meiner uneingeschränkten Ergebenheit für Prinz Tzsayn haben kann«, sagte sie kühl. »Aber vielleicht spielt das keine Rolle mehr. Vermutlich hat Noyes Ambrose gefasst, und der König lässt mich jetzt rufen, um mir zu befehlen, einer weiteren Hinrichtung beizuwohnen.«

Unvermittelt trat die Königin zu Catherine und küsste sie auf die Wange.

»Es ist mir nicht zu Ohren gekommen, dass er gefangen wurde. Sei ganz ruhig. Geh zum König als die Prinzessin, die du bist. Aber achte auf deine Ehre, Catherine. Sorge dafür, dass niemand dich infrage stellt; ohne deine Ehre bist du verloren.«

Catherine sah an sich herab.

»So kann ich nicht gehen.«

»Aber natürlich. Zum Umziehen bleibt keine Zeit mehr. Wir haben den König schon jetzt warten lassen. Außerdem ist dieses Kleid atemberaubend. Es ist von einem wahrhaft königlichen Rot. Halte dich nur gerade und sei selbstbewusst.«

Catherine war sich sicher, dass ihre Mutter das nicht sagen würde, wenn sie es nicht ehrlich meinte, und die Worte taten ihre Wirkung. Sie verließ ihre Gemächer und folgte dem königlichen Leibgardisten zum Thronsaal. Ging es hier tatsächlich nur um ihre Hochzeit oder irrte sich ihre Mutter? War Ambrose womöglich tot oder lag tief unter dem Schloss im Verlies, die Zunge herausgeschnitten, die weichen Lippen zusammengenäht? Nun, was immer es war, sie würde damit zurechtkommen. Sie straffte die Schultern und ermahnte sich: *Ich werde nicht zurückweichen. Ich werde nicht in Ohnmacht fallen. Und ich werde ganz bestimmt nicht schreien.*

Catherine war bisher erst bei wenigen offiziellen Anlässen im Thronsaal gewesen – bei der Verkündung von königlichen Dekreten oder bei Besuchen eines ausländischen Botschafters oder wenn der König irgendeinen Lord beeindrucken oder einschüchtern wollte. Jedes Mal hatte sie inmitten vieler anderer Höflinge gestanden. Heute war sie allein.

Vor ihr öffneten sich die großen Türen. Ihr Vater, der König, saß auf seinem Thron am anderen Ende des langen, opulent verzierten Saals. Boris stand rechts von ihm, Noyes ein Stück hinter ihm zu seiner Linken. Vereinzelte Mitglieder des Hofstaates und ein paar Soldaten hatten sich entlang der Wände aufgestellt. Ambrose war nirgends zu sehen.

Catherine wusste nicht genau, ob sie warten sollte, bis man sie angekündigt hatte. Dann hörte sie die Stimme ihrer Mutter, die ihr ins Ohr zu flüstern schien: *Eine Prinzessin wartet nicht. Genauso wenig wie eine Königin.*

Catherine hob das Kinn. »Ich habe keine Angst«, murmelte sie, und dann erkannte sie zu ihrer Überraschung, dass es stimmte. Trotzdem fühlte sie sich bei ihrem Gang durch den großen Saal so entblößt und ungeschützt wie eine rote Ameise auf einer grauen Steinplatte.

Sie schritt voran – langsam, ganz langsam –, vorbei an dem Kanzler, dem königlichen Verwalter und dem Schlossvogt, bis sie das Podium erreicht hatte, auf dem der Thron stand. Direkt vor ihrem Vater blieb sie stehen. Sein Haar war an den Schläfen ergraut, aber er wirkte so kräftig wie immer. Er saß sehr aufrecht auf dem breiten, schweren Thronsessel, und Catherine dachte, dass er im Sitzen immer irgendwie unbehaglich wirkte – er fühlte sich wohler, wenn er stand und umhergehen konnte. Seine grauen Augen ruhten auf ihr und fingen ihren Blick ein, den sie umgehend senkte, als sie so tief knickste, wie es ihr Kleid erlaubte.

»Euer Majestät.«

»Erhebe dich. Lass dich ansehen.«

»Da gibt es nicht viel, was *nicht* zu sehen ist«, sagte Boris laut, woraufhin einige Höflinge auflachten. Noyes hatte den Kopf leicht geneigt, doch heute lächelte er nicht.

Catherine hielt sich so aufrecht, wie sie konnte.

»Du wirst bald aufbrechen. Um zu heiraten.«

»Ja, Euer Majestät.«

Der König tippte mit einem offensichtlich gequetschten, schwarz verfärbten Fingernagel auf die Armlehne des Thronsessels.

»Das ist eine gute Partie, die ich mit König Arell für dich arrangiert habe.«

War das wirklich alles? Eine Unterhaltung über ihre Hochzeit?

»Ja, ich danke Euch, Vater. Aber so sehr ich meiner Eheschließung auch mit Freuden entgegensehe, so schmerzt es mich doch mehr als ich sagen kann, meine Familie und meine Heimat zu verlassen. Ich bin dankbar, dass Ihr mich vor meiner Abreise noch einmal zu Euch gebeten habt.«

»Ich habe dich rufen lassen, um dir Anweisungen zu geben, nicht um mich tränenreich von dir zu verabschieden.«

Catherine schaute zu, wie der Fingernagel des Königs auf die Armlehne trommelte und dann innehielt.

»Du hast einem Soldaten meiner königlichen Garde befohlen, Brigane zu verlassen.«

Leugnen hatte keinen Zweck.

»Ja, Vater. Einer von Boris' Männern, Viscount Lang, forderte einen meiner Leibgardisten, Sir Ambrose Norwend, zu einem Ehrenturnier heraus. Sir Ambrose besiegte ihn und bewies Großmut, indem er ihn am Leben ließ. Dann befahl Boris Dirk Hodgson, ihn ebenfalls herauszufordern. Hodgson wurde getötet. Ich hielt es für das Beste, dass Sir Ambrose sich zurückziehen möge, bevor noch mehr Edelmänner zu Schaden kommen konnten.«

Catherine warf Boris einen vielsagenden Blick zu, und irgendjemand im Saal stieß ein kurzes Lachen aus, das jedoch sofort unterdrückt wurde.

Boris wurde rot vor Zorn. »Er kämpfte wie der Schurke, der er ist.«

»In diesem Fall bist du der Schurke, Bruder.«

»Ruhe!« Der König tippte wieder mit dem Finger auf die Armlehne des Thronsessels.

Catherine schwieg. Sie hatte die Beherrschung verloren.

»Glaubst du, Tzsayn wird sich dieses Benehmen gefallen lassen?«, schnaubte der König.

»Ich bitte um Verzeihung, Euer Majestät. Ich verstehe nicht. An welchem Benehmen könnte er Anstoß nehmen?«

»Du hast dich den Anweisungen deines Bruders widersetzt, mit ihm zum Schloss zurückzukehren. Und selbst jetzt widersprichst du ihm.«

»Ich bin lediglich Euren Anweisungen gefolgt, Euer Majestät. Jenen, die mir stets als lebenswichtig für meine Sicherheit eingeschärft wurden: dass ich immer bei meinen Zofen und meiner Leibgarde bleiben soll. Boris' Männer sind seinen Befehlen gefolgt, und als Ergebnis davon hat einer eine Hand verloren, der andere sein Leben. Boris' Anweisungen schienen mir nicht vernünftig zu sein.«

»Es steht dir nicht zu, sie zu beurteilen. Du hast ihnen lediglich zu gehorchen«, zischte Boris.

»Das sehe ich nicht so. Wenn meine Ehre und meine Sicherheit auf dem Spiel stehen, muss ich selbst entscheiden, wem ich gehorche. Und in diesem Fall habe ich entschieden, dir nicht zu gehorchen.«

Der König lehnte sich leicht auf seinem Thron zurück und betrachtete Catherine, als ob er sie noch nie zuvor gesehen hätte. Catherine wusste nicht genau, ob sie zu weit gegangen war, aber sie war sich sicher: weitergehen durfte sie nicht.

»Du bist meine Tochter und eine königliche Prinzessin. Aber du bist eine Frau und musst den Männern gehorchen, die dich beschützen. Eins möchte ich dir ohne Umschweife klarmachen: von diesem Augenblick an bis zu dem Moment, in dem Tzsayn dir den Ring an den Finger steckt, wirst du Boris' Anweisungen in jeder Hinsicht Folge leisten. Du wirst weder mich noch Brigant entehren. Du wirst meinem Namen keine Schande machen. Du wirst nichts tun, was diese Heirat gefährden könnte. Ist das klar?«

»Ja, Euer Majestät.«

»Tzsayn mag dein Verhalten tolerieren. Vielleicht findet er es sogar amüsant oder charmant – immerhin ist er ein Ausländer und hat merkwürdige Vorstellungen –, aber ich an seiner Stelle würde es dir ein für alle Mal mit dem Stock austreiben.«

Catherine schluckte. »Ich werde versuchen, Tzsayn eine gute Ehefrau zu sein, und ich bin Euch eine treue Tochter und werde es immer bleiben.«

»Das möchte ich dir raten. So, und nun hat Noyes Neuigkeiten für dich.«

Catherine empfand eine böse Vorahnung. Sie holte tief Atem und schaute Noyes an. Er hielt ihren Blick erst eine ganze Weile fest, ehe er sagte: »Wir haben den Verräter gestern gefasst.«

Catherine wurde schwindelig. »Gefasst?«

»Meine Männer haben ihn gestern auf seinem Weg nach Norden abgefangen. *Sie* konnten ihn mit Leichtigkeit überwältigen. Unglücklicherweise werden wir nicht in den Genuss einer zweiten Norwend-Hinrichtung kommen. Sir Ambrose ist letzte Nacht in seiner Zelle seinen Wunden erlegen.«

Das Halblächeln war auf Noyes' Gesicht zurückgekehrt, und Catherine hätte sich am liebsten auf ihn gestürzt und es ihm von der Visage gerissen.

»Du siehst blass aus, Schwester«, sagte Boris.

Catherine hatte keine Tränen, wenigstens jetzt noch nicht. Sie dachte an Lady Anne, straffte die Schultern und zwang sich zu einer Erwiderung, obwohl sie selbst nicht so genau wusste, was sie sagte.

»Es stimmt mich traurig, dass ein weiteres Leben ausgelöscht wurde. Vielleicht werde ich in Pitoria mehr Frieden finden.«

Boris lachte kurz auf.

»Wenn dir an Frieden gelegen ist«, sagte der König kalt, »wäre es besser, du würdest meinen Befehlen folgen. Und nun geh.«

March

WESTMUND,
PITORIA

March und Holywell waren in Westmund, einer belebten Hafenstadt, angekommen und fingen sogleich an, sich nach Lord Regan zu erkundigen. Ihn aufzuspüren war leicht. Das Schiff, auf dem Regan gereist war, lag immer noch im Hafen, und der Kapitän gab für ein paar Münzen bereitwillig Auskunft. Auch der Stall, wo Regan ein Pferd gekauft hatte, war schnell gefunden, aber weder der Kapitän noch der Stallknecht wussten, in welche Richtung er geritten war.

»Wann ist er aufgebrochen?«, fragte March in unsicherem Pitorianisch.

Der Stalljunge antwortete: »Vor zwei Tagen, gleich morgens.«

March sagte zu Holywell: »Also hat Regan hier übernachtet. Vielleicht hat er dem Wirt erzählt, wo er hinwollte.«

Holywell schüttelte ungeduldig den Kopf. »Regan ist klug und umsichtig. Eine solche Information würde er nicht weitergeben. Wir besorgen uns hier Pferde und reiten nach Süden. Wenn wir dort keine Hinweise auf seinen Verbleib finden, versuchen wir es erst im Osten und dann im Norden.«

Dieser Plan gefiel March ganz und gar nicht. Regan hatte bereits zwei Tage Vorsprung. Aber etwas Besseres fiel ihm auch nicht ein.

Er wusste nicht, wie viele Straßen es hier gab und wie das Straßennetz miteinander verbunden war. Er wandte sich an Holywell. »Hast du eine Landkarte von Pitoria?«, fragte er. Und dann kam ihm eine Idee. »Hat *Regan* eine Landkarte von Pitoria?«

Holywell lächelte. »Sehr clever, Bruder. Suchen wir den nächsten Kartenzeichner.«

Kurz darauf standen sie in einem kleinen Laden in einer schmalen Gasse mit Kopfsteinpflaster in der Nähe des Hafens.

»Ja, der Mann, den Ihr beschreibt, war hier«, sagte der Ladenbesitzer. »Aber er wollte keine Karte. Er verlangte nach etwas anderem.«

Sie mussten erst eine Karte kaufen, bevor der Mann ihnen verriet, was Regan hier gesucht hatte.

»Nun, der werte Herr entschied sich für den Veranstaltungskalender der Sommermärkte. Ein solcher Kalender kostet zwei Kroner. Es sind wahrhaftig Kunstwerke, jeder einzelne.«

»Ganz schön teuer«, brummte March, aber Holywell lächelte den Kartenzeichner an und sagte: »Da bin ich mir sicher.«

»Hat unser Freund gesagt, wo er hinwollte?«, fragte March.

»Nein, aber wenn Ihr in den Kalender schaut, dann wisst Ihr, wo der Markt im Augenblick ist.«

»Kann ich den Kalender sehen?«

»Kann ich zwei Kroner sehen?«

Holywell knallte das Geld auf den Tresen.

Die Sache war ganz einfach. Von April bis September war der Markt im Norden von Pitoria unterwegs und zog alle drei Wochen in eine neue Stadt. Im Augenblick wurde er in Dornan abgehalten und blieb dort noch für weitere zwei Wochen.

Holywell und March kehrten wieder zu den Ställen zurück.

»Jetzt wissen wir, wohin unser Mann unterwegs ist. Wir müssen uns sputen, aber wir können ihn noch einholen.« Holywell schaute zu March. »Wie steht es um deine Reitkünste?«

Wie es bei den Abask üblich war, hatte March schon in frühester

Kindheit gelernt, auf kleinen, kräftigen Bergponys zu reiten. Aber das war lange her.

»Dienstboten reiten nicht oft.«

»Nicht oft oder nie?«

»Keine Sorge. Wenn ich runterfalle, steige ich wieder auf.«

»Oh, da bin ich mir ganz sicher, mein entschlossener Freund. Aber unsere gemeinsame Zukunft hängt nicht nur davon ab, ob du wieder in den Sattel steigen kannst. Du musst in der Lage sein, schnell zu lernen und entschlossen zu handeln.« Holywell grinste »Es wird Zeit, das anzuwenden, was du gelernt hast.«

»Mein Pitorianisch?«, fragte March. Er hatte in jeder freien Minute Worte und Sätze geübt und wollte ständig von Holywell neue lernen. »Bei dem Stallknecht hat es ganz gut geklappt. Und ich habe das meiste von dem verstanden, was du mit dem Kartenzeichner besprochen hast.«

»Nein, das meine ich nicht. Ich habe dir doch gezeigt, wie man eine Geldbörse stiehlt, nicht wahr?«

Holywell hatte March die Kunst des Taschendiebstahls beigebracht, weil »es nützlich ist, wenn man jemandem etwas wegnehmen kann, das dieser wertschätzt«. Das war viel schwieriger, als eine fremde Sprache zu lernen.

»Du weißt, dass ich nicht gut genug bin«, wandte March ein. »Warum sollten wir jetzt damit Zeit vergeuden? Wenn ich geschnappt werde, dann sitzen wir erst mal hier fest und Regan wird den Sohn des Prinzen vor uns finden.«

»Wenn *du* geschnappt wirst, dann sitzt *du* hier fest. *Du* wirst ausgepeitscht und *du* wirst eingesperrt. Und *ich* werde Regan allein verfolgen.« Holywell war jetzt ernst geworden. »Wir brauchen das Geld, Bruder. Ich habe für uns beide die Überfahrt auf dem Schiff bezahlt, und dieser Kalender und die Karte waren alles andere als billig. Ich mag dich, March, aber du wolltest unbedingt mitkommen. Jetzt musst du deinen Beitrag leisten.«

»Aber du bist viel besser als ich im Leerräumen von Taschen.«

»Das ist richtig. Und ich werde es tun, wenn ich muss. Aber ich muss auch sicher sein, dass du es tust, wenn es sein muss. Du bist ziemlich klug, das weiß ich mittlerweile, aber bringst du auch den nötigen Willen auf? Wir sind nach Pitoria gekommen, um einen Mann zu entführen. Um das zu tun, braucht es Entschlossenheit. Du wirst keinen Wein servieren und die Gespräche anderer Leute belauschen; du wirst anderen Menschen deinen Willen aufzwingen. Und ich muss sicher sein, dass du dazu in der Lage bist. Ansonsten verschwendest du nur meine Zeit und mein Geld.«

March wusste, dass Holywell ihn tatsächlich hier zurücklassen und alleine weiterreisen würde, wenn March nicht tat, was er von ihm verlangte.

»Na schön, verdammt noch mal. Ich werde es dir beweisen.« March ließ seinen Blick über den Marktplatz schweifen und suchte nach einem geeigneten Ziel. »Der Mann da drüben.«

»Was denn, der alte Knacker? Der kriegt doch einen Herzschlag, wenn er merkt, dass sein Geld weg ist. Wir wollen nicht für den Tod eines unschuldigen alten Mannes verantwortlich sein.«

March runzelte die Stirn und sagte: »Also gut, dann den da.« Er nickte zu einem dicken Mann in einem grünen Wollumhang.

»Nein«, entgegnete Holywell. »Such dir jemanden in deiner Kragenweite aus. Ihn.«

Der junge Mann, auf den Holywell deutete, war nur ein paar Jahre älter als March. Er war groß und stark. Und er trug einen Dolch.

»Kaum jemand in diesem Land ist bewaffnet, und du wählst ausgerechnet einen Mann aus, der ein Messer bei sich trägt!«, sagte March fassungslos. »Ich dachte, du willst kein Blut an den Händen.«

»Der Mann mit dem Umhang war ebenfalls bewaffnet. Aber sein Dolch war verborgen.«

March war gereizt. Er sagte: »Wie du willst. Also der junge Mann mit dem Dolch.«

Ohne ein weiteres Wort machte er sich davon und folgte seinem Ziel über den Markt. March näherte sich dem Mann und sah, dass er seine Geldbörse in der Innenseite seiner Jacke trug. Er würde ihn anstoßen oder ihn ablenken müssen, während er seine Hand in die Jacke schob. Aber hier waren zu viele Leute; es konnte ihm nicht gelingen. March fühlte, wie ihm die Brust eng wurde. *Wie schaffe ich das bloß, ohne erwischt zu werden?*

Der junge Mann verließ den Marktplatz und March ging durch eine kleine Gasse, in der Hoffnung, ihm den Weg abzuschneiden. Er hatte gerade seine Schritte beschleunigt, als der Mann zu seiner Überraschung vor ihm auftauchte. Offensichtlich hatte er eine Abkürzung genommen.

Das war die Gelegenheit. March rannte zu dem jungen Mann und stieß ihn gegen eine Hauswand. In gebrochenem Pitorianisch stieß er hervor: »Ich will dein Geld.«

»Was?«

»Gib mir dein Geld. Sofort!«

March schob die Hand in die Jacke des jungen Mannes, doch der packte Marchs Hand mit seiner Linken, während seine rechte Hand zu seinem Dolch wanderte.

Aber das Messer blieb in der Scheide.

March lächelte den Mann an. »Warum ziehst du nicht deine Waffe?«

Er war sich nicht sicher, ob er es richtig gesagt hatte, doch der junge Mann schaute ihn erschrocken an. Seine Hand umklammerte den Griff des Dolchs, schien ihn aber tiefer in die Scheide zu schieben. Und March empfand einen köstlichen Nervenkitzel. Ausnahmsweise besaß er Macht.

March zischte: »Gib mir dein Geld. Jetzt sofort. Oder ich … schneide …« March gingen die Worte aus, und so deutete er stattdessen einen Schnitt quer über die Kehle an. Er trug keine Waffe bei sich, aber das wusste der Mann nicht. Sein Gegenüber musste nur den Dolch aus der Scheide ziehen und ihn March in die Brust stoßen. Aber er schien zu Eis erstarrt.

»Willst du sterben?« Mit einem Ruck schleuderte March den Mann noch einmal gegen die Hauswand.

Der junge Mann schüttelte den Kopf.

»Gib mir das Geld. Jetzt.«

»Nehmt es Euch«, krächzte der Mann, griff in seine Jacke und übergab March seine Geldbörse.

»Jetzt lauf«, befahl March und stieß den jungen Mann von sich. Sein Opfer rannte los und stolperte an Holywell vorbei, der gemütlich auf sie zukam.

Holywell strahlte und klatschte langsam und anerkennend in die Hände. »Das ist zwar nicht die Technik, die ich dich gelehrt habe, aber wir haben alle unsere eigenen Methoden.« Diese Worte hatte er auf Calidorianisch ausgesprochen, doch den Rest sagte er in Abask. »Du bist etwas Besonderes, March. Das weißt du doch, nicht wahr?«

March starrte Holywell an. Er fühlte sich wie berauscht. Es war ein großartiges Gefühl gewesen, jemand anderem seinen Willen aufzuzwingen und ausnahmsweise einmal derjenige zu sein, der die Befehle gab.

»Du siehst aus, als würdest du gleich jemanden ermorden; daran gibt es nicht den geringsten Zweifel. Dieser Glanz in deinen Augen.« Holywell drückte Marchs Schulter. »Ein guter Schachzug, dieser Blick. Aber tu mir den Gefallen und bring jetzt noch niemanden um. Dafür wird später genug Zeit sein, Bruder.«

Edyon

DORNAN,
PITORIA

Edyon trat in das Halbdunkel des Zeltes und verharrte kurz, damit sich seine Augen an das Dämmerlicht gewöhnen konnten. An einem kleinen, achteckigen Holztisch saß Madame Eruth. Ihr Körper war mit bunten Schals bedeckt, deren Farben verblasst waren – bekleidet war in diesem Fall das falsche Wort –, und vor dem Hintergrund der gemusterten, vielfarbigen Teppiche war kaum zu erkennen, wo die Frau endete und das Zelt anfing.

»Du hast die Knochen mitgebracht.«

In Madame Eruths Stimme lag eine Gewissheit, wie bei allem, was sie sagte. Ihre Bemerkung war weder eine Frage noch eine Prophezeiung, sondern eine Tatsache.

Edyon legte einen Kroner und die Knochen auf den Tisch.

»Sag mir meine Zukunft voraus.«

Jedes Mal, wenn Edyon zu Madame Eruth ging – was mindestens dreimal pro Jahr vorkam –, brachte er einen Kroner und immer den gleichen Wunsch mit. Die Knochen allerdings waren eine neue Entwicklung auf Edyons Suche nach Wahrheit. Madame Eruth las die Zukunft hauptsächlich aus einer Kristallkugel, aber bei Edyon weissagte sie auch aus Teeblättern, aus der Hand und aus Karten. Mit diesen Hilfsmitteln ließ sich Edyon seit vielen Jahren immer wieder sein Schicksal voraussagen, aber als sie sich das letzte Mal getroffen hatten, beim Herbstmarkt in Gorgant, hatte ihn Madame Eruth angewiesen, ein Tier zu töten und das nächste Mal die Knochen mitzubringen.

Zum Glück, wenigstens für Edyon, war er vor ein paar Tagen in den Besitz eines Huhns gekommen. Er hatte es geschafft, das Tier zu töten, obwohl es ihm nicht gelungen war, ihm ordentlich den Hals umzudrehen, und das verdammte Vieh hatte geschrien, mit den Flügeln geschlagen und ihn mit seinen Krallen traktiert, bis er ihm schließlich den Kopf abgeschnitten hatte, wobei er sich gleichzeitig im Stillen bei dem Opfer für seine Ungeschicklichkeit entschuldigte. Nachdem das Huhn tot war, hatte er es gekocht, bis sich das Fleisch von den Knochen gelöst hatte. Die Knochen hatte er zum Trocknen in die Sonne gelegt und das Fleisch für die Füchse in den Wald gebracht, in der Hoffnung, dass diese Opfergabe an die Natur bei der Weissagung helfen würde. Er glaubte eigentlich nicht an die Macht der Natur und redete sich ständig ein, dass Madame Eruth nur eine Schwindlerin war, trotzdem kam er immer wieder. In ihrem Zelt, weit weg von Büchern, Logik und Gelehrsamkeit, gab es etwas, etwas Tieferes, von dem er sich Hilfe versprach.

Madame Eruth beugte sich schwankend vor, schob eine faltige Hand aus ihren Schals und stupste die Hühnerknochen an.

»Rück den Tisch zur Seite. Wirf die Knochen auf den Boden«, sagte sie.

Ihre Hand und Edyons Münze waren schon wieder in ihren Schals verschwunden.

Edyon stellte den Tisch an die Zeltwand und Madame Eruth spreizte leicht die Beine. Die Schals fielen auseinander und Edyon erhaschte einen Blick auf die Innenseite ihrer Schenkel. Sie waren bleich, haarlos und mit blauen Adern durchzogen und erinnerten ihn an die nackte Haut des Huhns. Er schob die Knochen zusammen, hielt sie in seiner linken gewölbten Hand, legte die rechte Hand darüber und schüttelte sie. Sie waren leicht und klapperten leise. Er drehte die Hände, sodass die rechte Hand nun über der linken lag, und schüttelte sie genauso oft wie beim ersten Mal. Und die ganze Zeit dachte er dabei: *meine Zukunft … meine Zukunft …*

»Du musst an nichts denken«, sagte Madame Eruth. »Es ist besser, wenn man nicht nachdenkt.«

Edyon schüttelte die Knochen weiter. Madame Eruth klang allmählich wie seine Mutter mit ihren ständigen Ermahnungen. Und im Augenblick wollte er wirklich nicht an seine Mutter denken; er wollte an seine Zukunft denken. An *seine* Zukunft. Nicht an die Pläne seiner Mutter, nicht an ihre Ambitionen. Nicht an sein Versagen beim Studium der Rechtslehre – oder besser gesagt, an seine durchaus erfolgreichen Studien, die allerdings von zwei Universitäten nicht anerkannt wurden; sie hatten ihm einen Studienplatz verweigert. Nicht an die Tatsache, dass er keine Freunde hatte. Nicht an die Zurückweisung von Xavier von Ruen, den er auf dem Wintermarkt kennengelernt und dem er sich mit aller Höflichkeit und der Poesie eines legitimen Liebhabers genähert hatte, nur um am ersten Tag des Frühlingsmarktes zurückgewiesen und in aller Öffentlichkeit als »gewöhnlicher Bastard« beschimpft zu werden. All das hatte ihm Madame Eruth auf die eine oder andere Weise geweissagt, obwohl jeder mit einem gesunden Menschenverstand diese Dinge hätte vorhersehen können, jeder, bis auf seine Mutter, die stur darauf beharrte, dass er mit seiner Begabung alles tun konnte, was er wollte – oder besser gesagt: was *sie* wollte. Aber obwohl sie Geld genug hatte, um für seine Ausbildung zu bezahlen, und er klug genug war und die besten Noten bekam, war alles vergebens, denn seine Mutter hatte es versäumt, Edyons Vater zu heiraten. Und weder ihr Geld noch kluge Worte konnten die Tatsache auslöschen, dass er illegitim war und damit für einen Studienplatz an einer ehrwürdigen Universität nicht infrage kam. Er konnte als Schreiber für einen

Rechtsgelehrten arbeiten, konnte sich den Buckel krumm schuften für jemanden, dem er an Wissen und Sprachgewandtheit weit überlegen war, und er würde immer ein Lakai bleiben, der Diktate aufnahm und Botengänge erledigte und …

»Aber irgendwann wirst du die Knochen dennoch werfen müssen«, riss Madame Eruth Edyon aus seinen Gedanken.

Er schüttelte sie ein letztes Mal und warf sie dann zu Boden.

Edyon wartete. Er wusste, dass er keine Fragen stellen und sie niemals in ihrer Konzentration stören durfte. Aber nach einer langen Stille schaute er von den Knochen zu Madame Eruth auf.

Madame Eruth hatte die Augen geschlossen und deutete mit dem Finger auf Edyon.

»Du bist nicht ehrlich, die Knochen aber schon. Sie lügen nicht. Sie stehlen nicht.«

Edyon verkrampfte den Kiefer. Wenn er einen Vortrag hören wollte, hätte er genauso gut bei seiner Mutter am Frühstückstisch bleiben können.

Er schaute wieder auf die Knochen und beschwor sie im Stillen, ihm etwas anderes zu offenbaren, etwas Hoffnungsvolles.

Madame Eruth ließ ihre Hand über den Knochen kreisen und sagte: »Sprecht zu mir. Sagt es mir. Zeigt es mir.«

Edyon merkte, dass auch er dachte: *Sagt es mir. Zeigt es mir.*

Madame Eruth wurde still, dann öffnete sie die Augen. Mit einem krummen Finger deutete sie auf einen Knochen. »In deiner Zukunft … gibt es viele Wege. Du hast die Wahl. Und«, sie lachte kurz auf, »Diebstahl ist nicht immer der falsche Weg.« Sie sah Edyon an. »Aber du musst ehrlich sein.«

Edyon nickte ernst, obgleich er fürchtete, dass er sein Geld verschwendet hatte. Diese Prophezeiung war noch ungenauer als üblich. Und wer in diesem Land war schon wirklich und wahrhaftig ehrlich?

»Bei Neumond tritt ein neuer Mann in dein Leben.«

Damit hatte Edyon gerechnet. Es gab immer einen neuen Mann in seinem Leben.

»Aus einem fremden Land. Gut aussehend.«

Madame Eruths neue Männer sahen immer gut aus, obwohl sie selten fremdländisch waren. Aber diese Ankündigung war nun wirklich nicht weiter bemerkenswert.

Madame Eruth wandte sich wieder den Knochen zu und senkte den Kopf, als wollte sie daran schnüffeln. Sie schloss die Augen und ließ statt der Hand den Kopf über den Knochen kreisen, einmal … zweimal … Dann richtete sie sich auf und erschauerte. »Das ist anders als alles, was ich früher gesehen habe. Hast du das Huhn selbst getötet? Oder hast du es irgendwo tot gefunden?«

»Ich habe es getötet. Und die Knochen gesäubert.«

»Du lügst auch nicht?«

»Ich würde Euch niemals anlügen.«

Madame Eruth runzelte die Stirn, doch dann beugte sie sich wieder über die Knochen.

Lange Zeit herrschte Stille, dann blickte sie Edyon an und sagte: »In deinem Leben gibt es etwas Neues. Einen … Einfluss, den ich noch nie zuvor an dir gespürt habe.«

Edyon konnte sich nicht beherrschen. »Einen guten Einfluss?«

»Sein Kommen hat alles verändert.«

Und plötzlich wusste Edyon, was sie sagen würde.

»Dein Vater.«

Madame Eruth hatte Edyon gesagt, dass sie immer nur die Anwesenheit seiner Mutter spüren könne, niemals die seines Vaters.

»Mein Vater? Ist er …? Werde ich ihn kennenlernen?«

Madame Eruth antwortete nicht.

»Also … sein Einfluss … Wird er mir helfen? Mit der Universität?«

»Es gibt keine Universität.«

»Was dann?«

Madame Eruth wandte sich von ihm ab und fuhr wieder mit den

Händen über die Knochen. Ein Ausdruck von Angst verkrampfte ihr faltiges Gesicht. »Der fremde Mann leidet Schmerzen. Ich kann nicht sehen, ob er leben oder sterben wird.« Madame Eruth fing Edyons Blick ein und runzelte die Stirn, als ob es seine Schuld wäre. »Möglicherweise kannst du ihm helfen. Aber gib acht: Auch er lügt.« Sie deutete auf den Wunschknochen. »Dies ist eine Weggabelung. Dort teilt sich deine Zukunft. Du musst dich für einen Weg entscheiden. Dieser Weg bedeutet eine Reise, eine beschwerliche Reise in ein fernes Land. Und Reichtümer. Oder aber«, und damit deutete sie auf den angebrochenen Schenkelknochen, »eine Reise zu … Leid, Schmerz und Tod.«

Wieder konnte Edyon sich die Frage nicht verkneifen. »Mein Tod?«

Madame Eruth schüttelte den Kopf.

»Um dich herum ist jetzt überall der Tod.«

March

DORNAN,
PITORIA

Lord Regan war nach Nordosten geritten, in Richtung Dornan, immer auf der Hauptstraße, wo er in den Gasthäusern am Wegesrand übernachtet hatte. March und Holywell konnten ihm folgen, indem sie einfach nach einem ausländischen Lord fragten. Wenn jemand wissen wollte, warum sie nach ihm suchten, erklärte Holywell jedes Mal: »Er ist ein Bekannter von uns. Und zwar einer, der uns Geld schuldet.«

March war überrascht, dass sich die meisten Leute allein aufgrund dieser Behauptung auf ihre Seite stellten. Holywell lachte und sagte: »Regan sieht wohlhabend aus. Die einfachen Leute trauen den Reichen nicht; sie wollen von ihnen immer nur das Schlechteste denken, und sie hoffen, dass sie von Zeit zu Zeit einen gehörigen Tritt in den Hintern bekommen, egal ob sie es verdienen oder nicht.«

Regan hatte fünf Tage nach Dornan gebraucht, aber March und Holywell schafften es in der Hälfte der Zeit. Es sah so aus, als hätte es Regan nicht sonderlich eilig, das Siegel des Prinzen zu übergeben. Pitoria war grüner als Calidor, kühler und auch weitläufiger. Die Straßen waren breiter, die Flüsse tiefer, die Städte größer und blühender. Holywells Theorie von den Ansichten über Reiche mochte stimmen, doch hier schienen alle gut genährt und zufrieden zu sein.

Sie kamen am frühen Abend in Dornan an. In Marchs Augen war Westmund bunt und geschäftig gewesen, so wie Calia an einem Markttag. Aber die Straßen von Dornan waren so mit Ständen und Buden vollgepackt, dass man kaum vorwärtskam. Überall wimmelte es von Männern mit gefärbten Haaren – manche davon waren knallrot (das waren die Männer des Sheriffs) und viele andere smaragdgrün als Zeichen dafür, dass sie dem hier ansässigen Lord dienten.

Man wies March und Holywell die Richtung zu einem Feld, wo ein behelfsmäßiger Stall aufgebaut war und wo sie für die Unterbringung der Pferde mehr bezahlen mussten als für die Übernachtung in einem Gasthof. Aber eine andere Möglichkeit gab es nicht; hier war ihre Reise zu Ende. Nicht mehr lange, dann hatten sie Regan aufgespürt. Holywell fragte nach dem besten Gasthof in der Stadt, und während sie dorthin gingen, lauschte March den Gesprächen und übte in Gedanken die fremde Sprache.

In der Unterkunft angekommen erklärte Holywell, dass sie auf der Suche nach einem Freund aus Calidor seien, der ebenfalls heute eingetroffen sein musste.

»Seid ihr auch aus Calidor?«, fragte der Gastwirt und starrte erst Holywells Augen an und dann die von March.

»Das ist richtig«, antwortete Holywell und setzte dann hinzu: »Aber unser Freund hat braune Augen.«

»Das mag sein, aber hier ist er nicht. Alle Zimmer sind belegt, und zwar schon seit letzter Woche. Tatsache ist, dass wir sogar überbelegt sind. In einigen Zimmern schlafen vier oder fünf Leute. Und ich kenne keinen Gasthof, in dem es anders ist.«

Holywell ging March voraus zum nächsten Gasthaus. Doch nachdem sie in zwei weiteren Unterkünften nachgefragt hatten, war ihnen klar, dass die Stadt tatsächlich überfüllt war und es keine Rolle spielte, wie reich oder vornehm Regan war – nirgends war noch ein

Zimmer zu bekommen. Sie erfuhren, dass in einigen Privathäusern Betten vermietet wurden, und am Rand der Stadt waren Zelte aufgeschlagen worden.

»Es wird schwer, ihn zu finden, wenn er in einem Privathaus wohnt«, sagte Holywell.

»Ich glaube nicht, dass er das tut«, gab March zu bedenken. »Der große Lord Regan nimmt Quartier im Haus eines gewöhnlichen Bürgers? Nie im Leben. Wir sollten es bei den Zelten versuchen.«

Die Schlafzelte waren groß, mit Reihen aus schmalen Feldbetten, voneinander abgetrennt durch Vorhänge und mit schweren verschließbaren Eisentruhen am Fuß der Betten, wo man Kleidung und andere Besitztümer verstauen konnte.

Holywell betrachtete sie skeptisch. »Eine armselige Unterkunft für einen Lord.«

March schüttelte den Kopf. »Regan ist Soldat. Er würde sich hier bestimmt wohlfühlen, genau wie in einem Heerlager. Schau – da!«

March hatte Regan entdeckt, der gerade aus einem Abteil des großen Zeltes trat. March senkte den Kopf, drehte sich um und entfernte sich von Regan. Holywell folgte ihm. Es war gut möglich, dass Regan Marchs Gesichtszüge nicht erkannt hätte, doch seine Augen waren unverwechselbar. Regan ging vorbei, ohne sie eines Blickes zu würdigen, und Holywell und March folgten ihm unauffällig, als er sich seinen Weg durch die Menge bahnte.

Regan schritt den Markt ab, als wollte er sich einen Überblick über das Gelände verschaffen. In einem Essenszelt nahm er eine Mahlzeit zu sich, aber er traf sich mit niemandem und schien es auch nicht eilig zu haben, den Mann zu finden, wegen dem er gekommen war. Als es dunkel wurde, kehrte er zu seinem Schlafplatz zurück. Holywell mietete sich ein Bett im selben Zelt, aber March wollte nicht riskieren, von Regan gesehen zu werden. »Ich suche mir etwas anderes«, sagte er zu Holywell.

»Geh nicht zu weit weg, für den Fall, dass unser Mann früh auf den Beinen ist. Wenn sich der Sohn des Prinzen hier befindet, müssen wir schnell handeln. Wir dürfen nicht zulassen, dass Regan ihn mitnimmt.«

»Ich verstehe.« March hatte das Gefühl, dass Holywell mehr Nachdruck von ihm erwartete, und so setzte er hinzu: »Ich werde tun, was getan werden muss.«

»Auch wenn das bedeutet, dass wir jemanden aus dem Weg schaffen müssen? Zum Beispiel Regan. Wirst du dann vielleicht Gewissensbisse bekommen?«

March spürte, wie sich sein Magen verkrampfte. Er hatte geahnt, dass dies zu Holywells Plan gehörte. Lord Regan war zwar nicht begeistert über die Aufgabe, mit der er betraut worden war, aber er würde sie ausführen und er würde jeden töten, der versuchte, ihn daran zu hindern. Er war ein Lord von Calidor, ein Freund von Prinz Thelonius und ein pflichtbewusster Soldat. Er würde es ihnen nicht leicht machen, und March und Holywell mussten höchstwahrscheinlich Gewalt anwenden, um ihn aufzuhalten.

»Regan stand an Thelonius' Seite, als der Prinz die Abask opferte und unser Volk vernichtet wurde. Mein Gewissen ist rein. Im Gegenteil, mein Gewissen fragt mich, warum ich so lange gezögert habe, um Rache zu nehmen.«

Holywell lächelte. »Du wirst deine Rache bekommen, Bruder.«

March verließ das Schlafzelt und wanderte über den Markt, voller Aufregung, dass er endlich etwas tun würde, dass er handeln statt immer nur abwarten würde. Holywell würde Regan töten, und er, March würde ihm dabei helfen. Er tat das Richtige. Er war ein Kämpfer, ein Abask. Er musste diejenigen bestrafen, die seine Landsleute verraten hatten. Er schuldete Regan nichts. Regan hatte ein langes und privilegiertes Leben geführt. Marchs Bruder Julien dagegen nicht.

March sah andere Männer miteinander reden und lachen. Holywell war jetzt sein Freund, sein einziger Freund. March ergötzte sich an dem Gedanken, dass Lord Regan ein enger Freund von Prinz Thelonius war. Regans Tod würde den Prinzen schwer treffen. In Verbindung mit dem Verlust seines Sohnes brachten sie damit Thelonius eine doppelte Niederlage bei. March versuchte sich an die Freunde aus seiner Kindheit bei den Abask zu erinnern. Es wurde immer schwieriger, sich ihre Gesichter ins Gedächtnis zu rufen, doch ihre Namen kannte er noch: Delit, Hedge, Anara, Amark, Granus, Tarin, Wanar. Alle tot. Für sie und für alle Abask würde Regan bezahlen.

March betrachtete die appetitlichen Pasteten, das gegrillte Fleisch und den Käse an den Ständen des Marktes, aber er hatte keinen Hunger. Er schaute den Stelzenläufern und Akrobaten zu und ging in ein Zelt, in dem Männer tanzten, doch nichts konnte ihn von seinen Gedanken ablenken, bis er zu einem Barbier kam, wo sich eine Gruppe Männer die Haare scharlachrot färben ließ. Hier blieb er stehen und bat den Barbier, ihm die Haare nach der pitorianischen Mode zu schneiden, das Deckhaar länger und im Nacken rasiert. Auf diese Weise fiel er weniger auf. Danach ging er in den Wald nördlich des Marktgeländes, wo er sein Bettzeug ausrollte und sich niederlegte. Wieder dachte er an seinen Bruder, seine Familie und all die Freunde von früher. *Ich tue das Richtige*, dachte er. *Ich tue es für sie.*

Aber dennoch dauerte es sehr lange, bis der Schlaf sich einstellte.

Im Morgengrauen wachte March auf und kehrte zum Schlafzelt zurück, wo er ein Stück weit vom Eingang entfernt wartete. Als Holywell auftauchte, kam er schnurstracks auf March zu und zog ihm die Kapuze vom Kopf. March dachte, er würde ihn auslachen, aber Holywell sagte nur: »Du gehst fast als Pitorianer durch.« Dann kauften sie sich jeder eine Schüssel Haferbrei und aßen, während der Markt langsam erwachte.

»Was machen wir als Nächstes?«, fragte March.

»Wir behalten Regan im Auge und warten ab, wo er hingeht.« Holywell grinste. »Und da kommt er schon. Jetzt beginnt der Spaß.«

Regan trat aus dem Schlafzelt, ignorierte die nahe gelegenen Imbissbuden und marschierte mit schnellen Schritten auf einen Teil des Markts zu, in dem March vergangene Nacht nicht gewesen war. Hier herrschte eine andere Atmosphäre. Die Zelte waren groß und prächtig, mit bunten Wimpeln und Bannern. Einige waren mit Gold und Silber verziert, während an anderen Kristalle hingen. Windspiele klingelten leise und zwischen den Zelten standen Wachen. Auch die Besucher unterschieden sich vom Rest des Marktes. Sie waren älter und unverkennbar reicher. Es war ruhiger hier, was es March und Holywell erschwerte, unbemerkt zu bleiben. Sie hielten sich im Hintergrund und sahen, wie Regan sich einem kleinen Stand näherte, wo er eine Pastete aß und dann scheinbar untätig stehen blieb.

»Wartet er auf jemanden?«, wollte March von Holywell wissen.

Holywell schüttelte den Kopf. »Er beobachtet das Zelt da, das mit den roten und goldenen Wimpeln. Wie wär's, wenn du Erkundigungen einholst, wem dieses Zelt gehört?«

March ging zu einer anderen Imbissbude und kaufte ebenfalls eine Pastete.

»Guten Morgen, mein Herr.« Der Pastetenverkäufer starrte ihn an. »Ihr seid ein Abask, nicht wahr, mit diesen Augen?«

March nickte.

»Solche Augen habe ich seit vielen Jahren nicht mehr gesehen. Und lasst mich raten: Ihr seid zum ersten Mal auf dem Markt in Dornan, habe ich recht?«

»Ja, und es ist fantastisch. Bitte verzeiht mein Pitorianisch – ich lerne noch. Ich habe gerade dieses Zelt dort drüben entdeckt. Es ist das schönste Zelt, das ich je gesehen habe.«

»Beeindruckend, nicht wahr? Es gehört einer Frau.«

»Einer Frau! Wem denn?«

»Einer Händlerin. Aber leider zu alt für dich, mein Freund.«

»Ach, das weiß man nie!«

»Nun, Erin steht tatsächlich in dem Ruf, Männer in ihr Zelt zu holen und sie kurz danach wieder vor die Tür zu setzen.« Der Mann betrachtete March von oben bis unten. »Ihr würdet keinen Tag durchhalten.«

March lachte, obwohl er nicht sicher war, dass er verstand, wovon der Mann redete. »Womit handelt sie?«

»Mit Möbeln. Mit edlen Möbeln aus dem Süden, von jenseits der Grenze. Sie reist oft dorthin, um die Ware einzukaufen, und kommt dann hierher, um sie zu verkaufen.«

»Ganz allein? Hat sie keinen Mann?«

»Sie hat einen Sohn, ein nutzloser Bengel. Verwöhnt. So weich wie Butter. Will ein Rechtsgelehrter sein, aber keine Universität nimmt ihn auf.«

»Also ist er dumm?«

»Oh nein, er ist schon ziemlich helle. Aber leider im falschen Bett geboren.«

»Er ist ein Bastard, meint Ihr? Seine Mutter hat seinen Vater nicht geheiratet?«

»Genau das meine ich, Sir. Eine Schande für den jungen Edyon; er hat keine Zukunft.«

»Sein Vater will ihm nicht helfen? Wisst Ihr, wer es ist?«

Der Mann zuckte mit den Schultern. »Ich bin es nicht, mein Freund. Das ist alles, was ich weiß.«

March schlenderte wieder zu Holywell, gerade als ein gut gekleideter Jüngling aus dem rot-goldenen Zelt kam. Er trug kostbare Stiefel, enge Hosen und eine schmal geschnittene Jacke aus weichem Leder. Der Wind wehte ihm eine Strähne seines hellbraunen Haars ins Gesicht und er schob sie hinter sein Ohr.

March hätte fast gelacht. »Er ist es«, sagte er zu Holywell. »Er sieht aus wie eine jüngere Version des Prinzen. Die gleichen Haare, der gleiche Körperbau. So muss Thelonius vor zwanzig Jahren ausgesehen haben. Er ist im richtigen Alter, und der Pastetenverkäufer hat mir erzählt, dass er ein Bastard ist.«

Holywell schaute zu Regan, der den jungen Mann nicht aus den Augen ließ. »Sieht so aus, als wüsste Regan auch Bescheid.«

Und tatsächlich folgte Regan Edyon über den Markt.

»Komm schon«, drängte Holywell. »Sie dürfen nicht miteinander sprechen.«

Sie eilten zwischen einer Ansammlung von Zelten hindurch und schlossen zu Regan auf, doch der calidorianische Lord schien immer noch nicht sonderlich erpicht darauf, mit dem jungen Mann Kontakt aufzunehmen. Im Gegenteil, er hielt Abstand. Schließlich verschwand der Jüngling in einem Zelt, an dem ein Schild die Dienste einer Wahrsagerin anpries. Regan zögerte kurz, dann drehte er sich um und ging in die Richtung davon, aus der er gekommen war.

Holywell duckte sich und sagte zu March: »Ich folge Regan, du bleibst bei dem jungen Prinzen.«

»Was? Warum?«

»Ich will wissen, was Regan im Schilde führt. Vielleicht hat er Freunde hier. Freunde, die uns später auf die Pelle rücken könnten.« Holywells Augen glitzerten. »Wir haben unsere Beute gefunden, Bruder. Jetzt müssen wir nur noch dafür sorgen, dass wir sie nicht mehr verlieren.«

Edyon

DORNAN,
PITORIA

Edyon stapfte über das platt getrampelte Gras zum Wohnwagen seiner Mutter. Er war wieder bei Madame Eruth gewesen und hatte um eine Erklärung für die rätselhafte Weissagung aus den Knochen vom Vortag bitten wollen, war aber vom Gehilfen der Wahrsagerin am Eingang des Zeltes abgewiesen worden.

»Sie will Euch nicht sehen. Sie sagt, an Euch klebt der Tod. Sie will Euch nie wiedersehen.«

»Unfug«, murmelte Edyon im Weggehen. »Sie ist der Dieb, nicht ich. Zieht den Leuten das Geld aus der Tasche und versucht dann, ihnen Angst einzujagen. Erzählt ihnen irgendwelche Geschichten und weigert sich, ihre Bedeutung zu erklären.« Edyon blieb stehen. »Sie ist eine Schwindlerin. Und eine Lügnerin.«

Ein vorbeigehender Händler zuckte mit den Schultern. »Typisch Frau.«

Edyon ignorierte ihn und setzte sich wieder in Bewegung. »Ich sollte mein Geld zurückverlangen und diesen ganzen Quatsch von wegen *Ich spüre die Anwesenheit Eures Vaters* und *Der Tod umgibt Euch* einfach vergessen.«

Er blieb stehen, drehte sich um und wollte schon den Weg zurückgehen, den er gekommen war, als etwas seine Aufmerksamkeit auf sich zog. Rechts von ihm standen die Wagen, mit denen die Händler ihre Waren von einer Stadt zur anderen transportierten.

Unwillkürlich musste Edyon lächeln.

Der vorderste Wagen gehört Stone, einem Konkurrenten von Edyons Mutter. Wie alle fahrenden Händler reiste auch Stone in einem prächtigen Wohnwagen. Er war bequem, sogar luxuriös, mit Seidendecken und bauschigen Kissen. Doch die wertvollen Gegenstände – die Kunstwerke, kostbaren Teppiche und Möbel – wurden in diesen großen, schweren Transportwagen verwahrt. Und diese Wagen wurden gut bewacht. Das galt sowohl für die einfachen Küchenwagen als auch für die reich ausgestatteten Reisewagen der Händler, denn auf den Märkten gab es immer Langfinger, die nur auf eine Gelegenheit warteten, um Nahrungsmittel zu stehlen, einen Kochtopf oder eine kostbare Truhe.

Edyon wusste das alles ganz genau, denn über die Jahre hatte auch er all das und noch mehr gestohlen.

Der Wagen von Stone war ein gewöhnlicher, schmuckloser Transporter aus Holz, dessen Seiten man nach unten klappen konnte, um große Gegenstände leichter ein- und auszuladen. Hinten befand sich eine kleine Holztür, die stets verschlossen war, um die Waren zu sichern. Aber die Tür zu Stones Transportwagen war nicht verschlossen, sie war nicht einmal richtig zugezogen. Durch einen Spalt konnte Edyon ins Innere schauen, aber alles, was er sah, war ein schmaler Streifen eines dunkelroten Teppichs aus prächtiger Seide und Wolle. Er sah kostbar aus und unglaublich weich; ein Schatz aus einem fernen Land.

Du hast die Wahl. Und Diebstahl ist nicht immer der falsche Weg.

Einen offenen Transportwagen unbewacht zu lassen, war ein schändliches Vergehen. Aber vielleicht befand sich die Wache im Inneren. Edyon runzelte die Stirn. Er sollte nachsehen. Er schlenderte zu dem Wagen, warf einen Blick hinein, sah, dass der Wagen leer war, und noch ehe er darüber nachdenken konnte, war er eingetreten und zog die Tür hinter sich zu.

Kinderleicht.

In dem Wagen war es warm und dämmrig. Die Leinwand des Wagendachs spannte sich straff über den gewölbten Holzbalken, sodass das einfallende Sonnenlicht gestreifte Schatten ins Innere warf. Die Geräusche des Marktes drangen nur noch gedämpft herein, wie Klänge aus einer anderen Welt, und Edyon genoss für ein paar Sekunden das Gefühl, dass ihm alle Möglichkeiten offenstanden. Dann sah er sich um. Er wusste nicht genau, wonach er suchte, aber er würde es wissen, wenn er es entdeckte.

Edyon ging methodisch vor und durchsuchte den Wagen rasch und umsichtig. Er war mit diesen Waren aufgewachsen, konnte Dinge wie etwa eine Statue in Windeseile aus- und wieder einwickeln. Den Wert der Gegenstände erkannte er meist schon auf einen Blick. Aber die Statue interessierte ihn nicht. Das, was ihn interessierte, würde zu ihm sprechen, wenn er es berührte, und dann war er nicht mehr in der Lage, es zurückzulegen. Es war etwas, das er brauchte, etwas, das er mitnehmen musste, obwohl dieses Bedürfnis niemals von Dauer war und jener Gegenstand nach ein paar Tagen seinen Zauber verlor; hatte er ihn in seinem Besitz, so wollte er ihn nicht mehr haben, fühlte sich sogar davon abgestoßen. Und von sich selbst. Er behielt nichts von dem, was er stahl: Manches verschenkte er, anderes ließ er in einsamen Gassen oder auf Waldlichtungen liegen. Zweimal hatte er Diebesgut verkauft, und jedes Mal hatte er sich später entsetzlich schuldig gefühlt. Und obwohl er dann das Geld einem Bettler gegeben hatte, war es ihm danach nicht besser gegangen. Einmal hatte er sogar ein Gemälde in das Haus zurückgebracht, aus dem er es entwendet hatte, obwohl ihm vor lauter Angst, erwischt zu werden, die Beine gezittert hatten. Seltsamerweise fürchtete er sich nie, wenn er etwas stahl. Dann wurde er nur von einer prickelnden Erregung beherrscht, so wie jetzt. Trotzdem bezweifelte er, dass dies der Grund für sein Handeln war; Stehlen war etwas, was er einfach tun musste. Manche Männer waren Säufer, andere Frauenhelden; er war ein Dieb.

Edyon durchsuchte den Wagen, öffnete und schloss Kisten, packte Gegenstände aus und wieder ein, und er hatte schon die Hälfte der Waren in Augenschein genommen, als er es entdeckte.

Ein winziges silbernes Schiff.

Es lag auf seiner Handfläche, als ob es jeden Moment auslaufen wollte. Das Segel bestand aus einem hauchdünnen Silberblech und als er die Luke öffnete, um in den Laderaum zu schauen, befand sich darin … nichts. Doch vielleicht gehörten dort Münzen hinein oder – ja! – eine kleine Kerze: in den Seiten des Schiffes und am Heck waren winzige Bullaugen ausgestanzt, die, wenn das Licht hindurchfiel, ein hübsches Muster ergeben würden. Es war eine schöne Arbeit, wenn auch von geringem Wert, ein nutzloses Dekorationsobjekt, aber Edyon verliebte sich sofort darin. Er küsste den Bug des Bootes und flüsterte: »Du gehörst mir.«

»Und du, Freundchen, gehörst mir.«

Edyon drehte sich um und sah vor sich einen bulligen Wächter stehen. Dahinter, am Eingang des Wagens, stand eine zweite, noch bulligere Wache.

Edyon erstarrte. Das Schiff lag auf seiner Handfläche, der Bug von der Tür und den Wachen, die ihm den Weg versperrten, abgewandt. Wegzulaufen schien ihm keine gute Idee zu sein, andererseits hatte er im Augenblick überhaupt keine gute Idee.

»Ihr Herren seid doch wohl keine Ausländer, oder doch?«

»Was?«

»Oh, das ist gut.« Edyon musste sich etwas einfallen lassen und hörte sich sagen: »Ich suche nach Stone. Ich dachte, ich hätte ihn hier hineingehen sehen.«

»Quatsch.«

»Stone und ich sind gute Bekannte.«

»Und was ist dann das da in deiner Hand?«

Edyon riss unschuldig die Augen auf. »Das? Ach, dieses hübsche kleine Ding ist aus seiner Verpackung gefallen. Ich wollte es gerade wieder einwickeln. Allerliebst, nicht wahr? Aus Abask, würde ich meinen, angesichts der Machart. Etwa fünfzig Jahre alt.«

»Doppelter Quatsch.«

»Ihr haltet es für älter? Oder vielleicht eher eine Arbeit aus Savaant?« Edyon betrachtete das kleine Schiff von allen Seiten. »Ihr könntet recht haben.« Er trat vor und reichte es dem ersten Wächter mit den Worten: »Nun, da Stone nicht hier ist, sollte ich mich jetzt verabschieden.«

Der Wächter packte Edyon an der Jacke und drückte ihm das silberne Schiff schmerzhaft gegen die Brust. »Du kommst mit uns zu Meister Stone.« Und damit schleuderte er Edyon zur Tür des Wagens hinaus.

Edyon landete mit dem Gesicht im Gras und schmeckte Erde.

»Aufstehen.«

Der Befehl war unnötig, denn der zweite Wächter zerrte ihn gerade wieder auf die Füße. Die Leute starrten, als Edyon an ihnen vorbeigeschleppt wurde. Ein Junge deutete mit dem Finger auf ihn und lachte. Edyon merkte, dass ihm seine Beine wieder gehorchten, und zwang sich zum Gehen. Er spuckte den Dreck aus und war erleichtert, dass sein Kiefer nicht gebrochen war.

Sie kamen zu Stones Zelt, und Edyon musste sich die Stiefel abtreten, bevor er hineinging. Er ahnte zwar, dass in diesem Fall Diebstahl der *falsche* Weg gewesen war und dass ihn dieser Pfad vermutlich *nicht* zu Reichtümern führen würde, aber sich die Stiefel abwischen zu müssen, schien ihm nicht die Vorstufe zu *Leid, Schmerz und Tod* zu sein, und daher beeilte er sich, der Aufforderung nachzukommen. Er war kaum damit fertig, da wurde er ins Zelt gestoßen und auf die Knie gedrückt, von wo aus er so flehentlich nach oben schaute, wie er konnte.

Stone, das verdammte Schwabbelgesicht, saß auf einem von zwei sehr kostbaren Klappstühlen aus Mahagoni und Samt.

Edyon wusste, dass Schweigen manchmal sinnvoller war als Tausend Worte.

In seinen Wurstfingern hielt Stone das Silberschiff, das durch den Druck gegen Edyons Brust ganz verbogen war.

»Edyon, Edyon, Edyon.«

Es war besser, nichts zu sagen, sondern sich erst die Anklage anzuhören.

»Was wird deine Mutter davon halten?«

»Wovon?«

»Dass du wieder stiehlst.«

»*Stehlen?* Nein, nein, ich glaube, deine Männer haben dich falsch informiert. Das ist alles nur ein dummes Missverständnis. Ich dachte, ich hätte jemanden in den Wagen gehen sehen. Die Tür stand offen, und es waren keine Wachen zugegen – ein grober Pflichtverstoß, wenn du mich fragst –, und ich ging hinein, um nachzusehen. Es war niemand da, aber ich habe zufällig entdeckt, dass dieses hübsche kleine Silberding aus seiner Verpackung gefallen war.«

Stone seufzte schwer. »Hör auf damit, Edyon. Das ist peinlich.«

»Ich bin nicht sicher, ob ich dir folgen kann.«

»Wie ich schon sagte, was wird deine Mutter davon halten?«

»Sie wird verstehen, dass ich nur helfen wollte.«

»Dass du dir zu meinem Eigentum verhelfen wolltest, meinst du wohl.« Stone runzelte die Stirn. »Erst stehlen und dann lügen. Das ist nicht gut, Edyon.«

»Die Tür stand offen. Deine Wachen waren nicht da. Jeder hätte in den Wagen gehen können. Glücklicherweise war nur ich es, Edyon, der das Schiff aufgehoben hat, damit es nicht kaputtgeht.«

Stone stellte das silberne Schiff auf den Tisch neben sich. Es kippte um.

»Es ist nur deshalb kaputtgegangen, weil deine Wachen mich

äußerst grob behandelt haben. Mein Gesicht. Meinen Kiefer. Und das Schiff. Alles völlig grundlos.«

»Heute ein silbernes Schiff. Letzten Monat ein goldener Ring. Im Monat davor ein Bilderrahmen und davor ein Gebetsteppich aus Illast. Alles Dinge, die mir entwendet wurden. Das warst du, nicht wahr, Edyon?«

»Nein! Ganz bestimmt nicht.«

Ehrlich gesagt war sich Edyon nicht sicher. Er konnte sich nicht daran erinnern, jemals einen Bilderrahmen gestohlen zu haben; der Goldring, ja, das stimmte, aber was den Gebetsteppich betraf, nun, vielleicht, aber nicht kürzlich …

»Der Nächste, den du bestiehlst, wird nicht so gnädig und nachsichtig wie ich sein, Edyon.«

Nachsichtig? Edyon hob den Kopf und lächelte hoffnungsvoll.

Stone stieß wieder ein Seufzen aus. »Ich werde es nicht deiner Mutter verraten. Du weißt, dass ich Erin mag. Ich mag sie wirklich.«

Edyon nickte und wartete ab.

»Ich werde es ihr nicht sagen, das wirst du selbst tun. Sag deiner Mutter, dass du mich bestohlen hast. Das ist deine Strafe.«

Edyon konnte nicht glauben, dass er so glimpflich davonkommen sollte. An der Sache war bestimmt noch ein Haken.

»Nun, natürlich werde ich ihr sagen, was geschehen ist.«

»Oh – und Edyon, du solltest ihr auch sagen, dass sich der Preis für die entwendeten Gegenstände auf fünfzig Kroner beläuft. Ich werde keine Zinsen berechnen und habe den Wert des Goldrings im unteren Bereich angesetzt. Du wirst mir das Geld bringen, bevor der Markt zu Ende geht, oder dir wird das Gleiche passieren wie jetzt, nur viel schlimmer.«

»Was?«

Stone nickte den Wachen zu. »Er soll keine dauerhaften Schäden davontragen. Diesmal noch nicht.«

»*Stone!*«

»Packt ihn.«

Edyon drehte sich um, stand auf und duckte sich dann, als einer der Wächter mit einem Holzhammer auf ihn einschlagen wollte. Der Hammer sauste so nah an seiner Wange vorbei, dass Edyon den Luftzug spürte. Er hastete dorthin, wo Stone saß, und wollte den Tisch als Deckung benutzen. Aber es war zu spät: Die Wachen waren über ihm, und obwohl er sich nach hinten warf, um sich zu schützen, erreichte er nur, dass ihn der Hammer am Kiefer statt am Auge traf.

Er schmeckte Blut und spürte, wie die Wachen ihn hochzerrten; dann sah er das Feld mit den Wohnwagen, und schließlich waren sie zwischen den Bäumen und wieder kam ihm der Boden entgegen. Er fühlte einen Stiefel in seinen Weichteilen und krümmte sich. Die Männer lachten.

Edyon spuckte Blut aus. Sollte er sie besser verfluchen oder schweigen? Die Frage erübrigte sich, er bekam sowieso kein Wort heraus, dafür schrien seine Eier doppelt so laut. Der nächste Tritt landete in seinem Rücken, dann ein weiterer in seinem Bauch, an den Armen und Schultern.

Edyon wartete auf den nächsten Tritt, doch der kam nicht.

Er konnte die Männer immer noch hören, aber wenigstens hatten sie aufgehört zu treten. Er hatte einen losen Zahn, und wieder hatte sich Blut in seinem Mund gesammelt, aber allzu schlimm war es nicht. Seine Eier waren heil geblieben. Wenn sie ihn jetzt in Ruhe ließen, war so weit alles in Ordnung.

»Hey, Kumpel, wir haben was für dich.«

Edyon sah hoch. Die Männer hatten ihre Hosenschlitze geöffnet und lachten, während sie ihn anpissten.

March

DORNAN,
PITORIA

March folgte dem Bastard des Prinzen vom Zelt der Wahrsagerin zu einem Feld, wo einfache Holzwagen aufgereiht standen. Der junge Mann kletterte in einen der Wagen und March wollte schon näher gehen, um ihn zu beobachten, als ihm zwei kräftige Männer zuvorkamen. Sie tauchten hinter dem Wagen auf, gingen hinein, zerrten den jungen Mann heraus und warfen ihn zu Boden. Dann schleppten sie ihn zu einem anderen Zelt, das nur ein Stück weit vom Zelt seiner Mutter entfernt war. Holywell, der dort Position bezogen hatte, sah March und kam zu ihm.

»Wir müssen handeln«, sagte Holywell. »Regan ist gerade bei der Mutter.«

»Sie heißt Erin. Der Name des Sohnes ist Edyon.«

»Nun, und da Regan gerade bei Mami sitzt, wissen wir ja, wie der Name des Herrn Papa lautet. Und genau in diesem Augenblick erzählt ihr Regan, dass er ihren Sohn zu Prinz Thelonius mitnehmen will.«

»Und was machen wir jetzt?«

»Wir reden mit Edyon und erzählen ihm unsere Version der Geschichte, bevor Regan Gelegenheit hat, ihm seine zu erzählen.«

»Und was ist unsere Version der Geschichte?«

»Dass wir es sind, die Prinz Thelonius geschickt hat, um seinen verloren geglaubten Sohn zu finden. Dass wir ihn nach Calidor bringen, wo er mit seinem Vater glücklich wieder vereint werden wird. Und dass er sofort mit uns aufbrechen muss.«

»Und wohin bringen wir ihn?«

»Über den Landweg nach Norden, nach Brigant.«

»Nicht gerade der direkte Weg nach Calidor.«

»Nein. Aber wir sagen ihm, dass in Rossarb ein Schiff auf uns wartet. Wenn wir dort sind, müssen wir ihn gefangen nehmen, aber je weiter wir kommen, ohne ihn verschnüren zu müssen, desto einfacher wird es für uns alle sein.«

»Edyon können wir vielleicht überzeugen, aber was ist mit seiner Mutter? Was, wenn Regan vor achtzehn Jahren zusammen mit Thelonius hier war? Wenn sie ihn kennt, wird sie ihm glauben, nicht uns.«

»Genau das ist der Grund, warum Edyon nicht mit seiner Mutter zusammenkommen darf, und natürlich auch nicht mit Regan. Das ist deine Aufgabe, March. Schaffst du das?«

»Ja«, sagte March, obwohl er nicht genau wusste, wie er das anstellen sollte.

»Und wir müssen Regan aus dem Spiel entfernen und uns den Ring des Prinzen beschaffen. Wenn wir den haben, wird Edyon uns glauben, dass wir vom Prinzen geschickt wurden. Oh, Scheiße.« Holywell wies mit einer Kopfbewegung zu den Zelten. Edyon wurde gerade von den beiden Wachen weggeschleppt. »Hoffentlich bringen die ihn nicht um, ansonsten kriegt keiner was«, murmelte Holywell. »Geh ihnen nach. Ich passe auf Regan auf.«

Die Soldaten brachten Edyon in den Wald hinter den Zelten, und March folgte ihnen so unauffällig wie möglich. Es schien ihm unwahrscheinlich, dass sie ihn ernsthaft verletzen wollten, weil sie keinen Versuch unternahmen, ihn heimlich wegzubringen. Als sie vom

Markt aus nicht mehr zu sehen waren, ließen sie Edyon los, der wie ein Sack Kartoffeln in sich zusammenfiel. Dann traktierten sie ihn mit Tritten.

March überlegte, ob er einschreiten sollte, aber die Prügel waren nicht so schlimm, und March hatte keine Lust, dem Sohn eines Prinzen zu Hilfe zu kommen. Also schaute er nur zu, während die Männer ihm Schimpfworte an den Kopf warfen, ihn einen Dieb und einen Bastard nannten, woraufhin Edyon sich lediglich zusammenrollte, was die Männer nur noch anzustacheln schien. March musste unwillkürlich grinsen, als die Wachen anfingen zu lachen, die Hosen herunterließen und auf den jungen Mann urinierten. Als sie fertig waren, drehten sie sich um und schlenderten zum Marktgelände zurück.

March wartete, bis die Männer außer Sichtweite waren. Dann schaute er sich um, ob sonst jemand in der Nähe war, aber im Wald war keine Menschenseele zu sehen. Schließlich ging er zu Edyon, der sich nicht rührte. Seine Jacke war blutig und nass vor Pisse, das Gesicht schlammverschmiert, aber trotzdem erkannte March, wie ähnlich Edyon seinem Vater sah: das gleiche hellbraune, wellige Haar, der gleiche Mund, der gleiche kräftige Kiefer. Auch ihr Körperbau war ähnlich, obwohl Edyon nicht die Muskeln seines Vaters besaß – tatsächlich schien er so gut wie keine Muskeln zu besitzen –, aber er war groß, mit langen Beinen, und seine Hände hatten die langen, schlanken Finger des Prinzen.

Edyon stöhnte auf.

»Dem Himmel sei Dank, Ihr seid am Leben!« March bemühte sich um einen erleichterten Ton.

Edyon stöhnte weiter, während er seine Hände von seinem Unterleib wegzog und anhob, um seinen Kiefer zu betasten. Blut tropfte aus seinem Mund. Seine Augenlider flatterten – er hatte die hellbraunen Augen seines Vaters.

Endlich hörte Edyon auf zu stöhnen und setzte sich langsam auf.

Durch einen Riss in seinem Hemd erhaschte March einen Blick auf eine dicke Goldkette an seinem Hals.

»Hier, trinkt das«, sagte March und hielt Edyon eine Wasserflasche hin. Gleichzeitig erkannte er, dass er schon wieder einem Prinzen etwas zu trinken reichte. Er erschauerte, nahm selbst einen Schluck und gab die Flasche dann an Edyon weiter, der trank und ausspuckte. »Danke«, sagte er.

»Haben sie Euch ausgeraubt?«, fragte March.

Edyon schaute ihn mit leerem Blick an.

»Eure Angreifer«, erklärte March. »Haben sie Euch ausgeraubt?«

»Nein«, antwortete Edyon. Trotzdem klopfte er sich auf die Jacke, vermutlich, um zu überprüfen, ob er seine Geldbörse noch hatte, und dann auf die Mitte seiner Brust. March unterdrückte ein Lächeln. Was immer an dieser Goldkette hing, war Edyon wichtig. Er nahm sich vor, Holywell davon zu erzählen.

»Aber – bitte vergebt mir, ich spreche Eure Sprache nicht besonders gut – wenn sie nicht auf Euer Geld aus waren, warum haben sie Euch dann verprügelt und angepisst?«

»Das ist ein alter pitorianischer Brauch.«

March lächelte.

»Ihr seid aus Calidor?«, fragte Edyon auf Calidorianisch.

»Woher wisst Ihr das?«, entgegnete March, ebenfalls in seiner Muttersprache, die ihm so viel leichter von der Zunge ging.

»Euer Akzent.« Edyon betrachtete March nun eingehender, und seine Augen weiteten sich leicht. »Ein neuer Mann tritt in dein Leben«, murmelte er kaum hörbar. »Aus einem fremden Land. Gut aussehend.«

»Was?« Hatte Edyon ihn gerade gut aussehend genannt?

»Das sind die Worte meiner Wahrsagerin«, erklärte Edyon. »Von Euren erstaunlichen Augen hat sie allerdings nichts gesagt.«

Und wieder die Augen. »Ich bin aus Abask. Das ist ein kleines Gebiet zwischen Calidor und Brigant.«

»Ich weiß«, sagte Edyon. »Die Leute dort stellen gute Teppiche und schöne Silberwaren her.«

»Stellten«, verbesserte ihn March.

»Natürlich. Der Krieg.« Edyon verstummte kurz, und March machte sich schon auf irgendwelche taktlosen Bemerkungen gefasst. Doch stattdessen fragte Edyon: »Handelt Ihr denn mit Teppichen und schönen Silberwaren?« In seinen Augen funkelte es verschmitzt.

March schüttelte den Kopf. »Ich bin auf Reisen, um zu lernen.«

Edyon versuchte zu lächeln, doch der Schmerz ließ ihn zusammenzucken. Er betastete sein Kinn. »Ein ausgezeichnetes Vorhaben. Ich bin ebenfalls Student. Was habt Ihr bislang gelernt?«

»Dass Pitoria ein angenehmer Flecken Erde ist.«

»Wenn man nicht gerade halb zu Tode getreten wird.«

March musste unwillkürlich lächeln. »Ihr seid noch nicht einmal *halbwegs* halb tot.«

»Ihr habt tatsächlich schon Leute erlebt, die schlimmer aussahen als das hier?«, wollte Edyon wissen und deutete mit einer Handbewegung an seinem Körper hinunter.

»Ja, aber sie haben nicht halb so schlimm gestunken wie Ihr, auch nicht, wenn sie tot waren.«

Edyon kicherte und hielt Marchs Blick fest, bis March schluckte und zur Seite sah. Mit unsicheren Bewegungen rappelte Edyon sich auf.

»Darauf können wir uns einigen, mein Freund. Im Augenblick muss ich dringend ein Badehaus aufsuchen, aber wenn Ihr Euch später auf ein Glas mit mir treffen möchtet, dann werde ich duften wie eine Rose und kann Euch Eure Güte vergelten. Wollt Ihr mir Euren Namen nennen?«

March erkannte, dass er bei all den scherzenden Worten den Plan, Edyon von Regan fernzuhalten, aus den Augen verloren hatte. Wenn Edyon jetzt ins Badehaus ging, bestand vermutlich keine Gefahr, aber wenn er danach nach Hause zurückkehrte, wartete Regan dort womöglich schon auf ihn. Es war besser, ihn mit einem Glas oder auch zweien zu beschäftigen. Er zögerte und sagte dann: »Ja, das wäre nett. Ich heiße March.«

»Edyon«, sagte Edyon und verneigte sich. Dann erklärte er: »Wenn wir in Pitoria einem Mann von Ehre begegnen, verneigen wir uns. Wie handhabt Ihr die Sache in Abask?«

»Neue Bekannte verneigen sich, Freunde schütteln sich die Hände und enge Freunde und Familienmitglieder umarmen sich.«

»Nun, ich merke, Ihr seid erleichtert, dass wir uns noch im Stadium der Verneigung befinden«, sagte Edyon augenzwinkernd. »Und jetzt denkt bitte nicht, ich sei unhöflich oder möchte nicht mehr mit Euch reden, denn das möchte ich wirklich und ich werde ganz und gar außer mir sein, wenn wir uns später nicht mehr wiedersehen, aber ich muss wirklich aus diesen stinkenden Sachen heraus.«

»Wo wollen wir uns treffen?«

»In der ›Ente‹. Dort gibt es den besten Wein und das beste Essen. Ich werde direkt vom Badehaus dorthin kommen.« Edyon beugte sich vor und starrte March an. »Seid Ihr es nicht leid, dass Euch die Leute versichern, was für erstaunliche Augen Ihr habt?«

March wusste nicht, was er sagen sollte. Er zuckte mit den Schultern.

Edyon wandte sich ab und humpelte ein paar Schritte. Dann schaute er noch einmal zurück. »Ich hoffe, Ihr kommt«, sagte er zu March. »Ich werde mich für Euch verwandeln; Ihr werdet mich nicht wiedererkennen.«

»Ich werde da sein«, sagte March, und dann setzte er unhörbar hinzu: »Und ich würde Euch überall wiedererkennen.«

Catherine

BRIGANE,
BRIGANT

Catherine, Tochter von Aloysius II. von Brigant und Isabella Birkbeck, wurde am Sonntag, dem 24. Mai um 2 Uhr morgens geboren. Das Kind war gesund. Die Mutter war von der Geburt erschöpft, welche die ganze Nacht lang gedauert hatte.

Aufzeichnungen des königlichen Haushalts

Catherine ging durch die Schlossbibliothek und verabschiedete sich von den Büchern, mit denen sie vertrauter war als mit den meisten Menschen in Brigant – und die sie auch lieber mochte als die meisten. Sie hatte geweint und geflucht vor Wut und Trauer darüber, dass Ambrose tot war. Ihr war natürlich klar, dass es nicht unbedingt wahr sein musste, aber sie würde es nie mit Sicherheit wissen, würde immer zweifeln. Und an der Art, wie Noyes gelächelt hatte, erkannte sie, dass ihm das klar war, dass er wusste, sie würde ihr Leben lang darüber rätseln, ob Ambrose tot irgendwo verscharrt worden oder in die Freiheit entkommen war. Darin lag Noyes' Macht, und er missbrauchte sie, wie er alles missbrauchte.

Männer und Macht. Sie vergötterten sie, waren süchtig nach ihr, was sie nie begreifen würde. Und ihre Liebe für Ambrose, das Verlangen nach ihm – war immer noch da. Sie hatte ihn in ihrem Kopf, in ihrer Erinnerung, und dort würde er bleiben, auf ewig lebendig.

Sie fuhr mit den Fingerspitzen über die Worte, die ihre Geburt dokumentierten, Worte, die genauso alt waren wie sie, und selbst in diesen wenigen Zeilen fühlte sie den Einfluss des Königs. Er war überall; sie hatte sogar den Eindruck, dass er sie jetzt, in diesem Moment beobachtete, obwohl das lächerlich war. Trotzdem schaute sie sich um.

Vermutlich war ihre Geburt die einzige Gelegenheit, bei der ihr gestattet gewesen war, ihren Vater warten zu lassen, und vermutlich hätte er nicht so viel Geduld bewiesen, hätte vielleicht überhaupt nicht gewartet, wenn er gewusst hätte, dass am Ende dieser ganzen Warterei ein Mädchen herauskommen würde.

Die Geburten von Boris und Harold waren ebenfalls in dem Buch verzeichnet, und zwar in allen Einzelheiten – allein die Freude des Königs wurde in mehreren Sätzen beschrieben –, aber das war verständlich. Boris stand in der Thronfolge an erster Stelle, Harold an zweiter. Theoretisch kam Catherine direkt nach ihnen, obwohl der König die Vorstellung, sein Reich könnte von einer Frau regiert werden, dermaßen verabscheute, dass er in einem solchen Fall vielleicht sogar lieber einen der Söhne seines verhassten Bruders Thelonius auf dem Thron von Brigant gesehen hätte. Thelonius' Söhne waren allerdings vor Kurzem gestorben; auch das war in den *Aufzeichnungen des königlichen Haushalts* vermerkt worden, gefolgt von dem Hinweis, dass durch das Ableben der jungen Prinzen »Calidor seinem rechtmäßigen König Aloysius wieder einen Schritt näher gekommen« sei.

Es war ein merkwürdiger Gedanke, dass die Zukunft ganzer Nationen sowohl auf der Gesundheit des königlichen Nachwuchses als auch auf dem Kriegsglück beruhte. Der Tod von Prinz Thelonius'

Söhnen bewies, wie schnell sich das Blatt wenden konnte. Nachdem er den Einmarsch seines Bruders zurückgeschlagen hatte, schien Thelonius seine Erbfolge gesichert zu haben, aber jetzt war die Zukunft von Calidor wieder völlig offen. Und falls Aloysius' Söhnen irgendetwas zustieß – eine Krankheit oder ein Unfall –, dann war Catherine die rechtmäßige Erbin des Throns von Brigant und Calidor.

Natürlich wurde dieser Anspruch durch ihre Heirat mit Prinz Tzsayn deutlich geschmälert; einmal verheiratet, galt sie nicht mehr als Brigantin. Ihre Loyalität würde ihrem Gemahl und Pitoria gelten. Es kam ihr sehr unwahrscheinlich vor, dass die Lords von Brigant oder Calidor einen Ausländer als Herrscher akzeptieren würden. Vielleicht war das ein weiterer Grund, warum ihr Vater so erpicht auf diese Heirat war: weil sie so der Möglichkeit beraubt wurde, jemals den Thron von Brigant für sich zu fordern.

Ihre Mutter hatte Catherine oft gesagt, dass ihr Vater zwar ein König, aber gleichzeitig auch ein Mann war. Er verstand Frauen nicht; für ihn waren sie etwas völlig anderes als Männer. »Er glaubt, Frauen seien schwächer, minderwertig. Du darfst dich niemals dumm stellen – immerhin bist du seine Tochter –, aber du darfst auch nie den Anschein erwecken, mehr zu wissen als er oder deine Brüder. Oder sogar versuchen, sie zu belehren!«

Diesen Rat hatte Catherine während der letzten Audienz missachtet. Reumütig dachte sie daran zurück, während sie die *Aufzeichnungen des königlichen Haushalts* zuklappte.

Sie trug das Buch wieder zum Regal zurück und zog stattdessen einen ähnlich dicken Wälzer heraus: *Abrechnungen des königlichen Haushalts*. Wieder hallte die Stimme ihrer Mutter in Catherines Kopf wider: »Es gehört zu den Pflichten einer Königin, über die Einnahmen und Ausgaben eines Hofstaats Bescheid zu wissen.«

Catherine hatte in der Vergangenheit Buchführung immer schrecklich langweilig gefunden, aber in den Aufzeichnungen gab es einen Abschnitt, der sich mit den Kosten für ihre Eheschließung befasste, und seit Catherine das entdeckt hatte, wurde sie immer wieder wie magisch davon angezogen. Hier konnte sie in Pfund, Schillingen und Pennys ablesen, was sie ihrem Vater wert war. Und es war eine ganz hübsche Summe.

Im Verlauf des vergangenen Jahres war viel Geld für Besuche, Abordnungen und Geschenke ausgegeben worden. Das erste Geschenk ihres Vaters an Prinz Tzsayn – *ein Hengst, schwarz, eins sechzig Stockmaß, vier Jahre alt, ausgezeichneter Gang* – hatte ihn so gut wie gar nichts gekostet, da das Pferd der königlichen Zucht entstammte, doch es war mit einem Verlust von dreißig Pfund im Vermögen des Königs verzeichnet worden. Catherine fragte sich, ob sie, ebenfalls aus königlicher Zucht, ähnlich geführt werden würde. *Ein Mädchen, unscheinbar, klein, fast siebzehn Jahre alt, mit einer Neigung zum Eigensinn. Verlust: fünfzig Pfund und zehn Schillinge.*

Aber das Pferd war nur eine Kleinigkeit verglichen mit den Kosten für die Besuche der Abordnungen ihres Vaters in Pitoria »um die Eignung und Angemessenheit der Verbindung zu überprüfen«: Hunderte von Pfund für die Anmietung und Ausstattung von Schiffen sowie für Gastgeschenke für den pitorianischen Adel. Im Gegenzug wurden Einladungen nach Brigant ausgesprochen, und wieder wurden horrende Summen ausgegeben für extravagante Unterhaltung, für Essen und Wein. Ihr Vater hatte tatsächlich keine Kosten und Mühen gescheut, was angesichts der prekären Finanzlage Brigants umso bemerkenswerter war.

Catherine blätterte zurück zu der Aufstellung über Einnahmen und Ausgaben. Es war keine erfreuliche Lektüre. Die monatlichen Steuereinnahmen waren zwar klein, aber immerhin regelmäßig, während die Ausbeute der Goldminen mittlerweile fast bei null lag. Nachdem der Krieg die Schatzkammer geleert hatte, hatte ihr Vater im Norden verstärkt nach Gold schürfen lassen, und anfangs war die Ausbeute durchaus beträchtlich gewesen, doch nun war auch diese Ader versiegt. Gleichzeitig waren in dem Buch seitenweise

Ausgaben dokumentiert: die Löhne für das Personal, die niemals enden wollenden Rechnungen für Lebensmittel und Kleidung: von sechs Pence für Stoff bis fünf Pfund und sieben Schillinge für zwei Fässer Rotwein.

Catherine schlug das Buch zu und ließ dabei die Seiten durch ihre Finger gleiten. Dabei fiel ihr Blick zufällig auf ein Wort, das ihr bekannt vorkam. Es stand relativ weit hinten, ein paar Seiten hinter den Aufzeichnungen über die Kosten ihrer Heirat. Über einer Liste stand »Fielding«. Wo hatte sie dieses Wort schon einmal gehört?

Die Liste hatte nur drei Einträge, der erste Eintrag war von vergangenem Herbst:

Wexman – Uniformen: sechzig Pfund
Wright – Zelte: zweiunddreißig Pfund
Southgate – Rauch: zweihundert Pfund

Catherine starrte die Liste an. Die Kosten für die Uniformen und Zelte waren nicht weiter bemerkenswert, aber zweihundert Pfund für Rauch war sowohl ein beträchtlicher Betrag als auch eine sehr seltsame Ware. War damit womöglich Dämonenrauch gemeint?

In den Büchern, die Catherine über Pitoria gelesen hatte, um sich auf ihre neue Heimat vorzubereiten, war sie über Dämonenrauch gestolpert, etwas, das es in Brigant so gut wie gar nicht gab. In dem Buch stand, dass Dämonenrauch das Blut von fremdartigen Wesen war, die angeblich die kahlen Plateaus im Norden von Pitoria bewohnten. In Tornia, der Hauptstadt, gab es – wollte man den Schilderungen glauben – illegale Spelunken, wo Menschen den Rauch von Dämonen einatmen konnten und auf diese Weise Tage ihres Lebens an die »Glückseligkeit des dämonischen Atems« verloren. Aber warum sollte ihr Vater Dämonenrauch kaufen? Er verabscheute sogar Wein und Bier und behauptete, solche Dinge würden

Männer schwach und dumm machen. Sie konnte sich nicht vorstellen, dass ihn Dämonenrauch mehr reizte als Wein. Wie viel Rauch bekam man für zweihundert Pfund? Das war eine gewaltige Summe. Und was da gekauft worden war, war doch bestimmt nicht das Blut eines magischen Wesens, oder doch?

Und da fiel es Catherine ein. Fielding war der Ort, wo Sir Oswald Pence getötet und Lady Anne gefangen genommen worden waren. Sie hatte den Namen des Orts in dem Bericht über ihre Verhaftung gelesen, als sie mehr über Hinrichtungen hatte lernen wollen.

Lady Anne und Sir Oswald waren also in Fielding gewesen. Hatten sie die Zelte gesehen, die Uniformen und den Rauch?

Und in diesem Moment erinnerte sich Catherine noch an etwas anderes. Mit klopfendem Herzen stand sie auf und hastete tiefer in die Bibliothek hinein. Sie wusste genau, wonach sie suchte: nach einem alten Lieblingsbuch von ihr, mit dem sie die Zeichensprache gelernt hatte. Sie zog es aus dem Regal und blätterte es schnell durch.

Die Gebärde, die Lady Anne vor ihrer Hinrichtung gemacht hatte, war ein Kuss mit ihrer rechten Hand, gepaart mit einer Faust, wobei es eine armselige Faust gewesen war, aus der ihr linker Zeige- und Mittelfinger herausgeragt hatten, weil sie gebrochen gewesen waren. Zumindest hatte Catherine das geglaubt. Aber was, wenn es nicht so war? Was, wenn es eine andere Bedeutung gehabt hatte?

Catherine fand die Seite, die sie gesucht hatte:

Kuss
Ein häufig benutztes Zeichen, das heutzutage sowohl mit der linken als auch mit der rechten Hand vollführt werden kann. Streng genommen allerdings, bedeutet es mit der linken Hand »Kuss«, mit der rechten Hand dagegen »Atem«.

Wenn das Wort »Atem« in Verbindung mit einer horizontalen, flachen Hand gezeigt wird, bekommt es die Bedeutung von

»Leben«, in Verbindung mit einer vertikalen, flachen Hand die Bedeutung »Luft«. Wird »Atem« mit einer geschlossenen Faust verknüpft, wandelt sich das Wort zu »Rauch«. Bei einer geschlossenen Faust mit ausgestrecktem Zeige- und Mittelfinger wird daraus »Dämonenrauch«.

Ambrose

FIELDING,
BRIGANT

Als Ambrose zu sich kam, hörte er, wie die Jungen sich stritten.

»Wir können ihn nicht töten. Wir müssen auf den Hauptmann warten. Er wird wissen, was zu tun ist.«

»Er wird uns sagen, dass wir ihn töten sollen.«

»Der Hauptmann erwartet von uns, dass wir uns selbst organisieren und diszipliniert verhalten. Diese ganze Sache könnte genauso gut ein Test sein. Es würde ihm ähnlich sehen, uns einen Spion vor die Nase zu setzen.«

Daraufhin schwiegen die anderen. Dann sagte jemand: »Und wahrscheinlich einen seiner besten Männer.«

Ein anderer Junge lachte. »Das wäre lustig, wenn wir ihn umbringen würden.«

»Sehr lustig, Frank. Zum Schreien.«

»Also, was machen wir mit ihm?«

»Wir fesseln ihn. Wir bewachen ihn. Wir warten bis morgen früh, wenn der Hauptmann wieder da ist.«

Ambrose wurde durch den Sand gezogen. Er tat so, als sei er noch bewusstlos, während sie seine Hände und Füße fesselten. Sie befanden sich am Rand eines Kreises aus Jungen, die um ein Feuer saßen.

Ambrose erkannte die Stimme von Rashford, der die Geschichte seiner Gefangennahme erzählte.

»Er ist in vollem Galopp davongeprescht. Hatte sein Pferd gut im Griff, so wie der Hauptmann es immer vom Feind behauptet hat. Aber, Scheiße noch mal, Kellen hat es kommen sehen, hat gesehen, wie er zu seinem Pferd rannte, hat das Schwert umgedreht und es am spitzen Ende gehalten – obwohl uns Fitz ja immer einschärft, dass«, und hier fielen alle mit ein, *»es nur aus Holz ist und wir sie nicht mit Splittern zu Tode piksen können!«*

Nachdem das Gelächter wieder verklungen war, fuhr Rashford mit seiner Geschichte fort. »Also, wie ich bereits sagte, Kellen nahm es mit den Splittern auf und schleuderte sein Schwert, und … das hättet ihr sehen sollen, diese Poesie der Bewegung … Der Soldat ritt davon, das Schwert wirbelte durch die Luft, kreiselte und kreiselte und landete präzise an seinem Hinterkopf. Peng! Unser Freund hier purzelte von seinem Pferd, als ob er im Sattel eingeschlafen wäre.«

Wieder Johlen und Gelächter.

»Was für ein Glück, dass Kellen bei dir war. Die meisten von euch Roten werfen ja wie Anfänger.«

Ambrose öffnete die Augen zu einem schmalen Schlitz und sah, dass ein weiterer Junge, etwa fünfzehn oder sechzehn Jahre alt, in den Kreis am Feuer getreten war.

»Hör auf zu nörgeln, Gaskett. Wir haben den letzten Wettkampf ehrlich gewonnen.«

»Er hat gemogelt, Rashford, wie es die Roten immer tun.«

Rashford stand auf und ging zu Gaskett. Ambrose konnte nicht hören, was gesprochen wurde, doch am Ende stieß Gaskett Rashford vor die Brust, sodass dieser rückwärtstaumelte. Rashford schüttelte den Kopf und sagte: »Entspann dich. Nach unserem Einmarsch gibt es genug für alle.«

Gaskett stieß Rashford wieder an, murmelte ihm etwas zu, drehte sich um und ging davon.

Rashford zeigte ihm hinter seinem Rücken den Finger. »Scheiß auf dich und alle Blauen, du Blödmann.«

Ambrose versuchte, aus diesem Gespräch schlau zu werden, doch in seinem Kopf hämmerte es, und im Augenblick wusste er nur, dass er irgendwie fliehen musste, bevor dieser Hauptmann zurückkehrte. Er schloss wieder die Augen und konzentrierte sich darauf, das Seil um seine Handgelenke zu lockern. Glücklicherweise waren die Jungen im Knüpfen von Knoten nicht so gut wie im Schleudern von Schwertern, und als der Abend fortgeschritten und der größte Teil von ihnen eingeschlafen war, hatte er seine Hände befreit und löste die Fesseln um seine Fußgelenke.

Die wenigen Jungen, die noch wach waren, schenkten ihm keine Aufmerksamkeit. Er huschte ins Gebüsch und schlich sich davon. Er hatte zwar noch seine Waffen, nicht aber sein Pferd. Das Lager umrundend sah er, dass es bei den anderen Pferden angebunden war, aber die Jungen, die dort Wache standen, waren hellwach und unterhielten sich. Das Risiko, noch ein Schwert an den Schädel zu bekommen, war zu groß. Ambrose drehte sich um. Er musste zu Fuß weiter.

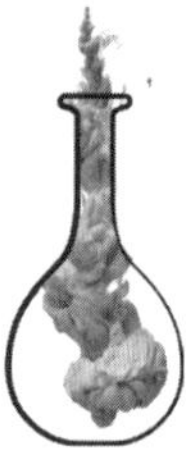

Tash

DORNAN,
PITORIA

Der Schuster erklärte Tash, dass die Wildlederstiefel, auf die sie ein Auge geworfen hatte, schon vor Wochen an eine charmante junge Dame verkauft worden waren. Tashs Enttäuschung war nur von kurzer Dauer, denn der Schuster sagte: »Aber ich habe noch die hier. Sind erst gestern fertig geworden.« Und damit zog er vom obersten Regalbord ein Paar zierliche Stiefeletten, hellgrau, fast silbern, aus Wildleder, ganz ähnlich wie die anderen, aber mit zarteren Schnüren, die in Pelzquasten endeten, und am oberen Rand waren sie bestickt und mit Fell besetzt.

Tash stockte der Atem. Das waren die allerschönsten Stiefel, die sie je gesehen hatte.

Der Schuster hatte die grauen Wildlederstiefel auf seine Handfläche gestellt und streichelte sie wie zwei kleine Kaninchen. Tash streckte die Hände nach ihnen aus, aber der Schuster drehte sich leicht zur Seite, drückte die Stiefel an seine Brust und sagte: »Nicht mit diesen Fingern.«

Tash betrachtete ihre Hände. Sie hatte sie an diesem Morgen gewaschen, aber jetzt sah sie, dass sie nicht vollständig sauber waren. Sie hätte die Stiefel zu gerne anprobiert, aber sie war sich nicht sicher, ob ihre Füße und Strümpfe auch nur annähernd so sauber waren wie ihre Hände.

»Wie viel kosten sie?«, fragte sie.

»Vier Kroner.«

»Was? Die anderen haben drei gekostet!«

Und das war bereits ein lächerlich hoher Preis gewesen für ein Paar Stiefel, für die meistens nicht mehr als zwei Kroner verlangt wurden.

»In denen hier steckt mehr Arbeit und Leder, und sie sind mit Pelz besetzt. Vier Kroner, das ist der Preis. Und ich werde sie bestimmt bald verkaufen, wo so viele Leute wegen des Markts in der Stadt sind. Aber ich verstehe, wenn du sie dir nicht leisten kannst.«

»Ich kann sie mir sehr wohl leisten. Ich habe nur das Geld nicht bei mir. Könnt Ihr sie für mich zurücklegen? Ich komme später wieder.«

»Sie zurücklegen? Du meinst, sie nicht verkaufen, bis du wiederkommst, sie anprobierst, sie mit deinen schmutzigen Fingern beschmierst und mir dann sagst, dass sie dir doch nicht gefallen? Oder noch wahrscheinlicher ist, dass du gar nicht zurückkommst.«

»Und ob ich zurückkomme. Ich liebe diese Stiefel!«

»Tja, dann bis nachher, wenn du das Geld mitbringst.«

Tash und Gravell waren erst am Vorabend in Dornan angekommen, aber Gravell hatte bereits seine Kontakte darüber informiert, dass er guten Rauch zu verkaufen hatte. Es würde nicht mehr lange dauern, bis sie einen Handel abgeschlossen hatten.

Tash verschränkte die Arme vor der Brust. »Ich werde heute oder spätestens morgen bezahlt, und wenn ich zurückkomme, dann erwarte ich einen besseren Preis.«

»Da kannst du eher eine Ohrfeige erwarten. Du wirst meinen Preis bezahlen, einen gerechten Preis. Hast du überhaupt eine Ahnung, wie viel Arbeit in diesen Stiefeln steckt? Nein, natürlich nicht. Ihr jungen Leute habt es viel zu gut. Euch fällt alles in den Schoß. Ihr habt keine Ahnung von Handwerk oder harter Arbeit.« Der Schuster stellte die Stiefel wieder ins Schaufenster, ganz nach oben, wo Tash sie nicht erreichen konnte, drehte sich wieder zu ihr um und stemmte die Hände in die Hüften. »Sonst noch was?«

Am liebsten hätte Tash dem Schuster gesagt, wo er sich seine Stiefel hinstecken konnte, aber jedes Mal, wenn sie wütend war, fehlten ihr die Worte und stattdessen traten unerwünschte Tränen in ihre Augen. Sie stapfte aus dem Laden, knallte die Tür hinter sich zu und machte sich auf den Weg, um Gravell zu finden und ihren Lohn einzufordern.

Die Straßen in Dornan waren staubig und trocken, angefüllt mit Lärm, Gerüchen und Menschen. Normalerweise genoss Tash diesen Trubel, wenn viele Leute zusammenkamen, um zu verkaufen, zu spielen, zu lachen, zu essen und zu trinken und zu feiern. Es machte Spaß, ihnen zuzuschauen, und Tash konnte mit der Menge verschmelzen. Wenn sie mit Gravell unterwegs war, starrten die Leute sie immer an. Gravell war so groß und haarig, dass er wie ein Riese aussah, während die Leute Tash ständig fragten, ob sie ihre Dreadlocks anfassen durften. Hier auf dem Markt, wo Menschen aus allen Ecken von Pitoria und selbst aus dem Ausland versammelt waren, fiel sie nicht auf.

Gravell hatte gestern sowohl seine Größe als auch den Rauch zu ihren Gunsten einzusetzen gewusst. Er war ins beste Gasthaus marschiert, hatte eine winzige Menge des Rauchs in die Flasche des Gastwirts fließen lassen, und nachdem sie und Gravell zu Abend gegessen hatten, war auf wundersame Weise ein Zimmer für sie frei geworden.

Es war noch früh am Tag. Gravell hatte den Rauch vermutlich noch nicht verkauft. Trotzdem hatte er bestimmt Geld und er konnte ihr doch wohl einen Vorschuss auf ihren Lohn geben. Geld war der Schlüssel. Dem Schuster würde es egal sein, ob sie jung und schmutzig war, wenn sie ihm das Geld präsentierte. Wenn sie Geld hatte, würde er ihr Honig ums Maul schmieren. Sie hätte Gravell gleich um einen Vorschuss bitten sollen. Nun, das würde sie jetzt nachholen.

Tash rannte die Treppe des Gasthofs hinauf und schloss die Tür zu ihrem Zimmer auf. Gravells großer Rucksack und auch seine Harpunen waren da, genauso wie Tashs kleines Bündel. Gravell dagegen war nirgends zu sehen. Tash runzelte die Stirn. Gravell würde weder Geld noch Dämonenrauch unbewacht lassen. Er würde beides immer in seiner Nähe aufbewahren.

Tash fragte das Zimmermädchen: »Hast du Gravell gesehen? Ein großer Kerl. Sehr groß. Schwarze Haare. Bart …« Tash streckte sich und hob den Arm, um Gravells gewaltigen Wuchs anzuzeigen, aber die Frau schüttelte den Kopf.

»Macht nichts«, sagte Tash. Dann verließ sie das Gasthaus und ging die Straße entlang. »Er kann ja nicht weit sein. Und er ist nicht zu übersehen.« Sie lächelte über sich selbst und machte sich auf die Suche.

Der Markt befand sich am Rand der Stadt, mit Wagen und Zelten in Reih und Glied. Die Zelte waren bunt, wenn auch die Farben oft von der Sonne ausgeblichen waren, und die Wagen fantasievoll bemalt und mit Bannern und Wimpeln geschmückt. Tash konnte nicht besonders gut lesen, aber sie erkannte, auf welchen Bannern welche Waren angepriesen wurden: Lebensmittel, Getränke, Schmuck, Töpferwaren, Eisenwaren, Silberzeug und vieles mehr. Tash wusste, dass sie Gravell dort finden würde, wo es etwas zu essen gab – und höchstwahrscheinlich auch etwas zu trinken – und er einen guten Handel abschließen konnte.

Tash wanderte über den Markt. Es war einer der größten Märkte, auf dem sie je gewesen war; Dornan war um das Zehnfache angewachsen. Es war Zeit für das Mittagessen, und die köstlichen Gerüche machten sie schwach. Sie aß eine knusprige Pastete mit einer Füllung aus würzigem Fleisch und Kartoffeln. Sie fragte den Verkäufer, ob er Gravell gesehen hätte. Der Mann verneinte, aber ein anderer Kunde sagte: »Der große Kerl? Der war vorhin in Miltons Bar, in der Stadt.«

Tash kehrte dem Markt den Rücken und marschierte ins Stadtzentrum, wo sie die Bar fand. Drinnen war es düster, und dicht unter der Decke sammelte sich der Rauch. Er war weit genug weg, sodass Tash nichts von seiner Wirkung spürte. Ausnahmsweise war ihr kleiner Wuchs von Vorteil. Sie spähte in alle Ecken, konnte Gravell aber nirgends entdecken. Schließlich fragte sie die Wirtin, die ihr erklärte, dass er schon vor einer ganzen Weile gegangen wäre. »Er meinte, er wolle noch ins Badehaus.«

Tash kehrte zum Anfangspunkt ihrer Suche zurück, denn das Badehaus lag direkt hinter dem Schuster. Sie ging an dem Schaufenster vorbei und sah, dass die grauen Stiefel – *ihre* Stiefel – immer noch ganz oben auf dem Regal standen. Hinter dem Laden bog sie um die Ecke in eine kleine Gasse, die von Feldern gesäumt war. Dort befand sich das Badehaus.

Sie war schon einmal hier gewesen und kannte sich in dem Gebäude aus. Ursprünglich war es eine Scheune gewesen, doch jetzt standen drei große hölzerne Badezuber darin. Jeder Zuber ähnelte einem riesigen Weinfass, zu dem Stufen hinaufführten. Das Wasser wurde über einem Feuer im Hof erhitzt und in großen Eimern zu den Badenden getragen. Die beiden hageren Jungen, die diese Aufgabe übernahmen, waren extra wegen ihrer Größe und ihrer langen Arme eingestellt worden.

Im vorderen Teil der Scheune befand sich ein Bereich, wo vier Barbierstühle standen. Bei ihrem letzten Besuch waren Tash und Gravell die einzigen Kunden gewesen, aber jetzt wimmelte es vor Menschen. Alle Stühle waren besetzt und auf Klappstühlen an der hinteren Wand saßen Männer, die warteten, bis sie an der Reihe waren. Haare wurden geschnitten und gefärbt, Bärte gestutzt und Stiefel poliert, alles gleichzeitig. Sie fragte einen der Barbiere, ob er Gravell gesehen hätte. Der Mann warf einen Blick auf ihre Dreadlocks und meinte: »Du könntest auch mal einen Haarschnitt gebrauchen, Kleine.« Er ließ seine Schere vor ihrem Gesicht auf- und zuschnappen und lachte. Ein zweiter Barbier fiel mit ein und sagte: »Wir könnten dich von deiner Last befreien. Aber das wird dich eine hübsche Stange Geld kosten.« Jetzt starten alle sie an.

Tash ließ sich nicht beirren. »Habt ihr Gravell gesehen? Den großen Kerl. Groß genug, um euch beide gleichzeitig in den Hintern zu treten.«

Die Männer lachten nur, und Tash wollte schon zu einer weiteren Bemerkung ansetzen, als sie den Mann entdeckte, dem das Badehaus gehörte. Sie ging zu ihm und fragte ihn, ob Gravell in einem der Badezuber saß.

»Er ist mein Freund. Mein Boss. Es ist wichtig.«

»Privatsphäre ist unser oberstes Gebot.«

Tash verdrehte die Augen. »Blödsinn ist Euer oberstes Gebot«, sagte sie und merkte erfreut, wie selbstsicher ihre Stimme klang, obwohl ihr Ausspruch nicht viel Sinn ergab.

Sie umrundete die Scheune, in der Hoffnung, auf der Rückseite noch einen Eingang zu finden. Sie entdeckte eine kleine Tür, durch die das heiße Wasser in den Badebereich getragen wurde. Tash wartete, bis einer der Jungen einen Eimer in die Scheune schleppte, und huschte hinter ihm hinein. Zu ihrer Linken befanden sich drei mit Vorhängen abgetrennte Bereiche, hinter denen die Badezuber standen. Doch in welchem davon saß Gravell? Es gab nur eine Möglichkeit, das herauszufinden.

Tash huschte zu der ersten Badekabine.

Hinter dem Badezuber stand ein Paar Stiefel. Edles dunkelbraunes Leder mit grüner Stickerei. Sehr hübsch. Und ganz bestimmt nicht die Art von Stiefel, die Gravell tragen würde. Aus dem Zuber erklang ein Platschen, als der Badende untertauchte, und Tash ergriff die Gelegenheit, um hinter den Zuber zu sausen. Doch eine Leiter, an der etliche Handtücher hingen, versperrte ihr den Weg. Sie musste sich darum herumquetschen, und genau in dem Moment, in dem sie sich mit dem Rücken an der Wand daran vorbeischob, den Blick fest auf den Rand des Zubers geheftet, erhob sich ein junger Mann aus dem Wasser. Er hatte ihr den Rücken zugekehrt, drückte sich das Wasser aus dem schulterlangen braunen Haar und stand auf. Nackte Schultern, Hüften und Pobacken schoben sich in Tashs Blickfeld. Dann drehte er sich um und griff nach einem Handtuch.

Mit ausgestrecktem Arm erstarrte er. Beim Anblick von Tash bekam er große Augen.

Tash riss ebenfalls die Augen auf. Auch von vorne war der junge Mann nackt.

Tash Blick wanderte nach oben und sie erkannte, dass ihr Gegenüber doch nicht vollkommen nackt war. Er trug eine Goldkette mit einem merkwürdigen Anhänger. Anfangs dachte sie, dass die Haut des Mannes von der Hitze des Badewassers so rot und fleckig war, doch dann wurde ihr klar, dass er mit Schrammen und Blutergüssen übersät war.

»Na, genug gesehen?«

Tash drehte den Kopf weg und bedeckte die Augen.

»Entschuldigung, falsches Bad!«

Und damit drückte sie sich an dem Handtuchständer vorbei zum nächsten Badeabteil, wobei sie den Blick des jungen Mannes auf sich spürte. Sie schob den Vorhang der benachbarten Kabine ein Stück zur Seite und lugte durch den Spalt. Der Badezuber war riesengroß, doch mit Gravell darin wirkte er klein.

Sie trat durch den Vorhang und lächelte ihn gewinnend an.

Gravell sagte: »Wenn es um diese verdammten Stiefel geht, kannst du gleich wieder gehen.«

Edyon

DORNAN,
PITORIA

Das Badewasser war kalt geworden, und Edyons Schmerzen hatten nicht merklich nachgelassen. Er hatte die Wasserträger bezahlt, um seine nach Pisse stinkenden Kleidungsstücke zu waschen, hatte jedem von ihnen sechs Kopeken gegeben und ihnen noch einmal den gleichen Betrag versprochen, wenn seine Kleidung trocken wäre, sobald er das Bad verließ.

Edyon seifte seinen Körper vorsichtig ein und dachte über die Ereignisse des Vormittags nach, während er über die Beulen und Schrammen strich: Madame Eruths Weigerung, ihn zu empfangen; Stones Falle (dumm, so dumm!); die Prügel; und dann – was für eine angenehme Überraschung –, der junge Mann, March, mit den wunderschönen Augen. March verbesserte die Bilanz dieses Tages enorm, und außerdem passte er ganz ausgezeichnet zu der Prophezeiung eines gut aussehenden Mannes aus einem fremden Land. Er würde heute Abend etwas mit ihm trinken, etwas mit ihm essen und vielleicht noch etwas anderes mit ihm machen.

Edyon ließ sich rücklings ins Wasser sinken und dachte an Marchs Gesicht, an seine Lippen an der Wasserflasche. Schöne Lippen. Nicht zu dick, nicht zu dünn, genau richtig. Ja, er würde sich heute Abend mit March treffen, aber er musste auch mit seiner Mutter sprechen. Das Geld, das Stone verlangte, stellte ein großes Problem dar. Fünfzig Kroner war eine gehörige Summe. Seine Mutter hatte das Geld, aber sie würde es ihm nicht so einfach aushändigen. Edyon würde erklären müssen, wofür er es brauchte. Und er hatte den Verdacht, dass Stone es herausfinden würde, wenn er seine Mutter anlog, wodurch er ihn auf immer und ewig in der Hand hätte. Um das zu vermeiden, gab es nur eine Möglichkeit: Er musste seiner Mutter beichten, was geschehen war. Die Wahrheit. Ein volles Geständnis. Das war der richtige Weg.

Du musst ehrlich sein …

Aber andererseits, dachte sich Edyon, hatte seine Mutter nicht immer das richtige Verständnis für die Wahrheit. Er wusste, dass sie ihn liebte, aber ihr fehlte der Sinn dafür, wie das Leben wirklich war, zumindest für Edyon. Als er ihr erzählt hatte, dass die Regeln für die Aufnahme an einer Universität verlangten, ein Vater müsse einen Platz für seinen Sohn beantragen, hatte sie gesagt: »Du siehst das alles viel zu schwarz, Edyon. Regeln sind dazu da, um gebrochen zu werden.«

Anfangs hatte er ihr geglaubt, hatte fleißig mit seinen Tutoren gelernt, zuerst Sprachen, dann die Rechtswissenschaften. Die Leute auf dem Markt kümmerte es nicht, dass er keinen Vater hatte und den Namen seiner Mutter trug. Und so war er zur Universität in Garya gegangen, hatte sich vor den Professor hingestellt und seine Begeisterung für das Gesetz erläutert, und der Professor schien entzückt darüber zu sein … bis die Frage nach seiner Familie zur Sprache gekommen war. An diesem Punkt hatte der Professor ihn höflich und sogar ein bisschen traurig, aber nichtsdestotrotz bestimmt, darauf hingewiesen, dass es unmöglich war. Der Professor in Tornia war noch deutlicher geworden: Er hatte Edyon betrachtet, als wäre er ein Haufen Hundescheiße, und gesagt: »Wir unterrichten nur Ehrenmänner.«

Daraufhin hatte Erin vorgeschlagen, er solle es als Gerichtsschreiber versuchen, was Edyon nur noch lächerlicher vorkam. Wenn ihn eine Universität schon wie Abschaum behandelte, wäre es bei Gericht ganz gewiss nicht besser.

Erin war eine ungewöhnlich erfolgreiche Geschäftsfrau. Eine unverheiratete Mutter zu sein, war nichts Besonderes, aber ihre Missachtung der Konventionen war ein Problem. Sie hatte Affären mit verschiedenen Männern, ohne sich auch nur die geringste Mühe zu geben, dabei diskret vorzugehen, oder den Anschein zu erwecken, sie sei an einer Ehe interessiert. Sie hatte einmal gesagt, wenn sie jemals einen Mann kennenlernen würde, der attraktiv, liebevoll und intelligent sei, dann würde sie ihn vielleicht heiraten – aber sie bezweifelte, dass eine solche Kombination existierte. Und das war Grund genug für Edyon, sich zu fragen, was sie wirklich von ihm hielt. Edyon hatte den Verdacht, dass seine Mutter Männer im Allgemeinen nicht besonders mochte, und je älter Edyon wurde – je mehr wie ein Mann und weniger wie ein Junge –, desto weniger mochte sie auch ihn.

Und deshalb war er auch nicht sicher, ob seine Mutter ihm seine Fehltritte verzeihen würde. Sie verabscheute Diebe aus vollem Herzen. Jeder, der sie bestahl, wurde gnadenlos den Behörden übergeben, und stets verlangte sie die höchstmögliche Strafe. Sogar ein Dienstbote, der ohne Erlaubnis ein Stück Brot an sich nahm, kam nicht ungeschoren davon.

Andererseits, was blieb ihm anderes übrig? Er musste gestehen. Er musste die Wahrheit sagen und schwören, dass er nie wieder stehlen würde.

Und in dieser Beziehung war er sich ganz sicher. Er würde nie wieder stehlen.

Dies war die Weggabelung. Dies war seine Entscheidung.

Nie wieder.

Edyon tauchte im Badewasser unter, als ob er sich dadurch vollkommen von seinen alten Sünden reinwaschen konnte. Dann stand er auf, drehte sich um, griff nach dem Handtuch – und in diesem Augenblick sah er das Mädchen.

Sie war hager und klein, wie viele der Straßenkinder, die dem Markt von einer Stadt zur nächsten folgten. Und doch war dieses Mädchen anders. Zum Beispiel ihre Haare. Sie hatte lange, blonde Dreadlocks, die unordentlich im Nacken zusammengebunden waren. Ihre Haut war braun, wie dunkler Honig aus dem Süden, aber ihre Augen waren blau, wie das funkelnde Meer. Er wusste, wer sie war. Edyon hatte sie schon auf den Märkten in Goldminster und Cheamster gesehen. Sie war mit einem riesenhaften Mann namens Gravell unterwegs, von dem man munkelte, er sei ein Dämonenjäger.

»Na, genug gesehen?«, wollte er wissen, und das Mädchen bedeckte die Augen, murmelte eine Entschuldigung und verschwand durch den Vorhang.

Mit einem schmalen Lächeln wickelte Edyon sich in das raue Handtuch ein und stieg vorsichtig aus dem Zuber. Er fühlte sich ein bisschen besser, aber nicht viel. Er konnte es nicht einmal über sich bringen, sich trocken zu reiben, und so stand er einfach nur still da und versuchte sich zu entspannen. Und während er die Schultern rollte, konnte er nicht umhin, das Gespräch auf der anderen Seite des Vorhangs mitzuhören. Die tiefe Stimme gehörte bestimmt Gravell, dem Dämonenjäger.

Gravell:	»Ich habe dir doch gesagt, ich stehe in Verhandlungen.«
Das Mädchen:	»Sieht aber nicht so aus.«
Gravell:	»So was kann man nicht übers Knie brechen. Ich kundschafte gerade das Terrain aus. Ich hatte gehofft, dass Southgate da ist, aber er treibt sich in Tornia herum. Flaxman wäre eine Möglichkeit, aber ich

kann den Kerl auf den Tod nicht ausstehen und würde eher verhungern, als an ihn zu verkaufen.«

Das Mädchen: »Wie lange wird es dauern?«

Gravell: »So lange, wie es eben dauert. Kann ich nicht mal in Ruhe baden?«

Das Mädchen: »Wie lange?«

Gravell: »Noch ein paar Eimer heißes Wasser, ein bisschen Entspannung, dann gehe ich zum Abendessen und dann …«

Das Mädchen: »Nein! Nicht wie lange du noch in der Badewanne bleibst! Wie lange, bis du den Handel abgeschlossen hast.«

Gravell: »Du nervst.«

Stille.

Das Mädchen (*leise*): »Also schön, ich will dir ja auf keinen Fall auf die Nerven gehen. Und damit ich aufhöre zu nerven, gibst du mir einfach einen kleinen Vorschuss.«

Gravell: »Wofür? Doch nicht etwa für diese Stiefel!«

Das Mädchen (*bettelnd*): »Gravell, ehrlich, er hat ein sogar noch besseres Paar, mit Pelz und Quasten. Wenn du sie siehst, dann wirst du mir zustimmen, dass es die wunderschönsten Stiefel auf der ganzen weiten Welt sind.«

Platschen.

Das Mädchen: »Also? Kannst du mir vier Kroner leihen?«

Gravell: »VIER KRONER!«

Noch mehr Platschen.

Das Mädchen: »So viel ist das doch nicht.«

Gravell: »VIER KRONER? FÜR STIEFEL?«

Das Mädchen: »Es ist *mein* Geld. Ich kann damit machen, was ich will. Du gibst es doch auch für Glücksspiel und Frauen aus.«

Gravell: »Ganz genau. Nicht für Stiefel!«

Das Mädchen: »Du musst es mir bloß leihen. Eigentlich gehört es mir ja schon.«

Gravell: »Ich verleihe kein Geld. Und ich gebe auch keinen Vorschuss.«

Das Mädchen: »Aber … wenn er die Stiefel verkauft, dann sind sie weg.«

Gravell: »Und du hast vier Kroner gespart.«

Das Mädchen: »Und ich werde dich für immer hassen.«

Gravell: »Auf dem Markt gibt es auch ein paar Schuster. Du kannst dir andere Stiefel kaufen. Schöne Stiefel. Zu einem vernünftigen Preis.«

Das Mädchen: »Aber ich will die grauen Wildlederstiefel.«

Gravell: »Und wann willst du diese Stiefel mit Pelz und Quasten überhaupt anziehen?«

Das Mädchen: »Immer, wenn ich Lust dazu habe. Wenn sie mir gehören.«

Gravell: »Dann musst du sie dir mit dem Geld kaufen, das ich dir gebe, wenn ich es habe.«

Das Mädchen: »Aber ich habe meine Arbeit getan. Ich habe mein Leben aufs Spiel gesetzt. Du musst das Zeug bloß noch verkaufen. Wenn du deine Arbeit so gut machen würdest wie ich meine, dann müsste ich dich nicht um einen Vorschuss bitten. Du schuldest mir das Geld.«

Gravell: »Ich habe Nein gesagt.«

Das Mädchen: »Du … du … Ich hasse dich!«

Diesem Wortwechsel folgte ein Klappern und ein Platschen, dann knurrte Gravell und das Mädchen kreischte, gefolgt von wütenden Flüchen aus dem Mund des großen Mannes: »Gib mir meine Stiefel wieder!«

»Die kriegst du zurück, wenn ich meine habe.«

Daraufhin hörte man noch mehr Platschen und Fluchen und die wüstesten Drohungen, dann das Zischen eines Vorhangs, der zurückgezogen wurde. Dann fing Gravell wieder an zu fluchen und zu brüllen. Edyon lugte aus seiner Badekabine und sah Gravell – nackt, riesig, haarig, nass und wütend – mitten in der Scheune stehen. Die beiden Wasserträger schauten zu und grinsten. Gravell schrie sie an: »Zehn Kopeken für jeden, wenn ihr sie einfangt!«

Das Mädchen erwiderte: »Er bezahlt seine Schulden nicht! Er lässt euch Ewigkeiten auf euer Geld warten!«

Das machte Gravell noch wütender. »Du! Du ruinierst meinen guten Ruf!« Und damit stieß er ein Knurren aus und rannte hinter dem Mädchen her. Die Jungen schienen erpicht darauf, sich ein bisschen Geld nebenher zu verdienen, und einer von ihnen schloss die kleine Hintertür und stellte sich mit verschränkten Armen davor. Der andere näherte sich dem Mädchen. Sie war unfassbar schnell. Sie duckte sich unter dem herankommenden Jungen und sprang auf Gravell zu, wobei sie spöttisch seine Stiefel schüttelte.

Edyon fragte sich einen kurzen Augenblick, wie sie und Gravell die Dämonen fingen. Er dachte an die Gefahr. An das Abenteuer. Er wollte dem Mädchen helfen. Sie hatte sich ihre Stiefel verdient. Gravell hatte seine Geldbörse bestimmt mit in die Badekabine genommen. Edyon huschte um den Vorhang herum auf Gravells Seite, verfolgt von weiteren Schreien und Flüchen.

Gravells Kleider lagen in einem Haufen auf dem Boden. Edyon durchwühlte sie flink und fühlte etwas Warmes. Schnell zog er die Hand weg. War dort ein Tier versteckt? Der Kleiderhaufen rührte sich nicht – aber er leuchtete leicht violett. Edyon schob vorsichtig den Stoff auseinander und sah darunter eine große Flasche mit einer Schnur um den Flaschenhals. Die Flasche bestand aus klarem, dickem Glas, doch im Inneren befand sich eine wirbelnde Masse aus violettem Rauch.

Edyon hatte schon früher Dämonenrauch gesehen, aber nur kleine Mengen, wie sie in den Spelunken verkauft wurden. Als er zum ersten Mal in einer gewesen war, hatte er alles auf einmal inhaliert, weil er einen Mann dabei beobachtet hatte, der anscheinend Erfahrung in dieser Angelegenheit besaß. Edyon war bewusstlos geworden und am nächsten Morgen in einer Seitengasse aufgewacht, ohne seine Geldbörse. Auf diese Weise lernte er, dass es nicht klug war, sich an einem Rauchsüchtigen ein Beispiel zu nehmen. Beim zweiten Mal saugte er nur eine kleine Menge durch die Nase in seine Lunge, hielt den Rauch dort, so lange er konnte, und atmete ihn dann wieder aus. Die Wirkung war außergewöhnlich gewesen, die vollkommenste Entspannung, die er je erlebt hatte. Der Rauch war blass und träge gewesen und hatte sich in der winzigen Phiole kaum bewegt. Der Rauch in dieser Flasche war von einer intensiven Farbe und wirbelte munter hin und her. Und der Inhalt reichte für mindestens Hundert Inhalationen, wenn nicht noch mehr.

Edyon streckte die Hand aus, und als er die Flasche berührte, schien sich der Rauch an seinen Fingern zu sammeln, als ob er seine Gegenwart spürte. Edyon musste den Rauch haben. Die Flasche in seiner Hand war schwer, als ob sie keinen Rauch, sondern Sand enthalten würde. Edyon blickte in die wirbelnde violette Wolke. Er wurde förmlich hineingesogen, doch ein lauter Warnschrei von Gravell brachte ihn in die Wirklichkeit zurück: »Pass auf, sie tritt. Sie tritt! Nein! Lass sie nicht an dir vorbei!«

Edyon zog sich wieder in seine eigene Badekabine zurück und wickelte ein Handtuch um die Flasche, aber der violette Schimmer war immer noch zu sehen. Die wilde Jagd kam nun in seine Richtung. Als der Vorhang zur Seite gerissen wurde, ließ Edyon die in das Handtuch gewickelte Flasche in seinen Badezuber fallen, und das Mädchen mit Gravells Stiefeln in der Hand duckte sich hinter den Handtuchständer. Als sie daran vorbei war, stieß sie ihn einem der Jungen, die sie verfolgten, in den Weg.

»Ja, lauf bloß weg!«, schrie Gravell, und das Mädchen antwortete lachend: »Na, wenigstens *kann* ich laufen, alter Mann.«

Edyon schob den Handtuchständer wieder an seinen Platz und zupfte die Vorhänge zurecht. Das violette Leuchten in seinem Badezuber war von außen nicht zu sehen. Alles sah völlig normal aus.

Von draußen dröhnte Gravells Stimme, die lauter wurde, als er zurückkehrte. Brummelnd beklagte er sich über das Mädchen und über die Langsamkeit der beiden Jungen.

Edyon machte einen Schritt hinauf zum Badezuber, blieb aber beim Klang von Gravells Gebrüll wie angewurzelt stehen. Der Vorhang erbebte.

»Dieses diebische Miststück! Ich bring sie um! Ich reiß ihr die Beine aus!«

Dann hörte Edyon, wie Gravell sich hastig ankleidete, während er weiterhin fluchte und vor sich hin murmelte.

»So, du willst mir also meinen Rauch stehlen, Fräulein? Na, wart's nur ab, wenn ich dich kriege, dann siehst du, was mit Rauchdieben passiert. Wenn ich mit dir fertig bin, wirst du darum betteln, an den Pranger gestellt zu werden …«

Edyon stand immer noch stockstill neben dem Badezuber, als Gravell davonstapfte. Alles war wieder still. Er erschauerte. Er hörte, wie die Jungen nach nebenan gingen und in Gravells Badekabine schauten und der Besitzer des Badehauses ihnen den Auftrag gab, alles aufzuräumen.

Edyon stieg wieder in sein Bad.

Das Wasser war wärmer, als er es in Erinnerung hatte, und mit einem Lächeln ließ er sich hineinsinken. Er tastete nach der Flasche und merkte, dass sie auf den Boden des Zubers gesunken war. Er hielt sie fest und lehnte sich zurück. Nach einer Weile ließ der Schmerz in seinem Körper nach.

Catherine

PITORIANISCHES MEER

Das langsame Faulen von Nussschalen, ihres Kerns beraubt, wie offene Särge auf dem Waldboden.
Königin Isabella von Brigant: »Lebensreise«

Die Überfahrt nach Pitoria dauerte drei Tage. Catherines Abschied von Brigant war kurz gewesen. Am meisten hatte sie die letzte Begegnung mit ihrem Vater überrascht, der am Morgen ihrer Abreise zum allerersten Mal in ihren Gemächern erschienen war. Er hatte verlangt, ihre Juwelen in Augenschein zu nehmen, hatte die kleineren und weniger wertvollen Stücke herausgenommen und ihr stattdessen eine schwere, mit Diamanten besetzte Halskette geschenkt.

»Die hat deiner Großmutter gehört«, grunzte er, als Sarah die Kette um Catherines Hals legte. Dann setzte er hinzu: »Du bist meine Tochter. Jetzt siehst du wenigstens auch so aus.«

Und mit diesen Worten war er gegangen. Er war am Kai aufgetaucht, als sie an Bord ihres Schiffes ging, hatte aber nicht mehr mit ihr gesprochen, sondern sich stattdessen angeregt mit Boris unterhalten.

Die Verabschiedung von der Königin hatte länger gedauert, war aber keinesfalls ein tränenreiches Ereignis gewesen. Ihre Mutter hatte Catherine auf die Wange geküsst, ihr ein dünnes Bändchen mit Gedichten überreicht und ein neues Buch über Königin Valeria.

»Hast du dich entschieden, was du mit deinem neuen Leben anstellen willst, Catherine?«

»Ich werde tun, was ich kann. Valeria ist eine Inspiration für mich, obwohl ich mir nicht sicher bin, dass ich über eine ähnlich starke Persönlichkeit verfüge.«

»Du darfst nicht erwarten, dass alles über Nacht geschieht. Du musst lernen, was immer du kannst. Du wirst Fehler machen, aber niemals den gleichen Fehler zweimal. Niemand kennt von Anfang an alle Antworten. Auch Valeria hat eine gewisse Zeit gebraucht, um das Volk für sich zu gewinnen.«

»Ich werde mein Bestes tun.«

»Gut. Dann habe ich keine Zweifel, dass es dir auch gelingt. Du solltest auf Sir Rowland hören, den brigantischen Botschafter. Ihm kannst du vertrauen. Ich kenne ihn gut. Er wird dir helfen.«

Die Art, wie die Königin das sagte, erweckte in Catherine die Frage, woher ihre Mutter Sir Rowland kannte, doch schon bald wandten sich ihre Gedanken anderen Dingen zu. Als das Schiff außerhalb des Hafens auf die ersten Wellen traf, wurde sie von einer Übelkeit ergriffen. Einer von Boris' Soldaten übergab sich bereits über die Reling.

»Seid Ihr ein Weib, Webb?«, verhöhnte ihn Boris. »Bekommt Ihr beim ersten Anzeichen von leichtem Seegang weiche Knie?«

Catherine ahnte, dass dieser Kommentar nicht nur dem armen Webb galt, sondern auch ihr. Sie war entschlossen, sich vor ihrem Bruder keine Blöße zu geben, und zog sich so schnell es ihre Würde zuließ in ihre Kabine zurück – wo sie sich für den Rest des Tages in einen Eimer erbrach.

Die ersten beiden Tage der Reise verbrachte Catherine in ihrer winzigen Koje. Ihr war hundeelend. Sie schlief viel, und wenn sie wach war, brachte sie es nicht über sich, sich mit ihren Zofen zu unterhalten, obwohl sie hörte, wie die Mädchen über die Soldaten an Bord redeten, wie hübsch sie waren und wie streng sich Boris benahm. Am zweiten Tag blätterte sie das kleine Lyrikbuch durch, das die Königin ihr geschenkt hatte, und erkannte, dass ihre Mutter die Gedichte selbst verfasst hatte. Viele davon handelten von Einsamkeit, der Sehnsucht nach Liebe und was es hieß, eine Frau zu sein. Catherine war überrascht von der Menge an Gefühl in den Versen, aber statt sich von den Gedichten niederdrücken zu lassen, bestärkten sie sie nur noch in ihrer Entschlossenheit. Um keinen Preis wollte sie ein Leben wie ihre Mutter führen. Sie wollte nicht dasitzen und traurige Gedichte schreiben. Und so wandte sie sich stattdessen dem Buch über Königin Valeria zu und wünschte sich insgeheim, dass man eines Tages ein solches Buch auch über sie schreiben würde.

Am späten Abend des zweiten Tages fühlte Catherine sich allmählich besser und merkte, dass sie unbedingt frische Luft brauchte. Ihre Zofen schliefen tief und fest, und Catherine hatte keine Lust, sich in ein Korsett zu quetschen oder sich eine komplizierte Frisur herrichten zu lassen. Sie zog sich selbst an, und erst als sie so leise wie möglich die Stufen hinaufging, wurde ihr klar, dass dort an Deck Männer waren, Wachsoldaten und vermutlich auch Matrosen. Auch bei Nacht musste sich natürlich jemand um die Segel kümmern. Vorsichtig schob sie ihren Kopf durch die Luke an Deck, aber als eine Brise ihr Gesicht streifte, spielte es keine Rolle mehr, wer sie sehen würde; sie würde nicht wieder nach unten gehen. Die frische Luft war herrlich.

An Deck war niemand zu sehen, und mit leisen Schritten ging sie zur Reling. Das Meer war schwarz und still, und über ihr funkelten Tausende Sterne. Catherine füllte ihre Lungen mit der kühlen, salzigen Luft und spürte, wie die letzten Spuren der Seekrankheit von ihr abfielen.

Mittlerweile hatten sich ihre Augen an die Dunkelheit gewöhnt, und sie sah Männer in der Takelage. Acht Gestalten – nein, mehr, vielleicht zehn oder zwölf – bewegten sich dort erstaunlich flink. Ganz in Schwarz gekleidet, ließen sie sich an dunklen Seilen nach unten gleiten. Catherine war durch ein paar Holzkisten, die man an Deck festgezurrt hatte, vor ihren Blicken geschützt –, bis einer der Männer direkt vor ihr landete. Der Mann war nicht nur völlig schwarz gekleidet, sondern trug auch noch eine eng anliegende schwarze Maske. Er starrte sie an und schien genauso überrascht zu sein wie sie.

Catherine zwang sich zur Ruhe. »Guten Abend, Sir. Darf ich fragen, was Ihr da tut?«

Der Mann gab keine Antwort und rührte sich auch nicht. Sie wollte gerade ihre Frage wiederholen, als hinter ihr eine furchtbar vertraute Stimme erklang.

»Ihr fühlt Euch anscheinend besser, Euer Hoheit.«

Catherine drehte sich um. »Ich … Ich wusste nicht, dass Ihr uns nach Pitoria begleitet, Noyes.«

Noyes lächelte sein übliches Halblächeln und sagte dann: »Ich würde doch um alles in der Welt nicht Eure Hochzeit verpassen.«

Catherine wünschte sich nichts sehnlicher, als Noyes stehen zu lassen und zurück in ihre Kabine zu gehen, doch sie zwang sich, seinem Blick standzuhalten.

»Sind das Eure Männer? Was machen sie da oben?«

»Meine Männer werden in den unterschiedlichsten Aufgaben unterwiesen, Euer Hoheit. Dazu gehört auch das Steuern eines Segelschiffes.«

Catherine glaubte nicht eine Sekunde, dass er die Wahrheit sprach, und sie blieb stehen und wartete, dass er sich von ihr verabschieden würde. Er dagegen musterte sie nur stumm. Unter seinem prüfenden Blick bekam sie eine Gänsehaut, und so war sie es, die sich wortlos umwandte und in ihre Kabine zurückkehrte.

Am nächsten Morgen kam Boris zu ihr. Er musste sich bücken, um nicht mit dem Kopf gegen die niedrigen Deckenbalken zu stoßen.

»Du warst letzte Nacht an Deck.«

»Ja. Ich habe mich nicht wohlgefühlt, aber jetzt geht es mir schon viel besser. Danke, dass du so um meine Gesundheit besorgt bist, Bruder.«

»Deine Gesundheit kümmert mich nicht. Du warst allein. Schon wieder. Von deinen Zofen war weit und breit nichts zu sehen. Du warst nicht einmal anständig angekleidet.«

»Ich habe frische Luft gebraucht.«

»Was du brauchst, ist Disziplin. Ist es dir denn völlig egal, was die Leute über dich sagen? Du wirst bald heiraten.«

»Durch die Seekrankheit habe ich zwar meinen Mageninhalt verloren, nicht aber den Inhalt meines Kopfes. Ich kann mich sehr wohl erinnern, dass ich bald heiraten werde.«

»Du musst lernen, dich würdevoll zu benehmen. Bis dahin wirst du in deiner Kabine bleiben. Deine Zofen ebenfalls. Ich will während der restlichen Reise keine von euch an Deck sehen. Und wenn ich dich erwische, wie du herumschleichst, lasse ich dich in Eisen legen.«

Boris ging und Catherine schrie vor Wut laut auf. Hier an Bord eines brigantischen Schiffes mit einer brigantischen Crew hatte Catherine keine andere Wahl, als Boris zu gehorchen. Aber sie war fest entschlossen, dass sich das in dem Augenblick ändern sollte, in dem sie pitorianischen Boden betrat.

Am frühen Nachmittag des dritten Tages steuerte das Schiff in den Hafen von Charron. Sobald die Taue festgemacht waren, kam Catherine an Deck und betrachtete die wartende Menge. Boris stellte sich neben sie und bemerkte: »Du bist erstaunlich schnell aus deiner Kabine gekommen.«

»Ich war fast ununterbrochen drei Tage lang dort drin. Ich bin begierig darauf, mein neues Land in Augenschein zu nehmen.«

»Und deinen Ehemann.«

»So ist es.« Catherine musterte die Gestalten am Anleger. Es waren viele junge Männer dabei, alle gut gekleidet. Einige von ihnen waren dunkelhäutig, andere hatten helle Haut. Einer war sehr groß, ein anderer sehr dick. »Welcher ist es?«

Boris' Augen huschten umher. »Ich kann weder ihn noch seine Standarte sehen.«

»Aber ich dachte, er würde uns hier treffen«, sagte Catherine mit einer gewissen Schadenfreude. »Eine Hochzeit zu organisieren ist gewiss nicht leicht, Bruder, nicht wahr? Man muss an so viele Dinge denken, da ist es nicht ungewöhnlich, wenn man etwas vergisst … wie zum Beispiel den Bräutigam.«

Boris beugte sich zu ihr und knurrte: »Ich habe nichts vergessen, und das werde ich auch in Zukunft nicht.«

Während sie es genoss, ihren Bruder aufzuziehen, war Catherine gleichzeitig enttäuscht, dass ihr zukünftiger Gemahl nicht gekommen war, um sie zu begrüßen.

Ein Laufsteg wurde vom Schiff aus ans Ufer geschoben, und der Kapitän und zwei seiner Offiziere salutierten zackig, als ein nach der brigantischen Mode gekleideter Mann an Bord kam und sich tief verbeugte.

»Sir Rowland Hooper, Euer Hoheit. Des Königs Botschafter in Pitoria.« Er lächelte Catherine an. »Ich hoffe, Ihr hattet eine angenehme Reise.«

»Ich fürchte, die Seefahrt liegt mir nicht besonders.«

»Nun, ich gehe nicht davon aus, dass Ihr noch einmal eine solche Reise unternehmen müsst. Pitoria ist jetzt Euer Zuhause.«

»Richtig.« Catherine gab sich keine Mühe zu lächeln.

»Wo ist Prinz Tzsayn?«, mischte sich Boris ein. »Er sollte uns hier treffen.«

»Prinz Tzsayn lässt sich entschuldigen. Er fühlt sich nicht ganz wohl und hat beschlossen, in Tornia zu bleiben, damit er sich bis zur Hochzeit vollständig erholen kann.«

»Er fühlt sich nicht ganz wohl?«, wiederholte Boris schnaubend. »Es war ihm wohl zu viel, seiner zukünftigen Frau ein Stück entgegenzukommen.«

Catherine merkte, wie sich ihre Gesichtszüge verkrampften. Hatte er wirklich so wenig für sie übrig? Das verhieß wohl kaum etwas Gutes für ihre Ehe.

Sir Rowland lächelte entschuldigend. »Prinz Tzsayn hat bestimmt, dass Prinzessin Catherine auf einer Route nach Tornia reist, die durch die wichtigsten Städte entlang dieser Strecke führt. Da der Prinz unpässlich ist, schien es die beste Lösung zu sein.«

Boris kochte vor Wut. »So war das nicht verabredet. Es war ausgemacht, dass wir direkt zum Schloss fahren. Und dass wir dort allen Lords von Pitoria vorgestellt werden.«

»Und genau das wird geschehen, Euer Hoheit«, sagte Sir Rowland besänftigend. »Die Lords werden dort sein, wenn wir eintreffen. Ich darf Euch versichern, dass nicht einer an diesem Tag oder am Tag der Hochzeit fehlen wird. Alle sind sehr aufgeregt. Doch zunächst gibt es einige Würdenträger hier am Hafen, die Ihr kennenlernen müsst, und dann werden wir unsere Reise in die Hauptstadt antreten, und zwar durch die herrlichste Landschaft, die Ihr Euch vorstellen könnt. Es ist hier fast so schön wie in Brigant.«

Catherine straffte die Schultern. Was immer der wahre Grund für Prinz Tzsayns Abwesenheit war, sie würde diese Gelegenheit nicht ungenutzt verstreichen lassen. Boris konnte sie nicht länger einsperren. Das war ihre Chance, sich zu zeigen. Auch Königin Valeria war vor ihrer Hochzeit durch Illast gereist und hatte dafür gesorgt, dass die Menschen sie zu sehen bekamen. Catherine würde das Gleiche tun, und sie würde sicherstellen, dass sie einen bleibenden Eindruck hinterließ.

»Ich freue mich über die Gelegenheit, mehr von meiner neuen Heimat zu sehen. Wir sollten jeden Abend ein Fest organisieren«, sagte Catherine.

Sir Rowland wandte sich zu ihr. »Ein ausgezeichneter Vorschlag, Euer Hoheit. Pitorianer lieben Feste. Sie werden Eure Ankunft voller Freude feiern.« Sir Rowland blickte zum Ufer. »Oh, der Tanz hat bereits begonnen. Die Vorstellung dient Eurer Unterhaltung, Hoheit.«

Catherine sah eine Gruppe Männer herumspringen, die eher wie Akrobaten und nicht wie Tänzer wirkten. Sie lächelte. »Ich habe gehört, dass die Männer von Pitoria den Tanz lieben. Was für eine erfrischende Abwechslung von den Vergnügungen der Jagd oder des Turniers.«

»Mit dem Tanz demonstrieren sie ihre Athletik und Kraft. Sie sind bemerkenswert geschickt. Ich kann es arrangieren, dass auch Eure Männer Unterricht nehmen, wenn Ihr das wünscht.«

Catherine strahlte. »Was für eine entzückende Idee! Meinem Bruder würde eine solche Erfahrung gewiss sehr gefallen.«

Boris machte ein merkwürdiges Gesicht. »Das wird nicht nötig sein.«

»Also seid Ihr bereits ein geübter Tänzer, Euer Hoheit?«, erkundigte sich Sir Rowland.

»So geübt wie ein Mann nur sein muss, was bedeutet: nicht im Geringsten, Sir.«

Sir Rowland senkte den Kopf, aber Catherine sah, dass er lächelte. Als er den Blick wieder hob, verriet sein Gesicht nichts. »Wir sollten jetzt an Land gehen.« Er deutete auf die Tänzer. »Wollen wir es mit ihnen aufnehmen?«

Catherine merkte, dass sich ihre Lippen zu einem Lächeln verzogen. Sie hätte sich nie vorstellen können, dass ihre Ankunft in Pitoria sie auch nur im Mindesten erfreuen könnte, doch allmählich beschlich sie das Gefühl, dass die ganze Sache womöglich Spaß machen könnte. Sie ging mit dem Botschafter und Boris an Land. Noyes und ihre Zofen folgten ihnen. Bestürzt erkannte Catherine, dass sich der feste Boden unter ihren Füßen anfühlte wie eine schwankende Brücke. Sie taumelte und Sarah nahm ihren Arm. Sanft befreite sich Catherine aus ihrem Griff. Noyes registrierte jede noch so kleine Schwäche, und Catherine war entschlossen, ihm keine zu zeigen.

Unter Lächeln, Verbeugen und Knicksen wurde Catherine einer ganzen Reihe von Leuten vorgestellt. Ihr fiel auf, wie verschieden alle aussahen. In Brigant waren die Menschen samt und sonders hellhäutig und hatten blonde Haare, doch hier reichte die Hautfarbe von schwarz über braun und honigfarben bis weiß, und die Haare wiesen buchstäblich alle Farben des Regenbogens auf.

Es gelang ihr, den Namen, die sie vor ihrer Reise auswendig gelernt hatte, Gesichter zuzuordnen: Lord Quarl, einer der Ratgeber von König Arell, Lord Serrensen, ein entfernter Cousin des Königs, und Lord Farrow, der Herr der Ländereien, auf denen sie sich befanden. Er begleitete sie zusammen mit Sir Rowland und Sarah zu ihrer Kutsche. Boris, Noyes und ihre Gefolgsleute waren bereits aufgesessen. Ihre Pferde waren vorausgeschickt worden. Catherine musste zugeben, dass die Soldaten ihres Bruders mit ihren in der Sonne glänzenden Rüstungen beeindruckend aussahen.

Vor ihrer Kutsche ritten zehn Pitorianer, jeder trug einen langen Speer mit einer schimmernden silbernen Spitze und einem grünen Wimpel. Die Haare der Männer, die an den Seiten und am Hinterkopf kurz geschnitten waren, oben auf dem Haupt aber lang wuchsen, waren in genau demselben Grün gefärbt wie die Wimpel. Catherine hatte gelesen, dass die Männer ihre Zugehörigkeit zu einem Lord durch die Farbe ihrer Haare bezeugten, aber darüber zu lesen und es zu sehen, war nicht dasselbe. Das Grün passte haargenau zu dem Emblem, das Lord Farrow an seiner Jacke trug.

»Ihr habt Lord Farrows Grün entdeckt«, bemerkte Sir Rowland.

»Es ist nicht zu übersehen, Sir. Ich hatte schon von den gefärbten

Haaren gehört, aber der Anblick ist viel beeindruckender, als ich es mir vorgestellt hätte.«

»Kennt Ihr den Ursprung dieser Tradition?«, wollte Sir Rowland wissen. »Durch die Farbe ist gewährleistet, dass die Männer während einer Schlacht nicht die Seiten wechseln, was im Krieg mit Illast vor über hundert Jahren geschehen ist. Natürlich zieht heute niemand mehr in den Krieg.«

»Obwohl brigantische Soldaten auf unserem Land kein besonders beruhigender Anblick sind«, sagte Lord Farrow kurz angebunden.

Catherine verlagerte ihr Gewicht. Offensichtlich hatte Sir Rowland leicht übertrieben, als er behauptete, alle wären entzückt, sie zu sehen …

Der Botschafter, dem ihre Verlegenheit nicht entging, versuchte die Wogen zu glätten. »Das Grün von Lord Farrow wird allseits bewundert. Obwohl ich glaube, dass dies nicht der einzige Grund ist, warum sich die Männer Euch anschließen, Mylord.«

»Meine Truppen sind stets gut besetzt, und meine Männer sind die besten«, entgegnete Farrow und schaute dabei Catherine an.

»Besser als die von Prinz Tzsayn?«, fragte Catherine liebenswürdig.

Lord Farrow machte eine säuerliche Miene. »Der Prinz hat selbstverständlich exzellente Truppen.«

»Sein Blau wird über alle Maßen geschätzt«, gurrte Sir Rowland.

Glücklicherweise war das Hufgetrappel auf den gepflasterten Straßen laut genug, um das ungemütliche Schweigen zu überdecken, und Catherine konnte Lord Farrows spitze Bemerkungen beiseiteschieben und ihre Umgebung betrachten.

Die Gebäude waren höher und schmaler als in Brigant und die Menschen farbenprächtiger gekleidet. Alles wirkte sauber und aufgeräumt. Als der Zug aus Reitern und Kutschen an den Häusern vorbeikam, traten viele Leute vor die Tür oder lehnten sich aus den

Fenstern, um nachzusehen, was vor sich ging. Viele winkten und lächelten, doch ein paar standen bloß da und starrten die brigantischen Soldaten an.

Hinter der Stadt wurde die Gegend ländlich, und nur noch wenige Menschen waren auf den saftigen Feldern und in den blühenden Obstgärten zu sehen. Die Kutschfahrt dauerte bis zum späten Nachmittag. In Lord Farrows stattlichem Heim wurde Catherine höflich empfangen und in prächtige Gemächer geführt, wo ein Bad auf sie wartete. Doch sie konnte sich nicht lange ausruhen, denn abends fand ein Empfang ihr zu Ehren statt.

Als Sarah ihre pitorianischen Kleider herausholte, empfand Catherine wieder dieses Unbehagen: Sie wirkten ungeordnet und waren viel zu freizügig. Und so entschied sie sich stattdessen für ihr brigantisches Abendkleid mit dem Korsett, ein silbergraues Gewand mit Stickereien und Perlen an den Ärmelaufschlägen und am Ausschnitt. Sie legte die Halskette um, die sie von ihrem Vater bekommen hatte, aber sie passte nicht zu dem Kleid, und so zog sie die Kette wieder aus. Sie ließ sich von ihren Zofen das Haar hochstecken, zu der einfachen Frisur, die sie immer trug.

Jane lächelte anerkennend. »Sehr würdevoll, Euer Hoheit.«

Tanya runzelte die Stirn. »Würdevoll schon, aber ich habe einige der anderen Gäste ankommen sehen, Euer Hoheit. Sie sehen fantastisch aus. Eine Dame hat Federn im Haar, die so hoch reichen, dass sie beinahe die Decke berühren. Ich glaube, eins der pitorianischen Kleider wäre angebrachter.«

»Vielleicht morgen. Es war ein langer Tag, und ich fühle mich in diesem Kleid wohler.«

Aber in dem Augenblick, in dem Catherine den großen Saal betrat, erkannte sie ihren Fehler. Jede Frau – und auch jeder Mann – war prächtiger gekleidet als sie. Die Damen hatten die Haare zu kunstvollen, hohen Frisuren aufgesteckt, mit Bändern durchwebt und mit Perlen, Blumen, Federn und sogar Glöckchen verziert. Die

Frisuren waren nicht nur ausgeklügelt und raffiniert, sie ließen ihre Trägerinnen auch größer wirken. Catherine kam sich unwillkürlich klein vor, wie sie da im Saal stand und nicht in der Lage war, den meisten Gästen über die Schulter zu blicken. Am anderen Ende des Saals entdeckte sie Noyes, der sie wie immer nicht aus den Augen ließ. Glücklicherweise erschien da Sir Rowland an ihrer Seite.

»Euer Hoheit, ich bitte um Verzeihung, dass ich Euch warten ließ. Darf ich Euch vorstellen?«

Und so fing der Abend an. Zwischen belanglosen Gesprächen und unechtem Lachen wurde Catherine abgeschätzt und unter die Lupe genommen, und sie war sich überdeutlich bewusst, wie klein und jung sie wirkte. Darüber hinaus war sie müde und gereizt. Schließlich begab man sich in den Bankettsaal, wo Catherine zwischen Lord Farrow und Boris saß. Eine Unterhaltung kam kaum zustande.

Als die Mahlzeit beendet war, hielt Farrow eine kurze und bemerkenswert unfreundliche Willkommensrede, in der er sich über die blutige Vergangenheit von Brigant ausließ, sowie über die unerwartete Abwesenheit von Prinz Tzsayn.

»Und so müssen wir uns daran erinnern, dass diese kleine Abordnung brigantischer Truppen nicht gekommen ist, um Pitoria zu überfallen«, schloss Farrow seinen Vortrag, »sondern in Wahrheit, um dafür zu sorgen, dass unsere beiden Reiche durch eine Eheschließung miteinander verbunden werden. Doch mag es sein, dass die Soldaten sich noch als nützlich erweisen, denn wie es scheint, erzittert selbst unser mutiger Prinz beim Gedanken an die ihm bevorstehende Vermählung.«

Eine leichte Welle der Belustigung zog sich am Tisch entlang. Catherine war fassungslos. Boris wirkte außer sich vor Zorn. Eigentlich hätte er für Catherine die Begrüßung erwidern sollen, aber er blieb sitzen. Seine Kieferknochen mahlten. Catherine war klar, dass sie es ihm überlassen sollte, die Wogen zu glätten, aber auch sie merkte, wie Ärger in ihr hochstieg – über Lord Farrows taktlosen Humor und die geringschätzigen Blicke der Gäste.

Bevor sie noch darüber nachdenken konnte, war sie aufgestanden. Die Leute unterhielten sich weiter, und die meisten blickten nicht einmal in ihre Richtung. Sie war entschlossen, ihre Stimme fest und entschieden klingen zu lassen, aber als sie das Meer aus Gesichtern überblickte, die alle älter und klüger wirkten als sie, pitorianische Gesichter, zumeist männliche, da wurde ihr bewusst, was sie war: ein sechzehnjähriges ausländisches Mädchen. Am schlimmsten aber war, dass sie wieder Noyes' Blick auf sich spürte. Sie bereute sofort, dass sie sich erhoben hatte, aber jetzt war es zu spät.

»In Brigant würde mein Bruder, Prinz Boris, an meiner statt auf diese Rede antworten. Aber ich befinde mich jetzt in einem neuen Land, vor mir liegt ein neues Leben und eine Eheschließung – die hoffentlich nicht der Unterstützung der Soldaten meines Bruders bedarf.« Sie machte eine kurze Pause, und die Gäste lachten höflich. »Und da ich von nun an ein neues, ein anderes Leben führen werde, ist es wohl Zeit, dass ich für mich selbst spreche. Ich bin selbstverständlich entzückt, in Pitoria zu sein, in diesem wunderschönen Land, obwohl mich natürlich die Trauer über den Abschied von meinen Eltern und meinem geliebten Brigant begleiten.«

Catherine schaute sich um und merkte, dass die meisten Gäste eher neugierig als interessiert waren. Genossen sie lediglich das Spektakel, dass eine Frau ihre Stimme erhob? Doch jetzt schien es so, als wäre Catherine nicht einmal mehr dazu in der Lage – in ihrem Kopf herrschte gähnende Leere. Etwas weiter hinten im Saal steckte ein Paar die Köpfe zusammen und wisperte. Catherine musste sich ihre Aufmerksamkeit sichern, sie musste die Menschen auf ihre Seite ziehen.

Genau das war es. Darum ging es: um die Menschen.

»Ich komme zu euch als junge Frau, als gerade einmal sechzehnjähriges Mädchen. Und ich komme auch als Prinzessin, als Tochter von König Aloysius von Brigant.« Überrascht merkte sie, dass sie voller Stolz sprach. »Aber ich habe die Ehre, Euren Prinzen zu heiraten, und heute hatte ich das Vergnügen, das Königreich von Pitoria zum allerersten Mal zu erblicken. Und was für ein herrliches Land es ist! Aber ein Königreich ist mehr als ein Land und ein König. Stellt euch ein Land vor, so schön wie Pitoria, aber menschenleer. Stellt einen Mann in dieses Land. Nennt diesen Mann König. Immer noch ist dieses Land nichts Besonderes. Noch gibt es kein Königreich, nur ein Land und einen Mann, der sich König nennt. Doch jetzt bevölkert dieses Land mit Menschen, Menschen, die ihre Heimat und ihren König lieben. Dann erst habt Ihr ein wahres Königreich. Ich weiß, dass die Menschen von Pitoria ihren König lieben, und auch Prinz Tzsayn. Ein paar dieser Menschen habe ich heute auf meinem Weg hierher gesehen, und ich beabsichtige, so viele von ihnen kennenzulernen, wie ich kann. Pitoria ist meine neue Heimat. Die Pitorianer sind mein neues Volk. Als Kind von Brigant habe ich meinem Vaterland den Rücken gekehrt, und ich habe Pitoria als Pitorianerin betreten, als eine Frau, die ihr neues Land liebt. Ich freue mich auf mein Leben hier. Und in diesem Sinne erhebe ich mein Glas und trinke auf Pitoria und alle Pitorianer.«

Catherine umfasste den Stiel ihres Glases und erhob es. Einen Moment lang herrschte Stille, und dann stand am entgegengesetzten Ende des Tisches ein Mann auf. Ein zweiter folgte ihm, dann ein dritter, bis alle Gäste aufgestanden waren, die Gläser erhoben hatten und Applaus aufbrandete.

Catherine setzte sich wieder und Boris drehte sich zu ihr. »Eine hübsche Rede, Schwester. Obwohl ich mich nicht erinnern kann, dass ich dir so etwas vorgeschlagen hätte.«

»Das habe ich mir selbst ausgedacht«, erwiderte Catherine leichthin. »Und mach nicht so ein griesgrämiges Gesicht, Bruder. Nicht alle in Pitoria scheinen meiner Eheschließung freundlich gesinnt zu sein, und das gilt auch für die hier Versammelten. Die Leute werden sich wohl eher für freundliche Worte erwärmen, als für böse Blicke. Wir wollen doch nicht, dass irgendetwas diese Hochzeit in letzter Sekunde noch verhindert?«

Mit einem gepressten Lächeln stand Boris auf und verließ die Tafel. Als er davonstapfte, trat Sir Rowland zu Catherine, um sie in den Ballsaal zu geleiten.

»Meinen Glückwunsch, Euer Hoheit, für diese gelungene Rede.«

»Boris war von meinen Worten nicht besonders angetan.«

»Ich vermute, er ist von Lord Farrows Worten noch weniger angetan. Boris ist ein Soldat, Euer Hoheit, und Lord Farrow ist kein Diplomat.«

»Wiewohl Ihr unzweifelhaft einer seid, Sir Rowland. Meine Mutter hat Euch mir empfohlen. Sie meinte, ich könne mich auf Euch verlassen.«

Zum ersten Mal zögerte Sir Rowland. »Ich hatte die Ehre, am Hof von Brigant verweilen zu dürfen, während des Kriegs mit Calidor, als sich der König auf dem Schlachtfeld befand. Damals habe ich Ihre Majestät, die Königin, kennengelernt. Sie wäre heute sehr stolz auf Euch gewesen.«

Eine Freundschaft bei Hofe! Der Botschafter musste ein wahrer Meister der Verschwiegenheit sein, dachte Catherine. Hätte irgendjemand auch nur den geringsten Zweifel an der Tugend ihrer Mutter gehegt, würde Sir Rowland heute nicht diese hohe Position bekleiden. Und wäre es ihr Vater gewesen, der diesen Verdacht hegte, wäre Sir Rowland heute einen Kopf kürzer.

»Was meine Rede betrifft, so würde ich sie bis zum nächsten Mal gerne verbessern. Ich wäre Euch dankbar für Euren Rat.«

»Gewiss doch, Euer Hoheit. Es wäre mir ein Vergnügen.«

»Gut. Dann morgen früh. Gibt es hier einen ruhigen Ort, wo wir uns treffen können?«

»Die Bibliothek ist sehr schön. Und ich bin mir sicher, dass wir dort vor dem Frühstück ungestört sein werden.«

»Wunderbar.«

»Doch jetzt, fürchte ich, wartet noch Arbeit auf uns. Viele Gäste sind begierig darauf, Euch kennenzulernen. Darf ich Euch begleiten?«

»Gerne, Sir Rowland.«

Sehr viel später, als Catherine völlig erschöpft ins Bett fiel, merkte sie, dass sie lächelte. Sie hatte das Gefühl, dass sie etwas erreicht hatte. Sie hatte sich gegen Boris durchgesetzt, eine Rede gehalten und das Wohlwollen ihres Publikums gewonnen. Und all das, obwohl sie das falsche Kleid getragen hatte.

Letzteres würde ihr morgen nicht mehr passieren.

Ambrose

NORWEND,
NORDBRIGANT

Zwei Tage nach seiner Flucht aus Fielding war Ambrose fast zu Hause. Hinter den zerklüfteten Hügeln von Norwend erhoben sich die schneebedeckten Gipfel der Berge, und die Sonne schien so strahlend hell, dass Ambrose die Augen zusammenkneifen musste. Ein kalter Nordwind fand seinen Weg durch die Nähte seiner Jacke, und er erschauerte. Die Beule an seinem Hinterkopf tat immer noch weh, und doch musste Ambrose lächeln. Es war zwei Jahre her, seit er Tarasenth verlassen hatte, und bis eben hatte er nicht gewusst, wie sehr er sein Zuhause vermisst hatte. Es war schön, wieder hier zu sein.

Er näherte sich der Burg von Westen, von wo aus man den besten Blick auf Tarasenth hatte, suchte sich eine geschützte Stelle, setzte sich hin und beobachtete. Er konnte keine Spur von Noyes' Männern oder Soldaten des Königs entdecken, aber das hieß nicht, dass sie nicht da waren. Noyes war kein Idiot. Er wusste, dass sich ein Flüchtling zuallererst bei seiner Familie Hilfe suchen würde. Ambrose konnte nur hoffen, dass ihm der Spion des Königs mehr Intelligenz zutraute, als hierherzukommen.

Als es dunkel war und die Wolken sich vor den Mond geschoben hatten, schlich Ambrose leise den Hang hinunter. Er huschte zur Mauer des Gemüsegartens und kletterte von einem Pfirsichbaum zur Vorratskammer. Das Fenster darüber war zwar vergittert, aber einer der Stäbe war schon lange durchgerostet, und Ambrose konnte sich immer noch gerade so hindurchquetschen.

Er befand sich im Kinderzimmer, und auf der anderen Seite des Gangs lag sein Schlafzimmer. Er zog seine Stiefel aus und huschte geräuschlos über die alten, knarrenden Bodendielen, während ihm der vertraute Geruch des Hauses in die Nase stieg.

Leise schob er die Tür zu Tarquins Zimmer auf. Eine Gestalt lag im Bett, und Ambrose überkam plötzlich die Angst, es könnte eine Falle sein; möglicherweise war es einer von Noyes' Männern. Er zückte seinen Dolch und näherte sich dem Bett.

Doch dann entspannte er sich. Das lange blonde Haar auf dem Kissen war unverkennbar. Mit einem Mal öffnete Tarquin die Augen, sah Ambrose und erhob sich rasch und leise aus dem Bett, wobei er Ambrose hastig signalisierte, keinen Mucks von sich zu geben. Dann umarmte er seinen Bruder fest.

»Es ist schön, dich zu sehen«, wisperte Tarquin kaum hörbar.

»Flüstern wir, weil wir die Dienstboten nicht wecken wollen oder aus einem anderen, ernsthafteren Grund?«

»Noyes hat zwei Männer hier in Tarasenth stationiert. Sie kamen vor drei Tagen an. Vater hatte keine andere Wahl, als sie ins Haus zu lassen. Aber sie scheinen nicht damit zu rechnen, dass du hier auftauchst. Seit sie das Haus einmal von oben bis unten durchsucht haben, sitzen sie nur herum und drehen Däumchen. Das ist vermutlich nur wieder eine Machtdemonstration des Königs, der uns zeigen will, dass er Soldaten in unser Zuhause eindringen lassen kann, wann immer er will.«

Tarquin versuchte offensichtlich, die Angelegenheit herunterzuspielen, aber Ambrose war klar, dass die Männer nicht zu unterschätzen waren, wenn sie in Noyes' Diensten standen.

»Ich weiß, dass es riskant ist, hierherzukommen, aber ich musste dich sehen.«

Tarquin legte seine Hand auf Ambroses Arm. »Und ich bin froh, dass du hier bist. Wir haben so viele Gerüchte gehört. Einige behaupten, du seist getötet worden, andere, dass du gefangen genommen wurdest. Und all das, weil du einen von Boris' Soldaten herausgefordert hast.«

»So war es nicht. Sie haben mich herausgefordert.« Mit kurzen Worten erzählte er, was passiert war, nur seine Gefühle für Prinzessin Catherine und die Tatsache, wie unglücklich und verängstigt er gewesen war, nachdem er Hodgson getötet hatte, verschwieg er.

Tarquin schüttelte den Kopf. »Noyes kam, um uns zu befragen. Aber natürlich hat er uns nicht verraten, was genau geschehen war. Und das wenige, was er sagte, war offensichtlich gelogen. Er meinte, du hättest einen Mann der königlichen Garde getötet und würdest nun wegen Hochverrats gesucht.«

»Hochverrat! Ich wurde herausgefordert! Ich habe mich nur verteidigt.« Eigentlich hatte Ambrose genau damit gerechnet, trotzdem spürte er, wie seine Wut wieder hochkochte. »Wie soll ich nur jemals meine Unschuld beweisen? Das ist unmöglich. Der König, Boris, Noyes – sie geben mir keine Chance.«

»Beruhige dich.« Tarquin legte seine Hand auf Ambroses Arm. »Wer dich kennt, braucht keine Beweise.«

»Und wenn ihr mir helft oder euch für mich einsetzt, dann geltet auch ihr als Verräter. Du und Vater.«

»Nur wenn sie es herausfinden«, erklärte Tarquin. »Und das werden sie nicht. An dem Abend, an dem du geflohen bist, tauchte Noyes mit vier Männern in dem Haus in Brigane auf, das wir gemietet hatten. Noyes hat das Haus auf den Kopf gestellt, Vaters Papiere an sich genommen und alle verhört, einschließlich der Dienstboten. Vater und mich hat er sich zum Schluss vorgeknöpft. Aber du weißt ja, dass Vater zu Höchstform aufläuft, wenn man ihn in die Enge treibt. Er hat Noyes erzählt, dass du der geborene Rebell seist, dass er versucht habe, dich zu zähmen, jedoch ohne Erfolg. Er meinte, du habest Norwend vor zwei Jahren verlassen, um dich gegen seine Wünsche der königlichen Leibgarde anzuschließen – dieser Teil hat mir besonders gut gefallen. Er erzählte Noyes, dass er dich gerade erst am Tag zuvor zur Rede gestellt hatte, weil du Anne nicht gebührend denunziert hast. Du hättest ihn deinerseits dafür kritisiert, dass er sich von seiner Tochter so leichtherzig losgesagt habe. Am Ende enterbte er dich und bot Noyes an, dich mit seinen eigenen Männern zu verfolgen. Er wusste genau, dass Noyes dieses Angebot nicht annehmen würde.«

Noyes hatte also gegen seinen Vater nichts in der Hand, trotzdem machte sich Ambrose Sorgen um Tarquin.

»Und was hat er dich gefragt?«

»Was immer er wissen wollte, ich habe ihm die Wahrheit gesagt, Bruder: dass ich dich von Herzen liebe, dass ich dich seit dem Tag nach Annes Hinrichtung nicht mehr gesehen hatte und dass ich dich für einen verdammten Narren halte.«

Ambrose lächelte. »Das tut weh.« Er war sich sicher, dass die Befragung nicht so einfach über die Bühne gegangen war, wie Tarquin ihn glauben lassen wollte.

»Du bist kein Narr, Ambrose. Du bist tapfer und ehrenvoll und wahrhaftig. Aber wenn sie dich in ihre Hände bekommen, werden sie keine Gnade zeigen. Du musst weg aus Brigant, weg von Noyes.«

»Das habe ich vor. Ich werde nach Pitoria gehen und dann … Sieh mich nicht so an.«

»Wie denn?«

»Ich weiß, du denkst, dass ich Prinzessin Catherine aufsuchen will.«

»Die dir zur Flucht verholfen hat. Die dir versichert hat, dass du ihr etwas bedeutest. Für eine Prinzessin ist das – nun ja – nicht sehr prinzessinnenhaft.«

»Sie wird in zwei Wochen verheiratet sein. Und eines Tages wird sie Königin von Pitoria sein. Ich dagegen bin ein Geächteter. Sie wird nichts mit mir zu tun haben wollen. Ich habe vor, zuerst nach Pitoria zu gehen und von dort aus nach Illast. Und danach? Wer weiß. Ich will es für mich tun, aber auch für Anne. Sie hat immer gesagt, dass ich reisen solle, anstatt in der Armee zu versauern und nichts weiter zu tun, als auf Burgmauern hin und her zu laufen.«

Tarquin lächelte. »Ich weiß noch, wie sie das gesagt hat. Sie meinte, du würdest dir deinen Lebensunterhalt mit Salutieren verdienen.«

Ambrose lächelte ebenfalls, doch dann wurde er wieder ernst. »Wegen Anne … Ich muss dir noch erzählen, was ich in Fielding gesehen habe, dort, wo man Anne gefangen genommen hat. Dort passieren seltsame Dinge.«

»*Was?* Du warst dort?«

»Ich musste hin. Keiner von uns hat doch die Geschichte über sie und Sir Oswald geglaubt. Ich tue es immer noch nicht, aber irgendetwas geht in Fielding vor. Dort sind eine Menge Soldaten stationiert, aber keine gewöhnlichen Soldaten. Es sind Jungen. Hunderte. Ich habe keine Ahnung warum, aber Aloysius plant etwas, und ich glaube, dass Anne es herausgefunden hat. Das ist der wahre Grund, warum er sie umbringen ließ.«

Tarquin hob die Hand. »Still, Bruder. Das ist wirres Gerede.«

Ambrose packte Tarquins Hand. »Versprich es mir. Versprich mir, dass du der Sache nachgehst. Ich würde es ja selbst tun, aber ich habe alles getan, was mir im Augenblick hier in Brigant möglich ist. Versprich mir, dass du es für Anne tust.«

Tarquin drückte Ambroses Hand. »Ich verspreche es.«

Ambrose nickte. Er hatte einen Kloß im Hals. »Ich muss bald gehen, aber ich möchte vorher noch mit Vater sprechen.«

»Warte hier. Ich hole ihn.«

Ehe Ambrose noch etwas sagen konnte, war Tarquin aus dem Zimmer geeilt.

Ambrose ging zur Tür und lauschte und dann zum Fenster, um sich zu vergewissern, dass die Luft rein war. Die Tür öffnete sich und Ambrose wirbelte herum. Tarquin kam herein.

»Er ist gleich da.« Tarquin trat zu Ambrose und legte ihm die Hand auf die Schulter. »Ich habe dich noch nie so nervös erlebt.«

»Ganz ehrlich, Bruder … Ich habe fürchterliche Angst. Um mich und um dich. Ich kann das, was geschehen ist, nur ertragen, wenn du und Vater in Sicherheit seid. Wenn sie mich hier erwischen, geht ihr beide mit mir unter. Meine Zukunft sieht zwar nicht gerade rosig aus, aber wenn ich nach Pitoria gehe, werde ich überleben; ich könnte es nicht ertragen, falls ihr durch mich in Schwierigkeiten geratet.«

»Wir werden es überstehen, Ambrose. Und wenn wir Schwierigkeiten bekommen, ist es nicht deine Schuld.« Tarquin seufzte und schaute sich um. »Weißt du noch, als wir uns dieses Zimmer teilten? Ich habe dir erzählt, dass unter deinem Bett Ungeheuer wohnen. Ich habe mir die gruseligsten Geschichten ausgedacht, aber du hast nur gelacht. Damals hätte ich dich zu gerne das Fürchten gelehrt, aber es ist mir nicht gelungen.«

»Ungeheuer haben mir noch nie Angst gemacht. Ich habe mir immer vorgestellt, wie ich sie im Kampf besiege. Ich war so begierig darauf, mich zu beweisen.« Ambrose lächelte bei der Erinnerung. »Ich weiß noch, dass du groß genug warst, um aus dem Fenster zu sehen und die Pferde auf der Weide zu beobachten. Ich war zu klein. Ich war so neidisch auf dich.« Der Fenstersims reichte ihm nicht einmal mehr bis zur Taille. »Wie alt war ich damals? Fünf oder sechs vielleicht. Es kommt mir wie gestern vor.«

In diesem Moment öffnete die Tür sich erneut. Wieder wirbelte Ambrose herum; aber es war nicht Noyes, der eintrat. Ambrose erschrak über den Anblick seines Vaters. Er wirkte älter, kleiner, müde und verschrumpelt, ganz anders als der energiegeladene, starke Mann, der er noch vor wenigen Monaten gewesen war. Der

Tod eines Kindes und die Verbannung eines zweiten hinterließen ihre Spuren, dachte Ambrose.

Er verbeugte sich. »Vater.«

Sein Vater trat ein und schloss geräuschlos die Tür hinter sich. »Es ist Jahre her, seit ich nachts durch das Haus geschlichen bin.« Er kam auf Ambrose zu. »So, es braucht also einen König und Noyes' Männer, damit du nach Hause zurückkehrst.«

»Nein, Vater. Ich bin wegen unserer letzten Begegnung gekommen. Ich wollte mich für das entschuldigen, was ich in Brigane zu dir gesagt habe. Es war dumm und grausam, und es tut mir leid. Es tut mir leid, dass ich dich und Tarquin und alle in Norwend in Gefahr gebracht habe.«

»Dumm, in der Tat. Ich habe ja versucht dich zu warnen, doch du wolltest nicht hören. Der Ärger, den du dir eingebrockt hast, ist das Resultat deines Verhaltens bei Annes … bei der Hinrichtung.«

»Und die Konsequenz aus der Tatsache, dass wir von einem Tyrannen regiert werden.«

Norwend schnaubte empört. »Mit dieser Einstellung …« Seine Miene entspannte sich. »Aber lassen wir das jetzt. Dein Bruder sagt mir, dass du nach Pitoria willst. Vielleicht wirst du dort mit deinem Idealismus weiterkommen.«

»Vielleicht. Jedenfalls hoffe ich, dass mich dort niemand deswegen umbringen will.«

Sie schwiegen. Ambrose wusste nicht, was er noch sagen sollte. Vielleicht gab es nicht mehr zu sagen.

»Ich muss gehen. Je länger ich bleibe, desto größer wird die Gefahr für euch.«

Sein Vater runzelte die Stirn. »Du bist ein guter Soldat, Ambrose, und du wirst dich zu einem guten Mann entwickeln. Vergiss nicht, die Welt verändert sich. Vielleicht kannst du eines Tages nach Tarasenth zurückkehren. Dies ist dein Zuhause und du bist mein Sohn, was auch immer geschieht.«

Und zu Ambroses Überraschung breitete sein Vater die Arme aus. Ambrose ging zu ihm und drückte ihn fest an sich. »Leb wohl. Vergiss nicht, dein Bruder und ich lieben dich sehr.«

Ambrose drehte sich zu Tarquin um und umarmte auch ihn fest, aber Tarquin lächelte und schob ihn von sich. »Du musst dich nicht von mir verabschieden, zumindest jetzt noch nicht«, sagte er. »Ich werde dich begleiten.«

Tash

DORNAN,
PITORIA

Tash betrat das Black Bat Inn und ging langsam zu dem Ecktisch, wo Gravell saß und ein riesiges Steak verdrückte. Er war allein. Neben ihm stand ein Bierkrug. Tash blieb in sicherer Entfernung stehen und wartete ab, wie er auf ihre Anwesenheit reagieren würde. Gravell hob kauend den Blick – und dann hörte er auf zu kauen. Er sah sie an, spießte die Gabel in das Fleisch und säbelte daran herum, als wollte er jemandem einen Arm abschneiden.

Tash fasste Mut; immerhin hatte er sie nicht angeschrien und auch kein Messer nach ihr geworfen.

Sie hatte sich am Rand des Marktgeländes herumgedrückt, um Gravell Zeit zu geben, sich zu beruhigen, aber ihr war schnell langweilig geworden. Außerdem würde sie die wunderschönen grauen Wildlederstiefel niemals kriegen, wenn sie sich nicht mit Gravell versöhnte. Also hatte sie sich auf die Suche nach seinen Stiefeln gemacht und den einen, den sie in ein besonders übel riechendes Klohaus geworfen hatte, wieder aufgesammelt. Der andere, den sie auf die Straße geschleudert hatte, war verschwunden.

Tash schob sich langsam auf den Tisch zu, so wie man sich einem verwundeten Bären nähern würde. Gravell sah tatsächlich aus wie ein Bär, aber nicht verwundet, sondern wütend. Sie stellte sich ihm gegenüber, wobei sie den Tisch und noch einen gehörigen Abstand zwischen ihnen ließ. Wenn es nötig war, konnte sie sich einfach umdrehen und zur Tür des Wirtshauses hinausrennen.

Tash hob den Stiefel, den sie aus dem Klohaus gerettet hatte, in die Höhe und sagte: »Da.«

In Gravells Gesicht zuckte es.

»Ich habe nach dem anderen gesucht, ihn aber nicht gefunden.«

»Scheiß auf die Stiefel. Wo ist meine Flasche?«

Gravells Hand fuhr auf die Tischplatte, und sein Teller und das Steak hüpften hoch.

»Was?«

»Spiel nicht die Unschuldige.«

»Aber … du meinst … die Flasche mit dem Rauch?«

»Schrei doch noch ein bisschen lauter, damit es auch ja jeder hört! Was sollte ich sonst meinen? Eine Flasche mit Pruka?«

»Sie ist weg?«

Gravell schüttelte den Kopf. »Ich habe dir vertraut, ja, das habe ich. Ich dachte, wir wären Partner. Ich hätte nie gedacht, dass du mich bestiehlst.«

»Aber das habe ich nicht. Ich würde dich nicht bestehlen.«

»Ich habe dich nie für eine Lügnerin oder eine Diebin gehalten.«

»Ich bin weder das eine noch das andere! Ich habe deine … Flasche nicht! Unsere Flasche. Ich habe nur deine Stiefel.«

»Aha, also doch eine Diebin.«

»Nein, das … das ist nicht … Deine Stiefel habe ich doch bloß genommen, weil du ein bisschen unfair warst, aber doch nicht den Rauch. Ich meine, die *Flasche*. Du kennst mich Gravell, so was mache ich nicht.«

»Ich *dachte*, ich würde dich kennen.«

Tash schob sich noch ein Stückchen näher. »Ist sie verschwunden, während du mich durch das Badehaus gejagt hast?«

Gravell sagte weder Ja noch Nein, er schaute sie nur giftig an. Tash fuhr fort: »Ich glaube, ich weiß, was passiert ist. Als du deine Badekabine verlassen hast, um mir nachzurennen, ist jemand reingegangen und hat den Rauch gestohlen.«

»Oder du warst es und hast jetzt zu viel Angst, um es zuzugeben.«

»Ehrlich Gravell, das würde ich nie tun.«

»Ehrlichkeit scheint nicht gerade deine Stärke zu sein.«

»Hör zu, du wartest hier. Ich gehe ins Badehaus und frage, ob irgendjemand was Verdächtiges bemerkt hat.«

Gravell schnaubte. »Warum bittest du nicht gleich den Sheriff um Hilfe?«

»Na, wenn jemand versucht, die Flasche zu verkaufen, dann wissen alle, dass wir die einzigen Dämonenjäger in der Stadt sind und ...«

»Und weil alle Leute, die Dämonenrauch kaufen, so ehrliche und anständige Bürger sind, kommen sie ganz bestimmt zu mir gerannt, um mir davon zu erzählen.« Gravell funkelte sie an.

»Sie wissen doch, dass sie sich nicht mit dir anlegen sollten.«

»Jemand hat mich bestohlen! Jemand *hat* sich mit mir angelegt! Ich weiß nicht, wer es war, aber wenn ich die Person in die Finger kriege, dann ...« Wieder hackte er auf sein Steak ein.

»Beruhige dich, ich höre mich mal um. Irgendjemand muss etwas wissen. Aber du glaubst mir doch, dass ich es nicht war, oder?«

»Ja, ich glaube dir«, knurrte Gravell. »Aber die Flasche ist nur wegen deiner Kapriolen weg, Fräulein. Verschaff mir den Namen des Diebs, dann überlege ich mir, ob ich dir vergebe.« Gravell deutete mit der Messerspitze auf Tash. »Wenn du das nicht in Ordnung bringst, sind wir geschiedene Leute, ist das klar?«

Edyon

DORNAN,
PITORIA

Nachdem Gravell weg war, entspannte sich Edyon in seinem Badezuber. Er döste in dem warmen Wasser, das gar nicht abzukühlen schien. Er fühlte sich nicht nur sauber, sondern auch erfrischt und belebt. Sein Zahn tat noch ein bisschen weh und war auch immer noch locker, doch die Schmerzen in seinem Körper waren verschwunden. Er glaubte nicht daran, dass nur das warme Wasser der Grund dafür war, denn all seine Schrammen und Blutergüsse waren verschwunden und seine Haut war so glatt und schimmernd wie die eines Neugeborenen. Wasser schaffte so etwas normalerweise nicht.

Edyon zog seine sauberen, trockenen Kleider an, wickelte die Rauchflasche in ein frisches Handtuch und bedeckte sie dann noch mit seiner Lederjacke. Er schob das Päckchen unter seinen Arm und vergewisserte sich, dass man den violetten Schimmer des Rauchs nicht sehen konnte. Dann verließ er das Badehaus. Wenn ihn die Männer des Sheriffs mit Dämonenrauch erwischten, bekam er großen Ärger. Dämonenrauch war nicht nur sehr teuer, sondern auch illegal; fand man die Flasche bei ihm, blühten ihm mindestens zwanzig Peitschenhiebe und ein Jahr Zwangsarbeit.

Edyon fühlte nach seinem lockeren Zahn, während er durch die

Straßen ging. Er hatte sich geschworen, nie wieder etwas zu stehlen. Aber das Stehlen war keine Sache, über die er bewusst entschied; es war ein … ein Zwang. Das Verlangen, die Flasche an sich zu nehmen, sie zu besitzen, hatte ihn genauso unvorbereitet und unwiderstehlich gepackt wie immer. Er konnte es genauso wenig erklären, wie er den Zwang, das kleine silberne Schiff zu stehlen, erklären konnte. Und während sich sein Körper wieder gut und stark anfühlte, wandelte sein Geist wie stets nach einem Diebstahl auf dem Pfad, der auf direktem Weg zu einem schlechten Gewissen führte.

Edyon mochte das Mädchen und wollte nicht, dass sie für seine Taten zur Rechenschaft gezogen wurde. Er wollte nicht, dass sie den Männern des Sheriffs in die Hände fiel, und noch weniger wollte er, dass dieser Riese namens Gravell sie erwischte. Es würde nicht lange dauern, bis Gravell herausgefunden hatte, dass das Mädchen den Rauch nicht hatte, und deshalb würde es auch nicht lange dauern, bis Gravell in Erfahrung gebracht hatte, wer wirklich für das Verschwinden der Flasche verantwortlich war.

Ihm war klar, dass er den Rauch loswerden sollte. Er würde die Flasche gerne dem Mädchen geben. Wenn sie jetzt vor ihm stände, würde er ihr die Flasche einfach aushändigen oder er würde sie fallen lassen, und sie würde sie im Vorbeigehen entdecken und aufheben … Aber sie war nicht hier, und all das war nur Wunschdenken. Ganz kurz spielte er in Gedanken mit der Idee, den Rauch zu verkaufen und mit dem Geld Stone auszuzahlen. Der Rauch war ganz bestimmt fünfzig Kroner wert. Aber die Ware war illegal und die Käufer von Dämonenrauch waren die schlimmste Art von Kunden, die man sich vorstellen konnte. Sie wussten vermutlich, dass die Flasche Gravell gehörte, und würden ihn ohne mit der Wimper zu zucken an den großen Mann ausliefern.

Zu diesem Dilemma gesellten sich nach und nach weitere sorgenvolle Gedanken. Edyon hatte sich vorgenommen, dass er seiner Mutter die Sache mit den Diebstählen beichten würde. Aber wie sollte er das jetzt noch anstellen? Was würde sie über ihn denken? Er hatte geplant, ihr zur zeigen, was Stones Männer ihm angetan hatten. Stone hatte ihnen befohlen, ihn zu verprügeln. So benahmen sich zivilisierte Leute nicht, und sie pissten auch ganz bestimmt keinen am Boden liegenden Mann an. Stone und seine Männer waren Barbaren; seine Mutter würde das einsehen und Mitleid mit ihm haben. Aber jetzt hatte er nichts mehr vorzuweisen, keine Schrammen, keine blauen Flecken. Er wusste nicht genau, auf welche Weise seine Wunden verschwunden waren, vielleicht hatte es etwas mit dem Dämonenrauch zu tun. Und wie, bitte schön, sollte er *das* erklären? »Ja, Mutter, Stones Männer haben mich wirklich zu Brei geschlagen, aber ich glaube, diese ganz und gar verbotene Flasche mit Dämonenrauch hat mich geheilt. Ach, und übrigens, ich habe sie gestohlen.«

Nein, er konnte Erin jetzt nicht gegenübertreten. Er musste sich etwas einfallen lassen und ihr die Sache später erklären. Außerdem hatte er eine Verabredung mit March, der eine sehr viel angenehmere Gesellschaft zu sein versprach. Edyon sah besser aus und roch auch besser als je zuvor; diesen Vorteil wollte er nicht vergeuden. Er verdiente etwas angenehme Gesellschaft nach diesem schlimmen Tag. Morgen würde er die Sache mit seiner Mutter und Stone in Angriff nehmen.

Aber bevor er sich mit March treffen konnte, musste er die Flasche mit dem Rauch an einem sicheren Ort verwahren. Nicht in seinem Zelt, wo die Dienstboten oder seine Mutter sie finden konnten. Irgendwo, wo niemand hinkam … Er lenkte seine Schritte in Richtung Wald.

Im Wald war es still. Der Lärm vom Markt drang nicht hierher. Edyon ging an der Stelle vorbei, wo er zusammengeschlagen worden war, bis zu einem Bach, an dessen Ufer er sich hinkniete. Er wickelte die Flasche aus und betrachtete fasziniert den wirbelnden Rauch.

Vielleicht sollte er davon kosten? Es war Monate her, seit er zuletzt in einer dieser Spelunken etwas inhaliert hatte, und Entspannung konnte er heute gut gebrauchen. Warum sollte er das Risiko eingehen, eine ganze Flasche Dämonenrauch mit sich herumzuschleppen, ohne etwas davon zu haben? Er würde sich einen Zug gönnen, die Flasche verstecken und dann in das Wirtshaus gehen, wo er sich mit March verabredet hatte. Ein perfekter Plan.

Er zog vorsichtig den Korken aus der Flasche und ließ einen winzigen Rauchfaden aus dem Flaschenhals entkommen. Er kräuselte sich hinauf zu den Bäumen, wo ein schwacher violetter Schimmer hängen blieb und dann allmählich zwischen den Blättern verschwand. Er entließ einen zweiten Rauchfaden aus der Flasche, doch diesmal beugte er sich vor und atmete ihn durch die Nase ein. Er war heiß und trocken und schlängelte sich durch seine Luftröhre hinunter bis zu seiner Lunge und dann wieder hinauf in seinen Mund, wo er über seine Zunge und um den losen Zahn zu tanzen schien, bis er sich langsam zu seinem Gaumen erhob und dann warm und wohlig sein Gehirn umnebelte.

Edyon lachte, und der Rauch quoll in einer violetten Wolke aus seinem Mund. Er legte sich auf den Rücken und schwebte über dem Boden, als ob auch er aus Rauch bestünde, so wie die Wolke, die nach oben in den dunklen Himmel getrieben war und im Laub der Bäume leuchtete.

Die Bäume waren wunderschön. Die Blätter winkten ihm von oben zu. Er lächelte und winkte zurück. Alles war wunderschön.

March

DORNAN,
PITORIA

Während March vor dem Badehaus darauf wartete, dass Edyon wieder herauskam, hatte er viel Zeit zum Nachdenken. Es war dumm gewesen, auf den scherzhaften Ton des jungen Mannes einzugehen und sich Komplimente über seine Augen machen zu lassen, während er doch eine klare Strategie verfolgte. Das nächste Mal würde March nur an seine Aufgabe denken. Er musste mit Edyon reden, bevor er mit seiner Mutter zusammenkam und womöglich auch mit Regan. Er musste Edyon eine überzeugende Geschichte auftischen, und um das zu gewährleisten, musste die Geschichte zum größten Teil der Wahrheit entsprechen. Als Edyon aus der Tür trat, wusste March, was er sagen würde.

Der Sohn des Prinzen entfernte sich mit schnellen Schritten vom Badehaus, seine Jacke hatte er zusammengerollt und unter den Arm geklemmt. March eilte durch eine Seitengasse, in der Hoffnung, Edyon auf der Straße zum Markt abzufangen, mit einem überraschten, aber erfreuten Gesicht über die »zufällige Begegnung«. Dann würde er sich mit Edyon in aller Ruhe unterhalten können. Aber Edyon erschien nicht. March rannte den Weg zurück, den er gekommen war, und sah gerade noch, wie Edyon aus der Stadt hinaus in Richtung Wald ging. Er schien es jetzt nicht mehr eilig zu haben und March folgte ihm in einiger Entfernung. Vielleicht ergab sich im Wald die Gelegenheit für ein Gespräch unter vier Augen. Tiefer und tiefer ging Edyon in den Wald hinein, vorbei an der Stelle, wo er Prügel und Pisse hatte erdulden müssen, vorbei auch an der Stelle, wo March die Nacht verbracht hatte, bis zu einem Bach, wo er stehen blieb, sich hinsetzte und aus seiner Jacke eine Flasche zog, die violett leuchtete.

March hatte so etwas noch nie gesehen. Edyon hielt die Flasche behutsam in der Hand, betrachtete sie, drehte sie dann auf den Kopf und zog den Korken heraus. Ein Fähnchen aus violettem Rauch stieg zu den Baumkronen hoch. Es löste sich nicht auf, sondern schimmerte strahlend, bis es zwischen den Blättern verschwand. Edyon ließ noch mehr von dem Rauch entweichen, doch diesmal inhalierte er ihn, lachte und warf sich dann rücklings auf den Boden.

Eine ganze Weile rührte er sich nicht. Schließlich trat March zu ihm.

»Edyon.«

Edyon gab keine Antwort. Er schien tief und fest zu schlafen.

»Na, so kannst du wenigstens Regan nicht über den Weg laufen«, sagte March. Er setzte sich neben Edyon und starrte in dessen Gesicht, das dem seines Vaters, des Prinzen, so ähnlich war und doch so anders. Irgendwie weicher.

Am Abend wachte Edyon auf. Er streckte sich und setzte sich hin. Er lächelte. Dann sah er March, und sein Lächeln wurde breiter.

»Hallo, mein schöner Fremder. Was für eine angenehme Überraschung, Euch hier zu sehen. Madame Eruth hat mir nicht gesagt, dass ich neben Euch aufwachen würde. Aber vielleicht wusste sie, dass ich diese Weissagung falsch verstehen würde.«

March merkte, dass er rot wurde. »Ihr seht besser aus«, stieß er hervor.

»Danke. Allerdings war ich bei unserer letzten Begegnung vollkommen zerschlagen und in Pisse getränkt. Ich glaube, ›besser‹ beschreibt nur sehr ungenügend die Veränderung, die ich durchlaufen habe.«

»Ihr … ähm … riecht auch besser.«

Edyon lachte. »Hmm, Komplimente zu machen scheint nicht gerade Eure Stärke zu sein. Aber das ist schon in Ordnung. Wisst Ihr, dass Eure Augen in diesem Zwielicht noch erstaunlicher aussehen?«

»Ähm, nein.«

»Komplimente zu *bekommen* fällt Euch offenbar ebenfalls schwer. Aber ich fürchte, daran werdet ihr Euch heute Abend gewöhnen müssen. Ich habe nämlich die Absicht, Euch mit dergleichen zu überschütten. Seit wann seid Ihr hier?«

»Schon die ganze Zeit. Ich habe auf Euch aufgepasst.«

»Auf mich aufgepasst? Oh, das klingt vielversprechend.«

March verlagerte unbehaglich sein Gewicht. Er musste das Gespräch irgendwie auf Regan bringen. Er sagte: »Um ehrlich zu sein, ich mache mir Sorgen um Eure Sicherheit.«

»Nun, das ist wirklich ganz liebreizend von Euch, mein neuer, hübscher, fremder Mann. Aber sorgt Euch nicht – Stones Raufbolde werden mich nicht noch einmal verprügeln. Zumindest nicht vor Ende der Woche.«

»Von denen rede ich nicht. Ich meine jemanden, der viel gefährlicher ist.«

Edyon verzog das Gesicht zu einem säuerlichen Grinsen. »Keine Angst, ich weiß Bescheid über ihn.«

»Tatsächlich?« Hatte Edyon etwa im Badehaus eine Nachricht von Regan oder seine Mutter bekommen?

»Natürlich. Ich habe mir schon gedacht, dass er ziemlich schnell herausfindet, dass ich es war. Obwohl ich gehofft habe, dass mir ein bisschen mehr Zeit bleibt. Wenn allerdings die Sache jetzt schon die Runde gemacht hat, bin ich wahrscheinlich morgen früh tot.«

Das schien Edyon aber nicht weiter zu beunruhigen. Im Gegenteil, er wirkte vollkommen entspannt. Offensichtlich war die Wirkung dessen, was sich in der Flasche befand, noch nicht vollständig verflogen.

»Nun, er weiß, dass Ihr es seid … Dass Ihr hier seid. Aber er wird es niemandem verraten. Er ist hier, um Euch eigenhändig umzubringen.«

»Hier?« Edyon schaute sich nun doch leicht nervös um.

»Hier auf dem Markt, meine ich. Deshalb habe ich Euch gesucht, um Euch zu warnen. Aber woher wisst Ihr von ihm?«

»Ich habe ihm den Rauch gestohlen; natürlich weiß ich von ihm.«

»Rauch?« March deutete auf die Flasche. »Das da?«

»Ja, das da.« Jetzt wirkte Edyon verwirrt. Er kniff die Augen zusammen und schaute March an. »Reden wir über dieselbe Person? Haarig. Dämonenjäger.«

»Nein, Edyon.« Das lief alles ganz anders als geplant. March rückte näher an Edyon heran und senkte die Stimme. »Es geht um einen Mann aus Calidor: Lord Regan. Er ist hier auf dem Markt, um Euch zu töten.« Edyon stieß ein scharfes Lachen aus. »Tja, dann muss er sich hinten anstellen.«

»Ich meine es ernst, Edyon.«

»Ja, ich sehe, dass Ihr es ernst meint.« Edyon ließ sich wieder nach hinten auf den Boden sinken und drehte den Kopf zu March. »Aber ich fühle mich ganz und gar nicht ernst. Dieser Rauch ist unglaublich. Viel besser als beim letzten Mal. Mein Körper schwebte über den Baumwipfeln und … Wie soll ich es beschreiben? … Jetzt fühlt sich mein Körper … glücklich an. Gerade so, als ob jeder Muskel und jeder Knochen lächeln würde. Ergibt das einen Sinn?«

March schüttelte den Kopf. »Erst seid ihr vollgepisst, jetzt berauscht.« Aber was sollte man vom Sohn eines Prinzen anderes erwarten?

»Ich bin einfach gut gelaunt und entspannt, mein Freund. Ganz und gar herrlich entspannt.« Edyon legte die Hand auf Marchs Knie.

»Und Ihr seid noch genauso attraktiv, wie ich Euch in Erinnerung hatte. Ich hoffe wirklich, dass ich besser aussehe als vorhin. Besser als besser. Ich fühle mich jedenfalls ungleich besser. Meine Schrammen sind verschwunden und auch mein Wackelzahn wackelt anscheinend nicht mehr.«

March schaute Edyons Hand an, die immer noch auf seinem Knie lag. Er musste das Ganze irgendwie umbiegen, musste mit seiner Geschichte weiterkommen. Und um das zu tun, fiel ihm nur eine Möglichkeit ein. Er musste zum Diener werden. Er stand auf und verbeugte sich.

»Mein Name ist March, Sir. Ich komme mit einer Botschaft zu Euch.«

Edyon hob den Kopf, schaute March an und ließ den Kopf dann wieder sinken. »Eine Botschaft, hurra!«

»Sir. Edyon«, sagte March höflich und unterwürfig. »Es ist wirklich ernst. Die Botschaft ist geheim, und ehe ich sie Euch mitteile, muss ich mir Eurer Identität sicher sein. Darf ich Euch nach Euren Eltern fragen?«

Edyon setzte sich wieder auf. »Ihr seid doch echt, March, nicht wahr? Irgendwie absonderlich, wunderschön, fremd … und echt? Kein Dämonenrausch?«

»Bitte, Sir!«

Edyon runzelte die Stirn. Dann sagte er: »Ihr wollt etwas über meine Eltern wissen? Nun, meine Mutter ist eine Händlerin. Erin Foss. Sie kauft Waren und verkauft sie wieder. Meistens verlangt sie einen viel höheren Preis als das, was sie selbst bezahlt hat.«

»Und das hat sie schon immer getan? Und Ihr wart schon immer bei ihr?«

»Seit dem Mutterleib. Und das beantwortet beide Fragen.«

»Und Euer Vater?«

Selbst in diesem schläfrigen Zustand verkrampfte sich Edyon beim Klang dieses Wortes.

»Es ist kein Geheimnis, dass meine Mutter nie verheiratet war. Sie meinte, sie hätte meinen Vater eine Zeit lang geliebt, aber er habe sie verlassen. Seitdem hat kein Mann mehr ihre hohen Erwartungen erfüllen können. Ich bin jetzt der Mann in ihrem Leben, obwohl ich manchmal glaube, sie wünscht sich, dass ich eine Kirschbaumkommode mit Elfenbeinintarsien wäre. Wie auch immer, ich habe keinen Vater, jedenfalls keinen, von dem ich wüsste.« Edyon zuckte mit den Schultern und setzte hinzu: »Ich vermute, er ist tot.«

»Tot? Warum?«

»Weil meine Mutter mir erzählte, er sei edel und gut gewesen. Und jemand, der edel und gut ist, lässt sein eigenes Kind nicht im Stich.«

»Das klingt einleuchtend, aber manchmal gibt es … gewisse Umstände … Schwierigkeiten …«

»Soweit es mich betrifft, ist die einzige akzeptable Schwierigkeit in einer solchen Situation der Tod. Und deshalb habe ich beschlossen, an diese Erklärung zu glauben.«

»Ihr kennt also nicht die Identität Eures Vaters?«

»Hört zu, March, ich habe Eure Fragen beantwortet. Jetzt bringt Eure Botschaft an den Mann oder lasst uns von etwas Interessanterem reden.«

»Euer Vater ist nicht tot, Sir. Er möchte Euch kennenlernen.«

Edyon stieß ein kurzes Lachen aus, doch sein Blick wurde unruhig. »*Die Anwesenheit Eures Vaters* … Hat Madame Eruth Euch geschickt, um mich zu quälen?«

»Euer Vater hat mich geschickt, Sir.«

Edyon schaute March in die Augen, und der hoffnungsvolle Ausdruck darin verschlug March einen Moment lang die Sprache.

Schließlich sagte Edyon: »Das ist wirklich ein bemerkenswerter Tag. Und Ihr habt wirklich ganz erstaunliche Augen. Sagt das noch mal.«

»Euer Vater ist am Leben. Er hat mich geschickt. Er will Euch sehen, und ich soll Euch zu ihm bringen. Wenn Ihr das wollt.«

Edyon blinzelte; sein vernebeltes Gehirn schien sich allmählich wieder zu klären. »Ihr meint es tatsächlich ernst, nicht wahr?«

»Ja.« March war selbst überrascht, wie sanft seine Stimme klang. Er fing an zu erzählen.

»Ich bin ein Diener des Fürsten von Calidor, Prinz Thelonius. Ich stehe seit acht Jahren in seinen Diensten, seit ich ein Junge war. Vielleicht lag es an meiner Jugend, dass er zu mir immer mehr wie zu einem Jungen und nicht wie zu einem Diener gesprochen hat. Auch heute noch vertraut er mir Dinge an, die er normalerweise nur seinen engsten Verwandten erzählen würde.« March verstummte kurz. »Aber nun bin ich der Einzige, mit dem er noch reden kann. Ihr habt vielleicht gehört, dass seine Frau und seine beiden Söhne vor Kurzem gestorben sind?«

Edyon sagte nichts und March sprach weiter. »Als Fürst seines Landes braucht er einen Erben. Seine Minister drängen den Prinzen, sich wieder zu verheiraten, weitere Kinder zu zeugen, aber dieser Forderung will er nicht nachgeben. Er hat seine Frau und seine Kinder innig geliebt. Er will nicht wieder heiraten. Aber ein anderes Kind will er schon … Seinen verloren geglaubten, unehelichen Sohn.«

Edyon starrte March an und schüttelte dann den Kopf. »Das muss am Rauch liegen.«

March fuhr fort. »Der Prinz hat mich gebeten, Euch zu suchen. Er vertraut mir, wie sonst niemandem; denn ich bin nur ein Diener und stelle keine Bedrohung für ihn dar. Was ich Euch gesagt habe, ist wichtig und gefährlich. Es gibt Menschen in Calidor, die Euch eher tot sehen wollen, als auf Prinz Thelonius' Thron.«

»Um dich herum ist jetzt überall der Tod«, murmelte Edyon.

March sah, dass Edyon hektisch und flach atmete.

»Ihr seid dem Prinzen sehr ähnlich. Euer Haar, Euer Wuchs, die Farbe Eurer Haut. Ihr seid wie eine jüngere Version Eures Vaters. Wisst Ihr denn überhaupt nichts über ihn?«

»Meine Mutter hat mir erzählt, dass er ein Edelmann aus einem anderen Land war. Sie haben sich auf einem Markt kennengelernt und waren einen Sommer lang sehr glücklich zusammen. Dann wurde er nach Hause gerufen. Nachdem er fort war, merkte sie, dass sie schwanger war. Erst als ich geboren war, hat sie meinem Vater von mir erzählt.« Edyon seufzte. »Doch da war er schon mit einer anderen Frau verheiratet. Er hat meiner Mutter nur ein einziges Mal geschrieben und ihr ein Geschenk für mich geschickt.«

Die Goldkette, dachte March.

»Und Eure Mutter hat Euch nie einen Hinweis darauf gegeben, wer dieser Edelmann war?«

»Nein, nie. Sie meinte, es spiele keine Rolle. Ich würde nur ihr gehören.«

»Ihr gehört ebenfalls dem Prinzen. Das ist die Wahrheit. Niemand kann das leugnen; man muss Euch nur anschauen.«

Edyon lachte nervös und betrachtete seine Hände. »Ich zittere am ganzen Leib. Und ich glaube nicht, dass das am Rauch liegt.«

»Der Prinz lädt Euch nach Calidor ein.«

»Und was ist mit meiner Mutter?«

»Der Prinz hat nur von Euch gesprochen.«

Edyon fuhr mit den Fingern durch sein Haar. »Ist er … was für ein Mann ist er?«

Ein verlogener und verräterischer Bastard. Die Worte lagen March auf der Zunge, aber er schluckte sie hinunter und sagte: »Er wird von seinem Volk respektiert.«

»Das beantwortet meine Frage nicht.«

»Er ist pflichtbewusst. Er hat Euch verlassen, weil es die Pflicht erforderte. Aber auch, weil er glaubte, es sei das Beste für Euch, dass Ihr Euch ein Leben hier in Pitoria aufbaut. Aber jetzt ist er älter und er hat alle verloren, die er liebt. Er möchte Euch kennenlernen.«

»Und wir alle müssen uns seinen Wünschen fügen?«

»Er ist ein Prinz.« March zuckte mit den Schultern. »So ist er nun einmal.«

»Und ich bin der Sohn eines Prinzen, das behauptet Ihr jedenfalls. Aber warum sollte ich irgendetwas davon glauben? Warum habt Ihr mir das nicht erzählt, als wir uns zum ersten Mal begegnet sind?«

»Ich hielt es nicht für den richtigen Zeitpunkt. Dies sind folgenschwere Neuigkeiten für Euch und …« March breitete die Hände aus. »Ich fand es nicht angebracht, Euch davon zu erzählen, während ihr in einer Urinpfütze lagt.«

»Ach, eigentlich wäre das ganz passend gewesen, wisst Ihr? Mein Leben ist nämlich im Moment ein ziemlicher … Schlamassel.«

»Euch erwartet jetzt ein neues Leben. Es sind tatsächlich großartige, bedeutsame Ereignisse, die Euch erwarten – aber nicht nur Euch, sondern ganz Calidor. Wie ich schon sagte: Einige Berater des Prinzen finden, er sollte wieder heiraten und einen neuen Erben zeugen. Andere betrachten den Tod der Thronfolger als Gelegenheit, selbst die Macht an sich zu reißen. Lord Regan ist einer von ihnen. Er war ein treuer Freund des Prinzen, aber mit dieser Sache – ein unehelicher Sohn auf dem Thron von Calidor – ist er ganz und gar nicht einverstanden. Wenn der Prinz ohne Sohn bleibt, kann Regan irgendwann den Thron für sich beanspruchen. Lord Regan ist hier auf dem Markt, um zu verhindern, dass ihr nach Calidor reist.«

»Leid, Schmerz und Tod.«

March nickte grimmig. »Euren Tod, genau das will er.«

»Und was wollt Ihr?«

»Ich wurde angewiesen, Euch sicher und unauffällig zu Eurem Vater zu geleiten.«

»Und wenn ich nicht mitkommen will?«

»Dann habe ich meinen Auftrag nicht erfüllt und muss dem Prinzen davon erzählen. Aber Regan ist hier. Selbst wenn es Euch gelingt, ihm aus dem Weg zu gehen, werden andere kommen, denen der Plan des Prinzen ein Dorn im Auge ist. Wenn erst bekannt wird, wer Ihr seid – und das wird nicht mehr lange geheim bleiben –, dann wird Euer Leben nie wieder so sein wie vorher.«

»Ihr sagt also, dass ich keine andere Wahl habe, als Euch zu folgen?«

»Ihr habt die Wahl. Wenn Ihr Euch dafür entscheidet, mit mir zum Prinzen zu gehen, sollten wir diesen Ort so bald wie möglich verlassen. Noch heute Nacht. Regan war heute Morgen auf dem Markt und hat Euer Zelt beobachtet.«

»Mein Zelt? Was ist mit meiner Mutter? Ist sie in Gefahr?«

»Nein, seid unbesorgt. Sie ist für die calidorianischen Lords keine Bedrohung. Ihr seid es, der sich in Gefahr befindet. Eure Mutter wird sicherer sein, wenn Ihr erst fort seid.«

»Ich muss mit ihr reden. Ich muss ihr erzählen, was passiert ist.«

»Es ist zu gefährlich, jetzt zu Eurem Zelt zu gehen. Gut möglich, dass Regan es immer noch im Visier hat.«

Edyon biss sich auf die Lippe. »Woher soll ich wissen, dass das nicht irgendein Scherz ist? Ihr habt mir keinen Beweis geliefert.«

»Mein Kamerad, Holywell, hat den Beweis. Und ich glaube, er passt zu der Kette um Euren Hals.«

Edyons Hand fuhr zu seiner Brust. »Ich wusste nicht, dass Ihr einen Begleiter habt.«

»Er behält Regan im Auge. Hört zu, ich habe eine Idee. Ich werde Holywell aufsuchen und nachsehen, ob Ihr gefahrlos zu Eurer Mutter könnt. Aber Ihr müsst auf mich warten, bis ich zurückkehre.« March hatte nicht die Absicht, Edyon mit seiner Mutter reden zu lassen, aber es war klar, dass der junge Mann einen Beweis für seine Worte verlangte – was bedeutete, dass March den Goldring brauchte, den Regan bei sich hatte. Damit konnte er Edyon gewiss überzeugen, mit ihm zu kommen. »Wollt Ihr mir das versprechen? Bitte, Sir, es ist zu Eurem eigenen Besten.«

Edyon wirkte nicht überzeugt. »Ich weiß nicht, was ich tun soll.

Ich bin immer noch nicht sicher, ob das Ganze nicht nur die Nebenwirkungen des Rauchs sind.«

»Es ist die Wahrheit, Sir. Ich bin für Eure Sicherheit verantwortlich. Der Prinz hat mir aufgetragen, Euch zu beschützen.«

Immer noch unsicher sagte Edyon: »So viel von dem, was Madame Eruth mir prophezeit hat, ist eingetreten … Also gut, ich warte hier auf Euch. Aber ich muss mit meiner Mutter sprechen und ich will einen Beweis dafür haben, dass Ihr die Wahrheit sagt. Dann werde ich entscheiden, was zu tun ist.«

»Danke, Sir«, sagte March. »Ich werde mich beeilen.«

March ging zurück zu den Zelten. Es war beinahe geschafft. Edyon wollte ihm glauben, daran gab es für March keinen Zweifel. Er benötigte nur noch eine Sache, um ihn zu überzeugen, aber das war der schwierigste Teil an ihrem Plan: Thelonius' Ring an sich zu bringen. Und ihm fiel nur eine Möglichkeit ein, wie er ihn bekommen konnte: Lord Regan musste sterben.

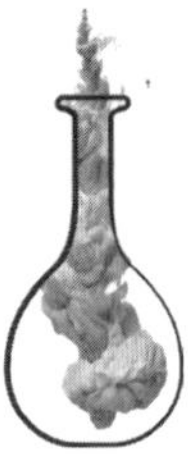

Tash

DORNAN,
PITORIA

In Gedanken versunken ging Tash zum Badehaus zurück. Irgendjemand dort musste etwas über den gestohlenen Rauch wissen, obwohl sie natürlich nur sehr vorsichtig Erkundigungen einholen konnte. Im Geiste stellte sie eine Liste derjenigen zusammen, die Gelegenheit gehabt hatten, die Flasche zu stehlen.

Erstens: Die Wasserträger.

Das war äußerst unwahrscheinlich, denn die beiden Jungen hatten sie quer durch das Badehaus gejagt, aber vielleicht war es einem von ihnen trotzdem gelungen, die Flasche irgendwie an sich zu nehmen.

Zweitens: jemand anderes, der im Badehaus arbeitete.

Drittens: ein Kunde.

Sie hatte zwei Kunden dort gesehen – den jungen Mann mit den Schrammen und der Goldkette in der ersten Badekabine und einen alten Mann mit eingesunkenem Brustkorb und grauen Haaren in der dritten. Aber die große Frage war, wer sich getraut hätte, den Rauch zu stehlen? Tash war sich ziemlich sicher, dass die Mitarbeiter des Badehauses zu viel Respekt vor Gravell hatten, was für die dritte Variante sprach. Sie ging geradewegs zu den Wasserträgern und erkundigte sich nach den beiden Kunden.

Der ältere Junge, der mit dem Pickelgesicht, lachte über ihre Frage. »Der alte Mann … hast du ihn ohne seine Robe nicht erkannt? Es war der Bürgermeister. Warum willst du das überhaupt wissen?«

Tash verzog das Gesicht. Sie fragte sich, wie viel der Bürgermeister von ihrem Gespräch mit Gravell mitgehört hatte. Vielleicht hatte er schon die Männer des Sheriffs benachrichtigt. Hoffentlich war er schwerhörig.

»Was ist mit dem anderen? Mit dem jungen Mann. Er hatte eine Goldkette um den Hals.«

Der pickelige Junge grinste. »Klar kennen wir den. Für zehn Kopeken sagen wir dir seinen Namen.«

»Zehn Kopeken für jeden«, setzte der andere Junge hinzu.

Tash gab ihnen das Geld und sagte: »Wenn ich herausfinde, dass ihr mich angelogen habt, hole ich mir mein Geld zurück.«

Die Jungen schienen nicht im Mindesten beeindruckt zu sein. »Er heißt Edyon. Seine Mutter handelt mit Möbeln.«

Tash verließ das Badehaus und ging zu dem Bereich des Marktes, wo Kunsthandwerk verkauft wurde. In diesen Teil, den vornehmen, kam sie nur selten. Die Leute hier waren wohlhabend, gut gekleidet und alt. Tash fühlte sich fehl am Platz. Es ging hier auch ruhiger zu. Die Zelte waren wunderschön, aber überall standen jede Menge Wachen; jedes noch so mickrige Zelt schien von einem oder zwei Männern bewacht zu werden. Sie fragte einen von ihnen, ob er jemanden namens Edyon kannte, dessen Mutter Möbelhändlerin sei. Der Mann zuckte mit den Schultern. »Frag dort vorne an der Fressbude. Ged kennt jeden.«

Was stimmte. Ged kannte einen Edyon.

»Etwa achtzehn Jahre?«, vergewisserte sich Tash.

»Genau den meine ich. Der Sohn von Erin Foss. Sie handelt mit wertvollen Möbeln – oder, wie sie sich ausdrückt, mit den feinsten und edelsten Möbeln, die man für Geld kaufen kann.«

»Welches Zelt gehört ihr?«

»Natürlich das feinste und edelste Zelt. Das rot-goldene.«

Tash hatte keine Schwierigkeiten, das besagte Zelt zu finden. Es war riesig, mit einem großen Pavillon in der Mitte und zwei kleineren Zelten im hinteren Bereich. Im Hauptteil wurden die Geschäfte abgewickelt, die beiden rückwärtigen Abteile waren die Privatgemächer. Am Eingang stand ein Wächter. Von Edyon war nichts zu sehen.

Tash runzelte die Stirn. Sie konnte natürlich auf Edyon warten, aber was sollte sie tun, wenn sie ihn sah? Sie war sich fast sicher, dass er der Dieb war, aber um den Rauch zurückzubekommen, brauchte es Muskelkraft …

Gravell war immer noch im Wirtshaus; er saß noch auf demselben Platz, allerdings hatte er nun eine Frau bei sich. Tash ließ sich auf dem Schemel ihm gegenüber nieder und Gravell drehte sich zu ihr um. »Aha, meine Assistentin ist wieder da. Zweifellos, um mir zu sagen, dass sie den Dieb gefunden hat und mir meine Ware zurückgeben möchte.«

Gravells Stimme war schleppend. Die Frau beugte sich zu ihm vor und küsste ihn aufs Ohr.

»Wie viel hast du getrunken?«, wollte Tash wissen.

»Nicht genug.« Gravell nahm einen großen Schluck aus dem Humpen, der vor ihm stand.

»Ich habe den Dieb gefunden. Na ja, nicht direkt gefunden, aber ich weiß, wer er ist und wo er wohnt.«

Gravell lauschte, während Tash ihm von ihrer Detektivarbeit berichtete. »Edyon ist jung; er ist flink und geschickt genug, um etwas so Kleines unbemerkt mitgehen zu lassen. Er hat vermutlich unser Gespräch belauscht und daraus den Schluss gezogen, dass du etwas Wertvolles bei dir hast.«

»Und jetzt hat er die Absicht, die Flasche selbst zu verkaufen oder aber den Rauch für sich zu behalten, dieser Schurke«, sagte Gravell. »Du bist also sicher, dass er der Dieb ist?«

»Ganz sicher.«

»Gut. Ich brauche sowieso etwas Bewegung. Ich sitze schon den ganzen Nachmittag lang herum.« Er stand auf, schwankte und setzte sich wieder. »Ich weiß nicht genau, wie viel ich getrunken habe.«

Und dann fiel er bewusstlos nach vorne, mit dem Gesicht auf die Tischplatte.

Die Frau seufzte und schaute Tash an. »Er schuldet mir einen Kroner.«

»Mir schuldet er mehr«, entgegnete Tash.

Sie griff nach dem Humpen und trank ebenfalls einen Schluck Bier, wobei sie die Frau ungerührt betrachtete. Tash hatte schon oft erlebt, wie Frauen Gravell um seine Geldbörse erleichterten. Die ganze Arbeit und das Risiko, das sie eingingen, und dann verprasste er sein Geld mit diesen Weibern. Tash würde es wohl nie verstehen.

Die Frau machte keine Anstalten zu gehen, und Tash fragte: »Kann ich Euch irgendwie helfen?«

»Mein Kroner.«

»Fragt Gravell, wenn er wach wird. So wie ich ihn kenne, wird das irgendwann morgen Vormittag sein.«

Die Frau fing an, Gravells Jacke abzuklopfen, auf der Suche nach seiner Geldbörse. Gravell rührte sich nicht. Wie ein Gebirge lag er da, den Kopf auf dem Tisch, die Jacke bis zum Zerreißen über seinen Rückenmuskeln gespannt.

Tash sagte: »Wenn Ihr ihm irgendetwas wegnehmt, dann schneide ich Euch mit meinem Jagdmesser die Hand ab.«

Tashs Messer steckte in ihrem Rucksack, und der war in ihrem Zimmer. Außerdem hatte sie nicht die Absicht, irgendjemandem die Hand abzuschneiden, aber es war ein gutes Gefühl mitanzusehen, wie die Frau zurückzuckte. Sie war doppelt so schwer wie Tash und viel größer als sie.

»Wahrscheinlich hat er gar kein Geld«, grummelte die Frau. »Du bist genau wie er, völlig unzivilisiert.« Sie schob sich von der Bank, drehte sich um und ging.

Tash trank noch einen Schluck Bier und verzog das Gesicht; es war warm und abgestanden und schmeckte eklig. Sie goss den Rest über Gravells Kopf aus, in der Hoffnung, sie könnte ihn aufwecken, aber er gab keinen Mucks von sich.

Ambrose

NORWEND, NORDBRIGANT

Ambrose versuchte seinem Bruder die Sache auszureden, aber Tarquin ließ sich nicht beirren.

»Ich komme doch nur bis zur Grenze mit. Ich möchte mich vergewissern, dass du in Sicherheit bist, kleiner Bruder. Es ist meine Pflicht als loyaler Untertan des Königs, dafür zu sorgen, dass du das Land verlässt«, setzte er mit einem Grinsen hinzu.

Sie verließen das Haus auf dieselbe Weise, wie Ambrose es betreten hatte. Tarquin holte die Pferde von der Weide und brachte Proviant und Geld mit. Nachdem sie aufgesessen waren, fragte er nach Ambroses Erlebnissen in Fielding.

Tarquin hörte aufmerksam zu, während Ambrose erzählte, was ihm widerfahren war. Aber auch er konnte sich keinen Reim darauf machen.

»Es werden auch Jungen in der Armee des Königs aufgenommen.«

»Ja, aber nur als Knappen für die älteren Ritter. Das aber war eine ganze Einheit aus Jungen; erwachsene Männer waren überhaupt nicht dabei. Im Grunde genommen waren es mindestens zwei Einheiten, mehr als dreihundert Jungen, alle in Kampfausbildung. Sie schienen zu glauben, dass ich Teil einer Prüfung sei, die ihr Kommandant ihnen gestellt hatte.«

»Nur gut, dass sie nicht wussten, wer du wirklich bist.«

Ambrose zuckte zusammen. »Ich vermute, dass sie das schon bald herausfinden werden. Ich musste mein Pferd zurücklassen und auf dem Sattel stehen der Name meiner Kompanie und meine Initialen.«

»Nun, nicht mehr lange, und du bist jenseits der Grenze. Dann spielt das alles keine Rolle mehr. Hast du irgendeine Erklärung dafür, was Anne dort wollte?«

»Nichts, was irgendeinen Sinn ergeben würde. Aber die Jungen erwähnten etwas von einer Invasion.«

»Ein Einmarsch in Calidor? Wieder Krieg!«

»Darauf hat der König schon immer hingearbeitet.«

»Aber Jungen in den Kampf zu schicken, ist eine Verzweiflungstat. Sie haben gegen ausgebildete Soldaten keine Chance.«

»Immerhin ist es ihnen gelungen, mich gefangen zu nehmen. Und ich weiß, das klingt jetzt seltsam, aber einer von ihnen warf sein Schwert fünfzig Schritte weit und traf mich direkt am Hinterkopf, während ich versuchte zu fliehen. Und ein anderer schleuderte seinen Speer doppelt so weit, wie ich es vermag. Sie sind unglaublich stark und schnell.«

Ambrose versuchte sich daran zu erinnern, was die Jungen noch gesagt hatten, irgendetwas darüber, dass die Blauen unterlegen waren und alle nach dem Einmarsch etwas bekommen würden, etwas, von dem »genug für alle« da sein würde. Er erzählte Tarquin davon, aber nichts davon ergab einen Sinn.

Auf der schmalen Straße herrschte nur wenig Betrieb. Den beiden Reitern begegneten nur ein paar armselige Karren, die auf dem Heimweg von Pitoria waren, wo sie ihre Waren verkauft hatten, aber zu beiden Seiten des Wegs war das Gras niedergetrampelt, und überall waren Hufspuren von Pferden zu sehen, die nach Norden geritten waren. Die Brüder schliefen in dieser Nacht am Straßenrand und als sie am nächsten Morgen erwachten, sahen sie zu ihrer Überraschung, dass die Straße von einem sich langsam bewegenden Strom aus Soldaten überflutet war. Es waren bestimmt fünfhundert, einige zu Pferd, andere zu Fuß.

»Was geht hier vor?«, fragte Ambrose.

»Vielleicht ein Manöver«, sagte Tarquin. »Aber so etwas wird normalerweise Monate im Voraus geplant und mir ist nichts dergleichen bekannt. Vielleicht ein Turnier in Tallerford?«

»Nein, bestimmt nicht. Für ein Turnier sind das viel zu viele Männer.«

Ambrose sah die Banner der königlichen Soldaten und die der Lords aus dem Süden – Wender und Thornlee. Aber er entdeckte nirgends die Standarten des Königshauses, was bedeutete, dass weder der König noch der Prinz persönlich hier waren.

»Wo auch immer sie hinwollen, wir können nicht an ihnen vorbei. Wir sind viel zu auffällig«, entschied Ambrose.

Ihnen blieb keine andere Wahl, als in gebührendem Abstand hinter der Truppe herzureiten. Am Abend hielten die Soldaten an und schlugen neben der Straße ihr Lager auf. Als der Morgen kam, ritten sie nicht weiter.

»Worauf warten die bloß?«, murmelte Tarquin, nachdem sie den ganzen Vormittag lang gewartet hatten, dass die Männer aufbrachen.

Ambrose blickte hinter sich in die Richtung, aus der sie gekommen waren, und fluchte. Am Horizont tauchten noch mehr Banner auf. »Sie warten *darauf*.«

»In den Wald, schnell!«, drängte Tarquin und trieb sein Pferd von der Straße. Sie waren kaum hinter der Baumlinie in Deckung gegangen, als die ersten Soldaten aus dem Süden heranrückten.

»Das sind die Farben von Lord Gunnar … und dahinter die des Grafen von Karrane.«

Tarquin runzelte die Stirn. »Haben deine Jungsoldaten mit der

Invasion denn wirklich über Calidor gesprochen? Denn das hier sieht aus wie eine Armee, die in Richtung Pitoria unterwegs ist.«

»Aber Brigant kann nicht in Pitoria einmarschieren. Catherine ist doch dort, um den Prinzen zu heiraten.« Ambrose schaute Tarquin an, um sich von ihm versichern zu lassen, dass er recht hatte, aber er wurde enttäuscht. Und je länger er darüber nachdachte, desto wahrscheinlicher kam ihm das Unwahrscheinliche vor. »Die Jungen wussten von der Invasion; denkst du, Anne wusste es auch? Hängt das alles mit dem zusammen, was sie herausgefunden hat?«

»Das sind bloße Vermutungen, Ambrose. Wir wissen nicht, was sie wusste. Wir wissen auch nicht, ob dies eine Invasion sein soll.«

»Aber wir wissen, dass Vater davon erfahren hätte, wenn hier in der Gegend ein Turnier oder ein Manöver abgehalten würde. Doch das ist nicht der Fall, und eine andere Erklärung für diese Armee gibt es nicht.« Ambroses Stimme war lauter geworden.

»Sie können unmöglich in Pitoria einmarschieren. Das wäre doch Wahnsinn. Und außerdem – ich kenne mich ja in Kriegstaktik nicht besonders gut aus, aber selbst mir kommt es merkwürdig vor, ein abgelegenes, ärmliches Gebiet im Norden eines Landes zu erobern, meilenweit weg von der Hauptstadt.«

»Das stimmt.« Ambrose dachte kurz nach. »Aber irgendetwas Bedeutsames geschieht hier. Ich muss herausfinden, was es ist. Wenn wir in Erfahrung bringen könnten, welche Befehle die Kommandanten erteilt haben, wären wir schlauer.«

»Ambrose, nein … Das ist unmöglich.«

»Schwierig, aber nicht unmöglich. Ich kann mich heute Nacht in ihr Lager schleichen und sie ausspionieren.«

»*Was?* Das ist die verrückteste Idee, die ich je gehört habe. Man sucht nach dir, du bist auf der Flucht, und das ist ein Heerlager. Du würdest nicht einmal an den ersten Wachen vorbeikommen.«

»Ich muss es versuchen, Tarquin. Irgendetwas geht hier vor, und ich bin mir sicher, dass es einen Zusammenhang mit Annes Tod gibt.«

Tarquin stieß den angehaltenen Atem aus. »Dann werde ich gehen und den Kommandanten fragen, wohin die Truppen marschieren.«

»Ihn fragen? Deine Idee ist ja noch viel verrückter als meine! Sie werden dir kein Sterbenswörtchen verraten.«

»Wir befinden uns immer noch auf Vaters Land. Ich habe das Recht, es zu erfahren«, sagte Tarquin nachdrücklich.

»Und du denkst wirklich, dass sie es dir sagen? Nein. Du darfst dich dort nicht blicken lassen. Ich bin bereits als Verräter gebrandmarkt. Ich habe nichts mehr zu verlieren. Die Pläne werden sich bei dem ältesten Kommandanten befinden, Lord Thornlee. Wenn ich meine Uniform der königlichen Leibgarde anlege, kann ich ungehindert ins Lager kommen. Dann muss ich mir nur etwas einfallen lassen, was mir Zutritt zu Thornlees Zelt verschafft.«

Tarquin schüttelte den Kopf und seufzte. »Ich kann nicht glauben, dass ich das jetzt sage, aber du wirst eine Ablenkung brauchen.«

Ambrose lächelte. »Und was genau schwebt dir da vor?«

»Was hältst du von einem Feuer bei den Pferden?«

»Wenn die Pferde in Panik geraten und in wildem Galopp durch das Lager stürmen, wäre das eine ganz ausgezeichnete Ablenkung.«

»Dafür brauche ich die Uniform eines Soldaten aus Thornlees Regiment«, sagte Tarquin.

»Also müssen wir uns eine Uniform besorgen. Vielleicht haben wir Glück und ein paar der Soldaten waschen sich im Fluss.«

Tarquin grinste. »Sehen wir mal nach.«

Die Kleider zu stehlen, kam ihnen wie ein lustiger Streich vor. Es war warm geworden, und am Fluss befanden sich etwa zwanzig Männer, die sich wuschen und im Wasser herumplanschten. Ambrose zog seine Sachen aus, stieg stromabwärts in den Fluss und schwamm dann zu dem nächsten Kleiderstapel in den Farben der Thornlee-Soldaten. Er nahm die Sachen und ging zu den Büschen, wo Tarquin mit Ambroses Kleidern wartete.

Tarquin legte die rot und grün gemusterten Beinkleider und die

Tunika an. Er schob seine Haare in den Hut, während Ambrose ihm etwas Dreck ins Gesicht schmierte.

»Gar nicht übel«, sagte Ambrose. »Ich würde dich nicht erkennen.«

Ambrose kleidete sich in seine Uniform, die ihm ermöglichen sollte, ins Lager zu kommen. Er konnte nur hoffen, dass niemand in ihm einen Soldaten auf der Flucht erkannte.

Ambrose schaute Tarquin nach, der das Lager umrundete, bis er bei den Pferden angekommen war. Die königlichen Soldaten und die von Wender befanden sich in jeweils eigenen Bereichen des Heerlagers. Ambrose hielt sich im Schatten der Bäume. Es dauerte nicht lange, da stieg Rauch von der anderen Seite des Lagers auf, dann waren Schreie zu hören und Hufschläge; die ersten Pferde gerieten in Panik. Ambrose grinste. Die erschrockenen Tiere galoppierten in den Teil des Lagers, in dem die königlichen Gefolgsleute kampierten – was für Thornlee doppelt peinlich war. Als der Lärm immer mehr zunahm, kam Lord Thornlee aus seinem Zelt gestapft, um nachzusehen, was los war.

Nachdem sich Thornlee entfernt hatte, marschierte Ambrose an den Zeltreihen und den Männern vorbei, die zu den Pferden hasteten, um das Feuer zu löschen, das Tarquin gelegt hatte. Ein paar Soldaten blickten ihm nach, aber niemand hielt ihn auf. Mit großen Schritten stapfte er auf Lord Thornlees Zelt zu, das von einem einzigen Soldaten bewacht wurde.

Ambrose ging zu ihm und sagte: »Ich will zu Lord Thornlee.«

»Er ist gerade weg, Sir.«

Ambrose seufzte. »Dann werde ich warten.« Und damit ging er an dem Wächter vorbei ins Zelt.

»Aber … Hier drin könnt Ihr nicht warten, Sir.«

»Nun, da draußen bleibe ich ganz bestimmt nicht. Die Pferde sind durchgegangen und rennen in wilder Jagd durch das Lager. Geht und holt mir Thornlee.«

»Aber er ist gerade weg, um die Sache in Ordnung zu bringen.«

»Dann holt ihn zurück, Ihr Idiot.«

»Ja, Sir.«

Nachdem der eingeschüchterte Soldat davongeeilt war, trat Ambrose rasch zu dem Tisch in der Mitte des Zeltes, auf dem ein Stapel Briefe und Dokumente lag. Ambrose blätterte sie rasch durch, bis er ein Schreiben mit dem königlichen Siegel fand.

»Und hat er seinen Namen genannt?«, bellte eine Stimme seitlich des Zeltes.

Thornlee!

Ambrose stopfte den Brief in seinen Gürtel, zog den Dolch, schlitzte die hintere Zeltwand auf und schob sich hindurch. Sein Herz hämmerte in seiner Brust, während er sich zwang, mit ruhigen Schritten das Lager zu verlassen und sich in Richtung Wald zu entfernen. Er rechnete damit, dass ihn jeden Moment eine raue Stimme zum Stehenbleiben auffordern würde. Aber niemand verfolgte ihn. Sobald er den Schutz der Bäume erreicht hatte, fiel er in einen Laufschritt und blieb erst dann stehen, als er die Stelle erreichte, die er und Tarquin als Treffpunkt vereinbart hatten.

»Und?«, fragte sein Bruder.

Ambrose zog den Brief aus dem Gürtel, hob ihn in die Höhe und krümmte sich leicht, um wieder zu Atem zu kommen.

Tarquin nahm ihm den Brief aus der Hand und faltete das schwere Papier auseinander. Rasch überflog er den Inhalt.

»Tja, es sieht ganz so aus, als ob unser hochgeschätzter König eine andere Auffassung von der Kunst des Kriegs hat als wir. Denn diese Armee marschiert tatsächlich in den abgelegensten, nördlichsten Teil von Pitoria ein.«

Catherine

LEYDALE, PITORIA

Königin Valeria soll einmal gesagt haben: »Das Volk liebt seine Königin und die Königin liebt ihr Volk.« Ein König hätte so etwas nie gesagt, hätte es nie sagen können.
Thomlyn Thraxton: *Die Geschichte von Brigant*

Es war leicht zu behaupten, sie sei eine von ihnen. Aber Catherine sah nicht so aus wie eine Pitorianerin, und sie fühlte sich auch nicht so. Die Pitorianer kamen ihr elegant, eloquent und exotisch vor, und wenn sie wollte, dass ihr Plan funktionierte, dann musste sie sich ihnen äußerlich anpassen. Nein, sie übertrumpfen.

An ihrem ersten Morgen in Pitoria stand sie bei Tagesanbruch auf und wies ihre Zofen an, die pitorianischen Kleider herauszuholen. Als Catherine sie in Brigant zum ersten Mal in Augenschein genommen hatte, waren sie ihr gewagt und freizügig vorgekommen, doch bei dem Empfang am Vorabend waren die Damen noch viel offenherziger gekleidet gewesen. Tatsache war, dass sogar die meisten Männer raffinierter zurechtgemacht waren als Catherine. Sie brauchte etwas von diesem Wagemut, von dieser Raffinesse, aber nicht zu viel –

etwas, das sie als Pitorianerin auswies und sie doch gleichzeitig einzigartig machte.

Ihre Zofen hatten das Hochzeitskleid in der Truhe gelassen, und Catherine bat Sarah, es ebenfalls herauszuholen. Es war weiß und golden und am Mieder über und über mit Kristallen besetzt, die sich ebenfalls über den weiten Rock hinzogen. Das Kleid bedeckte ihren Körper vom Hals bis zu den Knöcheln, doch an den Schultern und am Mieder befanden sich Schlitze, die allerdings keine nackte Haut freilegten, da diese Öffnungen mit einem hauchzarten, transparenten Stoff unterlegt waren. Dieses Kleid drückte sowohl »Pitoria« als auch »Prinzessin« aus.

»Leg das grüne Kleid an, Jane«, sagte sie. Jane trat auf Catherine zu und wollte ihr das Nachthemd ausziehen.

»Nein nicht mir. Ich will, dass du es trägst.«

Jane hielt mitten in der Bewegung inne und starrte sie an.

»Tanya, du nimmst dir eins von den Roten.« Tanya knickste und schnappte sich das rote Kleid, das Catherine getragen hatte, als sie vor ihren Vater zitiert worden war. »Und du, Sarah, ziehst ein schwarzes Kleid an. Heute werde ich nicht in der Kutsche sitzen, sondern ich werde reiten. Und ihr reitet mit mir. Zieht euch an.«

Sarah, Jane und Tanya wechselten einen Blick, in dem sowohl Erregung als auch Nervosität lag, doch sie legten gehorsam ihre beigen Zofengewänder ab und halfen sich gegenseitig in die pitorianischen Kleider. Im Nu waren aus ihnen Damen geworden. Wo die Kleider nicht passten, wurde mit ein paar Stichen nachgeholfen. Als sie nebeneinanderstanden, bildeten sie die Streifen der pitorianischen Nationalflagge. Und sie sahen fantastisch aus.

»Werdet Ihr das Kleid von gestern tragen, Euer Hoheit?«, fragte Jane.

»Nein, ich trage das weiße«, antwortete Catherine.

»Aber …«, stotterte Jane, »das ist doch für Eure Hochzeit, Euer Hoheit.«

»Für diese Gelegenheit werde ich mir ein anderes Kleid besorgen. Dieses hier werde ich heute tragen.«

Sie halfen ihr in das weiß-goldene Gewand. Es war schwer und lag am Oberkörper eng an. Damit in der heißen Sonne zu reiten, würde alles andere als angenehm werden.

Sarah fing an, die Schleppe wieder einzupacken.

»Nein, die Schleppe werde ich ebenfalls tragen. Näh sie an das Mieder.«

»Aber sie ist so lang!«, protestierte Tanya.

»Ja. Absolut perfekt.«

Sarah wickelte die Schleppe wieder auf, die ebenfalls mit Kristallen besetzt war. Sie nähte sie an den Schultern des Mieders fest und klatschte entzückt in die Hände, als Catherine in ihrer ganzen Pracht durch das Zimmer stolzierte.

»Was meint ihr, soll ich die Halskette tragen?«, überlegte Catherine.

Die Zofen wechselten einen unsicheren Blick.

»Nein, ihr habt recht – legen wir etwas brigantische Zurückhaltung an den Tag. Das Kleid reicht aus.«

In diesem Moment klopfte es an der Tür, und ein Diener teilte ihnen mit, dass ein Herr in der Bibliothek auf Catherine warten würde. Catherine hatte nicht bemerkt, wie viel Zeit vergangen war, doch jetzt, da sie fertig angekleidet war, wollte sie die Wirkung ihrer Erscheinung an Sir Rowland ausprobieren.

Catherine sagte: »Sarah, du gehst voraus. Ich möchte, dass du auf Sir Rowlands Gesicht achtest, wenn ich den Raum betrete.«

»Ihr seht umwerfend aus, Euer Hoheit«, sagte Tanya.

Catherine lächelte. »Gut. Genau das ist meine Absicht.«

Sie folgte Sarah die Treppe hinunter zur Bibliothek. Jane und Tanya hielten sich dicht hinter ihr und passten auf, dass die Schleppe sich nirgends verfing. Sarah öffnete die Tür und Catherine trat ein. Sie hatte vorgehabt, Sir Rowland zu überraschen, doch nun war sie es, die überrascht stehen blieb.

»Noyes!«

Die Augen des königlichen Spions wurden groß, als er sie sah, und unwillkürlich machte er zwei Schritte rückwärts. Catherine war sich nicht sicher, ob dies ein gutes Zeichen war, aber der Anblick eines zurückweichenden Noyes bereitete ihr großes Vergnügen. Sie fühlte, wie Tanya an ihrer Schleppe zupfte, aber sie wusste nicht, ob sie den Stoff gerade zog oder Catherine ein Zeichen geben wollte, sich zurückzuhalten.

»Ich hatte Sir Rowland erwartet«, sagte Catherine und bereute ihre Worte sofort. Sie hatte nicht vorgehabt, Noyes irgendetwas preiszugeben. »Wolltet Ihr mit mir reden?«

»Ich wollte Euch meine Glückwünsche dafür aussprechen, wie Ihr mit der Situation gestern Abend umgegangen seid, Euer Hoheit.«

»Ein Kompliment aus Eurem Mund. Eine Seltenheit.« Catherine war sich sicher, dass es bei der Sache einen Haken gab.

»Lord Farrows Rede war unangebracht und unhöflich. Eure eigene hat die Situation gerettet, zumindest so gut, wie man es von einer jungen Frau, die zum ersten Mal in der Öffentlichkeit spricht, erwarten durfte. Es war wohl ein interessantes Erlebnis für das Publikum. Allerdings bin ich mir ziemlich sicher, dass Euer Vater Euer Verhalten missbilligen und Euch anweisen würde, so etwas nicht wieder zu tun.«

Catherine schürzte die Lippen. »Man hat mir gestern Abend einige Komplimente gemacht und ich hatte sehr wohl den Eindruck, dass die Gäste an meiner Meinung interessiert waren. Ich beabsichtige, ihnen das brigantische Volk als Freund zu präsentieren, und nicht als Bedrohung, was gewiss auch den Absichten meines Vaters entspricht.«

»Die antibrigantischen Ansichten von Lord Farrow und seinesgleichen werden sich nicht durch eine hübsche Rede beiseitewischen lassen, und Ihr riskiert … Nun, Ihr riskiert einen Fehler zu machen. Euch in der Öffentlichkeit bloßzustellen.«

Noyes, ich durchschaue Euch, dachte Catherine. *Ihr spielt mit meiner Unsicherheit.* Er kannte ihre Angst zu versagen, sich lächerlich zu machen, aber was Noyes nicht wusste, war, dass sie sich veränderte. Vom Schatten ihres Vaters befreit, wog nun die Aussicht auf Erfolg schwerer als ihre Angst. Catherine merkte, dass sie etwas von einer Spielernatur an sich hatte.

»Danke für Euren guten Rat, Noyes. Ihr werdet Euch freuen zu hören, dass ich nicht die Absicht habe, heute wieder eine Rede zu halten. Ich werde mein Kleid für mich sprechen lassen. Ich hoffe, dass es den Leuten gefällt.«

Noyes lächelte. »Allerdings fürchte ich, dass man durch das Kutschenfenster nur wenig davon sehen wird.«

»Ihr habt recht, Noyes. Und deshalb habe ich beschlossen zu reiten.«

Zum zweiten Mal an diesem Morgen erlebte Catherine Noyes sprachlos.

»Reiten! In dem Kleid?«

»Ja. Das Kleid wird hoch zu Ross eine ganz wunderbare Wirkung haben.« Wie sie sich darin fühlen würde, war eine andere Sache; Catherine war sich nicht einmal sicher, ob sie sich in diesem Kleid überhaupt hinsetzen konnte. Sie drehte sich um die eigene Achse und ließ den Rock durch die Luft schwingen. Die Kristalle klirrten leise. »War sonst noch etwas, Noyes?«

Noyes gab keine Antwort.

»Dann könnt Ihr gehen.«

Noyes zögerte, dann verbeugte er sich hastig und stapfte aus dem Zimmer. Kurz danach trat Sir Rowland ein. Er strahlte Catherine an und breitete die Arme aus.

»Ihr seht fabelhaft aus, Hoheit. Und Eure Worte von gestern Abend waren ein großer Erfolg. Die Leute reden heute Morgen über kaum etwas anderes.«

»Sie reden über mich?«

»In Pitoria ist es nur von Vorteil, wenn über einen geredet wird. Und schon bald wird ganz Pitoria über dieses Kleid reden.«

»Gut. Aber ich brauche Eure Hilfe, Sir Rowland. Zunächst einmal benötige ich Pferde, für mich und meine Zofen. Und es müssen außerordentlich gut erzogene und prächtige Tiere sein.«

»Wunderbar. Ganz wunderbar. Ja. Ja. Ja. Ich werde mich sofort darum kümmern.«

Catherine lachte. Sie war es gewohnt, dass man ihr erklärte, warum sie bestimmte Dinge nicht tun konnte, und Sir Rowlands Begeisterung und Bereitwilligkeit waren herzerwärmend.

»Außerdem möchte ich unsere Reise zu einem Ereignis machen. Mit Musikanten oder vielleicht mit Akrobaten.«

»Ein ausgezeichneter Vorschlag. Weniger Soldaten, mehr Künstler. Musik wird die Leute anziehen. Das lässt sich leicht arrangieren. Und natürlich Tänzer.«

»Und schließlich brauche ich noch ein persönliches Symbol. Etwas, das ich bei mir tragen kann und das mich mit Pitoria verbindet. Wie wäre es mit ein paar Blumen.«

»Eine Wissun vielleicht? Das ist eine weiße Blume, die überall in Pitoria wächst, wunderschön und süß duftend. Sie wird von allen geliebt.«

»Das gefällt mir. Ich wusste, Ihr würdet ein guter Ratgeber sein.«

»Dann wird Weiß Eure Farbe sein.« Sir Rowland zögerte kurz, dann sagte er: »Ich hoffe, Ihr findet mich nicht vermessen, Euer Hoheit, aber es ist schön zu sehen, dass Ihr auf diese Weise in Pitoria einzieht. Einige Leute hier halten diese Heirat für eine List Eures Vaters. Es ist kein Geheimnis, dass er seit dem Krieg zwischen Calidor und Brigant einen Groll gegen König Arell hegt. Euer Auftreten wird diese Befürchtungen zerstreuen. Ich denke, auch Prinz Tzsayn wird sich über Euer Engagement freuen.«

»Glaubt Ihr?« Einen Moment lang hatte Catherine ganz vergessen, dass am Ende dieser Reise ihre Hochzeit auf sie wartete. »Das hoffe ich. Ich möchte meinen Platz in diesem Land finden, Sir Rowland, ich möchte nicht in irgendeinen Turm eingesperrt werden. Ich möchte etwas mit meinem Leben anfangen. Die Leute von Pitoria halten uns für blutrünstige Kriegstreiber. Ich möchte ihnen zeigen, dass sie sich irren. Ich möchte das Volk erobern, nicht mit Schwertern und Speeren, wie mein Vater es tun würde, sondern mit einem schönen Kleid und einer Blume. Haltet Ihr das für möglich?«

Sir Rowland verbeugte sich. »Ich glaube, Ihr habt die Macht, jeden zu erobern, Euer Hoheit, so wie Ihr bereits mich erobert habt. Ich werde heute selbst eine Wissun tragen, wie gewiss viele andere Leute bald auch.«

March

DORNAN,
PITORIA

March rannte durch den Wald zurück zum Markt, geradewegs zu Erins rot-goldenem Zelt, und war erleichtert, dass Holywell noch da war. March schlenderte scheinbar gleichmütig zu ihm.

»Edyon ist im Wald. Ich habe ihm von seinem Vater erzählt und dass wir ihn nach Calidor bringen wollen.«

»Und glaubt er dir?«

»Ja, aber er will trotzdem Beweise. Wir brauchen den Ring.«

Holywell kaute nachdenklich auf seinen Lippen. »Regan ist immer noch bei Edyons Mutter.«

»Also weiß sie, warum er hier ist.«

»Was bedeutet, dass wir Edyon von ihr fernhalten und Regan beseitigen müssen. Der Plan hat sich nicht geändert, Bruder«, sagte Holywell. Dann straffte er die Schultern und nickte zum Zelt, aus dem Regan gerade auftauchte. »Und der Zeitpunkt ist günstig. Wir müssen ihn allein erwischen, irgendwo, wo es ruhig ist. Hinter den Wagen gibt es eine kleine Senke, in der Nähe des Bachs. Dort werde ich warten. Deine Aufgabe ist es, ihn dorthin zu bringen.«

March nickte. »Ich werde ihm sagen, der Prinz hätte eine dringende Botschaft für ihn.«

Holywell gab March einen Klaps auf den Arm. »Gut. Aber bereite dich darauf vor, dass du mir helfen musst. Regan wird nicht so leicht zu überwältigen sein.« Und bevor March noch etwas sagen konnte, hatte Holywell sich bereits abgewandt und marschierte in Richtung Bach.

March blieb keine Zeit zum Nachdenken. Er lief hinter Regan her und legte wieder die Miene und Haltung des Dieners an. Es war, als ob er einen vertrauten Mantel anziehen würde. Er fiel in einen Laufschritt und rief mit aufgeregter Stimme: »Sir! Sir!« Und dann: »Lord Regan!«

Regan drehte sich um.

»Lord Regan.« March verbeugte sich tief. »Bitte verzeiht, Sir, aber ich habe eine dringende Nachricht für Euch.« March hob den Kopf, damit Regan sein Gesicht sehen konnte. »Ich bin March, Sir. Der Diener von Prinz Thelonius.«

»Und wer hat dir befohlen, meinen Namen quer durch die Stadt zu brüllen?«

»Ich bitte um Entschuldigung, Sir.« March verbeugte sich wieder. Er wusste, dass ihm Ausreden und Erklärungen nichts nutzen würden; er musste hoffen, dass der Lord ihm verzieh und ihm glaubte, dass sein Prinz ihm eine Botschaft zukommen lassen wollte.

»Steh auf, Junge. Gehen wir irgendwohin, wo es ruhig ist.«

»Ja, Sir. Mein Begleiter wartet dort drüben. Er hat die Botschaft für Euch, Sir.« Und damit wandte March sich ab und versuchte, Lord Regan den Weg zu weisen, was schwierig war, weil er nicht vorausgehen durfte, sondern sich hinter dem Edelmann halten musste. »Der Prinz hat uns Eile geboten. Ich habe den ganzen Markt nach Euch abgesucht.«

»Wer ist dein Begleiter?«

»Brown, Sir.« March nannte den Namen eines weiteren Dieners von Prinz Thelonius, von dem er sicher war, dass Regan ihn nicht persönlich kannte.

»Und wann hat dein Herr euch losgeschickt?«

»Als der Befehl kam, wart Ihr seit drei Tagen fort, meinte der Prinz.«

»Dann habt ihr euch wahrlich beeilt.«

»So lautete die Order des Prinzen, Sir. Und wir hatten einen günstigen Wind bei der Überfahrt.«

»Wie habt ihr mich gefunden?«

Lag da Misstrauen in Regans Stimme?

»Das war Brown, Sir. Er hat sich gedacht, wo Ihr sein könntet.«

»Tatsächlich? Und wie hat er das angestellt?«

So viele Fragen. *Zu* viele Fragen …

»Das weiß ich nicht genau, Sir. Er kann es Euch selbst sagen. Er ist gleich da vorne, Sir. Hinter den Wagen, am Bach.«

»Und hat euch der Prinz noch etwas gesagt?«

March fühlte Schweiß auf seiner Stirn. Da stimmte etwas nicht. Vielleicht hätte ein Bote des Prinzen ein Passwort sagen oder irgendeinen Gegenstand vorzeigen müssen, um seine Identität zu beweisen. Es gab keinen Zweifel, Regan hatte Verdacht geschöpft.

»Das müsst Ihr Brown fragen, er weiß Bescheid. Ich habe mich geehrt gefühlt, dass der Prinz mir diese Aufgabe anvertraut hat, aber er hält mich immer noch für zu jung und unerfahren, um mich allein zu schicken. Brown war schon früher in Pitoria und spricht die Landessprache.«

Sie umrundeten das letzte Zelt und vor ihnen lag das offene Feld. March fühlte sich ungeschützt und entblößt, aber er erkannte, dass hier ein guter Ort für einen Hinterhalt war. Der sanfte Hang hinunter zum Fluss verbarg sie vor neugierigen Blicken von den Zelten und Wagen, aber trotzdem war es nicht so abgelegen, dass Regan eine Falle befürchten würde.

Holywell stand mit dem Rücken zu March und warf kleine Steine in den Fluss. March blieb einen Schritt hinter Regan stehen, ganz der unterwürfige Diener.

»Brown?«, fragte Regan.

Holywell drehte sich um und verbeugte sich tief, wobei er den Kopf gesenkt hielt, damit Regan seine Augen nicht sehen konnte.

»Mylord Regan.«

»Du hast eine Botschaft für mich.«

»Ja, Mylord.« Holywell erhob sich und trat vor, wobei er eine Hand in seine Jacke steckte, als ob er einen Brief herausziehen wollte. Er machte einen weiteren Schritt und runzelte die Stirn, als ob er das Papier nicht finden könnte, dann noch einen, und als er die Hand aus der Jacke zog, blitzte eine Klinge auf.

»Verrat!«, schrie Regan und wich instinktiv zur Seite aus, als Holywell ihn angriff. Er nahm Holywell in den Schwitzkasten und zwang ihm den Arm mit dem Dolch auf den Rücken. Sie stolperten herum wie ein wildes Tier mit vier Armen und Beinen; Regan grunzte und drückte Holywell die Luft ab, sodass dieser den Dolch losließ, der zu Boden fiel.

March musste etwas tun, er musste Holywell helfen. Mit hämmerndem Herzen hob er den Dolch auf, aber Regan ließ ihn nicht aus den Augen. Der Lord löste seinen Griff um Holywells Hals und stieß ihn von sich. Dann zog er selbst ein Messer und stach damit auf March ein. March machte einen Satz rückwärts, und Holywell sprang Regan an, packte ihn um die Hüfte und zog ihn mit seinem Körpergewicht den Hang hinunter, an March vorbei, bis sie kopfüber in den Fluss fielen.

March rannte hinterher. Holywell lag auf der Seite, das Gesicht puterrot. Er keuchte. Blut quoll aus einer Wunde an seinem Hals. Regan lag mit dem Gesicht im Wasser und rührte sich nicht. Flussaufwärts bemerkte March eine Frau und ein Kind, die in ihre Richtung blickten. Er drehte sich scheinbar ruhig von ihnen weg und ging gemächlich ein Stück, bis er aus ihrem Blickfeld verschwunden war. Dann sprang er ins Wasser. Er brauchte diesen Ring, und dann mussten er und Holywell so schnell wie möglich weg von hier. March stapfte platschend zu Regan und zerrte an seinem Körper. Beim zweiten Versuch konnte March ihn umdrehen. Blut färbte das Wasser um eine Stichwunde in seiner Brust rot; Regan schien nicht mehr zu atmen. Marchs Hände zitterten vor Angst und wegen des kalten Wassers, trotzdem gelang es ihm dank jahrelanger Übung im An- und Auskleiden hoher Herrschaften, Regans Jacke aufzuknöpfen. Er fand den Ring, steckte ihn in seine eigene Jacke und packte dann Holywell, der immer noch mit hochrotem Gesicht keuchend im Gras saß.

»Wir müssen weg hier. Sofort.«

March zog Holywell auf die Füße und stützte ihn auf dem Weg in den Wald. Er schaute hinter sich, aber die Frau und das Kind waren verschwunden. Wie viel hatten sie gesehen? Nun, es hatte keinen Sinn, sich jetzt noch Gedanken darüber zu machen.

Holywell war schwerer als er aussah, und als sie den Schutz der Bäume erreicht hatten, brach March zusammen.

»Na, das ist ja gut gelaufen«, krächzte Holywell. Er sah fürchterlich aus: klatschnass und atemlos, und seine Wunde blutete stark. »Sag mir, dass du den Ring hast.«

March zog das Kleinod aus seiner Jacke. Es schimmerte im Licht der untergehenden Sonne: das Siegel des Prinzen – der goldene Adler mit dem smaragdgrünen Auge.

Edyon

DORNAN, PITORIA

Hatte Madame Eruth doch recht gehabt? Trat Edyons Vater nun tatsächlich in sein Leben? Gestern noch war ihm sein Dasein so trüb und hoffnungslos vorgekommen, und jetzt … jetzt war er der Sohn eines Prinzen. Und nicht irgendeines Prinzen, sondern der Sohn von Prinz Thelonius, dem Helden von Calidor! Calidor war ein kleines Land, das stimmte wohl, aber dennoch großartig. Zivilisiert. Die Heimat von Musikern, Malern und Bildhauern. Von der Architektur sagte man, sie sei einfach, aber von guter Qualität, die Möbel sorgfältig gezimmert und meistens aus Eiche, Esche oder Obsthölzern. Die Kleidung war nicht so aufwendig wie die der Pitorianer. Die Calidorianer tanzten nicht, was keine Schande war, denn Edyon verabscheute das Tanzen. Allerdings sagte man ihnen auch nach, dass sie exzellente Kämpfer waren, und den Kampf verabscheute er ebenfalls. Sie waren berühmt geworden, weil sie Brigant zurückgeschlagen hatten, in dem Krieg, in dem Bruder gegen Bruder kämpfte; und man erzählte sich, dass Thelonius ein intelligenter und ehrbarer Mann war, der von seinem Volk respektiert wurde.

Diese Ehre würde allerdings getrübt werden, sobald Edyon auf der Bildfläche auftauchte. Er dachte an die unzufriedenen Lords, die

March erwähnt hatte, und es erschien ihm durchaus nachvollziehbar, dass einige der Höflinge des Prinzen keinen Bastard auf dem Thron sehen wollten. Aber es war ein schönes Gefühl, dass sein Vater endlich erkannt hatte, dass Edyon wichtig war, und dass er seinen guten Ruf aufs Spiel setzte, indem er ihn zu sich rief. Edyon hatte sich schon viele Väter vorgestellt, vom König zum Straßenräuber, aber irgendwie kam ihm die Wirklichkeit zu unwirklich vor, um sie für bare Münze zu nehmen.

Und dann war da noch March. Edyon hatte sich gewünscht, ihn in sich verliebt machen zu können – er war sich sicher, dass auch der gut aussehende Abask den Funken zwischen ihnen beiden spürte, auch wenn March davon peinlich berührt zu sein schien. Aber plötzlich benahm March sich wie ein Diener. In all den Jahren, in denen er mit seiner Mutter durch Pitoria gereist war, hatte Edyon viele Menschen aus unterschiedlichen Ländern und Kulturen kennengelernt, doch nie jemanden aus Abask. Noch nie hatte er jemanden mit so bemerkenswerten Augen gesehen. Edyon konnte sich gut vorstellen, dass ein Prinz einen Mann mit solchen Augen als Diener haben wollte. Vielleicht konnte er auch Edyons Diener sein. Und sein Liebhaber.

Es wurde allmählich dunkel und March war noch nicht zurückgekehrt. Edyons Zweifel allerdings schon. War alles nur Einbildung gewesen? Immerhin hatte er einiges von diesem ziemlich starken Rauch inhaliert. Aber March hatte er *vor* dem Rauch getroffen. Oder war das alles nur ein böser Streich? Bislang hatte er nur schöne Worte gehört. Er brauchte einen Beweis, bevor er mit March nach Calidor aufbrach.

Das klang unglaublich. Nach Calidor gehen. Seinen Vater treffen.

Er befand sich tatsächlich an einer Weggabelung; sein altes Leben als Dieb hatte ausgedient, und er musste einen neuen Pfad wählen. Madame Eruths Prophezeiung über einen neuen Mann in seinem Leben war eingetroffen, doch war March derjenige, der ihn in ferne

Länder und zu Reichtum führen würde oder zu Schmerzen und Tod? Nein, das würde ihn erwarten, wenn er blieb, wo er war, entweder durch Stone oder Gravell oder durch Regan, dieser neuen Gefahr. Der Weg, der ihn zu seinem Vater führte, war die richtige Wahl. Aber andererseits – hatte Madame Eruth nicht behauptet, auch der Fremde würde lügen? War vielleicht alles eine Lüge? Eine Täuschung?

Und March war immer noch nicht wieder da.

Unruhig ging Edyon auf und ab. Das Leuchten der Flasche mit dem Rauch schien mit jeder Sekunde heller zu werden, als ob sie auf sich aufmerksam machen wollte. Er ging am Flussufer entlang, bis er ein Loch im Boden der Böschung fand, in das er die Flasche schob, sodass ihr Licht nicht mehr zu sehen war.

Edyon schlich näher zum Waldrand, in der Hoffnung, March irgendwo zu entdecken. Jenseits des Felds standen die Zelte, wo Leute hin und her gingen. Aber nirgends eine Spur von March. Hatte er tatsächlich gelogen?

Edyon wurde klar, dass er mit seiner Mutter reden musste. Ihr Wort war der einzige, echte Beweis. Er hatte vor Jahren aufgehört, sie nach seinem Vater zu fragen, aber jetzt hatte er einen Namen. Sie musste es bestätigen oder leugnen.

Sie musste ihm endlich die Wahrheit sagen.

Erin stand auf, als er das Zelt betrat.

»Edyon. Endlich. Ich habe schon Mall nach dir ausgeschickt. Ich muss mit dir reden.«

»Das ist schön, ich muss nämlich auch mit dir reden.« Edyon trat näher zu seiner Mutter. »Heute war ein recht ereignisreicher Tag. Soll ich dir erzählen, was alles passiert ist?«

»Zuerst muss ich dir von einem Besucher erzählen, von einem Mann, der hier war, und …«

»Ich war bei Madame Eruth, habe Stone ein silbernes Schiff

gestohlen, wurde von Stones Männern verprügelt und angepisst, habe einen wunderschönen jungen Mann aus Abask kennengelernt, ein Bad genommen, etwas Dämonenrauch inhaliert und herausgefunden, dass mein Vater ein Prinz ist.«

Edyon starrte seine Mutter an. Erins Gesicht war wie eine Maske. »Soll ich den letzten Teil noch mal wiederholen? Jemand hat mir gesagt, dass mein Vater Prinz Thelonius von Calidor ist.«

»Der … Wer hat dir das gesagt?«

»Also *du* warst es nicht.«

»Du bist wütend.«

»Wundert dich das?«

»Hast du mit Regan gesprochen? Hat er es dir erzählt?«

»Was spielt das für eine Rolle?« Edyons Stimme zitterte vor Enttäuschung. »Du hättest es mir sagen sollen.«

Seine Mutter schwieg. Nach einer Weile sagte sie: »Du weißt, dass ich immer nur tat, was ich für das Beste für dich hielt.«

Edyon verdrehte die Augen. »Die Leier kenne ich. Das habe ich schon so oft gehört. Sag mir nur eins: Stimmt es? Ich will es von dir hören.«

Wieder schwieg sie. Die Herrin der Stille, wie immer. Doch dann brach sie ihr Schweigen.

»Prinz Thelonius ist dein Vater.«

Sie setzte sich. Edyon setzte sich ebenfalls.

Es stimmte.

Sein Vater war nicht tot.

Sein Vater war ein Prinz.

Er war ein Prinz.

»Aber … wie …?«

Und so erzählte ihm seine Mutter die Geschichte. Es war dieselbe Geschichte, die sie schon immer erzählt hatte, aber jetzt hatte sein Vater einen Namen. Sie hatte Thelonius kennengelernt, als er noch ein junger Mann gewesen war, bevor er den Thron von Calidor bestiegen hatte. Sie verliebten sich ineinander, hatten eine kurze, aber wunderbare Affäre, und als er ging, wusste er nicht, dass sie schwanger war.

»Hättet ihr geheiratet? Wenn er es gewusst hätte?«

Erin zuckte mit den Schultern. »Wahrscheinlich nicht. Er war ein Prinz und ich eine Händlerin aus Pitoria.«

»Du hättest es mir sagen sollen.«

»Ich tat, was ich für das Beste hielt.«

»Es war nicht das Beste. Ich hätte es wissen müssen. Es spielt keine Rolle, dass ich nichts hätte unternehmen können. Ich hätte es erfahren müssen.«

»Da bin ich mir nicht so sicher.«

Edyon knirschte mit den Zähnen. »Selbst jetzt noch willst du nicht zugeben, dass du etwas falsch gemacht hast!«

»Ich habe das nicht getan, um dir wehzutun, Edyon. Du musst dein eigener Herr sein. Der Prinz, dein Vater, wollte nichts von dir wissen. Jetzt aber schon. Jetzt braucht er dich. Jetzt, da seine legitimen Kinder tot sind. Er wird dich benutzen, Edyon, wie eine Marionette.«

»Er ist mein Vater. Ich will ihn wenigstens kennenlernen.«

Erin seufzte. »Ja, natürlich. Das verstehe ich, Edyon. Hast du Lord Regan getroffen?«

»Nein. Ich habe es von einem Diener des Prinzen erfahren, der geschickt wurde, um mich zu suchen und …« Sollte er seiner Mutter sagen, dass Regan ihn umbringen wollte? Sie würde sich Sorgen machen, aber möglicherweise war sie ebenfalls in Gefahr.

»Und was?«

»Und um mich zu warnen. Regan will nicht, dass ich nach Calidor gehe, Mutter. March sagt, er ist hier, um mich zu töten.«

»Aber das ist unmöglich! Er war heute hier und hat mit mir geredet; er will dich sehen. Er sagte, ich solle ihn holen lassen, wenn du wieder da bist.«

»Und warum findest du die Vorstellung, dass er mich töten will, so abwegig?«

»Regan ist ein enger Freund deines Vaters. Sein ältester Freund. Ich habe ihn damals ebenfalls kennengelernt, als dein Vater in Pitoria war. Regan ist zurückhaltend, aber er war immer höflich und zuvorkommend.«

»Ich gebe zu, dass ich nicht viele Mörder kenne, aber ich könnte mir vorstellen, dass einige von ihnen durchaus höflich und zuvorkommend sein können.«

»Du weißt, was ich meine. Er ist ein Ehrenmann.«

»Kennst du ihn tatsächlich so gut? Und selbst wenn du ihn damals kanntest, bist du dir sicher, dass er sich in all diesen Jahren nicht verändert hat?«

Erin schaute Edyon an. Zum ersten Mal schlichen sich Zweifel in ihre Miene.

»Und ich kann mir ebenfalls vorstellen, dass etliche der anderen Lords keinen Bastard als Thronfolger des Prinzen haben wollen.«

»Ein Kind der Liebe, kein Bastard.«

Wieder verdrehte Edyon die Augen.

»Ein Kind der Liebe«, wiederholte sie bestimmt. »Denn das bist du.«

»Nicht in ihren Augen.«

Erin rieb sich über das Gesicht. Sie sah müde aus.

»Also«, sagte Edyon, »was soll ich tun?«

»Du willst deinen Vater kennenlernen?«

»Ja.«

»Dann geh zu ihm«, sagte Erin gereizt.

Schweigend starrten sie sich an.

Mit sanfterer Stimme sagte Erin: »Ich dachte, man könnte Regan vertrauen, aber vielleicht irre ich mich und dieser Diener hat recht. Wer weiß?«

»March, der Diener, hätte mich heute töten können, aber er tat es nicht. Also vertraue ich ihm.«

»Es gibt vermutlich viele Leute, die etwas gegen dich haben. Der beste Weg – und der sicherste – ist, *niemandem* zu vertrauen.«

»Und was ist mit dir, Mutter? Wirst du in Sicherheit sein?«

Sie stieß ein bitteres Lachen aus. »Ich bin bloß die Mutter. Für mich interessiert sich niemand.«

»Willst du mit nach Calidor kommen?«

»Was soll ich da? Mein Leben ist hier, hier habe ich mein Geschäft. Wenn du dort bleibst, werde ich dich besuchen.« Sie zwang sich zu einem Lächeln. »Vielleicht finde ich dann dort neue Kundschaft.«

Edyon überlegte, ob er zu ihr gehen und sie umarmen sollte, aber es kam ihm nicht richtig vor. Sie berührten sich nur selten. Und sie umarmten sich niemals. Er konnte es nicht tun, nicht jetzt, aber vielleicht später, bevor er aufbrach.

Erin sagte. »Egal was passiert, es wäre schön zu wissen, dass du mich nicht ganz vergisst. Du wirst mir oft schreiben, nicht wahr?« Sie klang kühl. Förmlich. Wie eine Geschäftsfrau.

»Ich werde dir oft schreiben«, versprach Edyon.

Wieder schwiegen sie. Edyon wusste nicht, was er jetzt tun sollte. Einfach seine Tasche zu packen und sich zu verabschieden, kam ihm irgendwie herzlos vor, aber etwas anderes fiel ihm nicht ein.

»Was meintest du übrigens vorhin, als du sagtest, du hättest etwas gestohlen und wurdest angepisst?«

Und plötzlich fiel es ihm gar nicht mehr schwer, ihr alles zu gestehen.

»Ich stehle. Ich stehle schon seit langer Zeit. Diesmal hat Stone mich erwischt. Seine Männer haben mich verprügelt und auf mich uriniert, deshalb bin ich ins Badehaus gegangen, um mich zu säubern, und dort habe ich dann den Dämonenrauch gestohlen.«

»Was?«

»Wie ich schon sagte, heute war ein ereignisreicher Tag.«

»Leute, die mit Dämonenrauch handeln, sind gefährlich, Edyon.«

»Vielleicht ist dann jetzt der richtige Zeitpunkt gekommen, um wegzugehen. Ich habe den Rauch versteckt. Aber Stone will sein

Geld zurück. Fünfzig Kroner. Ich frage dich nicht gern, aber … Könntest du ihn bezahlen? Ich werde es dir zurückgeben.«

»Natürlich, Edyon. Das Geld ist nicht das Problem. Das Problem ist das Stehlen.«

»Ja, ich weiß. Es tut mir leid. Ich bin nicht stolz darauf. Aber mach dir keine Sorgen wegen der Dämonenjäger. Sie wissen nicht, dass ich den Rauch gestohlen habe. Und selbst wenn sie es herausfinden, bin ich es, nach dem sie suchen, und … nun ja, wenn ich weg bin … heute Abend … dann ist das Problem ja gelöst.«

»Du brichst heute Abend auf?«

»Ja. Regan kann jeden Moment zurückkommen. Und wegen ihm mache ich mir wirklich Sorgen. Je eher ich fort bin, desto besser. Ich gehe mit March in Richtung Küste. Dafür brauchen wir nur ein paar Tage. Und ein Boot werden wir schon finden. Dann bin ich in einer Woche bei Vater.« Edyon sprach aus, was ihm in den Sinn kam, doch der letzte Satz traf ihn wie ein Schlag. In einer Woche würde er seinem Vater gegenüberstehen. Das klang wie ein Traum oder eine Fantasie. Auf jeden Fall unwirklich.

Erin stand auf. »Ich lasse dir von Mall ein paar Vorräte für die Reise einpacken. Hast du Hunger? Er kann dir jetzt etwas zubereiten.«

»Ja, danke. Ich gehe dann und packe ein paar Sachen.« Edyon zögerte und überlegte, ob er seine Mutter jetzt umarmen sollte, aber sie hatte sich schon abgewandt und rief nach Mall, und so ging er in sein Schlafzelt, setzte sich auf den Teppich und starrte vor sich hin. Mall brachte ihm eine Schale mit Eintopf, etwas Brot und ein Glas Wein. Obwohl Edyon sich nicht hatte vorstellen können, dass er etwas hinunterbringen würde, aß er alles auf. Ihm war klar, dass er allmählich anfangen sollte zu packen, aber er wusste nicht genau, was er für die Reise brauchte. Was nahm man mit? Wenn man zu seinem Vater ging? Wenn man einem Prinzen vorgestellt wurde?

Er zog seine bequemsten Sachen an und steckte seine besten Stiefel, seine schönsten Hosen, die eleganteste Jacke und seine zwei edelsten

Hemden in eine Tasche. Das Gepäckstück war noch leicht, und er legte eine wärmere Jacke hinein. War es in Calidor kalt? Sollte er noch mehr mitnehmen? Würde March seine Tasche tragen? Er wusste es nicht.

Seine Mutter meinte, er sollte niemandem vertrauen, aber March vertraute er. Er mochte ihn. Er schien aufrichtig zu sein. Er hatte nicht den Eindruck, dass March ihn angelogen hatte. Und wenn er Edyon hätte töten wollen, hätte er das tun können, als er in seiner Pisse gelegen hatte oder während des Dämonenrauschs. Edyon konnte auch allein den Weg nach Calidor finden, aber mit dem schönen March an seiner Seite wäre die Reise bestimmt angenehmer. Und March konnte ihm Dinge über den Prinzen erzählen, wie man sich bei Hof benahm, wer seine Feinde waren. Ja, March war sicherlich nützlich für ihn.

Edyon war jetzt voller Energie. Er hatte eine Entscheidung getroffen. Er war der Sohn eines Prinzen. Und er würde seinen Vater treffen. Er nahm seine Tasche und ging zu seiner Mutter, um sich zu verabschieden.

Diesmal umarmten sie sich, allerdings ein wenig unbehaglich. Er küsste sie auf die Wange und nahm den Beutel mit Proviant und das Geld entgegen, das sie ihm gab. Er machte einen Schritt auf den Zelteingang zu, aber seine Mutter sagte: »Nicht dort entlang. Falls jemand das Zelt beobachtet. Geh hinten raus.« Sie machte einen Schritt auf ihn zu, und diesmal umarmte sie ihn fest. »Pass auf dich auf, Edyon.«

Und Edyon küsste sie noch einmal und atmete den Duft ihres Parfüms ein.

»Danke, Mutter. Wir werden uns wiedersehen, aber jetzt muss ich zu meinem Vater.«

Und damit ging er zu der versteckten Klappe an der Hinterseite des Zeltes, die Mall für ihn aufhielt. Ein Schritt, und er stand draußen in der kühlen Nachtluft.

Tash

DORNAN,
PITORIA

Tash hatte den schlafenden Gravell im Wirtshaus zurückgelassen und war zu Edyons Zelt gegangen.

Sie war sich fast sicher, dass er den Rauch gestohlen hatte, aber es gab nur eine Möglichkeit, die Sache zweifelsfrei zu beweisen. Wenn es ihr gelang, in das Zelt zu kommen, konnte sie nach der Flasche suchen. Das war riskant, aber den Rauch zurückzubekommen, war das Wichtigste. Edyon konnte warten – Gravell würde ihn sich später vorknöpfen.

Tash schlenderte an dem Wächter vorbei, der vor dem Zelt stand, und duckte sich dann in den Schatten neben der Seitenwand, von wo aus sie durch das Netz aus Haltetauen zur Rückseite ging. Aber genau in dem Moment, in dem sie dort ankam, schob sich eine Gestalt durch eine kleine Luke in der Zeltwand. Die Gestalt stolperte über ein Seil, fluchte, stolperte wieder, sprang über ein weiteres Seil, lachte und rannte in Richtung Wald.

Tash hatte sich wieselflink zurückgezogen, aber selbst in dem funzeligen Licht erkannte sie den jungen Mann aus dem Badehaus.

Edyon.

Er hatte eine Tasche über der Schulter, und irgendwie kam er ihr schuldbewusst vor, wie er da so verstohlen aus dem Zelt schlich. Hatte er Angst, dass Gravell ihm bereits auf den Fersen war? Tash eilte ihm geduckt hinterher.

Edyon steuerte auf die Baumlinie zu. Nachdem er die Zelte hinter sich gelassen hatte, beschleunigte er seine Schritte. Er ging in den Wald und blieb neben einem Flüsschen stehen, wo er sich suchend umsah. Anscheinend wartete er auf jemanden.

Tash wusste nicht, was sie tun sollte. Hatte er sich mit einem Käufer verabredet? Wenn er den Rauch besaß, musste er in seiner Tasche sein, aber die konnte sie ihm nicht so einfach entreißen. Sie sah schwer aus, und bestimmt konnte sie damit nicht schnell rennen. Aber wenn eine zweite Person auftauchte, bestand noch weniger die Wahrscheinlichkeit, dass sie den Rauch zurückbekam. Also blieb ihr nur eine Möglichkeit.

Sie trat vor und sagte: »Hey.«

Edyon zuckte zusammen, als hätte er sich die Finger verbrannt, aber er drehte sich um und hob scheinbar lässig die Hand. »Hey.«

»Ich habe Euch im Badehaus gesehen«, sagte Tash.

»Ich erinnere mich. Was für ein Zufall, dass wir uns hier wieder begegnen!«

Jetzt waren die Blicke, die er schweifen ließ, deutlich sorgenvoller.

»Etwas ist verschwunden, als Gravell und ich im Badehaus waren, etwas, das sich in Gravells Kabine befand. Ich weiß, dass Ihr es genommen habt. Ich kann Gravell holen, er ist gleich da drüben bei den Zelten, aber es wäre viel einfacher, wenn Ihr es mir einfach zurückgebt.«

Edyon entspannte sich sichtlich. Vor ihr hatte er keine Angst, bloß vor Gravell. »Es?«, fragte er.

»Die Flasche mit dem Rauch. Gebt sie mir. Oder ich rufe Gravell, dann wird er sich mit Euch befassen.«

»Hör mal, ich weiß, du wirst mir nicht glauben, aber ich bin wirklich froh, dass du da bist. Ganz ehrlich. Ich gebe zu, ich habe den

Rauch gestohlen, aber ich will ihn nicht. Ich gehe fort, und ich wollte ihn gar nicht mitnehmen. Ich habe ihn am Ufer versteckt.«

Tash lächelte. »Natürlich wolltet Ihr ihn nicht mitnehmen. Und natürlich habt Ihr ihn versteckt. Und wenn ich da runtergehe und nachsehe, dann zieht Ihr mir mit einem Stein eins über den Schädel und rennt weg.«

»Ich würde nie jemanden schlagen, und schon gar nicht mit einem Stein.«

»Also gebt mir die Flasche.«

»Aber woher weiß ich, dass du mir danach nicht doch Gravell auf den Hals hetzt?«

»Immerhin wisst Ihr, dass ich ihn auf Euch hetzen werde, wenn Ihr mir die Flasche *nicht* gebt. Gravell ist kein besonders geduldiger Mensch.«

Edyon lächelte. »Und warum ist er nicht bei dir? Ich vermute viel eher, du hast mich aus dem Zelt kommen sehen und bist mir gefolgt; er weiß gar nicht, dass du hier bist. Ansonsten hätte er sich schon längst blicken lassen.«

»Ich kann ins Lager rennen und ihn holen.«

»Mach doch. Ich warte hier.«

Tash hätte am liebsten mit dem Fuß aufgestampft. Wenn Gravell an ihrer Stelle stehen würde, würde Edyon buckeln und winseln, aber stattdessen grinste er sie an und wurde jetzt auch noch frech!

»Hört mal, Ihr habt gesagt, Ihr gebt mir die Flasche. Habt Ihr aber nicht. Gravell gibt mir die Schuld, dass der Rauch gestohlen wurde. Wenn ich ihn nicht zurückbekomme, wird er *mich* schlagen.«

Edyon blickte sie zweifelnd an. »Also, ich kann mir ja vorstellen, dass er mir mit Wonne die Zähne einschlagen würde, aber dir?«

»Soll ich Euch die Peitschenstriemen auf meinem Rücken zeigen?«

Sobald die Worte heraus waren, wusste sie, dass sie einen Fehler gemacht hatte.

Edyon stemmte die Hände in die Hüften und grinste noch breiter. »Ich denke, ich nehme das Angebot an.«

Gleich würde sie anfangen zu schreien – das war so ungerecht! Warum gingen die Gespräche, die sie führte, immer so entsetzlich schief?

»Gebt mir einfach den Rauch, und wir vergessen die Sache.«

»Er ist gar nicht in der Nähe, oder?«

Tash zögerte und entschied dann, auf sein gutes Herz zu vertrauen. Wenn er denn eins hatte.

»Also gut, ich geb's zu, er ist nicht da. Zufrieden? Er ist im Wirtshaus, wenn Ihr es genau wissen wollt. Aber er wird sich Euch schnappen, wenn Ihr den Rauch nicht zurückgebt. Und er wird es nicht dabei belassen, Euch die Zähne auszuschlagen.«

Edyon breitete die Arme aus. »Warum hast du das nicht gleich gesagt?«

Er rutschte die Böschung hinunter. Tash lief hin, um nachzusehen, was er da tat. Es schimmerte leicht violett, als Edyon die Flasche aus ihrem Versteckt holte. Der Dämonenrauch!

Tash sauste den Hang hinunter und streckte die Hand nach der Flasche aus.

»Bitte sag Gravell, dass es mir leidtut …«

Edyon verstummte. Schwere Schritte waren zu hören. Edyon schaute hoch, die Augen vor Panik weit aufgerissen. Tash hob den Kopf, um über den Kamm der Böschung zu sehen. Einen Moment lang dachte sie, Gravell wäre vielleicht aus seinem Rausch aufgewacht und ihr gefolgt.

Aber es war viel schlimmer als das.

Der Mann war groß, fast so groß wie Gravell, aber der hier hatte scharlachrotes Haar. Er trug eine Lanze und eine kleine Laterne. Und er kam mit schnellen Schritten auf sie zu. Tash duckte sich wieder, während Edyon die Flasche unter seine Jacke steckte, um ihr Licht zu ersticken, aber das violette Leuchten schien heller zu strahlen als zuvor – und außerdem war es sowieso schon zu spät.

»Kommt da raus. Ich habe euch gesehen, und auch, was ihr da bei euch habt.«

Tash zuckte zusammen, sah dann aber langsam hoch. Der Wachmann stand auf der Böschung, nur ein paar Schritte entfernt, und hatte die Lanzenspitze auf Edyon gerichtet.

»Und denkt nicht mal dran, wegzulaufen.«

Weglaufen war eine gute Idee, fand Tash. Man würde sie festnehmen, einsperren und verurteilen, weil sie mit Dämonenrauch gehandelt hatte. Sie würde lange Zeit im Gefängnis verbringen. Wenn sie weglief, riskierte sie, eine Lanze in den Rücken zu bekommen, aber der Mann besaß nur eine Waffe, und Edyon war der mit dem Rauch, nicht sie. Aber noch zögerte sie und hoffte auf eine bessere Chance.

»Ich verhafte euch beide wegen des Besitzes von Dämonenrauch.«

»Aber ich habe doch gar keinen Dämonenrauch«, sagte Tash und musste daran denken, dass sie beide schon längst nicht mehr hier wären, wenn Edyon ihr den Rauch gleich gegeben hätte, anstatt ewig mit ihr zu diskutieren. In all den Jahren als Dämonenjägerin war sie nicht ein einziges Mal mit dem Gesetz in Berührung gekommen. Dieser Edyon machte wirklich nichts als Ärger!

»Leg die Flasche auf den Boden und tritt zurück.«

Der Wachmann zuckte mit der Lanze in Edyons Richtung, um ihm klarzumachen, dass er gemeint war.

Edyon sagte: »Das alles ist ein schreckliches Missverständnis.«

»Halt die Klappe und tu, was ich dir gesagt habe.«

So langsam wie möglich legte Edyon die Flasche auf die Böschung, ganz in Tashs Nähe. Es war eine verlockende Idee, die Flasche zu schnappen und loszurennen. So verlockend – und so unglaublich riskant.

»Jetzt zurück mit euch, mit euch beiden, und auf die Knie.«

»Ich kann das alles erklären.«

»Von mir aus, aber erst hinknien.«

Edyon wich zurück.

»Das gilt auch für dich, Mädchen«, sagte der Wachmann und er stieß mit der Lanze nach ihrem Gesicht, sodass sie hastig einen Schritt nach hinten machte und sich neben Edyon stellte. Beide sanken auf die Knie.

»Bitte, Sir«, sagte Edyon. »Wir haben nur einen Spaziergang im Wald gemacht, als mir dieses Leuchten am Fluss auffiel. Ein violettes Licht, das mir merkwürdig vorkam und das ich so noch nie gesehen hatte. Wir sind bloß heruntergestiegen, weil wir nachsehen wollten, was es war. Es wäre mir nie in den Sinn gekommen, dass es Dämonenrauch sein könnte. Ich habe schon von diesem Rauch gehört, man verkauft ihn in üblen Spelunken, aber ich dachte immer, er sei rot, und als ich jetzt diesen violetten Schimmer gesehen habe, da …«

Edyon spann sein Lügenmärchen weiter, und er sprach mit einer solchen Überzeugungskraft, dass Tash ihm beinahe geglaubt hätte. Er klang jedenfalls so, als würde er die Geschichte selbst glauben. Tash bezweifelte jedoch, dass der Wachmann sich täuschen lassen würde. Sie würde es doch mit Weglaufen versuchen müssen. Sie würde den Verlust des Rauchs verwinden, wenn das bedeutete, dass sie nicht im Gefängnis landete. Bis zur ersten Biegung des Flusses waren es zwanzig Schritte. Und zwanzig Schritte konnte sie rennen, bevor der Wachmann seine Lanze warf. Wahrscheinlich. Höchstwahrscheinlich. Der Boden war kalt und feucht. Tash bohrte die Zehen in die Erde und machte sich bereit, sich abzustoßen.

»Hallo! Gibt es irgendwelche Schwierigkeiten?«

Die Stimme war tief und hatte einen fremdländischen Akzent. Tash verrenkte sich den Hals, um zu sehen, wer da gesprochen hatte, doch die Böschung versperrte ihr den Blick.

»Keine, die Euch betreffen würden, Sir.«

Es klang, als würde sich ein Pferd langsam nähern. Dann kam der Reiter ins Blickfeld; ein Mann in den mittleren Jahren, mit grau werdenden Haaren und einem Verband um den Hals, und hinter ihm ein viel jüngerer Reiter, etwa so alt wie Edyon.

»Hey, was ist das für ein Licht?«

Der ältere Mann stieg von seinem Pferd und kam auf sie zu.

»Dämonenrauch, Sir. Bitte bleibt zurück.«

»Dämonenrauch! Aber ist das nicht verboten?«

Tash hatte ein ganz mieses Gefühl bei diesem Mann. Er schien entspannt und freundlich zu sein, aber sein Gang war der eines Kriegers. Sie kannte Typen wie ihn, die mit Rauch handelten und denen sie nicht weiter traute als sie sie werfen konnte.

Der Wachmann sagte: »Sie bekommen zwanzig Peitschenhiebe und werden zu einem Jahr Zwangsarbeit verurteilt – und Ihr bekommt eine Lanze in den Leib, wenn Ihr noch einen Schritt näher tretet.« Er drehte sich zu dem Fremden um.

Tash ergriff die Gelegenheit. Sie stieß sich ab und rannte so schnell, wie sie noch nie gerannt war; platschend sauste sie durch das flache Wasser. Halb erwartete sie, von der Lanzenspitze durchbohrt zu werden, doch sie hörte lediglich einen lauten Ruf: »Komm zurück!«

Das könnte ihm so passen.

Sie schaffte es um die Biegung des Flusses, kam schlitternd zum Stehen, kraxelte halb die Böschung hoch und kauerte sich nieder, um zu sehen, was als Nächstes passieren würde.

Der Neuankömmling hatte die Hände erhoben und debattierte mit dem Wachmann. Edyon kletterte die Uferböschung nach oben. Der jüngere Mann war ebenfalls abgestiegen und hielt drei Pferde am Zügel; es sah aus, als ob das dritte Pferd für Edyon war. Das mussten die Leute sein, auf die er gewartet hatte.

Der Wachmann fuchtelte mit der Lanze in Richtung des älteren Mannes, doch dann rutschte ihm die Laterne aus der Hand, fiel zu Boden und erlosch. Das einzige Licht kam jetzt noch von dem Dämonenrauch, der weiterhin violett schimmerte, aber es war zu dunkel, um alles erkennen zu können. Der jüngere Mann machte einen Schritt nach vorn, doch der Wachmann richtete die Lanze nun auf ihn, und dann schrie der junge Mann vor Schmerz auf. Mit einem wütenden Gebrüll stürzte sich Edyon mit so viel Wucht auf den Wachmann, dass der große Mann herumgerissen wurde, und dann schienen alle in einem großen Haufen übereinander zu purzeln.

Als sie wieder aufstanden, hatte einer – nämlich Edyon – die Lanze in der Hand, der zweite hielt die Zügel der Pferde und griff nach seiner verletzten Schulter und der dritte hatte in jeder Hand ein Messer. Der vierte Mann blieb reglos auf dem Boden liegen.

Niemand sagte etwas. Selbst die Pferde waren still.

Tash murmelte: »Beschissene Scheiße! Beschissene Scheiße!« Dann ließ sie sich ein Stück nach unten rutschen und drückte sich noch enger an die Böschung, sodass sie gerade noch etwas sehen konnte.

Der ältere Mann bückte sich und wischte seine Messer an dem Leichnam ab, dann schob er sie wieder in seine Jacke. Er griff nach der Flasche mit dem Rauch und sagte: »Wir müssen hier weg. Sofort.«

Edyon sagte: »Aber … der Mann … er ist …«

»Tot. Ja. Das hat er Euch zu verdanken.«

»Aber, aber … Ich wollte doch bloß verhindern, dass er March wehtut. Ich wollte nicht …«

»March wird es überleben. Die Wunde ist nicht zu tief. Aber wir müssen aufbrechen.«

March sagte: »Edyon, Sir. Wir können nichts mehr tun. Dies ist mein Freund Holywell, ein weiterer Diener des Prinzen. Er kann Euch beschützen.«

Edyon stand immer noch mit der Lanze in der Hand da und starrte auf den Wachmann am Boden.

Der Mann namens Holywell blickte in Tashs Richtung und sie duckte sich.

»Wer war dieses Mädchen? Können wir darauf vertrauen, dass sie den Mund hält?«

»Sie ist … Sie ist eine Dämonenjägerin«, antwortete Edyon. »Sie wird ganz bestimmt nicht den Sheriff rufen.«

Holywell erhob die Stimme: »Wenn sie es doch tut, dann schlitze ich ihr den Bauch auf.« Tash wusste genau, dass diese Botschaft für sie bestimmt war.

Sie riskierte noch einen Blick über die Böschung. Edyon schien immer noch ganz benommen zu sein, als Holywell ihm die Lanze aus der Hand nahm und zur Seite warf. Holywell musste Edyon buchstäblich zu einem Pferd stoßen. »Kommt, Hoheit«, sagte er. »Reiten wir los.«

Tash sah ihnen nach, wie sie davonritten, und blieb noch eine Weile geduckt im Gras, bis sie sich vergewissert hatte, dass alles ruhig war. Nichts regte sich. Sie kroch am Ufer entlang zu der Stelle, wo der Wachmann lag. Sie hatte schon tote Dämonen gesehen, aber noch nie einen toten Menschen. Der Wachmann war nicht so schön wie ein Dämon, aber er hatte trotzdem etwas mit den Dämonen gemeinsam: Er war nur noch eine Hülle, aus der das Leben entwichen war. Tash rannte los. Sie musste weg von diesem Ort. Rennen half ihr. Rennen lenkte sie ab. So schnell sie konnte, rannte sie hinter Edyon und den anderen her, während sie doch eigentlich nichts weiter wollte, als zu Gravell zurückzukehren. Sie wollte die Zeit zurückdrehen, zu dem Moment, bevor sie diese blöden grauen Wildlederstiefel gesehen und Gravell im Badehaus aufgesucht hatte.

Ambrose

DIE GRENZE ZWISCHEN BRIGANT UND PITORIA

»Das ist doch verrückt!«, rief Ambrose. »Das ergibt keinen Sinn. Warum sollte Aloysius in Pitoria einmarschieren? Er will doch Calidor; das hat er immer gewollt.«

»Vielleicht hat er aus der Niederlage im letzten Krieg gelernt und ist auf der Suche nach leichterer Beute«, mutmaßte Tarquin.

»Aber die Beziehungen zwischen Brigant und Pitoria haben sich doch deutlich verbessert; Catherine soll den pitorianischen Thronfolger heiraten!«

»Was bedeutet, dass alle Lords von Pitoria sich zur Hochzeit in Tornia versammeln. Vielleicht ist Aloysius' Plan doch nicht so abwegig. Was gäbe es für eine bessere Gelegenheit, um Pitoria zu überfallen? Hat er erst einmal den Norden unter seiner Kontrolle, kann er in aller Ruhe nach Süden vorrücken. Die Hochzeitsfeierlichkeiten stellen eine wunderbare Ablenkung dar.«

»Aber … man wird denken, dass Catherine eingeweiht ist.«

»Und du bist sicher, dass sie es nicht ist?«

Ambrose musste sich wieder ins Gedächtnis rufen, dass Tarquin Catherine nicht kannte. »Ganz sicher. Man wird sie einsperren – oder sogar hinrichten! Ich muss sie warnen!«

»Vorsicht, Bruder. Militärische Pläne an eine fremde Macht weiterzugeben, ist Verrat an Brigant.«

»Ich habe nicht die Absicht, den Pitorianern irgendwelche Pläne zu verraten, nur Catherine. Ich habe einen Eid geschworen, sie zu beschützen, und diesem Eid bin ich immer noch verpflichtet, und … und …«

»Und du liebst sie«, beendete Tarquin den Satz.

Leugnen hatte keinen Sinn.

»Das stimmt.«

»Dann musst du zu ihr. Finde sie. Warne sie. Die Truppenbewegung soll am Tag vor ihrer Hochzeit stattfinden. Das ist in einer Woche. Du musst Tornia vorher erreichen. Nimm den Brief mit, als Beweis.«

Ambrose nickte. »Was ist mit dir? Noyes' Männer haben deine Abwesenheit bestimmt schon bemerkt.«

»Ich gehe lediglich meinen üblichen Pflichten nach und inspiziere die Dörfer«, sagte Tarquin schulterzuckend. »Genau das werde ich tun, allerdings nur kurz. Dann reite ich nach Hause und warne Vater.«

»Sie werden eine Beschreibung des Mannes anfertigen, der die Unterlagen gestohlen hat. Es wird nicht lange dauern, bis sie wissen, dass ich es war. Und das führt sie auf direktem Weg zu dir.«

»Mach dir keine Sorgen um mich. Ich komme schon zurecht. Aber Ambrose, selbst wenn es dir gelingt, die Prinzessin zu warnen, wird es Krieg geben. Aloysius wird Pitoria überfallen. Ich hoffe, dass du irgendwann wieder nach Hause kommen kannst, aber jetzt müssen wir Abschied nehmen, und ich fürchte, es wird lange dauern, bis wir uns wiedersehen.« Tarquin umarmte Ambrose. »Pass auf dich auf, kleiner Bruder.«

Alles ging so schnell. Ambrose floh aus seiner Heimat; er war als Verräter gebrandmarkt. Und er musste Catherine finden und sie warnen. Er bezweifelte, dass er Tarquin jemals wiedersehen würde, und bei diesem Gedanken zog er seinen Bruder fest an sich. »Du bist der beste Bruder, den man sich wünschen kann. Ich werde dafür sorgen, dass du stolz auf mich sein kannst.«

Er fühlte, wie Tarquin ihn auf die Stirn küsste und dann sanft von sich schob. »Vergiss uns nicht«, sagte er. »Vergiss auch Anne nicht.«

Ambrose nickte. Sprechen konnte er nicht.

Tarquin schwang sich in den Sattel. »Ich werde dich vermissen, mehr als du dir vorstellen kannst. Und ich weiß, dass du ehrenvoll handeln wirst.« Und damit wendete er sein Pferd und galoppierte davon.

Ambrose ritt nach Osten in Richtung Küste, und schon bald breitete sich die Bucht von Rossarb vor ihm aus. Auf der anderen Seite der Bucht lag Pitoria. Die schmale Straße klammerte sich an die Küste und schlängelte sich nach Nort, einer brigantischen Festung – ein hässlicher, quadratischer Steinkasten, der in der Nähe des Strandes am Fuß der steilen Klippen kauerte. Dahinter zog sich eine schmale Brücke über den Fluss. Das war die eigentliche Grenze; auf der anderen Seite erhob sich eine kleine pitorianische Festung. In einiger Entfernung lag die Stadt Rossarb und dahinter ragten die seltsam abgeflachten Hügel des Nördlichen Plateaus auf. Es war ein verlassener Ort, still und menschenleer, und die Ödnis wurde nur von ein paar wenigen kümmerlichen Sträuchern und gedrungenen Bäumen belebt. Ambrose konnte sich kaum vorstellen, wie innerhalb kürzester Zeit Tausende von Männern auf dem Weg nach Pitoria hier durchmarschieren würden.

Seine Hände verkrampften sich um die Zügel. Ein Überfall ohne Vorwarnung, von einem König ohne Ehre – ein Mann, der um eines taktischen Vorteils willen ohne zu zögern seine einzige Tochter opferte, eine Frau, die mehr Führungsqualitäten besaß – Intelligenz, Mitgefühl, Gerechtigkeitsempfinden –, als ihr Vater jemals haben würde. Sie war allein in der Fremde und hatte keine Ahnung von der Gefahr, in der sie schwebte.

Obwohl er am liebsten sofort weitergeritten wäre, wartete Ambrose bis zum Einbruch der Nacht, bevor er sich der Grenze näherte. Bei Tag wäre es zu gefährlich gewesen: Die Festung von Nort kontrollierte die Straße. Landeinwärts fiel eine steinige Klippe hinunter zur Festung; diese Neigung war mit dem Pferd unmöglich zu bewältigen. Blieb nur noch der Weg direkt an der Küste entlang. Gerade war Ebbe, und ein breiter Sandstrand lag zwischen Ambrose und der Grenze.

Ambrose fasste sich ein Herz und ritt hinaus auf das offene, sandige Grasland und von dort aus zum Strand, wo er von der Festung aus nicht zu übersehen war. Die Nacht war dunkel und der Mond von Wolken verhüllt, trotzdem fühlte er sich schrecklich schutzlos. Die Festung war bestimmt in Alarmbereitschaft versetzt worden, so kurz vor dem Durchmarsch der brigantischen Truppen. Ambrose erwartete, jeden Moment zum Anhalten aufgefordert oder von einer Pfeilspitze durchbohrt zu werden.

Er befand sich in Schussweite der Festung, als sich das breite Tor öffnete. Ein Reiter kam heraus, dann ein zweiter, ein dritter und schließlich trotteten vier Soldaten hoch zu Ross auf ihn zu. Die Pferde waren frisch. Seins war es nicht. Aber für ihn gab es kein Zurück. Die Soldaten stellten sich in einer Linie auf, während Ambrose sich ihnen näherte, sie anlächelte und ein fröhliches »Guten Abend, ihr Herren!« rief. Er war jetzt nahe genug, um Boris' Wappen auf ihren Wämsern erkennen zu können, und er wusste, dass ihm schöne Worte hier nichts mehr nützen würden. Er hatte nur noch eine einzige Chance. Er trat seinem Pferd die Fersen in die Seiten und galoppierte auf die Männer zu. Die Soldaten schrien ihn an, er solle stehen bleiben, aber Ambrose zog sein Schwert und zwang sie mit wilden Hieben, zur Seite auszuweichen. Dann war er an ihnen vorbei und ritt – den Körper dicht über den Hals seines Pferdes gebeugt, die Augen auf die pitorianische Festung in der Ferne geheftet – in wilder Jagd über den Strand. Ihm war klar, dass sein Pferd nicht mehr die Kraft hatte, um dieses Tempo lange durchzuhalten.

»Komm schon!«, trieb er sein Pferd an, als sie die Festung umrundeten und auf der anderen Seite wieder auf die Straße zurückkehrten. Vor ihnen lagen die Brücke und die Grenze, aber sein Pferd erlahmte zusehends. Ambrose warf einen Blick über die Schulter nach hinten. Die vier Soldaten kamen näher, aber nicht so nah, wie er befürchtet hatte. Noch einmal gab er seinem Pferd die Sporen und zwang das Tier zu einer letzten Anstrengung. Mit donnernden Hufen rasten sie über die Brücke. Vor sich sah er einen pitorianischen Soldaten, der durch den Lärm aufgeschreckt worden war und aus der Festung geritten kam.

Zwei seiner Verfolger hatten vor der Brücke ihre Pferde gezügelt; sie zögerten, die Grenze zu übertreten, aber die anderen beiden waren dicht hinter ihm. Wenn sie ihre Schwerter genauso geschickt zu werfen verstanden wie der Junge in Fielding, war Ambrose ein toter Mann. Aber kein Geschoss traf ihn, und als er sich dem pitorianischen Soldaten bis auf Rufweite genähert hatte, schrie er laut um Hilfe.

Der Mann kam ihm nun im Galopp entgegen. Ambrose erkannte die lila Färbung seines Haares, und als Ambroses Pferd schließlich völlig entkräftet stehenblieb, ritt der Soldat neben ihn und fragte: »Habt Ihr Schwierigkeiten, Sir?«

»Ein wenig«, keuchte Ambrose. »Ich bringe Nachrichten für König Arell, aber diese Herren hier wollen anscheinend verhindern, dass die Botschaft den Empfänger erreicht.«

Ambrose hörte die brigantischen Soldaten hinter sich anrücken und wendete sein Pferd, als einer der Soldaten, ein Hauptmann, rief: »Sir Ambrose Norwend, Ihr werdet mit uns zurückkehren. Wir haben einen Haftbefehl gegen Euch.«

»Ich gehe nirgends mit Euch hin.«

Der Hauptmann trieb sein Pferd vorwärts und sagte: »Ihr seid ein Verräter. Ihr werdet mitkommen.«

Der Mann mit den lila Haaren ließ sein Pferd ebenfalls weiter vortreten. »Wenn dieser Mann ein Verräter ist, dann ein Verräter an Brigant.« Er zügelte sein Pferd und wedelte mit der Hand in Richtung der Soldaten, als wollte er ein lästiges Kind abwimmeln. »Ihr befindet Euch auf pitorianischem Territorium. Ihr habt hier nichts zu sagen. Wenn dieser Mann nicht wünscht, Euch zu begleiten, dann könnt Ihr ihn nicht dazu zwingen.« Sein Gesicht wurde hart. »Deshalb schlage ich vor, dass Ihr ganz schnell wieder auf Eure Seite der Grenze zurückkehrt.« Die beiden Briganter starrten ihn an; offenbar überlegten sie, ob sie einen Kampf wagen sollten, immerhin stand es zwei gegen zwei, und Ambrose war erschöpft. Aber gerade als ihre Hände zu den Griffen ihrer Schwerter wanderten, erklang ein Ruf aus der pitorianischen Festung und weitere Soldaten traten aus dem Tor. Der brigantische Hauptmann spuckte aus und sagte: »Scheiß auf Euch. Scheiß auf Pitoria.«

Mit einem letzten, wütenden Blick wendeten die brigantischen Soldaten ihre Pferde und ritten wieder zurück über die Brücke.

Edyon

DORNAN,
PITORIA

Edyon ritt schnell, doch seine Gedanken kreisten noch schneller. Er hatte einen Mann des Sheriffs umgebracht. Aus dem Hals des Wachmanns war Blut gespritzt, genau wie bei dem Huhn, das er im Auftrag von Madame Eruth getötet hatte. Aber bei einem Menschen war das etwas ganz anderes – zu hören, wie es zu Boden klatschte, zu fühlen, wie es das eigene Gesicht besprühte … Edyon ritt dicht hinter Holywell, mit March an seiner Seite. Er hörte das Klappern der Hufe und roch den Schweiß, doch alles, was er sehen konnte, war der Mann, der auf dem Boden lag. Tot.

Um dich herum ist jetzt überall der Tod.

Edyon drehte sich der Magen um. Er zügelte sein Pferd gerade noch rechtzeitig, bevor sein Abendessen aus Eintopf und Wein in hohem Bogen aus seinem Mund schoss, über sein Bein glitt und zu Boden tropfte. Er starrte nach unten und wartete, ob noch mehr kommen würde. Wieder würgte er. Der Geruch nach Erbrochenem war überall, in seinem Mund, seinem Hals und in seiner Nase. Auf der Erde glänzte die Kotze, wie vorhin das Blut des toten Wachmanns geglänzt hatte. Edyon erschauerte, erbrach sich erneut und wischte sich mit dem Handrücken über die Lippen.

March und Holywell waren ebenfalls stehen geblieben und beobachteten ihn. Ihre Mienen sagten mehr als Tausend Worte, und ihr Ausdruck war alles andere als mitfühlend. Holywell wirkte belustigt. March machte einen angeekelten Eindruck, doch dann veränderte sich sein Gesicht wieder, und Edyon dachte, er hätte sich geirrt. Marchs Schulter war blutverschmiert.

Wieder verkrampfte sich Edyons Magen, und er beugte sich zur Seite und wartete ab, aber es kam nichts mehr. Das Schlimmste war vorbei, und er holte tief Luft und richtete sich im Sattel wieder auf. Holywell und March achteten nicht mehr auf ihn. Holywell untersuchte Marchs Schulterwunde und redete in einer Sprache mit ihm, die Edyon nicht verstand.

Was war nur passiert? Wie war er hier gelandet, auf der Flucht mit zwei Männern, die er überhaupt nicht kannte? Wie war es möglich, dass er plötzlich in einen Mord verwickelt war? Edyon hatte doch nur versucht, March zu helfen. Als der Wachmann March mit seiner Lanze angegriffen hatte, war Edyon vorgesprungen, um ihn abzufangen, aber der Mann war riesengroß gewesen, viel größer als Stones Wachen. Edyon hatte gedacht, dass er wie eine Fliege zur Seite gewischt werden würde … Doch stattdessen hatte er den Wachmann herumgerissen und ihn auf Holywell zugestoßen, der in diesem Moment den Dolch erhoben hatte und den Mann damit am Hals erwischte.

Holywell hatte schnell reagiert. Hatte er vorgehabt, den Mann zu töten? Das spielte keine Rolle. Holywell hatte zwar den Dolch in der Hand gehabt, aber es war Edyon gewesen, der ihm den Mann mit einer neuen, völlig unerwarteten Körperkraft in die Arme geschleudert hatte. Und es war Edyon gewesen, den der Wachmann hatte festnehmen wollen. Ein Mann war tot, und es war seine Schuld.

Um dich herum ist jetzt überall der Tod … Und wenn er sich an der Weggabelung befand, die Madame Eruth ihm prophezeit hatte, dann gab es von hier aus keine Umkehr mehr. Er hatte geglaubt, seine Zukunft läge in dem fernen Land voller Reichtum, doch stattdessen begleiteten ihn wahrhaftig Leid und Tod.

Holywell holte Verbandszeug aus seiner Tasche und versorgte Marchs Schulter. March starrte mit totenbleichem Gesicht geradeaus und verkrampfte den Kiefer.

»Das muss für den Moment reichen«, sagte Holywell zu March. Er drehte sich zu Edyon um und sagte: »Wenn Ihr so weit seid, Euer Hoheit, sollten wir weiterreiten.«

»Ja, aber wohin reiten wir?«

»Nach Norden. So weit wie möglich nach Norden.«

»Nach Norden? Aber Calidor liegt westlich von hier.«

»Das ist richtig, Euer Hoheit, aber zunächst einmal müssen wir so schnell wie es nur irgend geht weg von Dornan und den Männern des Sheriffs, die uns vermutlich verfolgen werden. Danach schlagen wir den Weg nach Calidor ein.«

»Aber ginge das nicht viel besser, wenn wir uns nach Westen wenden?«

»Dazu müssten wir umkehren. Und das geht jetzt nicht mehr.«

»Noch suchen sie uns nicht, oder etwa doch?«

Holywell schien zu überlegen. »Vielleicht nicht, aber das Risiko können wir nicht eingehen. Möglicherweise haben sie das Mädchen geschnappt und die Wahrheit aus ihr herausgeprügelt.«

Edyon hoffte, dass der jungen Dämonenjägerin die Flucht gelungen war. Sie hatte mit dem Mord nichts zu tun.

»Außerdem«, sagte Holywell und deutete auf den Verband um seinen Hals, »sind March und ich verwundet. Ich weiß nicht, ob wir Euch beschützen könnten, wenn es zum Kampf käme. Je eher wir Dornan hinter uns lassen, desto besser.«

»Er hat recht«, sagte March. »Wir müssen weiter. Holywell wird uns in Sicherheit bringen, Euer Hoheit, aber wir müssen unbedingt weiterreiten.«

Edyon nickte. Wenn March mit einer verwundeten Schulter reiten konnte, dann wollte er nicht der Klotz an seinem Bein sein. March, der ihm zu Hilfe gekommen war, der verwundet war und Komplize bei einem Mord. Und alles war Edyons Schuld.

Sie ritten weiter. Edyon durchlebte in Gedanken noch einmal den Moment, in dem er den Wachmann gepackt und in Holywells Dolch gestoßen hatte. Der große Mann hatte sich nicht schwerer angefühlt als ein Kind. Das musste die Panik gewesen sein, die Angst und der Schock, dass March verwundet worden war. Aber Edyon würde alles dafür geben, es ungeschehen zu machen. Wenn er sich nur nicht eingemischt hätte. Aber dann wäre er verhaftet worden. Wenn er nur nicht mit dem Mädchen am Fluss gewesen wäre. Aber sie wollte den Rauch wiederhaben. Wenn er den Rauch bloß nicht gestohlen hätte. Wenn, wenn, wenn … Was für ein Narr er doch war.

Der Himmel verfärbte sich in der Morgendämmerung bereits blassblau, als Holywell endlich sein Pferd zügelte. Sie befanden sich in einem Waldgebiet; alles war still. Edyon fühlte sich kein bisschen erschöpft, im Gegenteil: Er war merkwürdig wach und voller Energie. Sein Körper wollte noch nicht ausruhen.

Holywell sagte: »Wir machen hier Rast. Ich werde die Pferde am Fluss tränken und mich dann umsehen. March, du bleibst hier und bewachst Seine Hoheit.« Holywell holte ein kleines Bündel aus seiner Tasche und warf es March zu. »Da drin ist noch Verbandszeug und Brot und Käse. Lass mir von beidem etwas übrig. Und deck diese Flasche zu. Sie leuchtet wie ein Signalfeuer.«

Holywell verschwand mit den Pferden.

»Wie wurde Holywell verletzt?«, wollte Edyon von March wissen.

»Wir hatten einen Zusammenstoß mit Regan.«

»Einen Zusammenstoß?«

»Regan hat uns angegriffen. Er ist auch tot.«

»Oh, Scheiße.«

Madame Eruths Weissagungen hatten sich allesamt als richtig erwiesen. Der Tod umgab ihn von allen Seiten. Und da war March, der schöne fremde Mann, den sie ihm versprochen hatte. Aber was hatte sie noch über ihn gesagt? *Aber gib acht: Auch er lügt …*

»Ihr habt gesagt, Ihr hättet einen Beweis«, platzte es aus ihm heraus, »dass Ihr von meinem Vater, dem Prinzen, kommt.«

March nickte und griff in seine Jacke. Er holte etwas heraus und sagte: »Das ist für Euch von Eurem Vater.«

Es war ein Ring, der golden im Licht der aufgehenden Sonne schimmerte. Ein Smaragd funkelte im Auge des Adlers. Die Goldschmiedekunst war atemberaubend.

»Das ist Prinz Thelonius' Siegel. Er hat den Ring jeden Tag getragen, seit ich ihn kenne, bis er ihn uns gab, mit der Mission, Euch – seinen Sohn – zu finden und ihn Euch zu übergeben, als Zeichen dafür, wie sehr er sich wünscht, Euch zu sehen.«

Edyon zog die Kette unter seinem Hemd hervor. Daran hing ein Anhänger aus goldenen Ranken, die ein flaches Medaillon in der Mitte umgaben. Der Ring glitt durch die Ranken und rastete in dem Medaillon ein.

Anhänger und Ring passten perfekt zusammen.

Edyon betrachtete den Ring. »Zwei Männer sind bereits gestorben, weil mein Vater mir das hier geschickt hat. Ich hoffe, dass niemand mehr zu Schaden kommen wird.« Er schaute March an. »Aber ich habe kein gutes Gefühl.«

Leid, Schmerz und Tod …

Ein seltsamer Ausdruck lag auf Marchs Gesicht, doch er wandte sich ab und fing an, Jacke und Hemd auszuziehen. Der Verband um seine Schulter war blutverkrustet und schmutzig. March wollte ihn abwickeln, aber er zuckte zusammen.

Edyon sagte: »Lasst mich Euch helfen.«

»Ich schaffe das schon, Euer Hoheit.« Aber die Bewegung hatte die Wunde wieder aufgerissen, und frisches Blut tröpfelte über Marchs Brust.

»Das ist nicht wahr. Legt Euch hin und haltet still. Sonst macht Ihr es noch schlimmer.«

»In meiner Tasche ist eine Decke«, sagte March.

Edyon bückte sich und zog sie heraus, während er sich wünschte, er hätte ebenfalls daran gedacht, eine einzupacken.

Dann erstarrte er. »Mist, verdammter!«

»Was ist?«, fragte March. »Müsst Ihr Euch wieder übergeben?«

»Nein … ich … ich glaube, ich habe etwas sehr Dummes getan. Ich hatte eine Tasche bei mir, und ich habe sie … im Wald liegen gelassen. Es ging alles so schnell. Derjenige, der sie findet, wird ziemlich schnell merken, dass sie mir gehört.«

Das war noch eine Untertreibung. In der Tasche lagen seine besten Hemden, die mit seinen Initialen bestickt waren. Genauso gut hätte er einen Zettel mit einem unterschriebenen Geständnis bei dem toten Wachmann zurücklassen können. Er war wirklich ein Narr.

March lächelte Edyon nachsichtig an und sagte: »Wir alle machen Fehler, Euer Hoheit.« Aber Edyon bezweifelte, dass March ein solch dummer Fehler unterlaufen wäre. Tja, nun ließ sich nichts mehr daran ändern.

Edyon warf die Decke auf den vom Morgentau feuchten Boden. March zögerte, dann streckte er sich darauf aus, wobei er vor Schmerzen das Gesicht verzog. Behutsam zog Edyon Marchs Hemd von seiner Brust und säuberte die Wunde mit einer frischen Bandage und Wasser aus Marchs Wasserschlauch.

»Blutet es auch auf dem Rücken? Da tut es auch weh.«

Sanft hob Edyon Marchs Schulter an. »Da ist keine Wunde, aber es ist geschwollen und rot.« Er berührte die Stelle und March schrie auf. »Der Schnitt sieht tief aus, vermutlich bis auf den Knochen.«

Edyon nahm sich viel Zeit, um die Wunde zu reinigen. March starrte zu Edyon hoch, der Bauchflattern bekam, als sich ihre Blicke trafen. Doch dann schloss March die Augen. Edyon hatte nichts dagegen, gab ihm dies doch die Gelegenheit, seinen neuen Freund genau zu begutachten, das hübsche Gesicht und die glatte, muskulöse Brust. Der Schnitt in der Schulter war wirklich tief. Holywell hatte behauptet, die Wunde sei harmlos, aber vielleicht hatte sie sich durch den Ritt verschlimmert. Oder Holywell hatte gelogen, damit sie schneller vorwärtskamen.

Marchs Atmung ging nun tief und regelmäßig. Er war eingeschlafen. Edyon strich mit den Fingerspitzen über Marchs kantigen Kiefer, dann hob er seinen Kopf an und schob eine Decke darunter. Als er sich abwandte, sah er die Flasche mit dem Dämonenrauch neben Marchs Tasche liegen. War es wirklich erst gestern gewesen, dass er davon gekostet hatte? Es kam ihm so unwirklich vor, als wäre es gar nicht passiert, und doch hatte ihn diese Dummheit auf geradem Weg in diese Misere geführt. Aber nein, es war schon vorher geschehen, als er das silberne Schiff gestohlen hatte. Deshalb war er verprügelt und gedemütigt worden. Und deshalb war er ins Badehaus gegangen, um seine Wunden zu pflegen und sich zu säubern. Und dort hatte er den Rauch gefunden.

Er tastete mit der Zunge nach dem losen Zahn, aber er fand ihn nicht, und auch keine Schwellung, kein wundes Gefühl. Er erinnerte sich vage, dass er schon beim Erwachen aus dem Dämonenrausch festgestellt hatte, dass der Zahn nicht mehr so schlimm war. Und das vom Dämonenrauch angewärmte Bad hatte wahre Wunder gegen die Schmerzen von den Schlägen gewirkt …

Hatte etwa der Rauch seine Schrammen und den Zahn geheilt?

So ein Unfug. Er hatte schon früher Dämonenrauch inhaliert und war noch nie dadurch geheilt worden. Man fühlte sich lediglich gut danach. Und jetzt nicht einmal mehr das, im Gegenteil: Er fühlte sich richtig schlecht. Er mochte zwar der Sohn eines Prinzen sein, mit dem goldenen Ring eines Prinzen, aber er war immer noch ein Bastard und ein Dieb (und noch dazu ein ziemlich mieser). Und ein Mörder, der bereits zwei Menschen auf dem Gewissen hatte: Regan und den Mann des Sheriffs. Und er war schuld, dass March Schmerzen litt.

Schmerz, Leid und Tod. Überall Tod.

Und Edyon hatte das ungute Gefühl, dass noch mehr davon auf ihn wartete.

Tash

DORNAN,
PITORIA

Tash war Edyon, Holywell und dem dritten Mann fast die ganze Nacht lang gefolgt. Sie hatten zwar Pferde, aber Tash war flink. Sie hatte sich überlegt, ob sie warten sollte, bis sie ein Lager aufgeschlagen hatten, und dann einfach hineinstürmen, den Rauch schnappen und wegrennen. Aber sie hatten nur kurz angehalten, damit Edyon sich übergeben konnte. Natürlich wollten sie eine möglichst weite Strecke zwischen sich und die Männer des Sheriffs legen. Und wenn sie tatsächlich Rast machten, dann würden sie auf der Hut sein; sie würde nicht einfach ins Lager schleichen und den Rauch an sich nehmen können. Mit dem Messer-Mann war nicht zu spaßen. Und so kehrte sie um und ging nach Dornan zurück, als es hell wurde.

Es war mitten am Vormittag, als sie wieder in der Stadt eintraf. Im Wald wimmelte es vor Menschen. Die Männer des Sheriffs hatten die Leiche gefunden und waren ausgeschwärmt, obwohl es Tash nicht so vorkam, als ob sie sich an Edyons Fersen geheftet hätten.

Sie ging in das Wirtshaus, in dem Gravell sich einquartiert hatte, geradewegs in sein Zimmer. Die Luft roch abgestanden und sauer nach Schweiß. Auf dem Bett lag ein Hügel in der Form eines Mannes. Tash ging hin und schüttelte ihn.

»Wach auf, ich habe Neuigkeiten.«

Nichts. Nicht einmal ein Schnarchen.

Tash beugte sich über ihn und rüttelte ihn wild hin und her.

Gravell furzte.

Sie ging zum Kopfende des Bettes.

»Wach auf, Gravell!«

Gravell stöhnte und dann rülpste er so stinkend, dass Tash zurückweichen musste. Aber es war nicht das erste Mal, dass sie Gravells Ausdünstungen und seinen Kater aushalten musste; sie wusste, was sie tun musste. Sie nahm die Waschschüssel, füllte sie mit Wasser, ging wieder zum Bett und goss ihm das Wasser ins Gesicht.

»Wach auf! Ich muss mit dir reden!«

Gravell leckte sich über die Lippen.

»Ich weiß, wo der Rauch ist! Ich habe gesehen, wie ein Mann getötet wurde!«

Gravell grunzte und drehte sich um.

Seufzend setzte Tash sich auf einen Stuhl und hörte, wie Gravell anfing zu schnarchen.

Catherine

DIE STRASSE NACH TORNIA, PITORIA

Haare weißen: 50 Kopeken. Garantiert reines Weiß.
Werbetafel eines fahrenden Barbiers

Catherine war erschöpft. Erschöpft, aber zufrieden und ein bisschen stolz. Alles war gut gelaufen für sie und ihr Kleid. Sie hatte es jeden Tag getragen, von morgens bis abends, hoch zu Ross. Es war unglaublich anstrengend, aber die Sache war es wert: Die Leute konnten gar nicht genug von ihr bekommen.

Das Wetter war ihr ebenfalls gewogen; es war warm, aber nicht zu heiß, und es regnete auch nicht. Sie war langsam vorangekommen, wegen der stetig wachsenden Zahl an Schaulustigen. Das Pferd, auf dem sie ritt, war groß, schön und friedlich. Sir Rowland hatte es in Lord Farrows Stall gefunden. Auch die Trompeter waren gut gewählt. Sie spielten laut, aber nicht ohrenbetäubend. Und Sir Rowland hatte sie sowohl wegen ihrer musikalischen Fähigkeiten ausgesucht als auch wegen ihres angenehmen Äußeren; sie waren alle jung und gut aussehend. Sie marschierten an der Spitze der Prozession, und wenn Catherine schließlich auftauchte, hatte sich eine große Menschenmenge versammelt. Natürlich gab es auch Tänzer, und wieder war es Sir Rowland gelungen, nur die ansehnlichsten Künstler zu finden. Als Catherine eine Bemerkung darüber machte, lächelte Sir Rowland und sagte: »Warum sollte man mit etwas Hässlichem vorliebnehmen, wenn man etwas Hübsches haben kann?«

Und die Zuschauermenge wuchs ständig an. Das Volk von Pitoria liebte Festlichkeiten, das hatte Catherine schnell begriffen. Jeden Abend wurde ein Fest gegeben, und am Tag war die Straße von Menschen gesäumt, die ihre Ankunft feierten: Jung und Alt starrten, deuteten auf sie und winkten, und die Kinder hüpften vor Aufregung auf und ab.

Als der Tross an diesem Morgen in Woodville eintraf, rief ein kleines Mädchen, das vor der Bäckerei stand: »Ich liebe Euch!« Dann errötete die Kleine und versteckte das Gesicht hinter den Händen. Catherine trug einen Zweig der hübschen, zierlichen Wissun-Blume bei sich, deren zahlreiche kleine weiße Blüten einen runden Kopf bildeten. Sie zügelte ihr Pferd, reichte Tanya die Blume und sagte: »Gib sie dem Mädchen. Und sprich Pitorianisch«, setzte sie hinzu.

Catherine beobachtete, wie Tanya ihr Pferd zu dem Mädchen lenkte, ihr die Wissun gab und sagte: »Mit herzlichem Dank von Prinzessin Catherine.«

Die Geschichte machte schnell die Runde, und schon bald riefen fast alle Mädchen und Jungen: »Wir lieben Euch!«

Catherine lächelte freundlich und verschenkte immer mehr Blumen. Langsam ritten sie weiter, und Sir Rowland reichte Catherine einen neuen Blütenzweig.

»Was für ein Glück, dass diese Blume auf dem Weg nach Tornia überall wild wächst«, bemerkte er. »Aber ich fürchte, dass bis zu Eurem Hochzeitstag in ganz Pitoria keine einzige Wissun mehr zu finden ist.«

Catherine lachte. »Das wäre ja schrecklich!«

»Ihr macht Eure Sache ausgezeichnet, Euer Hoheit. Obwohl es ganz den Anschein hat, als ob Euer Bruder Eure Handlungsweise nicht gutheißt.«

Catherine blickte zu Boris. »Na, wenigstens sieht er schneidig aus.«

Die Pferde, Männer und Waffen ihres Bruders waren prächtig anzuschauen und glänzten in der Sonne. Boris ritt an der Spitze des Zuges, wie immer mit Noyes an seiner Seite, der ein wachsames Auge auf alles hatte. Boris sorgte dafür, dass die Prozession vorankam. Er war wild entschlossen, pünktlich in der Hauptstadt anzukommen, und beklagte sich bitterlich bei Catherine über das Schneckentempo. Natürlich hatte er recht, aber ausnahmsweise waren seine Einflussmöglichkeiten gering. Er konnte dafür sorgen, dass seine Männer die Straße freihielten, und er bestand darauf, dass sie jeden Morgen zeitig aufbrachen, aber er konnte weder die Zuschauer kontrollieren noch deren Entschlossenheit, ihre neue Prinzessin zu begrüßen.

»Ich muss Euch erneut für Eure Unterstützung danken, Sir Rowland«, sagte Catherine. »Nur Ihr habt das alles erst möglich gemacht. Allerdings geht mir schon seit einer Weile ein Gedanke nicht mehr aus dem Kopf, und wieder einmal brauche ich Euren Rat.«

»Ich bin ganz Ohr, Euer Hoheit.«

»Weiß ist meine Farbe. Wäre es wohl möglich, dass meine Männer ihre Haare weiß färben? Ich meine nicht die Soldaten, sondern die Tänzer und die Musikanten.«

Sir Rowland klatschte in die Hände. »Was für eine großartige Idee, Euer Hoheit. Das würde Euer Prestige ungemein steigern. Nur die mächtigsten Lords des Landes stellen ihre Farben auf diese Weise zur Schau, und – soweit ich weiß – keine einzige Frau. Außer Euch.«

Catherine war erfreut, zögerte aber noch. »Es gibt also keinen Grund, warum ich es nicht tun sollte? Es würde nicht etwa den Prinzen oder den König vor den Kopf stoßen?«

»Das einzige Hindernis, das mir einfällt, ist rein finanzieller Natur, Euer Hoheit. Haarfarbe in dieser Menge ist kostspielig; Ihr habt ein großes Gefolge, und Haare wachsen ständig.«

»Das Geld treibe ich schon auf«, sagte Catherine nachdenklich. »Aber kann man Haare überhaupt weiß färben?«

»Ich glaube schon. Wir werden uns heute Abend die Haare Eurer Tänzer vornehmen, dann werden wir sehen, wie es wirkt. Ihr kreiert eine neue Mode, Euer Hoheit. Mir ist zu Ohren gekommen, dass die Damen in Tornia bereits Euer Kleid kopieren. Nur die wenigsten trugen Weiß, bevor Ihr kamt; die Farbe galt als fade und nichtssagend.«

Catherine lächelte. »Es scheint so, als würden wir alle etwas lernen.«

Am nächsten Morgen kam Boris in Catherines Schlafgemach, als sie sich gerade ankleidete.

»Wirst du denn niemals pünktlich fertig?«, beklagte er sich.

»Ich war beschäftigt.«

Catherine hatte ihre Schulden ausgerechnet. Sie benötigte Geld. Seit ihrer Ankunft in Pitoria hatte man sie mit Geschenken überschüttet – ein Pferd, Schuhe, Kissen, Spitze, Fächer, Federn, Wein und sogar ein paar Bücher. Aber was sie brauchte, war Geld.

»Womit? Mit der Entscheidung, welches Kleid du heute anziehst?«, spottete Boris. »Oder ob du dir die Haare färben sollst?«

»Meine Männer färben sich die Haare, nicht ich.«

»Ich habe heute Morgen gesehen, wie sie herumstolzieren. Sie sehen lächerlich aus.«

»Ich finde sie ganz prächtig. Obwohl das Weiß im Moment noch ein bisschen zu gelb ist, aber vielleicht lag das nur am Feuerschein gestern Abend. Wenn wir einen leichten Hauch Blau hinzufügen, passen meine Leute viel besser zu Prinz Tzsayns Gefolge.«

»Was willst du durch dieses ganze Theater erreichen, Schwester? Außer, dich lächerlich zu machen?«

»Freude. Vergnügen. Zufriedenheit. Dinge, die du nicht zu schätzen weißt.«

Boris kräuselte die Lippen und wandte sich ab. »Ich werde zufrieden sein und sogar freudig und vergnügt, wenn wir ausnahmsweise einmal pünktlich aufbrechen können.«

»Noch etwas, Boris, bevor du gehst: Ich benötige Geld für Kleider.«

Boris drehte sich wieder zu ihr um. »Du hast Kleider.«

»Es sieht ganz so aus, als würde ich noch welche brauchen.«

»Das finde ich nicht. Du bist doch angezogen, oder?« Er beugte sich vor und schob die Fingerspitze durch einen Schlitz in ihrem Kleid. »Jedenfalls fast. Es gefällt dir, deinen Körper zur Schau zu stellen, nicht wahr, Schwester?«

Catherine holte tief Atem, um sich zu beruhigen. »Ich gehe nur mit der pitorianischen Mode. Ich passe mich an. Ich werde zu einer von ihnen, wie ich es versprochen habe. Es wirft ein schlechtes Licht auf Vater, wenn ich jeden Tag dasselbe Kleid trage. Es sieht so aus, als seien wir arm, als könnte sich Brigant nicht mehr leisten. Ich brauche zumindest ein neues Hochzeitskleid und neue Gewänder für meine Zofen. Ich habe gehört, dass Tzsayn sehr viel Wert auf eine modische Erscheinung legt.«

»Dann kann er dir ja ein Kleid kaufen.«

»Sir Rowland hat mir erzählt, dass sich Prinz Tzsayn täglich über unseren Zug informieren lässt. Es wäre doch sehr bedauerlich, wenn der Prinz enttäuscht zur Kenntnis nehmen müsste, dass ich jeden Tag dasselbe Kleid trage. Was für eine Schande wäre es doch, wenn die Eheschließung an ein, zwei Kleidern scheitern würde.«

Boris zögerte. Dann brummte er: »Na gut, du sollst deine Kleider haben. Aber sieh zu, dass sie anständig aussehen. Wenn Tzsayn dich nicht heiratet, weil deine Ärmel falsch geschnitten sind, dann …«

»Ja?«

»Dann wirst du dich vor Vater verantworten müssen.«

Catherine zwang sich zu einem Lächeln. »Nun, dann werde ich

dafür sorgen, dass ich nur das Beste vom Besten trage. Was natürlich bedeutet, dass es eine kostspielige Anschaffung wird.«

Boris' Mund war eine dünne, harte Linie. »Natürlich.«

Er drehte sich um und stampfte aus dem Zimmer.

Zitternd stieß Catherine den Atem aus.

»Lässt sich der Prinz tatsächlich über uns Bericht erstatten?«, wollte Sarah wissen.

»Keine Ahnung«, entgegnete Catherine. »Ich an seiner Stelle wäre sehr neugierig, aber ich weiß natürlich nicht, was in seinem Kopf vorgeht.«

Sie verschwieg, dass sie sich allmählich Sorgen machte, weil der Prinz ihr noch kein Zeichen seiner Zuneigung hatte zukommen lassen, weder einen Brief noch irgendein Geschenk. War er krank oder schlichtweg nicht an ihr interessiert? Sie wusste so wenig über ihn, und doch würde sie in vier Tagen mit ihm verheiratet werden. Ihr Leben würde sich von Grund auf verändern. Aber sie war entschlossen, alles zu tun, was ihr möglich war, um ihre Zukunft auf die Weise zu gestalten, wie sie es sich wünschte.

Edyon

IRGENDWO NÖRDLICH VON DORNAN, PITORIA

Der dritte Tag seit ihrer Flucht aus Dornan neigte sich dem Ende entgegen; sie waren die ganze Zeit langsam in Richtung Norden geritten. March litt große Schmerzen, sobald sein Pferd schneller als im Schritttempo ging. Als sie nun am Feuer saßen, fragte Edyon: »Sollten wir nicht morgen nach Westen abbiegen, in Richtung Küste? March hält nicht mehr lange durch.«

Holywell schüttelte den Kopf. »Da wir nur langsam vorankommen, müssen wir die belebten Straßen meiden, Euer Hoheit. Wir können etwaigen Verfolgern nicht davonlaufen, also müssen wir ihnen aus dem Weg gehen. Die Häfen werden von den Leuten des Sheriffs bestimmt als Erstes durchsucht.«

»Wenn sie überhaupt nach mir suchen«, sagte Edyon.

»Sie werden Eure Tasche in der Nähe der Leiche gefunden haben. Obwohl ich fest davon überzeugt bin, dass es allesamt keine besonders hellen Köpfe sind, werden sogar sie in der Lage sein, eins und eins zusammenzuzählen.«

Edyon wünschte, er hätte March nichts von seiner zurückgelassenen Tasche erzählt. Oder besser gesagt: Er wünschte, March hätte es nicht Holywell erzählt.

»Könnt Ihr mit einem Schwert umgehen, Euer Hoheit?«

Edyon glaubte, einen spöttischen Unterton in Holywells Stimme zu hören, aber als er ihn musterte, blickte ihn der Mann mit ernster Miene an. Edyon lachte bitter.

»Wie Ihr bestimmt schon bemerkt habt, trage ich kein Schwert bei mir, und um Euch ein Bild von der Situation zu vermitteln, darf ich Euch versichern, dass ich bei jeglicher Form der Auseinandersetzung in der Regel zu Brei geschlagen und vollgepisst werde.«

Holywell legte den Kopf schräg. »Mit dem Wachmann seid ihr ziemlich gut zurechtgekommen.«

Darauf konnte Edyon nichts erwidern. Er war nicht stolz auf das, was er getan hatte. Was wurde nun aus der Familie des Mannes? Aus seiner Frau? Aus den vaterlosen Kindern? Ihr Elend war sein Werk.

»Wollt Ihr die erste Wache übernehmen?«, fragte Holywell. »Dann können March und ich Euch ablösen, und Ihr könnt bis zum Morgen schlafen.«

Edyon nickte, und Holywell legte sich hin und schloss die Augen.

Edyon wusste nicht genau, wonach er Ausschau halten sollte. In der ersten Nacht saß er nur da und lauschte auf die Geräusche des Waldes und auf Holywells Schnarchen, während er Marchs Gesicht im schwachen Licht das neuen Mondes betrachtete. Doch das war kein Vergnügen mehr; Marchs Gesicht glänzte vor Fieberschweiß.

Als ob er Edyons Gedanken gehört hätte, drehte sich March auf seinem Lager zu ihm um. Seine Augen waren im Mondschein noch bleicher als sonst.

»Wie geht es Euch?«, fragte Edyon und lächelte sanft.

March wandte das Gesicht ab und sagte: »Das wird schon wieder, Euer Hoheit.«

Der fremde Mann leidet Schmerzen. Ich kann nicht sehen, ob er leben oder sterben wird …

Edyon schüttelte den Kopf. Bislang hatte Madame Eruth mit ihren Prophezeiungen recht behalten, aber sogar sie kannte nicht alle Antworten. Edyon würde dafür sorgen, dass March nicht starb.

Edyon ging zu ihm und sagte: »Lasst mich nach Eurer Wunde sehen. Ich werde sie noch einmal auswaschen. Etwas kaltes Wasser aus dem Fluss wird den Schmerz lindern.«

March gab keine Antwort, und sein Schweigen war für Edyon ein Beweis dafür, dass er starke Schmerzen hatte. Ansonsten hätte er Edyons Hilfe wohl abgelehnt. Vorsichtig löste Edyon den Verband. Marchs Haut war heiß und geschwollen, und an dem Verband und auch in der Wunde klebten getrocknetes Blut und gelber Eiter. Die Wunde sah schlimm aus, und ihr Zustand hatte sich deutlich verschlechtert.

Edyon säuberte die Wunde, mehr konnte er nicht tun. Aber das reichte nicht. Er war sich sicher, dass der Rauch irgendwie seine Heilung nach den Prügeln, die er von Stones Männern bezogen hatte, beschleunigt hatte. Die Schrammen waren verschwunden, und der Zahn, der kurz davorgestanden hatte auszufallen, saß nun wieder felsenfest im Zahnfleisch.

Wenn der Rauch ihn gesund gemacht hatte, musste er ihn auch bei March ausprobieren.

Aber wie? Er hatte den Rauch inhaliert. March hatte einen tiefen Schnitt in seiner Schulter. Edyon holte die Flasche mit dem Dämonenrauch und legte sie vorsichtig auf die Wunde. March schrie auf.

»Was tut Ihr da?«, fragte er. Edyon kam sich lächerlich vor. »Ich dachte, es könnte helfen«, sagte er verlegen.

»Wie – helfen?«

»Ich habe die Flasche mit dem Rauch ins Wasser gelegt, und meine Schrammen und Beulen sind verschwunden. Stones Männer haben mir beinahe einen Zahn ausgeschlagen, aber jetzt sitzt er wieder ganz fest.« Er erinnerte sich an das Gefühl, dass der Rauch in seinem Mund buchstäblich nach dem losen Zahn gesucht hatte. Vielleicht würde er auch zu Marchs Wunde streben, aber wie sollte er verhindern, dass der Rauch einfach davongeweht wurde? Er brauchte einen Behälter, aber sie besaßen lediglich die Zinnschüsseln aus Marchs Tasche, und die waren zu groß.

Es gab noch eine andere Möglichkeit. Er konnte etwas von dem Rauch in seinen Mund einsaugen und diesen dann leicht geöffnet auf Marchs Schulter legen. Er konnte sich Schlimmeres vorstellen als das. Aber was, wenn er den Rauch versehentlich einatmete und ohnmächtig wurde? Er musste sich konzentrieren, durfte den Rauch nur in seinem Mund behalten.

»Ich habe eine Idee. Wenn Ihr mir erlaubt, es zu versuchen.«

March schaute ihn an. Seine Augen hatten die Farbe von Mondlicht. Er blinzelte und sagte: »Versucht es.«

Edyon nahm die Flasche mit dem Dämonenrauch, der hell in der Dunkelheit leuchtete. Fast schien es so, als würde er vor Leben pulsieren. Er drehte die Flasche auf den Kopf, löste den Korken und entließ einen winzigen Rauchfaden, den er in seinen Mund steigen ließ. Dann kauerte er sich über March und senkte den Kopf. Ihre Blicke trafen sich, und unter den brennenden Augen von March erstarrte er einen Moment lang. Dann rückte Edyon noch näher, bis seine Lippen Marchs Haut streiften.

March keuchte auf, und seine Hände packten Edyons Schultern. Edyon wusste nicht, ob vor Entzücken oder vor Schmerz. Edyon öffnete leicht den Mund, sodass der Rauch zwischen seinen Lippen zu Marchs Wunde schlüpfen konnte. Er hielt den Atem an und versuchte, den Rauch nicht in seine Lunge zu atmen. Trotzdem empfand er ein kleines Schwindelgefühl. Ihm wurde ganz leicht zumute, als ob sein Körper schweben würde. Unwillkürlich musste er lächeln, weil es ein so schönes Gefühl war, und der Rauch entkam aus seinem Mundwinkel. Edyon schaute ihm nach, wie er hinauf in den Himmel stieg. Dann sah er wieder hinunter zu March.

»Habt Ihr irgendetwas gespürt?«

»Es ist warm«, sagte March und schloss die Augen.

Edyon untersuchte Marchs Wunde. War ihm der Rauch zu Kopf gestiegen oder hatte sich ihr Zustand tatsächlich leicht verbessert? Wieder ließ er etwas Rauch aus der Flasche in seinen Mund gleiten und drückte dann seine Lippen auf Marchs Haut. Er fühlte die Wärme des Rauchs in seinem Mund; er schien sich schneller zu bewegen als in der Flasche. Edyon hielt den Atem an und blieb still sitzen, so lange er konnte, ehe er den Rauch entließ. Er blickte in Marchs Gesicht, um diesen Moment mit ihm zu teilen, aber Marchs Augen waren noch immer geschlossen.

Jetzt gab es keinen Zweifel mehr. Die Schwellung war verschwunden, die Wundränder hatten sich geschlossen, und es bildete sich bereits eine Narbe. In Edyons Kopf allerdings drehte sich alles. Er war so müde, dass er die Augen nicht mehr offen halten konnte. Mit der Flasche Dämonenrauch im Arm rollte er sich neben March zusammen und schlief ein.

March

IRGENDWO NÖRDLICH VON DORNAN, PITORIA

Als er sicher war, dass Edyon eingeschlafen war, setzte March, der den Schlaf nur vorgetäuscht hatte, sich auf. Er rollte die Schulter und betastete die Wunde. Kein Schmerz. Das warme und leicht stechende Gefühl, das er empfunden hatte, als Edyon den Rauch aufgetragen hatte, war verschwunden. Er schaute zu Edyon hinunter, der sich mit der violetten Flasche eingerollt hatte, in der es wirbelte und kreiselte, in einer gemächlichen, nie enden wollenden Bewegung.

Edyons Idee hatte funktioniert.

Vielleicht war er gar nicht so dumm, wie er immer tat. Oder wenn er es doch war, dann war er ein freundlicher, harmloser Dummkopf. Ein Schauer überlief March, als er an Edyons Lippen auf seiner Haut dachte. Der Sohn des Prinzen hatte ihn berührt. Noch nie war er von jemandem berührt worden, noch nie in seinem Leben. Jedenfalls nicht so.

»Du siehst besser aus.«

Holywell starrte ihn von seinem Lager aus an. March wurde verlegen. Er fragte sich, was genau Holywell gesehen hatte.

Holywell verengte die Augen und sagte – auf Abask, weil er offensichtlich nicht wollte, dass Edyon seine Worte verstand: »Du mochtest wohl seinen Mund auf deiner Haut, was? Die Infektion hätte dich umbringen müssen. Jetzt sieht die Wunde so aus, als sei sie seit Wochen verheilt. Was ist geschehen?«

»Edyon … er hat den Rauch benutzt, um mich zu heilen.«

Holywell schüttelte den Kopf. »Du hast ja keine Ahnung, was dieser Rauch wirklich ist oder was er kann.«

»Immerhin weiß ich, dass es funktioniert hat. Mein Arm fühlt sich genauso kräftig an wie zuvor.« March zeigte Holywell die Narbe. Holywell streckte die Hand aus, um sie zu berühren, besann sich dann aber eines Besseren. »Willst du es auch einmal für deinen Hals ausprobieren?«, fragte March.

»Ich will mit diesem Zeug nichts zu tun haben. Meine Wunde wird von selbst heilen.«

»Nun, meine wäre nicht von selbst geheilt.«

Holywell schnaubte spöttisch. »Erkenne ich da einen Anflug von Dankbarkeit in deiner Stimme für den jungen Prinzen?«

»Er ist kein Prinz.«

»Nein, ist er nicht. Er ist ein Weichling, ein verwöhnter Narr, und er wird in Aloysius' Verlies landen. Also pass auf, was du für ihn empfindest. Das ist unnatürlich.«

March war davon überzeugt, dass Holywell nicht nur auf den Dämonenrauch anspielte. Er wurde rot.

»Ich werde schon aufpassen. Es stimmt, er ist ein Narr. Nur irgendein verwöhntes Jüngelchen. Diese Sorte kenne ich zur Genüge von Thelonius' Hof. Ich wollte dir nur von der Wirkung des Rauchs erzählen.«

»Nun, da du dich ja so viel besser fühlst, kannst du die Wache übernehmen. Wir reiten weiter nach Norden. Dem Dummkopf da erzählen wir, dass wir verfolgt werden. Wer weiß, vielleicht stimmt es sogar. Edyon wird noch früh genug erkennen, welches Schicksal ihn erwartet. Ihn und den Prinzen von Calidor.«

Tash

DORNAN,
PITORIA

Am zweiten Morgen nach dem Diebstahl des Dämonenrauchs erwachte Gravell, stand auf, ging gekrümmt zum Nachttopf, in den er sich erbrach, bevor er hineinpinkelte. Dann taumelte er wieder zu seinem Bett und setzte sich stöhnend auf die Kante. Dies war eine deutliche Verbesserung zum Vortag, den er zusammengerollt auf seiner Matratze verbracht hatte.

»Du bist selbst schuld«, sagte Tash und klimperte mit den Münzen, die sie verdient hatte, indem sie für einen ansässigen Pastetenbäcker Waren ausgeliefert hatte. Sie hatte dringend Geld gebraucht. Die Arbeit hatte ihr ein besonders großes Trinkgeld eingebracht, weil sie flinker war als gewöhnliche Lieferanten –, und die Erkenntnis, dass Pasteten auszuliefern eine viel ungefährlichere Tätigkeit war als die Jagd auf Dämonen.

»Kannst du bitte aufhören, so einen Krach zu machen?«

Tash klimperte noch lauter mit den Münzen.

»Ich habe mich noch nie so schlecht gefühlt.«

»Das stimmt nicht. Erinnerst du dich noch an Hepdene? Damals warst du vier Tage lang krank und hast dir geschworen, nie wieder einen Tropfen Alkohol anzurühren.«

»Dieses Weib hat mir was ins Bier gemischt. Das ist die einzige Erklärung. Sie war hinter meinem Geld her.«

»Oder aber mit dem Bier war alles in Ordnung und du hast bloß zu viel davon getrunken. Außerdem will sie immer noch einen Kroner für ihre unvergleichliche Gesellschaft.«

»Gib ihr bloß nichts.«

»Das habe ich auch nicht vor.« Tash hörte auf, mit den Münzen zu klimpern. »Gravell, hast du überhaupt noch Geld übrig?«

Gravell antwortete nicht.

»Der Wirt hat mich schon zweimal gefragt, wann du die Rechnung bezahlen wirst. Ich könnte dir ja vielleicht etwas von meinem Geld leihen, aber andererseits könnte ich mir damit auch meine neuen Stiefel kaufen.«

Gravell bedachte sie mit einem bösen Blick. Dann stand er auf, ging zur Waschschüssel und erbrach sich erneut. Er sah viel schlimmer aus als nach einer Dämonenjagd.

»Du brauchst frische Luft. Und Wasser.«

Er erschauerte. »Mir tut der Kopf fürchterlich weh.«

Tash verdrehte die Augen. »Du bist so eine Heulsuse.«

Gravell setzte sich wieder auf die Bettkante und hielt sich mit beiden Händen den Kopf.

»Soll ich dir die neuesten Neuigkeiten erzählen?«

»Solange du sie mir leise erzählst.«

»Soll ich damit anfangen, was vorletzten Abend passiert ist? Als ich Edyon gefolgt bin und der Wachmann getötet wurde? Ich bin mir nicht sicher, ob du alles begriffen hast.«

»Klar habe ich's begriffen. Ich bin ja nicht blöd«, sagte Gravell.

»Und ein halbes Fass Ale zu trinken, ist wohl nicht blöd?«, gab Tash zurück.

»Manchmal erinnerst du mich an meine Mutter.«

Sie setzte sich neben Gravell. »Na, ich kann dir sagen, mein Lieber, die schläfrige kleine Stadt Dornan ist völlig aus dem Häuschen.

Keiner kann sich erinnern, dass hier schon jemals ein Mord geschehen ist. Die Männer des Sheriffs sind alle bis an die Zähne bewaffnet.«

»Die sind immer bewaffnet – immerhin sind es die Männer des Sheriffs.«

»Ja, aber sie sind wütend und stellen jede Menge Fragen. Das Gute daran ist, dass sie nicht wissen, dass ich da war, und sie wissen auch nicht, warum der Wachmann getötet wurde, aber sie scheinen Edyon zu verdächtigen. Und da er weggelaufen ist, sieht die Sache richtig mies für ihn aus. Obwohl ich mir nicht vorstellen kann, warum er mit diesen beiden Männern wegwollte. Der ältere Mann, Holywell, war irgendwie ein fieser Typ. Aber Edyon hatte die Sache wohl geplant; er hatte eine gepackte Tasche dabei.«

In diesem Augenblick erinnerte sich Tash daran, dass Holywell Edyon zu seinem Pferd gestoßen hatte; und da hatte Edyon nichts in der Hand gehabt. Sie schlug sich mit der flachen Hand gegen die Stirn. »Aha! Daher wissen Sie also, dass Edyon dort war. Er hat seine Tasche liegen gelassen.«

»Dieser Junge ist noch dümmer, als ich dachte.«

Aber in diesem Moment kam sich Tash ausgesprochen dumm vor, weil sie nicht schon früher an die Tasche gedacht hatte. Wenn sie sie gefunden und mitgenommen oder versteckt hätte, hätten der Sheriff und seine Männer keine Ahnung, wer ihren Kameraden auf dem Gewissen hatte. Sie sagte: »Ich bin Ihnen gefolgt. Sie sind nach Norden geritten.«

»Dann reiten wir auch nach Norden.«

»Es war Holywell, der den Rauch an sich genommen hat. Edyon wollte ihn mir zurückgeben, bevor der ganze Ärger losging.«

»Und das glaubst du?« Gravell schüttelte den Kopf. »Er ist ein Dieb und der Komplize von Mördern. Er wird den Rauch verkaufen oder ihn selbst inhalieren.«

Aber Tash glaubte es wirklich. Und sie verstand ganz und gar nicht, warum Edyon mit Holywell mitgegangen war. Edyon kam ihr sehr naiv vor, das genaue Gegenteil von Holywell, und das alles passte nicht zu den weiteren Informationen, die sie gesammelt hatte.

»Ich sollte dir noch etwas über Edyon erzählen. Ich habe es aus einer sehr guten Quelle – mein Kontakt in der Pastetenbude.«

»Dir gefällt wohl der vornehme Teil des Marktes, Fräulein? Da, wo man Pasteten an reiche Leute verkauft.«

Tash zuckte mit den Schultern. »Es ist sauber da, und die Leute bezahlen gut – und vor allem pünktlich.« Sie warf Gravell einen bedeutsamen Blick zu, doch der ignorierte sie. »Erin, Edyons Mutter, hat ihr eigenes Geschäft. Ein richtiges Geschäft.«

»Ich habe auch ein richtiges Geschäft.«

»Ja, aber ihres ist nicht illegal.«

»Sie verkauft dir einen Stuhl für dreißig Kroner und behauptet, er hätte früher irgendeinem Sultan aus dem Osten gehört. Trotzdem kann sie nachts gut schlafen. Solche Geschäfte *sollten* illegal sein.«

»Ist ja auch egal, was ich von dem Pastetenverkäufer gehört habe, der es wieder von einem der Diener weiß, die für Erin arbeiten, ist, dass ein Edelmann aus Calidor namens Lord Regan Erin besucht hat, bevor Edyon abgehauen ist. Sie haben den ganzen Nachmittag zusammen verbracht, als ob sie alte Freunde wären und … Ich bin wirklich froh, dass du sitzt, denn jetzt wird es spannend …«

»Nun mach schon!«

»Also, es sieht ganz so aus, dass Lord Regan hier war, um Edyon nach Calidor zu bringen, denn Edyon ist der Sohn von Prinz Thelonius.«

Gravell starrte Tash an und fing dann an zu lachen. Er lachte und lachte, bis er rücklings auf das Bett fiel und mit den Beinen in der Luft strampelte.

»Unser Dieb ist der Sohn eines Prinzen?«

»Genau. Der illegitime Sohn. Aber trotzdem der Sohn.«

»Ein Bastard also, und zwar in jeder Hinsicht.« Gravell setzte sich auf und runzelte die Stirn. »Ich hätte es wissen sollen. Die Adeligen – das sind alles Bastarde.«

»Ich habe eine Theorie, was Edyon vorhat.«

»Eine Theorie, soso.«

»Ja. Er reitet mit diesen beiden Männern nach Norden; sie kamen nicht aus Pitoria, ich glaube, sie waren auch aus Calidor. Sie wollen bestimmt mit Edyon nach Calidor, was bedeutet, dass sie ein Schiff brauchen. Aber jetzt werden sie gesucht, also müssen sie sehr vorsichtig sein.«

»Wenn Lord Regan hier war und Edyon nach Calidor bringen wollte, warum ist er dann stattdessen mit diesem Holywell abgezogen?«

»Nun«, sagte Tash, »ich habe gehört, dass Lord Regan angegriffen und ausgeraubt wurde. Die Räuber haben ihn für tot gehalten und liegen gelassen. Vielleicht arbeitet dieser Holywell für Regan. Aber irgendwie passt das nicht zusammen.«

»Ach, und dein Kontaktmann von der Pastetenbude kann dir nicht weiterhelfen? Ich dachte, er wüsste alles.«

»Der Punkt ist, dass sie wahrscheinlich in den Norden, nach Pravont, reiten und dann am Fluss entlang nach Rossarb. Von Rossarb aus können sie ein Boot nach Calidor nehmen.«

Tash wusste, dass Gravell Pravont liebte. Dort war es ruhig und schön, und das Bier war billig.

»Pravont«, sagte Gravell und rollte seinen Kopf von rechts nach links. »Hübsche Gegend da. Direkt an der Grenze zum Dämonenland.«

»Also, was meinst du? Glaubst du, ich habe recht mit meiner Vermutung?«

Gravell streckte sich. »Wenn es so ist, dann haben wir Glück. Wir könnten an der Küste entlang zum Fluss reiten, übersetzen und sie in Pravont abfangen. Fast wie eine Dämonenjagd, nur leichter.«

»Da bin ich mir gar nicht so sicher. Dieser Holywell mit seinen Messern ist gefährlich.«

»Wir passen schon auf. Aber sie rechnen nicht mit uns. Ich werde nicht zulassen, dass die Leute glauben, sie könnten mich ungestraft bestehlen.« Gravell schüttelte den Kopf. »Dann könnte ich mich gleich zur Ruhe setzen.«

Tash betrachtete Gravell. Während er seinen Rausch ausgeschlafen hatte, hatte sie überlegt, ob sie bei den Marktleuten bleiben sollte. Der Pastetenverkäufer würde sie vermutlich einstellen, vielleicht sogar der eine oder andere Möbelhändler. Aber tief in ihrem Inneren wusste sie, dass sie sich nicht von Gravell trennen konnte. Die Vorstellung, dass er allein weiterziehen oder – schlimmer noch – sich ein anderes Mädchen als Dämonenköder suchen könnte, war schrecklich.

»Und selbst wenn wir den Rauch nicht zurückbekommen, haben wir dort eine ideale Ausgangsposition für eine neue Jagd.«

»Glaub mir, wir kriegen den Rauch zurück. Ich kenne die Gegend wie meine Westentasche.« Gravell stand auf. »Mir geht's schon viel besser.«

Catherine

TORNIA,
PITORIA

Die Burg Zalyan steht auf einem Hügel im Zentrum von Tornia. Während der Herrschaft von König Jolyon wurde sie über einen Zeitraum von dreißig Jahren wiederaufgebaut. Die hohe Steinmauer mit den fünf Pentagon-Türmen umfasst die Hauptgebäude, die um einen eleganten Mittelturm angeordnet sind. Alles ist mit weißen Fliesen besetzt, die atemberaubend glänzen und das Licht je nach Stand der Sonne reflektieren. Zalyan wird auch als die »Krönung der Schönheit« bezeichnet.

Staryon Hove: *Das moderne Pitoria*

Während der letzten beiden Tage ihrer Reise in die Hauptstadt schlossen sich noch mehr Menschen Catherines Zug an. Am Morgen vor ihrem Einzug in Tornia machten sie auf einem Landgut außerhalb der Stadtmauern halt, um etwas zu essen und letzte Vorbereitungen zu treffen. Catherines Zimmer war ganz in Weiß gehalten; es war extra für sie neu eingerichtet worden. Ihre erwählte Farbe schien ein großer Erfolg zu sein.

Catherine war so nervös, dass sie kaum etwas essen konnte, und ihre Zofen kümmerten sich aufopferungsvoll um sie.

»Habt Ihr schon das Stück gesehen, Euer Hoheit?«, fragte Tanya. »Die Schauspieler proben seit einer Woche. Das könnte Euch vielleicht ablenken.«

»Was für ein Stück?«

»Euer Stück, Euer Hoheit. Die Geschichte Eurer Hochzeit.«

»Tatsächlich? Nun, dann muss ich es mir ja unbedingt anschauen«, sagte Catherine und zwang sich zu einem Lächeln. »Es würde mich sehr interessieren, wie es ausgeht!«

Im Garten wurden Stühle aufgestellt, und dann traten die Schauspieler auf. Es war ein Stück ohne Worte, nur mit Tanz. Ein Tänzer, ein Junge in einem funkelnden weißen Gewand, wurde von drei anderen Jungen in Rot, Schwarz und Grün begleitet. Ihnen gegenüber standen zwei Männer, einer in Purpur, der andere in Blau – König Arell und Prinz Tzsayn. Die beiden Männer tanzten, wobei der jüngere den älteren nachahmte. Aber schließlich übertrumpfte er ihn, sprang höher und höher, drehte sich immer wirbelnder, bis schließlich die Dame in Weiß ebenfalls einen Freudensprung vollführte und in den Armen des Prinzen landete, wo sie ohnmächtig wurde.

Boris schnaubte. »Nur Pitorianer können darauf kommen, dass sich eine Frau vom Tanz überwältigen lässt.«

»Während die Briganter erwarten, dass sie sich einfach nur überwältigen lässt«, erwiderte Catherine scharf.

Sir Rowland applaudierte. »In Brigant werden Turniere abgehalten, damit die Männer sich beweisen können. In Pitoria tanzen sie stattdessen. Beide Künste erfordern Geschick und Kraft und« – er beugte sich zu Catherine – »jüngere Männer als mich.«

»In meinen Augen beweist ein Tanz gar nichts«, knurrte Boris. Er drehte auf dem Absatz um und verließ den Garten.

»Aber wenn Ihr könntet, Sir Rowland, wenn Ihr jünger wärt, was würdet Ihr wählen? Ihr seid schon so lange der Heimat fern, seid Ihr nur noch ein Tänzer?«

»Nun, ich war noch nie ein echter Kämpfer.«

»Nur mit Worten.«

»Mit Worten allein kann man nicht kämpfen, Euer Hoheit. Worte ohne Taten sind wie der Tanz – hübsch, aber wirkungslos.«

»Aber sowohl meine Worte als auch meine Taten verärgern Boris, und Ihr unterstützt beides, anstatt mich zur Mäßigung aufzufordern. Ich fürchte, man wird Euch nach Brigant zurückbeordern, wenn ich erst verheiratet bin.«

Sir Rowland nickte. »Damit muss ich rechnen. Ich bin klug genug, um zu wissen, dass ich mich stets nützlich machen muss, um meine Stellung zu gewährleisten. Ich habe Brigant in all den Jahren gute Dienste geleistet, aber ich gebe mich nicht der Illusion hin, dass man eine sichere Zukunft hat, wenn man Eurem Vater untersteht. Aber ich habe den Eindruck, dass wir – ich darf doch ›wir‹ sagen – etwas erreicht haben, und noch dazu in nur wenigen Tagen, Euer Hoheit. Die Einstellung der Pitorianer den Brigantern gegenüber hat sich deutlich verbessert.«

Catherine hatte sich nie vorstellen können, etwas zu leisten, aber nun hatte sie das Gefühl, eine Aufgabe gefunden zu haben. In Brigant war sie lediglich eine Prinzessin gewesen, die untätig geblieben war, von der man erwartete, dass sie nichts tat. Die Vorstellung, wieder ein solches Dasein führen zu müssen, war niederschmetternd. Es gefiel ihr, Pläne zu schmieden und sie auszuführen, aber am meisten Spaß machte es mit einem Komplizen an ihrer Seite. »Ihr habt mir so sehr geholfen, Sir Rowland. Ihr habt meine Pläne unterstützt und mich von meinen Sorgen abgelenkt.«

»Ich hoffe, Ihr habt die meisten Sorgen hinter Euch gelassen, Euer Hoheit.«

Sir Rowland spielte offensichtlich auf ihre Familie an, aber Catherine dachte an Ambrose.

»Nun, nicht alle. Aber Ihr helft mir, darüber hinwegzukommen. Und wenn mein Vater Euch zurückruft, geht bitte nicht. Ich würde Euch nur zu gerne als meinen Berater an meinem Hof wissen.«

Sir Rowland verbeugte sich, und Catherine glaubte, in seinen Augen einen feuchten Glanz zu sehen. »Danke, Euer Hoheit.«

Das Gespräch hatte Catherine nicht nur an Ambrose erinnert, sondern auch an die »Botschaft«, die Lady Anne ihr übermittelt und an die sie kaum noch gedacht hatte. In den letzten Augenblicken ihres Lebens hatte Lady Anne versucht, Catherine etwas zu sagen, und sie, Catherine, hatte die Pflicht, dem Sinn dieser Botschaft auf die Spur zu kommen. Sie fragte Sir Rowland: »Was wisst Ihr über Dämonenrauch?«

Sir Rowland war überrascht. »Nun, es ist eine kostspielige Art, sich zu entspannen. Und außerdem verboten.« Er beugte sich zu Catherine und senkte die Stimme. »Niemand wird es zugeben, aber ich bin mir sicher, dass der halbe Hof es zumindest schon einmal probiert hat.«

Catherine zögerte, dann sagte sie: »Ich muss Euch etwas anvertrauen, Sir Rowland.« Sie erzählte ihm von Lady Annes Hinrichtung. Als sie geendet hatte, fragte sie: »Habt Ihr irgendeine Idee, warum Lady Anne mich vor Dämonenrauch gewarnt haben könnte?«

Sir Rowland schüttelte den Kopf. »Ich wünschte, ich könnte Euch behilflich sein. Aber soweit ich weiß, ist der Rauch nichts weiter als eine angenehme Droge. Was Ihr mir erzählt, klingt so, als hätte sie Euch mitteilen wollen, dass Euer Vater Dämonenrauch besitzt.«

»Das ist auch der Fall. Ich weiß, dass er Dämonenrauch im Wert von mindestens zweihundert Pfund gekauft hat. Aber er würde ihn niemals selbst benutzen.«

»Nein, ich kann mir auch nicht vorstellen, dass Euer Vater sich diesem Vergnügen hingeben würde.«

»Aber Lady Anne hat mir diese Zeichen auf dem Schafott mitgeteilt. Sie litt starke Schmerzen und stand kurz vor ihrer Hinrichtung.

Sie würde diesen Augenblick doch nicht mit etwas Unwichtigem verschwenden. Der Rauch muss eine Bedeutung haben.«

»Ich werde Erkundigungen einholen.« Sir Rowland zögerte und sagte dann: »Weil wir gerade von Eurem Vater sprechen … Ich hoffe, Ihr nehmt es mir nicht übel, wenn ich Euch sage, dass er alle Hebel in Bewegung setzen wird, um zu bekommen, was er will.«

»Ihr sprecht von Calidor?«

»Genau. Eure Heirat garantiert ihm, dass Pitoria in allen zukünftigen Kriegen nicht mehr an der Seite von Calidor steht.«

»Und außerdem bringen die neuen Handelsbeziehungen frisches Geld in die leeren Kriegskassen«, setzte Catherine hinzu.

Sir Rowland lächelte. »Ich sehe, Ihr könnt die Situation sehr gut einschätzen. Aber der Dämonenrauch passt irgendwie nicht ins Bild. Wie ich bereits sagte, ich werde mich erkundigen.«

Die letzte Strecke ihrer Reise nach Tornia ging besonders langsam voran. Die Prozession war so groß geworden, dass die Trompeter an der Spitze des Zuges nicht mehr zu sehen waren, obwohl Catherine sie noch hören konnte. Davor spielten die Schauspieler und Musikanten, die die Menschen anlockten, aber nicht zur offiziellen Parade gehörten. Dahinter ritt eine Abordnung aus zwanzig pitorianischen Soldaten auf schwarzen Pferden mit Lanze, Brustpanzer und Umhang, allerdings ohne Helm, sodass die Zuschauer die kurz geschorenen purpurnen Haare erkennen konnten: die Farbe des Königs.

Catherine ritt auf ihrer weißen Stute und hatte einen Wissunzweig an ihr atemberaubendes neues weißes Kleid geheftet. Man hatte ihr gesagt, dass es schwierig werden würde, ihre Kleider noch rechtzeitig für den Einzug nach Tornia fertigzustellen, aber Catherine war so freizügig mit Boris' Geld umgegangen, dass die meisten Schwierigkeiten sich ganz plötzlich in Luft aufgelöst hatten. Ihr neues Kleid war mit noch mehr Kristallen besetzt als das alte. Es war hochgeschlossen, und die Schlitze gaben den Blick auf glitzernden silbernen und goldenen Stoff darunter frei. Es gab keinen Zweifel daran, wer die Hauptattraktion der Parade war.

Dicht hinter ihr ritten Tanya, Jane und Sarah, ebenfalls in neuen, prächtigeren Kleidern, und hinter ihnen kamen Boris und seine fünfzig Soldaten. Und obwohl die Männer keine gefärbten Haare hatten, wirkten ihre glänzenden Helme mit den roten Federbüscheln darauf ebenfalls prächtig.

Am Schluss des Zuges, in einiger Entfernung, folgten die Wagen und Pferde der zahlreichen Diener und derjenigen, die sich seit ihrem Aufbruch in Charron der Prozession angeschlossen hatten. Es war fast wie ein fahrendes Dorf. Einige von ihnen trugen mittlerweile weiße Haare, obwohl sie keine offizielle Stellung bekleideten; sie wollten damit lediglich ihre Zugehörigkeit zum Gefolge der Prinzessin zeigen.

Das Grün der Wiesen wurde vom Braun der Fachwerkgebäude abgelöst, die sich einen sanften Hügel entlang nach oben zogen. Und auf der Spitze des Hügels, über Tornias Häusern und der Stadtmauer aus grauem Stein, erhob sich die Burg Zalyan mit ihren fünf berühmten Türmen, die schlank und graziös in den Himmel ragten und den fünfeckigen Turm in der Mitte umstanden, der im Sonnenlicht wie ein Leuchtfeuer strahlte.

Selbst für Catherine, die Prinzessin eines mächtigen Königreiches, war es ein überwältigender Anblick, bei dem sie eine Mischung aus Staunen, Bewunderung und Angst verspürte.

Mit jedem Schritt, den die Prozession vorwärtskam, schien sich selbst die Straße herauszuputzen. Sie wurde gerader, breiter und kleidete sich in den blassgrauen Stein, wie das Schloss selbst und die Brücke, die sich über den Fluss Char spannte. Sie war gedrungen und solide, mit drei breiten Bögen. Die niedrigen Mauern rechts und links waren von Schaulustigen gesäumt, die jubelten und Catherine mit Freudenrufen willkommen hießen. Es waren Hunderte, nein – Tausende!

Die Prozession zog sich durch die Außenbezirke von Tornia, vorbei an Wohnhäusern und Ladengeschäften. Die Gebäude wurden kleiner und standen dichter beisammen, die Straße aber blieb breit, sauber und schnurgerade. Die Trompeter bliesen laut in ihre Instrumente, und von überallher ertönten Rufe und Lachen. Catherine musste unwillkürlich lächeln; sie winkte den Menschen zu, die sich aus den Fenstern lehnten und ihr zujubelten.

Die Straße stieg leicht an und bog dann nach rechts ab, zu einem Hang, der zum Schloss hinaufführte. Sie mündete an einem riesigen, offenen Tor, das mit bunten Bannern geschmückt war. Dort entlang drängten sich noch mehr Menschen, aber hinter dem Tor änderte sich die Zusammensetzung des Publikums. In dem riesigen Schlosshof – der so groß war, dass die ganze Burg von Catherines Vater darin Platz gefunden hätte – standen die Pitorianer ebenfalls dicht an dicht. Sie schienen sich in drei Kategorien aufzuteilen: Fußsoldaten mit purpurnen Haaren, die strammstanden; eine Einheit Kavallerie mit blauen Haaren und dazwischen eine Gruppe Männer in eng anliegenden Hosen und Jacken. Als der Zug zum Stehen kam, sagte Sir Rowland: »Wir müssen hier warten, Euer Hoheit. Es ist eine offizielle Begrüßung geplant.«

Catherines Atem ging schnell und flach. Der Lärm und die Hitze schlugen über ihr zusammen. Einen Augenblick lang schwankte sie im Sattel und dachte dann unwillkürlich, wie es wohl aussehen würde, wenn sie jetzt in Ohnmacht fiel.

Reiß dich zusammen. Sitz gerade.

Und dann fing der Tanz an. Nirgends außer in Pitoria würde man einen offiziellen Empfang mit einem Tanz eröffnen. Doch diese Tänzer waren Meister ihres Faches, wie Catherine sie auf ihrer Reise noch nicht erlebt hatte. Das erste Paar schnellte unfassbar hoch in die Luft, wirbelte aneinander vorbei und umeinander herum. Manchmal prallten die beiden Tänzer sogar voneinander ab. Andere gesellten sich dazu, bis zehn Männer, dann ein Dutzend, in einem mitreißend akrobatischen Tanz vereint waren. Ihre Geschwindigkeit war unvergleichlich. Die Sonne brannte hernieder und der Boden schien zu vibrieren, während sich immer mehr Männer zu dem wilden Reigen gesellten, bis der ganze Schlosshof aus einer einzigen Masse springender und sich drehender Männer zu bestehen schien. Der Tanz endete damit, dass sich alle gleichzeitig voreinander verneigten. Dann drehten sie sich wie ein Mann um und verbeugten sich mit ernsten Mienen vor Catherine. Als sie sich wieder aufrichteten, sah sie, dass ein Mann lächelte. Catherine erwiderte das Lächeln und sagte dann zu Sir Rowland: »Wunderbar, wie immer.«

»Ja, Vario ist einer der besten Tänzer des Prinzen. Es ist eine große Ehre, den Willkommenstanz anzuführen.«

»Natürlich«, sagte Catherine, die sich gleichzeitig über sich selbst ärgerte, weil sie vergessen hatte, dass diese komplizierten, formellen Tänze stets von einem einzigen Mann angeführt wurden. Sie hatte zwar einen gewissen Eindruck hinterlassen, aber sie musste noch viel über dieses Land und seine Menschen lernen.

»Wir werden nun dem König und Prinz Tzsayn vorgestellt. Ich werde mit Prinz Boris vorgehen, und Ihr müsst mit Euren Damen folgen, Euer Hoheit.«

Steifbeinig stieg Boris vom Pferd, und als er und Sir Rowland auf die Tür des großen Mittelturms zugingen, drehte sich Catherine zu ihren Zofen um und signalisierte ihnen: *Macht fröhliche Gesichter. Strahlt!*

Mit gemessenen Schritten folgte sie den Männern. Sie war sich ziemlich sicher, dass König Arell nicht so ungeduldig war wie ihr Vater, aber sie dachte sich, dass es nicht schaden konnte, ihn wenigstens ein bisschen warten zu lassen. Sie mochte zwar nur ein Bauer in diesem Spiel sein, aber auch ein Bauer hatte eine gewisse Macht.

Hinter ihr stand die Sonne tief am Himmel, und Catherines Kleid glänzte golden in ihrem Licht. Sie verlangsamte ihre Schritte noch weiter und ließ Sir Rowland und Boris im Inneren des Turms verschwinden. Langsam ging sie an den Männern vorbei, die ihr zu Ehren getanzt hatten und die nun ihren Weg säumten. Catherine konzentrierte sich auf eine kerzengerade Haltung, wobei sie ihr Kleid leicht von einer Seite zur anderen schwingen ließ, sodass die Kristalle im Licht blitzten und funkelten. Im Türrahmen blieb sie stehen; sie wusste genau, dass jeder, der vom Inneren des Turms aus zum Eingang schaute, sie dort in einem hellen Lichtschein stehen sah.

Strahle, ermahnte sie sich selbst. *Strahle.*

Catherine holte tief Luft und trat in einen riesigen Marmorsaal. Wieder blieb sie stehen und wartete, bis sich ihre Augen an das Dämmerlicht gewöhnt hatten. Rechts und links des Mittelgangs standen Adelige, zumeist Männer, aber es waren auch ein paar Frauen dabei. Am anderen Ende befand sich ein Podest, auf dem zwei Männer standen. Sir Rowland und Boris hatten rechts davon Position bezogen; sie waren dem König und dem Prinzen offenbar bereits vorgestellt worden. Catherine registrierte erfreut, dass sie richtig gehandelt hatte, indem sie so langsam gegangen war. Jetzt lagen alle Blicke auf ihr. Sie ging weiter und widerstand dem Verlangen, nach rechts und links zu schauen. Stattdessen sah sie nur geradeaus. König Arell war nicht so alt, wie sie gedacht hatte. Er war schlank und drahtig, wirkte aber kräftig und aufrecht. Er trug einen purpurfarbenen Samthut mit einem Pelzbesatz statt einer Krone. Und neben ihm …

Der Prinz hatte einen ähnlichen Körperbau wie sein Vater. Auf der rechten Seite seines Gesichts war die Haut von einem dunklen Goldbraun, doch seine linke Gesichtshälfte wirkte selbst auf die Entfernung merkwürdig. Er hielt sich lässig und doch aufrecht, eine Hand an der Hüfte, und starrte ihr entgegen. Seine Augen waren dunkel, fast schwarz, aber völlig ausdruckslos.

Schließlich erreichte Catherine das Podest, wo sie stehen blieb und zu dem König aufschaute. Dies war der Mann, der mit ihrem Vater einen Vertrag ausgehandelt hatte, woraufhin man sie einem anderen Mann, den sie nicht kannte, in die Ehe gab. Von ihrer Freude über den Tanz war nichts mehr übrig geblieben, und sie zwang sich, daran zu denken, dass sie hier war, um einen Mann zu heiraten, mit dem sie noch kein einziges Wort gewechselt hatte.

Sir Rowland sagte: »Euer Majestät, Königliche Hoheit, ich darf Euch Ihre Königliche Hoheit, Prinzessin Catherine von Brigant, vorstellen.«

Langsam und mit Bedacht trat Catherine einen Schritt von dem Podest zurück und versank in einem tiefen, brigantischen Knicks, den Kopf nun unterhalb der Kniehöhe des Königs gesenkt, so tief sie es vermochte. Alle Anwesenden sollten sehen, dass sie wusste, wo ihr Platz war. Sie trug zwar ein schönes Kleid und hatte ein weißhaariges Gefolge, aber sie war von einem König einem Prinzen versprochen worden, und sie wollte, dass diese Männer – und alle anderen – Kenntnis davon nahmen, was hier passierte. Es war keine Angelegenheit des Herzens, sondern ein Geschäft. Im besten Fall konnte man es als das Schmieden eines neuen Bündnisses bezeichnen, im schlimmsten als Menschenhandel.

Als Catherine sich wieder erhob, fing sie für einen Moment den Blick des Königs ein, erst dann wagte sie, dem Mann ins Gesicht zu sehen, mit dem sie ihr zukünftiges Leben teilen würde.

Prinz Tzsayn war nicht hässlich; im Gegenteil, er hätte sogar gut ausgesehen, wenn nicht sein merkwürdig geteiltes Gesicht gewesen wäre. Die linke Gesichtshälfte war von einem helleren Braun als die rechte, und glatt, als ob alle natürlichen Falten und Unebenheiten weggeschmolzen wären. Er trug eine pelzverbrämte Mütze, unter der sich sein schwarzes Haar lockte, und eine Jacke mit einem hohen Kragen und langen Ärmeln, die bis zu seinen Fingerspitzen reichten.

»Es ist ein Vergnügen, Euch endlich kennenzulernen, Prinzessin Catherine. Ich hoffe, Eure Reise war angenehm.« König Arells Stimme war überraschend sanft.

»Danke, Euer Majestät. Die Reise war interessant und erfreulich. Pitoria ist wunderschön, und die Menschen haben mich sehr freundlich aufgenommen.«

König Arell lächelte. »Ich höre, Ihr habt bereits ihre Herzen gewonnen.«

»Vielmehr haben sie meins gewonnen, Euer Majestät.«

»Dann hoffe ich, dass dies auch mir und meinem Sohn gelingt.«

Catherine war so überrascht, dass sie nichts erwiderte. Die Worte des Königs waren so grundlegend anders, als sie es von ihrem Vater gewohnt war, dass sie nicht wusste, wie sie reagieren sollte.

Sie warf einen schnellen Blick zu Tzsayn, aber er hatte immer noch diese formelle Maske aufgelegt wie bei ihrem Eintritt.

König Arell fuhr fort: »Ich muss nun die Willkommensrede halten, aber wir können uns heute Abend weiter unterhalten.«

Catherine wurde von Sir Rowland an die Seite des Podestes geführt. Von hier aus hatte sie eine gute Sicht auf Prinz Tzsayns unversehrte Seite. Aus diesem Blickwinkel betrachtet, war er eine imposante Erscheinung, mit hohen Wangenknochen, dunkelbraunen Augen und schwarzen, kinnlangen Locken. Dies war ihr zukünftiger Ehemann. Er schien distanziert zu sein, so wie ihre Mutter ihn beschrieben hatte. Irgendwie kühl. Aber was ließ sich schon durch den äußeren Anschein sagen? Sie hätte ihn gern angesprochen, aber König Arell hielt immer noch seine Rede, und sobald sein Vater geendet hatte, drehte Tzsayn sich zur Seite, verneigte sich vor ihr und verließ mit gemächlichen Schritten den Saal.

»Hier entlang, Euer Hoheit«, murmelte Sir Rowland. »Ich werde Euch Eure Gemächer zeigen. Ihr müsst müde sein.«

Catherine ließ sich von ihm von dem Podest führen und durch eine mit Schnitzereien reich verzierte Holztür aus dem Saal hinaus, obwohl sie zu gerne mehr von ihrem zukünftigen Ehemann gesehen hätte.

Am Abend begleitete Boris seine Schwester zu einem Bankett, das ihr zu Ehren gegeben wurde. Sie hätte nicht gedacht, wie schnell ihr solche Dinge langweilig werden würden. Als sie den großen Saal betrat, stand Prinz Tzsayn auf der anderen Seite des Raums und unterhielt sich mit zwei älteren Lords. Der Prinz war sorgfältig in eine elegante hellblaue Lederhose und eine Seidenjacke gekleidet, die aus geflochtenen Bändern genäht zu sein schien und mit winzigen silbernen Perlen bestickt war. Die rechte Seite der Jacke war geschlitzt und entblößte Tzsayns Haut, die in einem dunkleren Blau bemalt war. Catherine hatte ihr neues Kleid mit den kurzen Ärmeln und dem tief ausgeschnittenen Mieder für gewagt gehalten, aber im Vergleich mit Prinz Tzsayn kam sie sich regelrecht bieder vor. Der Prinz bemerkte ihren Blick, wandte sich zu ihr und verneigte sich. Catherine erstarrte; dann knickste sie errötend. Sie kam sich lächerlich vor, als ob sie versucht hätte, seine Aufmerksamkeit auf sich zu ziehen und ihn auf irgendeine Art und Weise zu bezaubern, was ganz und gar nicht der Fall war.

Boris murmelte: »Hoffentlich lassen sie uns nicht zu lange warten, damit wir etwas essen und dann wieder verschwinden können.« Er blickte sich um und setzte hinzu: »Von den Frauen ist eine freizügiger gekleidet als die andere, aber dein zukünftiger Gatte sticht mit seiner Vorliebe für ausgefallene Kleidung alle anderen aus. Als ob das irgendjemanden täuschen könnte.«

»Täuschen?«

»Seine ganze linke Seite ist mit Narben übersät. Wir haben eine detaillierte Beschreibung seiner Verwundungen; Vater hat darauf bestanden.«

Deshalb also trug er lange Ärmel und hochgeschlossene Jacken – um seine Haut zu verbergen.

»Ich habe gehört, er hatte als Kind einen Unfall«, bemerkte Catherine.

»Er ist durch die Küche gerannt und ein Kessel mit kochendem

Öl ist auf ihn gefallen. Ich vermute, das Küchenpersonal wurde danach ebenfalls in Öl gesotten.«

»Und seine Krankheit?«

»Ach, er ist einfach nur ein Weichling. Vermutlich bricht ihm bei dem Gedanken an einen heißen Sommertag schon der Angstschweiß aus.« Boris kicherte. »Vielleicht erinnert ihn das an den Tag, an dem seine Haut in Flammen gestanden hat. Wahrscheinlich ist er uns deswegen nicht entgegengeritten. Wie ich schon sagte, völlig verweichlicht. Was würde er bloß machen, wenn nicht jedem seiner Wünsche nach einer Seidenjacke oder blauer Körperbemalung sofort nachgekommen würde?«

Bevor Catherine noch mehr fragen konnte, wurden sie zu Tisch gebeten.

Catherine bekam den Platz links von König Arell zugewiesen. Prinz Tzsayn saß zur Rechten des Königs mit Boris auf seiner anderen Seite. Catherine beobachtete Tzsayn, der sich mit ihrem Bruder unterhielt. Er sprach zu leise, als dass sie etwas hätte verstehen können. Von ihrem Platz aus konnte sie diesmal seine verbrannte Seite sehen. Sein Ohr war unnatürlich klein, als ob es in der Hitze des Feuers geschrumpft wäre. Er hatte ein hängendes Augenlid, wodurch er müde wirkte, obwohl die aufrechte Haltung des Prinzen kein Zeichen der Erschöpfung erkennen ließ.

Er fühlt sich nicht ganz wohl, hatte Sir Rowland bei ihrer Ankunft in Charron behauptet. Diesen Eindruck machte er nun ganz und gar nicht. Vielleicht hatte Boris mit seiner Behauptung recht, dass sie Tzsayn nicht wichtig genug war, um die Mühe einer Reise auf sich zu nehmen. Catherine empfand einen Anflug von Zorn, dass man sie für so bedeutungslos hielt, obwohl sie Tzsayns zukünftige Frau sein würde. Aber sie schob diese Gefühle schnell beiseite und entspannte sich ein bisschen. König Arell war ein guter Gastgeber; er erzählte Geschichten über seinen Hof und die Vergangenheit von Pitoria, ohne das Gespräch an sich zu reißen, wie es ihr Vater getan hätte. Im Gegenzug gab Catherine Anekdoten aus ihren Büchern über Königin Valeria zum Besten und verglich die Mode von Brigant mit der von Pitoria.

»Und was erhofft Ihr Euch aus dieser Verbindung, die Euer Vater und ich beschlossen haben, Catherine?«

Catherine war schockiert, dass der König jetzt, wo es fast schon zu spät war, nach ihrer Meinung fragte. Sie erwiderte steif: »Mein Bestreben ist es, Brigant nach besten Kräften zu repräsentieren.«

»Und das tut Ihr mit Erfolg, Prinzessin. Alle sind entzückt von Euch.«

Catherine lächelte und schaute zu Prinz Tzsayn, der sie den ganzen Abend lang noch nicht beachtet hatte. Im Augenblick beschrieb er Boris etwas, offensichtlich in allen Einzelheiten und mit ausladenden Handbewegungen. Catherine spitzte die Ohren, um zu verstehen, worüber gesprochen wurde, und erhaschte ein paar Wortfetzen, die darauf hinwiesen, dass Tzsayn erklärte, wie die Seide für seine Jacke hergestellt wurde. Auf Boris' Gesicht lag ein Ausdruck von Abscheu und Langeweile, und Catherine musste lächeln. Doch dann kam ihr der Gedanke, ob sie wohl genauso aussehen würde, wenn sie erst mit dem Prinzen verheiratet war.

Der Abend verlief wie alle Abende zuvor, mit Reden und Tanzen. Der Prinz tanzte nicht, und Catherine musste ein Gähnen unterdrücken, als ihr ein Edelmann nach dem anderen seinen Tanz widmete. Später wurde Catherine ungezählten Lords und Ladys vorgestellt und durchlief lächelnd immer wieder die gleichen Gespräche über ihre Reise und Brigant und wie wunderschön Pitoria war.

Endlich erklärte der König, er würde sich zurückziehen, was bedeutete, dass sie das Fest ebenfalls verlassen durfte. Tanya und Sarah brachten sie in ihre Gemächer. Sie war so müde, dass sie kaum noch aufrecht stehen konnte. Vor der Tür zu ihrem Wohnzimmer wartete ein Diener mit einem Silbertablett, auf dem ein kleiner Umschlag lag. In dem Umschlag befand sich ein Zettel.

Ich könnte mir vorstellen, dass Euch die Gärten besser gefallen als die Tänze.

Morgen früh, neun Uhr, auf der Terrasse?

»Von wem ist das?«

»Von Prinz Tzsayn, Euer Hoheit. Er bittet um Antwort.«

Catherine zögerte. Es schickte sich nicht, vor der Hochzeit allein mit ihm zu sein, und sie hatte auch keine Lust auf einen Vortrag über die Seidenproduktion. Andererseits würden Boris und Noyes dieses Treffen bestimmt missbilligen. Damit war die Sache entschieden.

»Sagt Prinz Tzsayn … Ja.«

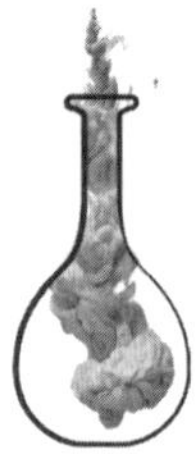

Tash

NORDPITORIA

Tash lag hinten im Wagen und döste in der Sonne. Gravell saß vorne neben dem Bauern, der sein Gemüse auf dem Markt in Dornan verkauft hatte und nun zu seinem Hof zurückkehrte. Zu Pferd oder mit der Postkutsche, die täglich verkehrte, wären sie schneller vorangekommen, aber sie hatten nicht mehr genug Geld. Der Bauer nahm sie für zehn Kopeken pro Person mit nach Norden. Danach würden sie zu Fuß gehen.

Der Wagen war langsam, aber der Bauer brach im Morgengrauen auf und fuhr bis Einbruch der Nacht. Sie waren durch mehrere Straßensperren gekommen, die man errichtet hatte, um den Mörder zu fangen, aber Tash hielt das für Zeitverschwendung, denn sie wurden von unbezahlten Hilfskräften kontrolliert. Die alten Männer und die Jungen, die man zu dieser Aufgabe eingeteilt hatte, waren mehr daran interessiert, Schmiergeld einzustreichen als Flüchtige zu fangen. In jeder Stadt begegneten sie Männern des Sheriffs, die die Bevölkerung dazu aufriefen, dem Übeltäter Edyon Foss keinen Unterschlupf zu gewähren, obwohl das äußerst unwahrscheinlich war, hielt man ihn doch überall für einen brutalen Killer.

Als sie an diesem Abend wieder an einer Straßensperre anhielten, stiegen Tash und Gravell vom Wagen. Der Bauer war fast zu Hause und konnte sie nicht weiter mitnehmen. An dem Pfosten, der auf der Straße aufgestellt war, klebte schief ein Steckbrief. Gravell musterte den Zettel.

»*Gesucht wegen Mordes. Edyon Foss. Siebzehn Jahre alt, groß, schlank, braunes Haar. Belohnung: fünfundzwanzig Kroner.*« Er trat zur Seite, damit Tash den Steckbrief ebenfalls lesen konnte, und sagte: »Hübsches Bild. Sieht es ihm ähnlich?«

Tash nickte. Das war Edyon, kein Zweifel.

»Er ist so viel wert wie eine halbe Flasche Rauch, was mir eine gute Bezahlung erscheint. Obwohl mir die Belohnung *und* mein Rauch noch lieber wären.«

»Aber du würdest ihn doch nicht dem Sheriff übergeben, oder? Ich habe dir doch gesagt, er war es nicht, er hat den Wachmann nicht umgebracht. Das war Holywell. Wenn man Edyon verhaftet, dann wird man ihn hängen.«

»Nein, du hast völlig recht. Er ist ja nur ein Dieb, der sich mit Mördern zusammengetan hat. Dafür sollte er nicht sein Leben verlieren, bloß eine Hand, und vielleicht noch ein paar andere Körperteile.«

Tash lächelte Gravell an. »Du machst nur Spaß, nicht wahr? Ich meine, wir wollen doch bloß unseren Rauch zurück.«

Aber Gravell war schon weitergegangen und murmelte: »Alle Welt denkt, dass man mich ungestraft beklauen darf. Nun, das werden wir ja sehen.«

Edyon

SPURBECK,
NORDPITORIA

Nachdem Marchs Wunde verheilt war, kamen sie schneller voran, aber da sie im Hinterland bleiben mussten, machten sie viele Umwege, und die Dörfer, durch die sie kamen, waren oft so klein, dass es noch nicht einmal ein Gasthaus gab. Jeden Morgen und jeden Abend studierten sie die Landkarte, um zu bestimmen, wo sie sich befanden. Holywell sagte, dass sie nach Pravont wollten, wo sie eine Barke flussabwärts nach Rossarb nehmen und von dort aus ein Schiff nach Calidor besteigen konnten. Aber um dorthin zu gelangen, brauchten sie etwas zu essen. Edyon war müde und hungrig. Als sie nun über den Hügel kamen, lag vor ihnen an der Straße ein kleines Wirtshaus neben einem Flüsschen, umgeben von Wiesen und bewaldeten Hügeln. Hinter dem Haus pickten Hühner, und daneben standen Ziegen und ein paar Schweine in einem Pferch. Frische Eier, Brot und Milch gab es dort bestimmt. Es war herrlich.

»Ich werde gehen«, sagte Holywell.

Es waren immer entweder Holywell oder March, die gingen. Und immer nur einer von ihnen, als ob man Edyon nicht allein lassen könnte. Holywell meinte, dass eine Person in einem Gasthaus nicht so sehr auffiel, aber Edyon dachte, dass einer allein, der Essen für drei kaufte, sich doch verdächtig machte. Er hatte das Spiel satt. Holywell war paranoid – sie waren meilenweit von Dornan entfernt, und es bestand absolut keine Gefahr. Und Edyon hatte Heißhunger auf eine warme Pastete, die direkt aus dem Ofen kam.

»Ich finde, ich sollte gehen.«

»Wie kommt Ihr denn darauf?«, fragte Holywell. »Euer Hoheit.«

»Ihr seid ein Ausländer. Euer Akzent verrät Euch, und Eure Augen sind … außergewöhnlich. Wir befinden uns in einer sehr abgelegenen Gegend des Landes. Was wollt Ihr sagen, wenn man Euch fragt, was Ihr hier tut?«

»Das geht niemanden etwas an.«

»Mag sein, aber das heißt nicht, dass man nicht fragen wird. Allzu viele Gäste werden sie hier nicht zu Gesicht bekommen. Worüber sonst sollten sie reden?«

»Und was für einen Grund würdet Ihr nennen?«, wollte Holywell wissen.

Edyon zögerte keine Sekunde. »Ich bin auf dem Weg nach Norden, um als Rechtsgelehrter in der Kanzlei meines Onkels zu arbeiten. Er hat sich auf Handelsverträge spezialisiert, obwohl mein eigentliches Interesse den Kapitalverbrechen und dem Strafrecht gilt, aber ich bin jung und muss noch Erfahrungen sammeln.«

»Ich schlage vor, Ihr vermeidet den Hinweis auf irgendwelche Verbrechen und sagt auch nicht, wo Ihr hinwollt.«

»Findet Ihr, dass ich mir eine bessere Geschichte ausdenken sollte? Ich könnte … diese besondere Wolle kaufen wollen, die sie im Norden herstellen, für meinen Liebhaber, einen großen Tänzer, der seine Kunst am Hof des Königs in Tornia ausübt.« Er wedelte dramatisch mit den Armen. »Er wird ganz wunderbar in diesen Wollhosen aussehen.«

Ausnahmsweise schien Holywell sprachlos zu sein. March dagegen musste offensichtlich ein Lächeln unterdrücken, was Edyon dankbar registrierte.

»Ihr könnt sehr gut lügen«, sagte Holywell und schenkte ihm einen anerkennenden Blick, der Edyon unangenehm war. »Bleibt bei der Geschichte mit der Kanzlei Eures Onkels. Seht zu, dass Ihr ein paar Pasteten bekommt. Und Eier, Schinken, Käse. Sachen, die nicht so leicht verderben. Findet heraus, ob die Leute des Sheriffs schon da waren. Wir reiten einen Bogen und treffen Euch hinter der Baumlinie auf der anderen Seite. Und beeilt Euch. Je länger Ihr hier verweilt, desto eher die Chance, dass andere Gäste auftauchen. Vielleicht sogar die Männer des Sheriffs.«

Die Wahrscheinlichkeit, dass sie bis hierhin verfolgt wurden, schien gering. Edyon war sicher, dass Holywell nur versuchte, ihm Angst einzujagen. Und er hatte diesmal auch vollkommen vergessen, Edyon als »Euer Hoheit« anzureden, nicht dass ihm das irgendetwas ausgemacht hätte. Diese Bezeichnung klang merkwürdig in seinen Ohren, besonders, wenn sie von March kam.

»Ich werde so schnell sein wie der Blitz, Holywell.«

»Den Rauch lasst Ihr am besten bei uns. Es wäre ungünstig, wenn Ihr deswegen wieder Ärger bekämt.«

Edyon machte sich auf den Weg. Nach ein paar Schritten hatte er Holywell vergessen und dachte nur noch an Brot, Käse und – wenn er Glück hatte – heiße Pasteten.

Ein Junge kam aus dem Wirtshaus gerannt und bot Edyon an, sich für eine Kopeke um das Pferd zu kümmern. Edyon stieg ab, gab ihm die Münze und wischte sich die getrockneten Schlammspritzer von der Hose. Dann ging er zur Tür der Gaststube, wobei ihm zu spät auffiel, dass die meisten der Flecken in Wirklichkeit Blut waren.

Er war der einzige Gast. Er tauschte ein paar Grußworte mit der Frau hinter dem grob gezimmerten Tresen aus, der im Grunde genommen nur eine Platte auf zwei Holzbalken war, und bestellte sich eine Pastete zum Mittagessen. Während er wartete, ging er nach draußen und setzte sich in die Sonne. Und da entdeckte er den Steckbrief an der Hauswand.

GESUCHT WEGEN MORDES.

Das Blut gefror ihm in den Adern.

EDYON FOSS

Und unter seinem Namen ein ganz fürchterliches Bild von ihm.

Sein Leben hätte eigentlich besser werden sollen, nachdem er erfahren hatte, dass sein Vater ein Prinz war. Stattdessen war es schlimmer geworden, viel, viel schlimmer. Aber würde es vielleicht sogar noch schlimmer werden? Hatte die Wirtin ihn erkannt? War sie fortgegangen, um Hilfe zu holen?

In diesem Moment trat die Frau aus der Tür und stellte den Teller mit der Pastete auf einen Tisch direkt unter dem Steckbrief.

»Ach, wisst Ihr, ich glaube, ich habe genug von der Sonne. Ich werde drinnen essen.«

Die Frau seufzte. »Ja, Sir.«

Aber sobald er sich in den Schankraum gesetzt hatte, bereute Edyon seine Entscheidung. Wenn sie ihn tatsächlich erkannt und den Sheriff benachrichtigt hatte, dann saß er hier drinnen in der Falle.

Edyon schlang die Pastete so schnell wie möglich hinunter. Er war am Verhungern, aber ihm war auch übel vor Angst. Er wollte weg hier, aber zuerst musste er Essen für March und Holywell besorgen.

Da tauchte ein Mann auf. »Ah, Sir, meine Frau sagte mir, dass wir einen Gast haben. Wie schön, Euch an so einem herrlichen Tag hier zu sehen. Ihr macht mir den Anschein, als hättet Ihr eine lange Reise hinter Euch.«

Edyon verschluckte sich an den letzten Krümeln seiner Pastete. War dies ein Trick, um ihn hier festzuhalten, oder wollte der Mann wirklich nur freundlich sein?

»Wahrlich eine lange Reise, und noch dazu eine Reise mit Hindernissen.« Er breitete die Arme aus, um seinen erbärmlichen Zustand zu zeigen. »Ich habe mich verlaufen, meine Tasche ist mir in den Fluss gefallen, und ich habe die Nacht im Freien verbracht. Diese Art von Reisen bin ich nicht gewohnt.«

»Ich kann Euch ein Zimmer anbieten, ein Bad und ein Abendessen. Zu einem vernünftigen Preis.«

»Tja, Euer Angebot ist sehr verlockend, aber ich habe schon zu viel Zeit verloren. Auf mich wartet eine Anstellung in der Kanzlei meines Onkels.«

»Und wo, wenn ich fragen darf, Sir?«

»Pravont.«

Das Wort war heraus, bevor er sich besinnen konnte, und Edyon hätte sich am liebsten geohrfeigt. Nun war es zu spät, und er konnte zumindest noch nach dem Weg fragen. »Könnt Ihr mir sagen, wie ich am besten dorthinkomme? Und mir vielleicht etwas Brot und Käse als Wegzehrung verkaufen?«

»Ich wusste gar nicht, dass es in Pravont Rechtsgelehrte gibt.«

»Wieso nicht?«

»Nun, weil die Stadt so klein ist.«

Noch ein Fehler! Aber kurz darauf hatte Edyon eine Tasche mit Vorräten, ein gefüttertes und gestriegeltes Pferd, einen vollen, wenn auch leicht nervösen Magen – und die genaue Wegbeschreibung nach Pravont. Er trabte davon und hielt hinter der Baumlinie an, außer Sichtweite des Wirtshauses, wo Holywell und March auf ihn warteten.

»Alles gut gegangen?«, fragte Holywell.

»Ja, alles bestens.« Edyon zögerte. »An der Hauswand klebte ein Steckbrief. Von mir.«

Holywell fluchte.

»Hat man Euch erkannt?«, fragte March besorgt.

»Nein.« Edyon zuckte lässig mit den Schultern. »Auf die Dinger achtet doch sowieso keiner. Ich wusste, dass mir nichts passiert.«

Er reichte Holywell den Beutel. »Brot, Käse und Eier. Und eine Pastete.«

Holywells Augen glänzten. »Gut gemacht, Euer Hoheit. Doch angesichts des Steckbriefs sollten wir uns gleich wieder auf den Weg machen.«

»Ja, aber wenigstens wissen wir jetzt, wohin wir uns wenden müssen. Ich habe mir den Weg beschreiben lassen.«

Holywell sah auf. Seine Stimme wurde gefährlich ruhig. »Wie das, Euer Hoheit?«

»Nun, ich habe erwähnt, dass wir nach … nach Pravont wollen.«

»Wir?«

»Ich meine, dass ich dorthin will. Natürlich habe ich nicht ›wir‹ gesagt. Ich sagte ›ich‹.«

»Da hängt also ein Steckbrief von Euch. Und Ihr habt gesagt, wo Ihr hinwollt.«

»Er hat mich nicht erkannt«, beharrte Edyon. »Das hätte ich gemerkt.«

»Ja, aber das nächste Mal, wenn er an diesem Steckbrief vorbeikommt, fängt er an nachzudenken, und dann fällt ihm höchstwahrscheinlich die große Ähnlichkeit mit einem seiner Gäste auf – der auf dem Weg nach Pravont war –, und er erzählt es dem nächsten Wachmann, der vorbeikommt.« Holywell schüttelte den Kopf. »Wir müssen machen, dass wir wegkommen.«

Edyons Gesicht brannte vor Scham. »Es tut mir leid. Mir ist klar, dass ich einen Fehler gemacht habe.«

»Tatsächlich, Euer Hoheit? Da bin ich aber froh.«

Holywell bestieg sein Pferd und gab ihm die Sporen.

Und als wäre das alles noch nicht genug, fing es auch noch an zu regnen.

Wolken aus Mücken hingen in der Luft. March, Edyon und Holywell saßen um ihr Lagerfeuer und hatten Tücher um ihre Gesichter und

Hälse gewickelt und ihre Jacken fest zugeknöpft. Der Regen war schlimm gewesen, aber die Stechmücken, die danach über sie hergefallen waren, waren noch viel schlimmer.

March sammelte mit seinen langen, feingliedrigen Fingern die letzten Pastetenkrümel auf, während Holywell über die Landkarte gebeugt saß und einen Weg nach Pravont suchte, der über eine andere Strecke verlief als die, die der Gastwirt Edyon beschrieben hatte.

March sagte: »Wir könnten versuchen, nach Westen zu gehen, aber wahrscheinlich sind dort noch mehr Männer des Sheriffs unterwegs.«

Holywell schüttelte den Kopf. »Wir gehen weiter nach Pravont. Wir können nicht riskieren, uns jetzt ein Boot zu suchen; sie werden den Fluss beobachten. Aber in Pravont können wir übersetzen und dann nach Westen, nach Rossarb gehen und dort suchen wir uns ein Schiff nach Calidor.«

»Nördlich des Ross gibt es nichts, außer dem Nördlichen Plateau«, sagte Edyon.

»Ist das ein Problem für Euch, Euer Hoheit?«, fragte Holywell mit, so schien es Edyon, übertriebener Geduld.

»Das ist verbotenes Land. Dort geht niemand hin.«

Holywell lächelte. »Das wird ja immer besser.«

»Es ist verboten, weil dies das Dämonenland ist.«

Falls Holywell ihn gehört hatte, so ignorierte er ihn.

»Wir besorgen uns in Pravont mehr Vorräte. Und auch ein Pferd, das sie tragen kann.«

Holywell schien sich nicht von seinem Vorhaben abbringen zu lassen, und Edyon hatte nicht die Energie, um mit ihm zu streiten. Und außerdem, was war schlimmer? Die Männer des Sheriffs oder Dämonen?

»Nun, ich bin sicher, dass mir unter Eurem Schutz nichts passieren kann, Holywell, nicht wahr, March?« Er lächelte March an, der das Gesicht abwandte. »Es tut mir leid, dass ich die Sache vermasselt habe.«

March schaute zu Holywell, sagte aber nichts.

Schweigend saßen sie da.

Edyon kratzte an den Mückenstichen, und dann hatte er eine Idee. Er nahm die Flasche mit dem Dämonenrauch, entkorkte sie, legte seinen Mund über den Flaschenhals, atmete ein winziges Rauchfähnchen ein und legte dann seine Lippen auf die Stiche an seinem Handgelenk. Dabei schaute er zu March, der ihn aufmerksam beobachtete und ausnahmsweise nicht wegsah oder so tat, als würde ihn die Sache nicht interessieren.

Edyon entspannte seine Lippen und der Rauch kräuselte an seinen Mundwinkeln heraus. Er saugte ihn wieder ein, schloss den Mund nahm Marchs Handgelenk, presste seinen Mund auf die Quaddeln und ließ ihn dort liegen. Edyon rechnete damit, dass March sich wehren oder seine Hand wegziehen würde, aber stattdessen hielt er vollkommen still und ließ sich von Edyon berühren. Edyon spürte Marchs Puls, der langsam und regelmäßig ging, während er die Lippen auf Marchs kühle Haut gepresst hielt. Aber der Rauch schien sich nicht so zu bewegen, wie er es bei der Schulterwunde getan hatte. Edyon ließ dem Rauch entweichen und sah ihm nach, wie er nach oben stieg und verschwand. Die ganze Zeit spürte er Holywells Blick auf sich.

»Ich wollte nur feststellen, ob der Rauch auch bei Mückenstichen wirkt«, sagte Edyon.

»Ihr wollt das nicht auch bei mir probieren, Euer Hoheit?«, fragte Holywell.

Allein schon bei dem Gedanken, Holywell anzufassen oder gar mit seinen Lippen zu berühren, bekam Edyon eine Gänsehaut, aber er sagte: »Ihr könntet es selbst an Euch ausprobieren.« Er bot Holywell die Flasche an. »Der Rauch entspannt Euch auch. Er hätte also einen doppelten Nutzen.« Und er lachte bei dem Gedanken.

»Sieht so aus, als ob die Droge auf Euer Gehirn wirkt, aber nicht bei den Stichen«, sagte Holywell und betrachtete Edyons Handgelenk.

Holywell hatte recht: Die Quaddeln auf Edyons und Marchs Haut hatten sich nicht verändert.

Holywell schnaubte, legte sich zum Schlafen nieder und sagte: »March, du übernimmst die erste Wache. Aber wenn es geht, ohne Drogenrausch.«

Etwas später, als Holywell anfing, rhythmisch zu schnarchen, holte March sein Messer aus der Scheide und sagte zu Edyon: »Ich will etwas versuchen.«

Noch bevor Edyon etwas erwidern konnte, schnitt March sich in die Handfläche und nahm die Flasche mit dem Dämonenrauch.

Es gelang ihm gleich beim ersten Mal, eine dünne Rauchschwade einzusaugen. Dann legte er seine Lippen über den Schnitt. Nach einer Weile atmete er den Rauch wieder aus und hob dann seine Hand.

Der Schnitt war verheilt.

»Also funktioniert es bei Schnitten, aber nicht bei Insektenstichen«, sagte Edyon. »Allerdings hatte ich auch keine Schnitte, sondern Schrammen, blaue Flecken und einen losen Zahn. Wollt Ihr es auch einmal bei mir versuchen?«

March zögerte. Dann sagte er: »Wenn Ihr es wünscht, Euer Hoheit.«

»Bitte nennt mich nicht so«, sagte Edyon. »Das klingt irgendwie ganz falsch.«

Edyon streckte die Hand aus und March nahm sein Handgelenk. Bevor Edyon es sich anders überlegen konnte, hatte March bereits seinen Daumenballen mit der Messerspitze geritzt.

March saugte etwas Rauch ein und legte seine Lippen auf Edyons Hand. Edyon schloss die Augen. Er fühlte, wie der Rauch um die Wunde an seinem Daumen kreiste, als ob er nach der offenen Stelle suchen würde. Aber mehr noch fühlte er Marchs Lippen auf seiner Haut.

»Wird Euch schwindlig?«, fragte Edyon wispernd.

March grinste; Edyon hatte ihn noch nie grinsen sehen. »Ein bisschen. Und schläfrig.«

»Dann schlaft«, sagte Edyon sanft. »Ich werde Wache halten.«

Und March legte sich nieder und bedeckte sein Gesicht zum Schutz gegen die Stechmücken, während Edyon dasaß und zart mit seinem Daumen über seine Lippen fuhr.

Ambrose

TORNIA,
PITORIA

Ambrose war drei Tage lang scharf geritten, um von der Nordgrenze Pitorias zur Hauptstadt im Süden zu gelangen. Es war Abend, als er in Tornia ankam. Er war schmutzig, verschwitzt und erschöpft, und es war fast schon zu spät. In weniger als vierundzwanzig Stunden würden Aloysius' Truppen auf die Grenze zumarschieren, und einen Tag später begann die Invasion Pitorias: am Tag von Catherines Hochzeit.

Nachdem er durch das Stadttor geritten war, stieg er an einem Brunnen ab, um zu trinken und sich zu waschen, und hörte die Leute über Catherines Einzug in die Hauptstadt reden.

»Also, ich hätte nie gedacht, dass ein Mädchen aus Brigant so schön sein kann«, sagte ein alter Mann.

»Und ihr Kleid!«, sagte eine Frau. »Und ihr Gefolge, alle mit weißen Haaren. So elegant. Vielleicht lasse ich mir meins auch weiß färben …«

Ambrose empfand einen Stich der Eifersucht, weil diese Leute Catherine erst kürzlich gesehen hatten, doch gleichzeitig auch einen merkwürdigen Stolz. Sie hatte offensichtlich ihre Reise durch Pitoria zu einem großen Erfolg gemacht; die Menschen waren von ihr beeindruckt – und das verlieh der Tatsache, dass alles umsonst gewesen sein sollte, einen bitteren Beigeschmack. Ihre Hochzeit war nichts weiter als eine Ablenkung für die bevorstehende Invasion im Norden. Selbst wenn Catherine die Herzen der Menschen gewonnen hatte, würde bald alle Welt behaupten, dass sie lediglich die Komplizin ihres Vaters sei. Ambrose musste irgendwie zu ihr gelangen.

Nach Einbruch der Dunkelheit und nachdem er seine Uniform der königlichen Leibgarde vom schlimmsten Straßenschmutz befreit hatte, ritt Ambrose durch die Straßen von Tornia zum Palasttor, wo ihm ein Soldat mit purpurgefärbten Haaren den Weg verstellte.

»Ich grüße Euch, Sir. Ich bin Sir Ambrose Norwend. Ich begleite Prinzessin Catherine.«

»Im Moment nicht.«

Ambrose lächelte schmallippig. »Ich wurde aufgehalten. Wollt Ihr dafür verantwortlich sein, dass ich mich noch mehr verspäte?«

Der Soldat wirkte verunsichert; nach einem kurzen Moment des Nachdenkens ließ er Ambrose durch. Ambrose ritt weiter und schöpfte neue Hoffnung, die allerdings am nächsten Tor zerschlagen wurde, wo der Wachsoldat weniger zuvorkommend war.

»Euer Name steht nicht auf der Liste des Gefolges der Prinzessin. Habt Ihr einen Passierschein?«

»Einen Passierschein?«

»Einen versiegelten Brief, der Euch Einlass gewährt.«

»Nein, aber ich muss unbedingt hinein. Ich habe eine Botschaft für Prinzessin Catherine.«

»Aha.«

»Es ist dringend.«

»Das ist es immer.«

Ambrose sprach durch seine zusammengepressten Zähne. »Wie kann ich ihr eine Botschaft übermitteln?«

»Morgen früh erstellen die Palastverwalter eine Liste derjenigen, die Geschenke überbringen wollen. Bei dieser Gelegenheit können Gaben und Botschaften hinterlassen werden.«

»Wie kann ich ihr jetzt eine Botschaft übermitteln?«

»Ihr zeigt mir Euren Passierschein und dürft hinein.«

»Ich habe Euch doch gesagt, ich habe keinen Passierschein.«

»Und ich habe Euch gesagt, dass Ihr einen braucht.«

»Aber die Botschaft ist von großer Bedeutung. Ich bin tagelang geritten, um sie zu überbringen.«

»Ihr habt mein größtes Mitgefühl. Kommt morgen wieder.«

»Ich werde warten.«

»Von mir aus.«

Ambrose stieg ab, setzte sich auf den Boden, mit dem Rücken gegen die Mauer, und wartete.

Erschöpft von seinem langen Ritt, döste Ambrose ein und wachte im Morgengrauen auf. Die Wache war abgelöst worden, und er unternahm einen neuen Versuch, mit überzeugenden Worten Einlass zu erlangen, allerdings wiederum vergeblich. Der Palast erwachte allmählich. Diener und Beamte kamen und gingen, und Ambrose sah eine Gruppe von weißhaarigen Jungen auf das Tor zugehen.

»Gehört ihr zu Prinzessin Catherine?«, fragte er.

»Wir sind ihre Tänzer«, antwortete einer der Jungen.

»Werdet ihr sie heute sehen?«

»Wir treten beim Mittagsmahl auf.«

»Ich muss ihr eine Botschaft zukommen lassen. Könnt ihr sie ihr oder einer ihrer Zofen überbringen, und zwar jetzt gleich?«

Der Junge nickte.

»Sagt ihr, dass Ambrose hier ist. Ich bin am Tor und warte darauf, eingelassen zu werden.«

»Ihr wollt zur Prinzessin?«

»Oder zu Jane oder Tanya. Zu einer von ihnen.« Dann hatte er eine Idee. Er nahm sein Messer und schnitt sich eine lange Locke ab, die er dem Jungen reichte und sagte: »Das ist zum Beweis, dass ich es wirklich bin.«

Der Junge verzog das Gesicht. »Das ist der Beweis, dass Ihr Euch selten wascht.«

»Es war ein langer und harter Ritt. Meine Botschaft ist dringend.« Ambrose gab dem Jungen einen Kroner. »Du bekommst noch einen, wenn du eine der Zofen zu mir bringst.«

Der Junge seufzte theatralisch. »Ihr Briganter habt einfach keinen Stil.« Dann zog er ein wunderschön besticktes Taschentuch aus der Jacke und wickelte die Haarlocke darin ein.

»Sorg einfach dafür, dass die Botschaft so schnell wie möglich ankommt.«

»Ihr könnt Euch auf mich verlassen. Wie war doch gleich Euer Name?«

Der Junge grinste und verschwand durch das Tor, ohne auf eine Antwort zu warten. Ambrose hoffte, dass er nur einen Scherz gemacht hatte. Aber völlig sicher war er sich nicht.

Catherine

TORNIA,
PITORIA

Ein Herr und eine Dame von Rang sollten niemals allein zusammen sein. Wenn sie miteinander reden oder spazieren gehen, sollten sie Abstand voneinander halten, sodass, wenn sie ihre Arme ausstrecken, sich ihre Fingerspitzen nicht berühren.

Percy Bex-Down: *Moderne Sitten und Anstandsregeln*

Es war Catherines erster Morgen in Tornia, und der Tag versprach schön zu werden. Die Sonne stand bereits strahlend an einem herrlich blauen Himmel. Catherine war früh aufgestanden, um sich für ihr Treffen mit Prinz Tzsayn herauszuputzen. Zweimal änderte sie ihre Frisur und dreimal ihr Kleid, und jetzt lief sie Gefahr, sich zu verspäten. Als sie hektisch ein viertes Kleid aus der Truhe zog und versuchte, die aufkommende Panik zu unterdrücken, drehte sie sich zu Tanya um und fragte: »Was denkst du?«

»Ich denke, er wird genauso nervös sein wie Ihr. Und was das Kleid betrifft, Euer Hoheit, so finde ich, dass das erste Eurer Figur am meisten schmeichelt.«

Catherine zog wieder das erste Kleid an. Es war neu, von einem hellen Silberton, schlichter als die anderen und mit Schlitzen im Stoff, die keine Haut, sondern blütenweiße Seide zum Vorschein brachten.

Die Uhr schlug neun, als Catherine mit Tanya die Terrasse betrat.

Der Prinz war nicht da.

Catherine spürte, wie sich ihre Gesichtszüge verkrampften. Das war äußerst ungalant. Der Mann sollte stets auf die Dame warten, um ihr diese Art von Peinlichkeit zu ersparen, auch wenn der Mann ein Prinz war und die Verabredung von … nun ja, von zweifelhafter Natur war. Besonders dann!

Catherine strich ihr Kleid glatt und wartete.

Die Gärten waren hübsch und gut gepflegt, obwohl sie nirgendwo einen Gärtner sehen konnte. Es war überhaupt niemand zu sehen.

»Bist du sicher, dass wir hier richtig sind?«

»Ich glaube schon, Euer Hoheit. Soll ich es überprüfen?«

Catherine seufzte. »Ja.«

Prinz Tzsayn schien alles andere als begierig darauf, sie kennenzulernen. Er hatte sie nicht in Charron abgeholt, und jetzt kam er nicht einmal zu einer Verabredung, die er selbst vorgeschlagen hatte.

Nachdem Tanya wieder im Schloss verschwunden war, schlenderte Catherine zu den Rosenbüschen. Noch vor wenigen Wochen war sie mit ihrer Mutter in deren Rosengarten spazieren gegangen und hatte über Königin Valeria sowie ihre bevorstehende Abreise gesprochen. Seitdem war so viel passiert, aber an ihrer Situation hatte sich nichts verändert: Morgen würde sie einen Mann heiraten, der ihr nichts bedeutete und mit dem sie noch kein Wort gewechselt hatte.

Verdammt sollte er sein, wo steckte er bloß?

Dann hörte sie Schritte, und als sie sich umdrehte, sah sie den Prinzen auf dem Weg zwischen den Rosenbüschen gemächlich auf sie zukommen.

Er verneigte sich. Sie knickste. Dann standen beide da und warteten darauf, dass der jeweils andere zuerst das unbehagliche Schweigen brechen würde.

Catherine betrachtete sein Gesicht, halb verbrannt und halb unversehrt, und sie fragte sich, wie so ein Unfall einen Menschen veränderte.

»So sehen wir uns also wieder«, sagte Tzsayn. Seine Stimme war ruhig und tief.

»Ist das nicht die Art, wie sich alte Feinde begrüßen?« Warum hatte sie das gesagt?

Tzsayn hob die Augenbraue auf seiner gesunden Gesichtshälfte. »Ich merke schon, dies ist wohl Euer Spezialgebiet.«

»Und was ist Euer Spezialgebiet, Euer Hoheit? Das Tanzen? Oder vielleicht die neueste Mode?«

Die Worte waren heraus, ehe Catherine darüber nachgedacht hatte. In Tzsayns Gesicht zuckte ein Muskel.

Was tust du denn da, Catherine?

Sie hatte so lange darauf gewartet, endlich mit ihm zu reden, und hatte dieses Gespräch schon tausendmal in Gedanken durchgespielt – und jetzt stieß sie ihn dermaßen vor den Kopf!

»Oh, ich habe kein Spezialgebiet. Ich kann überhaupt nichts.« Der Prinz ging ein paar Schritte weiter und sagte: »Wollen wir uns die Blumen ansehen?«

Catherine hätte eigentlich auf Tanya warten müssen, aber Tzsayn war schon weitergegangen. Catherine schloss zu ihm auf, und im Gehen deutete er auf Pflanzen und sagte: »Rose … Strauch … noch eine Rose … Ihr seht, Euer Hoheit, über Pflanzen weiß ich zumindest ein bisschen Bescheid.«

»Ja«, sagte Catherine. »Obwohl ich durchaus in der Lage bin, eine Rose zu erkennen.«

Erlaubte er sich einen Scherz mit ihr? War dies der pitorianische Sinn für Humor? Catherine warf einen Blick über ihre Schulter und wünschte sich, Tanya würde ihr zu Hilfe kommen, aber ihre Zofe war nirgends zu sehen. Catherine holte tief Luft und befahl sich, sich zu entspannen und ganz sie selbst zu sein.

Er ist bestimmt genauso nervös wie Ihr. Aber natürlich …

»Habt Ihr Euch gestern bei dem Empfang amüsiert, Euer Hoheit?«

»Ja, es war ganz erfreulich.« Tzsayns Stimme war ausdruckslos. »Und wie hat es Euch gefallen, Euer Hoheit?«

»Alle waren überaus freundlich.«

»In der Tat, ›erfreulich‹ und ›freundlich‹ beschreiben den gestrigen Abend ganz ausgezeichnet.«

Catherine wagte sich einen Schritt vor. »Ich habe den Verdacht, dass Ihr das nicht ernst meint.«

Tzsayn blieb stehen. »Tatsächlich?«

»Ja«, sagte Catherine. »Seid Ihr immer noch krank?«

»Ich bin vollkommen gesund, das versichere ich Euch.«

»Darf ich dann fragen, was los ist?«

»Ihr dürft mich ruhig verwöhnt nennen – und es ist eine Tatsache, dass mich mein Vater ständig in dieser Form tadelt –, aber ich bin es einfach nicht gewohnt, dass man mir Dinge aufzwingt. Das gilt besonders für Prinzessinnen. Mir ist klar, dass es nicht Eure Schuld ist. Ihr seid in der gleichen Lage wie ich, aber trotzdem … Es kratzt, irgendwie.« Er schlenderte weiter.

Catherine war so verblüfft über die Offenheit des Prinzen, dass sie die versteckte Kränkung erst gar nicht registrierte. Es kratzte – und wie!

»Wir müssen uns den Wünschen unserer Väter fügen«, sagte sie höflich. »Und ich bin erfreut, zur Vereinigung unserer beiden Königreiche …«

Tzsayn lachte. »Ich bin mir sicher, dass Ihr stets erfreut seid. Erfreut und *freundlich*.«

Catherine merkte, wie die Wut in ihr hochkochte. War das alles für ihn nur ein Witz?

»Tja«, sagte sie kühl. »Ihr habt recht, ich werde stets erfreut sein, mich Euren Wünschen freundlich zu fügen. Das muss ich wohl, wenn wir erst verheiratet sind.«

Tzsayn warf ihr einen Blick zu, und es war ihm anzurechnen, dass sein Lachen erstarb, als er ihre kaum unterdrückte Wut bemerkte. »Ihr besitzt die Kämpfernatur der Briganter, glaube ich. Aber ich versichere Euch, Catherine, ich lege zwar großen Wert darauf, dass sich die Leute meinen Wünschen fügen, aber wenn wir erst Kinder haben …« Sie blieb abrupt stehen. »Die Vorstellung scheint Euch zu schockieren, aber das ist doch wohl der Grund für diese ganze Heiratsgeschichte. Das ist jedenfalls das, was mein Vater will … Und Eurer vermutlich auch. Das Land braucht einen Erben.«

»Ich bin mir über die Wünsche meines Vaters nur selten im Klaren, am allerwenigsten, wenn sie mich betreffen«, erklärte Catherine mit kalter Stimme.

Tzsayn betrachtete sie ein paar Sekunden lang, dann fuhr er fort: »Nun, wenn wir Kinder haben, werde ich sie jedenfalls nicht zu diesem Blödsinn einer arrangierten Ehe zwingen.«

Catherine schwieg. Meinte er das ernst?

»Bin ich für Euren Geschmack zu unverblümt, Euer Hoheit?«, fragte er.

»Ich schätze Eure Aufrichtigkeit, Prinz Tzsayn, aber ich frage mich, was Ihr als Alternative vorschlagt.«

»Ich werde mich einfach raushalten.«

Catherine stieß ein verblüfftes Lachen aus. »Selbst wenn Eure Tochter den Sohn Eures ärgsten Feindes heiraten wollte?«

Tzsayn lächelte, und diesmal entdeckte Catherine einen Anflug von Wärme in seiner Miene. »Wir sind hier in Pitoria, Euer Hoheit. Wir haben keine Feinde.«

Zaghaft erwiderte Catherine das Lächeln. »Das freut mich zu hören.«

»Möchtet Ihr die Wassergärten sehen? Sie liegen direkt hinter dieser Hecke.«

»Das wäre höchst *erfreulich.*«

Catherine verbrachte den halben Vormittag mit Tzsayn in den Gärten. Als Tanya endlich wieder auftauchte, folgte sie ihnen in gebührendem Abstand. In einer Laube nahmen sie eine Erfrischung bestehend aus Holunderblütenwasser und Obst zu sich. Dann spazierten sie zu der Mauer und genossen die Aussicht auf die Stadt, die unter ihnen lag, und die Landschaft jenseits davon. Nach ihrem holprigen Start erkannte Catherine, dass Tzsayn sowohl intelligent als auch höflich war, und das Gespräch drehte sich um eine Vielzahl von Themen, angefangen bei ihrer Erziehung über seine Reisen nach Illast, ihre Fahrt nach Pitoria bis hin zu einem ausgiebigen Vergleich der jeweiligen Essgewohnheiten und Mode. Als sie schließlich zum Schloss zurückkehrten, fühlte sich Catherine bei ihrem zukünftigen Ehemann fast wohl. Das bedeutete natürlich nicht, dass sie ihn wirklich heiraten wollte, aber, so dachte sie sich, sie hätte es schlimmer treffen können. Er könnte wie Boris sein. Bei dieser Überlegung fiel ihr etwas ein. »Ihr hattet gestern eine angeregte Unterhaltung mit meinem Bruder«, sagte sie.

Tzsayn lächelte. »Ich dachte, Prinz Boris würde sich dafür interessieren, wie die Seide für meine Kleidung hergestellt wird. Beim ersten Gang erklärte ich ihm die Grundlagen der Seidenraupenzucht, und als der achte Gang abgetragen wurde, war ich bei der Kunstfertigkeit des Webens angelangt. Allerdings kam ich nicht mehr bis zum Ende; ich muss meine Ausführungen fortführen, wenn ich das nächste Mal das Vergnügen seiner Gesellschaft zum Abendessen habe.«

Catherine nickte, wobei sie sich wieder nicht ganz sicher war, wie ernst Tzsayn es meinte.

»Ich sollte noch erwähnen«, setzte der Prinz hinzu, »dass bei meinem ersten Besuch in Brigant Prinz Boris und seine erfreuten und freundlichen Freunde mir einen ganzen Abend lang in aller Ausführlichkeit und Detailtreue von ihren Jagdabenteuern berichtet haben, wobei sich die Erzählungen zumeist um die Art der Waffen drehte, welcher Speer zu bevorzugen sei, welche Art Pferd, welcher Sattel, welche Stiefel, welche Beinschoner und so weiter und so fort. Ich hielt es für eine brigantische Tradition, sich ein Thema auszuwählen und an diesem Thema dann so lange festzuhalten, bis man alles darüber gesagt hat, und diese Ausführungen dann endlos zu wiederholen.«

Catherine lächelte. »Ihr habt recht, viele brigantische Männer haben diese Angewohnheit.«

Als sie wieder zur Terrasse zurückkehrten, sah Catherine überrascht, dass Sarah dort scheinbar auf sie wartete und ungeduldig auf und ab lief. Sobald sie Catherine erblickte, vollführten ihre Hände einige hastige Zeichen.

Ganz ruhig, signalisierte Catherine, ebenfalls mit ihren Händen. *Was ist los?*

Sarah antwortete mit zwei Worten.

Ambrose. Hier.

Catherine hatte das Gefühl, dass ihr jemand den Boden unter den Füßen wegzog. Noyes hatte behauptet, er wäre gefangen genommen und getötet worden. Natürlich war das eine Lüge! Sie konnte kaum noch atmen. Tränen schossen ihr in die Augen. Ambrose war am Leben!

»Catherine?« Tzsayns Stimme klang besorgt.

Mit übermächtiger Anstrengung kontrollierte Catherine ihre Gefühle. »Bitte entschuldigt mich, Euer Hoheit. Ich fürchte, ich habe ein bisschen zu viel Sonne abbekommen.«

»Kommt, Euer Hoheit«, sagte Tanya mit leiser Sorge in der Stimme. »Zu viel Sonne vor Eurer Hochzeit tut Euch nicht gut.« Sie knickste vor Tzsayn, nahm Catherines Arm und führte sie in den Palast.

Ambrose

TORNIA,
PITORIA

Ambrose wartete vor dem Tor, während im Palast die Leute ein und aus gingen. Er fing an zu befürchten, dass der Junge seine Haarlocke einfach weggeworfen und seinen Auftrag vollkommen vergessen hatte. Bei jeder Person, die aus dem Tor trat, zuckte er zusammen; sein Herz schlug schneller, in der Hoffnung, ein bekanntes Gesicht zu sehen. Dann bemerkte er eine Frau, die auf ihn zukam und ihn anstarrte, und es dauerte eine ganze Weile, bis er sie erkannte. Es war Sarah, Catherines Zofe, aber sie sah völlig verändert aus. Sie trug ein hellgrünes Kleid nach der pitorianischen Mode und sah einfach umwerfend aus.

Sie trat zu ihm und knickste. »Sir Ambrose.«

»Sarah!«, strahlte Ambrose ehrlich erfreut. Sie würde ihm sicher helfen. »Wie schön, Euch zu sehen.«

Sie erwiderte sein Lächeln. »Ich freue mich auch, Euch zu sehen, obwohl Euer Anblick unerwartet kommt. Man hat Catherine gesagt, dass Noyes' Männer Euch getötet hätten.«

Ambrose schüttelte den Kopf. »Wie Ihr seht, bin ich quicklebendig. Ich muss mit der Prinzessin sprechen, es ist dringend.«

Sarahs Lächeln verblasste. »Das ist unmöglich. Die Prinzessin ist im Moment bei Prinz Tzsayn. Die Hochzeit findet morgen statt. Es darf nichts dazwischenkommen.«

Ambrose spürte das vertraute Ziehen in der Brust bei der Vorstellung, dass Catherine einen anderen Mann heiratete, und zum ersten Mal wurde dieses Gefühl von einem Stich des Zweifels begleitet. Würde seine Botschaft als Versuch eines liebeskranken Trottels abgetan, eine unerwünschte Eheschließung zu verhindern?

»Das ist nicht der Grund meines Kommens. Ich habe eine wichtige Nachricht. Es geht weder um mich noch um die Hochzeit. Es ist … von weitaus größerer Bedeutung.«

»Im Augenblick ist nichts bedeutsamer als die Hochzeit. Vielleicht nach den Feierlichkeiten …«

Ambrose schüttelte den Kopf. »Dann ist es zu spät. Sarah, Ihr wisst, dass sie mich sehen will.«

»Aber das heißt noch lange nicht, dass es auch eine gute Idee ist. Boris ist im Schloss, mit fünfzig seiner Männer. Wenn er Euch erkennt, seid Ihr ein toter Mann, und das ist gewiss nicht im Sinne der Prinzessin: Kaum hat sie herausgefunden, dass Ihr lebt, da werdet Ihr von den Soldaten ihres Bruders ermordet, ganz abgesehen von den Schwierigkeiten, die sie selbst zu erwarten hätte.«

»Ich weiß, dass Ihr sie nur beschützen wollt, und es ist ganz bestimmt nicht meine Absicht, sie in Schwierigkeiten zu bringen. Ihr wisst genau, dass ich ihr nie schaden würde. Aber diese Nachricht kann nicht warten.«

Sarah wirkte hin- und hergerissen.

»Bitte«, flehte er. »Sie muss diese Nachricht erfahren. Wenn ich mit ihr gesprochen habe, werde ich sofort wieder gehen.«

»Das müsst Ihr«, nickte Sarah. Dann wandte sie sich zu dem Wachmann um. »Ihr wisst, wem ich diene? Ich bringe diesen Boten zur Prinzessin. Ich verbürge mich für ihn.«

»Wie Ihr wünscht, Mylady«, sagte der Mann und verbeugte sich.

Ambrose folgte Sarah durch das Schloss. Sie ging mit eiligen

Schritten und sagte: »Ich werde versuchen, Euch so unbemerkt wie möglich zu Catherine zu bringen, aber im Augenblick sind überall im Palast Menschen unterwegs.«

Und wirklich, im Schloss ging es sehr geschäftig zu, erst als sie sich innerhalb des großen Turms befanden, wurde es etwas ruhiger. Trotzdem waren Ambroses Nerven bis zum Zerreißen gespannt. Hinter jeder Ecke konnte Noyes lauern. Und wenn man ihn jetzt gefangen nahm, würde Catherine nie die Wahrheit erfahren.

»Wir sind fast da«, sagte Sarah.

»Da?«

»Im Salon. Um die Wahrheit zu sagen, gibt es hier etwa zwanzig Salons, aber dieser hier ist relativ abgelegen.«

Aber als sie durch einen kleinen Innenhof gingen, sah Ambrose zwei pitorianische Soldaten mit purpurnen Haaren, die sich mit einem dritten Mann unterhielten, dessen Haare nicht gefärbt waren und der die Uniform der brigantischen königlichen Garde trug.

»Verdammt!« Blitzschnell versteckte sich Ambrose hinter einer Säule. Aber er wusste, dass es zu spät war. Der Mann hatte ihn gesehen, und an seinem Blick hatte Ambrose ablesen können, dass er ihn erkannt hatte.

»Bitte, wir müssen uns beeilen«, sagte er zu Sarah. Er brauchte nur ein paar Sekunden, um der Prinzessin zu erzählen, was er erlebt hatte, und ihr den Brief zu geben, den er Lord Thornlee gestohlen hatte. Auch wenn man ihn danach festnahm, war es das wert. Wenn er seine Nachricht überbrachte, bestand die Chance, dass die Prinzessin entkommen konnte.

Sarah eilte eine Treppe hinauf und einen weiteren Gang entlang. Dann öffnete sie eine Tür. »Hier rein, schnell. Ich hole die Prinzessin.« Dann war sie fort.

Ambrose marschierte in dem Zimmer auf und ab. Er hatte davon geträumt, Catherine wiederzusehen, aber nicht so. Er blickte auf seine Stiefel, die dick mit Staub und Schmutz verkrustet waren.

Was würde sie von ihm denken? Nun, das spielte keine Rolle; er war nur hier, um sie zu warnen; sie musste ihm einfach glauben. Und was dann? Sie saßen trotzdem in der Falle, Hunderte von Meilen von zu Hause entfernt, in einem fremden Land, verwickelt in eine Intrige, die er selbst nicht vollständig durchschaute. Immerhin war auch Boris in Tornia. Hatte Aloysius auch seinen Sohn hintergangen? Das war unwahrscheinlich. Wenn Boris über die bevorstehende Invasion Bescheid wusste, dann hatte er bestimmt einen Fluchtplan. Vermutlich zusammen mit Catherine. Über all das hatte Ambrose in den vergangenen drei Tagen nachgedacht, aber er wusste immer noch nicht genau, was er davon halten sollte. Jetzt näherten sich Schritte, die Tür ging auf und Sarah trat ein, gefolgt von Catherine. Mit einem Schlag war sein Kopf vollkommen leer.

Catherine trug ein eng anliegendes silberfarbenes Kleid mit Schlitzen, die den Blick auf glänzende weiße Seide darunter freigaben. Ihr Haar kam ihm blonder vor als früher und war mit zierlichen weißen Blumen hochgesteckt. Ihr Gesicht war bleich vor Schock. Und dann traten Tränen in ihre Augen.

»Ambrose …«, hauchte Catherine. »Ich dachte … sie haben mir gesagt, Ihr wärt tot.« Und jetzt flossen ihr die Tränen über die Wangen.

Ambrose wollte die Tränen wegwischen. Tränen die sie um seinetwillen vergoss. Er trat näher. Es machte ihn jedes Mal sprachlos, wie sie ihn ansah; so liebevoll und leidenschaftlich. Behutsam streckte er die Hand aus und strich so sanft er konnte mit seinen Fingerspitzen die Tränen von ihrer Haut. Catherine nahm seine Hand und küsste sie.

Küsste ihn.

Er hielt ihre Hand und zog sie an seine Lippen. »Ich hätte nie gedacht, dass ich Euch wiedersehen würde. Und Euch zu sehen, ist sowohl wunderbar als auch schmerzvoll. Ich habe eine Botschaft von größter Wichtigkeit, doch ich muss mich kurz fassen; einer von Boris' Männern sah mich auf dem Weg hierher.«

»*Was?* Dann müsst Ihr fort!« Catherine schaute zur Tür, wo Sarah Position bezogen hatte. »Das ist Wahnsinn. Ich wollte Euch sehen, aber nicht, wenn Ihr dafür Euer Leben riskiert.«

»Ich werde gehen, aber zuerst muss ich Euch etwas erzählen. Euer Vater plant eine Invasion. Er hat Tausende Männer an der Grenze nach Pitoria zusammengezogen und macht sich in diesem Moment zum Einmarsch bereit.«

»Was? Nein, Ihr müsst Euch irren – durch meine Heirat sollen unsere Länder in Freundschaft verbunden werden.«

»Eure Heirat ist lediglich eine Ablenkung. Ich habe die Befehle gelesen.« Ambrose hielt Catherine den Brief hin. »Heute rücken sie zur Grenze vor und morgen früh, im ersten Licht des Tages, marschieren sie ein.«

Catherine überflog den Brief mit großen Augen, und es schmerzte ihn, sie so schockiert und verwirrt zu sehen.

»Und das glaubt Ihr?«, fragte sie erstickt.

»Das Siegel Eures Vaters befindet sich auf diesen Dokumenten.«

»Aber … warum? Warum eine Invasion? Und warum diese Täuschung mit der Heirat? Das ergibt doch gar keinen Sinn. Ich bin hier, und auch Boris und Noyes. Eine Invasion würde uns alle in Gefahr bringen.«

»Aus diesem Grund musste ich Euch sehen. Um Euch zu warnen. Ich glaube, dass Boris Bescheid weiß. Wer hat dafür gesorgt, dass alle Lords von Pitoria an dieser Hochzeit teilnehmen? Wer hat darauf *bestanden*?«

»Er ist mein Bruder … Das würde er doch nicht tun«, flüsterte Catherine.

»Alle Lords ahnungslos in der Hauptstadt, das ganze Land mit den Hochzeitsfeierlichkeiten beschäftigt – die perfekte Gelegenheit für eine Invasion.«

Catherine schüttelte den Kopf. »Aber … aus welchem Grund?«

»Das weiß ich nicht, Euer Hoheit. Aber welchen Grund Euer Vater auch haben mag, er wird sein Vorhaben in die Tat umsetzen.«

Aus dem Gang erklangen schnelle Schritte und lautes Rufen.

»Boris ist hier!«, rief Sarah.

Ambrose nahm Catherines Hand. »Verratet ihm nicht, was ich Euch gesagt habe. Ihr müsst mit Prinz Tzsayn sprechen. Er kann Euch beschützen.«

»Ambrose …«, setzte Catherine an, aber noch bevor sie mehr sagen konnte, wurde die Tür aufgestoßen und vier von Boris' Soldaten kamen mit gezogenen Schwertern in den Raum gestürzt. Ambrose zückte ebenfalls sein Schwert und wich zum Fenster zurück.

Boris kam mit Noyes im Schlepptau ins Zimmer geschlendert. Seine Augen funkelten.

»Nun, Schwester, du überraschst mich immer wieder. Triffst dich einen Tag vor deiner Hochzeit im Haus deines zukünftigen Gemahls mit deinem Liebhaber.«

Ambrose trat vor. »Das ist nicht wahr. Ich bin lediglich ein Soldat der Prinzessin, der geschworen hat, sie zu beschützen.«

»Sie zu beschützen! Wohl eher, sie zu entehren.«

»Ich war nicht allein mit Ambrose, und wir haben nur miteinander geredet«, sagte Catherine. Sie vollführte eine kaum merkliche Handbewegung, und Ambrose sah, wie Sarah nickte und unbemerkt hinter Boris aus dem Zimmer huschte.

»Die Zeit der Worte ist nun vorbei.« Boris wandte sich zu Ambrose um. »Mein Vater will, dass Ihr nach Brigant zurückkehrt, wo man Euch Stück für Stück auseinandernimmt, aber ich fürchte, ich muss ihn enttäuschen.«

Ambroses Blut geriet in Wallung. »Ihr selbst? Oder Eure Männer? Erinnert Euch daran, was beim letzten Mal passiert ist, als Ihr zwei Eurer Männer auf mich gehetzt habt.«

Boris schnaubte höhnisch. »Dann sehen wir doch mal, was vier Männer ausrichten können. Schnappt ihn euch!«

Ambrose hatte mit dem Schwert ausgeholt, ehe Boris' Soldaten vorrücken konnten. Catherine warf sich zwischen sie und rief: »Nein, Boris! Nicht noch einmal!«

»Aus dem Weg, Schwester! Du erniedrigst dich.«

»Du bist es, der mich erniedrigt!« Und mit diesen Worten trat sie so weit vor, dass die Schwertspitze eines Soldaten ihre Brust berührte.

»Nicht, Catherine!«, rief Ambrose.

Der Soldat wirkte verunsichert und senkte seine Waffe, aber Boris machte einen Schritt, packte Catherine, zog sie aus dem Weg und schleuderte sie zu Boden, wobei er schrie: »Ich sagte, packt ihn!«

Ambrose wusste, dass er so schnell wie möglich für Chancengleichheit sorgen musste. Er hieb nach dem ersten Angreifer und erwischte ihn am Schwertarm. Der Mann taumelte rückwärts. Der nächste Soldat schlug ungeschickt nach Ambroses Kopf, doch der duckte sich und schnitt im Wegdrehen dem Mann die Kehle durch. Dann parierte er den Angriff des dritten Soldaten, doch der vierte bedrängte ihn bereits von der Seite. Ambrose wich zurück, wobei er das Scharmützel von Catherine weglenkte, die immer noch benommen auf dem Marmorboden lag. Boris' Männer rückten vor. Und dann war der Raum plötzlich erfüllt von Lärm, von den Schritten schwerer Stiefel und den Rufen der pitorianischen, blauhaarigen Soldaten, die die Kämpfenden umringten. Ambrose war noch nie so froh gewesen, eine Speerspitze auf seine Brust gerichtet zu sehen.

»Im Namen Seiner Hoheit, Prinz Tzsayn, lasst die Waffen fallen!«

Ambrose ließ sein Schwert zu Boden sinken, und die brigantischen Soldaten folgten zögernd seinem Beispiel. Boris' Schwert steckte immer noch in seiner Scheide.

Hinter den Soldaten trat ein Mann hervor. Er war jung und schlank und trug einen Mantel aus blauer Seide. Prinz Tzsayn. Ambrose hatte von seinem verbrannten Gesicht gehört, und er bot in der Tat einen merkwürdigen Anblick: auf der einen Seite von angenehmer Gestalt, die andere wie geschmolzenes Wachs.

Tzsayn ging zu Catherine und sagte: »Anscheinend hatte ich recht: Ihr habt mehr Erfahrung mit Kriegern als ich, Prinzessin.«

Er streckte die Hand aus, die sie ergriff, und dann half er ihr behutsam auf die Beine.

Ambrose zwang sich, still zu stehen. Er sollte derjenige sein, der ihr die Hand reichte, der ihr beim Aufstehen half, und er war sicher, dass sie das auch gewollt hätte, aber der Blick, den sie ihm zuwarf, befahl ihm, sich zurückzuhalten. Es gab nichts, was er tun konnte. Er schloss kurz die Augen und atmete tief durch. Catherine war in Sicherheit. Er hatte seine Nachricht überbracht. Er hatte keinen Einfluss mehr darauf, was als Nächstes geschehen würde.

»Könnt Ihr mir sagen, was hier vor sich geht, Euer Hoheit?«, fragt Tzsayn Catherine mit sanfter Stimme.

Boris knurrte: »Dieser Mann, Sir Ambrose Norwend, wird wegen Hochverrats gesucht. Er muss umgehend nach Brigant gebracht werden, wo ihn eine Anklage und dann der Henker erwartet.«

In gespielter Überraschung wirbelte Tzsayn zu Boris herum.

»Ach, Prinz Boris, Ihr seid auch hier? Wir sind wohl alle ein bisschen mit Blindheit geschlagen, denn Ihr wärt Eurer Schwester doch gewiss zu Hilfe geeilt, wenn Ihr gesehen hättet, dass sie zu Boden gefallen war. Und vielleicht irre ich mich, aber Sir Ambrose scheint nicht besonders begierig darauf, Euch nach Brigant zu begleiten.«

Boris verzog verächtlich das Gesicht. »Er glaubt, er kann sich dem Befehl des Königs widersetzen.«

»Oje. Das klingt aber wirklich nach einem argen Bösewicht.« Tzsayn betrachtete Ambrose nun mit einem raschen, forschenden Blick. Ambrose hielt den Augen des Prinzen einen Moment lang stand, dann senkte er den Kopf.

Tzsayn beugte sich zu Catherine vor. »Was meint Ihr, Mylady? Ist er ein Bösewicht? Ich neige zu der Behauptung, dass Prinz Boris in dieser Sache nicht übertrieben hat.«

»Mein Vater verlangt, dass Ambrose nach Brigant zurückkehrt, das stimmt. Aber ich fürchte, dass Ambrose die Reise nicht überleben würde, wenn Boris ihn begleitet.«

Tzsayn nickte nachdenklich.

»Nun, ich habe eine einfache Lösung für unser Problem. Da Prinz Boris im Augenblick noch nicht nach Brigant zurückkehren wird, jedenfalls nicht vor unserer Hochzeit, schlage ich vor, dass Sir Ambrose in der Zwischenzeit in meine Obhut gegeben wird.«

Ambrose schöpfte neue Hoffnung, dass er dieses Zimmer tatsächlich lebend verlassen würde.

Boris erhob Widerspruch. »Das wird nicht nötig sein, Euer Hoheit. Meine Männer können ihn in Gewahrsam nehmen.«

Tzsayn schüttelte den Kopf. »Ich wünsche nicht, dass dieser Schurke vor meiner Hochzeit noch weiteres Unheil anrichtet. Er ist mein Gefangener, bis ich etwas anderes entscheide.« Tzsayn drehte sich zu Ambrose um. »Habt Ihr dem irgendetwas hinzuzufügen, Sir Ambrose?«

Ambroses Augen zuckten zu Catherine, aber ihre Miene verriet nichts. Mit stolzem Blick trat er vor. »Prinz Tzsayn, ich bin kein Schurke. Ich hatte nicht die Absicht, in Eurem Schloss das Schwert zu ziehen, aber ich war gezwungen, mich gegen die Soldaten von Prinz Boris zu verteidigen.«

Tzsayn legte den Kopf leicht schräg. »Aber warum seid Ihr überhaupt hier?«

Ambrose zögerte. Da Boris noch im Raum war, konnte er nicht mit der Wahrheit herausrücken. Es war an Catherine, Tzsayn über die kommenden Ereignisse in Kenntnis zu setzen.

»Ich musste mit Prinzessin Catherine sprechen, über eine … dringliche Angelegenheit.«

»Und die wäre?«

»Nur für die Ohren Ihrer Hoheit bestimmt und für jene, denen sie sie anvertrauen möchte.«

Tzsayn blinzelte und nickte dann. »Ich verstehe. Bringt ihn weg.«

Zwei blauhaarige Soldaten packten Ambrose rechts und links am Arm.

»Ins Verlies, hoffe ich doch«, ließ sich Boris durch zusammengepresste Zähne vernehmen.

»Nun, ich werde ihn ganz bestimmt nicht in meinen Privatgemächern unterbringen«, gab Tzsayn zurück. »Wenn Ihr mich nun bitte entschuldigen wollt, die Lady wirkt abgespannt. Ich denke, weniger Männer und weniger Waffen würden das Erscheinungsbild dieses Zimmers deutlich verbessern.«

Ambrose unterdrückte das Verlangen, gegen den Griff der Männer anzukämpfen, die ihn zur Tür hinaus und den Gang entlang zerrten. Wie idiotisch seine Worte geklungen hatten! Eine dringliche Angelegenheit, nur für die Ohren der Prinzessin bestimmt! Er selbst hatte den Anschein erweckt, dass er und Catherine ein vertrauliches Stelldichein verabredet hätten. Hatte seine Ungeschicklichkeit Tzsayns Vertrauen in sie ausgerechnet in dem Moment zerstört, in dem sie es am nötigsten brauchte?

Eine Treppe nach der anderen ging es hinunter. Immer weiter in die Tiefe. Die Wachen brachten ihn tatsächlich ins Verlies. Die Wände waren aus nacktem Stein gehauen, die Stufen eng und ausgetreten. Ein Soldat zog eine schwere Holztür auf, hinter der sich eine kleine Zelle befand. Das Licht aus dem Gang fiel auf ein schmales, grob gezimmertes Bett, einen Tisch und einen Stuhl. Ambrose wurde in die Zelle gestoßen, woraufhin die Tür hinter ihm zugeschlagen und verriegelt wurde. Ambrose saß allein in seiner stockdunklen Zelle. Alles war still. Bis das Rascheln und Trippeln anfing.

Catherine

TORNIA,
PITORIA

Ich werde Brigant und meinem Vater gegenüber treu sein.
Eid von Prinzessin Catherine von Brigant,
geschworen an ihrem sechzehnten Geburtstag

Die Soldaten hatten den Raum mit Ambrose verlassen, nur Tzsayn, Boris, Catherine und ihre Zofen blieben zurück. Tzsayn ging zu Ambroses Schwert, das immer noch auf dem Boden lag, und betrachtete es, als ob er eine solche Waffe noch nie zuvor gesehen hatte. Er balancierte und wendete es nachdenklich, bevor er sprach.

»Ich muss gestehen, dass ich mich mit jeder Sekunde, die vergeht, ein bisschen mehr auf unsere bevorstehende Hochzeit freue. Unsere Ehe wird ganz bestimmt nicht langweilig werden.« Er drehte sich zu Catherine um. »Allerdings denke ich, dass wir das, was gerade geschehen ist, irgendwo anders besprechen sollten. Ich bin sehr gespannt darauf, alles über Sir Ambrose zu erfahren.«

Sanft aber bestimmt nahm er Catherines Arm und geleitete sie zur Tür.

»Wir werden uns in das Blaue Zimmer begeben und eine Tasse

Tee trinken. Möchtet Ihr uns Gesellschaft leisten, Prinz Boris? Ihr trinkt doch Tee, nehme ich an.«

»Ich habe im Moment keine Lust auf Tee«, presste Boris hervor.

»Dann sind wir unter uns, Mylady«, sagte Tzsayn zu Catherine.

Kurze Zeit später saßen Catherine und Tzsayn an einem kleinen runden Tisch in einem mit wunderschönen hellblauen und weißen Fliesen geschmückten Raum. Sarah und Tanya hatten sich in der Nähe niedergelassen und gaben vor, sich miteinander zu unterhalten, aber Catherine wusste, dass sie dem Gespräch zwischen ihr und Tzsayn lauschten.

Catherine versuchte, unbemerkt ihre verkrampften Schultern zu lockern. Tzsayn schien ruhig und gelassen zu sein. Viel zu ruhig für einen Mann, der gerade seine Verlobte mit einem anderen ertappt hatte. Sie schob die Vorstellung beiseite, was geschehen wäre, wenn er etwas früher gekommen wäre und gesehen hätte, wie Ambrose ihr behutsam die Tränen abgewischt hatte.

Und jetzt war Ambrose im Kerker eingesperrt. Aber wenigstens war er am Leben.

»Also, wollt Ihr mir vor dem Tee die Geschichte von Sir Ambrose erzählen oder danach?«

Catherines Gedanken rasten. So viel war geschehen. Wenn das, was Ambrose ihr gesagt hatte, stimmte – und davon war sie überzeugt –, dann stand Brigant und Pitoria statt einer Hochzeit zur Vereinigung zweier Herrscherfamilien ein Krieg bevor. Aber sollte sie Tzsayn davon erzählen? Und wenn ja, würde er ihr glauben? Das Gefühl des Vertrauens zwischen ihnen war noch zerbrechlich, ganz neu und noch nicht erprobt. Es war ratsam, dieses Gefühl zunächst mit der Wahrheit zu stärken – soweit sie die Wahrheit offenlegen konnte.

»Sir Ambrose war Mitglied meiner Leibgarde in Brigant.«

Wahrheit.

»Er ist ein ehrbarer Mann aus einer guten Familie.«

Ebenfalls wahr.

»Er hat nichts Falsches getan. Er hat sich nur gegen Boris Männer verteidigt.«

Er hat meine Hand geküsst und mein Gesicht berührt, aber daran ist nichts Falsches …

»Er würde nie etwas tun, was mir schaden könnte. Im Gegenteil: Er hat sein Leben riskiert, um hierherzukommen.«

»Sollte ich nach dem Grund fragen oder liegt die Antwort auf diese Frage in dem Blick, mit dem er Euch betrachtet?«

Catherine zögerte und errötete.

»Ambrose ist ein Ehrenmann. Und ich … ich habe mir nichts vorzuwerfen.«

»Da bin ich mir nicht so sicher, weder bei ihm und noch weniger bei Euch.«

Catherine fuhr auf: »Euer Hoheit, ich …«

»Ich bitte um Verzeihung«, fiel Tzsayn ihr ins Wort. »Das war unbedacht von mir. Ich sehe, wie aufgewühlt Ihr seid. Er bedeutet Euch wohl sehr viel, nicht wahr?«

Catherine schluckte. »Es ist nicht … Es ist nicht nur das. Er ist mir nicht gleichgültig, das gebe ich zu.« Sie warf Tzsayn einen Blick zu, doch sein Gesicht blieb unergründlich. »Aber ich kenne meine Pflichten und ich würde meine Aufgabe nicht durch eine närrische Liebesaffäre gefährden. Im Augenblick gilt meine Sorge einer anderen Angelegenheit.«

Tzsayn schaute sie überrascht an. »Und welcher, wenn ich fragen darf?«

»Da ist noch etwas … etwas anderes. Etwas … Wichtigeres, aber ich … Ich weiß nicht, was ich tun soll. Ich bin hin- und hergerissen.«

»Inwiefern?«

»Zwischen meiner Loyalität meinem Vater und Brigant gegenüber auf der einen Seite und Euch, Pitoria und meinem neuen Leben hier auf der anderen Seite.«

Bevor sie noch mehr sagen konnte, wurde der Tee serviert. Catherine straffte die Schultern, saß schweigend da und überlegte krampfhaft, welchen Rat ihre Mutter ihr geben würde, während die Diener den Tee, Gläser und Zitronen auftrugen. Nach einer halben Ewigkeit, so schien es ihr, zogen sich die Diener wieder zurück. Tzsayn schenkte zwei Gläser ein und stellte ihr eins davon hin.

»Catherine, ich kann Euch nur so viel sagen: Ihr müsst tun, was Ihr für richtig haltet. Das, woran Ihr glaubt.«

Aber woran glaube ich?

Es war falsch, ihren Vater und ihr Land zu verraten. Aber das waren auch die Pläne ihres Vaters. Er hatte sie angelogen und sie betrogen. Er hatte sie glauben lassen, dass ihre Ehe und ihre Zukunft eine Bedeutung hatten, und jetzt stellte sich heraus, dass alles eine Täuschung gewesen war. König Arell und Prinz Tzsayn hatten ihr in der kurzen Zeit, die sie hier in Tornia verbracht hatte, mehr Freundlichkeit und Offenheit entgegengebracht, als ihr Vater in ihrem ganzen Leben. Aber das war noch lange kein Grund, ihrem Vater gegenüber nicht mehr treu zu sein. Oder doch?

Catherine fühlte, wie sich ihre Augen mit Tränen füllten. »Ich war ja so naiv. Ich dachte, ich könnte nach Pitoria kommen und die Menschen mit ein paar hübschen Kleidern und einer Blume für mich gewinnen. Ich wollte, dass das Volk mich mag, mich liebt. Mein Vater herrscht durch Angst, und ich wollte das Gegenteil erreichen. Wir Briganter haben einen gewissen Ruf – das habt Ihr selbst ja angedeutet … Ich bin an Soldaten gewöhnt. Ich bin an die Furcht gewöhnt und an den Hass und daran, Tag und Nacht auf der Hut zu sein und jeden Blick und jedes Wort vorher gut zu überlegen, damit nicht der Schatten eines Zweifels auf mich fällt.« Catherine atmete einmal tief durch. »Es tut mir leid. Ich wollte mich nicht beklagen, sondern nur erklären, wie es in mir aussieht.«

Tzsayn beugte sich vor und nahm ihre Hand. »Ich fühle mich geehrt, dass Ihr Euch mir anvertraut«, sagte er.

»Alle Welt hält Brigant für aggressiv und gewalttätig, und jeder fürchtet sich vor uns. Ich wollte das ändern. Ich hoffte, dass die Menschen mich mit anderen Augen sehen würden. Aber vielleicht war das falsch. Vielleicht sollten sich die Leute vor uns fürchten.«

Noch einmal atmete Catherine zitternd durch; sie hatte eine Entscheidung getroffen. Langsam zog sie ihre Hand aus der von Tzsayn, schob sie in die Falten ihres Kleides und holte den Brief hervor.

»Dies ist die Nachricht, die mir Ambrose gerade überbracht hat. Mein Vater versammelt eine Armee an der Grenze zu Eurem Reich. Er wird in Pitoria einmarschieren. Dies sind seine Befehle, bestätigt durch sein Siegel. Ambrose hat diese Dokumente gestohlen und sie mir gebracht, weil er weiß, in welche Gefahr ich gerate, sobald der Kampf beginnt.«

Tzsayn war so still, als wäre er in Stein gemeißelt. Dann nahm er Catherine das Papier aus der Hand und las es. Und dann las er es noch einmal.

»Eine Fälschung ist unmöglich? Das ist ganz bestimmt das Siegel Eures Vaters?«

»Ja. Und Ambrose hat die Soldaten gesehen. Er ist der Überzeugung, dass die Hochzeit …« Noch einmal Atem holen; sie musste sich zwingen, es auszusprechen. »… eine Ablenkung ist. Um sicherzustellen, dass alle Lords von Pitoria hier in Tornia versammelt sind, weit weg von ihren Ländereien im Norden.«

Tzsayns vernarbte Hand, die den Brief hielt, zitterte, aber Catherine konnte nicht sagen, ob vor Angst oder vor Zorn.

»Das würde Euer Vater wirklich tun? Einen Krieg riskieren? Das Leben seiner einzigen Tochter aufs Spiel setzen?«

»Genau das würde er tun.«

»Dann ist er tatsächlich der rücksichtslose Kriegstreiber, für den ihn mein Vater immer gehalten hat. Und Ihr habt Euch Pitoria als würdiger erwiesen, als ich es je zu hoffen wagte.« Mit einer schnellen Bewegung stand Tzsayn auf. »Danke, Catherine. Ich muss mit

Ambrose sprechen, bevor ich damit zu meinem Vater gehe. Keine Sorge, ich werde ihn nicht Boris ausliefern.«

»Was wird mit Boris und seinen Männern geschehen?«

»Wenn Brigant uns angreift, sind sie Soldaten des Feindes. Sie werden verhaftet werden.«

»Und … was bin ich?«

Tzsayn griff wieder nach ihrer Hand. »Ihr und Eure Zofen seid meine Gäste. Ihr habt viel riskiert und viel geopfert, indem Ihr mir die Wahrheit sagtet, Catherine, und als Dank biete ich Euch meinen Schutz an. Ich werde dafür sorgen, dass Ihr in Sicherheit seid, egal was geschieht.«

Er drehte sich um und ging rasch davon.

Catherines Kopf fühlte sich federleicht an. Was sie getan hatte, egal wie falsch oder richtig es gewesen sein mochte, hatte zweifellos ihren Untergang besiegelt. Sie konnte nicht in Pitoria bleiben; Tzsayn würde niemals die Tochter seines Feindes heiraten. Sie konnte auch nicht zurück nach Brigant, zu dem Vater, der sie betrogen und den sie im Gegenzug verraten hatte. Sie hatte sich selbst heimatlos gemacht. Sie war eine Ausgestoßene in einem Land, das mit dem ihren Krieg führte – gehasst statt geliebt.

Sie hatte sich noch nie so allein gefühlt. Der einzige Trost, der ihr blieb, war die Gewissheit, dass Ambrose sein Leben riskiert hatte, um ihr zu helfen.

March

PRAVONT,
PITORIA

Die Stimmen und die Geräusche von jemandem, der Holz hackte, verrieten March, dass sie sich ganz in der Nähe von Pravont befanden – und natürlich das alles übertönende Brüllen des Flusses. Der Klang wurde über eine große Entfernung getragen, was bedeutete, dass sie sich selbst so geräuschlos wie möglich bewegen mussten. Sie ritten durch ein kleines Dickicht aus Bäumen, und dann sahen sie Dächer und Schornsteine, aus denen Rauch quoll, danach Häuser und ein paar Menschen.

»Ich kann nirgends irgendwelche Wachmänner entdecken«, sagte Edyon.

»Das mag sein«, sagte Holywell. »Aber wenn in einem abgelegenen Gasthaus ein Steckbrief von Euch hing, dann hängen hier bestimmt auch welche.«

»Schon möglich«, sagte Edyon. »Aber wir sind hier im Norden. Die Leute hassen jede Form von Einmischung und Bevormundung durch Südländer. Sie hassen Sheriffs. Sie hassen alles, was nicht aus dem Norden kommt.«

»Wir kommen auch nicht aus dem Norden«, sagte March.

Edyon grinste ihn an. »Nein, Ihr seid ein Ausländer, was noch viel schlimmer ist. Aber hier in der Gegend als steckbrieflich gesuchter Mörder unterwegs zu sein, ist vielleicht gar nicht so schlecht.«

»Nun, wie auch immer, ich finde, wir sollten das nicht überall herumposaunen, Euer Hoheit«, entgegnete Holywell. Während der ganzen Zeit spähte er aufmerksam durch die Bäume.

»Dann sollten wir vielleicht bei Tagesanbruch in die Stadt gehen, wenn es ruhiger ist«, schlug Edyon vor. »Oder vielleicht am Abend, wenn die Leute müde sind und keine Lust mehr haben, Fragen zu stellen.«

»Oder um die Mittagszeit, wenn sie alle bei Tisch sitzen und essen?«, setzte Holywell hinzu.

Edyon nickte. »Auch ein guter Vorschlag.« Und March war sich nicht sicher, in wessen Stimme mehr Sarkasmus lag.

»Und?«, fragte March. »Wie machen wir's?«

»Jetzt ist so gut wie jeder andere Zeitpunkt«, sagte Holywell und schaute March an. »Aber du musst vorgehen. Bring die Pferde in den Mietstall, damit sie versorgt werden, und versuche, ein zusätzliches Packpferd zu kaufen. Wir brauchen Vorräte für mindestens eine Woche; damit sollten wir nach Rossarb kommen. Und halt die Ohren offen, ob du irgendwelche Neuigkeiten hörst.«

»Aber warum ich?«, beklagte sich March. »Mein Pitorianisch ist viel zu schlecht. Man merkt doch gleich, dass ich nicht von hier komme.«

Holywells Blick zuckte von Edyon zu March. »Wenn es Ärger gibt, dann kommen wir und holen dich raus.«

March wusste, dass Holywell das tun würde, aber trotzdem kam ihm der Plan falsch vor.

»Es sei denn, du hast einen besseren Vorschlag«, sagte Holywell.

»Du oder Edyon könntet gehen, ihr würdet nicht auffallen.«

Holywell nickte. »Natürlich könnte ich gehen, aber könntest du mich auch rausholen?«

»Also glaubst du, dass es nötig sein wird, mich rauszuholen?«

Holywell seufzte. »Nein, March. Ich glaube, dass Edyon für diese Leute ein Südländer ist, aber mit dir werden sie vielleicht warm. Du bist ein Mann aus den Bergen, genau wie sie.«

March fluchte auf Abask.

»Ausgezeichnet. Ich bin froh, dass wir uns einig sind.« Holywell lächelte freudlos und wandte sich ab.

Marchs Magen verkrampfte sich. Seit dem Vorfall in dem Gasthof benahm sich Holywell merkwürdig. Er schien seine Geduld mit Edyon verloren zu haben, war kurz angebunden und unhöflich, wenn er mit ihm sprach. Und seit der Nacht, als March und Edyon versucht hatten, mit dem Rauch die Mückenstiche zu lindern, benahm er sich auch March gegenüber gereizt.

Im Augenblick hatte March das Gefühl, dass es noch einen weiteren Grund gab, warum man ihn nach Pravont schickte. Es kam ihm fast so vor, als wollte Holywell ihn und Edyon nicht allein lassen, was absolut lächerlich war. Er war durchaus in der Lage, auf den Prinzen aufzupassen und sich unauffällig zu benehmen. Es war vielmehr Holywell, der Verdacht erregte, weil es ihm nicht gelang, seine Gefühle zu verbergen. March war sich sicher, dass Edyon das veränderte Verhalten seines Reisegefährten bemerkt hatte, obwohl er nichts sagte. Noch nicht.

Trotzdem ließ March die beiden im Schatten der Bäume zurück und ging mit den Pferden hinunter in die Stadt. Pravont war die größte Siedlung seit Dornan, aber für eine Stadt dennoch ziemlich klein. Eine Frau, die an ihm vorbeiging, starrte ihn an. Er nickte ihr grüßend zu, und sie erwiderte den Gruß. Dann wandte sie sich ab.

»Bitte wartet!«, rief March in seinem besten Pitorianisch. »Wo sind die Ställe?«

Die Frau schaute ihn an und sagte: »Hä?«

»Die Ställe?«

Die Frau schüttelte den Kopf. March wusste nicht, ob sie ihn tatsächlich nicht verstand oder einfach nur bockig war. Er deutete auf die Pferde und sagte noch einmal lauter: »Ställe!« Die Frau nickte und deutete nach links.

March führte die Pferde durch die Gasse, auf die die Frau gewiesen hatte. Er kam an weiteren Passanten vorbei; hin und wieder wurde grüßend genickt, aber kein Wort gewechselt.

Er folgte der Spur aus verstreutem Stroh und dem Geruch nach Mist bis zu den Ställen, die ziemlich groß und nicht nur für Pferde gedacht waren. Es gab hier auch Kühe, sogar mehr als Pferde, und eine Menge Ziegen. Eine Frau mistete die Boxen aus. Als March näher trat, arbeitete sie ungerührt weiter.

»Guten Tag. Meine Pferde brauchen Futter und Wasser.«

Die Frau sah auf und sagte: »Was?«

March wiederholte sein Anliegen und deutete auf die Pferde. Was glaubte sie denn, was er hier wollte?

»Woher kommt Ihr?«, fragte sie.

»Abask.«

»Nie gehört. Haben die da alle solche Augen wie Ihr?«

March war genervt. Er sagte: »Nein, die anderen sind alle kackbraun.«

Die Frau lächelte. »Ihr könnt die Pferde hierlassen.«

»Danke. Ich hole sie später wieder ab.«

»Pferde sind auf dem Plateau nicht zu gebrauchen. Es ist zu kalt und zu steil.«

»Danke für den guten Rat, aber ich will nicht auf das Plateau.«

»Nein? Ihr seid also aus einem anderen Grund hier?«

March zuckte mit den Schultern, dann lächelte er. Holywell hatte recht. Diese Leute erinnerten ihn an zu Hause.

»In Abask reiten wir auch in den Bergen mit Pferden. Selbst im Winter kommen sie dort gut zurecht.«

»Das hier ist nicht Abask. Obwohl ich zugeben muss, dass die meisten Männer hier kackbraune Augen haben und außerdem nichts als

Kacke im Hirn. Aber Ihr braucht ein Bergpony, um Eure Vorräte zu tragen. Und Ihr müsst zu Fuß gehen.«

Die Frau erklärte ihm, wo er Lebensmittel kaufen konnte, und sagte, sie habe ein Pony, das sie ihm für fünf Kroner verkaufen würde, abzüglich einem Kroner für jedes seiner Pferde. March war klar, dass ihre Pferde viel mehr wert waren, und er befürchtete, dass im Gegensatz dazu der Wert des Ponys keinesfalls fünf Kroner betrug, aber er befand sich nicht in der Position, um zu feilschen. Außerdem gefiel ihm die Frau. Und nicht zuletzt war es Holywells Geld.

Im Handelsposten kaufte er Vorräte und Decken, einen dicken Mantel, eine Jacke, ein Wollhemd und eine Hose. Es war ein schönes Gefühl, saubere Kleidung zu haben. Aber auch Holywell und Edyon brauchten neue Sachen. Der Verkäufer, der die Rechnung ausstellte, sagte nichts, als March von jedem Kleidungsstück zwei weitere auf den Stapel legte, jedenfalls nicht dazu. Er meinte nur: »Braucht Ihr auch Harpunen?«

»Harpunen?« Dieses Wort kannte March nicht.

»Wollt Ihr über den Fluss?«

March zögerte. Holywell war alles andere als begeistert gewesen, als Edyon verraten hatte, wohin sie wollten, aber die Sache war ja offensichtlich. Er bekam keine Gelegenheit für eine Erwiderung.

»Jenseits des Flusses ist Dämonenland«, sagte der Mann. »Ihr werdet auf jeden Fall Harpunen brauchen.«

March zuckte mit den Schultern. »Klar. Drei Harpunen.«

Der Mann nickte, ging hinter dem Tresen durch eine Tür in einen Nebenraum und kehrte mit drei langen, hölzernen Harpunen mit Widerhaken an den Spitzen zurück. Als March sah, was mit »Harpunen« gemeint war, sagte er: »Ich gehe nicht auf die Jagd.«

Der Mann lachte. »Nein, aber die Dämonen werden *Euch* jagen.«

»Ach so. Sind drei genug?«

»Wenn nicht, ist es auch egal. Dann seid Ihr nämlich tot.«

March schaute sich in dem Laden um. Er war klein, aber gut sortiert. »Gehen von hier aus viele Leute hoch zum Nördlichen Plateau?«

Der Mann schüttelte vielsagend den Kopf. »Nein, niemand. Jedenfalls nicht, soweit ich weiß.«

March lächelte.

Er kehrte zu den Ställen zurück und machte auf dem Weg dorthin einen Abstecher zu einem kleinen Wirtshaus. In dem engen Schankraum standen ein paar Tische und eine Bar, hinter der so wenig Platz war, dass der Wirt sich kaum umdrehen konnte. Er fragte: »Bier?«

March setzte sich. »Und etwas zu essen.«

»Wir haben Suppe, und vielleicht ist die Pastete schon fertig, wenn Ihr Glück habt. Wenn Ihr beides auf einmal bestellt, spart Ihr sechs Kopeken.«

»Dann beides.«

Der Mann schob seinen Kopf durch die Tür hinter sich und sagte etwas, das wie eine Bestellung klang.

March nippte an seinem Bier, und kurz darauf kam seine Suppe. »Gibt es auch Brot?«

»Stockbrot kostet drei Kopeken«, antwortete der Mann.

»Einverstanden.« March hatte keine Ahnung, was Stockbrot war, und er beobachtete neugierig, wie der Mann nach oben griff und eine geschwärzte Rolle von einem Stock abriss, der über dem Tresen hing. Er warf sie March zu, der sie auffing. Das Stockbrot war hart, wie dicker Keks.

»Ihr müsst es in die Suppe tunken«, sagte der Wirt.

March tat, wie geheißen. Das Stockbrot war trocken, saugte die Suppe aber gut auf und sorgte für zusätzliche Würze. March nickte anerkennend.

Der Wirt sah ihm beim Essen zu, räumte dann die leere Suppenschale ab und brachte ihm eine riesige Hühnerpastete. Er fragte ihn, woher er käme, woraufhin March sagte: »Aus Abask.« Davon hatte der Mann noch nie gehört; er erzählte March stattdessen von seinen Knien. Seine Knie taten ihm weh. Dann informierte er March darüber, dass ihn der Verkäufer des Handelspostens übers Ohr hauen würde, was March mit einem Nicken quittierte. »Und die Frau vom Mietstall«, setzte er hinzu.

March bezahlte, dann fiel ihm ein, dass er sich nach den Leuten des Sheriffs erkundigen sollte. Das konnte er schlecht unauffällig tun, aber irgendwie hatte er das Gefühl, dass die Leute von Pravont ein verschwiegenes Völkchen waren.

Der Wirt nickte. »Die Männer des Sheriffs waren vor ein paar Tagen hier. Sie wollten auf der Brücke über den Fluss eine Straßensperre errichten. Wir haben ihnen gesagt, wohin sie sich ihre Straßensperre stecken können: überallhin, nur nicht auf unsere Brücke.«

March lachte und bedankte sich bei dem Mann. Kurze Zeit später verließ er Pravont mit einem Bergpony am Zügel und kehrte zu Holywell und Edyon zurück, die bereits auf ihn warteten.

»Das Pferd ist geschrumpft«, sagte Holywell. »Und wo sind die anderen?«

»Wo wir hingehen, ist es zu kalt und zu steil für Pferde«, erwiderte March ein bisschen pampig.

Holywell grunzte und überprüfte die Vorräte in den Satteltaschen des Ponys.

Edyon lächelte und sagte: »Eure neuen Kleider stehen Euch gut, March.«

March zupfte unbehaglich an seiner Jacke. Edyon machte ihm ständig Komplimente, und obwohl es March peinlich war, merkte er, dass er im Grunde nichts dagegen hatte. Er sagte: »Ich habe für uns alle neue Sachen mitgebracht.«

Als Edyon seine warme Jacke anzog, fragte er: »Wie ist die Mode in Calidor?«

»Ähm, ähnlich. Aber anders.«

Edyon lachte. »Das ist nicht gerade hilfreich. Aber vielleicht könnt Ihr mir wichtigere Dinge erzählen. Ihr kennt meinen Vater. Was ist mit seinen Freunden bei Hof? Was habe ich zu erwarten?«

March war klar, dass Edyon am Hof des Prinzen gnadenlos untergehen würde. Er war zu gutgläubig, zu naiv, zeigte offen seine Gefühle. Aber Edyon würde ja nie am Hof ankommen. Er würde in einem Verlies in Brigant landen. Wo man ihn vielleicht foltern würde. Sehr wahrscheinlich sogar. Er würde Calidor und seinen Vater nie zu Gesicht bekommen. Und auch seine Mutter würde er nie wiedersehen. March stellte sich vor, wie sie auf einen Brief ihres Sohnes warten würde, der niemals ankam.

March zwang sich zu einem Lächeln. »Natürlich, Euer Hoheit. Ich werde Euch gern etwas von Eurem Vater erzählen …«

Tash

PRAVONT,
PITORIA

Tash bestellte für sich Stockbrot und Suppe und für Gravell die Pastete und ein großes Bier. Danach verlangte Gravell noch eine zweite Pastete.

»Hier gibt's das beste Essen der Welt«, sagte Gravell. Tash hatte ihn lange nicht mehr so glücklich gesehen. »Wir bekommen unseren Rauch zurück und fangen uns bei der Gelegenheit gleich noch ein paar Dämonen.«

»Hast du Flint gesagt, dass du ihn später bezahlen musst?«

Sie hatten am Vortag ihr letztes Geld ausgegeben und seitdem nichts mehr gegessen.

Gravell seufzte. »Geld, Geld, Geld. Du redest über nichts anderes als über Geld.«

»Ich rede nicht über Geld, sondern über den Mangel an Geld.«

»Und wer ist schuld, dass wir kein Geld haben?«

Tash war nicht davon überzeugt, dass der Diebstahl des Dämonenrauchs ausschließlich ihre Schuld war, und außerdem hatte sie sich nach Kräften bemüht, ihn zurückzubekommen, aber sie wollte nicht schon wieder anfangen zu streiten. Das änderte ja doch nichts an ihrem Problem: Sie hatten kein Geld.

Flint brachte ihnen das Essen und blieb neben dem Tisch stehen, während Tash das Stockbrot über der Schale in zwei Hälften brach und damit die Suppe umrührte.

»Wie geht's denn so, Gravell?«

»Mal so, mal so, aber es ist schön, wieder hier zu sein, Flint«, sagte Gravell. »Es ist schön, wieder etwas Anständiges zu essen zu bekommen.«

»Woher kommst du gerade?«

»Aus Dornan. Da treibt sich nur Diebesgesindel rum.«

»Da hast du recht. Gab's ein Problem?«

»Jemand hat meine Ware gestohlen. Wir glauben, er – besser gesagt: sie – sind nach Norden geritten. Nach Pravont, wie es der Zufall so will.«

»Man hat dich bestohlen? Diese Bastarde.«

»Ein wahres Wort, Flint. Ein sehr wahres Wort.«

Tash zog einen Steckbrief mit Edyons Konterfei, den sie von einer Straßensperre abgerissen hatte, aus der Tasche. Sie reichte ihn Flint und sagte: »Das ist einer von ihnen.«

Flint schüttelte den Kopf. »Hat einen von den Rotköpfen um die Ecke gebracht, was? Tja, den habe ich hier nicht gesehen.«

»Er ist mit zwei anderen Männern zusammen, einer davon ist jung, der andere in deinem Alter. Es sind beides Ausländer.«

Flint zog sich einen Schemel herbei und setzte sich. Dann sagte er leise: »Vor zwei Tagen kam hier so ein junger Bursche rein. Hat Pitorianisch gesprochen, aber so schlecht, dass ich ihn kaum verstanden habe. Er hatte einen merkwürdigen Akzent. Und sehr merkwürdige Augen. Ausländer, ganz bestimmt. Aber er war allein.«

Flint senkte seine Stimme noch mehr und fuhr fort: »Gestern kamen dann zwei andere Männer. Rotköpfe. Aus Dornan, wie sie sagten, aber ich erkenne einen Südländer, wenn ich ihn sehe. Sie sind über die Brücke, wie ich höre. Ich hoffe, die Dämonen erwischen sie.« Flint drehte sich zur Seite und spuckte aus. »Rothaarige Schlächter.«

»Sie sind dem jungen Burschen gefolgt?«, fragte Gravell.

»Das nehme ich an.« Flint stand auf. »Sie sind über Nacht geblieben und dann in aller Frühe aufgebrochen. Ich musste ihnen noch Frühstück machen. Das war heute Morgen. Ihr könnt ihnen bestimmt ganz leicht folgen. Sie sind nur so herumgetrampelt, wie alle Südländer.«

»Danke, Flint«, sagte Gravell. »Ich schulde dir was. Und … ich muss dir auch das Geld für das Essen schuldig bleiben.«

Flint legte Gravell die Hand auf die Schulter. »Kein Problem, mein Freund. Du kannst auch ein Zimmer haben, wenn du willst. Bezahl mich nächstes Mal. Ich weiß, dass du eine ehrliche Haut bist.«

Tash schaute zum Fenster hinaus. Schon bald würde es dunkel werden. Flint hatte recht, es war zu spät, um jetzt noch aufzubrechen, aber sie wusste, dass Gravell beim ersten Licht des Tages auf den Beinen sein würde.

Es war ein schöner, sonniger Tag, und sie hatten keine Probleme, den Spuren zu folgen. Nachdem er am Vortag noch so fröhlich gewesen war, machte Gravell heute eine ernste Miene. Es war klar, dass die Männer des Sheriffs den Spuren von zwei oder drei Menschen und einem Pony folgten. Tash war nervös: Dämonen jagen war eine Sache, Edyon und Holywell zu verfolgen etwas anderes, aber sich hinter den Männern des Sheriffs ins Dämonenland zu schleichen, kam ihr falsch vor.

»Was machen wir, falls wir sie einholen?«, fragte sie. »Die Wachmänner, meine ich.«

»Was meinst du mit *falls*?«

»Na ja, dann von mir aus *wenn*?«

»Dann marschieren wir an ihnen vorbei, ohne dass sie es merken. Das wird nicht schwer sein, immerhin sind es Südländer, die sich hier oben im Norden überhaupt nicht auskennen. Und dann schnappen wir uns Edyon und seine Freunde.«

»Und was, wenn die Männer des Sheriffs sich Edyon zuerst schnappen? Ich meine, ich weiß, dass es Südländer sind, die keinen Grips im Kopf haben und überhaupt, aber immerhin haben sie einen Vorsprung.«

»Edyon und seine Freunde sind schon einmal mit einem Wachmann fertiggeworden; ich bezweifle, dass sie zögern würden, sich noch zwei weitere vom Hals zu schaffen. Mit ein bisschen Glück schalten die Rotköpfe vielleicht einen von ihnen aus, dann haben wir mit den beiden Überlebenden leichtes Spiel. Und wenn die Männer des Sheriffs sie töten … Dann kann ich wenigstens auf Edyons Grab spucken.«

Edyon

NÖRDLICHES PLATEAU, PITORIA

»Ich würde gern einmal einen Dämon sehen«, sagte Holywell.

Edyon wollte keinen Dämon sehen. Er wollte ein Haus sehen, ein Feuer im Kamin, eine Decke und ein weiches Bett. Oder die Sonne – er wollte die Sonne sehen und, noch wichtiger, ihre Wärme spüren. Sie marschierten stramm, und er hatte Mühe Schritt zu halten. Er war müde, hungrig, und ihm war kalt. Ihm war so kalt. Er war heilfroh über die pelzverbrämte Jacke, die March für ihn gekauft hatte, und über das Wollhemd und die Mütze, aber Edyon wünschte, er hätte auch an dicke Socken gedacht. Seine Füße waren seit zwei Tagen nicht mehr warm geworden. Abends hängte er sie ans Feuer und drückte die Flasche mit dem Dämonenrauch an sich, um sich von ihr Wärme spenden zu lassen. Viel lieber hätte er stattdessen March an sich gedrückt – er war sich ziemlich sicher, dass sie irgendeine Möglichkeit gefunden hätten, sich gegenseitig zu wärmen –, aber sein schöner Mann war ihm gegenüber kalt geworden. Er ging ihm aus dem Weg, wo er nur konnte, und schaute immer sofort zu Holywell hin, wenn Edyon eine Ausrede fand, um ihn zu berühren.

»Wie sehen sie aus, Euer Hoheit? Könnt Ihr mir das sagen?«

Edyon zuckte mit den Schultern. »Es gibt jede Menge Geschichten. Manche behaupten, sie seien wie Menschen, nur größer und schneller. Und rot.«

»Rot?«

»Sie haben angeblich dieselbe Farbe wie ihr Rauch.«

»Aber Euer Rauch ist violett.«

»Ja, vielleicht stammt dieser Rauch von einem violetten Dämon.«

Vielleicht, überlegte Edyon, war das der Grund dafür, dass dieser Rauch anders war, dass er diese rätselhaften Heilkräfte besaß.

»Violett oder rot, für mich klingt das nicht gefährlich«, sagte Holywell.

»Oh«, setzte Edyon hinzu, »und sie haben scharfe Zähne und eine starke Abneigung gegen menschliche Gesellschaft.«

Holywell lachte. »Klingt ganz nach einem Mann, für den ich früher einmal gearbeitet habe.«

»Ihr seid heute gut gelaunt, Holywell«, bemerkte Edyon.

»Wir kommen gut voran, Euer Hoheit. In weniger als einer Woche haben wir die Küste erreicht.«

Sie hatten einen ganzen Tag gebraucht, um den steilen Hang zum Plateau zu erklimmen, aber Holywell hatte recht: Jetzt, auf der Ebene, konnten sie ein gutes Tempo anschlagen. Das Land war seltsam, leer und schön. Es gab viele Bäume, aber sonst kaum etwas – keine Menschen und keine Spur von Dämonen, allerdings wusste Edyon nicht, ob Dämonen Spuren hinterließen. Sie begegneten vielen Tierfährten, von Rehen und Hirschen, Kaninchen und Wildschweinen, aber das einzig wirklich Bemerkenswerte an diesem Ort war die Eiseskälte. Es war Frühsommer, und dennoch war es hier kälter als im Süden von Pitoria im Winter.

»Wie kommt es, dass sich niemand hierher verirrt, Euer Hoheit?«, fragte Holywell.

»Viel zu kalt«, versetzte March.

Edyon warf March, der seit dem Frühstück kaum ein Wort gesagt hatte, einen Blick zu. Er war so dick vermummt, dass Edyon sein Gesicht gar nicht sehen konnte.

Edyon sagte: »Ich könnte mir schon vorstellen, dass die Kälte dazu beiträgt, Leute von hier fernzuhalten, aber das hier ist aus einem anderen Grund verbotenes Territorium. Früher kamen die Menschen zum Jagen hierher, dann, vor etwa hundert Jahren, fand man Gold in einem der Flüsse. Man erzählt sich, dass man nur im Wasser herumpaddeln musste und die Goldnuggets mit den Zehen aufheben konnte.«

»Wenn sie einem nicht vorher abgefroren sind«, sagte Holywell.

»Und einen die Dämonen nicht erwischten«, ergänzte Edyon. »Angeblich hüten sie das Land; das ist eine alte Legende, die sich um die Dämonen rankt. Wie auch immer, damals haben sie ein paar Goldsucher getötet, woraufhin man Dämonenjäger einstellte, um die Arbeiter zu schützen. Die Dämonenjäger töteten die Dämonen, und dabei entdeckten sie den Rauch, den sie in die Städte im Süden verkauften. Einige Leute haben viel Geld verdient, aber schließlich versiegte die Goldader, und es dauerte nicht lange, da waren die wenigen verbliebenen ertragreichen Minen heftig umkämpft. Der König schickte seinen Sohn, Prinz Verent, hierher – das müsste der Großvater des gegenwärtigen Königs gewesen sein –, um sich des Problems anzunehmen.

Aber angeblich verfiel Prinz Verent den Verlockungen des Dämonenrauchs. Er war geradezu besessen davon. Statt mit seinen Männern die Kämpfe um die Minen zu beenden, ritten sie nach Norden und jagten und töteten die Dämonen ihres Rauchs wegen. Immer weiter ritt er; er weigerte sich umzukehren. Schließlich verschwand er in Eis und Schnee. Manche sagen, er wäre immer noch auf dem Weg nach Norden. Danach hat König Randall, Verents Vater, erlassen, dass niemand mehr das Nördliche Plateau betreten darf, und die Verarbeitung von Dämonenrauch und auch der Handel damit wurden in Pitoria unter Strafe gestellt. Das hat sich bis heute nicht geändert.«

»Das mag sein, aber einige Leute gehen immer noch auf Dämonenjagd«, sagte Holywell. »So schrecklich können sie also nicht sein, wenn deine kleine Freundin aus Dornan sie aufspüren kann.«

»Ich möchte das lieber nicht herausfinden«, sagte Edyon. »Anders als Ihr, Holywell, habe ich kein Verlangen, einem Dämon zu begegnen.«

»Seid Ihr denn gar nicht neugierig, Euer Hoheit? Das wäre eine Abenteuergeschichte, die Ihr noch Euren Enkeln erzählen könntet!«

»Ich bin weder versessen auf Abenteuer noch auf Enkel. Im Augenblick würde mir ein wärmendes Feuer vollkommen reichen. Und wenn wir einen Dämon sehen, schlage ich vor, dass wir wegrennen.«

»Ich bin sicher, Ihr seid in Wahrheit gar nicht so ein Feigling, wie Ihr tut, Euer Hoheit.«

»Weglaufen kommt mir nicht feige vor, sondern vernünftig.«

»Ihr sagtet doch, sie wären schnell. Sollte man da nicht besser stehenbleiben und kämpfen?«, fragte Holywell. »Dafür sind doch die Harpunen da, nicht wahr? Und man kann keine Harpune schleudern, wenn man wegläuft.«

Edyon ging die kaum verhohlene Verachtung des älteren Mannes gehörig gegen den Strich. »Ihr habt vermutlich recht, Holywell. Ich habe nicht nachgedacht.«

»Wir sollten gemeinsam kämpfen, Euer Hoheit. Wenn Ihr weglauft, endet Ihr wahrscheinlich als Dämonenfutter. Und das wollen wir doch nicht.«

Edyon war nicht davon überzeugt, dass Holywell es ernst meinte.

»Meint Ihr, Ihr könntet Euer Ziel mit einer Harpune treffen, Euer Hoheit?«, fragte Holywell.

Edyon war fast zu müde zum Antworten. »Ich bin ziemlich sicher, dass ich mit einer Harpune genauso gut umgehen kann wie mit einem Schwert, will sagen: überhaupt nicht.«

»Dann sollten wir üben. Und immer eine zur Hand haben. Du auch, March.«

Mit einem Grunzen warf Holywell seine Harpune. Sie traf einen Baum, von dem Edyon annahm, dass Holywell auf ihn gezielt hatte, und blieb zitternd im Stamm stecken.

March reichte Edyon eine Harpune. Edyon sträubte sich innerlich; das Kämpfen wie auch jede andere Form von körperlicher Anstrengung war noch nie seine Stärke gewesen. Er wollte vor March nicht als Schwächling auftreten, aber beide Männer starrten ihn jetzt erwartungsvoll an.

Edyon biss die Zähne zusammen, riss den Arm nach hinten und warf. Er gab sich alle Mühe, dabei stark und geschickt auszusehen, aber die Harpune rutschte nur ein kleines Stück über den Boden. Edyon wünschte sich sehnlichst einen Dämon herbei, der ihn zum Mittagessen verspeisen würde, damit er sich nicht länger so blöd vorkommen musste.

March wandte sich ab, und Edyon fluchte in Gedanken.

»Nun, Euer Hoheit«, sagte Holywell honigsüß. »Wollen wir es gleich noch mal versuchen?«

March

NÖRDLICHES PLATEAU,
PITORIA

Edyon schleuderte noch einmal die Harpune. Sie flog ein kurzes Stück und landete dann mit dem hinteren Ende zuerst im Schnee. Dem Prinzen gelang einfach kein guter Wurf.

Edyon errötete und rannte zu der Harpune, um sie aufzuheben. Holywell schüttelte den Kopf, zielte mit seiner Harpune auf Edyons Rücken und tat so, als ob er werfen würde. Im letzten Moment änderte er die Richtung und schleuderte die Harpune mit voller Wucht an ihm vorbei. Edyon stieß einen unterdrückten Schrei aus, als die Waffe links von ihm in einem Baum stecken blieb.

March wog seine Harpune in der Hand. In Calidor hatte er zugesehen, wie Männer bei Turnieren Speere warfen, und Holywell hatte eine ganz ähnliche Technik. Er wartete, bis Holywell seine Harpune aus dem Baumstamm gezogen hatte, dann hob er seine eigene, stemmte die Beine in den Boden, streckte den linken Arm in die Richtung aus, in die er zielen wollte, und warf. Die Harpune segelte durch die Luft, zwar nicht so weit wie die von Holywell, aber wenigstens dahin, wohin er gezielt hatte, was mehr war, als man von Edyons Harpune sagen konnte.

»Nicht übel, March«, sagte Holywell. »Das ständige Herumschleppen von Tabletts und Tellern hat offensichtlich deine Armmuskeln gestärkt.«

March machte ein ausdrucksloses Gesicht, genau wie früher bei Hofe, wenn ein Lord oder eine Lady ihn beleidigt hatte. Er verstand nicht, warum Holywell ihn unbedingt provozieren wollte, aber er war entschlossen, den Köder nicht zu schlucken.

Stattdessen drehte er sich zu Edyon um. Edyon machte einen weiteren Versuch und hätte beinahe das Pony aufgespießt, das erschrocken wieherte und auf die Hinterbeine stieg, bevor es eilig aus dem Weg trottete.

»Verdammt noch mal!«, murmelte Holywell.

»Tut mir leid«, sagte Edyon. Er war knallrot vor Scham. »Es tut mir wirklich leid. Ich krieg's einfach nicht hin.«

»Zeig's ihm, March, bevor er noch einen von uns umbringt«, sagte Holywell. »Oder sich selbst.«

March ging zu Edyon.

»Zuerst müsst Ihr die Harpune in der Hand ausbalancieren.«

Edyon nickte, aber die Waffe schwankte immer noch wild wie ein Schilfstängel im Wind. March trat hinter Edyon und legte die Arme um ihn, um ihm zu zeigen, was er meinte. »So. So bleibt sie ruhig.«

Aus dem Schwanken wurde ein Wedeln.

»Schon besser. Und jetzt, wenn Ihr werft, müsst Ihr Euren ganzen Körper einsetzen, nicht nur den Arm. Auch Eure Rücken- und Bauchmuskeln. Spannt den Bauch an. Und zielt mit dem anderen Arm.«

Edyon schleuderte die Harpune, die weiter flog als zuvor, aber wieder harmlos mit dem Schwanzende zuerst zu Boden fiel. Er hob sie auf und nahm wieder eine Wurfhaltung ein.

»Stellt Euer Bein etwas weiter nach vorn. Und benutzt Euren Körper. Lasst Euch Zeit.« March trat näher und drückte sein Bein gegen das von Edyon, um es nach vorne zu schieben.

Edyon erstarrte, und March wurde plötzlich bewusst, wie nah sie einander waren. Er fühlte Edyons Rücken an seiner Brust. Er wollte weggehen und bleiben, alles gleichzeitig. March schluckte. »Versucht es noch einmal.«

Edyons nächster Wurf war besser.

»Gut!« March trat einen Schritt zurück.

»Danke«, sagte Edyon. »Ihr seid ein guter Lehrer. Kämpft man in Eurem Land auch mit Speeren?«

»In Calidor benutzen die Fußsoldaten Speere. Prinz Thelonius ist ein ausgezeichneter Schwertkämpfer.«

»Und in Abask?«

March wandte den Kopf ab. »Abask existiert nicht mehr.«

Edyon schaute ihn an. »Aber früher?«

»Ich weiß es nicht mehr.«

»Ich glaube, Ihr wisst es ganz genau, Ihr wollt nur nicht darüber reden.«

»Wo läge der Sinn? Es ist doch nichts mehr da.«

»Was ist mit Eurer Familie? Dienen sie auch dem Prinzen?«

»Sie sind alle tot, Euer Hoheit.« Seine Worte ließen Edyon verstummen. »Wollt Ihr diesmal versuchen, den Baum da zu treffen? Stellt Euch vor, es wäre ein Dämon.«

»Ich kann zielen, March, aber ob ich auch treffe …?«

Als der Tag allmählich zu Ende ging, landeten Edyons Harpunen zumindest mit der Spitze im Gras, obwohl es ihm nie gelang, den Baum zu treffen, den er ins Visier nahm.

»Tja« sagte Holywell gedehnt. »March und ich könnten einen Dämon treffen, wenn es nötig ist.«

»Dann hoffen wir mal, dass sie lediglich zu zweit angreifen.«

»Sehr witzig, Euer Hoheit.« Holywell klang alles andere als amüsiert. »Haben Euch Eure *Bücher* verraten, ob sie einzeln oder in Gruppen auftreten?«

Edyon runzelte die Stirn. »Ach, hatte ich das nicht erwähnt, Holywell? Sie kommen immer in *Horden*.«

Edyon hielt Holywells Blick fest, und ausnahmsweise hielt er ihm auch stand.

March sah, dass er lächelte.

Sie schlugen ihr Lager auf, wie sie es bislang jeden Tag getan hatten. Erst ein Feuer machen, dann Abendessen; später gingen sie schlafen und hielten abwechselnd Wache, für den Fall, dass Dämonen, Bären oder die Männer des Sheriffs auftauchten. Der jeweilige Wachtposten war dafür zuständig, das Feuer in Gang zu halten. Im Morgengrauen erhitzten sie Wasser für Haferbrei, und Edyon kochte Eier, was er – so fand March – ziemlich gut konnte, aber Holywell schlang seine Portion immer kommentarlos hinunter. Dann packten sie ihre Sachen in die Satteltaschen des Ponys und brachen auf. Das Plateau war riesig und kahl. Die Karte war nicht zu gebrauchen, und so konnten sie nichts weiter tun, als immer nach Westen zu gehen. Holywell war der Meinung, dass sie eine Woche bis nach Rossarb brauchten, wenn sie ein anständiges Tempo einhielten. Und Holywells Vorstellung von anständig war ziemlich schweißtreibend. Sie machten nur einmal Rast, gegen Mittag, um etwas Wasser zu trinken und einen kleinen Imbiss aus Nüssen und Obst zu sich zu nehmen. Unterwegs sammelten sie trockenes Holz, damit sie am Abend genug für ein Lagerfeuer hatten.

Jetzt rückte March so nah an die Flammen, wie er konnte, aber trotz seiner Erschöpfung fand er in der beißenden Kälte keinen Schlaf. Holywell hatte die erste Wache übernommen, und irgendwann kam er zu ihm und schüttelte ihn.

»Du bist dran.« Er sprach Abask.

March setzte sich auf. Er musste zwar Wache halten, aber er würde sich kein Stück weit vom Feuer entfernen. Holywell ließ sich dicht neben ihm nieder. »Wie kommst du mit unserem Schützling zurecht?«

Edyon lag auf der anderen Seite des Lagerfeuers und schlief. Seine

Jacke beulte sich an einer Stelle aus, wo er die Flasche mit dem Dämonenrauch gegen seine Brust gedrückt hielt.

»Gut. Wenn es zum Kampf kommt, ist er nutzlos, aber das weißt du ja.«

»Ich weiß auch, dass er dich mag.«

Marchs Kopfhaut prickelte unangenehm, aber er zwang sich zu einem gleichgültigen Schulterzucken. »Ich habe nun einmal ein einnehmendes Wesen.«

»Du weißt, was ich meine. Er mag Männer. Er mag sie sogar sehr. Das ist nicht richtig.«

»Er ist der Sohn eines Prinzen. Prinzen tun oft Dinge, die nicht richtig sind.«

Holywell spuckte aus. »Er ist kein Prinz. Er ist ein verweichlichter, verwöhnter Bastard, und bald wird er ein verweichlichter, verwöhnter Gefangener sein. Freunde dich nicht zu sehr mit ihm an.«

March musste sich von Holywell nicht erklären lassen, was er zu tun und zu lassen hatte. »Ich bin ein Diener. Warum sollte ich mich mit ihm anfreunden?«

»Von wegen Diener!«, zischte Holywell wütend. »Du bist ein Abask. Vergiss nicht, warum wir hier sind und warum er hier ist. Wir schulden ihm gar nichts. Wir haben keinen Eid abgelegt, ihn zu beschützen, wie Thelonius es dem Volk von Abask geschworen hatte. Wir zahlen seinem Vater lediglich den Verrat an unseren Leuten heim.«

»Ja, ich weiß. Edyon ist der Sohn unseres Feindes. Ich werde nie sein Freund sein.«

»Und auch sonst nichts.«

»Und auch sonst nichts.«

Holywell gab March einen Klaps auf die Schulter. »Gut. Ich gehe jetzt schlafen. Sieh zu, dass Seine Königliche Hoheit dich beizeiten ablöst.«

March stand auf und umrundete stampfend das Feuer. Er dachte an die Feuer, die er mit seinem Bruder entzündet hatte, und an die Zeit, als sie ihre Gesichter mit Ruß geschwärzt und sich gegenseitig durch die Berge rings um ihr Dorf gejagt hatten, und wie sie gemeinsam abends in den Armen ihres Vaters eingeschlafen waren, im Schein der Flammen in ihrem einfachen Haus.

Er schaute Edyon an, dessen Gesicht im Feuerschein golden leuchtete. Ein anderes Gesicht, ein anderes Feuer, eine andere Welt.

Marchs Familie war tot, und der Vater dieses Mannes war schuld daran. Nein, er würde niemals Edyons Freund sein.

Ambrose

TORNIA,
PITORIA

In der Dunkelheit seiner Zelle dachte Ambrose an seine Schwester. Anne war bestimmt in einer ähnlichen Zelle gefangen gehalten worden, bevor man sie hingerichtet hatte. Sie hatte gefroren und war allein gewesen, so wie er jetzt. Vielleicht hatte es dort ebenfalls Ratten gegeben. Und vielleicht blühte ihm nun dasselbe Schicksal wie ihr. Würde Prinz Tzsayn ihn als Mann von Ehre betrachten, der mit einer Botschaft gekommen war, die sein Königreich retten konnte – oder als Rivalen, der beseitigt werden musste? War es Catherine überhaupt gelungen, ihm die Nachricht mitzuteilen, für die er so viel riskiert hatte? Und würde sie fliehen können, bevor das Land überrannt wurde?

Ein Klappern an der Zellentür unterbrach seine Gedanken. Ein Soldat trat ein – einer von Tzsayns blauhaarigen Männern – und verneigte sich.

»Würdet Ihr mir bitte folgen, Sir Ambrose?«

Ambrose blinzelte, teils aus Überraschung, teils wegen der gleißend hellen Laterne des Soldaten. Das war nicht die Art von Aufforderung, die er erwartet hatte. Aber er war gerne bereit, ihr Folge zu leisten.

»Mit Vergnügen.«

Sie stiegen die Wendeltreppe aus dem eiskalten Kellerverlies hinauf in ein warmes Zimmer, in dem ein Bett, ein Tisch und ein Stuhl standen. Es gab auch Fenster, doch die waren vergittert, und nachdem der Soldat gegangen war, wurde die Tür von außen abgeschlossen.

Trotzdem war er hocherfreut, dass er dieses Zimmer nicht mit seinen neuen Rattenfreunden teilen musste, und als er sich auf das Bett legte, entflammte ein kleiner Funken Hoffnung in seinem Herzen, der sich langsam ausbreitete. Das war doch gewiss ein gutes Zeichen, nicht wahr? Hatte er das Catherine zu verdanken? Wer immer dahintersteckte, man verlegte keinen Gefangenen aus dem Kerker in ein bequemes Zimmer, wenn man vorhatte, ihm den Kopf abzuschlagen.

Und doch … die Lage blieb bedrohlich. In wenigen Stunden würde Aloysius' Invasion beginnen. Und wer wusste schon, was passierte, wenn es Krieg gab? Wieder wurden seine Gedanken von dem blauhaarigen Soldaten unterbrochen, der die Tür aufschloss und einen Besucher einließ.

»Prinz Tzsayn.« Ambrose stand auf und verbeugte sich.

Tzsayn setzte sich auf den Stuhl und bedeutete dem Soldaten, sich zurückzuziehen. Dann folgte eine lange Stille.

Schließlich sagte Tzsayn: »Sir Ambrose, ich schulde Euch Dank für die Informationen, die Ihr übermittelt habt.« In seiner vernarbten Hand hielt Tzsayn die Dokumente, die Ambrose Lord Thornlee gestohlen hatte. »Ihr seid ein großes Risiko eingegangen.«

»Und doch scheine ich Euer Gefangener zu sein. Obwohl ich zugeben muss, dass dieses Zimmer ein angenehmeres Gefängnis ist als Euer Verlies.«

Tzsayn lächelte. »Ihr versteht sicher, dass ich vor Prinz Boris so tun musste, als stünde ich auf seiner Seite. Und danach wollte ich erst mit Prinzessin Catherine sprechen, um mehr über Euch zu erfahren. Jetzt, denke ich, weiß ich, was ich von Euch zu halten habe. Ich möchte wissen, was Ihr wollt. Wenn ich Euch die Tür öffnen würde, was würdet Ihr tun?«

Ambrose zögerte. Natürlich wollte er zu Catherine, aber das konnte er schlecht zu dem Mann sagen, dem sie versprochen war. »Ich weiß es nicht«, sagte er.

»Nun«, sagte Tzsayn, »Ihr habt noch genug Zeit zum Nachdenken. Denn noch öffne ich diese Tür nicht.«

»Ich bin also immer noch Euer Gefangener?«

»Ihr seid Gast in meinem Haus«, widersprach Tzsayn. »Ihr werdet mit dem besten Wein und den besten Mahlzeiten verköstigt. Eure Freiheit allerdings wird noch eine Weile eingeschränkt sein, jedenfalls so lange, wie sich Boris ebenfalls in diesem Haus befindet.«

»Und verratet Ihr mir, was Ihr mit den Informationen anstellen werdet, die ich der Prinzessin gebracht habe?«

»Ich werde heute Abend mit ein paar Hundert Männern nach Norden reiten. Weitere werden folgen.«

»Aloysius hat Tausende.«

»Ja, aber dank Euch wissen wir jetzt, dass er kommt. Botenvögel sind bereits zu den nördlichen Festungen unterwegs, um sie vor dem Angriff zu warnen. Wenn es ihnen nicht gelingt, Aloysius an der Grenze aufzuhalten, werden sie sich nach Rossarb zurückziehen. Die Festung dort kann von wenigen Hundert Mann gegen viele Tausend Angreifer gehalten werden. Für mich ist es im Moment am Wichtigsten, möglichst schnell dorthin zu gelangen. Das geht nicht mit einer großen Armee.«

»Und was ist mit Boris? Habt Ihr herausgefunden, ob er in den Plan seines Vaters eingeweiht ist?«

Tzsayn schüttelte den Kopf. »Ich könnte ihn zur Rede stellen, aber er würde es abstreiten. Und ich würde ihm damit verraten, dass ich von dem Vorhaben seines Vaters weiß. Er hat vielleicht Möglichkeiten, Aloysius eine Nachricht zukommen zu lassen, und das würde den kleinen Vorteil, den wir haben, zunichtemachen. Ich vermute, er will während der Hochzeitsfeierlichkeiten unbemerkt aus Tornia verschwinden und sich dem Heer seines Vaters im Norden anschließen.«

»Und was habt Ihr mit ihm vor?«

»Ich lasse ihn und seine Männer rund um die Uhr bewachen. Im Moment ist das alles, was ich tun kann. Solange keine brigantischen Truppen die Grenze überschritten haben, befinden wir uns nicht im Krieg und er ist immer noch mein Gast und mein zukünftiger Schwager.« Tzsayn stand auf. »Wo wir gerade davon sprechen: Ihr habt mich nicht nach der Hochzeit gefragt.«

Unwillkürlich musste Ambrose lächeln. »Ihr reitet nach Norden, um gegen Catherines Vater zu kämpfen. Ich vermute, die Hochzeit ist abgesagt.«

»Ganz und gar nicht. Höchstens aufgeschoben. Wenn der Krieg vorbei ist – wenn es denn zum Krieg kommt –, dann werden wir heiraten. Catherine hat ihre Loyalität mir und Pitoria gegenüber unter Beweis gestellt. Wenn ich mit ihrem Vater fertig bin, werde ich zurückkehren und mit ihr vor den Altar treten.«

»Das Einzige, was zwischen Euch und Prinzessin Catherine steht, ist also der Krieg mit ihrem Vater.« Wieder lächelte Ambrose. »Na, dann wünsche ich Euch viel Glück.«

Catherine

TORNIA,
PITORIA

Die Eheschließung zwischen Prinzessin Catherine und Prinz Tzsayn soll sowohl Brigant als auch Pitoria zum Vorteil gereichen.

Verlobungsvereinbarung zwischen
König Aloysius von Brigant und
König Arell von Pitoria

Seit Catherine Tzsayn von der bevorstehenden Invasion erzählt hatte, marschierte sie in ihrem Zimmer auf und ab. Er war bei König Arell und Ambrose gewesen, und als er eintrat, sah er müde und blass aus.

»Was gibt es Neues?«

»Ich habe mit meinem Vater gesprochen. Er findet, dass die Hochzeit verschoben werden sollte. Wir können morgen nicht heiraten.«

Catherine war weniger von der Nachricht an sich überrascht, als vielmehr von dem leisen Gefühl der Enttäuschung, das sie empfand. Auf diese Hochzeit hatte sie so lange hingearbeitet, und jetzt, von einer Sekunde auf die andere, war dieses Ziel verschwunden. »Ich verstehe«, sagte sie.

»Es ist ganz unmöglich, dass wir uns vermählen, ehe wir nicht mit Sicherheit wissen, worum es bei dieser Invasion geht. Im Übrigen braucht es einen Bräutigam für eine Hochzeit, und ich werde nicht da sein. Ich reite heute Abend noch mit meinen Truppen nach Norden. Offiziell wird es heißen, ich sei erkrankt; niemand wird von meiner Abwesenheit erfahren. Jeder weiß, dass ich an einer labilen Gesundheit leide, also werden die meisten Leute die Erklärung schlucken. Ich habe schon so viele wichtige Termine verpasst, wobei meine eigene Hochzeit sicherlich ganz oben auf dieser Liste stehen wird.« Tzsayn lachte reumütig.

»Catherine, was Ihr heute getan habt, könnte Tausenden das Leben retten. Vielleicht habt Ihr mein ganzes Königreich gerettet. Mein Vater und ich sind Euch auf ewig dankbar. Ihr habt ohne jeden Zweifel bewiesen, dass Ihr eine großartige Königin für Pitoria wärt. Aber Ihr habt Euch auch das Recht verdient, Eure eigene Wahl zu treffen. Wenn ich die Angelegenheit mit Eurem Vater erledigt habe, werde ich zurückkehren und Euch diese Wahl lassen. Wenn Ihr mich heiraten wollt, werde ich mit Freuden unsere Verlobung ehren. Wenn nicht, werde ich Euch freigeben. Wenn ein anderer Mann ein älteres Recht auf Euch hat, werde ich Eurem Glück nicht im Weg stehen.«

In Catherines Kopf drehte sich alles, und einen Augenblick lang hatte sie Angst, sie würde ohnmächtig werden. Sie fühlte sich frei, freier als sie es jemals für möglich gehalten hätte, und gleichzeitig merkwürdig leer. Tzsayns Angebot war unvergleichlich. Wählen zu können – den Ehemann, das Land, die Zukunft – war mehr, als sie sich je erträumt hätte. Und trotzdem – während ihr Herz Ambroses Namen sang, war ihr Kopf angefüllt mit Tzsayn und seinen reinen, liebevollen Worten. Sie wäre nie auf den Gedanken gekommen, ihn heiraten zu *wollen*, aber in diesem Augenblick wurde ihr klar, was für ein Ehemann er sein würde – rücksichtsvoll, zuvorkommend, klug – und wie sie gemeinsam über Pitoria herrschen könnten.

Im Angesicht dieser neuen Entwicklung, dass sie ihr Leben in die eigenen Hände nehmen konnte, war Catherine sprachlos. Sie nickte nur und sagte: »Ich danke Euch.«

Tzsayn nickte ebenfalls, obwohl sich auf der unversehrten Seite seiner Stirn eine kleine Falte zeigte, als ob er auf mehr gehofft hätte. Aber er fing sich schnell wieder.

»Bevor ich gehe, wollte ich Euch fragen, ob Ihr mir noch irgendetwas über die Pläne Eures Vaters erzählen könnt. Warum sollte er überhaupt einmarschieren? Warum im Norden? Jede noch so kleine Information könnte wichtig sein.«

Catherine schüttelte den Kopf. »Mehr weiß ich wirklich nicht, Euer Hoheit. Ich wünschte, es wäre anders. Für mich ergibt das alles keinen Sinn. Ich sehe überhaupt keinen Grund für eine solche Handlungsweise. Meine Mutter hat immer behauptet, dass mein Vater ausschließlich an Calidor interessiert sei. Dass alles, was er tut – wirklich alles – unter diesem Gesichtspunkt betrachtet werden müsse. Aber ich kann nicht erkennen, was diese Invasion mit Calidor zu tun hat. Wenn er Calidor will, warum dann Männer, Geld und Zeit verschwenden, um einen Krieg mit Pitoria zu führen? Will er vielleicht nur plündern? Brigant ist nicht … nicht mehr so wohlhabend wie früher. Gibt es im Norden irgendetwas, das von besonderem Wert wäre?«

»Der Norden ist der ärmste Teil des Landes. Da gibt es nichts, außer Schnee, Bäumen und Dämonen.«

»Dämonen.« Catherine dachte wieder an Lady Anne. »Dämonenrauch. Die Jungen …« Sie verstummte kurz. »Könnte mein Vater den Dämonenrauch irgendwie einsetzen wollen?«

Tzsayn schüttelte den Kopf. »Dämonenrauch bietet Entspannung und Zerstreuung. Er macht müde. Das ist keine Kriegswaffe.«

Genau wie Sir Rowland gesagt hatte. »Aber die Dämonen selbst klingen schon schreckenerregend.«

»Ja, aber man kann sie nicht zähmen. Sie können nicht in einer Armee dienen. Warum fragt Ihr nach Dämonen?«

Catherine wollte ihm von Lady Annes Hinrichtung erzählen, aber das würde das Gespräch wieder auf Ambrose bringen. Sie besann sich und schüttelte den Kopf.

»Nur so ein Gedanke.« Aber ihr Vater hatte den Rauch gekauft. Lady Anne hatte das Zeichen gemacht. Hatte sie über die Invasion Bescheid gewusst? Hatte sie Catherine warnen wollen? Aber warum hatte sie dann in diesem Fall nicht das Zeichen für Krieg gemacht?

»Nun, vielleicht erfahre ich mehr, wenn ich in den Norden reite«, sagte Tzsayn. »Ich muss gehen, Catherine. Die Soldaten meines Vaters bewachen Boris und seine Männer. Boris ist heute Nachmittag auf der Jagd, und danach gibt es ein Fest, aber er wird morgen früh von meiner ›Krankheit‹ erfahren. Ich habe nicht die geringste Ahnung, was er dann tun wird. Er kann nicht darauf warten, dass ich mich erhole, ansonsten wird man ihn gefangen nehmen, sobald sich die Nachricht von der Invasion verbreitet. Vielleicht entscheidet er sich zur Flucht und will Euch mitnehmen.«

»Was immer ich auch tun werde«, sagte Catherine bestimmt, »ich werde ganz gewiss nicht nach Brigant zurückkehren.«

»Das freut mich zu hören. Meine Männer werden Tag und Nacht vor Euren Gemächern Wache halten. Wenn Ihr irgendetwas braucht, wenn Euch noch irgendetwas einfällt, das uns helfen könnte, wenn Ihr mir eine Nachricht schicken wollt – dann gebt ihnen Bescheid.«

»Noch eine letzte Frage: Wo ist Ambrose?«

»Er ist in Sicherheit und hat es sehr bequem. Es wird ihm kein Leid geschehen.«

»Ich möchte ihn gerne sehen. Er hat nichts Falsches getan und sein Leben aufs Spiel gesetzt, um uns zu helfen.«

»Das hat er, fürwahr, aber er ist besser dort aufgehoben, wo er und Boris sich nicht begegnen können. Ich möchte nicht noch eine Auseinandersetzung riskieren.«

Catherine beschlich das Gefühl, dass dies nicht Tzsayns Hauptsorge war, aber sie konnte nicht darauf bestehen, Ambrose zu sehen, es sei denn, sie würde ihm offenbaren, wie sehr sie sich nach ihm sehnte. Sie sagte: »Es freut mich, dass Ihr um seine Sicherheit besorgt seid. Immerhin habt Ihr ihm möglicherweise die Rettung Pitorias zu verdanken.«

»Und dafür werde ich für immer in seiner Schuld stehen. Wenn Boris die Hauptstadt verlassen hat, könnt Ihr Sir Ambrose nach Belieben aufsuchen, natürlich in Begleitung Eurer Zofen.«

Catherine knickste. »Ich danke Euch, Euer Hoheit.«

Tzsayn nahm ihre Hand, drückte sie an seine Lippen, drehte sich um und ging davon.

Früh am Morgen des nächsten Tages – ihres Hochzeitstages – trafen die Nachrichten ein: zwei von Boris, der wissen wollte, was los war, und eine weitere, viel höflichere und blumigere von Sir Rowland, der im Grunde genommen die gleiche Frage stellte.

Catherine schickte ihre Antworten: Sie habe gehört, Tzsayn sei erkrankt und die Hochzeit verschoben worden. Mehr wisse sie auch nicht. Kurze Zeit später öffnete Sarah die Tür und sagte: »Euer Bruder möchte Euch sprechen, Euer Hoheit.«

Catherine wusste, was jetzt kam. Boris würde sie für den Aufschub verantwortlich machen; sie musste nur dafür sorgen, dass er wegen der Invasion keinen Verdacht schöpfte. Sie holte tief Atem und sagte dann: »Führe ihn herein.« Aber Boris schob sich schon an Sarah vorbei. Sein Gesicht war rot vor Zorn.

»Was ist hier los, verdammt noch mal?«

»Guten Morgen, Bruder.«

»Komm mir nicht mit ›Guten Morgen‹! Das ist kein guter Morgen, verdammt noch mal, es ist eine verdammte Katastrophe! Die

Hochzeit zu verschieben – das ist unerhört! Ich war bei Arell. Er hat sich vielmals entschuldigt und mir versucht weiszumachen, wie kränklich sein Sohn sei. Ich habe verlangt, zu Tzsayn vorgelassen zu werden, um mir diese ›Krankheit‹ mit eigenen Augen anzusehen, aber das wurde mir natürlich verwehrt.«

»Wenn Tzsayn krank ist, können wir wohl nichts tun.«

»›Wenn‹ ist das entscheidende Wörtchen in diesem Satz. Er sollte besser dem Tode nahe sein!«

»Aber ich bin mir sicher, dass die Hochzeit nur um ein paar Tage verschoben wird, Bruder. Du hast mir doch selbst gesagt, das Tzsayn recht schwach ist. König Arell war seit unserer Ankunft äußerst liebenswürdig zu uns, und Tzsayn hat sich sehr für mich erwärmt.«

Boris' Miene veränderte sich, und er musterte Catherine misstrauisch. »Aber gestern hat dein zukünftiger Ehemann seine Braut mit ihrem Liebhaber erwischt.«

»Nein, Bruder. Er hat mich ›erwischt‹, wie ich am Boden lag, während deine Männer im Palast des Königs die Schwerter gezückt hatten und auf Mord aus waren, wie in einer gewöhnlichen Straßenschenke.«

»Versuch nicht, die Schuld von dir zu weisen. Was hast du Tzsayn über Norwend erzählt?«

Catherine seufzte übertrieben; sie hatte diese Rede einstudiert und hoffte, dass sie alles richtig machte. »Ich habe ihm selbstverständlich die Wahrheit gesagt, wie es uns Damen unseren Ehemännern gegenüber geziemt. Ich habe ihm erklärt, dass Ambrose in Brigant als Verräter gesucht wird, dass er dort zwei deiner Soldaten niedergestreckt hat und du mit dieser Schande leben musst. Prinz Tzsayn schien keinen Grund zu sehen, an meinen Worten zu zweifeln.«

Boris trat auf Catherine zu, die daraufhin zurückwich. »Willst du mich wieder zu Boden stoßen?«, fragte sie.

Er blieb stehen und knurrte: »Du hast meine Frage nicht beantwortet. Was hast du Tzsayn gesagt, warum Ambrose hier ist? Warum *ist* er überhaupt hier?«

Catherine lächelte und schnippte ein nicht vorhandenes Stäubchen von ihrem Rock. Dann hob sie den Blick und schaute Boris an. »Er liebt mich, Bruder. Ein Gefühl, das dir völlig fremd ist, ich weiß. Und er wollte mich vor meiner Hochzeit noch einmal sehen. Liebe lässt einen die merkwürdigsten Dinge tun. Ich glaube, Tzsayn ist mittlerweile auch ein bisschen in mich verliebt. Er schenkt meinen Worten Glauben, dass zwischen mir und Ambrose nichts passiert ist, außer, dass mir Ambrose seine Liebe gestanden hat. Was mich zu der Überzeugung bringt, dass Tzsayn die Hochzeit verschiebt, weil er tatsächlich krank geworden ist – oder weil er es sich zweimal überlegt, ob er einen Schwager haben will, der sich allmählich zum Gespött von ganz Pitoria macht.«

Jetzt war es Catherine, die auf Boris zuging. Sie deutete mit dem Finger auf ihn und zischte: »Warum sollte ich die Ehe mit einem Prinzen wegen einer Liebelei mit einem gesuchten Verräter aufs Spiel setzen? Nicht ich bin hier der Narr, Boris. Ich habe vieles unternommen, um dem König, dem Prinzen und dem Volk von Pitoria zu beweisen, dass diese Ehe wahrhaftig eine Herzensangelegenheit für mich ist. Wenn diese Hochzeit stattfindet, werde ich einmal die Königin von Pitoria sein, wenn nicht, kehre ich in Schande nach Brigant zurück. Eigentlich sollte ich heute den Prinzen von Pitoria heiraten; stattdessen muss ich mir von dir – ausgerechnet von *dir* – Vorhaltungen machen lassen!«

Boris wich vor Catherines Wutausbruch zurück, und sie erkannte erfreut, dass er ehrlich schockiert war. Er ging zur Tür. »Wenn ich herausfinde, dass du für diese Verzögerung verantwortlich bist, dann …« Und damit verließ er das Zimmer. Als die Tür hinter ihm zuschlug, machten Sarah, Tanya und Jane gemeinschaftlich das Zeichen für *Geh, und komm bloß nicht wieder!*

Catherine drehte sich um und seufzte erleichtert. Ihr Herz hämmerte, aber Boris schien nicht auf die Idee zu kommen, dass Ambrose über die Invasion Bescheid wusste. Ausnahmsweise war sie dankbar dafür, dass Boris glaubte, Ambrose sei ihr Liebhaber.

Catherine hatte sich gerade wieder erholt, als ihr Sir Rowland gemeldet wurde.

»Ich weiß wirklich nicht, was hier geschieht, Euer Hoheit«, sagte der brigantische Botschafter. »Prinz Boris ist außer sich. Er will von Prinz Tzsayn die Garantie, dass die Hochzeit – wenn nicht heute – dann ganz bestimmt morgen stattfindet.«

Denn danach wird jeder in Pitoria von der Invasion erfahren, dachte Catherine. *Sein schöner Plan fällt in sich zusammen, und er kann nichts daran ändern.*

»Und was, wenn er diese Garantie nicht bekommt?«

»Dann ist die Hochzeit abgesagt. Er wird abreisen und Euch mitnehmen.«

Catherine wurde ganz schwach bei dieser Vorstellung. Aber sie war entschlossen, nie wieder mit Boris irgendwohin zu gehen.

»Nun, ich glaube nicht, dass Prinz Tzsayn die Hochzeit gefährden will, genauso wenig wie König Arell.«

»Vielleicht nicht, Euer Hoheit. Aber ich muss Euch sagen, dass gemunkelt wird, der Prinz sei gar nicht krank, sondern aus dem Schloss geflohen. Man behauptet, er und seine Männer wären in der Nacht aufgebrochen.«

»Aber warum sollte er das tun? Am Vorabend seiner Hochzeit!«

Catherine war sich sicher, dass es mit ihren schauspielerischen Fähigkeiten nicht allzu weit her war, und Sir Rowlands Erwiderung – ein unverblümtes »Ich weiß es nicht, Euer Hoheit« – verriet ihr, dass sie ihn nicht überzeugen konnte. »Doch was immer hier vor sich geht, ich mache mir Sorgen um Euch, Euer Hoheit.«

»Ich danke Euch, Sir Rowland. Aber wie gesagt, ich bin mir sicher, dass die Hochzeit stattfinden wird. Ich vertraue Tzsayn. Obwohl mir natürlich seine angegriffene Gesundheit herzlich leidtut.

Vielleicht könnt Ihr Euren Einfluss dazu nutzen, die Hochzeitsgäste ein wenig aufzuheitern und ihnen zu versichern, dass die Verzögerung nur von kurzer Dauer sein wird.«

»Ich werde vor guter Laune förmlich sprudeln«, versprach Sir Rowland mit einem Lächeln. »Ich werde gehen und sie überall verbreiten.«

»Ich danke Euch.«

Er wollte sich schon zum Gehen wenden, da fiel ihm noch etwas ein. »Wegen dieser anderen Sache, Euer Hoheit: Ich habe mich nach dem Dämonenrauch erkundigt, aber leider nichts Neues erfahren.«

Catherine lächelte. »Ach, was soll's … Dann ist an der Sache bestimmt nichts dran.«

Aber Catherine war sich sicher, dass Lady Annes Botschaft an sie sehr wohl mit der Invasion ihres Vaters zu tun hatte. Sie musste nur noch herausfinden, was genau die Verbindung war.

Ambrose

TORNIA,
PITORIA

Am Morgen nach Tzsayns Aufbruch aus Tornia beschloss Ambrose, das Versprechen des Prinzen auf die Probe zu stellen und bat den Wachsoldaten um etwas zu essen und zu trinken, saubere Kleidung und Wasser, um sich zu waschen. Das Gewünschte wurde rasch gebracht, zusammen mit Seife und Handtüchern. Er bekam sogar sein Schwert und die Dolche zurück, die man ihm nach dem Kampf mit Boris' Soldaten abgenommen hatte. Anfangs war Ambrose erstaunt darüber, dass man ihm seine Waffen anvertraute – bis ihm klar wurde, dass er damit rein gar nichts ausrichten konnte. Wenn er einen von Tzsayns Männern verletzte oder auch nur bedrohte, würde man ihn garantiert nicht länger als Gast behandeln. Er hatte keine andere Wahl als zu bleiben, wo er war.

Tzsayn machte seine Sache richtig gut. Er machte vieles richtig gut, wie es schien. Wie er Boris im Griff gehabt hatte, wie er gerade noch rechtzeitig den Kampf unterbunden hatte und – was Ambrose am meisten fuchste – die Art, wie er Catherine vom Boden aufgehoben hatte, als ob nur er dazu das Recht hatte. Tzsayn war ein Prinz, und er benahm sich auch so. Er dagegen war nichts im Vergleich mit ihm, lediglich der zweite Sohn eines bedeutungslosen Marquis. Und im Grunde war er nicht einmal mehr das. Er war ein flüchtiger Verbrecher. Ein Verräter. Und machtlos.

Aber er war immer noch Soldat. Er fühlte sich auch als Soldat. Er wäre viel lieber im Norden gewesen als hier in einem warmen, weichen Bett zu liegen, auch wenn er dann gegen andere Briganter kämpfen müsste. Er war sich nicht einmal sicher, ob er sich noch als Briganter bezeichnen durfte, selbst wenn er es wollte. Er war ein Mann ohne Heimat, aber das bedeutete nicht, dass er auch ohne Ehre und ohne Treue war. Seine Treue würde immer Prinzessin Catherine gehören. Und er konnte immer noch für das kämpfen, woran er glaubte. Er konnte für sie kämpfen.

Der heutige Tag hätte Catherines Hochzeitstag sein sollen, aber stattdessen würde er in die Annalen eingehen als jener Tag, an dem Brigant Pitoria überfallen hatte. Tzsayn würde zwei Tage brauchen, um die Grenze zu erreichen, dann waren Aloysius und sein Heer bereits auf pitorianischem Boden. Den ganzen Tag stand Ambrose am Fenster und starrte nach Norden, als ob seine Augen die Entfernung bis zur Grenze überspannen könnten und er einen Blick auf die Ereignisse dort werfen könnte.

Ich sollte dort sein, verdammt noch mal, nicht gefangen in irgendeinem Gästezimmer im Palast von Tornia.

Bei Einbruch der Nacht klang leise Musik durch die Gänge des Schlosses.

Ambrose klopfte an die Zimmertür, und der Wachsoldat steckte den Kopf hindurch.

»Was ist das für Musik?«

»Wahrscheinlich eine Zerstreuung für die Hochzeitsgäste«, sagte der Wachmann und setzte hinzu, während er die Tür wieder zuschob: »Man muss sie ja irgendwie bei Laune halten.«

Ambrose fragte sich, was sie wohl von der Sache hielten. Glaubten sie die Behauptung, Tzsayn wäre krank? Oder dachten sie, er hätte kalte Füße bekommen? Vermutete irgendjemand die Wahrheit – dass etwas Bedeutsames bevorstand? Boris vermutlich schon. Der Prinz mochte brutal und grausam sein, dumm war er gewiss nicht. Er hatte diese Hochzeit wie eine militärische Operation geplant. Was würde er jetzt tun, da sein Plan fehlschlug?

Ambrose runzelte die Stirn.

Eine militärische Operation … Je länger er darüber nachdachte, desto merkwürdiger kam es ihm vor, dass Boris in diesem großartigen Invasionsplan eine so passive Rolle spielen sollte. Boris war ein Soldat; sein Platz war – wie der von Ambrose – an vorderster Front. Und doch hatte er sich freiwillig dafür gemeldet, derjenige zu sein, der seine Schwester am Tag ihrer Hochzeit ihrem Ehemann übergeben sollte. Der bei einem Festmahl saß, während sein Vater auf dem Schlachtfeld stand. Das kam ihm äußerst unwahrscheinlich vor. Ja, die Hochzeit war ein erforderliches Ablenkungsmanöver, um die Lords aus dem Norden nach Tornia zu locken, aber in dieser Finte lag keine Ehre. Jedenfalls nicht die Ehre, die für einen Soldaten von Brigant eine Rolle spielte. Und das war die Ehre, auf die Boris aus war – die Ehre von vergossenem Blut und niedergestreckten Feinden.

Und Noyes war ebenfalls hier in Tornia. Er war der Spionagemeister des Königs, aber er verfügte auch über eine kleine Truppe aus Elitekämpfern. Warum war Noyes nach Tornia gekommen? Ihn brauchte man doch nun wirklich nicht für die Hochzeit. Also – warum?

Ambrose wurde kalt. Gab es möglicherweise noch einen anderen Grund, warum Boris darauf bestanden hatte, dass alle Lords von Pitoria sich zur Hochzeit im Palast einfinden? Nämlich den, dass er sie hier angreifen konnte? Natürlich war es riskant, sehr sogar, aber die Vorstellung, Edelmänner zu attackieren, würde Boris viel mehr gefallen als gegen gewöhnliche Soldaten zu kämpfen. Das Prestige, das ein solcher Kampf versprach, von einem Sieg ganz zu schweigen, würde enorm sein. Aber wo lag der taktische Vorteil?

Und plötzlich wusste Ambrose, was Boris vorhatte. Es war so, als hätte ihm der Prinz selbst seinen Plan ins Ohr geflüstert: Während der Adel von Pitoria sich anlässlich der Hochzeit ihres Prinzen in der Hauptstadt versammelt hatte, würde Aloysius' Armee die Grenze überschreiten und den Norden Pitorias überrennen, der ohne seine Anführer dem Feind nichts entgegensetzen konnte; und dann, genau in dem Moment, in dem Pitoria seine Herrscher am dringendsten brauchte, würde Boris zuschlagen, König Arell und Prinz Tzsayn und möglichst viele Lords töten und dann aus der Hauptstadt fliehen, um sich seinem Vater im Norden anzuschließen.

Es war ein ehrgeiziger und verrückter Plan, aber welche Worte wären eher geeignet, um König Aloysius von Brigant zu beschreiben?

Ambrose rannte zur Tür, hämmerte ans Türblatt und schrie der Wache auf der anderen Seite zu: »Ich muss zum König!«

Der Mann öffnete und lachte. »Der Prinz hat zwar gesagt, dass Ihr bekommen sollt, was Ihr verlangt, aber das könnte sich als etwas schwierig gestalten.«

»Es wird ein Attentat auf den König geben!«

Der Soldat schüttelte den Kopf. »Der König hat seine Leibgarde bei sich. An der kommt niemand vorbei.«

»Könnt Ihr ihm eine Botschaft überbringen?«

»Vergesst es.«

»Was ist mit einer Botschaft an Prinzessin Catherine?«

»Der Prinz hat sich in dieser Beziehung sehr deutlich ausgedrückt: Ihr dürft sie nicht sehen.«

»Ich will sie nicht sehen; ich will ihr nur eine Botschaft schicken. Das hat er doch wohl nicht verboten, oder?«

»Also schön. Schreibt Eure Botschaft auf.«

Boris will heute Nacht den König töten. Warnt ihn!

Er reichte dem Soldaten den Zettel und sagte: »Bitte sorgt dafür, dass sie die Nachricht umgehend bekommt.«

Der Mann schloss die Tür und Ambrose bezog wieder seinen Posten am Fenster. Kurze Zeit später kehrte der Soldat zurück.

»Ich habe den Zettel ihrer Zofe gegeben, die mir versprach, ihn Prinzessin Catherine auszuhändigen. Mehr kann ich nicht tun, Sir.«

Ambrose legte sich hin, fand aber keine Ruhe. Seine Gedanken rasten. Je länger er darüber nachdachte, desto mehr war er davon überzeugt, dass Boris heute seinen Zug machen würde. Heute hätte die Hochzeitsnacht sein sollen, wenn alle betrunken und müde waren und nichts Böses ahnten. Aber die Lage hatte sich verändert. Es hatte keine Hochzeit stattgefunden, noch nicht. Boris mochte vielleicht noch einen Tag warten, wenn er der Überzeugung war, dass Tzsayn tatsächlich krank war und die Hochzeit stattdessen morgen über die Bühne gehen würde.

Würde er warten?

Nein. Nicht Boris. Boris würde nicht zögern. Er hatte einen Zeitplan und daran hielt er sich. Aloysius' Armee hatte die Grenze schon erreicht; es blieb keine Zeit mehr, ihm eine Nachricht zu übermitteln, dass er mit dem Einmarsch noch warten solle. Die Lords waren hier, genauso wie ihr König. Boris und Noyes hatten gewiss Vorkehrungen für ihre Flucht getroffen. Der Angriff würde heute passieren.

In diesem Moment hörte Ambrose einen Schrei. Er war gedämpft, erstickt. Vielleicht hatte jemand zu viel getrunken. Dann erklang ein zweiter Schrei. Dann noch einer. Immer mehr Schreie waren zu hören.

Es hatte begonnen. Der König wurde angegriffen.

Und zu seinem Entsetzen erkannte Ambrose, dass er Catherine durch seine Nachricht geradewegs in das Massaker geschickt hatte.

Ambrose griff nach seinem Schwert und schlug heftig gegen die Tür. Der Soldat öffnete mit einem genervten »Was ist jetzt schon wieder?«, da packte Ambrose ihn auch schon, zerrte ihn ins Zimmer, sprang an ihm vorbei, schlug die Tür hinter sich zu und rannte in Richtung der Schreie.

Catherine

TORNIA,
PITORIA

Den Anführer zu töten, löst Chaos und Angst aus: Das ist immer ein guter Anfang.
M. Tatcher: *Krieg – Die Kunst des Siegens*

Bei Sonnenuntergang ging Catherine zu Bett, aber sie konnte nicht schlafen. Normalerweise hätte dies ihre Hochzeitsnacht sein sollen, aber stattdessen lag sie hier allein in ihrem Gemach, Tzsayn ritt nach Norden und Ambrose war irgendwo im Schloss »in Sicherheit«. Ihr Vater marschierte in dieses friedliche, fröhliche Land ein, wie er es die ganze Zeit geplant hatte – sie bedeutete ihm rein gar nichts; sie war nur ein Bauer in diesem Spiel. Morgen war ihr siebzehnter Geburtstag, eigentlich der Beginn eines neuen Lebens. Nun, das war es immer noch, wenn auch auf eine andere Weise, als sie es sich vorgestellt hatte. Andererseits hatte sie nie einen Mann heiraten wollen, den sie nicht kannte, und auch nicht ein zurückgezogenes Leben führen wie ihre Mutter. Sie hatte gedacht, sie wollte die Liebe des Volkes erringen, aber ein kleiner Rückschlag, und schon hatte sie Zweifel.

Es kratzte leicht an der Tür, und Sarah trat mit einem Zettel ein. »Von Ambrose, Euer Hoheit.«

Catherine riss Sarah den Zettel förmlich aus der Hand.

Boris will heute Nacht den König töten. Warnt ihn!

In Windeseile zog Catherine sich an und machte sich dann mit Sarah auf den Weg, um den König zu suchen. Sie mussten eine Menge Stufen hinaufgehen, um zu seinen Gemächern zu gelangen, die sich im höchsten Turm des Schlosses befanden.

»Prinzessin Catherine!«, rief der Kammerdiener des Königs, ein stämmiger Mann mit einem geölten Schnurrbart, als er aus dem Nebenzimmer kam und sie sah. »Es ist reichlich spät für einen Besuch. Stimmt etwas nicht?«

»Ich muss mit dem König sprechen«, verlangte Catherine mit der hoheitsvollen Stimme einer Prinzessin.

Der Kammerdiener wirkte ratlos, verbeugte sich aber. »Gewiss doch, Euer Hoheit.«

Catherine und Sarah wurden in einen großen Saal mit Marmorfußboden geführt. Hohe Glastüren führten auf einen Balkon hinaus. Der König stand davor und blickte über seine Hauptstadt.

Er drehte sich um und Catherine knickste. König Arell sah müde aus, hielt sich aber würdevoll.

»Ich schulde Euch Dank für Eure Information über die Invasion, Prinzessin Catherine. Bitte verzeiht, dass ich Euch nicht früher zu mir rufen ließ, aber ich hatte sehr viel zu tun.«

»Und ich habe – so fürchte ich – eine weitere Information für Euch, Euer Majestät. Ich glaube, dass mein Bruder ein Attentat auf Euch plant. Ich …«

In diesem Moment bemerkte sie eine Bewegung auf dem Balkon hinter dem König. Sie streckte den Arm aus und fragte: »Sind das Eure Wachen?«

Der König wandte sich um, gerade als die Scheiben der Türen in Tausend Stücke zersprangen. Vier Männer in Schwarz kamen mit Dolchen in den Händen hereingerannt. Catherine schrie auf, und einen Augenblick später stürmten zwei Soldaten der königlichen Leibgarde herein. Aber die Männer in Schwarz hatten den Saal bereits durchquert. Ein Attentäter packte den König am Arm und wirbelte ihn herum, und ein zweiter rammte ihm den Dolch in den Rücken.

König Arell brach mit einem Schrei zusammen. Seine Wachen rannten zu ihm und hieben mit ihren Schwertern auf die Angreifer ein, aber mit einem Splittern von Glas kamen noch mehr schwarz gekleidete Männer in den Saal geflogen. Sie hingen an dünnen, dunklen Seilen, und voller Schrecken erinnerte sich Catherine an jene Nacht während der Überfahrt, als sie gesehen hatte, wie Boris' Männer in der Dunkelheit in der Takelage des Schiffes herumgeklettert waren.

Einer der Angreifer näherte sich Catherine, den Dolch angriffsbereit. Sie wich zurück; das Herz sprang ihr vor Angst fast aus der Brust. Und dann, unmöglich aber wahr, war Ambrose da. Er warf ihr einen kurzen Blick zu, um sich zu vergewissern, dass ihr nichts geschehen war, und warf sich dann mit gezücktem Schwert auf ihren Angreifer, der gleich darauf niedersank.

Der König lag immer noch auf dem Boden. Blut quoll aus seiner Rückenwunde, aber jetzt kamen immer mehr pitorianische Soldaten in den Raum, und die Attentäter wurden zurückgedrängt. Catherine presste sich in den Türrahmen und versuchte, nicht im Weg zu stehen.

Ambrose marschierte auf die Angreifer zu. »Lasst die Waffen fallen.«

Einer der Männer spuckte ihn an. »Eher sterben wir, Verräter. Und dich nehmen wir mit.« Er stürmte vorwärts, gefolgt von seinen Kameraden. Catherine befand sich im Türrahmen in Sicherheit, aber Sarah war näher am Geschehen. Starr vor Angst stand sie da, und einer der Attentäter sprang auf sie zu und schnitt ihr mit dem Dolch die Kehle durch. Sie schaute zu Catherine und umklammerte mit beiden Händen ihren Hals, während ihr das Blut zwischen den Fingern hindurchrann.

Catherine schrie auf, als Sarah zu Boden sank. Die Pfütze aus Blut um ihren Körper wurde schnell größer. Geduckt rannte Catherine zu ihrer Zofe. Sarahs Mund bewegte sich, aber kein Ton kam heraus, nur ein dünner Blutsfaden.

Ambrose wich seinem Gegner aus und hieb sein Schwert in die Schulter des Mannes. Sein Schlag trennte fast den Arm vom Körper. Und schon riss er sein Schwert in einer Kreisbewegung wieder herum und schlug einem anderen Mann den Kopf ab.

Catherine zitterte. Sie hatte Angst, sich übergeben zu müssen. Sarahs Leib war totenbleich in dem See aus dunklem Blut. Ihre eigenen Hände und Röcke waren klebrig und rot. Dann war Ambrose bei ihr, umarmte sie und zwang sie, ihm ins Gesicht zu sehen. »Ihr seid jetzt außer Gefahr, Euer Hoheit.«

»Sarah. Sie haben Sarah umgebracht.«

»Ich weiß. Es tut mir leid. Es tut mir so leid.«

Sie klammerte sich an seinen Arm, während immer mehr Soldaten hereingerannt kamen, sich über den König beugten und nach einem Heiler riefen.

»Ist er am Leben?«, fragte sie.

Aber niemand gab ihr Antwort. Überall, wohin sie auch blickte, lagen Leichen. Wachen mit purpurnen Haaren und schwarz gekleidete Attentäter. Ambrose führte sie zu einem Stuhl. »Ihr zittert ja.«

Sie saßen beieinander, als ein Heiler kam und der König eilig vom Boden aufgehoben und in sein Schlafzimmer getragen wurde.

Ihr Vater hatte das getan. Er hatte all diese Menschen getötet. Er hatte Sarah getötet.

Dann erschien ein weiterer Soldat des Königs und übernahm das Kommando. Er befahl, die Leichen wegzubringen. Ambrose wollte sich die Gesichter der Attentäter anschauen, aber andererseits wollte er Catherine nicht allein lassen, nicht einmal für ein paar Augenblicke.

»Ich bin nur sehr aufgeschreckt. Aber ich weiß, dass mir jetzt keine Gefahr mehr droht, Ambrose. Tut, was Ihr könnt, um zu helfen.«

Catherine beobachtete, wie er zwischen den Leichen umherging. Wie viele Tote lagen da? Zu viele. Wieder sah sie zu Sarah. Catherine konnte keinen klaren Gedanken fassen. Sie konnte sich nicht rühren. Sie konnte nur hinsehen. Mehr konnte sie nicht tun.

Ambrose kam zu ihr zurück. »Zwei sind Männer von Noyes, die anderen sind Boris' Gefolgsleute.«

»Es sind alles Untertanen meines Vaters. Er ist dafür verantwortlich.«

Während Catherine noch zitternd und frierend dasaß, tauchte Sir Rowland auf.

»Dem Himmel sei Dank, Euch ist nichts geschehen, Euer Hoheit. Lord Chamberlain sagte mir, dass Ihr hier seid. Er meinte, es habe ein Attentat auf den König gegeben.«

Sir Rowland war blass und seine Jacke aufgeschlitzt – nicht, weil es Mode war: auf dem Stoff klebte Blut.

Ambrose antwortete ihm: »Ja, der König ist schwer verletzt. Aber was ist Euch widerfahren?«

»Ich war im großen Saal, wo ein Fest abgehalten wurde, als Männer in Schwarz auftauchten. Sie haben die Gäste und die Dienerschaft angegriffen – jeden, der ihnen in die Quere kam. Viele sind tot. Fünf Lords sind ums Leben gekommen, zwölf verwundet, dazu viele Diener, die alle unbewaffnet waren. Es war ein Massaker.« Sir Rowland hatte Tränen in den Augen.

Catherine schluckte schwer. »Tzsayn und ich hätten in diesem Saal sein sollen. Bei unserem Hochzeitsfest. Glaubt Ihr, sie hätten auch versucht, Tzsayn zu töten, wenn er da gewesen wäre?«

Sir Rowland nickte grimmig. »Ja, Euer Hoheit.«

»Dann hätten sie mich ebenfalls umgebracht.« Ihr Vater und ihr Bruder.

»Boris hat vermutlich beabsichtigt, Euch wieder nach Brigane zu bringen.«

Catherine schüttelte den Kopf. »Nein. Sie haben weder Pläne für mich noch für meine Zofen gemacht.«

Catherine stand auf und Ambrose zog sich respektvoll zurück. Sie kannte Sarah seit sechs Jahren. Sarah, die vernünftigste und einfühlsamste ihrer Zofen, war abgeschlachtet worden wie ein Tier. Plötzlich wollte sie weg von hier, wollte zu Jane und Tanya.

Sir Rowland sagte: »Die Attentäter gehörten alle zu Boris und Noyes. Man hat keinen von ihnen lebendig gefangen.«

»Und Boris?«

»Man sucht nach ihm, Noyes und den restlichen Soldaten. Wenn sie klug sind – und bei Noyes besteht kein Zweifel an seiner Cleverness – dann haben sie die Stadt längst verlassen und sind auf dem Weg zur Küste. Das Ganze war bis ins kleinste Detail geplant; sie werden auch ihren Fluchtweg gut durchdacht haben.«

Catherine wandte sich an Ambrose. »Und der Angriff bestätigt, dass die Sache mit der Invasion im Norden tatsächlich der Wahrheit entspricht.«

»Was?«, fragte Sir Rowland.

Ambrose erklärte ihm rasch, was geschehen war. »Das alles – die Hochzeit, die Festlichkeiten – das ist nur ein Ablenkungsmanöver. Aloysius fällt in diesem Moment mit seiner Armee in Pitoria ein. Deshalb hat Tzsayn die Hauptstadt verlassen.«

Sir Rowland schüttelte den Kopf. »Warum bin ich eigentlich überrascht?«

»Glücklicherweise ist Tzsayn unverletzt und kann im Norden der Invasion entgegentreten«, sagte Ambrose. »Viele Lords haben ebenfalls überlebt, und mit ein bisschen Glück wird es auch der König schaffen.«

»Aber wenn nicht …«, Sir Rowland schaute Catherine an, »dann seid Ihr in großer Gefahr, Euer Hoheit.«

»Das bin ich schon jetzt. Ich bin in Boris' Begleitung gekommen«, sagte Catherine, die Stimme dumpf vor Zorn. »Ich habe ihn und fünfzig Attentäter in den königlichen Palast geführt. Wenn der König stirbt, wird man mich dafür verantwortlich machen. Das Volk wird glauben, ich sei in den Plan eingeweiht gewesen. Ich habe viele Menschen für mich gewonnen, aber ich werde ihre Liebe ebenso schnell wieder verlieren, wenn es zum Krieg mit Brigant kommt. Wir müssen zu Tzsayn. Nur bei ihm sind wir sicher.«

»Ihr meint, Ihr wollt fliehen?« Ambrose wirkte besorgt. »Aber dann wird man erst recht glauben, dass Ihr schuldig seid.«

»Alles, was ich getan habe, lässt mich schuldig erscheinen. Im Augenblick muss ich nur zu Tzsayn.«

»Er wird schon fast in Rossarb sein. Es ist ein langer, harter Ritt.«

»Ich sitze gut im Sattel, wie Ihr ja wisst.«

»Und Eure Zofen? Auch sie sind hier nicht länger sicher.«

Catherine nickte. »Wir werden alle fliehen.«

March

NÖRDLICHES PLATEAU, PITORIA

Holywell war sehr schlecht gelaunt und trieb die anderen zur Eile an. Sie hatten in den vergangenen Tagen nur eine kleine Wegstrecke zurückgelegt, da sie eine vereiste Schotterebene überqueren mussten, in der sich überall versteckte Spalten befanden. Einige dieser Spalten waren so schmal, dass man einfach einen Schritt hinübermachen konnte, andere nicht. Dann mussten sie entweder umkehren oder an der Spalte entlanggehen, bis sie einen Weg hinüber gefunden hatten. Der Wind war eisig und pfiff ihnen um die Ohren. Glücklicherweise befanden sie sich jetzt im Schutz von dürren Bäumen, aber sie waren bereits seit fünf Tagen auf dem Plateau; die Vorräte wurden knapp und die Kälte zehrte an ihren Kräften.

»Seht mal!« March deutete auf einen großen, umgekippten Baumstamm links von ihnen. Er war abgestorben und verrottet, und ringsum lagen zerbrochene Äste verstreut. Das meiste Holz war trocken und eignete sich wunderbar für ein Lagerfeuer. Er rief Holywell zu: »Da drüben liegt jede Menge Holz. Wir können das Pony damit beladen.«

Holywell, der das Pony führte, drehte sich nicht einmal um, sondern murmelte Edyon etwas zu.

Edyon zögerte kurz und rannte dann zu March.

»Was hat er gesagt?«, fragte March.

»Dass Geräusche weit getragen werden und dass er dich als Übungsziel für seine Harpune benutzt, wenn du weiter so herumschreist.«

March hatte nicht besonders laut gerufen, aber es war tatsächlich so, dass man hier in der stillen Luft jeden Ton überlaut hörte.

»Und ich glaube, er will, dass ich das Feuerholz schleppe.« Edyon lächelte.

»Wir sollten zusammenbleiben, und eigentlich sollten wir auch alle gemeinsam Feuerholz sammeln.« March legte seine Harpune auf den Boden. Er sagte: »Wenn Ihr meine Arme mit Holz vollladet und dann die Harpunen tragt, Euer Hoheit, haben wir genug für ein Feuer heute Abend.«

Obwohl sie genug für zwei Abende gehabt hätten, wenn Holywell angehalten hätte.

Edyon stapelte das Holz bis zu Marchs Kinn auf und fragte dann: »Noch mehr?«

»Ja. Danke, Euer Hoheit.«

»Ich wünschte wirklich, Ihr würdet mich nicht so nennen, March. Wir sind Reisegefährten, und wir sind gemeinsam auf der Flucht vor dem Gesetz.« Edyon hob ein paar Zweige und die Harpunen auf. »Und wir sind beide Holzsammler.«

March lächelte leicht. »Aber ich bin ein Diener und Ihr seid der Sohn eines Prinzen.«

»Aber ich bin wohl kaum das, was man sich unter dem Sohn eines Prinzen vorstellt.« Edyon seufzte. »Was, glaubt ihr, wird mein Vater von mir halten?«

»Ihr seid sein Sohn. Ich bin mir sicher, dass er Eure Stärken erkennen wird.« Das stimmte sogar, fand March. Obwohl Edyon sehr naiv war, war er auch intelligent, charmant und geduldig. March hatte es schon mit weitaus schlimmeren Edelleuten zu tun gehabt.

Aber, sagte eine harte Stimme in seinem Kopf, *er wird seinem Vater nie begegnen, was für eine Rolle spielt es also?*

March verlangsamte seine Schritte, um Edyon den Vortritt zu lassen, damit er das Gespräch nicht fortführen musste. In diesem Moment fühlte er etwas.

Er blieb stehen. Was war das?

Er machte einen Schritt rückwärts.

Dann noch einen.

Und dann fühlte es sich … wärmer an.

Der Wald war immer noch kalt und still, aber diese eine Stelle war ganz deutlich milder als der Rest der Landschaft. Er blickte nach oben, ob die Sonne durch die Wolken gebrochen war, aber der Himmel war von einem durchgehenden Grau. Er befand sich auf einer kleinen Lichtung und stand am Boden einer flachen Senke. Edyon war bereits ein gutes Stück voraus. March wollte ihn rufen, aber laute Geräusche waren wirklich keine gute Idee. Er schaute sich um und versuchte herauszufinden, was hier so anders war. Dabei geriet ein Stück Holz von seinem Stapel ins Rutschen. March hielt die Äste schräg, um ein Herunterfallen zu vermeiden, aber seine Arme waren müde, das Holz war schwer, und es polterte zu Boden. March beugte die Knie, hielt den Rücken gerade und tastete nach dem Stück. Dabei fiel ein weiteres Stück herunter, und als er den Stapel noch weiter neigte, rutschte ihm alles aus den Armen.

Er schaute hoch. Edyon war stehen geblieben und beobachtete ihn. March fluchte. Er breitete die Arme aus und machte eine hilflose Geste, dann bückte er sich, um das Holz wieder aufzuheben. Dabei fühlte er diese Wärme erneut, aber viel stärker, diesmal auf seinem Gesicht und seinen Händen. Er legte die Handflächen auf den Boden und merkte überrascht, dass die Erde so warm war wie seine Haut. Und es kam ihm so vor, als ob der Untergrund irgendwie glühte; ein rotes Schimmern ging vom Boden und dem toten Laub aus.

Er wollte es Edyon sagen. Aber was eigentlich? Und da dämmerte es ihm.

Das rote Leuchten. Die Wärme.

»Oh Scheiße.«

March blickte zu Edyon hin und wusste nicht, ob er ihm zurufen sollte, er solle weglaufen oder still stehen bleiben. Schließlich ging er langsam, fast auf Zehenspitzen, aus der Senke, und als er sie hinter sich gelassen hatte, rannte er zu Edyon, packte ihn am Arm und zog ihn mit sich. »Weg von hier, schnell!«

»Was ist los?« Edyon ging langsam mit und schaute hinter sich.

»Ich weiß nicht genau, aber ich glaube, es hat etwas mit Dämonen zu tun.«

Edyon nahm die Beine in die Hand.

Holywell war in einiger Entfernung stehen geblieben und blickte ihnen entgegen.

»Was ist? Wo ist das Holz?«

»Ich glaube, da hinten sind Dämonen«, sprudelte es aus March hervor.

Holywell schaute sich um. March ebenfalls. Und auch Edyon.

Alles war still und friedlich.

»Dämonen hin oder her, wir gehen weiter.« Holywell nickte zu der Felsenklippe rechts von ihm. »Hier ist es für meine Begriffe zu unübersichtlich.«

Edyon deutete auf die Felsen. Seine Augen wurden groß. »Da hat sich gerade etwas bewegt. Etwas Rotes.«

March nahm Edyon seine Harpune aus der Hand und fixierte die Felsen, aber er konnte nichts entdecken. Keine Spur von einem Dämon.

Holywell murmelte: »March, du hältst die Augen offen, ob sich hinter uns etwas rührt. Wir müssen weiter, aber langsam.« Er hatte die Harpune in der Hand, bereit zum Wurf. »Bleibt wachsam. Und bleibt zusammen.«

March tat, wie ihm geheißen. Sein Herz raste.

Sie waren nur ein paar Schritte weit gekommen, als Edyon schrie: »Da!«

March wirbelte herum, und Holywell schleuderte seine Harpune auf die Gestalt, die zwischen den Bäumen hervortrat. Der Mann duckte sich. Holywell nicht. Und plötzlich steckte ein Speer in seiner Brust. Die rote, tropfnasse Spitze drang an seinem Rücken wieder hervor.

Edyon quietschte entsetzt auf, als Holywell auf die Knie sank. Das Gewicht des Speers zog ihn nach vorn, und er fiel auf die Seite. Reglos. Tot.

March schaute hinauf zu der Felsklippe und sah einen zweiten Speer auf sich zufliegen. In diesem Moment rammte Edyon ihn und stieß ihn aus der Schusslinie. March taumelte und hob die Harpune. Ein Mann stand oben auf dem Kamm der Klippe, der andere – derjenige, den Holywell gesehen hatte – befand sich etwa auf ihrer Höhe. Beide hatten scharlachrotes Haar und lange Messer in den Gürteln. Derjenige ganz oben sprang herunter, und beide rückten vor.

March wich zurück. Das waren die Männer des Sheriffs. Sie waren Meister im Speerwerfen und konnten vermutlich auch mit ihren Messern umgehen.

»Bleibt dicht bei mir. Lasst sie nicht an Euch heran«, sagte er leise zu Edyon.

»H...Holywell ist tot.«

»Ja.«

»Was machen wir jetzt?«

»Ich überlege ja schon! Sie haben keine Speere mehr. Wenn wir zusammenbleiben, wirken wir vielleicht stärker. Haltet Eure Harpune so, als ob Ihr werfen wolltet.«

»Ja. Ich werde nicht weglaufen. Ich bleibe bei Euch.«

»Es steht zwei gegen zwei. Wir haben Harpunen. Wir müssen sie nur einsetzen.«

Die beiden Männer näherten sich langsam. March wusste, dass seine Chancen, einen mit der Harpune zu treffen, gering waren, und bei Edyon standen die Chancen gleich null. Trotzdem sagte er: »Ihr schafft das, Edyon. Denkt dran, was wir geübt haben.«

»Das ist Irrsinn«, sagte Edyon. »Ich kann nicht werfen.« Und damit ließ er die Harpune fallen.

»*Was? Nein!*«

Edyon trat einen Schritt vor, hob die Arme in die Luft und sagte leise zu March: »Du wirfst. Ich übernehme das Reden.«

Edyon

NÖRDLICHES PLATEAU, PITORIA

Edyon machte sich keine Illusionen: Er konnte nicht kämpfen. Er konnte keinen von diesen Männern mit der Harpune treffen, selbst wenn sie reglos direkt vor ihm stünden. Werfen konnte er nicht, aber er konnte reden.

»Ich bin Edyon, Sohn von Prinz Thelonius von Calidor.« Er knöpfte seine Jacke auf und zog die Goldkette hervor, die um seinen Hals hing. »Dies ist der Beweis dafür, dass ich die Wahrheit sage. Prinz Thelonius ist mein Vater. Wenn ihr mich angreift, greift ihr Calidor an.«

Die Männer blieben stehen und wechselten einen unsicheren Blick. Der ältere von ihnen sagte: »Ihr werdet wegen Mordes gesucht, wer auch immer Euer Vater ist.«

»Ich habe niemanden ermordet. Und auch nicht March, mein Diener. Und dennoch wurden wir ohne Vorwarnung von Euch angegriffen.«

»Ihr befindet Euch auf verbotenem Territorium. Ich muss niemanden warnen, aber bei Euch mache ich eine Ausnahme: Wenn Ihr Euch nicht ergebt, werden wir Euch wieder angreifen. Befehlt Eurem Diener, die Waffe fallen zu lassen.«

»Damit ihr uns beide töten könnt, wie ihr meinen anderen Diener getötet habt? Keine gute Idee. Vielleicht, wenn ihr zuerst eure Waffen senkt. Als Zeichen des guten Willens.«

Der ältere Mann schüttelte den Kopf. Wulstige Narben überzogen seinen Kiefer; er sah nicht so aus wie jemand, der Gnade walten ließ. »Darauf könnt Ihr lange warten, Sir. Ich repräsentiere das Gesetz. Aber wenn Ihr der seid, der Ihr behauptet zu sein, und wenn Ihr uns widerstandslos begleitet, wird der Sheriff vielleicht Nachsicht zeigen.«

»Die Nachsicht des Sheriffs kümmert mich nicht. Wir sind unschuldig.«

»Und wenn wir noch lange hier stehen bleiben, werden wir alle erfrieren.«

Der ältere Mann gab dem jüngeren ein Zeichen, und sie rückten wieder vor.

March warf seine Harpune auf den jüngeren Wachmann, aber der rollte sich zur Seite und die Harpune blieb hinter ihm in der Erde stecken. March schnappte sich Edyons Harpune. Der ältere Mann kam jetzt auf Edyon zugerannt, mit pumpenden Armen und blitzenden Messern. Edyon zog sich so schnell zurück, wie er konnte, aber der Angreifer war zu flink und bereits zu nah. March trat zwischen sie und schwang seine Harpune in Richtung des herankommenden Mannes. Alles ging blitzschnell.

Der Rennende wich zur Seite aus, aber March setzte ihm nach, und die Harpune bohrte sich in die Seite des Wachmanns mit dem vernarbten Gesicht. Er rannte immer noch, und March drehte sich mit ihm, wobei er den Mann weiter auf die Widerhaken aufspießte und ihn gleichzeitig auf Edyon zuschleuderte, der stolperte und rückwärtstaumelte. Der Narbenmann blieb stehen und schwankte. Dann fiel er zur Seite; Blut strömte aus seiner Wunde und versank im Schnee.

Noch während ihn die Erleichterung durchfuhr, hörte Edyon ein seltsames, schreckliches Kreischen. Er schaute hoch und sah den jüngeren Mann mit zwei Messern bewaffnet auf March zustürzen. March, der jetzt unbewaffnet war, wich links von Edyon zurück. Aber das Kreischen kam von einer roten Gestalt, die zwischen den Bäumen zu ihrer Rechten hervorraste, schneller als ein wütender Stier.

Der Dämon – denn nichts anderes konnte es sein – rammte den Wachmann und warf ihn in die Luft, als wäre er nur ein kleines Kind. In vollem Lauf drehte sich der Dämon um, und als der Mann mit ganzer Wucht auf dem Boden aufprallte, sprang der Dämon auf ihn, packte seinen Kopf und drehte und zerrte daran, bis er ihn mit einem ekelhaften Knirschen vom Leib abgerissen hatte. Der Dämon warf den Kopf in die Luft, wobei scharlachrote Blutstropfen durch die Gegend spritzten. Dann wandte er sich March zu und kreischte.

Edyon war zur Salzsäule erstarrt. Er hatte keine Waffe, keine Chance.

Der Dämon lief auf March zu. Edyon musste etwas tun.

»Nein!«, schrie Edyon. »Nein! Nein!«

Und er rannte mit wedelnden Armen direkt auf den Dämon zu.

Der Dämon drehte sich zu Edyon um und richtete sich zu seiner vollen Größe auf. Er war riesig.

»Oh Scheiße«, murmelte Edyon und kam schlitternd zum Stehen.

Der Dämon sprang auf ihn zu. Er war unfassbar schnell, und Edyon wusste, dass er gleich sterben würde. Der Dämon machte einen Satz und Edyon fiel hintenüber, stolperte über seine eigenen Füße, während der Dämon durch die Luft flog …

Und von einer Harpune mitten in die Brust getroffen wurde.

Die Wucht des Stoßes riss den Dämon zur Seite, und sein mächtiger Körper landete schwer im Schnee neben Edyon.

Ich bin am Leben! Ich lebe noch!

Wieder kreischte der Dämon, riss die Harpune aus seinem Fleisch und kam taumelnd auf die Beine.

»Scheiße! Scheiße!« Edyon krabbelte rückwärts.

Wieder kam eine Harpune aus dem Wäldchen geflogen und traf den Dämon im Bauch. Und dann fuhr ihm eine dritte wieder in die Brust und warf ihn nach hinten um. Diesmal stand er nicht mehr auf.

»Scheiße, dem Himmel sei Dank!«

Ein großer Mann – Gravell! – kam mit einer Harpune in jeder Hand zwischen den Bäumen hervorgerannt und stellte sich über den Dämon, als ob er erwartete, dass sich der Angreifer wieder erhob. Auch das Mädchen tauchte auf. Sie nahm Gravell die Harpunen aus der Hand, woraufhin er eine Flasche aus seiner Jacke zog.

March machte einen Schritt auf seine Harpune zu, aber Gravell sagte nur: »Wenn du die anfasst, bist du ein toter Mann.«

March erstarrte. Er schaute zu Edyon, der versuchte aufzustehen, aber seine Beine gehorchten ihm nicht. Er wäre beinahe gestorben. *Zwei Mal.* Und da, vor ihm auf dem Boden, lag ein Dämon und – *oh Scheiße! Oh Scheiße!* – er war noch am Leben.

Gravell und das Mädchen kauerten sich neben den Dämon, als ob sie auf etwas warteten. Dann drang ein dünner Faden aus pinkfarbenem Rauch aus dem Mund des Dämons und hinein in die Flasche, die Gravell umgedreht über den Dämon hielt. Der Rauchfaden wurde dichter und dicker, tiefrot und dann violett und orange. Gleich darauf war die Flasche voll von diesem wirbelnden Rauch, aber immer mehr drang aus dem Dämon, und nichts davon wurde verschwendet. Alles passte in die Flasche, als ob der Rauch hineingesaugt wurde.

Schließlich verblasste der Rauchfaden, wurde dünner und verschwand dann ganz. Gravell steckte einen Korken in den Flaschenhals, küsste das Glas und reichte die Flasche dem Mädchen. Er zog eine seiner Harpunen aus dem Leichnam des Dämons und ging damit zu Edyon.

Tash

NÖRDLICHES PLATEAU, PITORIA

Was für ein Schlamassel. Drei Männer waren tot, und jetzt stapfte Gravell auf Edyon zu.

March machte einen weiteren Schritt in Richtung seiner Harpune.

Tash warnte ihn: »Wenn du Anstalten machst, dir die Harpune zu nehmen, wird Gravell nur noch wütender. Wir wollen nur unseren Rauch zurückhaben.«

»Nein«, knurrte Gravell, »nicht nur unseren Rauch. Ich will den Dämonenrauch *und* seine Eier auf einem Silbertablett.« Gravell deutete auf Edyon.

»Ich habe seine Eier gesehen, Gravell, und ich kann dir versichern, sie sind es nicht wert«, sagte Tash.

»Das ist kein Witz, Mädchen. Er ist ein Dieb. Er muss bestraft werden.«

Besänftigend streckte Edyon die Hände aus. »Gravell, Sir, es tut mir ehrlich leid, dass ich Euren Dämonenrauch gestohlen habe. Wenn Ihr mich töten wollt, kann ich Euch nicht daran hindern, aber ich schlage vor, dass Ihr es schnell hinter Euch bringt, weil ich ansonsten gleich vor Schreck tot umfalle.«

Gravell rührte sich nicht, und Edyon fuhr in der jämmerlichsten

Stimme fort, die Tash je gehört hatte. »Ich weiß, dass ich falsch gehandelt habe, und ich habe geschworen, dass ich nie wieder stehlen werde. Ich bin jetzt ein anderer Mensch.«

»Ihr meint, Ihr habt das Stehlen aufgegeben und Euch jetzt dem Totschlag zugewandt«, sagte Gravell und deutete auf die Leichen von Holywell und den beiden Wachmännern.

»Wir haben uns nur verteidigt, Sir. Wir sind keine gewalttätigen Männer.« Edyon rappelte sich zitternd auf. »Ich möchte Wiedergutmachung leisten für den Ärger, den ich Euch verursacht habe.«

Tash sagte: »Wenn Ihr uns den Dämonenrauch zurückgebt, würde das Gravell von Euren guten Absichten überzeugen.«

»Der Rauch ist in der Satteltasche des Ponys.«

Gravell schnaubte. »Was für ein Pony?« Und tatsächlich, ein Pony war nirgends zu sehen. Aber Tash wusste, dass eins da gewesen war; immerhin waren sie fünf Tage lang seinen Spuren gefolgt. Gravell wusste das ebenfalls, aber er schien entschlossen zu sein, Edyon weiterhin eine Heidenangst einzujagen.

Edyon blickte sich aufgeschreckt um. »Es ist wahrscheinlich davongelaufen, als der Kampf begann, aber es ist bestimmt nicht weit weg«, sagte er flehend.

»Tash, geh und finde dieses Pony – wenn es denn existiert. Ich werde auf unsere beiden diebischen Mörder aufpassen.«

»Wir können doch gemeinsam suchen«, meinte Edyon eifrig.

»Tash kann suchen. Ihr könnt Euch hinknien und warten.«

Tash rannte los und fand im Nu die Fährte des Ponys. Nach fünfzig Schritten entdeckte sie auch das Tier, das stumm seine Flanken an einem Baumstumpf schubberte. Sie näherte sich dem Pony vorsichtig, aber es war mehr müde als verängstigt, und sie streichelte es und sprach beruhigend auf das Tier ein. In der Satteltasche steckte der Dämonenrauch. Die Flasche mit dem wirbelnden violetten Rauch sah immer noch voll aus, aber anhand des Gewichts wusste sie, dass nur noch etwa die Hälfte übrig war. Sie verzog das Gesicht.

Es war nicht vorauszusehen, wie Gravell auf diese Nachricht reagieren würde.

Sie nahm das Pony am Zügel und brachte es zurück zu den anderen. Edyon und March knieten vor Gravell, die Hände hoch in die Luft gereckt. Gravell türmte sich vor ihnen auf wie ein Berg, die Arme um eine Harpune geschlungen. Zwei weitere steckten mit den Spitzen im Boden neben ihm.

»Ich habe das Pony gefunden«, sagte Tash und kam sich gleich darauf ziemlich dumm vor, denn sie hatte das Pony ja bei sich.

»Was ist mit dem Rauch?«, fragte Gravell.

Tash hielt die Flasche in die Höhe.

»Wie viel ist übrig?«

»Ähm, vielleicht die Hälfte.«

»Die Hälfte?«, donnerte Gravell.

Edyon quietschte auf. »Ich habe mit dem Rauch March geholfen. Er war verwundet.«

»Was meint Ihr damit, Ihr habt *March geholfen?*«

»Der Rauch, Sir. Er hat ihn gesund gemacht.«

»Ist denn jedes Wort, das aus Eurem Mund kommt, eine Lüge?«, wollte Gravell wissen, während er gleichzeitig mit der Harpune ausholte und Edyon mit dem hinteren Ende heftig auf den Arm schlug. Edyon schrie vor Schmerz auf.

March wollte aufstehen, aber Gravell verpasste ihm mit dem Handrücken einen Schlag ins Gesicht, der ihn nach hinten schleuderte. Blut tropfte aus seiner Nase.

»Wenn du dich noch einmal bewegst, ohne dass ich dich darum gebeten habe, bekommst du das spitze Ende der Harpune zu spüren. Runter auf die Knie!«

March spuckte aus und bedachte Gravell mit einem giftigen Blick, aber er tat, wie ihm geheißen.

Tash trat vor. »Sie zu verprügeln, bringt dir den Rauch auch nicht wieder.«

»Vielleicht nicht, aber ich fühle mich dann besser.«

Gravell stach mit dem stumpfen Ende der Harpune in Edyons Schulter. »Ihr habt meinen Rauch gestohlen, wegen Euch musste ich durch das halbe Land hetzen und mich mit den Männern des Sheriffs anlegen. Dafür müsst Ihr bezahlen. Fünfzig Kroner für den gestohlenen Rauch und fünfzig Kroner für den Ärger, den Ihr verursacht habt.«

»Wir bezahlen Euch für den Rauch, den wir benutzt haben, und keinen Kroner mehr«, fuhr March auf. »Fünfundzwanzig Kroner.«

Es war das erste Mal, dass Tash ihn reden hörte. Sein Akzent war seltsam, anders als alles, was sie bisher gehört hatte.

»Und Ihr habt fünfundzwanzig Kroner? Nicht dass ich diese Summe als Bezahlung akzeptieren würde.«

»Wir werden das Geld besorgen.« March warf Gravell einen derart bösen Blick zu, dass Tash fürchtete, der große Mann würde ihn noch einmal schlagen.

»Ich habe Geld. Ich habe Geld.« Edyon breitete die Arme aus. »Zwar keine fünfzig Kroner, aber Ihr könnt Euch nehmen, was ich habe.« Er kramte in seinem Mantel herum und zog eine Geldbörse heraus.

Gravell nahm sie und schüttete das Geld heraus. »Das sind nicht einmal zehn Kroner.« Er schüttelte den Kopf. Edyon sagte: »Also schön, also schön. Ihr könnt das hier haben.« Und damit zog er die Goldkette unter seiner Jacke hervor. »Die ist mindestens hundert Kroner wert.«

»Nein«, sagte March. »Nicht die Kette. Die Kette kann er nicht haben. Holywell hatte Geld. Und seine Messer sind wertvoll. Die könnt Ihr Euch nehmen. Nicht die Kette.«

Tash betrachtete die Goldkette. Sie war wunderschön, aber sie wusste, dass sie sie nicht nehmen durften. Sie erinnerte sich daran, dass Edyon sie nicht einmal im Bad abgenommen hatte. Offensichtlich bedeutete sie ihm mehr als nur ihr Gewicht in Gold. Der Rauch hatte für Gravell keinen persönlichen Wert. Das war nicht in Ordnung. Sie ging zu Gravell und sagte leise zu ihm: »Wir brauchen die Kette nicht. Wir können die Messer in Rossarb verkaufen. Wir bekommen bestimmt einen guten Preis für sie. Wirklich, das ist ein gutes Geschäft. Wir haben die Messer, den restlichen Rauch in der Flasche, die sie gestohlen haben, und die andere, volle Flasche. Du musstest nicht einmal eine Grube ausheben.«

»Ich hebe aber gerne Gruben aus.«

Tash unterdrückte ein Seufzen. »Na gut, wenn wir in Rossarb waren, kommen wir wieder her und dann kannst du die beste Grube aller Zeiten ausheben. Dann sind wir satt und ausgeruht, weil wir den ganzen Rauch zu einem guten Preis verkauft haben. Und dann kehren wir nach Pravont zurück, bezahlen Flint, was wir ihm schulden, und futtern so viele Pasteten, wie wir schaffen. Hört sich für mich nach einem tollen Sommer an.«

Gravell rollte mit den Schultern. »Ich nehme die Kette *und* die Messer.«

»Du sagst doch immer, dass man nicht gierig sein soll.«

»Ich bin nicht gierig. Ich nehme ihm nur etwas weg, was ihm wirklich etwas bedeutet. Entweder die Kette oder seine Eier.«

Tash verdrehte die Augen. »Von mir aus. Nimm die Kette.«

Gravell wandte sich wieder zu Edyon und March. »Heute ist Euer Glückstag, Jungs. Tash will, dass ich Euch am Leben lasse. Ich nehme mir die Messer und die Goldkette.«

»Nein!«, schrie March und erhob sich wieder. Mit einer schnellen Bewegung riss Gravell eine Harpune aus der Erde und schlug ihm den Schaft so fest auf den Kopf, dass March zusammenbrach.

»Der Ausländer kann sprechen; wie schade, dass er nicht zuhören kann.«

Tash nahm Holywell und den Männern des Sheriffs die Messer ab. Es war kein schönes Gefühl. Sie hatte noch nie jemanden bestohlen, und das hier fühlte sich wie Diebstahl an. Edyon lag immer noch auf den Knien und reichte Gravell seine Goldkette, der sie in seine Jacke steckte, ohne ihr einen zweiten Blick zu gönnen. Edyon drehte sich zu March um, der bewusstlos auf dem Boden lag.

Innerhalb kürzester Zeit waren sie und Gravell auf dem Weg nach Westen. Sie gingen schnell. Die beiden Jungen blieben mit dem Pony zurück. Vermutlich würden sie überleben, redete Tash sich ein. Aber sie hatte ein schlechtes Gefühl. Sie hatte sich noch nie bei irgendetwas, das sie getan hatte, schlecht gefühlt. Schweigend folgte sie Gravell.

Am späten Nachmittag wandte Gravell sich zu ihr um und sagte: »Du bist so still.«

Tash gab keine Antwort.

Sie gingen weiter, aber kurze Zeit später blieb Gravell stehen und sagte: »Raus damit.«

Tash blieb ebenfalls stehen. »Was denn?«

»Etwas beschäftigt dich. Spuck's aus.«

»Du weißt genau, was los ist. Wir hätten weder die Goldkette noch die Messer nehmen dürfen. Du hast mir immer gesagt, dass man nicht gierig sein soll, aber das war gierig – die Sachen zu stehlen.«

»Das hat mit dir nichts zu tun. Ich will ihnen lediglich eine Lektion erteilen.«

»Und dabei eine hübsche Stange Geld verdienen. Wie praktisch. Tja, also, wenn du gierig sein kannst, dann kann ich es auch sein. Der Pastetenverkäufer in Dornan zahlt besser als du. Wenn wir hier fertig sind, werde ich für ihn arbeiten.«

»Der Pastetenverkäufer ist nicht gierig? Der ist so fett wie ein Schwein.«

»Essen ist etwas anderes als Goldketten und Messer.«

Gravell schüttelte den Kopf. »Gier ist Gier. Du willst wissen, wie wenig gierig ich sein kann? Dann sieh her!« Und damit warf er die Goldkette und die Messer auf die Erde. »Da. Ich will sie nicht. Ich will bloß nicht, dass die Jungs sie haben.«

Tash starrte die Kette und die Messer an.

»Na? Bist du jetzt zufrieden, Fräulein?«

Am liebsten hätte Tash Gravell umarmt, aber sie lächelte ihn nur an und sagte: »Schon besser. Aber die Goldkette gehört Edyon. Er sollte sie wiederbekommen.«

Sie bückte sich und hob die Kette auf. Das komplizierte Muster aus goldenen Wirbeln und Kreisen war wirklich schön, und bei näherer Betrachtung sah sie, dass im Inneren des Ornaments ein Ring eingerastet war.

»Wenn du dir einbildest, dass ich umkehre und ihm den Klunker zurückgebe, dann hast du dich geschnitten.«

Tash steckte die Kette in ihre leere Lederbörse und schob sie in ihr besonderes Versteck: zwischen die Dreadlocks in ihrem Nacken. »Ich werde schon eine Möglichkeit finden, sie ihm irgendwann zurückzugeben.«

March

NÖRDLICHES PLATEAU, PITORIA

Als March erwachte, war ihm kalt und er hatte hämmernde Kopfschmerzen. Er brauchte einen Moment, um sich zu erinnern, was geschehen war. Gravell hatte ihn geschlagen. Mit voller Wucht. Zwei Mal. Er betastete seinen Kopf und fand eine große Beule. Sie blutete nicht, aber sein Haar war trotzdem klatschnass. Er setzte sich auf.

»Immer langsam«, hörte er Edyons Stimme. »Ich habe Schnee an deinen Kopf gelegt, wo er dich getroffen hat. Ich weiß nicht genau, ob das sinnvoll war.«

»Mir geht's gut, danke«, krächzte March.

Edyon saß neben ihm. Das Pony war an einem Baum angebunden, aber von Gravell oder dem Mädchen war keine Spur zu sehen.

»Sind sie weg?«

»Ja«, sagte Edyon und reichte March die Wasserflasche. »Sie haben uns das Pony dagelassen. In den Satteltaschen sind noch ein paar Vorräte. Ich wollte gerade ein Feuer machen, aber wenn du jetzt wach bist, sollten wir vielleicht aufbrechen. Falls du laufen kannst. Ich weiß nicht, ob Dämonen Einzelgänger sind oder ob es hier bald von ihnen nur so wimmelt. Und dann sind da noch die Leichen. Es ist kein besonders angenehmer Ort.«

March stand auf. Ihm war ein bisschen schwindelig, aber hauptsächlich fror er. »Wohin?«

»Sie sind nach Westen gegangen, vermutlich nach Rossarb. Wenn wir ihren Spuren folgen, führen sie uns dorthin. Und sie töten hoffentlich alle Dämonen, die unseren Weg kreuzen.«

Das klang vernünftig. March hatte keine bessere Idee, und wenn sie dorthin gingen, woher sie gekommen waren, begegneten ihnen womöglich noch mehr Männer des Sheriffs.

»Ich würde Holywell gerne begraben, aber wir haben nichts zum Graben, und die Erde ist festgefroren«, sagte Edyon.

»Das wäre ihm egal. Vermutlich fände er es sogar schöner, im Freien zu bleiben.«

March ging zu Holywell. Der Speer hätte genauso gut ihn treffen können. Er zog die Waffe aus Holywells Rücken und drehte ihn um. Seine Augen waren offen, ihre eisblaue Farbe war im Tod blasser als im Leben. March sank auf die Knie und fragte sich, ob er nun wirklich der Letzte der Abask war.

Edyon kam zu ihm und sagte: »Es tut mir leid wegen Holywell. Ich weiß, dass er nicht viel von mir hielt, aber kein Mensch sollte so sterben.«

March nickte. Er holte tief Luft und trat näher an Holywell heran. Er betastete seinen Leichnam und suchte nach irgendwelchen Wertsachen, irgendetwas, das ihnen von Nutzen sein konnte. Gravell hatte Holywells Messer und sein Geld genommen, aber an einer Kette um seinen Hals hing ein silberner Halbmond, das alte Symbol von Abask.

»Sollen wir die Kette seinen Verwandten schicken?«, fragte Edyon. »Hatte er eine Familie? Frau und Kinder?«

»Nein. Er war allein.« March nahm die Kette an sich. »Ich glaube, er würde wollen, dass ich sie habe. Ich bringe sie zurück nach Abask. Vielleicht begrabe ich sie dort.«

»Eine gute Idee. Er war ein harter Mann, aber ich bin sicher, dass er deine Freundlichkeit zu schätzen wüsste. Wirst du ihn vermissen?«

March nickte. »Er war ein Abask. Wir waren Brüder. Ja, ich werde ihn vermissen.«

Und was soll ich jetzt machen, Bruder? Was soll ich machen mit dem Sohn des Prinzen? Mit diesem Jungen, der mich geheilt hat, als ich verwundet war. Der mir vertraut. Der mir dieses Gefühl gibt …

March rieb sich fest über das Gesicht. Holywell hatte seine Pläne für sich behalten. Alles, was March wusste, war, dass sie in Rossarb ein Schiff besteigen wollten, das Edyon nach Brigant brachte. Aber welches Schiff? Mit welchem Ziel? Und wer war der Herr, den Holywell erwähnt hatte? Alles, was er wissen musste, war in Holywells Kopf eingeschlossen, für immer verloren. Er brauchte einen neuen Plan.

Etwas hatte sich nicht geändert – es war immer noch eiskalt auf dem Plateau. Sie mussten so schnell wie möglich nach Rossarb. Unterwegs konnte er überlegen, was zu tun war.

Für Holywell dagegen konnte er nichts mehr tun. Er wollte ihm nicht einmal die Augen schließen oder sein Gesicht bedecken. Er dachte, dass es Holywell wahrscheinlich gefallen würde, in den Himmel zu blicken.

»Ihr habt recht, Euer Hoheit, wir sollten aufbrechen. Gravell wird vermutlich ein hohes Tempo einschlagen.«

March blickte sich ein letztes Mal um, ob sie noch irgendetwas vergessen hatten. Er ging zu dem Dämon. Er war rot und orange und prächtig anzuschauen, auch noch im Tod.

»Wunderschön, nicht wahr?«, sagte Edyon, der zu March trat. »Ich dachte, mein letztes Stündlein hätte geschlagen.« Trotz der lockeren Worte war Edyons Stimme ernst. »Ich habe noch nie … Ich meine, ich reise ständig mit meiner Mutter umher und kaufe und verkaufe Möbel. Das hier ist alles neu für mich.«

»Ich habe fast mein ganzes Leben als Diener eines Prinzen verbracht, habe ihm Wein eingeschenkt und sein Bad eingelassen. Das ist auch für mich alles neu.« March zögerte, doch dann musste er es aussprechen: »Ihr habt den Dämon abgelenkt. Ich wäre jetzt tot, wenn Ihr das nicht getan hättet. Das war sehr tapfer von Euch. Danke, Euer Hoheit … Edyon.«

Das Lächeln, das Edyons Gesicht erstrahlen ließ, wärmte Marchs Herz. »Du hättest für mich das Gleiche getan. Du hast mich gegen Gravell verteidigt, auch wenn es letzten Endes nichts genützt hat.«

March war sich nicht sicher, was er getan hätte, wenn die Rollen vertauscht gewesen wären. Aber er hasste die Vorstellung, dass Gravell Edyons Kette an sich genommen hatte – und den Ring des Prinzen, der Beweis für Edyons Herkunft. March wusste, wie es war, seiner Vergangenheit beraubt zu werden.

»Wir sollten etwas Holz sammeln. Wir werden es später brauchen.« March führte das Pony zurück zu der Senke, wo er die Äste und Zweige fallen gelassen hatte. Dort sah es jetzt irgendwie anders aus. Das rote Glühen war verschwunden. Aber die Erde war immer noch warm.

Edyon beobachtete ihn, und March sagte: »Ich glaube, der Dämon kam hier heraus. Ich weiß nicht wie. Vorher hat es hier irgendwie rötlich geglüht. Jetzt nicht mehr.«

»Du glaubst doch nicht, dass noch mehr von denen hier sind?«

March zuckte mit den Schultern. »Ich glaube eher, dass Dämonen allein leben. Trotz seiner Stärke und seines Geschicks mit der Harpune würde selbst Gravell es wohl kaum mit mehr als einem auf einmal aufnehmen.«

»Ich habe eigentlich gar nicht richtig an Dämonen geglaubt«, sagte Edyon. »Obwohl ich ihren Rauch inhaliert habe, konnte ich mir nicht vorstellen, dass sie existieren. Sie sind einfach zu unglaublich. Und auch nachdem ich einen gesehen habe und beinahe von einem getötet worden wäre, weiß ich immer noch nicht, was ich glauben soll.«

»Es liegt daran, dass sie von einem anderen Ort kommen. Von da drin.« March deutete auf den Boden.

Sie sammelten das Holz auf und machten sich dann auf den Weg. Marchs Beule pochte und die Kälte war beißend, aber er war sich sicher, dass sie Rossarb erreichen konnten, wenn sie Gravells Fährte folgten. Kälte und Hunger mochten ihre Wegbegleiter sein, aber damit würden sie zurechtkommen.

Und was dann?

Er konnte Edyon nach Brigant bringen und versuchen, ihn selbst an Aloysius auszuliefern, aber … wie konnte er das Edyon jetzt noch antun? Er hatte March das Leben gerettet. Marchs Verlangen nach Rache an Thelonius war so stark wie immer, aber den Mann zu verraten, der sein eigenes Leben riskiert hatte, um seins zu bewahren, war einfach nicht richtig. Nein, er konnte Edyon nicht zu Aloysius bringen.

Also, was dann?

Vielleicht lag die beste Rache darin, Edyon zu seinem Vater zurückkehren zu lassen – der große Krieger würde einen Sohn bekommen, der unfähig war zu kämpfen. Aber March wusste, dass er Edyon damit keinen Gefallen tat. Er war mutiger und treuer als die meisten Lords, mit denen er es in der Vergangenheit zu tun gehabt hatte.

March war nicht wie Holywell. Er wusste nichts von der Welt; er war nie aus Calidor herausgekommen. Er hatte keine Freunde, niemanden, an den er sich wenden konnte. Jetzt war auch Holywell nicht mehr da. March berührte die Kette mit dem Mondanhänger, die in seinem Handschuh steckte, und gab Holywell ein Versprechen.

Es tut mir leid, Bruder. Ich kann Edyon nicht verraten. Aber ich werde Rache nehmen an Thelonius, für dich und für alle Abask. Ich werde unser Volk nicht enttäuschen.

Catherine

TORNIA,
PITORIA

Zusammengefasst: Man sollte sich unter gar keinen Umständen gefangen nehmen lassen.
M. Tatcher: *Krieg – Die Kunst des Siegens*

»Packt eure Sachen. Wir brechen auf«, sagte Catherine zu ihren Zofen, als sie ihr Zimmer betrat.

Ambrose und Catherine hatten die Gemächer von König Arell rasch verlassen und waren durch einen Palast geeilt, der sich in heller Aufregung befand. Niemand stellte sich ihnen in den Weg. Sir Rowland hatte versprochen, sich um die Pferde zu kümmern.

Tanya und Jane hatten die Tür verschlossen, und Ambrose musste dreimal klopfen, ehe sie öffneten. Jetzt standen sie mit blassen Gesichtern im Wohnzimmer.

»Aber wohin, Euer Hoheit?«, fragte Jane. »Doch nicht zurück nach Brigant, oder?«

»Nein, nie wieder dorthin«, antwortete Catherine. »Boris und seine Männer haben König Arell und seine Lords angegriffen. Einige sind tot. Der König ist schwer verletzt. Wir sind hier nicht mehr sicher. Ambrose wird uns nach Norden bringen, zu Prinz Tzsayn. Er wird uns beschützen.«

Wird er das? Sein eigener Vater gemeuchelt von den Soldaten meines Bruders …

Catherine zwang sich, ihre Zweifel beiseitezulassen, und wurde mit der Frage konfrontiert, die sie am meisten gefürchtet hatte.

»Wo ist Sarah?«

Einen Moment lang fehlten Catherine die Worte. Dann zwang sie die Wahrheit heraus, auch wenn ihre Stimme dabei brach.

»Boris' Männer haben sie getötet.«

Jane schlug die Hand vor den Mund. »Aber … warum?«

Ambrose schüttelte den Kopf. »Weil ihnen alle Menschen egal sind.«

»Weil es Boris' Männer sind«, sagte Tanya zornig. »Und zweifellos auch Noyes' Männer.«

»Es sind allesamt Männer meines Vaters. Er ist der Ursprung von all diesem Übel«, sagte Catherine. »Aber wir gehören nicht länger zu meinem Vater, und auch nicht zu Brigant. Wir gehören zu Pitoria, zu König Arell und zu Prinz Tzsayn, und das ist gut so.« Sie glaubte daran – sie musste daran glauben. »Und deshalb müssen wir zum Prinzen. Zum Trauern bleibt keine Zeit. Wir müssen stark sein; das würde Sarah wollen.«

Tanya und Jane machten sich sogleich an die Arbeit und packten kleine Kleiderbündel für Catherine und sich selbst. Catherine verstaute ihre Juwelen. Das Bargeld, das sie besaß, war kaum der Rede wert, und sie würde versuchen, unterwegs ihren Schmuck einzutauschen.

Kurze Zeit später kehrte Sir Rowland mit einem weißhaarigen Mann und einem der blauhaarigen Soldaten des Prinzen zurück, die Tzsayn zu ihrem Schutz abgestellt hatte.

Sir Rowland stellte die Männer vor: »Geratan und Rafyon werden uns helfen, die Stadt zu verlassen und nach Norden zu Prinz Tzsayn zu gelangen.«

Rafyon verneigte sich und sagte zu Catherine: »Wir werden Euch überallhin begleiten, Euer Hoheit. Prinz Tzsayn hat uns befohlen, Euch zu beschützen, und hier ist es nicht länger sicher für Euch. Meine neun Männer und ich sowie Geratan und seine Truppe stehen Euch zur Verfügung.«

Der weißhaarige Mann trat vor. Er war groß, schlank und muskulös. Catherine erkannte ihn: Es war einer der Tänzer, die sie auf ihrem Zug durch Pitoria begleitet hatten. Er verbeugte sich elegant.

»Wir haben uns die Haare gefärbt, um zu zeigen, dass wir uns in Euren Dienst gestellt haben, Euer Hoheit. Unsere Haare sind immer noch weiß; wir sind Euch immer noch zu Diensten.«

Catherine war sprachlos. »Ihr wisst, dass mein Bruder viele Pitorianer getötet hat?«

Geratan nickte. »Ja, Euer Hoheit. Und wir wissen alle, dass Prinz Boris ein grausamer und stolzer Mann ist. Wir haben gesehen, wie er sich auf der Reise durch Pitoria benommen hat. Und wir haben Euch gesehen: Eure Freundlichkeit zu allen Menschen, Euer Interesse an unserem Land. Wir wissen, dass Ihr nicht wie Euer Bruder seid. Prinz Tzsayn ist um Euer Wohlergehen besorgt, und das gilt auch für uns.«

Wieder füllten sich Catherines Augen mit Tränen, doch diesmal waren es Tränen der Dankbarkeit.

»Allerdings«, gab Sir Rowland zu bedenken, »haben alle erlebt, dass Boris für den Angriff auf den Palast verantwortlich ist, und ein paar der Lords sagen, dass Ihr in den Plan eingeweiht gewesen sein müsst. In Abwesenheit des Prinzen hat Lord Farrow das Kommando übernommen. Im Augenblick hat er Euch, Euren Zofen sowie mir selbst lediglich untersagt, die Stadt zu verlassen. Aber wenn der König stirbt, wird Farrow das Gesetz in seine Hände nehmen, ehe Tzsayn zurückkehrt.«

»Farrow hasst mich. Er hat in mir immer nur eine brigantische Kriegstreiberin gesehen.« Es war genau so, wie sie befürchtet hatte, aber wenigstens wusste sie jetzt, dass sie die richtige Entscheidung traf, indem sie die Stadt verließ. »Wir sind bereit.«

Rafyon nickte. »Gut. Unsere Pferde warten außerhalb des Palastgeländes. Es gibt einen Tunnel, von dem nur wenige wissen. Der Prinz benutzt ihn gelegentlich, um dem Hof zu entkommen, und behauptet dann, er sei … unpässlich.«

Catherine lächelte. »Gelangweilt trifft es wohl eher.«

»Wir müssen uns beeilen. Ich werde vorausgehen. Geratan wird die Nachhut bilden.«

Tanya legte Catherine den Mantel über die Schultern, dann hoben sie und Jane die Bündel auf. Catherine schaute sich noch einmal in ihrem Zimmer um und fragte sich, ob sie je hierher zurückkehren würde. Trotz ihres übereilten Aufbruchs entging ihr nicht die Ironie ihrer Situation. So lange hatte sie sich vor der Begegnung mit Tzsayn gefürchtet. Jetzt floh sie zu ihm. Nur bei ihm würden sie und ihre Zofen in Sicherheit sein.

Sie machten sich auf den Weg, nicht leise und verstohlen, wie Catherine gedacht hatte, stattdessen marschierten sie schnell und entschlossen durch Gemächer und Gänge, wobei sie sich an die weniger belebten Korridore hielten. Es begegneten ihnen lediglich zwei Diener, die ehrerbietig zur Seite traten.

Sie kamen zu der Terrasse, wo Catherine sich mit Tzsayn getroffen hatte. Das war erst vor zwei Tagen gewesen, aber es kam ihr vor wie Jahre. Als sie im Freien waren, ging Rafyon voraus, um sich zu vergewissern, dass die Luft rein war. Schweigend warteten sie auf seine Rückkehr. Ambrose stand dicht bei Catherine und schirmte sie mit seinem Körper ab. Sie war nicht sicher, ob das wirklich nötig war, aber sie konnte nicht leugnen, wie wunderbar sich seine Nähe anfühlte. Tanya und Jane hielten sich an den Händen. Beide sahen blass und ängstlich aus. Catherine machte das Zeichen für Stärke, und Tanya zwang sich zu einem Lächeln.

Rafyon tauchte auf der anderen Seite der Terrasse wieder auf und bedeutete ihnen, ihm zu folgen. Sie gingen jetzt noch schneller, rannten fast durch den Rosengarten zu den Wassergärten, dann eine steile Steintreppe hinunter bis zu einer Holztür, die halb hinter einem hohen Busch versteckt lag. Sir Rowland ging voraus und Ambrose nahm Catherines Hand, als sie die Dunkelheit des Tunnels umgab. Rafyon zündete eine Laterne an, aber abgesehen von einem schwachen Schein, der ihnen lediglich zeigte, wie niedrig der in den Stein gehauene Tunnel war, konnten sie nicht viel erkennen. Glücklicherweise war der Boden glatt und eben, offenbar mit Steinplatten belegt, allerdings führte er nach einer Weile immer steiler nach unten.

Catherine trat Ambrose auf die Stiefel, woraufhin er sagte: »Wir gehen besser nebeneinander.« Er legte seinen Arm um ihre Schultern und zog sie an sich. Catherine war noch nie einem Mann so nah gewesen, und ihr Puls beschleunigte sich noch mehr.

Nach ein paar Augenblicken traten sie hinaus auf eine gepflasterte Gasse. Sir Rowland drehte sich um und machte ein überraschtes Gesicht, als er sah, dass Ambrose Catherine im Arm hielt, aber bevor er etwas sagen konnte, schob Ambrose Catherine plötzlich von sich weg und stieß einen Warnruf aus.

Von der Mauer über ihnen sprangen zwei Männer in Schwarz herunter, einer landete auf Rafyon, der andere auf Ambrose. Zu viert stürzten sie in einem Gewirr aus Armen und Beinen zu Boden. Catherine presste sich mit dem Rücken an die Mauer neben dem Tunneleingang und rückte eng an Tanya und Jane heran. Sir Rowland zog ein langes Messer aus seiner Jacke, stürzte mit erstaunlicher Geschwindigkeit und Kraft auf den Mann zu, der Ambrose gepackt hatte und stieß ihm das Messer in die Brust.

Rafyon rollte sich auf die Seite; sein Angreifer stand auf, sah, dass sein Kamerad tot war und kletterte die Mauer, von der er gesprungen war, wieder hoch. Er drehte sich zu Catherine um und warf einen Dolch. Tanya riss Catherine zurück in den Tunneleingang, und das Messer schlug klappernd gegen die Mauer, wo sie eben noch gestanden hatte. Dann hörte sie einen Schmerzensschrei. Sie hoffte, dass es der Attentäter war, doch sie sah, dass Sir Rowland auf die Knie gesunken war.

Catherine klammerte sich an Tanya, und dann war Ambrose bei ihr. Seine Augen waren weit vor Angst. »Ich dachte, er hätte Euch getroffen. Ich dachte …«

»Aber was ist mit Sir Rowland?«

Rafyon war bei ihm; er schaute zu Ambrose hoch und schüttelte den Kopf. Catherine ging zu dem brigantischen Botschafter, kniete sich neben ihn und nahm seine Hand, doch seine Augen waren bereits blicklos geworden.

Rafyon schaute zur Mauer hoch. »Einer ist entwischt, Geratan. Sieh zu, ob du ihn finden kannst. Wir warten hier.«

Geratan nickte, kletterte flink die Mauer hinauf und verschwand.

Sie warteten schweigend. Jane weinte und klammerte sich an Tanya. Catherine blieb neben Sir Rowlands Leichnam sitzen. Noch ein verschwendetes Leben. Ein freundlicher und kluger Mann, den ihr Vater auf dem Gewissen hatte.

Geratan kehrte zurück, sprang leichtfüßig hinunter in die Gasse und schüttelte den Kopf. »Ich habe ihn zwar gesehen, weit vor mir, konnte ihn aber nicht mehr erreichen. Er ist fort.«

Rafyon wandte sich zu Catherine. »Wir müssen aufbrechen. Es ist nicht mehr weit zu den Pferden. Es tut mir leid, aber wir müssen Sir Rowland hierlassen. Wir können nichts mehr für ihn tun.«

Catherine nickte. Zum Trauern war später noch Zeit. Ambrose nahm wieder ihre Hand, und sie rannten hinter Rafyon her. Es ging durch eine weitere Gasse, die sich schlängelte und wand, bis Catherine völlig die Orientierung verloren hatten. Catherines Herz hämmerte in ihrer Brust, sodass sie glaubte, jeden Moment zusammenzubrechen, aber sie zwang sich weiterzurennen. Dann erreichten sie einen Innenhof – und dort standen die Pferde!

Bei ihnen waren auch Männer, einige mit den blau gefärbten Haaren der prinzlichen Leibgarde, andere mit weißen Haaren. Ambrose nahm Catherine in seine Arme und trug sie die letzten Schritte; sie schmiegte sich an ihn und schaute über seine Schulter. Sie waren ein gutes Stück von der Befestigungsmauer entfernt, der hohe Turm des Palastes ragte in der Ferne auf. Ambrose hob sie auf ihr Pferd, und sie musste ihn loslassen.

Er sprang in den Sattel. »Haltet Euch dicht bei mir, Euer Hoheit. Wir bleiben nicht stehen, komme, was da wolle.« Und damit gab er seinem Pferd die Sporen.

Catherine schaute sich schnell um. Jane und Tanya waren ebenfalls bereits aufgesessen, und so trieb Catherine ihr Pferd an. Gemeinsam galoppierten sie hinter Ambrose her; die Hufe klapperten auf dem Pflaster, während die blauhaarigen Soldaten den Passanten Warnungen zuriefen, damit sie nicht niedergetrampelt wurden.

Catherine war erschöpft. Sie war es gewohnt, im Sattel zu sitzen, aber nicht diese Art von Gewaltritt. Tanya und Jane hatten kein Wort der Klage verlauten lassen, aber Catherine wusste, dass sie sich genauso zerschlagen fühlten wie sie selbst. Die Soldaten hatten versucht, die Damen mit guten Ratschlägen zu ermuntern – »Versucht Euch zu entspannen« und »Haltet die Zügel nicht so verkrampft«. Die scheue Jane hatte nichts erwidert, aber Tanya unterhielt sich nach einer Weile angeregt mit den Männern und war enttäuscht, dass keiner den Namen ihres Pferdes wusste. Sie nannte es Boris. Einer der Soldaten lachte und sagte: »Es ist eine Stute.«

»Ja, aber wenn ich sie Boris nenne, habe ich nicht so ein schlechtes Gewissen, wenn ich ihr die Sporen geben muss.«

Erst weit nach Mitternacht ließ Rafyon die Gruppe anhalten. Steif und mit schmerzenden Muskeln stiegen die Flüchtlinge von ihren ebenfalls erschöpften Pferden. Sie hatten kaum noch die Kraft, um ein kleines Feuer zu entzünden und ein paar Happen Brot zu essen.

Gleich danach legten sich Tanya, Jane und Catherine schlafen. Catherine schaute zu Ambrose; er fing ihren Blick ein, wandte sich dann allerdings zu Rafyon, der ihn etwas gefragt hatte. Catherine schaute ihnen zu, wie sie sich unterhielten. Ambroses Haar fiel ihm ins Gesicht, das die meiste Zeit ernst blieb, nur einmal verzog es sich zu einem Lächeln über etwas, das Rafyon sagte.

Catherine zwang sich, die Augen zu schließen. Sie durfte Ambrose nicht beobachten; sie ritt doch zu Prinz Tzsayn. Aber trotz ihrer Erschöpfung konnte sie nicht schlafen, ihre Gedanken kreisten immer wieder um die Ereignisse des Tages: Sir Rowlands Tod und die Attentäter in Schwarz, die auf sie gewartet hatten – oder war Prinz Tzsayn ihr eigentliches Ziel gewesen? Sie war sich ziemlich sicher, dass Noyes hinter dem Anschlag steckte. Der tote Mann war einer von seinen Leuten gewesen, und das Ausspionieren von Prinz Tzsayns geheimem Tunnel passte zu Noyes.

Sie wollte nicht länger darüber nachdenken, und so lag sie still da und wartete auf den Schlaf. Vage hörte sie, wie sich die Männer über den Angriff und ihre Flucht unterhielten. Sie dämmerte gerade weg, als einer von Rafyons Männern rief: »Sir Ambrose! Wir haben gehört, Ihr wärt so etwas wie der perfekte Soldat. Allerdings haftet Euch ein ernsthafter Makel an.«

Ambrose fragte: »Und der wäre?«

Lautes Johlen erklang, als ob Ambrose die Antwort kennen sollte. Catherine erwartete zu hören, dass der Makel selbstverständlich in Ambroses Herkunft aus Brigant lag.

»Sagt schon, Jungs, was ist das Problem?«, rief Rafyon.

Und im Chor erwiderten die Männer lachend: »Sein Haar ist nicht blau!«

Catherine lächelte und schlief ein.

Ambrose

WESTLICHE KÜSTENSTRASSE, PITORIA

Am zweiten Tag nach ihrer Flucht aus Tornia kamen sie an die erste Straßensperre. Die Soldaten gruppierten sich um Catherine und ihre Zofen, damit sie von allen Seiten geschützt waren, während Ambrose mit Rafyon vorausritt, um zu fragen, was los war. Er vermutete, dass die Straßensperre Boris galt, obwohl sie nicht aussah, als ob sie irgendjemanden aufhalten könnte, der ernsthaft versuchte durchzubrechen: Zwei Mann standen neben einer »Absperrung«, die aus einem Balken bestand, den man rechts und links über zwei Stühle gelegt hatte. Aber es war ein offizieller Kontrollposten, denn einer der Männer, die danebenstanden, trug als Zeichen seiner Zugehörigkeit zu den Vertretern des Gesetzes das rote Haar des Sheriffs.

Der Rothaarige salutierte vor Rafyon und erklärte: »Wir überprüfen alle, die nach Süden reiten. Vor ein paar Tagen wurde in Dornan ein Kollege von uns ermordet.«

»Ist Prinz Tzsayn hier durchgekommen?«

»Gestern, Sir. Mit ein paar seiner Männer. Ein herrlicher Anblick. Sie hatten es eilig.«

»Genau wie wir.«

»Darf ich fragen, Sir, zu wem die weißhaarigen Männer gehören? Mir ist der Lord, dem sie Treue geschworen haben, nicht bekannt.«

»Es ist das Weiß der Prinzessin Catherine von Pitoria, der Verlobten von Prinz Tzsayn und Eurer zukünftigen Königin.«

Der Wachmann betrachtete Catherine, und unwillkürlich folgte Ambrose seinem Blick. Catherines zierliche Gestalt saß aufrecht im Sattel. Sie sah so stark und würdevoll aus wie immer. Obwohl sie todmüde und völlig verängstigt war, ließ sie sich nichts anmerken.

Später an diesem Tag erreichte sie die Nachricht von der Invasion; Reisende in Richtung Süden berichteten davon. Eine riesige brigantische Armee, mehrere Tausend Mann stark, hatte die Grenze überschritten, die pitorianische Verteidigungslinie durchbrochen und war jetzt auf dem Vormarsch nach Rossarb. Ambrose wusste, dass die Briganter keine Gnade zeigen würden; sie waren auf Kämpfen aus. Gefangene machten sie nicht.

Catherine schloss kurz die Augen und sagte: »Ich hatte gehofft, dass es trotz allem ein Irrtum wäre, aber es ist wahr. Pitoria und Brigant befinden sich im Krieg.«

Ambrose nickte. »Ich habe mein ganzes Leben lang in und für Brigant trainiert und dachte, dass ich eines Tages für mein Land kämpfen würde. Aber nun sieht es so aus, als würde ich auf der gegnerischen Seite stehen.«

»Könntet Ihr das denn? Gegen Eure eigenen Landsleute kämpfen?«

Ambrose wusste es nicht. »Brigant ist immer noch das Land meines Vaters und meines Bruders. Aber es ist nicht länger mein Land.« Er sah Catherine an. »Ich weiß nicht mehr, wo ich hingehöre.«

Catherine hielt seinem Blick stand. »Das Problem kenne ich.«

»Die einzige Gewissheit, die ich habe, ist die, dass ich geschworen habe, Euch zu beschützen. Und das werde ich tun. Ich werde dafür sorgen, dass Ihr sicher zu Prinz Tzsayn gelangt.«

Und was dann? Es war klar, das Tzsayn ihn nicht in seiner Nähe haben wollte, und er wusste auch nicht, was Catherine wollte. Er bedeutete ihr etwas, da war er sich sicher, aber was konnte er ihr bieten? Nichts im Vergleich zum Prinzen von Pitoria.

Eine Weile ritten sie schweigend nebeneinander, dann sagte Catherine: »Ich muss Euch etwas sagen. Ich habe mir den Kopf über den Grund zerbrochen, warum mein Vater in Pitoria einmarschiert. Ich glaube, Eure Schwester ist hinter seine Pläne gekommen.«

Ohne nachzudenken sagte Ambrose: »Sie hat von den Jungen in Fielding erfahren, und die schienen über die Invasion Bescheid zu wissen.«

»Was? Was für Jungen?«

Ambrose erzählte Catherine, dass er nach Fielding geritten war, um die wahren Gründe für Annes Hinrichtung zu enthüllen, und dort auf das Lager der Jungen gestoßen war. Er schloss mit der Frage: »Aber was hat Euch jetzt auf Anne gebracht?«

»Sie hat mir kurz vor ihrer Hinrichtung eine Botschaft übermittelt. Sie bestand aus drei Zeichen, aber das letzte konnte ich nicht sehen. Die ersten beiden Worte waren ›Dämonenrauch‹ und ›Junge‹. Habt Ihr eine Ahnung, wie das dritte lauten könnte?«

Ambrose schüttelte den Kopf. »›Junge‹ bezieht sich bestimmt auf die Jungen in Fielding. Aber ›Dämonenrauch‹? Gibt es so etwas überhaupt?«

»Mein Vater hat welchen gekauft. Ich glaube schon, dass es ihn gibt. Obwohl ich mir immer noch nicht richtig vorstellen kann, dass Dämonen existieren.«

»Aber ich kann mir vorstellen, dass Anne etwas wusste. Deshalb war sie in Fielding.« Ambrose musterte Catherine. »Es war Mord. Sie wusste etwas, und Aloysius hat sie deswegen hinrichten lassen.«

»Aber ihr Tod war nicht umsonst, Ambrose. Sie hat mir diese Botschaft gegeben. Wegen ihr seid Ihr nach Fielding geritten und habt dort von der Invasion erfahren.«

»Ein kleiner Trost.«

»Ja, ein kleiner Trost.« Sie beugte sich zu ihm und legte ihre Hand auf seinen Arm. »Ich wünschte, ich hätte Lady Anne gekannt.«

Ambrose lächelte unter Tränen. »Das wünschte ich auch.«

In dieser zweiten Nacht bezogen sie in einem Gasthaus Quartier und bezahlten mit einem von Catherines Saphirohrringen, der vermutlich mehr wert war als das ganze Gebäude samt Inventar. Catherine kümmerte es nicht. Sie sagte: »Sorgt dafür, dass alle genug zu essen bekommen, auch die Pferde. Und packt Vorräte für morgen ein.« Dann verschwand sie mit ihren Zofen in ihrem Zimmer.

Ambrose übernahm die erste Wache und ging jeden Zoll des Grundstücks ab. Bislang war ihnen niemand aus Tornia begegnet, und sie wussten nicht, ob König Arell überlebt hatte oder nicht, ob Lord Farrow das Zepter an sich gerissen hatte oder ob seine Leute die Flüchtenden verfolgten, aber Rafyon und Ambrose waren sich einig, dass sie kein Risiko eingehen sollten.

In der dritten Nacht kampierten sie ein Stück abseits der Straße. Während das Essen über dem Feuer kochte, saßen Tanya und Jane bei den Männern, mit denen sie sich angefreundet hatten. Catherine hielt sich ein Stück abseits. Ambrose ging zu ihr und sagte: »Wir werden Rossarb morgen erreichen.«

»Ihr habt uns sicher hierher gebracht, Ambrose.«

»Ich kann nicht sagen, dass mich das glücklich macht, Euer Hoheit. Die Armee Eures Vaters rückt rasch vor. Wir sind näher am Kampfgeschehen, als ich gehofft habe. Aber Euer Gemahl ist in Rossarb.«

»Prinz Tzsayn ist nicht … Wir sind nur verlobt, aber …« Catherine wandte den Kopf ab. »Prinz Tzsayn hat mich von meinen Pflichten entbunden. Er meinte, er möchte mich immer noch heiraten, aber nur dann, wenn ich es auch will.«

Ambrose war überrascht. »Und wollt Ihr?«

»Er ist ein ehrenwerter Mann. Ich muss zugeben, dass … ich ihn mag. Ich bewundere ihn.«

»Das beantwortet nicht meine Frage.«

Ambrose hörte die Härte in seiner Stimme und hasste sich dafür. Aber die Tatsache, dass Catherine Tzsayn *mochte*, hasste er noch mehr. Den ehrenwerten Tzsayn. Den bewundernswerten Tzsayn. Den Prinzen und seine empörende Angewohnheit, alles richtig zu machen.

»Ich muss nachdenken. Mein ganzes Leben lang wusste ich nur, dass ich den Mann heiraten würde, den mein Vater für mich auswählt. Jetzt habe ich plötzlich die Möglichkeit, meine eigene Wahl zu treffen. Ein merkwürdiges Gefühl. Und um die Wahrheit zu sagen, irgendwie fühle ich mich nicht wirklich frei. Wir haben Krieg. Ich muss vor Lord Farrow fliehen.« Sie dachte kurz nach. »Aber wenn ich wirklich wählen dürfte, dann …« Sie errötete und senkte den Blick. Dann hob sie den Kopf und schaute Ambrose direkt in die Augen. »Dann gäbe es für mich niemanden, der ehrenwerter und treuer ist als Ihr, Ambrose.«

»Ihr … würdet mich wählen?«

»Es gibt sonst niemanden … Ich meine, in den vergangenen Tagen, in denen wir zusammen waren, da … Oje, über die Liebe zu sprechen, ist gar nicht so einfach.«

»Liebe?«

Ambrose fehlten die Worte. Ohne nachzudenken hob er ihre Hand und küsste ihre Finger. Er küsste jeden einzelnen und hätte am liebsten noch ihre Hand, ihren Arm und den ganzen Rest geküsst.

Catherine zog ihre Hand weg. »Bitte, Ambrose.«

Er schaute sie an. »Von Liebe zu sprechen, ist wirklich nicht einfach. Zu küssen ist leichter.«

»Wirklich?« Und Catherine nahm seine Hand und küsste sie. Und dann seine Finger und den Daumen.

Ambrose beugte sich vor und flüsterte ihr ins Ohr: »Es gibt niemanden außer dir. Ich liebe dich, und ich werde dich immer lieben.«

Catherine

ROSSARB, PITORIA

Ehre und Treue.

Wahlspruch der prinzlichen Leibgarde

Je näher sie Rossarb kamen, desto mehr Menschen begegneten ihnen, die nach Süden flohen. Sie brachten zunehmend beunruhigende Nachrichten mit sich. Die beste Neuigkeit war, dass Prinz Tzsayn Rossarb erreicht hatte und die Verteidigung festigte, die schlimmste, dass Aloysius' Armee sich auf pitorianischem Gebiet festgesetzt hatte und nach Rossarb vorrückte. Auf ihrem Weg brandschatzten sie und töteten alle, derer sie habhaft werden konnten.

Wieder fragte Catherine sich nach dem Grund. Das Land, durch das sie ritten, war arm: ein paar verstreute Häuser und Dörfer, kleine Felder mit kargem Getreide. War ihr Vater wirklich auf die Dämonen aus? Oder war er selbst eine Art Dämon, der sich am Morden und Zerstören ergötzte?

Rafyon kam zu Catherine geritten. »Wir kommen bald zur Küste, Euer Hoheit; von dort aus könnt Ihr Rossarb sehen. Es ist ein Fischerhafen mit einer kleinen Festung inmitten einer alten, ummauerten Stadt. Wenn die Stadt angegriffen wird, verbarrikadieren sich die Truppen innerhalb der Stadtmauern. Wenn sie die Stadt nicht halten können, ziehen sie sich in die Festung zurück. Ich war hier einmal stationiert. Kein besonders aufregender Posten.«

Catherine lächelte freudlos. »Das wird dieser Besuch unglücklicherweise jetzt ändern.«

Als die Straße sich der Küste näherte, verdichtete sich der dünne Schleier, der vom Meer heranzog, zu einem schier undurchdringlichen Nebel. Bald konnte Catherine nur noch zwanzig Schritte weit sehen. Die Luft war still und reglos, aber irgendwann sah sie eine dunkle Gestalt über die Straße laufen, dann noch eine und danach noch weitere. Catherine versuchte, sie anhand der Haarfarbe zu identifizieren, und erkannte, dass sie Helme trugen.

Brigantische Helme.

Einen Augenblick lang teilte sich der Nebel und Catherine sah etliche kleine Boote, die auf den Strand gezogen wurden. Zu Dutzenden, vielleicht zu Hunderten, sprangen brigantische Soldaten an Land.

»Briganter!«, rief sie und deutete voraus.

Ambrose fluchte. »Sie wollen den Nebel nutzen, um den Strand einzunehmen und die Stadt einzukesseln. Die Soldaten in Rossarb wissen vermutlich nicht einmal, dass sie gelandet sind. Wir müssen sie warnen.«

Die Lücke im Nebel hatte zwar die brigantische Truppe verraten, aber auch Catherines kleine Reisegruppe. Einige Briganter rannten bereits auf sie zu.

Ambrose zückte sein Schwert. »Was immer geschieht, Euer Hoheit, reitet so schnell Ihr könnt nach Rossarb. Schaut nicht zurück.«

Catherine trieb ihr Pferd an, aber immer mehr brigantische Soldaten blockierten die Straße. Ambrose galoppierte auf sie zu, schwang sein Schwert und schlug einen Weg frei, doch dann schrie sein Pferd auf und stürzte; ein Speer ragte aus seinem Hals.

Ambrose fiel und rollte sich ab. »Reitet weiter!«, schrie er. »Bleibt nicht stehen!«

Und Catherine galoppierte durch die Lücke, die er für sie geschlagen hatte, mit Jane und Tanya dicht hinter sich, gefolgt von Rafyon und Geratan. Sie warf einen Blick über die Schulter und sah einen feindlichen Soldaten auf Ambrose zustürzen, ehe der Nebel sie wieder verschluckte.

Sie trat ihrem Pferd die Fersen in die Flanken. Angst schnürte ihr die Kehle zu. Vor ihr ragte die dunkelgraue Masse eines Gebäudes auf. Wo war sie? War das Rossarb? Es musste die Stadtmauer sein! Ihr Pferd stolperte vor Erschöpfung und wurde langsamer. Catherine schaute sich um, aber hinter ihr hing dichter Nebel, und sie konnte niemanden sehen, weder ihre Zofen noch die Wachen oder Ambrose.

Ihr Pferd blieb zitternd vor der Mauer stehen. Es wollte sich nicht einmal mehr umdrehen, und so stieg sie ab, rannte los und schrie um Hilfe.

Oben auf den Zinnen tauchte der Kopf eines blauhaarigen Soldaten auf.

»Schlagt Alarm!«, schrie sie. »Die Briganter sind am Strand gelandet! Sie greifen die Stadt an!«

Als Antwort erschallte eine Reihe von Flüchen, doch dann hörte sie, wie ein großes Tor knarrend geöffnet wurde, und etwas weiter die Mauer entlang ergoss sich ein Strom aus Soldaten in Richtung Strand. Sie waren zahlreich und würden die Briganter doch gewiss zurückschlagen, oder nicht?

Aber wo waren ihre Männer? Ambrose? Tanya und Jane?

Der Lärm des Kampfgetümmels schien weit weg zu sein und sich zu entfernen, aber sie wusste nicht, ob das nur eine durch den Nebel hervorgerufene Täuschung war. Eine halbe Ewigkeit stand Catherine so da, mit hämmerndem Herzen, als sich schließlich der Nebel allmählich verzog und die Szene vor ihr preisgab.

Sie sah Pferde mit hängenden Zügeln dastehen und auch ein paar Männer, aber der Boden war mit Leichen übersät. Die erste Person, die auf sie zugetaumelt kam, war Tanya mit einem blutigen Schwert in der Hand. Dann erkannte sie ein paar von Rafyons Männern. Alle waren blutbesudelt. Einer ging zu Tanya und nahm ihr das Schwert aus der Hand. Sie lehnte sich an seine Schulter und weinte. Dann tauchte Rafyon auf, der humpelnd sein Pferd hinter sich her führte. Und hinter dem Pferd taumelte eine weitere Gestalt, die Catherine sofort erkannte.

Sie wollte zu Ambrose laufen, beherrschte sich aber noch rechtzeitig. Er sah erschöpft aus, aber unverletzt. Stattdessen ging sie zu Rafyon.

»Sind das alle, die überlebt haben?« Die nächste Frage wollte Catherine nicht stellen, aber sie hatte keine andere Wahl. »Wo ist Jane?«

Einer der Männer sagte: »Es tut mir leid, Euer Hoheit. Sie wurde von einem Pfeil getroffen und stürzte vom Pferd.«

»Vielleicht ist sie noch am Leben.«

»Ich war bei ihr.« Er schüttelte den Kopf. »Es tut mir leid.«

Catherine war wie im Nebel. Erst Sarah, jetzt Jane. Die sanfte, freundliche Jane. Sie beide waren Catherine in dieses Land gefolgt und jetzt waren sie tot. Nur noch sie und Tanya waren übrig. Tanya kam zu ihr, aber sie sprach kein Wort, und Catherine wusste nicht, was sie sagen sollte. Am liebsten hätte sie sich am Boden zusammengekrümmt, aber sie musste stark bleiben. Sie nahm Tanyas Hand und hielt sie fest.

Rafyon sagte: »Die Briganter haben sich zum Strand zurückgezogen. Wir müssen uns um die Verwundeten kümmern, und wir werden Jane mit zurückbringen. Ihr solltet Euch in die Festung begeben, Euer Hoheit. Wenn es Euch ein Trost ist, dann darf ich Euch sagen, dass wir heute etwas bewirkt haben. Wenn wir nicht gewesen wären, hätten die Briganter unsere Soldaten vermutlich überrascht und die Stadt überrannt.«

War es ein Trost? Ein kleiner. Aber Catherine wollte zuerst ihre Leute in Sicherheit wissen.

»Ich gehe nirgendwohin, ehe nicht alle gefunden wurden.«

Es waren nur vierzehn Männer bei ihr; sechs wurden vermisst.

Rafyon nickte. Er gab Befehl, rasch das Schlachtfeld abzusuchen. Die Männer waren müde, aber sie gingen sofort los und beugten sich über die Toten.

Ambrose und Geratan blieben bei Catherine und Tanya.

»Meine erste Schlacht«, murmelte Catherine wie betäubt.

Geratan sagte: »Meine auch.«

»Und meine«, ergänzte Tanya. »Und hoffentlich auch meine letzte.«

Aber Catherine befürchtete, dass dies nicht das Ende war.

Einer der Soldaten, die zurückkehrten, trug Janes Leichnam. Ein weiterer von Catherines Männern war verwundet gefunden worden, würde aber vermutlich den Tag nicht überleben. Der Rest war tot.

»Wir sollten zu Tzsayn gehen«, sagte Ambrose leise. »Hier ist es nicht sicher.«

Catherine nickte und Rafyon führte sie durch das offene Stadttor nach Rossarb und zur Festung. Auf dem Straßenpflaster lag die Nässe des Nebels, die Luft war feucht und kühl, doch jetzt setzte sich die Sonne durch und strahlte gleißend vom Himmel. Nicht mehr lange, und sie würde Tzsayn wiedersehen, was bedeutete, dass sie Ambrose nicht mehr sehen durfte. Oder doch? Catherine wusste es nicht. Darüber konnte sie jetzt nicht nachdenken. Ihr Geist war wie betäubt und ihre Gedanken wirbelten dermaßen durcheinander, dass sie keinen davon greifen konnte.

Sie gingen durch eine Barrikade aus Türen und Tischen, die zwar behelfsmäßig aussah, aber hoch und breit aufragte und schier unüberwindlich war. Dahinter sah Catherine ein paar Zivilisten, die Bündel mit ihren Habseligkeiten zu der kleinen Burg aus grauem Stein schleppten, die im Zentrum der Stadt stand.

»Ich dachte, die meisten Leute hätten Rossarb verlassen«, sagte Catherine überrascht.

»Einige sind nach Süden geflohen«, antwortete Ambrose, »aber nicht alle wollen oder können hier weg. Sie nehmen Zuflucht in der Festung, wo es für sie sicherer ist.«

Die Tore der Festung standen weit offen, wurden aber von etlichen Wachen mit blau gefärbten Haaren bewacht.

Sie salutierten vor Rafyon und fragten: »Wer ist die Dame mit den weißhaarigen Männern?«

»Das ist Prinzessin Catherine, Prinz Tzsayns Verlobte.«

»Hier?« Der Soldat klang überrascht, aber er trat beiseite und ließ sie passieren.

Sie kamen in einen Innenhof und warteten dort, während Rafyon mit dem Wachmann sprach. Tanya setzte sich, genau wie einige der Soldaten. Catherine hätte es ihnen gerne gleichgetan, aber eine Prinzessin setzte sich nicht auf den nackten Boden. Schließlich tauchte ein weiterer blauhaariger Mann auf, den Catherine als einen von Tzsayns Leibgardisten erkannte.

»Euer Hoheit.« Er verbeugte sich tief. »Wir haben Euch nicht erwartet. Die Armee Eures Vaters kann die Festung jeden Augenblick belagern. Hier ist es nicht sicher für Euch.«

»Es ist nirgends mehr sicher für mich«, entgegnete Catherine, die unter ihrer Müdigkeit zusammenzubrechen drohte. »Dieser Ort ist so gut wie jeder andere. Ich habe Neuigkeiten für meinen …« Catherines Blick fiel auf Ambrose. »Für Prinz Tzsayn.«

Der Soldat blinzelte. »Der Prinz besichtigt die Verteidigungsanlagen der Stadt. Ich werde nach ihm schicken lassen und ihn benachrichtigen, dass Ihr hier seid. In der Zwischenzeit werde ich Euch und Eure Zofe in ein Gemach bringen, damit Ihr Euch ausruhen könnt. Eure Männer können hier warten. Ich werde veranlassen, dass sie versorgt werden.«

Catherine und Tanya folgten dem Soldaten durch eine Tür und

eine schmale Steintreppe hinauf bis zu einer einfachen Holztür. Der Mann öffnete die Tür, trat beiseite und sagte: »Ich werde den Prinzen zu Euch bringen, sobald er eintrifft.«

»Danke«, sagte Catherine. Sie und Tanya gingen in den kleinen Raum und drückten die Tür hinter sich zu. Tanya schloss ab. Das war eine neue Sitte.

Catherine legte sich auf das Bett. Sie wollte schlafen, aber in Gedanken galoppierte sie immer noch durch den Nebel. Jedes Mal, wenn sie die Augen schloss, fühlte sie die kalte Feuchtigkeit um ihren Körper wabern. Dann den angstvollen Stich, als sie Ambrose aus den Augen verlor. Und was die arme Jane wohl empfunden hatte, so ganz allein und verlassen …

»Jane war allein. Ich habe versprochen, dass wir zusammenbleiben«, murmelte Catherine.

»Es ist nicht Eure Schuld, Hoheit. Col war bei ihr. Er ist einer der Männer, die gestorben sind. Sie waren ein Stück vor mir und haben die volle Wucht des Angriffs abbekommen. Legion war bei mir. Er hat mich nicht verlassen. Und Col hat Jane nicht alleingelassen.«

»Ihr habt diese Männer in den vergangenen Tagen gut kennengelernt, nicht wahr?«, sagte Catherine mit einem leisen Lächeln. Sie war so sehr mit Ambrose beschäftigt gewesen und mit der Grübelei über die Pläne ihres Vaters, dass sie kaum auf ihre Reisegefährten geachtet hatte. Sie waren mitgekommen, um sie zu beschützen – um für sie zu sterben. Und einige waren gestorben.

»Es sind alles gute Männer.« Tanyas Gesicht fiel in sich zusammen und sie fing an zu weinen. »Es *waren* gute Männer.«

Catherine ging zu Tanya und nahm sie in den Arm, aber immer noch wollten ihre eigenen Tränen nicht kommen. Sie dachte an ihren Vater und ihren Bruder. Das waren keine guten Männer. Sie waren wahnsinnig. Sie hatten sich entschlossen, einen Krieg anzuzetteln – ausgerechnet sie, die besser als so manch andere die Schrecken und das Leid des Kriegs kannten. Sie hatten bereits einen Krieg durchlebt, und trotzdem hatten sie noch nicht genug. Aber es war Jane, die umgekommen war. Sarah und Jane, Sir Rowland und Col und viele andere, deren Namen sie nicht kannte, die ihr Leben am Strand verloren hatten.

Und warum? Catherine war entschlossen, die Antwort auf diese Frage zu finden.

Edyon

NÖRDLICHES PLATEAU, PITORIA

Seit drei Tagen folgten Edyon und March Gravells und Tashs Spuren. Es war nicht so mühsam, wie Edyon befürchtet hatte. Es lag fast überall Schnee, und Gravells riesige Fußabdrücke waren nicht zu übersehen. Sie wechselten sich ab; einer suchte die Spuren, während der andere das Pony führte und Holz sammelte, obwohl sie übereingekommen waren, sich nie allzu weit voneinander zu entfernen. Und wenn sie irgendetwas Merkwürdiges fühlten – warme Erde oder irgendetwas anderes –, dann wollten sie das Pony einfach stehen lassen und zusammen weglaufen.

Am Morgen des ersten Tages nach dem Dämonenangriff war es March, der die Spuren verfolgte. Irgendwann rief er: »Schau, was ich gefunden habe!« Er hob Holywells Dolche in die Höhe. »Aber warum haben sie die zurückgelassen?«

Edyon lächelte und zuckte mit den Schultern. »Keine Ahnung. Aber vielleicht können wir sie verkaufen. Mit dem Geld, das wir für die Dolche und das Pony bekommen, können wir uns Essen kaufen und eine Überfahrt nach Calidor buchen, meinst du nicht?«

Edyon dachte an Madame Eruths Prophezeiung über den Pfad zu fernen Ländern und Reichtum – und an ihre Warnung über den

Tod, der ihn umgab. Dieser Teil hatte sich schon bewahrheitet, spätestens beim Angriff des Dämons. Aber vielleicht lag das jetzt hinter ihm. Vielleicht hatte er den Tod überwunden, und ihn erwartete ein fremdes Land und eine glückliche Zukunft.

March nickte und steckte die Dolche in seine Jacke, so wie Holywell es immer getan hatte. Der Anblick ließ Edyon erschauern, und er erinnerte sich an noch etwas von Madame Eruths Weissagungen. Es betraf den schönen fremden Mann: *Auch er lügt.*

Bislang war das, was sie Edyon vorausgesagt hatte, auch eingetroffen, dieser Teil aber nicht. Hatte March ihn wegen irgendetwas belogen? Edyon beschloss, ihn zu fragen, vielleicht sogar schon heute Abend. Vielleicht …

Plötzlich drehte March sich um und lächelte. Es geschah nicht oft, dass er seine Gefühle so offen zeigte, aber jetzt strahlte sein Gesicht.

»Bitte sag mir, dass du lächelst, weil du das Ende des Plateaus sehen kannst.«

Marchs Grinsen wurde noch breiter. »Ich lächele, weil ich das Ende des Plateaus sehen kann.«

Edyon bemerkte, dass March nicht »Euer Hoheit« hinzugesetzt hatte, und zwar nicht, weil er unhöflich sein wollte, sondern weil sie schließlich doch Freunde geworden waren. Er trat neben March und lächelte ebenfalls. Dann verblasste sein Lächeln.

»Sie sind *da* runter?«

Vor ihren Füßen fiel das Land abrupt zu einem steilen und steinigen Abhang ab. An manchen Stellen war es sogar eher eine Klippe. Ein Netzwerk aus Pfaden, die so schmal waren, dass Edyon sie kaum erkennen konnte, zog sich im Zickzack durch diese Schutthalde.

»Bergziegen«, erklärte March.

»Wird es das Pony schaffen, was meinst du?«, fragte Edyon besorgt.

»Werden *wir* es schaffen? Das ist doch die Frage. Ich führe das Pony. Du suchst einen Weg nach unten.«

Edyon ging voraus und merkte zu seiner Erleichterung, dass es nicht ganz so schwierig war, wie es aussah. Der Schotter unter seinen Füßen war zwar lose, aber trocken. Einige der Pfade endeten in Sackgassen, wenn ihnen der Weg durch eine Lawine oder einen Erdrutsch versperrt wurde, aber Edyon musste nur ein paar Mal umkehren, und mit jedem Schritt weiter nach unten fühlte er sich zuversichtlicher. Und wärmer.

Auf der Karte lag Rossarb genau am Rand des Plateaus. Sie konnten zum Mittagessen dort sein … und ein Bad nehmen … und heute Nacht in einem richtigen Bett schlafen. Edyon schritt schneller aus. Aber genau in dem Moment, in dem sein Geist auf Wanderschaft ging, verlor er den Halt und geriet ins Rutschen. Er konnte sich nur vor einem Absturz bewahren, indem er sich auf den Bauch warf und die Zehen in den Schotter grub. Er blickte auf und sah, dass March ihn beobachtete. In sein normalerweise unergründliches Gesicht hatten sich Tausende Lachfältchen gegraben.

Edyon grinste zurück. Wieso geriet er eigentlich immer wieder in irgendwelche blöden Situationen? Und jedes Mal dann, wenn March zuguckte. Seit Holywells Tod schien March aufgetaut zu sein, als ob er von einer unsichtbaren Last befreit wäre. Edyon hatte gehofft, dass March nun auch für seine Flirterei empfänglicher wurde, aber der Abask schien von seinen Komplimenten immer noch peinlich berührt zu sein. Nun, vielleicht würde sich das heute Nacht ändern, in einem richtigen Zimmer, mit einem richtigen Bett …

Am Fuß des Hangs stießen sie auf einen schmalen, schnell fließenden Strom. Der Boden war eben und grasbewachsen, und ein dichter Nebel verschleierte ihnen die Sicht, aber Edyon erhaschte einen leichten Salzgeruch in der Luft und konnte vor ihnen die Umrisse einer Stadtmauer ausmachen.

»Rossarb!«, rief er und drehte sich zu March um. »Wir haben es geschafft! Nun, ich habe nie daran gezweifelt.«

March grinste ihn an. »Ich auch nicht.«

»Was machen wir als Erstes?«

»Das Pony verkaufen.«

»Oh ja. Das Pony verkaufen. Dann etwas essen und danach ein Bad. Ein richtig, richtig heißes Bad. Dann ins Bett und einen ganzen Tag lang schlafen.«

Sie gingen weiter und kamen an ein paar Höfen vorbei. March sagte: »Es ist so still. Wo sind alle?«

»Vielleicht findet in der Stadt ein Fest statt und sie sind hingegangen?«

»Vielleicht«, sagte March, aber er klang nicht überzeugt.

Sie kamen an eine Straße, die zu einem kleinen Tor in der Stadtmauer führte, das von vier blauhaarigen Soldaten bewacht wurde.

Sie gingen langsamer. March fragte: »Was bedeutet das blaue Haar? Sind das Männer des Sheriffs? Suchen die uns etwa sogar hier oben?«

»Blau ist die Farbe von Prinz Tzsayn. Es sind seine Soldaten. Obwohl ich keine Ahnung habe, was sie so weit im Norden machen.«

»Sollen wir umkehren?«

Aber dafür war es bereits zu spät. Die Soldaten kamen schon mit vorgestreckten Speeren auf sie zugestürmt. Edyon hob die Hände, und die Soldaten stießen ihn und March durch das Tor, wo sie beide gegen die Mauer gedrängt wurden.

»Wer seid ihr? Was tut ihr hier?«

Edyons Gedanken rasten. Er konnte kaum sagen, dass sie aus dem verbotenen Gebiet des Nördlichen Plateaus kamen, aber dann erinnerte er sich an die Karte und daran, dass Rossarb nah an der Grenze zu Brigant lag. Er lächelte freundlich.

»Wir sind gerade aus Brigant gekommen. Wir sind Händler, aber wir wurden auf der Hauptstraße ausgeraubt, daher sehen wir etwas heruntergekommen aus. Wir hatten Angst, dass wir noch mehr Gesindel begegnen würden, deshalb haben wir einen Bogen nach Osten gemacht und sind diesen Weg zur Stadt gekommen.«

Edyon schaute dem Soldaten ins Gesicht. Der starrte ihn ungläubig an.

»Ihr seid heute über die Grenze gekommen?«

»Heute Morgen, ja.«

Die Soldaten starrten sie nun beide an und nahmen dann Marchs eisblaue Augen ins Visier. »Ihr habt ebenfalls heute die Grenze überschritten?«

March erwiderte: »Mein Freund hat doch gerade erklärt, wo wir herkommen.«

»Was? Ich kann Euch kaum verstehen. Was ist das für ein Akzent?«

»Hört mal«, mischte sich Edyon ein, »was für eine Rolle spielt es, was für ein Akzent das ist? Er gehört zu mir. Wir sind Geschäftsreisende.«

Der Soldat drehte sich zu Edyon um und stieß ihn vor die Brust. »Ich habe nicht mit Euch geredet.« Dann drehte er sich wieder zu March und versetzte auch ihm einen Stoß gegen die Brust. »Also? Wo genau kommt Ihr her?«

March schlug die Hand des Mannes weg. »Aus Abask.«

»Abask? Gehört das nicht zu Brigant?« Wieder stieß der Soldat March an und sagte: »Und was habt Ihr da unter Eurer Jacke?« Er riss die Jacke auf und entdeckte die Dolche.

»Bis an die Zähne bewaffnet«, sagte der Soldat, »und aus Brigant.« Er nickte seinem Kameraden zu. »Ihr seid beide verhaftet.«

»Verhaftet? Weswegen denn?«, protestierte Edyon. Es war doch nicht möglich, dass die Nachricht vom Tod des Wachmanns bis hierher gedrungen war.

»Weil ihr nach Scheiße stinkt.«

Edyon versuchte zu lächeln. »Aber das ist doch kein Verbrechen.«

Der Soldat beugte sich vor und sagte in gespielt unschuldigem Ton. »Ach, tut mir leid – dann eben wegen Spionage.« Und damit drehte er sich wieder zu March um und sagte: »Und weil ihr Briganter seid. Und Waffen in die Stadt schmuggeln wolltet.«

Mit Wucht schlug March gegen die Hand des Mannes, der ungerührt sagte: »Und weil ihr euch der Verhaftung widersetzt habt.«

Und damit hieb er March seine Faust in den Magen, der sich krümmte und zusammenbrach.

Der zweite Soldat packte Edyons Arme und fesselte sie hinter seinem Rücken, wobei er nicht auf dessen Protest achtete. Edyon wurde die Straße entlanggestoßen. Er drehte sich um und sah, dass March hinter ihm hergeschleppt wurde.

Irgendetwas war fürchterlich schiefgegangen.

Catherine

ROSSARB,
PITORIA

Rossarb war einstmals die reichste Stadt Pitorias, Heimat für Goldsucher und Dämonenjäger.
Simion Saage: *Die Geschichte des Nordens*

Catherines Turmgemächer in Rossarb standen in krassem Gegensatz zu jener Unterkunft, die sie in Tornia bewohnt hatte. Es waren drei miteinander verbundene Räume, ein Wohnzimmer, ein Schlafzimmer und ein Arbeitszimmer, alle klein und einfach möbliert. Im Wohnzimmer hielt sie sich am liebsten auf, denn dort gab es auf drei Seiten hohe, schmale Fenster. Der Blick nach Westen war atemberaubend, mit dem blauen Wasser der Bucht und dahinter die weit entfernten Hügel von Brigant. Die Ebene rings um die Bucht wurde von der brigantischen Armee belagert, die sich wie eine Flutwelle über die Grenze ergossen hatte und nun an die Mauern von Rossarb schlug.

Die Armee ihres Vaters war beeindruckend, dachte Catherine grimmig. Dutzende Zeltreihen, Waffenschmieden und Unterstände für die Pferde. Die Räder der brigantischen Kriegsmaschinerie drehten sich. Und irgendwo mittendrin war ihr Vater. Was tat er gerade? Plante er einen Angriff? Speiste er zu Abend? Dachte er an sie? Catherine und ihr Vater hatten sich nie nahegestanden, aber jetzt war er ihr fremder als je zuvor, nur ein Mann, den sie flüchtig kannte. Und sie schämte sich für ihn. Er hatte sie betrogen, hatte die schlimmste Seite des brigantischen Charakters herausgekehrt, die aus Tücke und Kriegslust bestand.

Catherine wandte sich ab und ging zu dem Fenster, das nach Norden zeigte. Sie hatte schon früher hinausgeschaut und nur Wolken gesehen, aber jetzt zeigten sich die Berge – Berge, wie Catherine sie noch nie gesehen hatte. Sie waren dunkel, fast schwarz, mit schneebedeckten Gipfeln, und in ihrer Mitte erhob sich ein Land, das nicht hoch und spitz zulaufend war, sondern abgeflacht und ausgedehnt. Das Nördliche Plateau. Die Heimat der Dämonen. Selbst von hier aus betrachtet war es fremdartig, wild und schön.

Hatte ihr Vater vor, dorthin zu gehen? Wollte er die Dämonen aus einem bestimmten Grund haben? Wenn ja, war Rossarb ein guter Ausgangspunkt für Expeditionen auf das Plateau. Aber worauf war er wirklich aus? Lady Anne hatte drei Zeichen gemacht, eins für »Dämonenrauch«, eins für »Junge« und noch ein drittes. Die ganze Sache ergab keinen Sinn, aber Catherine wurde das Gefühl nicht los, dass sie beinahe alle Puzzleteile in der Hand hielt, um das Rätsel zu lösen, aber nicht in der Lage war, sie richtig zusammenzusetzen.

Sie war den ganzen Tag in der Burg gewesen. Durch das östliche Fenster hatte sie zugeschaut, wie Tzsayn in den Innenhof kam, sein Pferd bestieg und davonritt und ein paar Stunden später zurückkehrte. Auch bei der brigantischen Armee herrschte ein reges Kommen und Gehen. Neben der Armee, die über Land gekommen war, schien ihr Vater noch weitere Truppen per Schiff zusammenzuziehen. Catherine konnte nicht sehen, wo sie an Land gingen, aber sie war sicher, dass es Verstärkungstruppen für die Soldaten waren, gegen die ihre Leute am Strand und auf der Straße gekämpft hatten.

Sie würden die Landspitze südlich von Rossarb und die Küstenstraße nach Tornia besetzen. Rossarb war im Westen vom Meer begrenzt, die brigantische Armee stand im Norden, und wenn nicht bald weitere pitorianische Truppen eintrafen, um die Verteidiger zu unterstützen, war Rossarb eingekesselt und von der Außenwelt abgeschnitten.

Es war schon dunkel, als es an der Tür klopfte. Catherine hoffte, sie würde endlich Nachricht von Tzsayn bekommen, und war überrascht, als sie keinen Boten vor der Tür stehen sah, sondern den Prinzen persönlich. Das Auge in der vernarbten Seite seines Gesichts war rot und halb geschlossen. Er sah müde aus. Aber Catherine war sich klar darüber, dass auch sie schon einmal besser ausgesehen hatte.

»Prinzessin Catherine, es tut mir leid, dass ich nicht eher kommen konnte. Es war sehr viel zu tun. Ich habe gehört, dass Ihr auf dem Weg hierher in ein Scharmützel geraten seid.«

»Ja, es hat einen Kampf gegeben. Ich habe eine meiner Zofen verloren, und auch einige meiner Männer wurden getötet.«

»Ich weiß. Es tut mir sehr leid. Das war kein guter Tag für uns. Die Truppen Eures Vaters haben den Strand erobert und beabsichtigen, die Stadt zu belagern und einzunehmen. Das wäre ihnen bereits gelungen, wenn Ihr uns nicht gewarnt hättet.«

»Und könnt Ihr Rossarb verteidigen?«

Tzsayn nickte. »Die Stadt ist klein, aber die Mauern sind stark. Wir sollten in der Lage sein standzuhalten, bis Verstärkung aus Tornia eintrifft. Trotzdem ist dies kein guter Ort für Euch.«

»Was uns aus Tornia vertrieben hat, war ebenfalls nicht gut. Mein Vater plante nicht nur eine Invasion, sondern auch ein Attentat. Boris und seine Leute hatten vor, Euch und Euren Vater am Abend unserer Hochzeit umzubringen. Als die Hochzeit verschoben wurde, griffen sie trotzdem an. Euer Vater wurde schwer verletzt, und eine ganze Reihe von Lords sind tot.«

»Ja, die Nachricht erreichte mich durch einen Vogel.«

Catherine zögerte. »Und … Euer Vater? Ist der König …?«

»Am Leben. Aber noch nicht außer Gefahr.« Tzsayn setzte sich auf einen der Holzstühle und sah plötzlich viel jünger aus als seine dreiundzwanzig Jahre. »Ich habe gehört, Ihr wart bei ihm, als es passierte. Und Sir Ambrose hat Euch und meinem Vater das Leben gerettet. Ich wünschte, ich wäre dort gewesen. Ich wünschte, ich wäre jetzt dort.«

Catherine setzte sich neben Tzsayn. »Was Eurem Vater widerfahren ist, tut mir sehr leid. Es scheint, als hätte ich meinen unterschätzt.«

Tzsayn verzog das Gesicht. »Er ist schon speziell, nicht wahr? Er schickt Attentäter zu meiner Hochzeitsfeier und eine Armee in mein Land. Er hat viele meiner Landsleute getötet, andere gefoltert und verstümmelt, hat zwei Festungen erobert, und jetzt steht er vor den Mauern von Rossarb.«

»Speziell, in der Tat.«

»Aber er wird die Stadt nicht einnehmen«, sagte Tzsayn und ballte seine vernarbte Hand zur Faust. »Ich habe die Unterstützung meines Volkes. Es hasst und fürchtet Euren Vater.«

»Ihr habt auch meine Unterstützung, auch wenn das kaum etwas bedeutet.«

»Er bedeutet mir sehr viel, Catherine.« Tzsayn lächelte sie an. Dann wurde er wieder ernst. »Aber diese Invasion ist mir immer noch ein Rätsel. Genau wie das Attentat auf meinen Vater. Selbst wenn Boris Erfolg gehabt und den König und die Hälfte aller Lords von Pitoria getötet hätte, könnte Aloysius das Königreich nicht erobern. Seine Armee ist nicht groß genug, und im Süden gibt es keine Anzeichen für eine weitere Invasion Brigants. Nein, sein Ziel war der Norden. Ich frage mich nur: Warum?«

»Ich glaube immer noch, dass es etwas mit dem Dämonenrauch zu tun hat«, sagte Catherine, »aber ich komme nicht drauf, was es sein könnte.«

Der Prinz stand auf. »Nun, was immer er hier will, er wird es nicht bekommen. Aber jetzt muss ich mich verabschieden, ich habe noch einiges zu erledigen, bevor ich schlafen gehe.«

»Noch eine Frage, Euer Hoheit. Wie geht es meinen Männern?«

»*Euren* Männern?«

Catherine errötete. »Mir ist klar, dass Rafyon und die prinzliche Leibgarde Euch unterstehen, aber sie haben in den vergangenen Tagen ihr Leben für mich aufs Spiel gesetzt.«

Er lächelte. »Und ich hörte, dass Eure eigenen Leute Euch freiwillig aus der Stadt gefolgt sind. Nun, sie sind alle von heute an Eure Männer. Und Eure Männer sind in den Baracken untergebracht worden. Einschließlich Sir Ambrose.« Er ging zur Tür und drehte sich noch einmal um. »Ich glaube, sie sollten sich alle die Haare kurz schneiden und weiß färben lassen. Kurze weiße Haare würden ihnen gut stehen. Besonders Ambrose. Ich kann einen Friseur besorgen.«

Catherine lächelte, aber wie immer wusste sie nicht genau, ob Tzsayn scherzte oder es ernst meinte.

Edyon

ROSSARB,
PITORIA

In den Zellen war es dunkel und kalt. Und es stank nach abgestandener Pisse und Schlimmerem. Edyon kauerte mit dem Rücken an der Zellentür, aus Angst vor dem, was in den dunklen Winkeln lauerte. Die Tür war aus dickem Holz, mit einem kleinen, vergitterten Fenster, durch das Edyon noch mehr Zellentüren sehen konnte. Obwohl er nach March gerufen hatte, hatte er keine Antwort bekommen.

Als man Edyon schließlich aus der Zelle holte, ging er gehorsam mit. Man brachte ihn in einen Raum am Ende des Gangs. Der Mann, der die Vernehmung durchführte, war schlank, mit blauen Haaren und wulstigen Narben über beiden Wangen. Er sagte zu Edyon: »Ihr müsst nur meine Fragen wahrheitsgemäß beantworten.«

»Ich werde mein Bestes tun.«

Die Fragen waren anfangs durchaus vernünftig: Wie sein Name lautete, woher er kam, wohin er ging. Edyon sagte nicht immer die Wahrheit, aber die Einzelheiten gingen den Mann nun wirklich nichts an.

Dann kamen unvernünftige Fragen: »Ihr seid ein Spion, nicht wahr?«

»Nein. Und für wen sollte ich überhaupt spionieren?«

»Wer hat Euch geschickt?«

»Niemand.«

»Wer ist im brigantischen Lager?«

»Ähm … ich habe keine Ahnung, wovon Ihr redet.«

»Wie lauten Eure Befehle?«

»Ich habe keine Befehle. Niemand hat mir Befehle gegeben. Das ist doch lächerlich!«

Das war der Moment, in dem der Narbenmann ihn zum ersten Mal schlug: ein Boxhieb in den Magen.

Edyon krächzte: »Ich will mit Eurem Vorgesetzten sprechen.«

Der Mann lachte und boxte Edyon noch einmal. Diesmal ging Edyon zu Boden.

Der Soldat bückte sich und zischte: »Ihr seid ein Spion, der von den Brigantern geschickt wurde.«

»Und Ihr seid ein Narr mit blauen Haaren, der von dem Prinzen der Narren geschickt wurde!«

Das brachte ihm weitere Hiebe und auch ein paar Tritte ein. Man ließ ihn eine Weile auf dem Boden liegen und schleppte ihn dann wieder in seine Zelle, wo er in einen Schlaf fiel und merkwürdige Dinge träumte, von Madame Eruth, wirbelndem Rauch und von Dämonen.

Als sie Edyon das nächste Mal holen kamen, wehrte er sich nach Kräften, was die Schläge nur noch schlimmer machte. Die Fragen waren dieselben wie zuvor, und alles, was ihm einfiel war: »Ich bin kein Spion.«

Zurück in seiner Zelle, schrie er nach March, in der Hoffnung, eine freundliche Stimme zu hören. Aber alles blieb still. Schließlich legte sich Edyon zitternd und lauschend auf den Boden. Es dauerte lange, bis der Schlaf ihn übermannte.

Beim dritten Mal war er zu müde und zu durchgefroren, um sich zu wehren. Es war ja sowieso sinnlos. Man brachte ihn in denselben Raum wie zuvor.

Aber diesmal war er nicht leer.

March hing an einer Kette, die man an der Decke befestigt hatte. Sein Oberkörper war nackt und blutbesudelt. Überall waren Schnitte, und das Blut hatte sich zu seinen Füßen in Pfützen gesammelt. Seine offenen Augen blickten leer, seine Lippen waren aufgeplatzt und geschwollen.

Der narbengesichtige Soldat wandte sich wieder an Edyon. »Seid Ihr nun bereit, mir die Wahrheit zu sagen?«

Edyon konnte den Blick nicht von March abwenden.

Der fremde Mann leidet Schmerzen. Ich kann nicht sehen, ob er leben oder sterben wird.

Verdammt sei Madame Eruth, verdammt seien ihre verdammten Prophezeiungen!

»Ich habe es Euch doch schon gesagt, wir sind keine Spione«, zwang er sich zu sagen. »Wir sind nicht einmal aus Brigant! Ich bin aus Pitoria. Ich bin hier zu Hause. March stammt aus Calidor.«

»Er ist ein Abask. Die Abask wurden im letzten Krieg alle nach Brigant verschleppt.«

»Er lebt in Calidor. Er steht im Dienst von Prinz Thelonius. Er ist kein Spion. Er gehört zu mir. Wir wollen nach Calidor.«

Der Soldat ging zum Tisch und hob einen langen Metallhaken auf.

»Was tut Ihr da?« Edyons Stimme wurde schriller. Er konnte nicht glauben, was hier passierte! »Bitte! Es tut mir leid, wenn ich unhöflich war! Aber ich sage die Wahrheit! Glaubt Ihr denn, wir würden Euch eine so schlechte Geschichte auftischen, wenn wir wirklich Spione wären?«

»Ihr kommt aus dem brigantischen Lager.«

»Wir kommen aus Goldminster. Wir haben uns verlaufen.«

»Ich dachte, Ihr wärt gerade über die Grenze aus Brigant gekommen? Das habt Ihr jedenfalls der Wache am Tor erzählt.«

»Ich … Ich …« Edyon konnte nicht mehr klar denken; seine Lügen baumelten vor seinem geistigen Auge an dem Haken, mit dem der blauhaarige Soldat sich jetzt March näherte.

»Aufhören! Bitte aufhören! Wir … wir haben uns verlaufen. Wir …«

In deiner Zukunft gibt es viele Wege. Du hast die Wahl. Und Diebstahl ist nicht immer der falsche Weg. Aber du musst ehrlich sein.

Madame Eruths Worte klangen ihm noch in den Ohren, und er wusste, dass er die Wahrheit sagen musste.

»Wir kommen aus Dornan, vom Markt. Es hat einen Kampf gegeben. Ich … ich habe jemanden verletzt. Wir haben versucht, nach Rossarb zu gelangen, aber man hat uns verfolgt, deshalb haben wir den Weg über das Nördliche Plateau genommen. Wir kamen von dort, als die Wachen uns erwischt haben.«

»Die Einzigen, die sich auf das Nördliche Plateau wagen, sind Dämonenjäger. Seid Ihr etwa einer von ihnen?«

Edyon hätte fast gelacht, aber das hätte in einem hysterischen Anfall gemündet. »Sehe ich etwa so aus wie ein Dämonenjäger?«

»Also doch ein Spion.«

»Ich bin *kein* Spion. Bitte hört mich an. *Bitte!*«

Der vernarbte Mann schüttelte den Kopf und setzte die Spitze in die Wölbung unter Marchs Arm.

»Nein! Nein! Aufhören!«, schrie Edyon und stürzte vor, wurde aber von zwei Wachmännern zurückgerissen.

Marchs Augenlider flatterten, und er versuchte, nach seinem Peiniger zu treten, doch seine Bewegung war zu kraftlos. Der Mann bohrte die Spitze des Hakens durch die Haut, und ein winziger Blutstropfen quoll hervor. Edyon drehte sich der Magen um, und er dachte, er müsste sich übergeben.

Du musst ehrlich sein …

»Ich bin der Sohn von Prinz Thelonius von Calidor«, hörte Edyon sich sagen. »Dieser Mann will mich zu meinem Vater bringen. Wenn Ihr ihm noch einmal wehtut, dann …«

»Dann was?« Der Mann drehte sich um; die Verachtung in seiner Stimme brachte Edyon zum Schweigen. »Jetzt seid Ihr also auch aus Calidor? Nicht aus Pitoria?«

Und damit wandte er sich wieder zu March um und bohrte ihm den Haken in die Brust.

March heulte auf.

»Aufhören!«, schrie Edyon. »Ich bin der Sohn des Prinzen! Da waren Dämonenjäger auf dem Nördlichen Plateau – sie haben mir den Ring des Prinzen gestohlen, der Beweis für meine Identität! Ich hatte ihn an einer Kette, aber sie haben ihn gestohlen, Gravell und das Mädchen, *sie haben ihn gestohlen!*«

Im Raum wurde es still, bis auf Marchs dumpfes, gequältes Stöhnen. Das Gesicht des Narbenmannes war ruhig. Er schien endlich zuzuhören, endlich den Worten Glauben zu schenken.

»Ein Ring … an einer Kette?«

»Ja«, sagte Edyon. »Ein goldenes Siegel. Ein Adler mit einem Smaragd. Bitte. Das ist die Wahrheit. Es ist das Siegel von Calidor. Ich bin Prinz Thelonius' Sohn.«

Der Soldat wandte sich an Edyons Wachen, wobei seine Miene nichts verriet. »Bringt die beiden wieder in ihre Zellen. Und bringt mir die Männer, die die Dämonenjäger verhaftet haben.«

»Gravell und das Mädchen?« Edyon traute seinen Ohren nicht. »Sie sind hier?«

Doch als Antwort schleuderte der Mann nur den Haken quer durch den Raum, dass er klappernd zu Boden fiel.

March

ROSSARB,
PITORIA

Es war so dunkel und kalt, aber Edyons Stimme streichelte ihn und Edyons Hand hielt seine. Marchs Kopf lag in Edyons Schoß, und er merkte, dass Edyon weinte. Sein Mund war staubtrocken, und jede Bewegung machte den Schmerz nur noch schlimmer. Er war müde, so müde, aber er konnte nicht schlafen. Er wusste, dass es keine Hoffnung gab. Er fühlte, wie das Leben aus ihm wich.

Anfangs wollte er einfach, dass es vorbei war, dass er so schnell wie möglich starb. Doch dann erinnerte er sich an die Lügen, die er Edyon erzählt hatte. Es war seine Schuld, das Edyon hier gelandet war, bei diesen Männern und ihren Fäusten, ihren Stiefeln und ihren Haken. Wenn er nicht gewesen wäre, stünde Edyon jetzt an der Reling eines Schiffes auf dem Weg nach Calidor, in eine Zukunft als Sohn eines Prinzen. Er musste es Edyon sagen, musste erklären, was er getan hatte. Und warum. Vielleicht würde Edyon ihm vergeben. Er versuchte zu sprechen, aber seine Kehle war wie ausgedörrt. Er hatte keine Kraft mehr. Er schaffte nur vier Worte: »Es tut mir leid.«

Edyon sagte ihm, es müsse ihm nichts leidtun, und dann redete er von der Reise, die sie unternehmen würden, nachdem sie entlassen worden wären. Er sagte etwas über eine Weggabelung und dass sie schon bald in Calidor sein würden, wo es warm war und sie genug zu essen haben und in Federbetten liegen würden. Sie würden gemeinsam Calidor entdecken, das ganze Land erkunden, und Edyon würde seinen Vater kennenlernen, den Prinzen, und sich alle Mühe geben, ehrlich und nicht ganz so feige zu sein. Da wurde March wütend und er zwang noch mehr Worte aus seinem Mund, auch wenn es wehtat.

»Du bist nicht feige.«

Seine Stimme war so belegt, dass sie kaum zu verstehen war, aber Edyon sagte: »Du bist der Mutige von uns.«

Und dann fuhr Edyon mit seiner Geschichte fort. Sie würden nach Abask gehen und in den Bergen leben, und March würde Edyon all die Orte seiner Kindheit zeigen. Und March versuchte, sie vor sich zu sehen, aber es waren nur Bruchstücke aus Bergen und Himmel. Doch dann sah er seinen Bruder Julien und seufzte erleichtert.

Endlich. Er würde heimgehen.

Tash

ROSSARB,
PITORIA

Tash saß seit zwei Tagen in ihrer Zelle.

Nach all den Jahren, in denen sie erfolgreich den Männern des Sheriffs aus dem Weg gegangen waren, hatten die Soldaten sie erwischt. Tash hatte gleich das Gefühl gehabt, dass etwas nicht stimmte, als sie den Posten am Tor entdeckt hatte. Es waren noch nie irgendwelche Wachsoldaten in Rossarb gewesen; die Stadt war klein und die Soldaten normalerweise faul und gelangweilt. Aber jetzt sah es so aus, als hätte die halbe pitorianische Armee sich innerhalb der Stadtmauer versammelt, und als ihnen das klar geworden war, war es schon zu spät gewesen. Die Soldaten hatten sie angehalten, durchsucht, den Dämonenrauch gefunden – und das war's.

Gravell hatte sich gewehrt, aber es waren zu viele gewesen, selbst für ihn. Tash wollte weglaufen, aber ihr Vorsprung hatte nicht ausgereicht. Einer der Soldaten hatte sie an den Dreadlocks gepackt und so fest daran gezogen, dass sie dachte, ihr Kopf würde ihr vom Hals gerissen werden. Aber während ihr Kopf blieb, wo er hingehörte, fiel ihr die Börse mit Edyons Goldkette aus der Tasche. Die Soldaten hatten den Rauch und die Kette genommen und Gravell weggeschleppt. Sie war in eine Zelle mit einem Haufen anderer

Frauen gesteckt worden, die – so vermutete Tash – wegen Diebstahl oder Prostitution eingesperrt waren. In der Zelle stank es. Der Pisseimer war seit Tagen nicht geleert worden.

»Weswegen bist du hier, Kindchen?«, fragte eine Frau namens Nessa.

»Weil ich dumm war.«

»Tja, das trifft wohl auf uns alle zu«, bemerkte Nessa.

»Warum sind so viele Soldaten in Rossarb?«, wollte Tash wissen.

»Na, um zu kämpfen. Hast du's nicht gesehen? Auf der anderen Seite des Flusses steht die brigantische Armee.«

»Den Weg bin ich nicht gekommen.«

»Ah, also von der anderen Seite, was?« Nessa lachte. »Von oben, richtig? Ich erkenne dich jetzt. Du bist mit diesem Dämonenjäger zusammen, nicht wahr? Mit Gravell.«

»Schon möglich.«

»Ich kenne ihn. Ein Geizhals. Sie haben ihn also auch erwischt?«

Tash gab keine Antwort.

»Zu schade. Eigentlich ein netter Kerl. Die Peitsche und ein Jahr Zwangsarbeit für den Besitz von Dämonenrauch; für Dämonenjäger den Galgen.«

»Danke, dass du mich daran erinnerst.«

»Tja, wenn wir Glück haben, nehmen die Briganter die Festung ein und lassen uns alle frei.«

»Ich glaube nicht, dass es dazu kommt.«

»Ich auch nicht, Liebes, ich auch nicht. Aber die Hoffnung stirbt zuletzt. Was anderes bleibt uns ja nicht.«

In diesem Moment wurde die Zellentür aufgeschlossen und ein Gefängniswärter rief: »Aufstehen und raus mit euch! Ihr alle! Ihr werdet woanders untergebracht.«

Die Frauen lachten und stellten sarkastische Vermutungen über ihre neue Unterkunft an – von dem Gasthaus in der Stadt bis zu den Baracken der Soldaten.

Der Mann erklärte daraufhin: »Da liegt ihr gar nicht so falsch. Ihr kommt in ein hübsches Zimmerchen im Keller der Baracken. Diese elegante Unterkunft hier ist für die gefangenen Soldaten des Feindes reserviert.«

»Gibt's im Keller der Baracken auch Bier?«

»Aber sicher doch, meine Hübsche. Fässerweise. Jetzt macht schon und bewegt euch!«

Tash folgte Nessa durch den Gang und eine schmale Steintreppe hinauf, die in den Burghof führte. Sie wurden lediglich von dem Gefängniswärter an der Spitze der Gruppe und von einem Soldaten hinter ihnen begleitet. Beide hatten kurze Speere, aber sie hatten Tash – anders als den erwachsenen Gefangenen – nicht die Hände gefesselt; die Eisenschellen waren zu groß für sie und sie konnte ihre Hände herausziehen.

Tash blinzelte, während ihre Augen sich an die Helligkeit im Freien gewöhnten. Dies war die Gelegenheit zur Flucht. Die Frauen hatten es nicht eilig, trotz der antreibenden Rufe des Gefängniswärters. Im vorderen Bereich der Gruppe hörte Tash Nessas Stimme, die lautstark eine Rast an der frischen Luft verlangte. Eine andere Frau hatte sich bereits auf das Pflaster gesetzt. Im Hof befanden sich noch weitere Soldaten, aber nicht in der Nähe der Tore, die offen standen. Wenn sie es aus der Burg herausschaffte, konnte sie sich ein Versteck suchen. Sie würde zurückkommen und versuchen müssen, Gravell freizubekommen. Aber zunächst einmal musste sie selbst entkommen.

Der Wärter stupste die Frau an, die sich hingesetzt hatte, und Tash fing Nessas Blick ein. Sie lächelte und sagte im Vorbeigehen zu Tash: »Du hast ein Auge auf das Tor geworfen. Du musst schnell sein, wenn du es schaffen willst.«

Tash lächelte ebenfalls. »Oh, ich bin schnell.«

Nessa sagte: »Dann mach dich bereit.« Sie ging zu dem Wärter und beklagte sich wortreich: »Wir brauchen Wasser und frische

Luft. Seit einem Tag hat keine von uns auch nur einen Tropfen zu trinken bekommen! Das ist Folter. Amy hier ist schwanger.«

Sowohl der Wärter als auch der Soldat schauten in die andere Richtung. Das war ihre Chance! Sie rannte direkt auf das Tor zu.

Sie hatte die Hälfte der Strecke zurückgelegt, als der Wärter schrie: »Haltet sie!«

Nach drei Vierteln sah sie einen Soldaten von links auf sich zukommen, aber er war viel langsamer als ein Dämon, und sie wusste, dass sie ihm davonlaufen konnte. Sie würde es mit Leichtigkeit durch das Tor schaffen.

Dann kam sie zum Tor – und sah sich vier Wachsoldaten gegenüber, die auf der anderen Seite der Mauer Posten bezogen hatten und vom Hof aus nicht zu sehen waren.

»Scheiße!«

Sie bog ab und rannte wieder in den Hof. Hinter sich hörte sie Gelächter, als die Soldaten ihr nachjagten. Das hier war anders als die wilde Jagd durch das Badehaus in Dornan. Sie rannte ein paar Stufen hinauf, doch einer der Männer sprang hoch und versperrte ihr den Weg. Sie sprang wieder hinunter, vorbei an einem anderen Mann und wieder zum Tor. Doch zwei der Soldaten waren dort geblieben, und die kamen jetzt auf sie zu, sodass sie wieder kehrtmachte und jetzt auf den Bergfried zurannte. Vielleicht konnte sie von dort aus einen Weg nach draußen finden.

In dem Moment, in dem sie die Tür des Bergfrieds erreichte, ging die nach innen auf und Tash prallte mit voller Wucht gegen eine Frau, die mit einem Aufschrei nach hinten fiel. Tash stolperte, ihre Füße verfingen sich in den Röcken der Frau, sie prallte gegen den Türrahmen und von dort aus direkt in die Arme eines pitorianischen Soldaten.

Catherine

ROSSARB,
PITORIA

Der Dämonenjäger wurde aufgefordert, seine Methoden offenzulegen und zu erklären, wie er an den Rauch komme. Er erwiderte, dass er dieses Geheimnis mit ins Grab nehmen würde, woraufhin ich meinte, dass dies schon bald geschehen würde.

Notizen des Sheriffs
über die Verhaftung von Jonyon Burgens

Catherine hatte den ganzen Morgen in ihrem Zimmer gesessen und zugesehen, wie Männer starben.

Frühmorgens war eine kleine Flotte pitorianischer Schiffe von Rossarb aus losgesegelt, um die brigantischen Schiffe anzugreifen, die regelmäßig Truppen über die Bucht nach Pitoria brachten. Die Kämpfe wirkten auf Catherine wie ein schreckliches Spiel: winzige Gestalten schossen brennende Pfeile, während andere winzige Gestalten die Feuer löschten und wieder andere ins Wasser fielen. Der Transport der brigantischen Soldaten wurde zwar behindert, ging aber unbeirrt weiter. Catherine konnte nicht länger zuschauen.

»Ich sehe nach, wie es meinen Männern geht«, sagte sie zu Tanya, die daraufhin zum ersten Mal an diesem Morgen lächelte.

Catherine richtete sich so ansehnlich her, wie es ihr unter den gegebenen Umständen möglich war, und bat Geratan, der ihre Tür bewachte, sie zu begleiten. Gemeinsam gingen sie die schmale Wendeltreppe der Burg nach unten. Geratan öffnete die Tür, trat beiseite, um Catherine den Vortritt zu lassen, und die wollte gerade hinausgehen, als ein Mädchen mit voller Wucht in sie hineinrannte.

Catherine wurde nach hinten geschleudert und stieß einen kurzen Schrei aus, als das Mädchen von ihr abprallte und wieder durch die Tür nach draußen flog. Geratan packte das Mädchen, das ihm postwendend gegen das Schienbein trat. Fluchend schleuderte er sie zu Boden.

»Seid Ihr verletzt, Euer Hoheit?«, fragte Tanya besorgt.

»Nein, nur erschrocken.«

Catherine erkannte, dass sie seit dem Attentat auf König Arell viel schneller aus der Fassung zu bringen war als früher. Aber das hier war lächerlich. In der Öffentlichkeit zu schreien – wegen eines Mädchens! Das war kein besonders würdevolles Benehmen. Sie holte tief Luft, glättete ihren Rock und trat hinaus in den Hof.

Das Mädchen lag am Boden. Von ihrer Stirn lief ein dünner Blutsfaden über ihr Gesicht. Sie konnte nicht älter als zwölf Jahre sein. Die Haare waren lang und blond und zu dicken Zöpfen verfilzt, in denen ein Vogel sein Nest hätte bauen können. Ihre Haut war von einem dunklen Honigton, und als sie die Augen aufschlug, sah Catherine, dass sie dunkelblau waren. Unwillkürlich musste sie an Tzsayns blaue Seidenjacke denken. Ein Mädchen wie dieses hatte sie noch nie gesehen.

Als sich der Blondschopf aufsetzte, kam ein Mann zu ihnen und klapperte mit einem großen Schlüsselring.

»Du da«, sagte er zu dem Mädchen, »zurück zu den anderen!«

Catherine schaute sich um. Am anderen Ende des Innenhofs saß eine Gruppe Frauen, von denen sich eine lautstark beschwerte, sie habe Durst.

»Wer sind diese Leute?«, fragte Catherine.

»Kriminelle und zwielichtige Gestalten, Mylady«, erwiderte der Gefängniswärter. »Wir haben sie aus den Zellen geschafft, um Platz für die brigantischen Kriegsgefangenen zu machen.«

»Könnt Ihr ihnen nicht wenigstens etwas Wasser geben?«, sagte Catherine. »Sie sehen ja halb tot aus.«

Dieses Ansinnen ging offensichtlich über den Verstand des Gefängniswärters, denn er rührte sich nicht. Geratan sagte zu ihm: »Die Prinzessin meint damit, dass *Ihr* den Gefangenen Wasser holen sollt. Jetzt gleich. Ich passe auf dieses Balg hier auf.«

Der Wärter grunzte, trottete aber immerhin zum Brunnen. Catherine kauerte sich neben das Mädchen.

»Wie heißt du?«

Das Mädchen schaute auf. »Tash. Und Ihr?«

»Catherine.«

»Seid Ihr Ausländerin?«

»Ich wurde in Brigant geboren, aber jetzt bin ich Pitorianerin. Und stolz darauf. Was ist mit dir?«

»Ich wurde in Illast geboren, glaube ich. Aber ich war mein ganzes Leben lang unterwegs. Jetzt allerdings nicht mehr. Jetzt bin ich ja eine Gefangene.«

»Darf ich fragen, warum?«

»Kriege ich auch Wasser? Oder nur eine Menge Fragen?«

»Ich denke, ich kann dir Wasser besorgen.«

»Und was zu essen?«

Catherine musste über die Unverfrorenheit des Mädchens lächeln. »Bestimmt. Geratan, hol dieser jungen Dame bitte etwas zu essen.«

Tash stand auf und fegte sich den Staub von den Kleidern. Catherine war nicht besonders groß, aber dieses Mädchen war winzig.

»Also?«, sagte Catherine auffordernd. »Warum bist du eine Gefangene?«

»Ich habe nichts Falsches gemacht«, sagte Tash. »Das ist alles nur ein Missverständnis.«

Einer der Soldaten verpasste ihr einen Schlag auf den Hinterkopf. »Lüg Ihre Hoheit nicht an!«

»Wenn du mich noch mal schlägst, dann …« Tash funkelte den Soldaten an, dann trat sie auch ihm gegen das Scheinbein.

»Bitte nicht mehr schlagen oder treten«, sagte Catherine.

Der Soldat sagte zu Catherine: »Sie ist eine Dämonenjägerin, Euer Hoheit. Und eine geborene Lügnerin.«

»Eine Dämonenjägerin! In dem Alter?«

Tash zuckte mit den Schultern. »Sieht so aus, als wäre ich auch eine *geborene* Dämonenjägerin.«

Catherine konnte nicht anders, sie musste lachen. Sie war sich immer noch nicht sicher, ob sie an die Existenz von Dämonen glauben sollte, aber dieses Mädchen war wirklich etwas Besonderes.

Ein Soldat brachte etwas zu essen, und Catherine ließ an der Seite des Hofs in der Sonne einen Tisch aufstellen. Auch Ambrose war mittlerweile eingetroffen, und Catherine fühlte, wie er sie anschaute, als sie sich Tash gegenübersetzte und zusah, wie das Mädchen getrocknete Äpfel und Käse verputzte. Einen Moment lang begegneten sich ihre Blicke, und sie fühlte, wie ihr das Blut warm in die Wangen stieg. Sie zwang sich wegzusehen.

Tash verengte die Augen und fragte Catherine: »Wer, sagtet Ihr, seid Ihr?«

»Ich bin Catherine. Prinzessin Catherine, früher von Brigant, jetzt von Pitoria.«

»Ach so. Muss ich jetzt knicksen oder so etwas?«

»Genau genommen ja. Aber ich drücke mal ein Auge zu. Ich finde diese Knickserei selbst ein bisschen albern.«

»Euer Vater – er ist also der König von Brigant?«

»Das stimmt.«

»Der böse König?«

»Er hat diesen Spitznamen zu Recht.«

»Ach, na ja. Man kann sich seine Familie nicht aussuchen, wisst Ihr?«

Wenn sie die Wahl hätte, hätte sich Catherine in der Tat weder ihren Vater noch Boris ausgesucht. Sie fragte Tash: »Wo ist deine Familie?«

Tash zuckte mit den Schultern. »Gravell ist jetzt meine Familie.«

»Gravell?«

»Mein Partner.«

»Dein Partner bei der Dämonenjagd?«

»Ich habe nie behauptet, eine Dämonenjägerin zu sein.«

»Eigentlich schon. Du hast gesagt, du seist eine geborene Dämonenjägerin.«

Bei diesen Worten machte Tash ein mürrisches Gesicht und stopfte sich noch mehr Käse in den Mund.

Als man die anderen Gefangenen wegführte, musste Catherine daran denken, wie man Lady Anne aufs Schafott geführt hatte. Frauen in Ketten und Männer, die das Ende der Kette in der Hand hielten …

Bei dem Gedanken an Lady Anne fiel ihr etwas anderes ein. Sie hatte jetzt endlich jemanden gefunden, der ihr etwas über Dämonenrauch sagen konnte.

»Ich habe nie wirklich geglaubt, dass es Dämonen gibt«, sagte sie zu Tash. »Kannst du mir sagen, wie sie sind?«

Tash aß weiter, den Blick gesenkt.

»Zum Beispiel, wie sie aussehen?«

»Ich will nicht noch mehr Ärger kriegen.«

»Na ja, du hast zugegeben, dass du eine Dämonenjägerin bist. Außerdem sind wir beide doch hier unter uns, nur zwei Ladys, die sich unterhalten. Ich wüsste nicht, wieso du deswegen Ärger bekommen solltest. Und ich kann dir bestimmt noch mehr Essen und Wasser besorgen.«

»Was ich brauche, ist Freiheit. Für mich und Gravell.«

»Das wird schon schwieriger werden. Aber ich könnte Gravell auch etwas zu essen und zu trinken bringen lassen, wenn er hier in der Burg eingekerkert ist.«

Tash hob den Blick. »Das ist er. Und sie behandeln uns alle wie den letzten Dr… Ich meine, sie behandeln uns wirklich schlecht. Sie lassen uns hinrichten, und wir haben doch nichts Böses getan, und Gravell hat ein butterweiches Herz.«

Catherine konnte sich keinen Dämonenjäger mit einem butterweichen Herzen vorstellen, aber sie nickte dennoch und sagte: »Das glaube ich dir.«

Sie drehte sich zu Ambrose um. »Könnt Ihr uns etwas Milch bringen? Und Brot und Honig?« Sie schaute Tash an. »Magst du Honig? Ich liebe ihn.«

Tash nickte.

Als die Milch auf dem Tisch stand, trank Tash einen großen Becher in einem Zug aus, wischte sich über den Mund und rülpste. Dann sah sie, wie Catherine ihre Milch in kleinen Schlucken trank und etwas Honig auf einem Stück Brot verteilte. Tash machte es ihr nach und nippte den zweiten Becher Milch deutlich zurückhaltender.

Catherine lächelte freundlich, doch ihre Gedanken drehten sich um die Frage, wie sie Tash zum Reden bewegen konnte. Vielleicht musste das Mädchen glauben, dass sie es mit einer potenziellen Kundin zu tun hatte.

»Ich habe gehört, dass man den Rauch der Dämonen inhalieren kann. Tust du das auch? Meinst du, ich sollte es einmal versuchen?«

Tash warf ihr einen alarmierten Blick zu. »Nein, das solltet Ihr auf keinen Fall tun!«

»Ach, und warum nicht?«

»Es macht einen dumm im Kopf und schläfrig, und wenn man zu viel davon inhaliert, kann es passieren, dass man sich an ganze Tage nicht mehr erinnert. Manche Leute können nicht mehr aufhören, wenn sie erst mal damit angefangen haben.«

»Und das ist die einzige Verwendung von Dämonenrauch?«

»Er ist warm. Und wunderschön. Ganz rot und violett und orange. Er bewegt sich die ganze Zeit. Als ob er lebendig wäre. Gravell sagt, es sei die Seele des Dämons, die den Körper durch den Mund verlässt.«

Und wieder dachte Catherine an das dritte Zeichen von Lady Anne. Es hatte einen Grund für dieses Zeichen gegeben. Sie hatte Catherine angeschaut, das Zeichen gemacht, und dann in Richtung des Königs geblickt. Catherine durchfuhr der Gedanke, dass Lady Anne möglicherweise von dem Verrat ihres Vaters an ihr gewusst hatte. Die Vorstellung machte sie schwindelig, aber sie fühlte sich irgendwie richtig an.

»Alles in Ordnung?«, fragte Tash. »Ihr seht ein bisschen blass um die Nase aus.«

Catherine nickte und versuchte, das Gespräch wieder in die gewünschte Bahn zu lenken. »Der Dämonenrauch ist also rot und orange?«

»Ja. Und manchmal violett. Kommt darauf an. Aber er ist immer wunderschön.«

»Das würde ich zu gerne einmal sehen.«

»Die Soldaten haben unseren an sich genommen.«

»Ihr hattet Dämonenrauch bei euch?« Sie drehte sich zu Ambrose um. »Lässt sich herausfinden, wer Tash den Rauch abgenommen hat?«

Ambrose winkte einen Soldaten zu sich und sprach mit ihm.

Tash seufzte. »Ich vermute, Ihr werdet mich wieder in meine Zelle werfen lassen, jetzt, wo ich Euch alles verraten habe.«

Catherine lächelte. Tash hatte ihr kaum etwas gesagt, und sie wollte noch viel mehr erfahren.

»Ich kann nicht verhindern, dass sie dich jetzt mitnehmen, aber ich werde mein Möglichstes tun, um dich da herauszuholen. Du hast mein Wort.«

Prinz Tzsayn kehrte erst am späten Abend in die Festung zurück. Er hatte den ganzen Tag auf der Stadtmauer verbracht, und Catherine hatte vom Fenster aus auf seine Rückkehr gewartet. Sobald er in den Burghof geritten kam, eilte sie nach unten, um ihn abzufangen. Die letzten Schritte ging sie langsamer, strich ihr Kleid glatt und trat dann mit hoch erhobenem Kopf nach draußen.

»Guten Abend, Euer Hoheit. Kann ich mit Euch sprechen?«

Tzsayn sah sogar noch erschöpfter aus als am Abend zuvor, aber er sagte: »Gewiss doch. Begleitet mich.«

Er ging mit ihr in ein kleines Speisezimmer, wo ein gedeckter Tisch wartete, auf den umgehend das Essen für den Prinzen aufgetragen wurde.

»Darf ich fragen, wie es um die Verteidigung von Rossarb steht?«

»Die Mauern halten stand, aber Euer Vater zieht die Schlinge immer enger. Seine Männer haben heute die Straße nach Süden eingenommen. Ein paar unserer Truppen sind vorher noch durchgekommen, aber nicht genug. Der Rest musste sich zurückziehen.«

Catherine fühlte einen Stich im Herzen. »Wir sind also abgeschnitten?«

»Ich fürchte, ja. Wir können jetzt nichts weiter tun als auszuharren, bis weitere Verstärkung hier ankommt. Wenn Lord Farrow mit seinen Männern eintrifft, werden sie die Belagerungslinien durchbrechen und die Stadt befreien.«

»Wie lange wird das dauern?«, fragte sie leise.

Tzsayn blies die Wangen auf und fuhr mit seinen vernarbten Fingern durch sein Haar.

»Drei Tage.«

»Können wir es schaffen?«

Tzsayn verzog das Gesicht. »Aloysius' Männer haben heute zweimal versucht, die Stadtmauer zu erstürmen, einmal von Süden, das andere Mal von Westen aus. Wir haben sie zurückgeworfen und etwa Hundert feindliche Soldaten getötet, dabei aber ein Dutzend unserer eigenen verloren. Ihre Armee wächst ständig, weil Aloysius immer mehr Männer aus Brigant herschaffen lässt. Sie können sich diese Verluste leisten, wir nicht. Ich fürchte, wir werden die Stadt nicht halten können und uns in die Burg zurückziehen müssen. Die können wir verteidigen, bis Farrow eintrifft, daran habe ich keinen Zweifel, obwohl es eine ziemlich blutige Angelegenheit sein wird, die Stadt von Aloysius' Truppen zu befreien, wenn sie sich erst einmal festgesetzt haben.« Tzsayn lehnte sich seufzend zurück. »Aber genug schlechte Nachrichten. Womit habt Ihr Euch heute beschäftigt?«

»Nun, das ist der Grund, warum ich mit Euch sprechen wollte.«

»Und ich dachte, Ihr hättet meine charmante Gesellschaft vermisst und wärt deshalb so eilig die Treppe heruntergekommen.«

Catherine lächelte. »Deswegen natürlich auch, Euer Hoheit.«

»Hm, natürlich. Also, was wolltet Ihr mit mir besprechen?«

»Ich habe noch einmal darüber nachgedacht, was mein Vater überhaupt will. Keiner von uns hat bislang ein Motiv für seine Invasion in Erfahrung bringen können. Also ist es vielleicht etwas, von dem wir gar nichts wissen.«

»Ich fürchte, ich bin ein bisschen zu müde zum Rätselraten.«

»Mein Vater hat letztes Jahr Dämonenrauch gekauft. Ich habe den Eintrag in seinem Rechnungsbuch gefunden.«

»Glaubt Ihr, dass er süchtig danach ist?« Tzsayn kicherte freudlos. »Das würde jedenfalls eine Menge erklären.«

»Nein, mein Vater trinkt nicht einmal Wein. Aber er würde auch niemals grundlos Geld ausgeben, und dieser Rauch hat ihn zweihundert Pfund gekostet. Und da ist noch etwas anderes. Ich muss Euch von Ambroses Schwester und einem Ort namens Fielding erzählen.«

Tzsayn runzelte die Stirn, hörte aber schweigend zu, als Catherine ihm von Lady Annes Hinrichtung und den Zeichen berichtete, die sie gemacht hatte, sowie von der Armee aus Jungen in Fielding.

»Die Botschaft bestand aus den Worten ›Dämonenrauch‹ und ›Junge‹?«, vergewisserte sich Tzsayn. »Ich verstehe nicht, was das mit der Invasion Eures Vaters zu tun haben könnte.«

»Ich auch nicht, aber je mehr wir über den Rauch erfahren, desto größer ist unsere Chance, dass wir den Zusammenhang finden.«

»Und wie kann ich helfen? Etwa durch meine jahrelange Erfahrung mit Dämonen?«

»Nun, es ist so, dass sich im Augenblick zwei Leute mit genau dieser Erfahrung in Eurem Gewahrsam befinden.«

Tzsayns machte ein säuerliches Gesicht. »Dämonenjäger meint Ihr wohl.«

»Ja. Ich habe eine von ihnen heute zufällig kennengelernt, ein Mädchen. Die Kleine weiß über Dämonen Bescheid. Ich denke, sie könnte uns helfen herauszufinden, was mein Vater vorhat.«

»Ihr könnt sie zu Euch bringen lassen. Geht nicht hinunter in den Kerker.«

»Ich habe mit ihr gesprochen, aber sie will mir nicht mehr sagen, bis sie freikommt.«

»Nein.« Tzsayn schüttelte den Kopf. »Sie ist eine Verbrecherin.«

»Sie kann uns helfen. Es ist eine Chance, mehr über die Pläne meines Vaters zu erfahren. Eine kleine Chance, das gebe ich zu, aber es kostet Euch doch nichts, sie gehen zu lassen.«

»Aber sie hat das Gesetz gebrochen.«

»Sie ist ein Kind. Eine königliche Begnadigung würde sie gewiss dazu ermutigen, ihr Wissen mit uns zu teilen.«

Tzsayn seufzte. »Und was sollte sie daran hindern wegzulaufen, wenn wir sie freilassen?«

Catherine breitete die Arme aus. »Wo soll sie denn hin? Ihr habt doch selbst gesagt, dass wir eingeschlossen sind.«

Tzsayn nickte reumütig. »Also schön, ich lasse sie frei. Und Ihr könnt sie haben. Seht zu, was Ihr erfahren könnt. Vielleicht ist es ja tatsächlich hilfreich.«

»Danke, Euer Hoheit. Und dann ist da noch ihr Partner, ein Mann namens Gravell.«

»Nein.«

»Aber vielleicht weiß er mehr als sie.«

»Ein Kind kann ich begnadigen, einen erwachsenen Mann nicht.«

Catherine senkte den Kopf. »Dann danke ich Euch für das Kind.«

»Ich hoffe, das Mädchen weiß sein Glück zu schätzen, dass es so eine mitfühlende Prinzessin gefunden hat.«

»Und einen so mitfühlenden Prinzen.«

In Brigant hätte niemand einen Gefangenen auf ihre Bitte hin aus dem Kerker freigelassen. Sie würde Tash befragen, und sie würde auch mit Gravell reden, wenn nötig in seiner Zelle. Aber jetzt wollte sie Tzsayn von seinen Sorgen ablenken.

»Das Mädchen kommt aus Illast, glaube ich. Sie hat ganz erstaunliche Haare. Sie sind lang und verfilzt wie dicke Seile. So etwas habe ich noch nie zuvor gesehen. Ihre Haut ist dunkel und ihre Augen sind von einem dunklen Blau, noch dunkler als die Farbe Eurer Seidenjacken.«

»Das klingt ja, als ob sie Euch im Sturm erobert hätte.« Der Prinz lächelte.

Catherine lachte. »In gewisser Weise stimmt das auch.« Aber bevor sie noch mehr sagen konnte, trat ein Diener ein und verbeugte sich vor Tzsayn.

»Karl bittet um die Erlaubnis, mit Euch zu sprechen, Euer Hoheit.«

Der Prinz rieb sich die Augen. Catherine sah wieder die Müdigkeit in seinem Gesicht. »Wo ist er?«

»Hier vor der Tür, Euer Hoheit.«

»Bitte entschuldigt mich«, sagte der Prinz zu Catherine. »Wie es aussieht, wartet noch mehr Arbeit auf mich.«

Catherine nickte. »Ich werde Euch Euren Pflichten überlassen. Danke, dass Ihr mir meinen Wunsch erfüllt habt.«

Als sie den Raum verließ und in Richtung ihres eigenen Zimmers ging, verbeugte der vor der Tür wartende Mann sich vor ihr. Er hatte Narben quer über beide Wangen und eine dicke Goldkette in der Hand.

Edyon

ROSSARB,
PITORIA

March lag im Sterben. Edyon wusste es. Und diesmal gab es keine Möglichkeit, ihn zu retten.

Nachdem Edyon dem narbengesichtigen Mann gesagt hatte, dass er der Sohn von Prinz Thelonius war, hatte man ihn und March zurück in Edyons Zelle gebracht. Sie hatten Brot und Wasser bekommen, aber March konnte nichts essen. Edyon kaute das Brot weich und versuchte, ihn mit dem Brei zu füttern, aber es war hoffnungslos. Er träufelte Wasser in Marchs Mund und redete mit ihm, aber mehr konnte er nicht tun.

Ich kann nicht sehen, ob er leben oder sterben wird …

Madame Eruth hatte es nicht sehen können, aber Edyon sah es. Er fühlte den Tod, der in diesem Raum Quartier bezogen hatte.

Und so redete und redete Edyon und hielt Marchs Hand. Er hatte um ein paar Tücher und Wasser gebeten, um die Wunden zu reinigen, und irgendwann öffnete sich die Tür.

Der Mann im Türrahmen hatte weder Verbandszeug noch Wasser bei sich, aber er hielt Edyons Goldkette in der Hand. Er war herrlich in blaue Seide und einen silbernen Brustpanzer gekleidet, und Edyon hätte am liebsten laut gelacht über den Anblick des schönen

Fremden, während March in einem Kerker im Sterben lag, in dem sogar die Luft schmutzig war.

»Ihr behauptet, dass diese Kette Euer Eigentum ist?«

»Ja, sie gehört mir.«

»Könnt Ihr mir sagen, wie sie in Euren Besitz kam?«

Edyon war so müde, dass er kaum noch Worte formen konnte, aber er erzählte in kurzen Sätzen seine Geschichte, von seiner Geburt bis zu dieser Gefängniszelle.

Der Mann starrte ihn an. »Ich habe noch viele Fragen an Euch, aber sie können warten, bis Ihr wieder bei Kräften seid.«

»Ich sage die Wahrheit.«

Der Mann nickte. »Ich glaube Euch, Edyon.«

Und mit einem Schnippen seiner Finger traten vier Soldaten in die Zelle. »Diese Männer werden Euch in ein anderes Gemach bringen. Ich werde meinen Heiler zu Eurem Freund schicken. Wir unterhalten uns später.«

Die Soldaten versuchten, March hochzuheben, aber er verkrampfte seinen Griff um Edyons Hand, und Edyon wusste, dass er ihn nicht loslassen durfte. Die Soldaten sagten ihm, er solle ihnen Platz machen, aber der blau gekleidete Mann redete leise mit ihnen, woraufhin sie um Edyon herum arbeiteten. Irgendwie gelang es ihnen, March auf eine Trage zu bugsieren, und sie trugen ihn aus dem Verlies hinaus in die kühle Luft.

Sie durchquerten den Burghof und betraten den Bergfried, wo sie in einen hellen Raum mit einem großen Feuer im Kamin gebracht wurden. Dort kümmerte sich ein Mann in einer weißen Tunika um March, reinigte seine Wunden und verband sie, während Edyon immer noch Marchs Hand hielt.

»Wer war der Mann? Der in Blau?«, fragte Edyon, obwohl er schon eine Ahnung hatte; schließlich hatte er die schrecklichen Narben gesehen, die einen Teil des Gesichts bedeckt hatten und es aussehen ließen wie geschmolzenes Wachs.

»Das war Prinz Tzsayn, Sir, und ich bin sein Medikus. Er hat mich angewiesen, Euch zu helfen.«

Edyon wusste nicht, was er sagen sollte. Geschah das alles, weil man ihm jetzt glaubte, dass er der Sohn von Prinz Thelonius war? Jedenfalls hielt man ihn und March offenbar nicht länger für Spione. Edyon empfand einen Funken Hoffnung. Dann fiel sein Blick auf March. Sein Gesicht war leichenblass, die Atmung schwach. Der Funke erstarb.

»Und March? Könnt Ihr ihm helfen?«

»Ich tue, was ich kann. Aber er ist sehr schwach und seine Wunde tief.«

Edyon wünschte, er hätte noch den Dämonenrauch. Damit hätte er March retten können. Die Flasche war das einzig Nützliche, was er je gestohlen hatte, und dann hatte er es wieder verloren.

Aber Gravell und Tash waren in der Burg. Der Prinz musste die Kette von ihnen erhalten haben, also hatte er bestimmt auch den violetten Rauch. Es war eine erbärmlich kleine Chance, aber besser als nichts.

»Der Dämonenrauch! Er wird ihn heilen!«

Der Heiler schüttelte den Kopf. »Dämonenrauch hat keine heilende Wirkung.«

»Doch! Ich habe es selbst gesehen!«

Der Heiler hob die Augenbrauen. »Wohl nachdem Ihr ihn inhaliert habt, was?«

»Es funktioniert, ich verspreche es Euch.«

»Unmöglich. Und außerdem illegal.«

»Hört zu«, sagte Edyon. »Es müssen sich zwei Dämonenjäger hier im Verlies befinden; sie wurden gefangen genommen, als sie nach Rossarb kamen. Sie hatten die Goldkette, die ich von meinem Vater, Prinz Thelonius, bekam.« Edyon dachte, es könnte nichts schaden, den Namen zu erwähnen. »Sie hatten außerdem eine Flasche mit violettem Dämonenrauch bei sich. Er kann Wunden heilen. Ich habe es gesehen. Ich habe es an mir selbst ausprobiert. Und jetzt brauche ich diesen Rauch. Das Leben meines Freundes hängt davon ab.«

»Ich weiß, dass Ihr Euren Freund retten wollt, Sir, aber der Rauch wird ihm nicht helfen. Er kann ihm vielleicht das Sterben erleichtern, wenn er ein bisschen davon inhaliert, aber …«

»Holt mir den Rauch«, befahl Edyon. »Der Prinz hat Euch gesagt, dass Ihr alles tun sollt, was Ihr könnt. Wenn March stirbt, werde ich Euch die Schuld dafür geben. Bringt mir den Rauch oder bringt mir den Prinzen. Jetzt sofort!«

Catherine

ROSSARB,
PITORIA

Die Geschichtsschreibung vergisst oft zu erwähnen, dass König Stephen, einer der beliebtesten Könige von Brigant, unehelich geboren wurde.

T. Nabb: *Die Geschichte Brigants*

Am Morgen nachdem Catherine mit dem Prinzen über Tash gesprochen hatte, war das Mädchen freigelassen worden, und auf Tashs inständige Bitte hin hatte Catherine ihr erlaubt, Gravell in seiner Zelle zu besuchen, allerdings in Begleitung von zwei Soldaten.

»Lasst sie nicht aus den Augen. Sie kann sehr schnell laufen, passt gut auf«, hatte Tanya sie mit einem Lächeln gewarnt.

Kurz darauf tauchte Ambrose mit einem kleinen Leinensack bei Catherine auf. Durch den Stoff schimmerte es violett und rot, und Catherine merkte, dass sie aufgeregt wurde.

»Der Rauch? Du hast ihn gefunden?«

Ambrose zog nicht nur eine, sondern zwei Flaschen aus dem Sack und hielt sie in die Höhe. In der einen Flasche wirbelte es rot und orange, der Rauch in der anderen Flasche war violett und strahlte heller. Er hielt ihr die Flasche hin und sagte: »Sei vorsichtig, sie ist heiß.«

Catherine nahm die Flasche und war überrascht über das Gewicht. Aber die Wärme, die sie verströmte, war eher angenehm als feurig.

War dieser seltsame Rauch tatsächlich der Grund für die Invasion? Eins war klar: Der Rauch war außergewöhnlich. Aber wie konnte er König Aloysius von Nutzen sein?

»Handelt Ihr neuerdings mit Hehlerware, Sir Ambrose?«, sagte Prinz Tzsayn, der in diesem Moment den Raum betrat. »Die Strafe für den Besitz von Dämonenrauch ist ein Jahr Zwangsarbeit.«

»Muss ich dann auch ins Gefängnis?« Catherine hob die Flasche mit dem violetten Rauch.

Prinz Tzsayn grinste. »Glücklicherweise bin ich in der Lage, Euch zu begnadigen.« Er nahm ihr die Flasche aus der Hand.

»Ich habe dies von Euren Wachen, Euer Hoheit. Sie haben es zwei Gefangenen abgenommen.«

»Den Dämonenjägern, wenn ich recht vermute«, sagte Tzsayn und schaute Catherine an.

Catherine nickte. »Wie ich schon sagte, ich glaube, dass der Rauch der Grund für diesen Krieg ist. Aber mehr kann ich dazu nicht sagen.«

Der Prinz hielt die Flasche hoch. »Einen Rauch mit dieser Farbe habe ich noch nie gesehen. Normalerweise ist er rot, so wie in der anderen Flasche.«

»Vielleicht kann Tash uns den Unterschied erklären«, sagte Catherine.

»Hoffen wir, dass sie uns irgendwie weiterhelfen kann«, nickte der Prinz. »Aber ich bin eigentlich nicht hier, um über Dämonenrauch zu sprechen. Es gibt etwas anderes, das Ihr wissen sollt. Kurz bevor die Belagerung der Stadt begann, haben meine Wachen zwei Männer verhaftet, die versuchten, in die Stadt zu gelangen. Man hielt sie für Spione. Einer der beiden behauptet, sein Vater sei Prinz Thelonius von Calidor.«

Catherine schüttelte den Kopf. »Thelonius hat keine Kinder, seine beiden Söhne sind vor Kurzem verstorben.«

»Ich sollte noch erwähnen, dass dieser Mann unehelich geboren wurde. Er ist illegitim, aber trotzdem Thelonius' Sohn. Er sagt, er wusste bis vor wenigen Wochen nicht, wer sein Vater ist, und erklärte mir, dass Prinz Thelonius ihm ein Zeichen seines guten Willens geschickt habe, das den Wahrheitsgehalt seiner Geschichte beweist: ein Ring, den man in einen Anhänger einhaken kann. Er war auf dem Weg nach Calidor, zu seinem Vater. Dieser Sohn mag ein Bastard sein, aber es ist gut möglich, dass Thelonius ihn anerkennen und damit legitimieren will.«

Tzsayn reichte Catherine die Goldkette.

Schwer und dick lag sie in Catherines Hand, und an der Kette war ein kompliziert aussehender Anhänger befestigt, mit einem Muster aus Dornen. In den Dornen befand sich ein Ring.

»Das ist Prinz Thelonius' Siegel«, sagte Tzsayn.

Catherine sank auf einen Stuhl. »Aber das würde ja bedeuten, dass … dass er mein Cousin ist.«

»Und, nachdem Thelonius ihn anerkannt hat, der zukünftige Prinz von Calidor.«

Catherine war benommen. Sie schaute zu Tzsayn hoch. »Wie ist sein Name?«

»Edyon Foss.«

»Ein pitorianischer Name.«

»Ja. Seine Mutter war – ist – Pitorianerin.«

Konnte das wahr sein? Ihr Cousin? Ihr Vater hatte immer behauptet, ihr Onkel sei ein ehrloser Feigling. Es wäre keine Überraschung zu erfahren, dass ein solcher Mann seiner Gemahlin untreu war. Andererseits hatte sich ihr eigener Vater in Bezug auf Catherines Hochzeit ebenfalls als ehrlos erwiesen. Wenn Edyons Geschichte stimmte, dann war er sein ganzes Leben lang über seine Herkunft im Unklaren gelassen und erst jetzt zu seinem Vater gerufen worden, weil der Prinz nach dem Tod seiner legitimen Kinder einen Nachfolger brauchte. Edyon war – genau wie Catherine – von seinem Vater benutzt worden. Sie fragte sich, ob er genauso manipulativ war, wie Thelonius zu sein schien. Nun, das ließ sich herausfinden.

Catherine packte die Armlehnen des Stuhls und drückte sich nach oben.

»Ich will ihn sehen.«

Tzsayn hob die Hand. »Bald. Im Augenblick geht es nicht; sein Gefährte ist ernsthaft krank, dank der Methoden, die meine Soldaten bei dem Verhör einsetzten, fürchte ich. Natürlich müsst Ihr ihn kennenlernen, aber jetzt ist nicht der richtige Zeitpunkt.«

Es klopfte an der Tür, und als Tanya öffnete, trat ein Mann in einer weißen Tunika ein. Er atmete schwer und schnappte nach Luft.

»Durch die halbe Burg … wusste gar nicht, dass sie so groß ist … mindestens Tausend Stufen hoch … für nichts und wieder nichts …«

Prinz Tzsayn trat zu dem Mann. »Gregor, bringt Ihr Nachrichten über March? Schlechte Neuigkeiten?«

Gregor sah hoch und schien überrascht, den Prinzen vor sich zu sehen. Dann klappte er wie ein Taschenmesser zusammen, obwohl Catherine nicht wusste, ob er sich krümmte oder verbeugte.

»Euer Hoheit. Bitte um Verzeihung.« Gregor holte noch ein paar Mal tief Atem und richtete sich dann zu voller Größe auf. »Ihr sagtet, ich solle … für den Patienten alles tun, was ich kann.«

»Und warum seid Ihr dann hier und nicht bei ihm?«

»Der kleine Prinz will den Dämonenrauch. Er besteht darauf. Ich bin zweimal durch die ganze Festung gelaufen, um ihn zu finden. Die Wache meinte, man hätte ihn Sir Ambrose gegeben. Aber Sir Ambrose aufzuspüren, war nicht so einfach.«

»Nun, hier ist er, und hier ist auch der Rauch. Aber was will Edyon damit?«

»Er behauptet, dass er damit die Wunden seines Freundes heilen kann.«

»Der Rauch kann *heilen*?«

»Nein, Euer Hoheit, das ist natürlich völliger Unsinn, aber Edyon behauptet steif und fest, dass es wahr ist.«

Catherines Gedanken überschlugen sich. *Aber was, wenn es kein Unsinn ist? Was, wenn der Rauch tatsächlich Wunden heilen kann? Ist es das, worauf mein Vater aus ist?*

Tash

ROSSARB,
PITORIA

»He, Großer! Du hast Besuch!«

Gravell hockte auf dem Boden einer Zelle, die genauso kalt, schmutzig und stinkend war wie die, in der Tash gewesen war. Aber als er Tash im Türrahmen sah, verzog sich sein haariges Gesicht zu einem so breiten Grinsen, als säße er im schönsten Palast von Pitoria. Tash rannte zu ihm und umarmte ihn.

Gravell hob sie hoch und sagte: »Schön, dich zu sehen, Fräulein.« Und er drückte sie so fest an sich, dass sie nicht mehr atmen konnte.

Als er sie sanft absetzte, hatte Tash Tränen in den Augen, aber das konnte sie sich nicht anmerken lassen. Schnell wischte sie ihr Gesicht an seinem Bauch ab und atmete tief durch, bevor sie sich zu einem Lächeln zwang und zu ihm aufsah.

»Wie geht's dir?«

»Was denkst du denn, in diesem Drecksloch? Bist du ausgebüxt, oder was?«

»Oder was, und zwar mit einem dicken Ausrufezeichen! Ich habe eine königliche Begnadigung bekommen und helfe jetzt Prinzessin Catherine. Sie will alles über Dämonen wissen.«

Gravell lachte, dann schaute er Tash prüfend an. »Im Ernst? Prinzessin wer?«

»Catherine. Sie ist mit Prinz Tzsayn verlobt. Von dem habe ich die Begnadigung bekommen.«

»Nicht schlecht.« Er verengte die Augen. »Du verrätst doch nicht etwa unsere Berufsgeheimnisse, oder?«

Tash schüttelte den Kopf. »Nein. Und richtig frei bin ich auch nicht. Die Stadt ist von Brigantern umzingelt, ich kann also gar nicht weg, selbst wenn ich wollte. Aber wenigstens hocke ich nicht mehr in so einer verdammten Zelle. Ich habe versucht, dich auch freizubekommen, aber das wollen sie nicht. Sie sagen, bei mir ist es anders, weil ich ein Kind bin.«

»Das stimmt. Du solltest nicht hier drin sein.«

»Du auch nicht.« Ihr fiel das Essen ein. »Ich habe dir Äpfel mitgebracht und Nüsse und Käse. Ich darf dir jeden Tag was zu essen bringen. Das haben sie mir erlaubt.«

»Das ist gut.«

»Und ich habe nachgedacht«, fuhr Tash fort und senkte die Stimme, sodass die beiden Soldaten, die sie begleitet hatten, ihre Worte nicht verstehen konnten. »Es gibt für dich eine Möglichkeit zur Flucht. Die Briganter planen einen großen Angriff. Wenn das geschieht, werden die Kerker wahrscheinlich geräumt, um Platz für die Kriegsgefangenen zu machen. So war's bei mir. Falls du rauskommst, ich meine *wenn* du rauskommst, und ich dann nicht bei dir bin, dann treffen wir uns am Fuß des Weges, der zum Plateau führt. Auf dem Weg, den wir gekommen sind.«

Gravell zog die Nase hoch. »Klingt nach einem guten Plan.«

»Der wird bestimmt funktionieren. Du musst nur vorbereitet sein.« Und damit umarmte sie Gravell noch einmal und ließ ihn nicht mehr los, bis ein Wärter kam und ihr sagte, dass die Zeit um war.

Als sie den Kerker verließ und wieder durch den Burghof ging, sah Tash die Prinzessin und den Prinzen mit Ambrose, der einen Leinensack trug, in dem es violett und rot leuchtete.

Die Prinzessin rief sie zu sich. »Tash, komm mit. Wir wollen den Rauch benutzen.«

Typisch, dachte Tash, als sie hinter den dreien hertrottete. *Gravell und ich werden verhaftet, weil wir Dämonenrauch bei uns haben, aber Prinzen und Prinzessinnen dürfen damit machen, was sie wollen …*

Edyon

ROSSARB,
PITORIA

Nachdem der Heiler gegangen war, marschierte Edyon zunächst im Zimmer auf und ab, doch dann kehrte er zu March zurück und nahm wieder seine Hand. Sie war kalt, viel zu kalt, als ob das Leben aus ihm weichen würde. Er brauchte den Dämonenrauch! Wo blieb dieser verdammte Heiler? Würde er den Rauch überhaupt finden? Vielleicht hatten die Soldaten ihn selbst geraucht oder den Korken herausgezogen, sodass er entweichen konnte, oder …

Edyon ging zum Fenster, aber von dem Heiler war keine Spur zu sehen.

Beeil dich! Beeil dich!

Er ging wieder zu March und nahm seine Hand. Tränen brannten in seinen Augen. »Alles wird gut. Gleich haben wir den Rauch, und dann heile ich dich und uns erwartet ein Leben in fernen Ländern und voller Reichtum, du wirst es sehen.«

Aber Edyon wusste, dass es eine Lüge war. Der Tod war ganz dicht bei ihnen. Und es war seine Schuld. Wenn er den Rauch nicht gestohlen hätte. Wenn er den Wachmann nicht getötet hätte. Er hob Marchs Hand an seine Lippen, küsste sie und sagte: »Es tut mir leid, March. Es tut mir leid.«

Die Tür wurde geöffnet und Edyon sprang auf. Aber es war nicht der Heiler, der ins Zimmer trat, sondern der Prinz. In der Hand hielt er die Flasche mit dem violetten Rauch.

»Ich glaube, Ihr habt hiernach verlangt.«

Edyon musste sich beherrschen, um dem Prinzen die Flasche nicht aus der Hand zu reißen. »Ja, Euer Hoheit! Ich weiß, Dämonenrauch ist illegal, aber er besitzt Heilkräfte. Er wird March retten. Ich habe das schon einmal gemacht.«

Tzsayn reichte ihm die Flasche. »Zeigt es uns.«

Jetzt sah Edyon, wer mit »uns« gemeint war: Etliche Leute drängten sich durch die Tür. Der Heiler, eine junge Frau in einem wunderschönen Kleid aus hellgrauer Seide, ein unfassbar gut aussehender Soldat mit langen blonden Haaren, und mittendrin: Tash. Edyon wusste nicht, ob er lachen oder weinen sollte.

Mit der Flasche in der Hand ging Edyon zu March. Er drehte die Flasche auf den Kopf, zog den Korken heraus und atmete einen kleinen Rauchfaden ein. Dann beugte er sich über March und legte seine Lippen über die üble Wunde auf dessen Brust, die von dem Eisenhaken verursacht worden war.

Der Rauch in seinem Mund fühlte sich heiß und trocken an. Er wirbelte um die Wunde, schien ihm aber auch zu Kopf zu steigen. Edyon ließ seinen Mund auf der Wunde liegen, bis er anfing zu zittern und nicht mehr länger die Luft anhalten konnte. Dann atmete er aus. Der Rauch kräuselte sich nach oben, und alle im Raum schauten ihm nach. Die junge Frau streckte die Hand aus und wollte ihn berühren, doch der Prinz hielt sie davon ab. Der Rauch stieg zur Zimmerdecke und kroch dann zu einer Ecke des Fensters, wo er eine Ritze fand, durch die er scheinbar nach außen gesaugt wurde.

»Das ist doch unmöglich!«

Der Ausruf des Heilers lenkte die Aufmerksamkeit der Anwesenden wieder zurück zu March. Die Wunde hatte sich bereits geschlossen. Kein Blut trat mehr aus.

Die junge Frau zog ihre Hand aus der des Prinzen und trat zu March.

»Sie … sie ist geheilt.«

»Ja.« Edyon merkte, dass er lächelte.

Der Heiler beugte sich über March. »So etwas habe ich noch nie erlebt.«

»Der Rauch hilft auch gegen Schrammen und blaue Flecke, wenn man die Flasche ins Badewasser legt.« Edyon lachte bei der Erinnerung an sein Bad in Dornan. »Tut mir leid. Wenn man den Rauch eine Weile im Mund behält, macht er einen schwindelig.«

»Jetzt verstehe ich! Das erklärt auch meinen Knöchel!«, ließ sich Tash vernehmen. »Ich habe nie inhaliert oder darin gebadet, aber als wir diesen Dämon gejagt haben, habe ich mir den Knöchel verstaucht und später die Flasche auf die Schwellung gelegt. Am nächsten Morgen war mein Knöchel heil. Ich fand das merkwürdig, dachte dann aber, dass ich mich nicht so schlimm verletzt hatte, wie ich dachte. Aber ich weiß noch, wie gut ich mich am nächsten Tag fühlte.«

Edyon hatte Tash beinahe vergessen. Wieder lachte er. »Das letzte Mal, als ich ein Bad hatte, habe ich Tash kennengelernt.«

»Ja. Stellt Euch nur vor, wie toll das wäre, wenn wir die Zeit zurückdrehen könnten. Dann wären wir nämlich jetzt in Dornan und würden zufrieden eine Pastete essen«, sagte Tash und verschränkte die Arme vor der Brust. »Und ich hätte den Rauch.«

Edyon hatte keine Ahnung, wo er jetzt wäre. Der Raum drehte sich vor seinen Augen, und er konnte keinen klaren Gedanken mehr fassen, aber March würde gesund werden – und das war alles, was zählte. Und er fühlte sich fantastisch. Er ging zu Tash und nahm sie in den Arm. Am liebsten hätte er jeden umarmt. Er zog Tash an sich und hob sie hoch.

»Au! Nicht so grob!«

»Entschuldigung.« Edyon erinnerte sich daran, wie er unter dem

Einfluss des Rauchs gegen den Wachmann in Dornan gekämpft hatte. »Man muss sehr vorsichtig sein mit diesem Zeug. Es macht einen nämlich auch stärker. Seht her.« Und als Beweis ging er zu einem schweren Holzstuhl in der Ecke des Zimmers und hob ihn hoch über seinen Kopf. Als der Prinz ihn ziemlich unbeeindruckt musterte, kam sich Edyon plötzlich dumm vor. Und er wurde auch ein bisschen wütend. Warum nahm ihn keiner ernst? Verlegen schleuderte er den Stuhl zu Boden, so fest er konnte. Er zersplitterte mit einem ohrenbetäubenden Krachen auf den Steinplatten, von denen eine einen Riss bekommen hatte.

Stille senkte sich über den Raum.

Edyon lachte. »Tja, das war das hässlichste Möbelstück, das ich je gesehen habe. Obwohl ich mich jetzt zu gerne hinsetzen würde.« Und damit sank er zu Boden.

»Habt Ihr das gesehen?«, wandte Tzsayn sich mit fassungslosem Blick an den Heiler. »Er hat den Stuhl zerbrochen wie einen Zahnstocher!« Er beugte sich über die Bodenplatte und fuhr mit der Fingerspitze den Riss entlang.

Der Heiler bückte sich ebenfalls. »Der Rauch kann heilen und Stärke verleihen! Davon habe ich weder gelesen noch je davon gehört. Gilt das nur für den violetten Rauch?« Er wandte sich zu Edyon, aber Edyon zuckte nur mit den Schultern.

Tash sagte: »Ich glaube schon. Er stammt von den jüngeren Dämonen, die ebenfalls violett sind.«

»Und wie lange hält diese Stärke an?«, fragte der Heiler.

Niemand antwortete. Edyon dachte an seine Versuche mit der Harpune; zu diesem Zeitpunkt war die Wirkung des Rauchs bereits verflogen gewesen. Er sagte: »So ungefähr einen Tag, nehme ich an. Jedenfalls ist sie nicht von Dauer.«

Die junge Frau sagte: »Aber sie hält lange genug, um eine Schlacht zu schlagen. Ich könnte mir vorstellen, dass der Rauch in einer Armee eine große Bereicherung wäre.«

Der Prinz sagte: »Er verleiht Kraft für den Kampf und heilt sofort sämtliche Wunden, um am nächsten Tag wieder kämpfen zu können. Eine solche Armee wäre unüberwindlich.« Er schaute Edyon an. »Vorausgesetzt, die Soldaten werden nicht ohnmächtig oder schlafen ein.«

»Vielleicht muss man ihn in kleinen Mengen einnehmen. Wer weiß – wir müssen noch so viel mehr darüber erfahren! Aber das muss es sein, weswegen mein Vater hergekommen ist«, sagte die junge Frau. »Und das ist auch der Grund, warum seine Armee gerade einmal groß genug ist, um den Norden von Pitoria zu halten. Er will gar nicht das ganze Königreich erobern. Er braucht nur Zugang zum Nördlichen Plateau. Er ist hinter dem violetten Dämonenrauch her.«

Ambrose

ROSSARB,
PITORIA

Ambrose, Tzsayn, Catherine und Tash ließen Edyon mit March allein und gingen hinaus auf den Burghof.

»Ich würde den Rauch gerne ausprobieren«, sagte Tzsayn.

Ambrose lächelte. »Das kostet Euch ein Jahr Zwangsarbeit, Euer Hoheit.«

Tzsayn grinste ebenfalls. »Eigentlich dachte ich, dass Ihr ihn testen sollt. Erst, um zu sehen, ob er einen Schnitt heilen kann. Dann prüfen wir Eure Stärke.«

Ohne zu zögern, nahm Ambrose seinen Dolch und schnitt sich leicht in den Daumenballen. Tzsayn reichte ihm die Flasche, und Ambrose saugte ein bisschen Rauch in seinen Mund, den er daraufhin auf den Schnitt legte.

Nach einer kurzen Zeit wurde ihm schwindelig; der Rauch fühlte sich lebendig an, wirbelte in seinem Mund und verwirbelte ihm das Gehirn. Als er ihn ausatmete, verschwand der Faden im Himmel.

»Ziemlich enttäuschend, wenn ich das sagen darf, Sir Ambrose«, bemerkte Tzsayn, der den Schnitt betrachtete, der immer noch blutete.

»Möchtet Ihr es versuchen?« Ambrose gab Tzsayn die Flasche zurück. Er tat es Ambrose gleich, und auch sein Schnitt heilte nicht.

»Nun, bei Edyon, March und Tash hat es funktioniert. Lasst mich es einmal probieren«, sagte Catherine.

»Nein!«, riefen Tzsayn und Ambrose wie aus einem Mund. Dann drehten sie sich zueinander um und bedachten sich gegenseitig mit einem bösen Blick.

»Ich denke, ich sollte es tun. Ich begreife jetzt; Lady Annes Botschaft lautete ›Dämonenrauch‹ und ›Junge‹.«

Tzsayn sagte: »Catherine, was immer Ihr vorhabt, Ihr seid kein Junge.«

»Ihr auch nicht. Ihr seid ein Mann. Edyon und March sind jünger als Ihr und Ambrose, und bei ihnen hat es funktioniert. Und bei Tash auch. Ich glaube nicht, dass es eine Rolle spielt, ob man ein Junge oder ein Mädchen ist. Es geht um das Alter. Jetzt gebt mir den Dolch und lasst es mich versuchen.«

Ambrose reichte ihr zögernd das Messer, und Catherine ritzte sich leicht in den Daumen. Dann atmete sie etwas Dämonenrauch ein. Ambrose und Tzsayn betrachteten schweigend, wie sie ihre Lippen auf den Daumen legte. Sie alle hielten eine ganze Weile still, dann atmete Catherine aus, und der Rauch verschwand. Sie schaute ihren Finger an und hielt ihn dann in die Höhe. Die Wunde war fort.

»Ich konnte es fühlen! Der Rauch hat sich bewegt, als ob er nach dem Schnitt suchen würde.« Catherine lachte. »Und ich fühle mich wie beschwipst.«

»Und stärker?«, fragte Tzsayn.

Catherine zuckte mit den Schultern. Dann lachte sie wieder. »Ich wollte Ambrose schon lange bitten, mich im Schwertkampf zu unterrichten. Vielleicht ist jetzt der richtige Zeitpunkt gekommen.«

Ambrose lächelte, wechselte dann einen Blick mit Tzsayn und sagte: »Die Nebenwirkungen dieser Droge sind nicht zu übersehen.«

»Möglicherweise ist sie stark genug, um Euch zu überwinden,

Sir Ambrose. Das wäre ganz gewiss eine interessante Nebenwirkung.«

Ambrose erinnerte sich an die Jungen in Fielding, die ihn allesamt übertroffen hatten. Das war sicherlich dem Rauch zu verdanken. »Vielleicht kann ich Euch beibringen, einen Speer zu werfen, Catherine.«

Tzsayn zog seine Augenbrauen hoch, rief aber dann einen Soldaten zu sich und nahm ihm den Speer ab.

Catherine klatschte aufgeregt in die Hände. »Wunderbar!«

Tzsayn reichte Catherine den Speer und zeigte ihr dann in aller Ausführlichkeit, wie man damit umging. Ambrose schaute zu, wie Tzsayn jeden einzelnen Finger an seinen richtigen Platz legte, bis die Hand den Speer fest umschloss. Dann demonstrierte der Prinz Catherine, wie sie stehen musste, und dann – ganz langsam und gemächlich, während sein Arm sie stützte – wie sie ihren Arm zurückziehen und werfen musste.

Catherine lächelte und lachte hin und wieder, und Ambrose marschierte ungehalten herum und wünschte sich, er hätte selbst den Speer genommen. Sie wollte sich von ihm den Schwertkampf beibringen lassen!

Endlich war sie bereit, und Tzsayn ließ von ihr ab. Doch Catherine sagte: »Ambrose soll zuerst werfen. Dann kann ich sehen, ob ich an ihn heranreiche.«

Ambrose ließ sich seinen Speer bringen, und sie gingen zur anderen Seite des Burghofs. Ambrose warf den Speer mit ganzer Kraft auf die gegenüberliegende Mauer zu. Er klapperte direkt vor der Mauer auf das Pflaster.

»Nicht schlecht. Gute Technik«, sagte Tzsayn. »Und jetzt bin ich gespannt, ob die Lady Euch übertrumpfen kann.«

Ambrose atmete tief durch und musste sich beherrschen, um nicht die Augen zu verdrehen.

Doch er wurde überrascht. Catherine warf den Speer. Ihre Technik war alles andere als perfekt und der Speer trudelte durch die Luft und landete mit dem hinteren Ende zuerst, aber was die Entfernung betraf, so hatte sie mit ihm mitgehalten und fast haargenau so weit geworfen wie er.

Catherine lachte und klatschte wieder in die Hände. »Mit ein bisschen Übung könnte ich ihn sogar über die Mauer werfen.«

»Ich bin dran!«, schrie Tash.

Catherine, Tzsayn und Ambrose drehten sich um und sahen, dass Tash die Flasche mit dem Rauch in der Hand hielt.

»Gravell hat mich zwar gewarnt, ich solle das Zeug ja nicht anrühren, aber wenn die Prinzessin es macht, na dann … Außerdem ist es ja nur dieses eine Mal.« Sie atmete den Rauch ein, hielt die Luft an und atmete eine Weile später die violetten Schwaden wieder aus. Dann nahm sie einen Speer, zwirbelte ihn in der Hand, schlug das hintere Ende ein paar Mal auf das Pflaster, machte ein paar Schritte, zog den Arm nach hinten – und ließ den Speer fliegen.

Ambrose blieb der Mund offen stehen. Tash verfügte über eine gute Technik, aber das konnte nicht die Erklärung dafür sein, wie weit der Speer segelte. Er sauste über den Burghof und war immer noch am Aufsteigen, als er über die Wehranlagen segelte und – glücklicherweise – im Fluss oder sogar jenseits davon landete.

Catherine grinste. »Ich glaube, die Ladys haben das Turnier gewonnen.«

Ambrose sagte: »Und ich glaube, dass ich jetzt die ganze Botschaft meiner Schwester kenne.« Er schaute Catherine an. »In Fielding waren zweihundert Jungen versammelt, die alle für den Kampf ausgebildet wurden.«

Catherine sprach aus, was er dachte: »Dämonenrauch, Junge, Armee.«

»Obwohl der Rauch sowohl bei Jungen als auch bei Mädchen zu funktionieren scheint«, setzte Ambrose hinzu.

»Mein Vater würde niemals Mädchen in seiner Armee dulden.

Aber es sieht ganz so aus, als hätte der Dämonenrauch eine stärkere Wirkung, je jünger die Person ist, die ihn inhaliert. Aber bei Euch oder Erwachsenen im Allgemeinen funktioniert er nicht.«

Ambrose dachte an die Jungen am Strand von Fielding. »Ja, die Jungen, die ich dort sah, waren zwischen zwölf und fünfzehn oder höchstens sechzehn Jahre alt. Sie verfügten über eine enorme Stärke und Geschwindigkeit, aber was sie noch lernen mussten, war die Technik. Und mithilfe des Dämonenrauchs können sie es mit jeder Armee aufnehmen. Sie könnten Calidor einnehmen. Und möglicherweise auch Pitoria.«

March

ROSSARB,
PITORIA

March erwachte von etwas Kaltem auf seinem Rücken. Er verkrampfte sich in der Erwartung des spitzen Hakens, aber stattdessen breitete sich ein vertrautes, besänftigendes und warmes Kitzeln auf seiner Haut aus.

»Nicht bewegen!« Edyons Stimme. »Du hast da noch ein paar Schnitte, die ich heute Morgen übersehen habe. Ich halte den Rauch mit einer Tasse. Vielleicht funktioniert das besser.«

»Und?«

»Schwer zu sagen.« March fühlte, wie zarte Fingerspitzen über seinen Rücken strichen. »Aber mir ist die altmodische Methode lieber.« Und damit drückte er seine Lippen auf Marchs Haut.

Als March wieder aufwachte, hörte er erneut Edyons Stimme. »Er schläft jetzt, Euer Hoheit, aber es geht ihm schon viel besser, danke.«

Euer Hoheit? Gab es hier noch einen Prinzen?

March hob seinen Kopf kaum merklich an und sah eine zierliche blonde junge Frau mit heller Haut und einem modischen, zartgrauen Kleid neben einem Mann in einer blauen Lederjacke stehen. Das musste Prinz Tzsayn sein. March legte den Kopf wieder ab, schloss die Augen und hörte zu.

»Und ich muss Euch danken«, sagte Tzsayn. »Ihr habt den Rauch zu uns gebracht, Ihr habt geholfen, den Grund für diese Invasion herauszufinden. Aber ich bin wegen etwas anderem hergekommen, ich möchte Euch Prinzessin Catherine vorstellen, ehemals von Brigant, jetzt von Pitoria.«

»Oh! Ich meine, es ist mir eine Ehre, Euer Hoheit.«

»Und mir ist es eine Ehre und eine Freude, Euch kennenzulernen … Cousin.« Die Stimme der Prinzessin war hell und melodiös. »Die Umstände vorhin waren etwas … ungewöhnlich, daher konnten wir uns nicht richtig bekannt machen.«

Edyon hüstelte verlegen. »Ja, ich muss mich dafür entschuldigen. Ich stand ein wenig unter dem Einfluss des Rauchs.«

»Da wart Ihr nicht der Einzige! Aber es geht Euch wieder besser, wie ich sehe.«

»Ja, vielen Dank. Obwohl ich mir ziemlich dämlich vorkomme, auch ohne Rauch. Das alles ist ganz neu für mich. Ich habe erst kürzlich herausgefunden, wer mein Vater ist. March wollte mich zu ihm bringen.«

»Ich möchte alles über Euer Leben und Eure Reise erfahren. Das klingt sehr aufregend.«

»Und was man so hört, kann ich das Gleiche von Euch behaupten. Oder kann ich nicht? Ich weiß gar nicht, was man von einer Prinzessin behaupten darf und was nicht.«

Daraufhin sagte der Prinz: »Und ich möchte gerne mehr von March erfahren. Wie geht es seiner Wunde? Er sieht auf jeden Fall schon besser aus.«

March dachte an den Mann, der ihn geschlagen und geschnitten hatte, an seine dummen Fragen und die lächerlichen Anschuldigungen. Er dachte daran, wie er an der Decke gebaumelt hatte. Er dachte an den Haken. Dieser Mann stand in den Diensten des Prinzen.

Er schlug die Augen auf.

»Es geht mir besser«, sagte er. »Aber wenn ich den Mistkerl sehe, der mir das angetan hat, werde ich ihm mit Freuden den Eisenhaken in die Brust bohren.«

Der Prinz nickte. »Dann werde ich dafür sorgen, dass sich Eure Wege nicht kreuzen.«

Das war ganz einfach für einen Prinzen. Aber March war klar geworden, dass nichts wirklich einfach war.

Die Prinzessin schaute March an und lächelte freundlich. Sie war sehr schön. »Wir ziehen uns zurück, damit Ihr Euch weiter ausruhen könnt, March. Edyon, ich hoffe, wir können uns bald ausführlich unterhalten.«

Nachdem sie fort waren, sah March zu, wie Edyon die Kissen auf seinem Bett aufschüttelte. Edyon hatte ihm auf dem Plateau das Leben gerettet und dabei sein eigenes riskiert. Und nun hatte er ihn wieder gerettet, der Himmel wusste, wie ihm das gelungen war. Sie waren jetzt Brüder. Aber das kam ihm irgendwie nicht richtig vor. In der Zelle hatte Edyon seine Hand gehalten. Hatte ihn angefasst, zarter als er es für möglich gehalten hätte. Hatte mit den Lippen seine Haut berührt.

Und es hatte March gefallen.

Edyon saß im Schneidersitz auf einem kleinen Bett in der Ecke des Raums und betrachtete seine Kette mit dem Ring in der Mitte des Anhängers.

»Glücklicherweise haben sie das hier gefunden. Der Ring hat sie davon überzeugt, dass wir keine Spione sind.«

March schnaubte. »Das hätte ihnen schon allein ihr Verstand sagen sollen.«

»Die Geschichte lehrt uns, dass in Kriegszeiten der Verstand keine große Rolle spielt.«

»Und hat die Prinzessin dir gesagt, wie es in diesem Krieg steht?«

»Ehrlich gesagt habe ich vergessen zu fragen, allerdings sieht man in der Burg nicht allzu viele zuversichtliche Gesichter.« Er lächelte March zu. »Außer meinem. Du lebst, ich lebe, wir hocken nicht mehr in einer kalten Zelle.« Er nahm einen Apfel vom Tisch. »Wir haben zu essen und saubere Kleidung.«

»Das gilt vielleicht für dich. Ich bin unter der Decke völlig nackt.«

Edyon zog eine Augenbraue hoch. »Ich weiß. Wer, glaubst du, hat dich entkleidet? Vielleicht werden wir morgen alle getötet, aber heute genießen wir noch die Freuden des Lebens.« Er biss in den Apfel.

»Also, ich möchte gerne etwas zum Anziehen haben. Wenn die Briganter Rossarb stürmen, möchte ich wenigstens in Würde weglaufen.«

Edyon warf ihm eine Hose zu und hielt Holywells silberne Halskette hoch. »Die habe ich auch wiederbekommen.« Er ging zu March und befestigte sie um seinen Hals.

Es war seltsam, wie schnell sich die Dinge manchmal änderten. Als er vor drei Wochen in Pitoria eingetroffen war, hatte er Edyon gehasst, ohne ihn überhaupt zu kennen. Vor zwei Wochen hatte er ihn für dumm gehalten, für naiv und leichtlebig. Jetzt half Edyon ihm, sich anzukleiden. March war sich nicht sicher, was er heute für Edyon fühlte, aber eins wusste er: Er konnte ihn nicht an Aloysius ausliefern. Dieses Schicksal hatte Edyon nicht verdient.

March und Holywell hatten Edyon belogen, um ihn von seiner Mutter wegzulocken. Dank ihnen saß er jetzt in dieser Stadt fest, umgeben von Krieg und Gefahr. Falls sie überlebten, wusste March, was er zu tun hatte: Er musste Edyon helfen, nach Calidor zu gelangen, obwohl March ihn nicht begleiten konnte. March hatte die Wahl: Er konnte Edyon die Wahrheit sagen und ihn verlassen oder er konnte ihn belügen und verlassen.

Nein, gar nichts war einfach. Aber er wusste, dass er die Wahrheit sagen sollte. Er wollte, dass Edyon ein Prinz wurde, ein wahrer Prinz, und deshalb konnte es zwischen ihnen keine Lüge mehr geben.

Catherine

ROSSARB,
PITORIA

Das Zeichen für »Verräter« ist eine vertikal gehaltene Hand mit am zweiten Gelenk gekrümmten Fingern, während der Daumen waagerecht steht.

G. Grassman: *Die Kunst der Zeichensprache*

Tash saß auf dem Boden und spielte eine Partie Dame mit Tanya. Catherine hatte versucht, so viel wie möglich über Dämonen zu erfahren, da es nun keinen Zweifel mehr daran gab, dass ihr Vater den Rauch einsetzen wollte. Aber wie wollte er die Dämonen aufspüren? Wie viele von ihnen gab es? War es leicht, sie zu fangen? Catherine hatte Tash danach gefragt, aber sie hatte nur mit den Achseln gezuckt und gesagt: »Wenn Gravell frei wäre, könnte er Euch gewiss all Eure Fragen beantworten. Immerhin ist es *unserem* Rauch zu verdanken, dass Ihr die Wahrheit über die Armee der Jungen herausgefunden habt.«

Catherine wusste, dass sie richtig gehandelt hatte, als sie Tashs Freilassung erwirkt hatte, aber sie hatte nicht viel Hoffnung, dass ihr das auch bei Gravell gelingen würde. Sie gab sich also weiterhin alle

Mühe, sich mit Tash anzufreunden, in der Hoffnung, dass das Mädchen ihr irgendwann mehr erzählen würde.

»Erinnerst du dich an deine Eltern?«

»Ich erinnere mich daran, wie ich gehungert habe und geschlagen wurde.«

»Und Gravell schlägt dich nicht?«

»Er schimpft mit mir. Aber vermutlich weniger als ich mit ihm.«

»Du würdest also sagen, dass ihr beide gleichberechtigt seid? Mir wurde gesagt, dass die Frauen in Pitoria mehr Freiheiten haben als in Brigant.«

»Klar, ich bin völlig frei.« Dann murmelte sie spöttisch vor sich hin: »Bis auf die Tatsache, dass ich hier in diesem Kaff festsitze.«

»Und ich habe auch gehört, dass einige Frauen in Pitoria Eigentum besitzen und sogar ein Geschäft führen. Wünschst du dir das auch?«

Tash zuckte mit den Schultern und bewegte ihren Spielstein. »Warum nicht? Ich hab's mal mit Pastetenverkauf versucht. Aber die Dämonenjagd ist mir lieber. Bei Gravell habe ich ein gutes Leben. Geld. Reisen. Gasthöfe mit Betten, die weicher sind als die hier. Hin und wieder ein Bad. Genug zu essen. Mehr will ich gar nicht.«

»Gibst du dafür dein Geld aus? Oder bezahlt Gravell für diese ganzen Sachen?«

»Gravell bezahlt meistens.«

»Aha, also bist du doch nicht so frei.«

»Bei der Arbeit sind wir gleichgestellt. Ich mache die ganzen gefährlichen Sachen. Ich locke den Dämon aus seinem Bau. Ich bin der Köder.« Tash verstummte abrupt und sagte dann: »Wenn ich noch weiter schwatze, verliere ich noch das Spiel.«

»Wie sind Dämonen denn so?«

Tash zögerte. »Groß, schnell und rot.«

»Rot oder violett?«

»Meistens rot. Ich glaube, die jüngeren sind violett. Sie sehen aus wie Menschen, aber es ist schwer zu sagen, wie alt sie sind. Aber sie sind alle schön.«

»Schön! Ich dachte, sie wären zum Fürchten!«

»Das sind sie auch.« Tash zuckte wieder mit den Achseln. »Wenn man einen auf den Fersen hat, denkt man nicht daran, wie schön sie sind. Man konzentriert sich aufs Rennen. Den besten Weg zu Gravell zu finden. Den Dämon in die Falle zu locken, ist eine ernste Angelegenheit. Da geht es um Leben und Tod. Das ist kein Spiel.«

Catherine nickte. »Ich habe vor zwei Tagen meine erste Schlacht erlebt. Ich weiß, was du meinst, wenn du von Konzentration sprichst. Ich habe nur an mein Pferd gedacht, an mich selbst und an den Weg vor meinen Augen.«

Tash lehnte den Kopf an die Wand hinter sich und betrachtete Catherine. »Ihr seid ganz anders, als ich mir eine Prinzessin vorgestellt habe.«

»Wie denn?«

»Ihr seid irgendwie so … normal.«

»Ach, und ich dachte, ich wäre etwas Besonderes«, entgegnete Catherine und lachte.

In diesem Augenblick klopfte es und ein Soldat brachte Catherine die Nachricht, dass Tzsayn sie umgehend zu sehen wünschte.

Catherine schaute Tash an und sagte: »Vielleicht doch nicht ganz so normal, wenn man zu einem Prinzen gebeten wird.«

Noch einmal antwortete Tash mit einem Schulterzucken. Dann fragte sie: »Ist Edyon auch ein Prinz?«

»Nicht so ganz.« Catherine stand auf und ließ sich von Tanya die Haare kämmen und den Rock ausschütteln. Catherine wollte mit Tzsayn weiter über den Dämonenrauch sprechen und vielleicht noch einmal versuchen, Gravells Freilassung zu erwirken. Wenn Tash dabei war, würde ihr das vielleicht nutzen. Sie sagte: »Tanya, du begleitest mich. Und du auch, Tash.«

»Und zweifellos auch die beiden Soldaten vor der Tür«, sagte Tash.

»Zweifellos«, sagte Catherine.

Im großen Saal hatten sich zu Catherines Überraschung mehrere Offiziere versammelt, einschließlich Rafyon, der mit weiß gefärbten Haaren anders aussah. Aber Catherine fand es hübsch und lächelte. Ambrose war bei ihm, und Catherine lächelte weiter, weil sein Haar immer noch seine natürliche blonde Farbe hatte. Sein Anblick, wie er da in seiner blank polierten Rüstung stand, gab Catherine Kraft. Ambrose gegenüber standen Edyon und March. Es sah so aus, als würde Prinz Tzsayn Edyon mit derselben Höflichkeit behandeln, als wäre er der legitime Sohn von Prinz Thelonius. Oder lag es daran, dass er ihr Cousin war? Catherine erkannte, dass sie ihr Vorhaben, Gravells Freilassung zu diskutieren, im Augenblick nicht in die Tat umsetzen konnte: Bei diesem Treffen ging es um ernstere Dinge. Tzsayn saß in einem verzierten Sessel am anderen Ende des Saals, flankiert von seinen Wachen. Catherine musste unwillkürlich an die letzte Audienz bei ihrem Vater denken, ein Gedanke, der ihr Unbehagen bereitete.

Catherine ging auf den Thronsessel zu, und Tzsayn stand auf und kam ihr entgegen. Er nahm ihre Hand und geleitete sie zu einem Stuhl rechts neben ihm, wo die Königin sitzen würde. Dann sagte er leise zu ihr: »Ein Bote Eures Vaters ist gekommen. Er besteht darauf, dass Ihr und Sir Ambrose zugegen seid, wenn er seine Nachricht überbringt.«

Catherine hatte ein ungutes Gefühl. Wenn die Botschaft auch für sie und Ambrose bestimmt war … Sie wagte gar nicht daran zu denken, welche Peinlichkeit und Kränkung sie erwarteten.

»Wir beide wissen, dass die Botschaft nichts Gutes enthält«, fuhr Tzsayn fort. »Deshalb sitzt Ihr hier neben mir. Wir sind verlobt. Ihr steht unter meinem Schutz.« Er hielt ihr erneut seine Hand hin.

Catherine legte ihre Hand in seine und sagte: »Danke, Euer Hoheit.«

Die Wärme von Tzsayns Hand war ihr ein Trost, aber sie fühlte Ambroses Blick auf sich ruhen, als sie neben dem Prinzen Platz nahm.

Die Türen des großen Saals wurden geöffnet und der Bote trat ein. Allerdings war es nicht nur ein einzelner Mann, sondern fünf: Vier Männer trugen eine riesige Holzkiste, während ein fünfter – gekleidet in die Uniform der königlichen Leibgarde – ihnen vorausging. Ein Jackenärmel war über dem Armstumpf eingeschlagen.

»Das ist Viscount Lang. Er hat vor ein paar Wochen gegen Ambrose gekämpft; bei diesem Kampf hat er seine Hand verloren.«

Catherines Finger verkrampften sich in Tzsayns Griff, als Lang vortrat.

»Ich stehe hier im Namen von König Aloysius von Brigant, um die Kapitulationsbedingungen für Rossarb zu verhandeln. König Aloysius vermutet, dass seine Tochter, die Hure Catherine, sowie der feige Schurke Sir Ambrose Norwend, der immer an ihren Rockzipfeln hängt, zugegen sind.« Lang beäugte Catherine ausgiebig. »Ich sehe, die Hure ist anwesend.«

Tzsayns Gesicht verriet nichts. »Prinzessin Catherine ist eine ehrenwerte Dame und meine Verlobte. Wer sie beleidigt, beleidigt auch mich.«

»Ich stehe hier unter der Parlamentärflagge. Tötet mich, wenn Ihr wollt. Ich scheue mich nicht, die Wahrheit zu sagen.« Lang schnaubte höhnisch. »Ist Norwend zu feige, um sich zu zeigen?«

»Sir Ambrose ist hier«, sagte Tzsayn und bedeutete Ambrose vorzutreten. Ambroses Miene war das genaue Gegenteil von Tzsayns ungerührtem Ausdruck: In seinem Gesicht stand die nackte Wut. Rafyon trat dicht zu ihm und behielt ihn im Auge, bereit, ihn jederzeit an einer unbedachten Tat zu hindern.

Ganz ruhig, Ambrose, dachte Catherine. *Das sind bloß Worte.*

»Dann kann ich meine Botschaft überbringen. König Aloysius hat diese jämmerliche kleine Stadt eingekreist. Er kann sie jederzeit einnehmen. Wenn er es tut, wird er keine Gnade zeigen. Er wird alle innerhalb der Stadtmauern töten, Männer, Frauen, Kinder. Alle werden sterben.« Lang machte eine Pause. »Aber Seine Majestät möchte Milde walten lassen. Die Bevölkerung von Rossarb darf unbehelligt abziehen, einschließlich Ihr selbst, Prinz Tzsayn, wenn Ihr dem König gebt, was er verlangt.«

»Und was wäre das?«, fragte Tzsayn.

»Die Hure und den Feigling.«

Catherine hielt den Atem an.

»Wenn Ihr die Prinzessin noch einmal Hure nennt, dann bringe ich Euch um!«, schrie Ambrose. Sein Schwert war schon halb gezückt, und er machte einen Schritt auf Lang zu, aber Tzsayn hielt ihn mit einer entschiedenen Handbewegung zurück, während Rafyon ihm den Weg verstellte. Bebend stieß Ambrose sein Schwert wieder in die Scheide, obwohl er keinen Schritt zurückwich.

Catherine zwang sich zu einer gelassenen Haltung, obwohl ihr Blut genauso kochte wie das von Ambrose.

Ich hätte es wissen müssen. Er will Rache, und er wird nicht eher ruhen, bis er sie bekommen hat.

Denn für ihren Vater gab es kein Verzeihen und keine Versöhnung. Er hätte keine Skrupel, seine Tochter durch die tobende Menge zum Schafott zu schleppen. Aber das würde Tzsayn nie zulassen.

Die Stille dehnte sich aus, bis Catherine nicht anders konnte, als den Prinzen anzuschauen. Dessen Blick verharrte auf Lang.

Zog er die Bedingung etwa in Betracht?

Ein eisiger Schauer durchfuhr Catherine. Tzsayn war ein Ehrenmann, daran gab es keinen Zweifel. Aber die Sicherheit der Einwohner von Rossarb stand auf dem Spiel. Wenn er Catherine und Ambrose – zwei Ausländer – auslieferte, konnte er seinen Leuten die Freiheit erkaufen. Warum sollte er das ablehnen? Ihr Vater hatte sie an Pitoria verkauft, um von der Invasion im Norden abzulenken, um einen Krieg anzuzetteln. Warum sollte Tzsayn sie nun nicht ebenfalls verkaufen, um Frieden zu schließen?

Nach einer halben Ewigkeit stand Tzsayn auf.

»Wenn König Aloysius so sicher ist, dass er Rossarb einnehmen kann, soll er es ruhig versuchen. Unsere Mauern sind stark, unsere Soldaten zum Äußersten bereit. Ich betrachte diese Botschaft als Beweis dafür, dass seine Position geschwächt ist. Er tut nur stark. Ihm ist klar, dass er Rossarb zwar angreifen kann, dass es aber keine Garantie für einen Sieg gibt. Er wird eine Niederlage erleiden. Darin hat er ja Erfahrung, nicht wahr?« Tzsayns Stimme hallte durch den großen Saal. »Ich werde ganz gewiss nicht meine Verlobte und ihren Leibgardisten diesem Schlächter ausliefern.«

Lang versteifte sich. »Prinz Tzsayn, wir wissen, dass Eure Verstärkung Euch nicht erreicht hat. Wir haben die Straße nach Süden gesperrt. Wir können Rossarb erstürmen, wann immer es uns passt, aber dabei werden auf beiden Seiten viele Männer sterben. Das kann vermieden werden, zum Preis von nur zwei Leben. Übergebt sie uns, und niemandem sonst wird etwas geschehen. Ihr habt bis Mitternacht, um sie auszuliefern.«

Lang trat zur Seite, sodass die große Holzkiste für alle sichtbar war.

»Als Zeichen seiner Absichten schickt Euch König Aloysius ein Geschenk.« Lang schaute zu Ambrose hin. »Er weiß, dass die Hure und der Feigling Brigant verraten haben. Und er weiß, wer ihnen dabei geholfen hat. Verräter und Feiglinge haben keine Gnade zu erwarten.«

Er zog an der Oberkante der Kiste einen Metallstift aus der Halterung, woraufhin die Seiten der Kiste mit einem Krachen zu Boden fielen.

»Nicht hinsehen!«, rief Tzsayn Catherine zu.

Aber es war zu spät.

In der Holzkiste stand ein etwa mannsgroßes schwarzes Eisenkreuz auf einem Podest. An den jeweiligen Enden des Querbalkens waren zwei menschliche Hände befestigt, und an der Spitze des Längsbalkens hing ein Kopf. Das Kreuz war so konstruiert, dass beim Lösen der Seitenteile Kopf und Hände bewegt wurden, sodass sie einen Augenblick lang lebendig wirkten.

Das Gesicht war bis zur Unkenntlichkeit zerschlagen und zerbrochen, die Lippen zusammengenäht. Aber das goldblonde Haar war unverkennbar.

Ambrose taumelte vorwärts und fiel auf die Knie. Im Saal war es totenstill, bis auf das seltsam erstickte Stöhnen, das aus seinem Mund drang.

Catherine musste den Blick abwenden. Sie wollte vergessen, was sie gesehen hatte. Was musste er erduldet haben, bevor sie ihn töteten? Tränen strömten ihr über die Wangen. Das hatte ihr Vater getan. Wie konnte *irgendjemand* zu so etwas fähig sein?

»Wer ist das?«, fragte Tzsayn grimmig.

Catherine musste sich zu einer Antwort zwingen.

»Tarquin Norwend. Ambroses Bruder.«

Ambrose

ROSSARB,
PITORIA

Mein Bruder ist tot.

Ermordet. Gefoltert. Die Zunge herausgerissen, die Lippen zusammengenäht, die Hände abgeschnitten. Und alles, während er noch lebte. Und was sonst noch …?

Durch seine Tränen sah Ambrose in Langs höhnisches Gesicht. Er hätte den Mann damals in Brigane töten sollen. Er sprang auf, aber Rafyon hielt ihn erneut zurück.

»Nein, Ambrose. Genau das will er ja.«

»Und ich will es auch!« Damit riss er sich von Rafyon los.

Lang wich zurück und tastete nach seinem Schwert, aber eine Gruppe blauhaariger Männer vertrat Ambrose den Weg.

Ambrose wehrte sich, aber die Männer hielten ihn fest.

In dem Saal herrschte ein ohrenbetäubender Lärm, aber über allem war Tzsayns Stimme zu hören. »Schafft alle hier raus. Und auch dieses … Ding.«

Lang deutete auf Tarquins sterbliche Überreste. »Es hat Tage gedauert, bis er tot war. Ich hatte das Vergnügen zuzusehen.«

Wieder brüllte Ambrose vor Wut auf, aber die Griffe der Soldaten waren wie Eisenklammern.

Tzsayn war aufgestanden. »Raus hier, Lang! Ihr könnt Euch glücklich schätzen, dass ich Euch eine Ehre zuteilwerden lasse, die Ihr nicht verdient habt: Ich lasse Euch in Frieden ziehen.«

Lang und seine Männer wichen zur Tür zurück.

»Ihr habt bis Mitternacht Zeit.« Mit diesen Worten wandte sich Lang ab und ging. Hinter ihm und seinen Leuten schlugen die Türen zu.

Ambrose sah zu, als sie das Eisenkreuz mit den Überresten seines Bruders wegbrachten.

»Ich schwöre, ich werde sie alle töten«, sagte er zu Rafyon. »Aloysius, Boris, Noyes, Lang. Sie alle.« Er riss sich von den Soldaten los, die ihn immer noch festgehalten hatten. »Ich werde Rache üben.«

»Ich glaube Euch, Ambrose. Aber bitte versucht jetzt, Euch zu beruhigen.«

Aber wie hätte er sich beruhigen können? Sein Bruder war tot. Wer wusste, was Aloysius seinem Vater antat – er war allein, zwei seiner Kinder waren tot, und der letzte überlebende Nachkomme war als Verräter gebrandmarkt. Aloysius würde seinem Vater das Land stehlen. Er würde ihm alles nehmen.

Wieder brüllte Ambrose vor Verzweiflung auf und sank auf die Knie.

Die nächste Stimme, die er hörte, war leise und besänftigend. Tzsayn kniete neben ihm auf dem Boden.

»Es tut mir leid, Ambrose. Für Euch und Euren Bruder. Ich darf Euch versichern, dass ich niemals Euch oder Catherine an Aloysius ausliefern würde. Ich würde ihm niemanden ausliefern. Dieser Mann ist ein Monster.«

Ambrose wusste nicht, was er sagen sollte. Er konnte nicht klar denken. Er schniefte und merkte erst jetzt, dass sein Gesicht tränenüberströmt war.

»Catherine sagte, Euer Bruder sei ein ehrenwerter Mann gewesen.«

Ambrose schaute Tzsayn an. »Er war der Beste. Der beste Bruder. Der beste Sohn.«

»Er hat Euch geholfen, die Pläne für die Invasion zu stehlen?«

»Ja. Ohne einen einzigen Gedanken an seine eigene Sicherheit zu verschwenden. Er wollte nur helfen. Und das ist nun sein Lohn.«

»Ich werde alle wieder hereinrufen. Ich muss meine Entscheidung, nicht zu kapitulieren, erklären. Es mag einige geben, die das Leben von zwei Brigantern nicht so wertschätzen wie ich. Würdet Ihr ebenfalls sprechen? Wenn Ihr dazu in der Lage seid, meine ich.«

»Ich würde lieber kämpfen als sprechen.«

»Dafür ist später noch Zeit genug. Im Moment brauche ich Eure Worte.«

Während die pitorianischen Soldaten in den Saal zurückkehrten, wischte sich Ambrose über das Gesicht und atmete ein paar Mal tief durch, um sich zu sammeln.

Zuerst richtete Tzsayn das Wort an seine Männer. »Aloysius hat unser Land überfallen, hat unsere Männer getötet und verstümmelt, und jetzt verlangt er, dass wir Rossarb aufgeben, damit er damit tun und lassen kann, was er will. Er beleidigt Prinzessin Catherine, die meine Verlobte ist. Er beleidigt Sir Ambrose Norwend, der meinem Vater vor ein paar Tagen das Leben gerettet und viel gewagt hat, um Pitoria vor dem Untergang zu bewahren. Doch die verabscheuungswürdigste Tat des Königs von Brigant war die Folter und Ermordung von Sir Ambroses Bruder, der alles riskiert hat, um uns zu helfen. Ich möchte Sir Ambrose bitten, uns von seinem Bruder zu erzählen.«

Ambrose trat ein paar Schritte vor. Er betrachtete das Meer aus Gesichtern, und einen Moment lang war er nicht sicher, ob er sprechen konnte. Aber dann dachte er an Tarquins Lächeln, und er wusste, was er sagen würde.

»Tarquin Norwend war der nobelste Mann, den ich kannte, ein Mann, den ich voller Stolz meinen Bruder nenne. Er war der sanfteste, freundlichste und mitfühlendste Mensch. Mit seiner Hilfe entlarvte ich Aloysius' Plan, in Pitoria einzufallen, und mit seiner Hilfe gelang es mir, einen Beweis für diese Invasion an mich zu bringen. Mein Bruder hielt Aloysius' Plan, einen friedlichen Nachbarn anzugreifen, für ehrlos. Aber er selbst handelte immer ehrenhaft, und dafür wurde er gefoltert und getötet.« Ambrose wandte sich an Tzsayn. »Und ich werde meinen Bruder rächen.«

Zum ersten Mal, seit die Kiste geöffnet worden war, schaute Ambrose Catherine an. Sie war blass und still und hielt immer noch Tzsayns Hand. Vielleicht sollte das so sein. Er wusste es nicht.

Er hatte jetzt keine Tränen mehr. Mit trockenen Augen wandte er sich wieder dem Saal zu und fuhr fort: »Aloysius hat mir und Prinzessin Catherine, seiner eigenen Tochter, auf das Übelste mitgespielt. Ich war ein Soldat der königlichen Garde und habe geschworen, sie zu beschützen. Diesen Schwur werde ich nie brechen; das ist immer noch meine Soldatenpflicht. Aber ihr Vater, dessen naturgegebene Pflicht es hätte sein sollen, das Leben seiner Tochter zu behüten, hat sie verraten und hierher geschickt, in der Hoffnung, dass ihre Vermählung ihm gestatten würde, unbemerkt Pitorias Grenzen zu überschreiten. Er ist ein Schurke, dem man unter keinen Umständen vertrauen kann. Und deshalb erweitere ich meinen Schwur: Ich werde nicht nur Prinzessin Catherine mit meinem Leben schützen, sondern auch alles tun, um Pitoria vor Unheil zu bewahren.«

Tzsayn war aufgestanden.

»Einige von euch mögen glauben, dass wir mit Aloysius verhandeln können. Das können wir nicht. Sein Verhalten ist ungeheuerlich. Dieser Mann, dieser noble, ehrenwerte Mann, Tarquin Norwend, ein Briganter, hat sein Leben für Pitoria gegeben. Und wir Pitorianer schulden es ihm weiterzukämpfen. Pitoria wird von einem Wahnsinnigen bedroht. Er mag uns Angst machen, er mag uns einen namenlosen Schrecken einjagen und uns bedrohen, aber wenn wir uns ergeben, verlieren wir mehr als nur unsere Köpfe. Wir verlieren unsere Menschlichkeit.«

Ein paar der Soldaten und Lords riefen: »Das stimmt!« und »Hört, hört!«

»Aloysius ist zwar ein Wahnsinniger, aber er ist auch nur ein Mensch. Ein Mann, der seinen letzten Krieg verloren hat. Er ist nicht unüberwindlich. Unsere Verstärkung wird morgen eintreffen, und dann werden wir Aloysius angreifen. Bis dahin werden die Wachen verdoppelt. Aloysius will bis heute um Mitternacht eine Antwort haben, und ich werde ihm sagen, dass ich nicht daran denke, meine treuen Freunde an ihn auszuliefern, sondern mit euch, meinen lieben Pitorianern, um jeden Zoll unseres Landes kämpfen werde.«

Tash

ROSSARB,
PITORIA

Tash hatte Dämonen für angsteinflößend gehalten, aber Menschen konnten genauso furchterregend sein. Beim Anblick des Kopfs in der Kiste hätte sie sich beinahe übergeben; der Geruch war fast genauso schlimm. König Aloysius schien völlig verrückt zu sein. Es war schwer vorstellbar, dass jemand, der so nett war wie Prinzessin Catherine, seine Tochter war. Prinz Tzsayn würde Aloysius nicht geben, was er verlangte, daran gab es keinen Zweifel. Und das bedeutete, dass die Briganter angreifen würden. Und das wiederum bedeutete, dass Gravell und sie in dem Durcheinander der Schlacht vielleicht eine Chance zur Flucht hatten.

Als sie wieder in den Gemächern der Prinzessin waren, ging Tash zum Fenster und betrachte die brigantische Armee. Das Lager war doppelt so groß wie das Marktgelände in Dornan. Tash war sich ziemlich sicher, dass die Briganter gewinnen würden, wenn es zum Kampf kam, und sie hatte keine Lust, dass auch ihr Kopf in einer Kiste endete.

Unten im Burghof war man mit den Vorbereitungen für die Schlacht beschäftigt. Aloysius hatte Tzsayn bis Mitternacht Zeit gegeben, Catherine und Ambrose auszuliefern, und Tash konnte sich nicht vorstellen, dass er ein geduldiger Mensch war. Tanya packte bereits ein paar Sachen zusammen, für den Fall, dass die Festung fiel und sie fliehen mussten.

»Wenn es zum Angriff kommt, was geschieht dann mit den Gefangenen im Verlies?«

Tanya achtete nicht auf sie. »Wir brauchen Vorräte. Das habe ich auf meiner letzten Flucht aus einem Schloss gelernt. Ich gehe und besorge welche. Du bleibst bei der Prinzessin.«

Catherine stand am anderen Fenster, mit blicklosen, rot geränderten Augen. Tash ging zu ihr. »Bitte sagt mir: Was wird mit Gravell geschehen?«

»Ich weiß es nicht, Tash.«

»Er ist ein guter Kämpfer. Er könnte helfen. Sie sollten ihn freilassen.«

»Ich habe schon um seine Freilassung gebeten, Tash. Der Prinz traut ihm nicht.«

»Also, ich gehe auf keinen Fall ohne ihn von hier weg.«

»Ich hoffe, dass niemand von uns von hier weggehen muss. Die Stadtmauern sind stark, und die Mauern der Festung noch stärker. Und wir bekommen schon bald Verstärkung.«

Tash schnaubte leise. Was die Prinzessin sagte, war gut und schön, aber trotzdem bereitete sie ihre Flucht vor.

Als es dunkel wurde, aßen sie zu dritt zu Abend. Tash hatte gedacht, die Prinzessin würde allein essen, aber sie setzte sich zu Tanya, die über die Soldaten redete. Jetzt wollte Tash auch ein paar Dinge wissen.

»Also, Prinzessin Catherine, Ihr seid also immer noch mit Prinz Tzsayn verlobt, obwohl er gegen Euren Vater Krieg führt?«

»Ja.«

»Und Ihr scheint ihn ja zu mögen und er ist ja auch ganz in Ordnung. Ich meine, er hat die Sache mit dem Wackelkopf-Ding ziemlich gut im Griff gehabt. Und er sieht ja auch ganz gut aus, zumindest von einer Seite. Und er ist ein Prinz und wird mal König, was auch nicht schlecht ist. Also alles in Butter.«

»Genau«, sagte Catherine, und Tanya verbarg ihr Lächeln hinter vorgehaltener Hand.

»Und Ambrose ist nur ein hübscher Soldat, der geschworen hat, Euch mit seinem Leben zu beschützen.«

Tanya erstarrte.

Catherine sagte mit betont ruhiger Stimme: »Er gehörte meiner Leibgarde in Brigant an. Alle Soldaten der Leibgarde haben geschworen, die Mitglieder der königlichen Familie, für die sie verantwortlich sind, zu beschützen.«

»Ich sehe aber sonst keinen von der Leibgarde hier.«

»Es gibt einen Grund, warum er hier ist. Die Invasion.« Catherine fächelte sich Luft zu.

»Hmm. Also kennt Ihr ihn schon eine Weile, ja?«

»Ein paar Jahre.«

»Und Ihr scheint ihn auch zu mögen. Genauso wie Prinz Tzsayn.«

»Ich bin durchaus in der Lage, mehr als eine Person gleichzeitig zu mögen. Ich mag viele meiner Männer. Ich meine in der Beziehung, dass es gute Männer sind. Ich meine natürlich, gute Soldaten.«

»Das ist doch ganz verständlich. Ihr seid eine Prinzessin. Warum solltet Ihr Euch Grenzen setzen, wenn Ihr doch alles haben könnt?«

Tanya bekam einen Hustenanfall.

»Das meinte ich doch gar nicht!« Catherine stand auf und sagte: »Ich brauche etwas frische Luft.« Sie ging zum Fenster und sagte mit fester Stimme. »Ambrose ist mir wichtig – er ist treu, und ich vertraue ihm. Aber ich bin mit Tzsayn verlobt. So einfach ist das.«

»Ihr werdet Tzsayn also heiraten?«

Catherine zögerte. »Wie du ja selbst gesagt hast, befindet er sich im Augenblick im Krieg mit meinem Vater, und …«

»So einfach ist das also«, sagte Tash. Sie stand auf und blickte ebenfalls aus dem Fenster. Es war eine klare Nacht, am Himmel standen unzählige Sterne, und die Lagerfeuer der brigantischen Armee funkelten wie Sterne unter ihnen. Sie sagte: »Wisst Ihr, diese Fenster sind sehr schmal und sehr hoch. Niemand kann hinein, es sei denn, sie haben Seile und klettern an der Wand hoch. Aber wir können auch nicht durch sie entkommen. Wenn dieser Turm angegriffen wird, sitzen wir in der Falle.«

Tanya platzte der Kragen: »Bist du jetzt endlich still? Wir werden nicht angegriffen! Die Prinzessin hat doch erklärt, dass die brigantische Armee erst durch Rossarb hindurch muss, ehe sie die Burg erreicht.«

»Es sei denn, sie klettern vom Fluss her die Burgmauern hinauf«, sagte Tash. »Habt Ihr nicht gesagt, dass sie das in Tornia auch so gemacht haben?«

Catherine erstarrte. »Du hast recht.«

»Und hieß es da nicht auch, die Burg sei uneinnehmbar?«

Keiner sagte etwas.

Tash murmelte. »Es muss fast Mitternacht sein. Ich wette, Euer Vater ist niemand, der lange wartet, nachdem ein Ultimatum verstrichen ist.«

»Allein zu warten, *bis* es verstrichen ist, bereitet ihm Höllenqualen«, bestätigte Catherine.

In diesem Moment erklangen Rufe von unten.

Tanya und Catherine wechselten einen Blick und spähten dann aus dem Fenster, konnten aber in der Dunkelheit nichts erkennen.

Geratan kam in den Raum gestürzt. »Die brigantische Armee hat die Stadtmauer überwunden und Häuser in Brand gesteckt. Und andere sind irgendwie in die Burg gelangt. Sie haben Lord Reddrian getötet. Ambrose sagt, Ihr müsst hier bleiben und die Tür verschlossen halten. Er und der Rest Eurer Männer suchen die Burg nach weiteren Attentätern ab. Baranon und ich werden hier bei Euch bleiben.«

»Und Prinz Tzsayn?«

»Er kämpft auf der Stadtmauer.«

»Und wie verläuft dieser Kampf?«

Geratan zögerte. »Euer Hoheit, wir müssen auf alles vorbereitet sein … Ich meine …«

»Scheiße!«, fluchte Tash. »Am Ende spießen sie auch noch unsere Köpfe auf Lanzen!« Sie marschierte durch das Zimmer und schaute durch jedes Fenster hinaus, bis sie sich schließlich doch zu den anderen setzte.

Sie sagten nur wenig und lauschten auf den gedämpften Lärm des Kampfgetümmels.

Geratan sagte: »Der Krieg besteht oft aus Warten. Aus Warten und schlechtem Essen.«

»Und vielen toten Männern«, setzte Tash hinzu.

Geratan warf ihr einen warnenden Blick zu, woraufhin sie aufstand und wieder zum Fenster ging.

Die brigantischen Lagerfeuer brannten immer noch, und die Sterne funkelten so hell wie zuvor, aber jetzt war da noch ein flackerndes, gelbes Licht, direkt unter ihnen.

Leise sagte Tash: »Ich glaube, die Burg brennt.«

Geratan fluchte und rannte zum Fenster, an dem in diesem Augenblick eine Rauchwolke vorbeizog.

»Wir müssen hier weg, Euer Hoheit.«

Tash nahm ihr Bündel und war zum Aufbruch bereit. Geratan ging voraus. Catherine, Tanya und Tash folgten ihm, mit dem zweiten Soldaten, Baranon, als Rückendeckung. Als sie die Treppe hinunterkamen, wurde der Rauch dichter, und aus einem Zimmer drangen Flammen. Am Fuß der Treppe sahen sie die Tür, die zum Burghof führte, aber noch bevor sie dort ankamen, schrie Tanya auf, als ein Mann in Schwarz mit gezücktem Messer aus dem Rauch gerannt kam. Geratan fing ihn ab, packte ihn, und gemeinsam prallten sie gegen die Mauer.

Tash schob Tanya weiter und sagte: »Los! Geht vorbei!« Und dann nahm sie die Prinzessin am Handgelenk und zog sie hinaus in den Burghof. Tash blickte hinter sich und sah, dass Baranon dem Angreifer mit seinem Dolch die Kehle durchschnitt. Es war ganz anders als bei einem Dämon. Blut spritzte aus der Wunde und besudelte Baranon, und der Sterbende schrie auch nicht, sondern würgte und keuchte und fasste sich an den Hals.

In der von Rauchschwaden durchzogenen Dunkelheit des Burghofs war nicht zu erkennen, was vor sich ging. Aber das Feuer breitete sich schnell aus. Wenn Gravell immer noch in seiner Zelle eingesperrt war, würde er sterben. Tash musste ihn da rausholen. Sie machte ein paar Schritte in Richtung Verlies, wurde aber umgehend von einem starken Arm an den Schultern gepackt und hochgehoben. Sie wehrte sich und trat um sich.

»Ganz ruhig«, sagte Rafyon und setzte sie ab. »Bleib bei der Gruppe. Da ist es sicherer.«

»Aber Gravell ist nicht bei der Gruppe; er ist im Verlies. Und ich werde ihn befreien!«

Sie zappelte so lange, bis sie sich aus seinem Griff gelöst hatte, und sauste durch den Rauch und die herumwirbelnden Funken. Rafyon schrie einen Befehl, und Geratan und Baranon folgten ihr die Treppe hinunter.

Der Gefängniswärter war nirgends zu sehen – der verdammte Feigling war vermutlich beim ersten Anzeichen von Ärger geflohen – aber die Schlüssel zu den Zellentüren hingen an einem hölzernen Haken in seiner Kammer.

»Komm zurück, Tash!«, schrie Geratan. Aber Tash hatte den Schlüssel bereits vom Haken gerissen und rannte zu Gravells Zelle. Er stand hinter der Tür, als sie aufschloss. Tash packte seine Hand und zerrte ihn in den Gang. Sie warf Geratan den Schlüsselring zu und sagte: »Ihr könnt Euch um die anderen kümmern. Wir treffen uns draußen.«

Mit Gravell im Schlepptau rannte sie hinaus in den Hof.

»Verdammter Mist!«, fluchte Gravell, als sie draußen waren.

Das Feuer wütete ungehindert. Ambrose und Rafyon standen inmitten von Leichen am Tor der Burg. Tash und Gravell eilten zu der Prinzessin, die zwischen ein paar weißhaarigen Soldaten stand, bei denen sich auch Edyon und March befanden, der wieder vollkommen genesen war.

»Rossarb ist verloren«, keuchte Ambrose, der zu ihnen gerannt kam. »Die Briganter sind durch die westlichen Barrikaden gebrochen. Wir können den Prinzen nicht mehr erreichen. Wir müssen irgendwie aus der Stadt raus!«

»Was sollen wir machen?«, fragte Tash Gravell.

»Wir bleiben vorerst bei den anderen«, sagte Gravell. »Ist der Schlamassel erst mal vorbei, dann nichts wie hoch auf das Plateau. Dahin werden uns die Briganter nicht folgen.«

»Da wäre ich mir nicht so sicher«, versetzte Tash.

»Was meinst du damit?«

»Ich meine, dass sie Pitoria nur deshalb überfallen haben, weil sie den Dämonenrauch wollen.«

Gravell schüttelte den Kopf. »Das ist doch Unfug.«

»Unfug hin oder her, so ist es aber.«

Und dann rannten sie los, zum Burgtor hinaus, durch die Straßen der Stadt. Tash und Gravell hielten sich im vorderen Bereich der Gruppe, dicht hinter Rafyon, der kleine, abgelegene Gassen kannte. Sie liefen nach Südwesten und hatten schon fast die Stadtmauer erreicht, als sie vor sich einen Trupp brigantische Soldaten entdeckten. Rafyon zog sein Schwert und rief gleichzeitig nach hinten: »Nicht hier lang! Zurück! Zurück!«

Die Briganter rückten langsam vor; ein Soldat warf einen Speer, der über Tashs Kopf hinwegsegelte. Hinter ihr ertönte ein Schrei. Mehr Speere kamen geflogen und landeten in der Gruppe hinter Tash. Die Schreie und Rufe wurden hektischer, und Tash wurde nach vorn geschoben, auf die Briganter zu. »Nein!«, schrie sie. »Zurück! Zurück!«

Aber es waren einfach zu viele Menschen in der schmalen Gasse. Tash blickte sich verzweifelt nach einem Ausweg um, sah auch nach oben, aber da war nichts. Einer der Briganter kam auf sie zugerannt und zielte mit seinem Speer auf ihren Hals. Tash konnte nirgends hin. Sie war gefangen zwischen den Soldaten zu beiden Seiten. Alle waren sie gefangen. Dann fühlte sie Gravells Hände auf ihren Schultern, die sie umdrehten, und instinktiv wusste sie, was er vorhatte.

»Nein!«, schrie sie wieder, aber er war zu stark. Er schlang seinen Körper um sie wie einen gewölbten Schild, und der Speer bohrte sich in seine Seite.

Gravell grunzte und taumelte. Der Speer steckte tief in seinem Oberkörper. Mit einer Pranke packte er den brigantischen Soldaten am Kragen und brach ihm mit einer einzigen, drehenden Bewegung das Genick. Dann schleuderte er den Körper wieder in den Pulk der Briganter, die daraufhin zurückwichen. Die Menge hinter ihm bewegte sich jetzt ebenfalls, aber es war zu spät.

Gravell fiel auf die Knie, und Tash nahm sein Gesicht in ihre Hände. »Nein, nein, nein!«

Er schaute Tash an und sagte: »Lauf, Mädchen. Lauf!«

»Nein!«, kreischte Tash. »Steh auf!« Und sie versuchte, ihn hochzuziehen.

»Du kannst mich nicht mitschleppen, Mädchen. Geh!«

Ringsum wurde gekämpft, aber Tash kümmerte sich nicht darum. Sie kümmerte sich um nichts und niemanden, außer um Gravell. Was sollte sie bloß tun? Sie klammerte sich an seine Jacke und legte ihren Mund an sein Ohr. »Ich gehe nicht ohne dich«, sagte sie zu ihm. »Ich gehe *nirgends* ohne dich hin.«

»Bloß nicht zurück zu diesem Pastetenverkäufer in Dornan. Du hast was Besseres verdient.«

Tash schüttelte den Kopf. Tränen strömten ihr über die Wangen. »Ich arbeite nur mit dir. Immer.«

»Gutes Mädchen«, sagte Gravell. Dann schloss er die Augen, und sein Körper kippte zur Seite.

Tash stand da und starrte ihn ungläubig an. Dann wurde sie wieder an den Schultern gepackt und hochgehoben. Jemand trug sie von Gravell weg, und all ihr Schreien und Treten konnte nichts daran ändern.

Catherine

ROSSARB,
PITORIA

Der Krieg wird oft als Ende betrachtet, aber er kann ebenso gut ein neuer Anfang sein.
M. Tatcher: *Krieg – die Kunst des Siegens*

Der Qualm raubte ihr den Atem, und Tränen brannten in Catherines Augen. Sie hustete und würgte. Mit der einen Hand hielt sie sich an Ambrose fest, mit der anderen an Tanya.

Catherine hatte Angst. Nicht vor den Brigantern, sondern vor dem, was Ambrose tun würde. Seit er die sterblichen Überreste seines Bruders gesehen hatte, war er anders. Distanzierter. Über die Maßen verwundet. Er hatte noch nicht mit ihr gesprochen, aber es war klar, dass er sich verändert hatte. Und doch war er hier und zog sie mit sich durch die Gassen von Rossarb. Sie erhaschte einen Blick auf die anderen, auf ihre Männer, auf Edyon und March, auf Rafyon, der Tash trug, die aufgehört hatte, um sich zu treten, und nur noch leise vor sich hin schluchzte.

Endlich verzog sich der Qualm. Sie befanden sich am östlichen Rand der Stadt, kämpften sich durch die letzte Barrikade, durch das

Tor in der Stadtmauer. Sie ließen Rossarb hinter sich. Die Nacht war dunkel und aus der Straße wurde bereits nach kurzer Zeit ein steiniger Trampelpfad. Die einzigen Geräusche waren ihr rasselnder Atem und der brüllende Fluss links von ihnen.

Es ging stetig bergauf, merkte Catherine, und die Steigung wurde immer steiler. Der Pfad führte hoch zum Nördlichen Plateau, ins Reich der Dämonen.

Sie folgten dem Pfad. Ambrose hielt ihre Hand fest. Fast ein bisschen zu fest. Irgendwann stolperte sie, und wie der Blitz drehte er sich um und fing sie auf, doch dann stapfte er wortlos weiter geradeaus. Dann, endlich, blieben sie vor einer leichten Innenwölbung in der Felswand stehen.

Hinter sich sahen sie die dunklen Silhouetten von Menschen, die sich den Hang hinaufkämpften, und dahinter sah es Catherine durch die Bäume orange leuchten.

Tanya sagte: »Die Stadt steht in Flammen.«

»Das Markenzeichen meines Vaters. Wohin er kommt, hinterlässt er Tod und Zerstörung.« Catherine schüttelte den Kopf; Tränen traten in ihre Augen.

»Denkt Ihr, sie werden uns folgen?«, fragte Tanya. »Oder glauben sie, dass wir bei Prinz Tzsayn sind?«

»Sie werden uns verfolgen, früher oder später.«

Ihr Vater würde nie Ruhe geben. Er würde niemals verzeihen. Jene, die er als Verräter betrachtete, verfolgte er bis zum bitteren Ende, selbst seine eigene Tochter. *Besonders* seine eigene Tochter.

Catherine straffte die Schultern. Ihr Vater konnte versuchen, sie demselben Schicksal zu überantworten wie Lady Anne. Aber sie würde sich nicht kampflos ergeben. Sie wusste jetzt, was er wollte, und sie würde alles in ihrer Macht Stehende tun, um zu verhindern, dass er den Dämonenrauch bekam und seine Armee aus Jungen in den Krieg mit seinen friedliebenden Nachbarn schickte.

Und in ihrem Herzen wusste Catherine, dass es nicht dabei bleiben würde. Sie würde noch mehr tun. Sie kannte jetzt ihr Ziel, und einen Moment lang hatte sie eine Vision.

Ihre eigene Armee aus weißhaarigen, gut bewaffneten Soldaten, die so stark und mächtig waren wie Dämonen.

Und die gegen ihren Vater in den Krieg zogen.

Orte und Personen

BRIGANT

Ein kriegerisches Reich

Brigane: die Hauptstadt
Norwend: eine Region im Norden von Brigant
Fielding: ein kleines Dorf an der Nordwestküste, wo Lady Anne von Noyes gefangen genommen wurde
Tarasenth: die Heimat des Marquis von Norwend

Aloysius: König von Brigant
Isabella: Königin von Brigant
Boris: Aloysius' erstgeborener Sohn
Catherine: Aloysius' Tochter, verlobt mit Prinz Tzsayn von Pitoria, sechzehn bzw. siebzehn Jahre alt
Harold: Aloysius' zweitgeborener Sohn
Noyes: der Inquisitor von Brigant und Spionagemeister
Sarah, Jane und Tanya: Catherines Zofen
Peter, Viscount Lang, Dirk Hodgson, Sir Evan Walcott: Mitglieder der königlichen Leibgarde

Der Marquis von Norwend: ein Edelmann aus dem Norden von Brigant
Tarquin: der erstgeborene Sohn des Marquis von Norwend
Ambrose: der zweitgeborene Sohn des Marquis von Norwend, Mitglied der königlichen Leibgarde, einundzwanzig Jahre alt
Lady Anne: Tochter des Marquis von Norwend, als Verräterin verurteilt und hingerichtet
Sir Oswald Pence: Lady Annes Freund, verstorben

CALIDOR

Ein kleines Land südlich von Brigant

Calia: die Hauptstadt
Abask: eine Bergregion, die während des Kriegs zwischen Calidor und Brigant verwüstet wurde. Das Volk, das dort lebte, war für seine eisblauen Augen berühmt.

Thelonius: Prinz von Calidor, jüngerer Bruder von Aloysius von Brigant
Lord Regan: Thelonius' ältester Freund
March: ein Abask und Diener am Hof von Prinz Thelonius, sechzehn Jahre alt
Holywell: ein Abask, arbeitet für Aloysius als Spion und Mörder
Julien: Marchs älterer Bruder, verstorben

PITORIA

Ein großes, wohlhabendes Reich

Pitoria ist berühmt für seine Tänze. Die Männer färben ihre Haare, um ihre Treue für einen Lord zu bekunden. Die Wissun ist eine weiße Blume, die überall in Pitoria auf den Feldern wächst.

Tornia: die Hauptstadt
Das Nördliche Plateau: eine kalte, unwirtliche Region, in der Dämonen leben. Das Betreten des Nördlichen Plateaus ist verboten.
Charron: eine Hafenstadt
Westmund: eine Hafenstadt
Dornan: eine Marktstadt
Pravont: ein Dorf am Rand des Dämonenreichs
Rossarb: ein nördlicher Hafen mit einer kleinen Festung
Leydale: Familiensitz von Lord Farrow

Arell: König von Pitoria
Tzsayn: Arells Sohn, Catherines Verlobter, dreiundzwanzig Jahre alt
Sir Rowland Hooper: der Botschafter von Brigant in Pitoria
Lord Farrow: ein mächtiger Lord, der Catherine und allen Brigantern misstraut
Rafyon: ein Mitglied der Leibgarde von Prinz Tzsayn und einer seiner treuesten Soldaten
Geratan: ein Tänzer

Gravell: ein Dämonenjäger
Tash: Gravells Assistentin, in Illast geboren, dreizehn Jahre alt

Erin Foss: eine Händlerin
Edyon: Erins Sohn, ein Bastard, siebzehn Jahre alt
Madame Eruth: eine Wahrsagerin
Stone: ein Händler

ILLAST

Pitorias westlicher Nachbar, besonders für seine fortschrittlichen Frauenrechte bekannt

Valeria: frühere Königin von Illast

SAVAANT

Pitorias südlicher Nachbar und mächtiger Verbündeter von Calidor

Danksagung

Das Schreiben dieses Buches war eine komplexe Angelegenheit, die sich über mehrere Jahre hinzog. Es fing an mit einer Idee – eine von diesen Ideen, die einen so mitreißen, dass man sie unbedingt jemand anderem erzählen muss. In diesem Fall war es so, dass ich auf der Landstraße angehalten habe und meine Agentin Claire Wilson angerufen habe.

»Vater und Sohn – Dämonenjäger«, sagte ich.

»Finde ich toll!«, sagte sie.

Aber die Idee zu einem Buch auszuformen, war alles andere als einfach, und es fiel mir schwer, die Geschichte voranzutreiben. Schließlich merkte ich, dass ich gar nicht so sehr an den Dämonenjägern interessiert war. Was ich wirklich erzählen wollte, waren die Erlebnisse zweier starker weiblicher Figuren. Aus dem Vater und dem Sohn wurden ein Mann und ein Mädchen, Gravell und Tash, und ich dachte mir eine Prinzessin aus, die sowohl privilegiert ist als auch eine Bürgerin zweiter Klasse – wegen ihres Geschlechts.

Catherine ist eine intelligente junge Frau, mit Witz und Mut, die ihr Potenzial erkennt, während sie gleichzeitig erwachsen wird und die Männer in ihrem Leben einzuschätzen lernt. Sie fragt sich, wie schwer es wirklich sein kann zu herrschen. Ihr Charakter wurde von zwei berühmten Frauen inspiriert – Elisabeth I. von England und Katharina die Große von Russland –, aber auch von allen anderen starken Frauen, mit denen ich aufgewachsen bin. Ich komme aus einer Familie, in der die Frauen in der Überzahl sind. Ebenso war es in der Schule. Ich wurde immer dazu angehalten, hart zu arbeiten und fest daran zu glauben, dass ich alles erreichen könne, genau wie ein Mann (gelegentlich rückwärts und auf Stöckelschuhen, wie Ginger Rogers einmal sagte). Mein Dank gilt all diesen großartigen Frauen in meiner Familie, meiner Schule und meinem Arbeitsumfeld.

Es gibt eine ganze Reihe starker Frauen und Männer, die mir geholfen haben, dieses Buch zu schreiben. Mein Dank gilt meiner Agentin Claire Wilson und meinem Lektor Ben Horslen, die mich während der ganzen Zeit ermutigt und unterstützt haben, besonders dann, wenn alles kompliziert und schwierig wurde. Danke auch an alle bei Penguin Random House – Tig Wallace vom Lektorat, Ben Hughes von der Herstellung, Wendy Shakespeare (die netteste und verständnisvollste Korrektorin, die ich kenne) und das weltbeste Lizenz-Team. Danke an alle bei Viking in den Vereinigten Staaten und besonders an meine Lektorin Leila Sales – dem Prototyp einer starken weiblichen Figur! Vielen, vielen Dank auch an meine Familie und meine Freunde. Und mein von Herzen kommender Dank an alle wunderbaren Leser, die mich oft zum Lächeln gebracht haben – und hin und wieder auch zum Weinen, vor lauter Freude!

Und schließlich danke an alle, die ihr *Kingdoms of Smoke – Die Verschwörung von Brigant* lest – es ist viel leichter, beim Schreiben durchzuhalten, wenn man weiß, dass das Buch auch tatsächlich jemand lesen wird.

BRIGANT
Fielding
MEER VON
BRIGANT
Brigane
ABASK
CALIDOR
Calia
N
W
O
S
KINGDOMS
OF
SMOKE